Für Petra King,
in Dankbarkeit und Bewunderung

BASTEI
LÜBBE
TASCHENBUCH

Weitere Titel der Autorin:

Die Wahrheit über jene Nacht
Die andere Seite der Wahrheit

Über die Autorin:

Charity Norman wurde in Uganda geboren und ist in England aufgewachsen. Nach mehrjährigen Reisen wurde sie Anwältin mit den Spezialgebieten Straf- und Familienrecht. 2002 zog sie sich aus dem Berufsleben zurück, um mehr Zeit für ihre drei Kinder zu haben. Seitdem lebt sie mit ihrer Familie in Neuseeland und schreibt mit großem Erfolg Romane.

CHARITY NORMAN

Das GESTÄNDNIS *meines* MANNES

Roman

Aus dem Englischen von
Sylvia Strasser

BASTEI
LÜBBE
TASCHENBUCH

BASTEI LÜBBE TASCHENBUCH
Band 17484

MIX
Papier aus verantwortungsvollen Quellen
FSC® C083411

Dieser Titel ist auch als E-Book erschienen

Vollständige Taschenbuchausgabe

Deutsche Erstausgabe

Titel der britischen Originalausgabe: »The New Woman«
Titel der australischen Originalausgabe:
»The Secret Life of Luke Livingstone«
Originalverlag: Allen & Unwin

Textredaktion: Dr. Ulrike Brandt-Schwarze, Bonn
Titelillustration: © Trevillion Images/Jacinta Bernard
Umschlaggestaltung: Kirstin Osenau
Satz: two-up, Düsseldorf
Gesetzt aus der Minion
Druck und Verarbeitung: CPI books GmbH, Leck – Germany
Printed in Germany
ISBN 978-3-404-17484-3

1 3 5 7 6 4 2

Sie finden uns im Internet unter www.luebbe.de
Bitte beachten Sie auch: www.lesejury.de

Woraus sind kleine Jungs gemacht?
Aus Schnecken und Welpenschwänzchen.
Daraus sind kleine Jungs gemacht.

Woraus sind kleine Mädchen gemacht?
Aus Zucker, Gewürz und hübschen Dingen.
Daraus sind kleine Mädchen gemacht.

Traditionelles Kinderlied

Ich möchte Ihnen eine Geschichte erzählen. Bitte lassen Sie mich ausreden, denn es wird mir nicht leichtfallen, darüber zu sprechen. Aber auch für Sie wird es nicht leicht sein, mich zu verstehen. Mit dem, was geschehen ist, hätte ich niemals, nicht im Traum, gerechnet. Ich war völlig ahnungslos, bis die Bombe platzte. Ich möchte, dass Sie verstehen, warum ich so und nicht anders gehandelt habe. Ich möchte, dass Sie sich in meine Lage versetzen.

Es war einmal ein Mädchen namens Eilish French. Sie war ein lebhaftes, lautes Kind mit einem Dutt und Söckchen, die um ihre Knöchel schlotterten. Ihre Eltern ließen sich scheiden, als sie noch ganz klein war. Sie hassten sich regelrecht, als ihr blutiger, teurer Privatkrieg endlich vorüber war, aber ihr einziges Kind liebten sie geradezu abgöttisch. Ich fürchte, Eilish war ziemlich verwöhnt. Damals wollte sie Stewardess werden. Dann Pilotin, Hirnchirurgin, Filmstar oder vielleicht Nonne. Ein Traum löste den nächsten ab, und jeder wurde wieder fallen gelassen. Am Ende landete sie in einem Marketingjob, etwa zur gleichen Zeit, als Margaret Thatcher in die Downing Street einzog.

Eilish trieb ihre Karriere mit einer Rücksichtslosigkeit voran, für die sie sich rückblickend schämte. Eine Fachzeitschrift nannte sie einen »aufgehenden Stern« am Wirtschaftshimmel. Ihr fester Freund, ein Börsenmakler, erklärte, der aufgehende Stern hätte nie Zeit für ihn, und suchte sich jemand, der Zeit hatte. Ihre Mutter schimpfte, weil sie diesen begehrten Junggesellen leichtsinnigerweise hatte ziehen lassen, aber Eilish trauerte ihm nicht nach. Sie wurde das Gefühl nicht los, dass sie sich in einem Schwebezustand befand, auf irgendetwas wartete.

Dann begegnete sie einem jungen Anwalt namens Luke Livingstone und wusste, dass das Warten ein Ende hatte. Bei der Hochzeit waren sich alle einig, sie wären ein Traumpaar und würden sicherlich bis ans Ende ihrer Tage glücklich miteinander leben. Und so schien es auch zu sein. Die Jahrzehnte vergingen, die beiden wurden Eltern und sogar Großeltern. Das Leben war kein reines Zuckerschlecken, aber es gab genügend Liebe und Lachen, um damit zurechtzukommen. In welcher Ehe herrscht schon immer eitel Sonnenschein? Luke machte erfolgreich Karriere, und Eilish fand eine neue Aufgabe, die zwar bei Weitem nicht so gut bezahlt war wie ihr früherer Job, sie aber rundherum ausfüllte. Sie wohnten in einem Haus wie aus dem Bilderbuch. Der Gartenteich war ein Paradies für Wildenten, verletzte Tiere wurden in der Küche gesund gepflegt. An den Wochenenden hallte das Haus wider von den Gesprächen und dem Gelächter der Freunde, die zu Besuch kamen.

Mädchen trifft Junge. Sie verlieben sich und heiraten. Damit hätte die Geschichte zu Ende sein sollen.

Dreißig Jahre lang gingen sie gemeinsam durchs Leben.

Dreißig Jahre.

Dreißig.

Ich dachte, ich würde diesen Mann kennen. Ich dachte, dass ich in jeden Winkel seiner Seele geschaut hätte, dass er alle Gedanken, Ängste und Sehnsüchte mit mir geteilt hätte. Ich dachte, er hätte keine Geheimnisse vor mir.

Aber dann musste ich feststellen, dass ich ihn überhaupt nicht kannte.

Das hier ist seine Geschichte. Und meine.

EINS

Luke

Sie nahm beim fünften Klingeln ab. Sie war außer Atem, weil sie den Rasen gemäht hatte und ins Haus gerannt war. Ich sah sie vor mir in ihren verwaschenen Jeans, die ihr nach so vielen Jahren immer noch passten, und einem meiner alten Hemden. Ihre kastanienroten Haare hatte sie sich für die Gartenarbeit mit einem Seidenschal hochgebunden. Meine wunderschöne Frau.

»Ich sitz jetzt im Zug. Bin fertig in Norwich«, sagte ich.

»Wunderbar!« Sie klang so glücklich, dass es mir fast das Herz brach. »Dann bist du zum Abendessen zu Hause?«

Ich hatte mir eine Ausrede zurechtgelegt. »Ach, weißt du, ich hab eine Menge dringende Mails bekommen. Ich denke, ich übernachte besser in der Wohnung, gehe morgen direkt ins Büro und mache mich daran, den Berg auf meinem Schreibtisch abzuarbeiten.«

»Ist alles in Ordnung?«, fragte sie.

»Alles bestens.«

»Müde?«

»Es geht.« Ich riss mich zusammen. »Das Schuljahr ist ja nun rum. Wie war dein …«

Ein gewaltiges Dröhnen ließ den Waggon vibrieren: Der Zug donnerte in einen Tunnel. Die Telefonverbindung wurde unterbrochen. Ich würde sie später noch einmal anrufen und irgendeinen Weg finden, um Abschied zu nehmen.

Der Zug war halb leer. Mir schräg gegenüber saß eine ältere Frau, vor sich, auf dem Tischchen zwischen uns, ein Heft mit

Kreuzworträtseln. Und natürlich war auch der Mann im Fenster da. Er schwebte am Rand meines Gesichtsfelds unmittelbar hinter der dunklen Scheibe. Ich wusste, dass er mich beobachtete, einen Mann mittleren Alters, in jeder Hinsicht durchschnittlich, in gestreiftem Hemd und Schlips, mit dunklen, leicht ergrauten Haaren, die sich über seinen Ohren wellten. Ansprechende Züge. Ein gut aussehender Mann, wenn man Eilish und Kate glauben durfte, obwohl ich anderer Meinung war. Mir war sein Gesicht immer fratzenartig vorgekommen. Als ich den Kopf drehte, blickte ich in die tief liegenden Augen in dem schwarzen Spiegel. Wir starrten uns mit auf Gegenseitigkeit beruhender Abneigung an. *Nicht mehr lange*, dachte ich triumphierend, *dann bin ich dich für immer los.* Der Zug fuhr aus dem Tunnel, und der graue Geist verschmolz mit dem grauen Himmel.

Ein paar Dinge musste ich noch erledigen. Endgültige Dinge. Ich kramte in meiner Aktenmappe nach Schreibpapier und Füller. Mein Blick und mein Verstand wollten abschweifen, aber ich zwang mich, mich zu konzentrieren. Das war ich meiner Familie schuldig. Ich musste noch einen letzten Brief schreiben. Er war an meine Kate gerichtet: zweiundzwanzig Jahre alt, Nase und Bauchnabel gepierct, die kostbarste junge Frau im Universum.

> *Ich hoffe, Du wirst in Deinem Leben so viel Liebe und Glück finden wie ich bei Deiner Mutter. Du bist meine ganze Freude gewesen. Bleib, wie Du bist, mein geliebtes Kind. Unterschätze Deine Fähigkeiten nicht. Du hast die Macht, die Welt zu einem besseren Ort zu machen.*

Ich hatte zwei Fassungen durchgestrichen und mit einer dritten begonnen, als der Zug seine Geschwindigkeit drosselte und schließlich stehen blieb. Stille. Das Kratzen meines Füllers auf dem Papier hörte sich plötzlich viel zu laut an, und so legte ich ihn aus der Hand. Auf der anderen Seite des Ganges saß ein junger Mann in einem Anzug und raschelte unentwegt mit seiner Chipstüte. Dieses Geräusch macht Kate wahnsinnig. Wäre sie an meiner Stelle gewesen, hätte sie sich vielleicht hinübergebeugt und ihm die Tüte aus der Hand gerissen. Die Frau mir gegenüber schien genauso zu empfinden: Bei jedem Knistern oder Krachen schnalzte sie missbilligend mit der Zunge.

Die Minuten vergingen. Die Temperatur stieg. Die Chipstüte raschelte. Endlich dröhnte die Stimme des Zugbegleiters aus der Lautsprecheranlage: eine Stellwerkstörung offenbar. Er bat im Namen von Anglian Trains um Entschuldigung für die Unannehmlichkeiten.

»Das klingt aber nicht sehr entschuldigend«, bemerkte meine Reisegefährtin. Sie hatte schneeweißes Haar. Ihre Jacke und die Baskenmütze – beides aus purpurrotem Samt – lagen neben ihr auf der Sitzbank. Wir schüttelten beide den Kopf, und ich murmelte: »Komm zurück, gute alte British Rail, alles vergeben und vergessen!« Überall im Wagen waren ähnliche Kommentare zu hören. Der Unmut machte wildfremde Menschen zu Verbündeten. Ich lockerte meinen Schlips und sagte, ich würde mir einen Drink holen, ob ich ihr etwas mitbringen solle?

Sie bedankte sich. Sie sprach sehr laut, wie jemand, der schwerhörig ist, und griff in ihre Handtasche. »Das ist eine wunderbare Idee! Einen Gin Tonic, bitte.«

Als ich zurückkam, hatte der Chipstütenraschler Kopfhörer auf und die Augen geschlossen.

»Werden Sie am Bahnhof abgeholt?«, fragte ich meine Tischgenossin, als wir unsere Gläser füllten. »Sie können gern mein Handy benutzen, wenn Sie jemandem Bescheid sagen möchten.«

»Nein, nein, ich nehme mir ein Taxi.« Sie klappte ein kleines Etui auf und nahm zwei Hörgeräte heraus, die einen hohen

Pfeifton von sich gaben, als sie sie einstellte. »Sieht man heute kaum noch«, sagte sie und nickte zu meinem goldenen Federhalter hin. »Richtige Füllfederhalter. Mit richtiger Tinte.«

Ich betrachtete ihn lächelnd. »Den haben mir meine Kinder geschenkt. Zum Geburtstag. Er ist mein ständiger Begleiter. Sie haben sogar meinen Namen eingravieren lassen – da, sehen Sie?«

Ich sah Kate und Simon vor mir. Damals waren sie vielleicht zwölf und achtzehn gewesen. Sie hatten den Füller in Geschenkpapier gewickelt und eine blaue Schleife darum gebunden. Das Band lag immer noch in einer Schublade meines Schreibtischs.

Ich wünschte, es gäbe eine andere Möglichkeit. Ich wünschte, ich müsste sie nicht im Stich lassen.

Meine Mitreisende hatte ihr Strickzeug aus ihrer Tasche geholt. Sie wickelte sich den Wollfaden um den Finger und begann, in atemberaubender Geschwindigkeit mit den Stricknadeln zu klappern. Während sie strickte, redete sie und lachte leise und liebevoll, als sie mir ihren Urenkel Henry und – weit weniger liebevoll – dessen Eltern beschrieb, die, so sagte sie, nur an materiellen Dinge interessiert waren. Sie selbst war neunundachtzig und von Beruf Lehrerin gewesen.

»Meine Frau ist auch Lehrerin«, sagte ich. »Sonderpädagogin. An einer Hauptschule.«

»Tatsächlich? Das ist ein überaus wichtiger Beruf. Aha!« Ein Ruck ging durch den Wagen, und dann fuhr er im Schneckentempo an. »Vielleicht kommen wir heute ja doch noch in London an.«

Vielleicht gelingt es mir heute ja doch noch, meinem Leben ein Ende zu setzen.

»Was wird das?«, fragte ich und deutete mit dem Kinn auf ihre Handarbeit.

»Das da? Ein Pullover für Henry. Wahrscheinlich würde er lieber ein Sweatshirt tragen, mit einer Kapuze dran, damit er randalieren kann und auf den Überwachungskameras nicht zu erkennen ist.«

Ich musste lachen, was sie zu freuen schien. »Wie viele Kinder haben Sie?«, fragte sie.

»Zwei.« *Drei*, denke ich jedes Mal. Aber ich sage es nicht mehr. Wenn die Leute fragen, was die Kinder heute machen, muss ich das mit Charlotte erklären, und dann kann ich ihnen ansehen, was sie denken. *Sie hat doch nur ein paar Minuten gelebt! Wieso zählen Sie sie da überhaupt mit?*

»Noch in der Schule?«

»Gott bewahre, nein! Unser zweites Enkelkind ist unterwegs.«

Sie zog die Brauen hoch. »Sie sehen aber jung aus für einen Großvater.«

»Eilish und ich feiern im Oktober unseren dreißigsten Hochzeitstag.«

»Ah, die Perlenhochzeit!«

Meine Düsternis vertiefte sich. »Sie will ein großes Fest geben. Partyzelt, Musikband, Feuerwerk. Die halbe Welt steht auf der Gästeliste. Die Einladungen gehen demnächst raus.«

»Sie Glücklicher.« Ihre trüben blauen Augen waren auf mich geheftet, während ihre Hände sich flink und mechanisch bewegten. Masche aufnehmen, klick, Masche aufnehmen, klick …

»Ja. Ich Glücklicher.«

»Das hört sich aber nicht sehr begeistert an.«

Ich versuchte, die Kraft aufzubringen, ihr zu widersprechen, zu versichern, dass ich mich schrecklich auf das große Ereignis freue, aber es gelang mir nicht. Ich kam mir wie durchsichtig vor. Vielleicht ahnte sie, was ich war.

Eine Fremde im Zug. Wem hätte ich mich besser anvertrauen können als dieser alten Frau, die ich noch nie gesehen hatte und nie wieder sehen würde?

»Ich werde nicht da sein«, sagte ich. »Wenn alles nach Plan läuft, bin ich morgen früh nicht mehr am Leben.«

Ihre Finger hielten mitten in der Bewegung inne. »Darf ich fragen, warum?«

»Weil es Zeit ist. Weil ich am Ende eines sehr langen Weges angekommen bin.«

»Aber Sie haben die Wahl. Es gibt keinen Grund, zu solch drastischen Maßnahmen zu greifen.«

Ich leerte mein Glas in einem Zug. Mein Hals fühlte sich ganz rau an. »Ich bin ein glücklicher Mann, da haben Sie völlig recht«, sagte ich und hustete. »Ein richtiger Glückspilz. Das weiß jeder. Das haben mir die Leute schon bei unserer Hochzeit gesagt und dabei ein richtig erschrockenes Gesicht gemacht, als ob ich sie irgendwie hereingelegt hätte. Und so ist es ja auch: Ich habe sie tatsächlich hereingelegt. Eilish French hätte jeden haben können, aber sie hat sich für mich entschieden. Hier, warten Sie …« Ich tastete in der Innentasche meines Jacketts nach dem Schwarz-Weiß-Foto.

Ich hatte es an einem Winterabend aufgenommen, als ich von der Arbeit nach Hause gekommen und in der Tür zu Eilishs Arbeitszimmer stehen geblieben war. Sie hatte sich über eine mit einer Kinderhandschrift bedeckte Seite gebeugt, ich konnte die Sommersprossen auf ihrer Wange sehen, ihre starken, sicheren Hände. Eine kupferrote Haarsträhne war unter dem Samtband hervorgerutscht und streifte ihren Mund. Es war nur einer von zahllosen Augenblicken unseres gemeinsamen Lebens, wo ihr bloßer Anblick mich regelrecht überwältigte. Die Stereoanlage lief, die Musik füllte das ganze Zimmer aus. Ich konnte die Melodie immer noch hören, sie überlagerte das Rattern des Zugs. Ich summte sie leise vor mich hin. Debussy. Die Musik floss in mich hinein und rührte mich zu Tränen.

Die alte Dame setzte ihre Brille auf, um das Foto zu betrachten. »Ah, ja. Wunderschön.« Sie gab es mir zurück. »Ich nehme an, Sie haben eine Affäre. Wie geschmacklos.«

»Schlimmer. Viel schlimmer. Ich habe ihr seit unserer ersten Begegnung etwas vorgemacht. Ich bin nicht der, für den sie mich hält.«

»Und wer sind Sie dann?«

»Ich …« Ich konnte es ihr nicht sagen. Dazu schämte ich mich viel zu sehr. »Sie können mir glauben. Wenn Eilish die Wahrheit erführe, würde sie das umbringen.«

»Und Sie meinen, wenn *Sie* sich umbringen, wird das ein Glückstag für sie sein?«

»Sie denken, ich bin ein Egoist. Und ein Feigling.«

»Hm«, machte sie nachdenklich und legte den Kopf zur Seite. Dann fing sie an, die Reihen ihrer Strickarbeit zu zählen, und ich starrte wieder aus dem Fenster.

Meine Gedanken schweiften in die Vergangenheit. Es war an meinem fünften Geburtstag. Ich war auf den hohen Baum im Garten vor dem Haus geklettert, bis in den Wipfel hinauf. Der Stamm schwankte im Wind leicht hin und her, aber ich hatte keine Angst. Ich hatte mir beim Hochklettern das Knie aufgeschürft, und jetzt lief ein blutiges Rinnsal an meinem Bein hinunter in meine Socke. Von hier oben konnte ich über den Garten und die Scheunen bis ans andere Ende der Farm schauen. Im Haus fand mir zu Ehren eine Party statt. Meine Mutter hatte alle Jungs aus meiner Klasse eingeladen. Ich war weggerannt. Ich wollte keine Party. Ich wollte die Jungs nicht dahaben. Ich wollte nicht ich sein.

Schließlich entdeckte sie mich in meinem Versteck. Ich konnte das helle Oval ihres Gesichts sehen, konnte ihre vor Panik schrille Stimme hören. *Luke! O mein Gott, o mein Gott! Halt dich gut fest, hörst du?*

Du brauchst dich nicht festzuhalten, wisperte mir eine andere Stimme ins Ohr. *Du könntest auch einfach loslassen.* In meiner Fantasie sprach eine verkleidete Gestalt mit einem roten Mund wie ein Schmetterling zu mir. Es war meine erste Begegnung mit DEM GEDANKEN, und er hatte mich von da an nie mehr verlassen. Während andere Kinder unsichtbare Freunde hatten, die sie zum Naschen verleiteten, drängte meiner mich, ich solle mich vor einen Lastwagen werfen oder eine von Dads Schusswaffen gegen mich richten. *Mach Schluss*, flüsterte er jeden Morgen, wenn das einsame Kind – der bedrückte Jugendliche, der verzweifelte Erwachsene – die Augen aufschlug und eine Welt erblickte, in der er fehl am Platz war. *Nie wieder Luke sein! Nie wieder überhaupt sein.*

In diesem Moment sprach mein unsichtbarer Freund wieder zu mir, ich konnte ihn hören.

»Geben Sie nicht auf«, sagte die alte Dame mir gegenüber und riss mich damit aus meinen Gedanken. Ich hatte sie völlig vergessen.

»Ich weiß, Sie meinen es gut, das ist sehr nett von Ihnen. Aber Sie wissen rein gar nichts über mich.«

»Vielleicht weiß ich, wie Ihre Frau sich fühlen wird.«

»Das ist das Beste, was ich für sie tun kann.«

»Das bezweifle ich.«

Ich beugte mich näher zu ihr, weil ich ihren Segen wollte. »Jetzt ist der richtige Zeitpunkt«, sagte ich. »Mein Vater ist gestorben. Er brauchte mich, also bin ich geblieben. Aber jetzt ist er nicht mehr da. Unsere Kinder sind erwachsen. Eilish ist eine starke Frau, und finanziell ist alles geregelt. Sie wird ein sehr angenehmes Leben führen können.«

Die alte Dame sah mich streng an, die Stirn in tiefe Falten gezogen. »Dann denken Sie wenigstens an den armen Menschen, der Sie von den Bahngleisen kratzen oder aus der Themse ziehen muss.«

»Nein, nein, das wird nicht passieren. Ich habe alles, was ich brauche, in unserer Londoner Wohnung. Es wird eine saubere Sache sein. Ich werde es so einrichten, dass ich von jemandem gefunden werde, dem das nichts ausmachen wird. Er hat früher einer Eliteeinheit angehört.«

»Ich vermute, auch ein ehemaliger Elitesoldat hat Gefühle.«

»Dieser nicht. Und in meinem Fall schon gleich gar nicht, weil er mich nicht besonders gut leiden kann.«

Sie strickte schweigend ein paar Reihen, bevor sie einen weiteren Versuch unternahm. »Aber Sie sind sich nicht sicher, nicht wahr? So, wie Sie von Ihrer Familie, Ihrer Frau gesprochen haben … Die Ambivalenz ist unüberhörbar.«

Sie hatte recht. Meine Familie. Eilish. Ich spürte, wie es mir die Kehle zuschnürte.

»Mein Mann hat einmal einen Fehler gemacht«, sagte die alte Dame und ließ ihr Strickzeug sinken. »Er arbeitete für eine Stiftung. Er hat die Bücher frisiert und Geld für die Schulgebühren unserer Kinder unterschlagen, obwohl er mir nie gesagt hatte, dass wir knapsen mussten. Sie hätten doch auch auf eine öffentliche Schule im Ort gehen können, davon wäre die Welt bestimmt nicht untergegangen! Er wollte alles zurückzahlen, er glaubte fest daran, dass seine Pechsträhne bald zu Ende sein würde, aber das war nicht so. Er dachte an die Schande, die er über uns alle bringen würde, wenn er ins Gefängnis käme. Er malte sich aus, was die Zeitungen schreiben würden. Er konnte an nichts anderes mehr denken. Also ist er mit dem Auto zu einem abgelegenen Platz gefahren, hat den Motor laufen lassen und die Abgase ins Wageninnere geleitet.« Sie griff in ihre Handtasche, zog ein geblümtes Taschentuch heraus und drückte es an die Nase.

»Das tut mir sehr leid«, sagte ich betroffen.

»Ja, mir hat es auch leidgetan. Und unseren Kindern. Und seinen armen Eltern. Er war achtunddreißig Jahre alt. Glauben Sie, dass wir ihm dankbar waren? Glauben Sie, dass wir auch nur eine Sekunde an Geld dachten, als wir ihn beerdigt haben? Glauben Sie, dass ich heute, mit fast neunzig, einen Gedanken daran verschwenden würde?«

»Nein.«

»Ganz recht. Nicht den *Geringsten.*« Selbst nach so vielen Jahren konnte ich die Wut in ihrer Stimme heraushören. »Ich will nicht bestreiten, dass es hart gewesen wäre – vielleicht hätte ich mich sogar scheiden lassen, obwohl ich das bezweifle, – aber er wäre wenigstens am Leben geblieben und hätte seine Tochter zum Traualtar führen können. Möchten Sie Ihre Tochter nicht auch eines Tages zum Altar führen?«

Bei dem Gedanken an Kate mit einem weißen Brautschleier musste ich unwillkürlich lächeln. »Sie gehört nicht zu den Mädchen, die von einer Hochzeit ganz in Weiß träumen.«

»Meine Tochter schon, aber ihr Vater hat es nicht mehr erlebt. Er hat keinen Ausweg mehr gesehen. Das stand in seinem Abschiedsbrief. Kein Ausweg. Keine andere Lösung.« Tadelnd schüttelte sie den erhobenen Zeigefinger gegen ihren längst verstorbenen Mann. »Hätte er mich gefragt, hätte ich ihm gesagt, dass es immer eine Lösung gibt!«

»Nein, für mich nicht.«

»Oh doch, auch für Sie!«, erwiderte sie heftig. Es klang fast wie ein Aufschrei. »Fünfzig Jahre sind vergangen, seit Jonathan mich verlassen hat. Meine Kinder, meine Enkel, wir alle leiden unter dieser schrecklichen Tat. Seine Eltern haben sich nie von dem Schock erholt. Der Kummer hat sie umgebracht. Ich sage Ihnen, wenn ich ihn eines Tages im Himmel wiedersehe, verpasse ich ihm einen ordentlichen Tritt in den Allerwertesten!«

»Das tut mir leid für Sie. Es tut mir aufrichtig leid.«

Sie schloss langsam die Augen, als hätte ich sie gelangweilt. Dann sagte sie: »Haben Sie jemand ermordet?«

»Nein.«

»Haben Sie jemand vergewaltigt oder verstümmelt oder gefoltert?«

»Nein.«

»Nun denn. Was für ein ›Verbrechen‹ Sie auch immer begangen haben, Ihre Frau hat das Recht, es zu erfahren.«

Die seit Jahrzehnten zurückgehaltenen Tränen brannten mir in den Augen. Eilish war meine engste Vertraute. Sie kannte mich besser als irgendjemand sonst auf der Welt. Mein größter Wunsch war, mich ihr anzuvertrauen.

»Sie würde mich für ein Ungeheuer halten.«

»Sind Sie denn eins?«

Die Tür am Ende des Wagens glitt auf, und der Schaffner kam herein. »Die Fahrkarten, bitte! Bitte die Fahrkarten bereithalten!«, rief er und weckte damit den Chipstütenraschler. Die alte Dame packte ihren Unmut weg, schürzte die Lippen und griff wieder zu ihrem Strickzeug. Ich beendete meinen Brief an Kate und steckte ihn in einen Umschlag, auf den ich ihren Namen schrieb.

Als der Zug in die Liverpool Street einbog, stand ich auf und nahm unser Gepäck aus dem Gepäcknetz. Ihre Tasche war klein und wog praktisch nichts. Die alte Dame bedankte sich kühl, während sie in ihre Jacke schlüpfte.

»Kommen Sie, ich trage Ihnen die Tasche zum Taxistand«, sagte ich.

»Lassen Sie Ihre wunderschöne Frau nicht allein. Lassen Sie sie nicht mit unbeantworteten Fragen zurück. Und voller Zorn und Schuldgefühle. Sie hat etwas Besseres verdient. Glauben Sie mir, ich weiß, wovon ich rede.«

*

Es war ein Freitag, und im Bahnhof herrschte ein entsprechendes Gedränge. Wir kamen nur langsam auf dem Bahnsteig voran. Die alte Dame war trotz ihres Stocks erschreckend unsicher auf den Beinen. Ich hatte Angst, sie könnte jeden Moment vornüberkippen. Ich begleitete sie zum Taxistand und wartete unter dem Vordach mit ihr, bis wir an der Reihe waren.

Als ich ihr beim Einsteigen half, umklammerte sie meinen

Arm. »Sie werden weiterleben, nicht wahr? Versprechen Sie mir, dass Sie weiterleben werden!«

Keine Antwort von mir. Kein Versprechen.

»Da ist ein Gully«, fuhr sie fort, als sie vorsichtig Platz nahm. »Da, direkt neben Ihnen. Werfen Sie Ihre Wohnungsschlüssel da rein. Geben Sie sich noch ein bisschen mehr Zeit.«

Ich dankte ihr noch einmal für ihre Freundlichkeit, und wir verabschiedeten uns. Ich blieb unschlüssig stehen, während ihr Taxi sich langsam entfernte. In der Schlange hinter mir standen drei gestylte Frauen: glitzernde Ohrringe, High Heels, schwingende Röcke. Vielleicht hatten sie sich fürs Theater so fein gemacht. Eine mit Abgasen, dem Geruch von heißem Asphalt und hochsommerlicher Trockenheit vermischte Parfümwolke stieg mir in die Nase. Die drei hatten vertraulich die Köpfe zusammengesteckt – Frauen können das auf eine Art und Weise, wie Männer das nie fertigbringen – und redeten sehr schnell, ohne ihre Sätze jemals zu beenden; anscheinend war das nicht nötig. Plötzlich lachten alle drei lauthals los, und ich spürte den vertrauten Schmerz des Neides.

Der Strick wartete auf mich. Die Schlinge hatte ich bereits geknüpft, ich hatte die Knoten genauso gebunden, wie man es machen musste. Wirklich erstaunlich, was man im Internet alles finden kann, zum Beispiel eine Schritt-für-Schritt-Anleitung für alle nur denkbaren Arten, sich das Leben zu nehmen. Ich hatte schon eine E-Mail an Bruce geschrieben, den ehemaligen Elitesoldaten und heutigen Immobilienverwalter, der vielleicht Gefühle hatte oder auch nicht. Ich brauchte sie nur noch abzuschicken. Bis er mich gefunden hätte, wäre es längst zu spät.

Als Nächstes war ich an der Reihe. Es war nur eine kurze Fahrt bis zu meiner Wohnung. In spätestens einer Stunde würde ich frei sein.

Meine Zeit war gekommen. Jetzt. Heute Abend.

Ich griff in meine Jackentasche und schaltete mein Handy

aus. Ich konnte es nicht ertragen, jetzt Eilishs Stimme zu hören. Zwei schwarze Taxis rollten an den Bordstein, und das erste hielt vor mir an. Als ich meine Hand auf den Türgriff legte, konnte ich das Vibrieren des Motors unter meinen Fingern spüren.

Rings um mich her brodelte das Leben. Die drei Frauen winkten das zweite Taxi heran. Als sie die Tür aufrissen und in den Fond kletterten, erhaschte ich einen Blick auf hochhackige Absätze und schwingende Röcke. Mein Fahrer beugte sich aus dem Fenster und sagte etwas.

»Wie bitte?«, fragte ich.

Ich konnte sehen, dass er redete, aber ich hörte ihn nicht. Die Wolken über mir wogten und bauschten sich. Ich sah Eilish im Garten bei den Rosen. Sie hatte sich einen Seidenschal um die Haare gebunden, und sie war allein. Sie war allein.

Es fing an zu regnen.

ZWEI

Eilish

Ich spürte die ersten Regentropfen auf meinen Armen. Es war ein sanftes, beglückendes Gefühl; wie eine Liebkosung.

Als mir das Benzin für den Rasenmäher ausging, machte ich mir einen Becher Tee und setzte mich dann auf die Holzbank auf der Terrasse. Hinter mir rankte sich das Geißblatt in duftenden Trauben an der alten Mauer der Scheune hoch. Ein Blütenblatt fiel in meinen Teebecher, aber das störte mich nicht. Die Luft war erfüllt von den Gerüchen des Sommers, die durch den Regen noch verstärkt wurden. Das Leben war schön. Das Schuljahr war endlich zu Ende. Ich hatte es überstanden und den Nachmittag glücklich und zufrieden im Garten damit verbracht, die Wiese zu mähen.

Luke hatte die Bank vor ungefähr zwanzig Jahren, als die Kinder noch klein waren, gezimmert. Wenn wir dort saßen, den Rücken an die Mauer gelehnt, konnten wir sie im Auge behalten, ohne sie in ihrem Spaß zu stören. Sie und die anderen, die zu ihrer Bande gehörten, legten Höhlen in den Sträuchern am Teich an. Wir konnten ihr Gekicher hören, wenn sie ungezogene Lieder sangen, und ihr Gejohle, wenn sie auf dem Kriegspfad waren. Im weinroten Laub des Ahorns hinter der Terrasse hüpften Vögel herum. Das war Charlottes Baum. Eines Tages würde er ein großer, prachtvoller Baum sein, sagten wir zueinander, als wir ihn in sein Bett im Erdreich pflanzten. Charlottes Großneffen und -nichten würden ihre Schaukeln an seinen Ästen aufhängen.

Luke hatte vom Zug aus angerufen und gesagt, dass seine Konferenz zu Ende sei. Die Verbindung war mitten im Satz abgebrochen – wahrscheinlich war der Zug in einen Tunnel gefahren. Luke hatte sich nicht wieder gemeldet, aber ich hatte auch nicht damit gerechnet. Er hasst es, in der Öffentlichkeit zu telefonieren und die Aufmerksamkeit auf sich zu ziehen. Trotzdem war ich irgendwie beunruhigt. Er hatte so ernst geklungen, so sorgenvoll. Ich würde unsere Ehe als sehr glücklich bezeichnen, aber Luke war nicht immer ein glücklicher Mensch.

Unsinn. Ich schüttelte mich, und der Tee schwappte aus meinem Becher. *Worüber sollte er sich im Moment Sorgen machen?* Das Leben hätte nicht besser sein können! Die Hypothek war abbezahlt, die Kinder standen sicher auf eigenen Füßen. Bald würden wir unseren dreißigsten Hochzeitstag feiern, und wir planten ein großes Fest. Und das Beste: Im kommenden Frühjahr hatten wir für uns beide eine Auszeit von drei Monaten organisiert, die wir in einer Villa in der Toskana verbringen würden. All diese Dinge sagte ich mir und ignorierte hartnäckig die Kälte, die sich in meinem Bauch breitmachte.

Urplötzlich öffnete der Himmel seine Schleusen. Regentropfen platschten in meinen Becher. Ich ließ den Rasenmäher stehen, wo er war, und flüchtete ins Haus. Ich schlüpfte aus meinen grasverklebten Schuhen und trat durch die Flügeltüren in die Küche. In der Hoffnung, dass er inzwischen in der Wohnung war, rief ich Luke an, erreichte aber nur seine Mailbox. Wahrscheinlich saß er noch in der U-Bahn.

Trotz des Regens war es warm draußen. Wäre Luke zu Hause gewesen, hätten wir uns, jeder mit einem Regenschirm, auf die Holzbank gesetzt und zusammen eine Flasche Wein getrunken. Er sagte immer, wir sähen aus wie zwei alte Bauersleute vor ihrer Holzhütte. Egal, ich hatte noch nie Angst vor der Einsamkeit, und morgen war ja auch noch ein Tag.

Der Himmel wurde dunkel. Es regnete in Strömen.

Sie traute ihren Augen nicht.

»Du Dreckskerl!«, schrie sie, den Blick fassungslos auf das Display gerichtet. »Du hinterlistiges, diebisches Arschloch!«

Der Geldautomat war nicht beleidigt. Er wollte wissen, ob sie eine weitere Transaktion durchzuführen wünsche. Nein, gab sie ihm zu verstehen, sie wolle keine weitere verdammte Transaktion, sie wolle ihr Geld. Der Automat spuckte ihre Karte wieder aus.

In der Schlange hinter ihr wartete ein Mann. Sie konnte ihn leise lachen hören, und sein Gesicht spiegelte sich im Display des Bankautomaten. Der Mann hatte einen lächerlichen Schnurrbart. Warum hatten Versager eine solche Vorliebe für Oberlippenbärte?

»Überzogen, was?«, bemerkte er, als ob sie gute Freunde wären.

Achtung, Idiotenalarm!

»Sieht aus, als hättste im Urlaub zu viel ausgegeben«, fuhr er fort. »Zu viele Piña Coladas in Nachtclubs.«

»Ach, leck mich doch.«

Ein beleidigtes Schweigen folgte, dann grummelte er: »Kein Grund, mich so anzublaffen.«

»Kein Grund, dass du dich als Klugscheißer aufführst«, gab sie zurück und stapfte zum Gepäckförderband, wo ihr Rucksack gerade zwischen den Gummistreifen herausglitt.

Schnurrbart hatte offenbar seine beiden Hirnzellen angestrengt, um sich eine Beleidigung auszudenken, weil er ihr hinterherkam, als sie zum Zoll hinüberging.

»Pass auf, dass du nicht die Metalldetektoren auslöst«, sagte er spöttisch, »mit dem Eisenwarenladen in deinem Gesicht.«

Dem Eisenwarenladen? Sie hatte sich den Nasenflügel mit einem kleinen Granatstecker gepierct. Einem einzigen! Das war alles. Und das war bei Weitem nicht so abstoßend wie diese Igelborsten unter seiner Nase. Sie zeigte ihm ihren Mittelfinger und schrieb mit der anderen Hand eine SMS.

Was ist denn mit dem Konto los, verdammt???

Sie ging gerade an den verspiegelten Wänden des Zolls vorbei, als sie auf »Senden« drückte. Sie stellte sich uniformierte Beamte mit Gummihandschuhen und wachsamem Blick vor. Aber vielleicht waren sie ja gar nicht so wachsam, vielleicht tranken sie Kaffee und spielten Karten, während Tausende vorbeiströmten, die Koffer voller Heroin und exotischer Vögel hinter sich herzogen.

Bei Owens Antwort klappte ihr der Unterkiefer herunter.

Hab mir deinen Anteil an der Miete genommen.

Sie blieb abrupt stehen und feuerte zurück.

Schwachsinn! Ich war ja wochenlang nicht da.

Du hast mir nicht gekündigt, schrieb er zurück, *deshalb hab ich Anspruch darauf. Ich hab deine Sachen in Müllsäcke gepackt. Hol sie bitte so bald wie möglich ab, sie sind mir im Weg. Außerdem hab ich ein ruiniertes Hemd. Tierarztrechnungen. Willkommen zu Hause übrigens.*

So weit war es also gekommen mit ihrer großen Liebe. Es war noch nicht so lange her, da hatten sie und Owen praktisch keine Nacht getrennt verbringen können, ohne miteinander zu telefonieren. Sie waren wie ein altes Ehepaar gewesen – jetzt, wo sie darüber nachdachte, im Grunde wie Mum und Dad –, bis auf einmal alles schiefging. Sie hatte gehofft, sie könne den Bruch kitten, wenn sie aus Israel zurück war. Aber jetzt, allmächtiger Gott, jetzt hätte sie Owen am liebsten umgebracht. O ja, sie hätte ihn mit dem größten Vergnügen erwürgen können. Ihre Daumen flogen über die Tasten.

TIERARZTRECHNUNGEN???

Er unterhielt sich offensichtlich prächtig.

Baffy hat Hühnerknochen aus Mülleimer gefischt, Splitter in

Darm, Infektion, fast gestorben, Not-OP kostet ein Vermögen. Auch dein Hund, schon vergessen?

Na ja, da hatte er recht, irgendwie.

Sie betrat die Ankunftshalle des Flughafens Heathrow. Kein Mensch da, der einen abholt, dachte sie bitter. Man kommt sich vor wie ein überzähliger Arsch auf einer Hochzeit. Alle anderen hatten offenbar Fans, die sie hinter den Absperrungen kreischend begrüßten. Erst wurde sie fast über den Haufen gerannt von Verwandten, die sich unter Tränen in die Arme fielen, dann musste sie einem knutschenden Pärchen ausweichen. *Macht das gefälligst zu Hause!* Sie kam sich vor wie eine Komparsin in der Anfangsszene von *Tatsächlich … Liebe.*

Sie war einen Tag früher zurückgeflogen als die anderen Mitglieder des Ausgrabungsteams, damit sie rechtzeitig zu der Party von Mathis und John wieder da war. Aber als sie jetzt zum Zug ging, bereute sie ihren Entschluss. Sie hatte Mathis und John sehr gern, und sie liebte Partys, aber sie hatte sechs Wochen in einem Zelt geschlafen und keine sauberen Klamotten mehr. Es war ein langer Flug gewesen, der mit einem leer geräumten Bankkonto geendet hatte. Die ganze Nacht durchzumachen, sich volllaufen zu lassen und dann auf einem Sofa zwischen leeren Flaschen einzuschlafen, war das Letzte, wonach ihr im Moment der Sinn stand.

Ohne ihren Rucksack abzunehmen, hockte sie sich wie eine Schildkröte auf eine Bank auf dem Bahnsteig und scrollte zur Handynummer ihres Vaters. Er war genau der Richtige, wenn sie ihrem Ärger über Owen Luft machen wollte. Kate und er waren alte Verbündete. Auf Dad war Verlass. Er würde sofort auf die Parteilinie einschwenken und bestätigen, dass Owen ein gestörtes Sozialverhalten hatte. Ihre Mutter hatte die unangenehme Angewohnheit, nachzuhaken und – Gott bewahre! – eventuell sogar anzudeuten, dass Kate im Unrecht sein könnte.

»Hier ist der Anschluss von Luke Livingstone. Drücken Sie

die Vier, wenn Sie in mein Büro bei Bannermans durchgestellt werden möchten, oder hinterlassen Sie bitte eine Nachricht.«

Kate lächelte. Typisch Dad, immer höflich und freundlich. Einige ihrer Freunde hielten ihn für schrecklich reserviert, aber das war er nicht. Das Gegenteil war der Fall – wenn man seine Tochter war.

Sie rief zu Hause an und hoffte, er würde drangehen.

»Eilish am Apparat.«

Mist! »Hi, Mum. Bin ein bisschen in Eile, ich wollte nur …«

»Kate, Schatz! Wo bist du?«

»Noch in Heathrow.«

»Wie war die Ausgrabung?«

»Faszinierend. Heiß. Ich hab ein paar hundert Fotos gemacht. Ich werde euch damit langweilen, wenn wir uns sehen. Äh … ist Dad auch da?«

Kate konnte hören, dass ihre Mutter mal wieder mehrere Dinge gleichzeitig tat: Sie ließ Wasser in den Teekessel laufen, und wahrscheinlich hatte sie sich das Telefon zwischen Kinn und Schulter geklemmt.

»Er übernachtet heute in der Wohnung«, sagte sie. »Und du fährst bestimmt gleich zu Owen. Oder hat er dich am Flughafen abgeholt?«

Kate dachte an Owens Wohnung und die Müllsäcke, in die ihre Sachen gestopft waren. Er würde lauern wie eine Moräne in ihrer Felsspalte und darauf warten, dass sie kam, damit er seine Psychospielchen mit ihr spielen konnte. Plötzlich sehnte sie sich danach, wieder bei ihren Eltern zu wohnen, Kuschelsocken zu tragen, mit ihrer Mutter Tee in der Küche zu trinken und mit ihrem Vater über *Blackadder* zu lachen.

»Äh, vielleicht komm ich morgen nach Hause. Wenn wir am Sonntag Grandpas Baum pflanzen, muss ich doch sowieso da sein. Ich komm einfach einen Tag früher.«

»Das ist ja wunderbar! Toll! Owen auch?«

»Nein.«

»Wir würden uns aber freuen.«

»Er hat zu viel zu tun.«

Kate konnte förmlich hören, wie die Antennen ihrer Mutter zu rotieren begannen. Diese Frau verfügte über eine geradezu unheimliche telepathische Begabung. Als Kate mit dreizehn ihre erste Zigarette geraucht hatte, hatte ihre Mutter es sofort gemerkt. Wie, war Kate absolut schleierhaft, weil sie mindestens zehn Minuten mit Mentholmundwasser gegurgelt hatte. Ihre Mutter war regelrecht ausgerastet und hatte ihr das Taschengeld für einen Monat gestrichen. Ihr eigener Vater war an Lungenkrebs gestorben, deshalb war ihre Reaktion verständlich. Sie war auch dahintergekommen, dass Kate in der Schule gemobbt wurde, und zur Klassenlehrerin gestürmt. Das hatte alles zwar nur noch schlimmer gemacht, aber Kate war ihr dankbar gewesen, weil sich ihre Mutter für sie eingesetzt hatte.

»Alles in Ordnung zwischen dir und Owen?«, fragte Eilish jetzt.

»Was sagst du? Der Zug kommt. Ich versteh kein Wort!«

»KANNST ... DU ... MICH ... JETZT ... VERSTEHEN?«, brüllte Eilish aus vollem Hals.

»Hat keinen Zweck, Mum. Ich ruf morgen wieder an. Mach's gut, Mum.«

Das ist mal wieder typisch, grollte Kate im Stillen, während sie durch den Waggon schlingerte und den Leuten dabei ihren Rucksack ins Gesicht klatschte. *In ihren Augen ist Owen ein Heiliger, ausgeschlossen, dass* er *irgendwas falsch macht, dieser blöde Sack.*

Das war ihr letzter zusammenhängender Gedanke, bevor sie, den Kopf auf der Schulter des japanischen Touristen neben ihr, einschlief.

DREI

Luke

Der Boden bebte. Eine U-Bahn donnerte unter meinen Füßen hindurch. Die Hausschlüssel schnitten mir in die Hand. In der Dunkelheit und dem Regen gaben sie mir Sicherheit. In der Wohnung war alles vorbereitet, deshalb klammerte ich mich an die Schlüssel. Ich hatte keine Angst vor dem Sterben. Ich hatte Angst vor dem Leben.

Anstatt in das schwarze Taxi einzusteigen, war ich in den Regen hinausgetreten und zu Fuß gegangen. Ich hatte keine Ahnung, wie lange ich jetzt unterwegs war, und es war mir auch egal. Was spielte Zeit schon für eine Rolle? Ich existierte nicht im geschäftigen Gewimmel der Menschen. Ich fühlte mich so sehr wie ein Geist, dass ich versehentlich mit einer Gruppe Anzugträger zusammenstieß, die sich rauchend unter der tropfenden Markise einer Bar in der Nähe des Barbican Centre drängten. Zum Glück waren sie in bester Wochenendlaune. Sie dachten anscheinend, ich hätte einen über den Durst getrunken, und boten mir sogar eine Zigarette an.

Ich war hin- und hergerissen. Wenn ich den Tod wählte, wäre Eilish am Boden zerstört, und wenn ich ihr die Wahrheit sagte, würde sie daran zerbrechen. Egal, wie ich mich entschied, ich würde sie verlieren. Eine andere Möglichkeit gab es nicht. Sie finden das vielleicht nicht nachvollziehbar, aber, glauben Sie mir, es gab keinen anderen Weg. Ich hatte in Gedanken alles immer wieder durchgespielt und hin und her gedreht, aber das war letztlich der Schluss, zu dem ich gelangt war.

Die Kneipen leerten sich, der Verkehr floss spärlicher. Verstopfte Gullys verwandelten die Straßenrinnen in schlammige Bäche, durch die ich watete. Die Leute musterten mich, als ich an ihnen vorbeiging, und wunderten sich über meine durchnässte Kleidung und meine Ziellosigkeit. Die Reisetasche, deren Riemen ich mir über die Schulter geschoben hatte, und die Aktenmappe in der anderen Hand schienen immer schwerer zu werden. Ich überlegte, ob ich die Reisetasche in einen Müllcontainer werfen sollte, doch es waren Dinge darin, die nicht gefunden werden sollten. Ich würde sie sorgfältiger beseitigen müssen, bevor ich meinem Leben ein Ende setzte.

Es war weit nach Mitternacht. Ich hatte eine Blase an der rechten Ferse, aber ich hinkte weiter. Busse, deren Scheibenwischer eifrig hin und her schwenkten, brachten Freitagabendpartygänger nach Hause, als ich in die Thurso Lane einbog.

Gut gemacht!, schnurrte DER GEDANKE liebevoll, als gelte es, ein müdes kleines Kind auf einer langen Reise aufzumuntern. *Wir sind fast da. Bald kannst du die ganze Last, die du getragen hast, ablegen. Du kannst den Baum loslassen, endlich.*

Es schüttete wie aus Kübeln, als ich die Stufen zu der Souterrainwohnung hinunterstieg. Ich ließ meine Taschen neben der Mülltonne fallen. Die Außenbeleuchtung erwachte flackernd zum Leben, und die Regentropfen glitzerten im Licht. Mir lief das Wasser übers Gesicht.

Ich öffnete zuerst das Riegelschloss, dann das Sicherheitsschloss darüber.

»Da wären wir also«, sagte ich laut.

Ich hatte mich entschieden. Ich würde nicht miterleben, was weiter aus Kate wurde oder aus Simon. Ich würde meine Enkelkinder nicht aufwachsen sehen. Ich würde nicht mit Eilish alt werden. Vielleicht würde sie den Rest ihres Lebens zornig sein, so wie die Frau im Zug. Aber war das nicht die bessere Alternative? Wahrscheinlich schon.

Das Sicherheitsschloss drehte sich mit einem leisen Klicken. Die Tür gab dem Druck meiner Hand nach. Die Außenbeleuchtung erlosch.

VIER

Eilish

Nachdem Kate aufgelegt hatte, vollführte ich einen kleinen Freudentanz. Endlich ein Hoffnungsschimmer am Horizont! Luke und ich konnten Owen nicht leiden, wir gaben uns zwar allergrößte Mühe, uns nichts anmerken zu lassen, aber unsere Abneigung gegen ihn war mit jeder Begegnung gewachsen. Er hatte so etwas Nichtssagendes, Unscheinbares an sich, das mich rasend machte. Kate war ein Freigeist, und dieser Mensch nahm ihr die Luft zum Atmen, so sehr klammerte er und versuchte, sie mit seiner Ich-Armer-ich-hatte-ja-so-eine-schwere-Kindheit-Masche zu manipulieren. Er hatte sogar einen wilden kleinen Hund aus dem Tierheim geholt, damit sie Familie spielen konnten. Kate war prompt darauf hereingefallen (»Er war noch nie in seinem Leben glücklich, Mum«), aber Luke und ich hatten ihn sofort durchschaut. Wir lebten in ständiger Angst, dass als Nächstes ein richtiges Baby unterwegs sein würde.

Es war wirklich nicht zu fassen. Schon als Teenager war Kate eine Feministin vom alten Schlag gewesen. Wäre Owen ein Rugby spielender Banker mit kantigem Kinn und einem Range Rover gewesen, hätte sie ihn nicht einmal mit der Kneifzange angefasst. Was für eine Ironie, dass jetzt ein bedauernswerter, dominanter junger Mann über ihr Leben bestimmte, als wäre er ein mächtiger Gangsterboss.

Ich summte ein paar Takte von *Goodbye Yellow Brick Road* vor mich hin, während ich den Salat aus einer Tüte schüttelte und die Lasagne vom Vortag aufwärmte. Mm-*hm*! Nicht mehr lange, und Owen würde Geschichte sein. Ich konnte es kaum erwarten, Luke die gute Nachricht zu erzählen, wenn er anrief.

Aber er rief nicht an. Ich versuchte es alle halbe Stunde, erreichte aber jedes Mal nur seine Mailbox. Vielleicht war der Akku leer. Das Ladegerät lag hier in der Küche.

Nach dem Abendessen setzte ich mich an meinen Sekretär und machte mich daran, die Einladungen für unser Fest zu entwerfen. Um Mitternacht hatte ich noch immer nichts von Luke gehört. Ich ging ins Bett und las noch eine Weile. Ich trug den honigfarbenen Unterrock, den er mir zu unserem letzten Hochzeitstag geschenkt hatte. Er war tatsächlich höchstpersönlich in die Damenwäscheabteilung des House of Fraser gegangen und hatte ihn eigenhändig ausgesucht und gekauft. Wenn das nicht mutig war! Ein einzelner Mann, ein Außerirdischer zwischen all diesen zupackenden Verkäuferinnen mit ihren Push-up-BHs, üppigen Dekolletés und falschen Wimpern. Luke war so stolz gewesen.

Ich knipste das Licht aus, langte auf die andere Seite des Betts hinüber, zog sein Kissen zu mir heran und stopfte es mir unter den Kopf. Ich schnappte es mir immer, wenn Luke nicht da war. Es roch nach ihm: nach Deodorant, Seife und eben nach Luke. Wenn ich mich schon nicht an den Mann kuscheln konnte, wollte ich wenigstens sein Kissen drücken.

Tausend kleine Bäche liefen unregelmäßig über das Dachfenster. Luke hatte darauf bestanden, es genau über unserem Bett einsetzen zu lassen. »Ich werde daliegen und zu den Sternen raufschauen«, hatte er gesagt. »Es wird ein Privileg sein, nicht schlafen zu können.«

Kurz bevor ich einschlief, hörte ich die Schlafzimmertür knarren.

»Untersteh dich, Casino«, murmelte ich. »Herrchen ist nicht da.«

Ein Gewicht landete auf meinen Beinen, gefolgt von leichten

Tritten und einem behaglichen Schnurren. *Dieser verdammte Kater!* Na gut, es war schön, Gesellschaft zu haben. Ich tastete nach meiner Lesebrille auf dem Nachttischchen und warf einen Blick auf mein Telefon. Keine Nachricht. Kein entgangener Anruf. Kein Grund, sich Sorgen zu machen. Luke war inzwischen sicher in unserer Stadtwohnung und schlief schon. In meinem Magen wurde es noch ein wenig kälter.

Ich lag lange wach und starrte durch die Wasserschlieren auf dem Dachfenster zu der verschwommenen, leuchtenden Scheibe des Mondes hinauf. Unser kleines, ungünstig geschnittenes Schlafzimmer war unter die Dachschräge der Scheune gequetscht. Charlotte war in diesem Zimmer zur Welt gekommen. In diesem Bett. Wo sie auch wenige Minuten später gestorben war. Auch ein Teil von Luke und mir war damals eine Weile wie tot gewesen. Ich kann verstehen, warum Beziehungen an persönlichen Tragödien zerbrechen: Trauer und Schmerz überschatten die Liebe für lange, lange Zeit. Aber Luke und ich blieben zusammen. Die Verzweiflung, die wir gemeinsam durchlebt hatten, schmiedete uns am Ende noch fester zusammen.

Ein Schwall Regentropfen prasselte auf das Dachfenster. Ich konnte die dunklen Umrisse von Lukes Pullover mit dem Zopfmuster und seiner Jeans auf dem Stuhl neben dem Bett erkennen. Die Sachen hatte er am Tag vor seiner Abreise getragen, als wir ganz nah nebeneinander, sodass unsere Hände sich manchmal berührten, durch die vertraute Landschaft von Gareth's Farm geschlendert waren. Große Heurollen lagen in unregelmäßigen Abständen auf den Feldern. Als wir auf der Fußgängerbrücke stehen blieben, uns auf das Geländer stützten und in den trägen Fluss hinunterschauten, tat Luke etwas völlig Unerwartetes.

»Ich liebe dich«, sagte er und rieb seine Stirn an meiner. »Ich danke dir.«

Wir sprachen nicht oft von Liebe. Wozu auch? Luke und ich

waren ein Paar – wir ergänzten uns perfekt. Ich glaube, keiner von uns fühlte sich ohne den anderen vollständig. Warum also große Worte machen? Nur Teenager und Filmstars müssen ständig über Liebe reden.

»Gern geschehen«, antwortete ich und strich ihm übers Haar. Ich liebte die Art, wie es sich blauschwarz und mit Spuren von Silber über seine Ohren schmiegte, wie der Flügel eines Vogels. »Ich habe zwar keine Ahnung, wofür du dich bedankst, aber ich habe es definitiv verdient.«

Etwas hatte sich verändert. Die Welt war düster geworden. Der Regen prasselte plötzlich tosend herunter, lauter als Maschinengewehrfeuer, und der Fluss hatte sich in einen schlammigen, reißenden Strom verwandelt. Luke stand im Wasser, die Strömung riss an ihm. Ich schnappte einen alten Autoreifen, der im Morast lag, und schleuderte ihn in den Fluss, aber Luke machte keine Anstalten, danach zu greifen. Schwimm, schwimm doch, schrie ich, doch er reagierte nicht. Wasser lief ihm übers Gesicht, als er mit seinen dunklen Augen an mir vorbei auf irgendetwas hinter mir starrte. Dann hatte die Strömung auch mich erfasst. Ich wurde unter Wasser gezogen. Ich schrie Lukes Namen, aber er war fort.

Panisch fuhr ich aus dem Schlaf hoch. Meine Decke lag mir auf dem Gesicht. Ich riss sie herunter, schreiend, weil Luke im Fluss ertrunken war. Casino sprang auf und sträubte das Fell.

»O Gott, was für ein schrecklicher Traum«, keuchte ich und streckte die Hand nach dem warmen Katzenkörper aus. »Was für ein furchtbarer Traum!«

Mein Herz raste so sehr, dass ich kaum Luft bekam. Dann fing Casino an, sich zu putzen, und nach einer Weile legte er sich wieder hin. Seine Ruhe übertrug sich auf mich. Das rechteckige Stück Himmel über mir hatte sich hellgrau gefärbt. Luke war sicher schon aufgestanden, vielleicht bereits auf dem Weg ins Büro, wo fünfhundert Mails auf ihn warteten.

»Lauf in die Küche und mach mir eine schöne Kanne Tee, Casino, sei so lieb.« Der kleine Kater fuhr sich mit der Pfote übers Gesicht. Ich strich ihm über den Kopf. »Noch zu früh für dich? Tja, du hast recht, es ist verdammt früh. Es ist – hörst du das? Ist das ein Auto?«

Casino und ich lauschten. Autoreifen knirschten auf dem Kies. Ich schwang meine Beine aus dem Bett und warf mir meinen Morgenmantel über, während ich in die regendurchtränkte Dämmerung hinausspähte. Wer konnte das denn sein zu dieser unchristlichen Zeit? Ich rechnete damit, einen Streifenwagen in der Einfahrt stehen zu sehen, und stellte mir vor, wie ernst dreinblickende Polizeibeamte mir schlechte Nachrichten überbrachten.

Einen Augenblick später hetzte ich die Treppe hinunter und riss die Haustür mit einem freudigen »Hallo!« auf. Luke, seinen Trenchcoat über dem Arm, kam durch den Regen auf mich zu.

»Du bist ja klatschnass«, sagte ich vorwurfsvoll.

Er schaute an sich herunter. Er trug eine Anzughose und sein schwarzes Cordjackett. Die Haare klebten ihm am Kopf, Wasser lief ihm in den Hemdkragen. Er wirkte zerstreut, aber das war nichts Ungewöhnliches. Es gehörte zu den Dingen, die mir schon an dem Abend, als wir uns kennenlernten, an ihm aufgefallen waren. Darüber hinaus hatte ich das starke Gefühl gehabt, dass ich ihn schon mein ganzes Leben kannte.

Ich legte ihm die Arme um den Hals und küsste ihn auf den Mund. »Ob nass oder trocken, ich freu mich jedenfalls sehr, dass du da bist! Also hast du's dir anders überlegt und bist doch nicht ins Büro gegangen? Was für eine wunderbare Überraschung! Komm rein, du solltest lieber heiß duschen, sonst erkältest du dich noch.« Ich schob ihn durch die Tür und zog sie hinter uns zu. »Kaffee oder Tee?«

Casino hatte die ganze Unruhe mitbekommen. Er tapste die Wendeltreppe hinunter, lief schnurstracks auf Luke zu und strich ihm mit gewölbtem Rücken um die Beine. Eigentlich hatten wir den Kater wegen der Kinder angeschafft, aber seine große Liebe war Luke.

»Er ist definitiv ein Ein-Mann-Kater«, sagte ich und nahm zwei Kaffeebecher von der Anrichte. Sie waren handgetöpfert, rot und gelb bemalt, und es gab passende Untertassen. Die Erleichterung machte mich geschwätzig. Der kalte Knoten in meinem Bauch, der Albtraum vom Ertrinken hatten also nichts zu bedeuten gehabt. Ich plapperte weiter – über das Wetter und den Garten und Kate und Owen. Luke stand da und beobachtete mich. Rings um ihn hatten sich schon Pfützen gebildet.

»Ab ins Bad mit dir«, schimpfte ich und schob ihn Richtung Treppe. »Du wirst dir noch den Tod holen! Wieso bist du so früh schon da?«

»Ich hab die Wohnungsschlüssel verloren.«

Ich schnappte erschrocken nach Luft. »*Wie bitte?* Hast du denn keine Ersatzschlüssel?«

»Doch, aber die sind hier. Also habe ich in Paddington auf den ersten Zug gewartet.«

Das ergab keinen Sinn. »Aber … du hast doch bestimmt nicht die ganze Nacht im Bahnhof gesessen?«

»Nein, ich hab nicht gesessen, ich bin durch die Gegend gelaufen.«

»Die ganze Nacht, bei dem Wetter? Wieso bist du nicht zu Simon und Carmela gegangen? Du hättest doch bei ihnen übernachten können. Oder du hättest mich anrufen können, um Himmels willen! Ich hätte dich abgeholt, das weißt du doch.«

»Ja, das weiß ich.« Es war, als zöge er sich in seine Augenhöhlen zurück. Ich sah ihn an, und wieder schloss sich diese eisige Faust um meinen Magen. Ich kannte diesen Ausdruck. Als ob er innerlich, unsichtbar für andere, gefoltert würde.

»Worüber hast du nachgedacht, als du die ganze Nacht rumgelaufen bist?«, fragte ich.

Er antwortete nicht.

»Mein geliebter Mann.« Ich ging um die Kochinsel herum, nahm sein Gesicht in meine Hände und zwang ihn sanft, mich anzusehen. »Ist es wieder so weit? Du weißt doch, dass diese schlimmen Phasen wieder vorbeigehen. Warum in aller Welt hast du mich denn nicht angerufen?«

»Ich musste eine Entscheidung treffen«, erwiderte er. »Ich habe sie getroffen. Und jetzt muss ich dir etwas sagen.«

Der Raum verblasste. Nur Luke war noch da, Luke in seinen durchnässten Sachen und mit dem gespenstisch bleichen Gesicht. Ich musste an den Tag denken, als mein Vater hergekommen war – und fast an der gleichen Stelle stand wie Luke jetzt – und mir mitteilte, auf seiner Lunge sei ein Schatten festgestellt worden. Er hatte so verzweifelt optimistisch geklungen, dass ich fast losgeheult hätte: *Heutzutage bedeutet Krebs nicht das Ende. Die Chemo kann Erstaunliches vollbringen.* Ein halbes Jahr später war er tot. Meine Mutter war nicht mal zu seiner Beerdigung gekommen. Obwohl der Tod große Macht hat, gelang es ihm nicht, ihre Verbitterung zu besiegen – auch wenn ich nie begriffen habe, warum sie verbittert war, da sie ja diejenige war, die ihn wegen eines anderen Mannes verlassen hatte. Sie überlebte Dad um zehn Jahre, bevor der Krebs auch sie holte.

»Bist du krank?«, fragte ich Luke und hielt unwillkürlich den Atem an.

»Nein.« Er gab ein Schnauben von sich, das wie ein Lachen klang. Na ja, nicht direkt wie ein Lachen. »Obwohl die Leute das anders sehen werden. Die werden mich bestimmt für krank halten.«

Ich traute mich wieder zu atmen. Also kein Krebs. Oder eine andere tödliche Krankheit. Mit allem anderen konnten wir fertigwerden. »Hast du eine Affäre?«

»Nein. Nein! Ich würde nie … Du bist immer die einzige Frau in meinem Leben gewesen.«

Ich hatte keine Ahnung, was kommen würde. Ich dachte wirklich, es wäre irgendetwas Banales. Hatte er Geld bei einer riskanten Investition verloren? Und wenn schon. Geld ist nicht alles im Leben.

»Setz dich erst mal hin«, sagte ich und trug die Kaffeebecher zum Tisch hinüber. »Und dann erzählst du mir alles. Geteiltes Leid ...«

Unser Küchentisch hat schon einiges erlebt. Seit mehr als fünfundzwanzig Jahren spielt sich unser Leben rings um seine blau gestrichenen Beine und die geschrubbte Eichenplatte ab. Er hat Taufen und Geburtstagspartys gesehen. Er war Zeuge hitziger familiärer Auseinandersetzungen und ausgelassener Teenagerfeten und endloser Partien Monopoly. Er ist von ehrenwerten Narben gezeichnet, die heiße Pfannen, Kates Henna und Simons erste Lötversuche auf seinem Gesicht hinterlassen haben. Er kennt jeden von uns in- und auswendig.

Luke blieb stehen. »Du wirst schockiert sein.«

»Lass es drauf ankommen. Du bist weder krank, noch hast du eine Affäre, so schlimm kann es also nicht sein. Geht es um Geld? Hast du unsere Rente verjubelt? Oder das Haus?«

»Nein.«

»Hat Bannermans Konkurs angemeldet?«

»Nein, nein.« Er streckte seine Hände aus, die Handflächen nach unten, als wollte er meine Rateversuche unterbinden. »Es geht um mich, um den, der ich bin. Ich muss dir sagen, wer ich bin.«

»Für mich siehst du wie Luke Livingstone aus.«

»Ja, ich sehe aus wie er. Aber ich bin nicht er.«

»Ach, ich denke, du wirst schon noch merken, dass du es bist.« Ich zwang mich zu einem Lächeln.

»Ich bin mein ganzes Leben lang davor weggelaufen. Ich kann nicht mehr, Eilish.«

Und dann begann er zu erzählen. Ich hatte das Gefühl, dass

er in einer Fremdsprache redete, weil seine Worte für mich keinen Sinn ergaben. Er sagte immer wieder, er sei nicht der, für den ich ihn hielt, das sei er nie gewesen, er sei nicht ein Einzelner, es gebe noch andere.

»Das muss dir doch aufgefallen sein«, wiederholte er in einem fort. »Du musst doch etwas geahnt haben.«

Was soll ich geahnt haben?, dachte ich panisch. *Was soll mir aufgefallen sein?* Luke war ein Verstandesmensch, er war einfühlsam, gelegentlich depressiv, aber vor allem vernünftig. *Vielleicht hat er einen Hieb auf den Kopf bekommen. Oder – o Gott – hatte er vielleicht einen Schlaganfall? Einen Hirntumor? Wir müssen zum Arzt, und zwar sofort.*

»Stopp«, fuhr ich ihn an. »Ich will nichts mehr hören! Du redest seit zehn Minuten, und ich habe immer noch keinen blassen Schimmer, was du mir eigentlich sagen willst. Du wirkst völlig desorientiert. Ich bring dich am besten ins Krankenhaus.« Ich hatte meine Handtasche geschnappt und die Autoschlüssel vom Haken neben dem Kühlschrank genommen.

»Ich glaube, ich war dazu bestimmt, eine Frau zu werden«, sagte er.

»Vielleicht behalten sie dich gleich da für weitere Untersuchungen. Ich werde dir ein paar frische Sachen zusammenpacken und …«

»Eilish, hör mir zu. Bitte hör mir zu.« Etwas in seiner Stimme ließ mich innehalten. Ich drehte mich um. Er hatte sich eine Hand fest über die Augen gelegt. »Ich sehe aus wie ein Mann namens Luke. Ich bin gefangen im Körper eines Mannes namens Luke. *Aber ich bin nicht er.*«

Ich wollte ihn nicht verstehen. Ich hatte Angst davor. »Okay, ganz ruhig. Hast du Schmerzen?«

»Eilish.«

»Vielleicht sollte ich lieber einen Krankenwagen rufen. Der ist schneller.«

»Ich bin nicht krank.« Er ließ sich auf einen Stuhl fallen, so schwer, als würden ihm seine Beine den Dienst versagen. »Es gibt einen Namen dafür.«

»Sprich nicht weiter«, flehte ich ihn an. »Lass uns einfach …«

Aber er redete weiter, so laut, dass ich es nicht überhören konnte: »Man nennt es Störung der Geschlechtsidentität.«

Störung der Geschlechtsidentität. Ich kannte den Begriff. Vor ein paar Jahren hatte ich auf einer Konferenz für Lehrkräfte an einem Seminar zu diesem Thema teilgenommen. Wir hatten einen ganzen Tag lang Vorträge über Jungen gehört, die sich wie Mädchen anziehen, wie Mädchen spielen und wie Mädchen behandelt werden wollen, und über Mädchen, die lieber Jungs sein wollen. Einige suchen ärztliche Hilfe oder nehmen sogar Hormone ein, was mich schockierte. Es wurde heftig und widerstreitend darüber diskutiert, welche Toiletten sie benutzen sollten. Ein Kursteilnehmer befand sich in einem Rechtsstreit mit den Eltern eines Schülers, weil die Schule diesem nicht gestatten wollte, in Mädchenkleidern im Unterricht zu erscheinen und sich Tanya zu nennen. Ich halte mich für tolerant und aufgeschlossen, aber ich verstand die Problematik nicht wirklich. Die armen verwirrten Dinger, dachte ich und gab insgeheim sogar den Eltern eine Mitschuld.

Und was erwachsene Transsexuelle angeht, na ja, wir haben doch alle schon diese schrillen Gestalten gesehen, Männer mit Perücken und Handtaschen und High Heels. Die falsche Figur, die falsche Stimme und immer allein. Ich hatte Mitleid mit ihnen – als ich jung und grausam war, lachte ich sie sogar aus –, aber sie hatten nichts mit mir zu tun. Sie gehörten allesamt zu einer völlig anderen Welt.

»Hör endlich auf damit«, sagte ich. »Das ist nicht witzig. Du bist kein … kein … Das hat doch nichts mit dir zu tun!«

»Und ob es etwas mit mir zu tun hat.«

»Nein, mein Schatz, ganz sicher nicht.« Ich setzte mich zu

ihm. Ich wollte ihn zur Vernunft bringen, als wäre er einer meiner Schüler. »So empfinden Kinder, die noch auf der Suche nach ihrem Weg, ihrer Sexualität sind und vielleicht ihre Eltern, die sich immer einen Jungen oder ein Mädchen gewünscht haben, nicht enttäuschen wollen. Das sind sehr verwirrte junge Menschen. Bei denen kommt so was vor, aber nicht bei Anwälten mittleren Alters, die Frau und Kinder haben.«

»Ich bin weiblich. Mein Körper ist der eines Mannes, aber ich bin kein Mann. Das ist nichts Neues, Eilish. Ich fühle mich schon mein ganzes Leben lang so. Ich bin mit dem falschen Körper geboren.«

Genauso gut hätte er mir mitteilen können, er sei ein Außerirdischer aus einer fernen Galaxie in menschlicher Gestalt. Ich hatte keine Ahnung, was er mit dieser Farce bezweckte, ich wusste nur, dass es einfach nicht stimmte.

»Ich kenne dich doch«, beharrte ich und lachte verzweifelt auf. »Ich weiß ganz genau, wer du bist! Du bist ein Mann. *Mein* Mann. Das ist völlig verrückt!« *Bestimmt wache ich gleich aus diesem Albtraum auf,* dachte ich. Ich versuchte, mich dazu zu zwingen, aber es ging nicht. »Du erwartest von mir, zu glauben, dass du dich gefühlt hast … es geheim gehalten hast … dieses … etwas, seit dem Tag, an dem wir uns kennengelernt haben? Das würdest du mir nicht antun. Niemals. Ich *kenne* dich. Du bist Luke.«

Er schlug sich die Hände vors Gesicht. Casino sprang auf seinen Schoß und begann zu treteln.

»Ich muss dir das erklären«, sagte Luke. »Lass es mich bitte versuchen.«

Ich war so perplex, dass ich ihn nicht ein einziges Mal unterbrach, als er mir schilderte, wie er sich schon als kleiner Junge weiblich gefühlt habe. Er sagte immer wieder, wie leid es ihm tue, und dass er es verstehen würde, wenn ich mich scheiden ließe, aber er könne nicht länger so tun, als wäre er ein ganz normaler Mann. Er sagte, er wolle nicht mehr lügen. Er sagte, dass er mich liebe.

Ich saß da und hörte zu und verstand überhaupt nichts. Ich dachte daran, wie er die ganze Nacht in Sturm und Regen umhergeirrt war. An meinem Stuhl arbeitete sich ein Nagel aus dem Holz. Ich drückte mein Schulterblatt absichtlich gegen die scharfe Spitze. Der Schmerz war wenigstens real in diesem albtraumhaften Nebel. Die Welt war im Begriff zu kippen, und ich würde gleich herunterfallen. Wasser platschte gegen die Fenster. *Die Regenrinnen sind schon wieder verstopft*, dachte ich, als ob die verdammten Regenrinnen wichtig gewesen wären.

»Bist du vielleicht schwul?«, fragte ich unvermittelt. »Ist es das, was du mir sagen willst – dass du Sex mit Männern haben willst? Dass du mich nie wirklich begehrt hast?«

»Nein. Ich bin nicht schwul. Leider. Dann wäre alles viel einfacher.«

Ich lachte laut heraus, so absurd war das. *»Einfacher?«*

»Weniger kompliziert.«

»Und was bedeutet das jetzt? Ich verstehe nicht, was das bedeutet. Willst du mich verlassen?«

Die Frage hing noch im Raum, als das Telefon klingelte. Es schien mir unwichtig. Wie aus weiter Ferne hörte ich Simon auf den Anrufbeantworter sprechen. Armer Simon. Er klang so fröhlich. Er dachte, seine Welt sei noch heil.

»Hi, Dad. Hi, Mum. Äh, wahrscheinlich schlaft ihr noch, tut mir leid, wenn ich euch geweckt habe. Dad, hast du zufällig das Interview auf Radio Four gerade eben gehört? Über interkulturelle Verständigung? War interessant, dachte, das würde dich vielleicht … egal. Du kannst es dir ja im Internet anhören. Das ist echt zum Lachen, was die über nonverbale Kommunikation mit Norwegern sagen. Ach, und schöne Grüße von Carmela. Es geht ihr gut – sie ist natürlich müde, aber sonst ist alles bestens. Wir sehen euch beide morgen zum Lunch, oder? Ich dachte, ich frag vorsichtshalber noch mal nach, aber wenn ich nichts von euch höre, kommen wir wie verabredet. Augenblick noch, Nico will euch Hallo sagen.«

Pause. Flüstern. Hörbares Atmen. Dann die sorgfältig artikulierten Wörter eines Vierjährigen, dem das Erwachsenenprivileg zuteilwird, telefonieren zu dürfen.

»Hallo, Grandpa … Hallo. Hallo? Er ist nicht da, Dad.« Wieder Geflüster, und dann sprach unser geliebter Enkel in förmlichem Ton auf das Band: »Hallo, Grandpa und Granny. Es gibt Fisch zum Frühstück. Ich kriege ein neues Brüderchen oder Schwesterchen. Wann basteln wir denn das Holzflugzeug? Macht's gut.«

Ich stellte mir vor, wie Nico das Telefon hinknallte und dann zu seinem Fischfrühstück zurückflitzte. Stille lastete auf unserer Küche. Wieder platschte ein Wasserguss an die Fensterscheibe.

»Willst du mich verlassen?«, fragte ich noch einmal.

»Ich denke, die Entscheidung liegt bei dir. Ich weiß nur, dass ich so nicht weitermachen kann. Ich kann nicht länger so tun, als wäre ich jemand, der ich nicht bin.«

Mir fiel plötzlich ein, wie ich einmal beim Friseur in einer Illustrierten einen Artikel über eine Frau gelesen hatte, die im Kleiderschrank ihres Mannes einen Stapel Frauenkleider entdeckt hatte, die er, wie sich herausstellte, heimlich trug. »Das war der schlimmste Tag meines Lebens«, hatte sie gesagt. Der Ehemann erklärte, er wolle als Frau leben. Sensationslüstern las ich die Reportage, während ich mir Strähnchen färben ließ, und betrachtete das Foto zweier Frauen, von denen die eine ausgesprochen merkwürdig aussah.

»Du bist verheiratet«, beharrte ich mit einer aus Angst geborenen Starrköpfigkeit. »Du hast Kinder und Enkelkinder. Du bist *Luke Livingstone*, um Himmels willen! Und Luke Livingstone ist ein Mann durch und durch, das kann ich dir versichern, und ich sollte es verdammt noch mal wissen, weil du drei Jahrzehnte mein Bett geteilt hast und wir drei Kinder zusammen haben.«

»Ich habe versucht, ein Mann zu sein.«

»Nein. Nein.« Ich suchte verzweifelt nach Argumenten, um ihm begreiflich zu machen, wie absurd das alles war. »Du bist mein Freund, mein Liebhaber, mein Ehemann. Ich hätte doch etwas merken müssen!«

»Ich habe immer gehofft, dass du vielleicht etwas ahnst.«

Erinnerungen stiegen in mir auf, zwängten sich höhnisch grinsend wie kleine Teufelchen durch die Barriere meines Leugnens: Luke, der sich für eine Party als Nutte verkleidete, meinen kürzesten Rock trug und sich mit erstaunlicher Geschicklichkeit schminkte. Er war der absolute Mittelpunkt, laut und ausgelassen, als ob das Kostüm ihn befreit hätte. »Hey, schöne Beine!«, hatten die Leute quer durch den Saal gebrüllt, als er mit unserer Gastgeberin tanzte. »Du würdest eine verdammt heiße Braut abgeben, Luke!«

»Wir sind doch so glücklich«, sagte ich hilflos. »Oder nicht? Warum erzählst du mir das gerade jetzt?«

»Weil ich am Ende bin, Eilish. Ganz am Ende. Ich kann nicht mehr. Letzte Nacht habe ich vor der Wahl gestanden, mir das Leben zu nehmen oder mich so zu akzeptieren, wie ich in Wirklichkeit immer war. Es tut mir unendlich leid.«

Der Nagel bohrte sich in meinen Rücken und hielt mich aufrecht. Wäre ich nicht so fassungslos gewesen, hätte ich vielleicht gefragt, wie es seiner Meinung nach weitergehen sollte. Ich hätte ihn gefragt, was er vorhätte – wofür genau hatte er sich entschieden? Aber solche Fragen überstiegen meinen Verstand bei Weitem.

»Sag mir«, begann ich, »als ich zum Altar geschritten bin und du dich umgedreht und mir zugelächelt hast … das habe ich nie vergessen, Luke … als unsere Kinder geboren wurden, als wir Charlotte verloren, als wir über unseren Ruhestand gesprochen und all diese Pläne geschmiedet haben …« Er wollte etwas sagen, aber ich stoppte ihn mit einer Handbewegung. »Nein, lass mich. Ich muss dich das fragen. All die Male, als wir uns geliebt haben und eng umschlungen eingeschlafen und nebeneinander aufgewacht sind, als wir miteinander geredet und uns gestritten haben und uns sorgten und küssten und über läppische Dinge lachten … Tag für Tag, Jahr für Jahr … hast du mich unser ganzes Leben lang, während ich glaubte, wir wären glücklich miteinander und du würdest mich begehren und respektieren … hast du mich all die Jahre in diesem absolut wesentlichen Punkt belogen?«

Er schüttelte den Kopf. Hatte er noch einmal gesagt, wie leid es ihm tue? Ich war mir nicht sicher.

»Ich glaub es einfach nicht«, flüsterte ich. »Alles, was du denkst, was du fühlst, was du bist – das war alles nur Lüge?«

Er antwortete nicht. Das musste er auch nicht. Ich konnte die Antwort selbst erkennen.

Mein Stuhl schabte über den Boden, als ich aufstand. Casino sprang von Lukes Schoß. »Ich verstehe das nicht! Du bist Luke. *Du bist Luke!* Luke Livingstone. Das bist du. Ich habe dir mein ganzes Leben gegeben.« Ich war mit jedem Satz lauter geworden. »Du bist Luke, hörst du?«

Ich stolperte über Casino, als ich aus der Küche lief und nach oben flüchtete. Unser Schlafzimmer war immer mein Refugium gewesen, aber jetzt konnte ich nicht mehr hierher fliehen. Der Albtraum war mit mir gekommen. Ich warf mich quer übers Bett und drückte mein Gesicht in das Kissen, das immer noch nach Luke roch. Nach *meinem* Luke. Dem richtigen Luke, nicht dem Irren unten in der Küche. Ich konnte es immer noch nicht ganz glauben, ich meine, wie hätte ich etwas so völlig Absurdes glauben können?

Ich drehte mich auf den Rücken und spürte, wie mein Unterrock hochrutschte. Honigfarbene Seide. Ich war so gerührt gewesen, weil Luke ihn selbst ausgesucht und mir, als Geschenk verpackt, überreicht hatte. *Lieber Gott, lieber Gott, vielleicht hatte er sich in der Abteilung für Damenwäsche ja ausgesprochen wohlgefühlt!*

Grinsende Teufelchen, die tückische Erinnerungen aus all den Jahren mit sich trugen, schlüpften durch die Ritzen meines Gedächtnisses. *Hast du es wirklich nicht gewusst?*, giggelten sie. *Oder hast du es nicht wissen wollen?* Meine Lieblings-High-Heels, die mir auf einmal zu weit waren, genau wie mein enges Wollkleid; die Lippenstiftspuren, die ich auf Lukes Mund entdeckt zu haben glaubte, aber keine Sekunde länger darüber nachgedacht hatte, weil mir der Gedanke Angst machte; die vielen Male, wo ich das Gefühl hatte, dass Luke ein finsteres Geheimnis vor mir verbarg, mir aber der Mut fehlte, ihn darauf anzusprechen.

Meine Welt stand Kopf. Es gab nichts mehr, woran ich mich hätte festhalten können. Ich war im Begriff, herausgeschleudert zu werden in die unendliche Einsamkeit des Alls.

FÜNF

Simon

Verdammt! Er hätte lieber auf das Frühstück achten sollen, anstatt bei seinen Eltern anzurufen. Rauch waberte aus dem Backofen. Jetzt musste es schnell gehen, sonst würde der Rauchmelder Alarm schlagen, und dann wachte Carmela auf. Simon riss den Ofen auf, rannte durch die Hintertür hinaus, kratzte die verkohlten Ränder von dem panierten Fisch und schabte sie auf den Komposthaufen. Na also. So gut wie neu.

Nico saß auf einem Küchenhocker und rollte seinen Spielzeug-Jeep auf der Kücheninsel hin und her.

»Hast du meinen Fisch verbrannt?«, fragte er, als Simon den Teller schwungvoll vor ihn hinstellte.

»Ich habe ihn gegrillkohlt, damit er würziger wird. Bitte sehr, Sir. Einen für dich, einen für mich.«

Nico guckte mit großen, dunklen Augen auf seinen Teller. Es konnte keinen Zweifel daran geben, wer sein Vater war: Die Leute äußerten sich immer wieder über seine verblüffende Ähnlichkeit sowohl mit Simon als auch mit Luke. Nicos Lächeln verzückte alle. Mit seiner Topffrisur sah er allerdings leider wie ein Mädchen aus. Simon hatte sich bei Carmela darüber beklagt, doch sie hatte nur gelacht. »Er wird noch früh genug ein verdammter langweiliger Macho«, hatte sie gesagt. »Und dann kann er von mir aus einen Waschbrettbauch haben und einen Bürstenschnitt wie in der US Army, aber darf er jetzt, wo er gerade mal vier ist, nicht hübsch sein?« Simon hatte die Achseln gezuckt und resigniert.

»Kriegt Mummy keinen?«, fragte Nico jetzt.

»Sie mag lieber Joghurt.«

»Mjam.« Nico griff nach der Ketchupflasche und drückte sie mit beiden Händen zusammen. Als nichts herauskam, packte er noch fester zu, die Zungenspitze vor Anstrengung herausgestreckt. Plötzlich schoss ein roter Strahl Ketchup aus der Flasche und auf seine Schlafanzugjacke. »Huch!«

Simon lachte. »Dein Schlafanzug hat wohl Hunger gehabt.«

Nico tunkte seinen Finger in die rote Soße und schleckte ihn ab. »Ist Granny deine Mama?«

»Ja, das ist sie.«

»Und ist sie auch die Mama von Tante Kate?«

»So ist es.«

»Mummy sagt immer Eyelash zu ihr.«

Simon verzog keine Miene. Nico konnte es nicht ausstehen, wenn er herablassend behandelt oder ausgelacht wurde – noch etwas, was Vater und Sohn gemeinsam hatten. »Richtig. So heißt deine Granny. Na ja, genau genommen heißt sie Eilish, nicht wie eine Wimper, aber es klingt ein bisschen wie *eyelash.*«

»Und wie heißt Grandpa?«

»Er heißt Luke. Soll ich dir deinen Fisch aufschneiden?« Simon beging den Fehler, sich zu seinem Sohn hinüberzubeugen und nach dem Kinderbesteck zu greifen.

»Neeeiiiiiiin!«, schrie Nico. »Das kann ich selber!«

»Schon gut, schon gut, reg dich nicht auf.«

Es tat Simon weh, mit ansehen zu müssen, wie der Fisch im Zeitlupentempo malträtiert wurde. Er fragte sich unwillkürlich, wie Carmela Dinge wie diese Tag für Tag aushielt. Als Nico den Fisch mit der Gabel zu Brei zerdrückt hatte, gab er großzügig Ketchup darüber und verrührte alles miteinander. Nach Essen sah das nicht mehr aus. Einige von Carmelas Freunden – darunter auch zwei Hausmänner – hatten gestöhnt, dass sie zugenommen hätten, weil sie regelmäßig die Reste von den Tellern ihrer Kinder futterten. Simon war das unbegreiflich. Er müsste kurz vor dem Verhungern sein – wenn er zum Beispiel auf allen vieren durch den Wüstensand kriechen würde, während über ihm schon die Geier kreisten –, damit er sich einen Löffel von dieser zermatschten Ketchuppampe in den Mund schieben würde.

Dann doch lieber einen Kaffee. Er stellte eine Tasse in die neue Espressomaschine und genoss den kräftigen, bitteren Duft, während die helle Crema sich auf der schwarzen Oberfläche verteilte. Simon zelebrierte die Zubereitung von Kaffee regelrecht. Die Tasse in einer Hand, schob er sich auf einen Küchenhocker und zog die Zeitung näher zu sich heran. So ließ es sich leben! Er verlangte nicht viel vom Leben: Familie, Arbeit, eine anständige Tasse Kaffee und im Sommer genug Zeit für Kricket. Er hatte kaum laufen können, als man ihm schon einen Schläger in die Hand gedrückt hatte. Seine früheste Erinnerung war die an seinen Dad, der ihm auf dem Rasen vor dem großelterlichen Bauernhof gezeigt hatte, wie man damit umging.

Er blätterte die Zeitung durch. Krieg, Sanktionen, ein Streit über Einfuhrzölle. Das Testspiel im Lord's Cricket Ground. Nicos Geplapper war für Simon nur ein Hintergrundgeräusch beim Lesen. Gelegentlich und, wie er hoffte, an den passenden Stellen warf er ein gemurmeltes »Mmh« oder »Toll!« ein.

»Bruder oder Schwester?«, fragte Nico. »Dad! Bruder oder Schwester?«

»Mm?«

»Unser Baby! Was wird es?«

Endstand beim Spiel der Aussies war 205-9. »Ein Mensch, hoffe ich.«

»Daddy, Daddy, Daddy!« Nico kickte mit den Füßen gegen die Kücheninsel und machte einen Höllenlärm. »Junge oder Mädchen?«

»Ich hab keine Ahnung. Das wird eine Überraschung, so wie wenn du an deinem Geburtstag ein Geschenk auspackst. Wir werden sehr, sehr glücklich sein, wenn das Baby kommt, ob es nun ein Junge, ein Mädchen, ein Kaninchen oder ein zotteliges Mammut ist, wie du eins bist.« Er streckte die Hand aus und kitzelte seinen Sohn unterhalb des Ohrs. Nico kicherte und wand sich und kletterte dann auf Simons Knie.

Hoffentlich wird es ein Mädchen, dachte Simon und sah im Geist einen entzückenden kleinen Fratz im weißen Kleidchen vor sich. Seine Schwester Kate war allerdings nie ein entzückender kleiner Fratz gewesen. Als sie geboren wurde, war Simon sechs, und woran er sich hauptsächlich erinnerte, war ihr durchdringendes Gebrüll. Sie war dickköpfig und hatte ein lautes Organ. Daran hatte sich bis heute nichts geändert. Sie gehörte zu den Emanzen, die ihren BH verbrannten. Wäre sie um 1900 herum zur Welt gekommen, hätte sie sich vielleicht auch vor das Pferd des Königs geworfen.

»Was liest du denn da?«, fragte Nico.

»Ich kann gar nichts lesen, weil mir ein großer ketchupiger Kopf die Sicht versperrt.«

»Hab gar keinen großen Kopf.«

Simon resignierte und legte die Zeitung beiseite. »Wollen wir rausgehen und ein bisschen Kricket spielen? Aber erst machen wir dir mal das Gesicht sauber. So … Wo ist dein Schläger? Hast du ihn? Gut. Und jetzt zeig mir, wie man's macht.«

Nico zeigte ihm nicht, wie man's machte. Wie üblich traf er den Ball nicht ein einziges Mal. Simon hatte die bohrende Angst, dass sein Sohn an einem krankhaften Mangel an Koordination litt. Er war darüber so besorgt, dass er sich seinem Vater anvertraut hatte, als dieser und Eilish am Sonntag zuvor zum Essen gekommen waren.

»War ich auch so ein hoffnungsloser Fall?«, hatte er gefragt, als Nico dastand, in der Nase bohrte und zuguckte, wie der Ball an ihm vorbeirollte. »Aus dem Jungen wird nie ein Kricketspieler werden.«

Luke hatte gelacht. Es hatte gutgetan, ihn lachen zu hören, weil er an jenem Tag so bedrückt wirkte. »Der kleine Bursche ist gerade mal vier, Simon. Vier! Er kann noch nicht einmal seinen Namen schreiben. Ich glaube kaum, dass Ian Botham in dem Alter schon ein Ass im Kricket war.«

»Aber sieh ihn dir an! Er interessiert sich ja nicht mal dafür!«

Beide schauten zu dem Jungen hinüber. Nico hatte seinen Schläger ins Gras geworfen und versuchte, mit der Zungenspitze sein Ohrläppchen zu erreichen.

Simon spürte die Hand seines Vater auf der Schulter.

»Tu dir selbst einen Gefallen«, sagte Luke ernst, »und streich diesen Punkt von deiner Sorgenliste.«

»Grandpa Livingstone dreht sich bestimmt im Grab um.«

»Das macht nichts. Wirklich. Bitte vergiss das nie: Solche Dinge *spielen keine Rolle*. Du musst zulassen, dass Nico seine eigene Persönlichkeit entwickelt.«

Als sie zum Haus zurückgingen, sagte Luke, er habe beim Aufräumen seine Sammlung *Biggles*-Comics gefunden und sie mitgebracht, weil er sie Nico schenken wolle. Simon war gerührt. Sein Vater hatte ihm früher immer daraus vorgelesen, jeden Abend eine halbe Stunde lang, egal, wie spät er aus dem Büro nach Hause gekommen war. Es hatte Jahre gedauert, aber sie hatten jeden einzelnen Band zusammen gelesen.

An diesem Tag interessierte sich Nico so wenig für Kricket wie sonst auch. »Guck mal, Dad, ein Flugzeug!« »Guck mal, Dad, ich kann Purzelbaum!« Als er anfing, die Stockrosen mit seinem Schläger zu köpfen, gab Simon es auf.

»Komm, wir bringen Mummy einen Tee«, sagte er und warf einen hoffnungsvollen Blick auf seine Uhr. »Jetzt sollte sie eigentlich lange genug geschlafen haben.«

Er war sehr stolz auf sich, als er den Teekessel ausspülte.

Seine schwangere Frau hatte sich ausruhen können, und er war ein vorbildlicher Vater. Er nahm den Teebecher und gab Nico die Keksdose. Der Junge rannte die Treppe hinauf ins elterliche Schlafzimmer, das von Carmela in ihrem unverwechselbaren Stil eingerichtet worden war: in tiefen Blau- und erdigen Orangetönen. Ihre dunklen Haare lagen aufgefächert auf dem Kopfkissen, und sie blinzelte verschlafen.

»Wir bringen dir Tee«, sagte Simon.

»Und Kekse«, fügte Nico hinzu. Er ließ die Dose auf ihre Beine fallen, riss den Deckel herunter und nahm einen Schokokeks heraus.

Carmela gähnte. »Wenn ihr keine Männer der neuen Generation seid, dann weiß ich auch nicht.« Der Sarkasmus in ihrer Stimme war nicht zu überhören. »Wie spät ist es denn? Erst acht? Na ja, unter Ausschlafen versteh ich eigentlich was anderes.«

Auch nach fünf Ehejahren fand Simon ihren Akzent verführerisch. Sie war eine sinnliche, üppige Schönheit, vor allem jetzt, da sie im sechsten Monat schwanger war.

»Wie fühlst du dich?«, fragte er und legte sich auf der Bettdecke neben sie.

»Als hätte ich einen Elefanten hier drin.«

»Unsinn!« Er tätschelte ihren Bauch. »Höchstens ein Walross.«

Sie setzte sich auf und streckte ihm die Zunge heraus. »Hast du deine Eltern angerufen? Wollen wir morgen immer noch den ganzen Weg nach Oxfordshire rauffahren, nur um einen Baum zu pflanzen?«

»Ich hab ihnen eine Nachricht hinterlassen. Aber ich denke, dass es dabei bleibt. Die Wettervorhersage ist gar nicht so schlecht.«

»Hmm.« Sie nippte an ihrem Tee. »Alle werden schrecklich ernst und feierlich sein, weil sie an deinen Großvater denken müssen. Eilish und Luke werden sich um ihre Gäste kümmern und keine Zeit für ihren Enkel haben. Das wird nicht lustig für meinen armen Nico. Ich wette, deine Tante Wendy kommt auch … o je! Und Kate?«

»Ich weiß nicht, ob sie schon aus Israel zurück ist, aber – he, Nick! Drei Kekse reichen, tu die anderen wieder in die Dose.«

Carmela kräuselte die Nase. »Deine Schwester verachtet mich.«

»Nein, nein.«

»Doch, doch. Ich habe uns Frauen verraten, weil ich hohe Absätze trage und Lippenstift benutze und aufgehört habe zu arbeiten, als Nico kam. Ach so, ja – und ich bin ein Kapitalistenschwein, weil ich für ein multinationales Unternehmen gearbeitet habe.«

»Eine Kapitalistensau«, verbesserte Simon sie belustigt.

Carmela zog ihre vollen Haare über die eine Schulter und fing an, sie zu einem Zopf zu flechten. Sogar in ihrem weiten Umstandsnachthemd sah sie umwerfend aus.

»Mach dir keinen Kopf wegen Kate«, sagte Simon. »Sie ist nur meine dürre kleine Schwester.«

»Sie könnte richtig hübsch sein, wenn sie sich nicht so anstrengen würde, nichts aus sich zu machen.«

Nico kniete auf dem Bett und schaute seiner Mutter mit offenem Mund beim Haareflechten zu. »Darf ich auch mal?«, bettelte er.

»Klar. Schau, so wird's gemacht … oben drüber und dann unten durch. Aber nicht ziehen! O mein Gott!« Lächelnd ergriff sie Simons Hand und legte sie auf ihren Bauch. »Spürst du es?«

Die Tritte des Ungeborenen fühlten sich wie ein kleines Erdbeben unter Simons Fingern an. Es kam ihm jedes Mal wie ein Wunder vor. »Dieses Baby ist definitiv ein Karate-Ass.«

»Was meinst du, wer das ist? Dieser neue Mensch, den wir noch nicht kennen?«, fragte Carmela. Die Köpfe nah beieinander, betrachteten sie Carmelas Bauch, in dem ein Fremder heranwuchs, den sie bereits liebten.

Nico wurde heftig eifersüchtig, als er nicht mehr die Aufmerksamkeit seiner Eltern hatte. Er gab das Flechten auf und fuhr mit seinem Spielzeugauto Carmelas Haare hinauf und hinunter. »Das ist das Baby!«, schrie er.

»Ja, das ist das Baby«, erwiderte seine Mutter. »Aber wer ist es in seinem Inneren? Hat es schon eine Seele? Wer bist du, Kleines?«

Nico hatte offensichtlich keine Lust, sich um die Seele von jemandem zu kümmern, den er nicht sehen konnte. Er riss an seinem Jeep, und Carmelas Hand schoss hoch und in ihre Haare.

»Autsch! Was ist denn jetzt passiert?«

Simon warf einen prüfenden Blick auf das Spielzeugauto und unterdrückte ein Lachen. » Der Jeep steckt in deinem Haar fest.«

»Kannst du ihn nicht rausmachen?«

»Mmh ... deine Haare haben sich. komplett um die Räder gewickelt Warte mal, halt still ...« Behutsam versuchte er, die Knoten zu entwirren. Es war aussichtslos. »Tut mir leid, aber ich fürchte, wir müssen ihn herausschneiden.«

Nico kicherte. »Oder du bist eben die Mummy mit dem Jeep am Kopf.«

»Ein Auto am Kopf und bald Erbrochenes vom Baby an der Schulter«, jammerte Carmela. »So tief kann man fallen!«

SECHS

Luke

Die Regenrinne ist kaputt. Ich musste sie reparieren. Wie blind sackte ich am Tisch zusammen, bombardiert vom trommelnden Stakkato des Wassers wie ein auf mich gerichtetes Trommelfeuer.

Warum hatte ich mich von einer Fremden im Zug überreden lassen, meine Meinung zu ändern? *Warum?* Ich hatte gewusst, dass ich die richtige Entscheidung getroffen, den ehrenhaften Weg gewählt hatte. Eilish wäre eine achtbare, würdevolle, für den Rest ihres Lebens finanziell abgesicherte Witwe gewesen. Sowohl das Haus als auch die Wohnung in der Thurso Lane waren schuldenfrei. Eine Rente gab es auch. Natürlich hätte Eilish getrauert, aber sie wäre darüber hinweggekommen. Sie würde mich immer noch lieben.

Das Telefon an der Küchenwand klingelte.

Regen und Dunkelheit. Ich stand wieder vor der Stadtwohnung. Drehte den Schlüssel im Schloss. Die Tür ging auf. Nur ein paar Schritte, dann würde ich für immer Frieden haben. Aber im nächsten Moment sah ich Eilish zwischen den Rosen, und ich wollte sie nicht verlassen.

Ich schlug die Tür hinter mir zu und rannte los. Ich lief vor dem Tod weg. Ich stolperte die Stufen hinauf, zurück auf die Thurso Lane und weiter auf die Hauptstraße. Regenwasser strömte gurgelnd im Rinnstein und einen Gully hinunter. Ich fiel auf die Knie und zwängte meine Schlüssel durch das Gitter.

Ist das dein Ernst?, kreischte DER GEDANKE. *Willst du das wirklich durchziehen? Das Leiden hat begonnen, Kumpel!*

Die Schlüssel waren durch. Ich spürte, wie die Strömung an ihnen zerrte. Ich zögerte noch einen letzten Augenblick, dann ließ ich los.

Sie waren fort. Sie waren fort und mit ihnen meine Aussicht auf Frieden. Der Regen ließ nach, als wäre er erstaunt über meinen Entschluss, und prasselte dann heftiger als zuvor auf mich herunter. Ich weiß nicht, wie lange ich auf dem nassen Asphalt lag. Ich weiß nur noch, dass das Wasser im Rinnstein das Licht der Verkehrsampeln reflektierte und abwechselnd rot, orange und grün leuchtete.

Sehr viel später hielt ein Bus in der Nähe und spie eine Ladung ausgelassener Kneipengänger aus. Lautstark grölend kamen sie auf mich zu. Als sie mich entdeckten, verstummten sie.

»Machst du ein Nickerchen, Alter?«, rief eine männliche Stimme.

Ich antwortete nicht.

»Sternhagelvoll«, sagte ein anderer. »Geh nach Hause, Alter, sonst ertrinkst du noch.«

Ich rappelte mich hoch und kam auf die Knie. Ich war entsetzlich müde, so müde, dass ich glaubte, nie wieder aufstehen zu können. Eine junge Frau torkelte auf mich zu.

»Du weinst ja«, lallte sie.

»Nur ein bisschen.«

»Wieso heulst du denn?«

»Weil ich schreckliche Angst habe.«

Schwankend auf ihren High Heels, beugte sie sich zu mir hinunter und sah mir ins Gesicht. Ihre Begleiter verloren das Interesse und schlurften davon.

»Wovor hast du denn so eine Scheißangst?«, fragte sie.

Sie war ungefähr in Kates Alter. Wahrscheinlich ein nettes

Ding. Ich wollte ihr nicht den Abend verderben. Ich zwang mich zu einem Lächeln.

»Vor dem Leben«, sagte ich. »Ich habe eine Scheißangst, weil ich beschlossen habe zu leben.«

*

Das Klingeln des Telefons hatte aufgehört. Einen Augenblick war es still in der Küche, dann sprang der Anrufbeantworter an.

»Eilish? Ich bin's.« Es war Stella Marriot, eine uralte Freundin von Eilish. »Äh, ich mach mich gleich auf den Weg nach Cornwall, muss ja ein wenig Interesse an meiner neuen Enkelin zeigen, aber hör mal, ich hab ganz vergessen zu fragen, ob du die verdammte Katze füttern könntest. Würdest du das tun, Eilish? Du weißt schon, das Übliche. Ach herrje, da fällt mir ein, der Code für die Alarmanlage ist geändert worden. Warte mal, ich hab's gleich, ja, hier … eins, vier, eins, vier. Hast du das? Vierzehn, vierzehn. Danke dir, Liebes. Wollt ihr zwei jungen Hüpfer nicht mal rüberkommen, wenn ich wieder da bin? Ich hab Luke seit einer Ewigkeit nicht mehr gesehen. Er arbeitet viel zu viel. Höchste Zeit, dass er einen Gang herunterschaltet, er ist inzwischen bestimmt wichtig genug! Kommt doch zum Abendessen, damit ich euch mit meinen Kochkünsten vergiften kann, es gibt ein Thai-Gericht. Einverstanden? Okay, ich mach mich jetzt besser auf den Weg, es ist eine elendig lange Fahrt. Bis dann.«

Nein, dachte ich, ich glaube nicht, dass wir zum Abendessen kommen werden. Ich glaube nicht, dass es Eilish und Luke als Paar noch länger gibt.

Ein paar Minuten später klingelte das Telefon wieder. Es war Kate. Ich verkraftete es kaum, die Stimme meiner Tochter zu hören.

»Jemand da? Mum! Mum? Würdest du bitte rangehen? Na schön, anscheinend treibst du dich irgendwo draußen herum. Ich wollte nur wissen, ob du was von Dad gehört hast. Ich dachte, wir könnten den gleichen Zug nehmen, aber er hat offensichtlich sein Handy ausgeschaltet. Ich erreiche ihn jedenfalls nicht.« Ein Seufzer. »Okay, rufst du mich bitte mal zurück, wenn du das Band abgehört hast?«

Ich stand auf, um nach Eilish zu sehen. Wir hatten einander in jeder Krise unterstützt, und dies war eine weitere. Als ich die Treppe erreicht hatte, sah ich sie oben stehen. Sie trug ein geblümtes Sommerkleid. Ich kannte es gut. Ich hatte es nämlich ein paar Mal anprobiert, worauf ich keineswegs stolz bin, aber es stand mir überhaupt nicht. Sie sah sehr viel besser darin aus. Heute allerdings nicht. Die lebhaften Farben ließen ihr Gesicht unnatürlich bleich wirken, und die Sommersprossen hoben sich unnatürlich hervor. Ihre Mundwinkel sahen aus, als würden sie von schweren Gewichten heruntergezogen. Sie hatte ihre Haare nicht gebürstet, und sie kräuselten sich wirr um ihren Kopf.

»Nein«, sagte sie und hob die Hand. »Komm nicht rauf.«

»Eilish, ich …«

»Und sag kein Wort mehr – nicht zu mir, nicht zu sonst jemandem. Ich will nichts mehr von diesem … diesem Blödsinn hören. Es gibt viel zu tun. Irgendwann im Lauf des Tages kommt Kate, morgen trudeln dann deine Mutter und Simon und Carmela und Nico und Wendy ein, und sie werden alle …« Sie brach ab.

Das Baumpflanzen. Natürlich. »Das hab ich völlig vergessen.«

»Tatsächlich?« Sie kam langsam die Treppe herunter, mit sicheren Schritten, wie es schien, aber ich sah, wie sie die Handläufe auf beiden Seiten umklammerte.

»Du solltest mit jemandem reden«, sagte ich. »Vielleicht mit Stella? Sie will nach Cornwall … hat aufs Band gesprochen und gefragt, ob du ihre Katze versorgen kannst … aber sie ist bestimmt noch da. Sie würde sicher herkommen. Du kannst es ihr ruhig erzählen.«

»Nein.«

Sie machte einen Bogen um mich, um jede zufällige Berührung zu vermeiden. Sie befand sich im Überlebensmodus. Ich hatte sie schon einmal so erlebt, damals, als Charlotte gestorben war. In den ersten furchtbaren Stunden nach ihrem Tod saßen wir im Schlafzimmer, unser Baby in dem gestreiften Strampler, den wir so gut gelaunt gekauft hatten, in den Armen, und weinten, bis wir keine Tränen mehr hatten. Es hatte sich angefühlt, als wären Eilish und ich zu einem einzigen Wesen verschmolzen, einem trauernden, gramgebeugten Wesen. Nachdem Charlotte abgeholt und für eine Obduktion in die Rechtsmedizin gebracht worden war, hatte Eilish darauf bestanden, das Bett zu verlassen und sich anzuziehen. Sie müsse eine Beerdigung vorbereiten, sagte sie, und es werde verdammt noch mal eine schöne Beerdigung werden. Sie stellte sich dem Leben, obwohl das niemand von ihr erwartete.

Am Tag der Beerdigung sah ich wie eine Vogelscheuche aus. Meine Augen waren blutunterlaufen, mein Anzug war zerknittert, und ich hatte mich beim Rasieren geschnitten. Eilish dagegen hatte sich geschmackvoll in dunkelblaues Leinen gekleidet und die Haare zu einem makellosen französischen Zopf geflochten. Ihre Miene war undurchdringlich. Ihr fiel nicht auf, dass sie zwei verschiedene Schuhe trug, am einen Fuß einen blauen Pumps, am anderen eine Sandale, aber niemand machte sie darauf aufmerksam. Ich bewunderte sie nur umso mehr, weil dieses Missgeschick bewies, wie unendlich tapfer sie war.

Auch jetzt, als sie die Gefriertruhe öffnete und einen Beutel nach dem anderen herausriss, trug sie diesen verschlossenen Gesichtsausdruck.

»Wir können nicht einfach so tun, als ob alles in Ordnung wäre«, sagte ich. »Du hast doch bestimmt tausend Fragen, und wir müssen Entscheidungen treffen. Sag mir, was du willst. Ich werde alles tun, um es dir so leicht wie möglich zu machen. Ich ziehe auf der Stelle aus, wenn du das willst.«

»Schlaf heute Nacht im Arbeitszimmer. Sag den Kindern, dass du erkältet bist.« Sie stapelte die Sachen aus der Gefriertruhe wahllos auf der Kücheninsel übereinander, ohne auch nur hinzugucken, bis der Turm gefährlich schwankte.

»Bitte hör auf damit!«, beschwor ich sie. »Lass uns der Familie absagen. Wir wollen doch nur einen Baum für Dad pflanzen. Wir können ihnen erzählen, wir hätten die Grippe.«

»Bitte erwähne diese Sache nie wieder.«

Ich war fassungslos. »Nie wieder?«

»Jedenfalls nicht vor übermorgen.«

»Aber ich kann doch unmöglich …«

»Nein, Luke!« Sie schloss den Deckel der Gefriertruhe mit einem Knall. »Nein. Ich bitte dich, mir meine Würde weitere achtundvierzig Stunden zu lassen. *Meine Würde!* Ist das wirklich zu viel verlangt?«

»Nein. Nein, natürlich nicht.«

Ich schaute zu, wie sie mit einem Küchenmesser die Folie rings um eine Lammkeule aufschlitzte. Ihre Bewegungen waren schnell und ruckartig.

»Meiner Meinung nach bist du nicht ganz bei Sinnen«, sagte sie heftig. »Vielleicht bist du morgen ja wieder normal. Und jetzt entschuldige mich bitte, ich muss Kates Zimmer herrichten.«

»Kann ich dir helfen?«

Sie schüttelte den Kopf und eilte die Treppe hinauf. Ich ging in mein Arbeitszimmer. Es war tadellos aufgeräumt, geradezu unnatürlich ordentlich, weil ich nicht die Absicht gehabt hatte, hierher zurückzukehren. Keine Haftnotizen am Aktenschrank, keine chaotischen Stapel auf dem Schreibtisch. In der obersten Schublade lag ein Blatt Papier mit Hinweisen für den Testamentsvollstrecker, außerdem eine Liste mit allem, was Eilish möglicherweise hilfreich sein würde: meine Online-Passwörter;

die Adressen all jener, die benachrichtigt werden sollten; wo sie den Absperrhahn in der Wohnung finden würde. Es war nicht geplant gewesen, dass ich hier war.

Ich wusste nicht, was anfangen in dieser Zukunft, die zu erleben ich nicht erwartet hatte. Ich war ein Betrüger in meinem eigenen Leben. Ich schaute aus dem Fenster und sah Gareth über den Hang stapfen, den Kopf zum Schutz gegen den Regen gebeugt. Er holte seine Rinder von der Weide. Er brauchte sie nur zu rufen, und schon folgten sie ihm durch das Gatter in der dicken Hecke. Sie vertrauten ihm, was im Grunde ein Witz war, weil einige von ihnen in unserer Gefriertruhe landen würden. Glücklicher Gareth. Er hatte eine ständig gut gelaunte Freundin, und sein kleiner Sohn folgte ihm an den Wochenenden und in den Ferien auf Schritt und Tritt. Es gab Jahre, da machte ihm das Wetter beim Heuen einen Strich durch die Rechnung, und an seinem Traktor war ständig etwas kaputt, aber Gareth wusste wenigstens, wer er war. Er passte in seine Stiefel und in seine Overalls. Das war immer so gewesen und würde immer so sein.

Das Telefon auf meinem Schreibtisch klingelte. Ich hob mechanisch ab.

»Dad!«

Beim Klang von Kates Stimme schnürte sich mir die Kehle zu. Ich war froh, mit ihr sprechen zu können. Froh, dass sie ihren Vater nicht verloren hatte.

»Hallo, Schatz. Willkommen in der Heimat!«

»Warum bist du nicht ans Telefon gegangen? Ich brauch dringend eine Dad-Umarmung.«

Ich lächelte. Früher, als sie noch ganz klein war, bekam sie eine Dad-Umarmung, wenn sie sich das Knie aufgeschürft hatte, ihre Schulkameraden sie ärgerten oder wenn sie nachts aufwachte und schrie, weil sie draußen vor dem Fenster ein unheimliches Gesicht sah. Die ersten paar Male hatte ich mich aus dem Haus geschlichen, einen Kricketschläger in der einen Hand und mit der anderen meine Schlafanzughose am Bund festhaltend. Irgendwann waren wir dann dahintergekommen, dass der Schuldige der Vollmond war.

»Was ist denn passiert?«, fragte ich.

»Owen ist ein Arschloch, das ist passiert. Kurz vor meiner Abreise nach Israel hatte er einen One-Night-Stand mit einer Schlampe namens Gwen. Und dann – das musst du dir mal vorstellen, Dad – hatte er die Frechheit zu behaupten, das sei nur meine Schuld, weil ich ihn völlig verunsichern würde!«

»Nein! So ein … äh … Arschloch.«

»Du sagst es. Deshalb hab ich ihm ein paar Löcher in sein Lieblingshemd geschnitten, das erbsenpüreefarbene, du weißt schon. Aus Satinimitat.«

»Du hast *was*?«

»Ja. Händchen haltende Püppchen. Wenn er es anzieht, hat er eine Kette tanzender Mädels quer über der Brust. Sehr geschmackvoll, richtig künstlerisch. Ich habe dieses Hemd immer schon gehasst.«

Ich war erstaunt, als ein gewaltiges Gelächter in meiner Brust aufbrandete. Meine Ehe war am Ende und mein Leben vielleicht auch, aber ich wusste trotz allem die Vorstellung von Owen mit tanzenden Püppchen quer über seiner irritierend glänzenden Hemdbrust zu würdigen. Die menschliche Belastbarkeit ist schon eine merkwürdige Sache.

»Du Vandalin«, sagte ich.

»Ich fand, dass es in Anbetracht der Umstände eine ziemlich milde Strafe war.«

»Na ja, du hättest auch etwas verstümmeln können, was sehr viel schmerzhafter für ihn gewesen wäre.«

»Sehr richtig!« Sie lachte boshaft. »Dann bin ich nach Israel gefahren und hab gedacht, wir würden uns wieder versöhnen, wenn ich zurückkomme – ich meine, wir sind seit zwei Jahren zusammen, Dad! Aber weißt du, was er getan hat? Er hat mein Bankkonto leer geräumt! Er meint, das Geld würde ihm zustehen für Miete und Tierarztrechnungen und einen Ersatz für sein verdammtes Hemd.«

»Der Kerl ist ein Schuft. Soll ich ihn zum Duell herausfordern?«

»Mein Held! Ja, bitte, tu das und mach ihn fertig. Du könntest mich aber auch um halb zwei am Bahnhof abholen.«

Nachdem ich aufgelegt hatte, kam es mir so vor, als würde das Haus widerhallen. Kein Laut war zu hören. Ein banges Gefühl überkam mich. Ich ging nach oben und warf einen Blick in Kates Zimmer. Das Bett war gemacht, die Kissen aufgeschüttelt, Handtücher lagen zusammengefaltet am Fußende. Die Bücher und Nippessachen in den Regalen waren zurechtgerückt worden. Ich brauchte einen Moment, bis ich Eilish in dem Schaukelstuhl am Fenster entdeckte.Ihre Augen waren geschlossen, und sie hielt Kates Eisbär – Mr. Polington – mit beiden Armen umschlungen. Ich zögerte. Plötzlich schluchzte sie auf, erstickte den Schluchzer aber sofort, indem sie ihr Gesicht im weichen Fell des Plüschbären vergrub.

Ich zog mich lautlos zurück. Ich hatte das Leben dieser mutigen Frau zerstört. Ihr in ihrem Kummer Privatsphäre zu gönnen, war das Mindeste, was ich für sie tun konnte.

*

»Okay!« Kate warf ihren Rucksack in den Kofferraum und ließ sich geräuschvoll auf den Beifahrersitz fallen. »Was gibt's Neues in der alten Heimat?«

Nicht viel, außer dass die Welt zusammengebrochen ist.

Ich suchte nach einer Antwort, während ich den Wagen vom Bahnhof weg lenkte. »Na ja, morgen wollen wir Grandpas Baum pflanzen.«

»Ich weiß.« Sie klang bedrückt. »Simon und die Mode-Tussi werden wahrscheinlich auch kommen, oder?«

»Was hast du gegen Carmela? Ich finde sie ganz sympathisch.«

»Das glaube ich dir aufs Wort, du bist ja auch ein Mann, und sie hat einen Mordsbusen und einen sexy spanischen Akzent, den sie schamlos einsetzt. Sie trägt absichtlich zu dick auf, weißt du. Und die Männer fallen prompt drauf rein. Dich behandelt sie nicht von oben herab. Dich bombardiert sie nicht mit Ratschlägen, wie du dein Leben leben sollst.«

Sie gähnte, streckte die Beine aus und jammerte, sie habe einen Kater. Kate hat die kastanienroten Haare und die blasse, sommersprossige Haut ihrer Mutter und ist spindeldürr. An jenem Tag trug sie schwarze Schnürstiefel, eine schwarze Strumpfhose, eine schwarze Tunika über einem dunkelgrauen T-Shirt und schwere Ohrringe von beeindruckender Hässlichkeit. Der Granatstecker in ihrer Nase war der einzige Farbtupfer. Ihre Haare waren kurz und asymmetrisch geschnitten: auf der einen Seite länger als auf der anderen. Es schien fast, als ob meine wundervolle Tochter, die von der Natur ebenmäßige Züge und ein umwerfendes Lächeln mitbekommen hatte, alle diese Vorzüge bewusst zunichtemachen wollte.

»Vermisst du Grandpa Livingstone?«, fragte sie.

Ich dachte an meinen Vater. »Jetzt ist es ein Jahr her, dass er gestorben ist«, antwortete ich schließlich. »Und er hatte es lange Zeit nicht einfach im Leben. Ja, ich vermisse ihn. Er war ein guter Vater. Ich hatte ihn nicht verdient.«

»O doch, ganz bestimmt sogar.«

Wir waren in dem Geflecht von Landstraßen angelangt, das diesen Teil von Oxfordshire prägt. Die schmale, schmutzige Straße führte um Yalton Hill herum. Es hatte aufgehört zu regnen. Als ich mein Fenster herunterkurbelte, strömte die Landluft herein, üppig und schwer, der typische Duft von Erde nach dem Regen und feuchter Vegetation. Vor genau einem Jahr hatte ich mit meinem Vater einen Ausflug hierher gemacht, einen Tag vor seinem Tod. Wir hatten auf dem Parkplatz von Yalton Hill gehalten und Käsesandwiches mit Gemüserelish gegessen und geredet. Wir schienen beide zu wissen, dass dies unser letztes Gespräch war. Ich wollte, dass er wusste, dass ich ihn liebte. Er wollte, dass ich wusste, dass er stolz auf mich war.

Ich habe ihn bis zuletzt belogen. Sollte er ruhig stolz auf mich sein. Das war mein letztes Geschenk für ihn.

»Dad ist mal auf einen Baum geklettert, um mich zu retten«, sagte ich. »Das war während der Party an meinem fünften Geburtstag. Ich war hinaufgeklettert und wollte nicht wieder runterkommen. Obwohl er Höhenangst hatte, holte er eine Leiter, nahm all seinen Mut zusammen und kletterte bis in die Spitze des höchsten Baums in unserem Garten. Ich wünschte, ich hätte mich bei ihm bedankt.«

Kate streckte den Arm aus und griff nach meiner Hand. Ich drückte ihre Finger und dachte panisch: *Wenn du die Wahrheit erfährst, werde ich dich auch verlieren.*

»Du hast ihm auf praktische Weise gedankt«, sagte sie. »Du hast alle Arbeiten am Haus übernommen, als er krank wurde. Du hast eine Rampe eingebaut. Du hast dich um ihn gekümmert.«

»Das konnte ich nur, weil Dad mir das alles beigebracht hat – Schreinern, aber auch, wie man Kricket spielt, wie man schießt, wie man eine gerade Linie pflügt … Vor allem hat er mir gezeigt, was es heißt, ein anständiger Mensch zu sein, auch wenn ich selbst nie einer geworden bin.«

»Du *bist* ein anständiger Mensch!«, widersprach sie. »Du bist der Beste!«

»Nein.«

Ich sah aus dem Augenwinkel, wie sie den Kopf drehte und mich anschaute. Natürlich war sie überrascht: Ich erzählte so gut wie nie etwas über mich selbst. Wurde ich zu sehr bedrängt, wechselte ich mit einer oberflächlichen Bemerkung das Thema und lenkte die Unterhaltung von mir ab. Dadurch wirkte ich auf andere sehr reserviert, aber das war eine Frage der Selbsterhaltung. Ich trug seit einem halben Jahrhundert ein großes Geheimnis mit mir herum. Ich durfte kein Risiko eingehen.

»Es tut mir leid wegen dir und Owen«, sagte ich.

Sie verschränkte die Arme. »Mein Gott, das ist so ein Idiot!«

»Was genau ist denn passiert?«

Sie erzählte mir die lange, traurige Geschichte und würzte sie mit Empörung und obszönen Ausdrücken. Ich versuchte, genau zuzuhören, aber Eilishs Kummer drängte sich immer wieder in meine Gedanken. Ab und zu schaltete ich wieder ein. Ich hörte von den gehässigen, unverzeihlichen Dingen, die sie und Owen sich an den Kopf geworfen hatten, und wie sie beschlossen hatte, ihm aus Rache das Hemd zu zerschneiden.

»Ich musste zwar versprechen, es niemandem zu verraten, aber was soll's. Er hat sich ein Segelschiff auf den Arsch tätowieren lassen!«

»Das reicht! Das ist entschieden zu viel Information!«

Sie kicherte. »Mum wäre nicht schockiert. Und Granny garantiert auch nicht.«

»Aber ich!«, stotterte ich. Was überhaupt nicht stimmte, im Gegenteil: Ich fand es erheiternd. Aber ich wusste, welche Rolle von mir erwartet wurde. Ich war der Konservative in unserer Familie.

»Ich war mit dem Kerl zusammen. Da dürfte es keine Überraschung sein, dass ich seinen Hintern gesehen habe.«

»Es gibt Dinge, über die ein Vater lieber nicht nachdenken möchte.«

Sie fuhr mir durch die Haare. Ich konnte im Innenspiegel sehen, wie mir ein Büschel vom Kopf abstand.

»Ich hab dich wirklich lieb, Dad.«

Meine Aktentasche lag auf der Rückbank direkt hinter dem Beifahrersitz. Unbehaglich ging ich im Geist den Inhalt durch: Diktiergerät, Laptop, Akten, Fachzeitschriften. Die Abschiedsbriefe, die ich noch nicht vernichtet hatte, für den Fall, dass ich sie doch noch brauchen sollte. Goldener Füllfederhalter. USB-Stick. Ein paar Squashbälle. Der Christbaumanhänger in Engelform, den Nico im Kindergarten aus Klopapierrollen und Lametta gebastelt und mir geschenkt hatte.

Es waren nicht die Dinge, die mich vor Scham brennen ließen.

Doch da gab es noch eine kleine Reißverschlusstasche im Futter. Man musste schon genau hinsehen, um sie überhaupt zu bemerken. Aber wer sie entdeckt hätte, wäre über den Inhalt sicherlich erstaunt gewesen: Rouge, Wimperntusche und ein pflaumenfarbener Lippenstift.

SIEBEN

Eilish

Meine Schwiegermutter traf wie angekündigt am nächsten Morgen ein. Ich eilte hinaus, um sie zu begrüßen, als sie aus ihrem neuen Auto stieg, das wie ein überdimensionaler Marienkäfer aussah.

»Ein Hybridauto«, erklärte sie mir mit ihrer rauchigen Stimme. »Das sparsamste Auto überhaupt!«

»Fantastisch! Willkommen, Meg. Und schönes Wetter hast du auch mitgebracht!«

Ich gab mir alle erdenkliche Mühe, den Schein zu wahren. Lukes Geheimnis war mir die ganze Nacht hindurch nicht mehr aus dem Kopf gegangen. Er hat dich nie geliebt, flüsterte eine Stimme in meinem Innern. Du hast es doch die ganze Zeit gewusst und dich selbst belogen. Meine Augen fühlten sich an, als wären sie mit Sand gescheuert worden. Ab und zu kamen mir die Tränen, aber ich hatte mich ganz gut im Griff, und so sollte es auch bleiben. Ich hoffte immer noch, dass dieser Albtraum verschwinden würde, wenn ich ihn ignorierte. So wie ein Pickel. Oder Kopfweh.

Meg warf einen Blick zum Haus hin. »Ist Luke nicht da?«

Die bloße Erwähnung seines Namens löste eine Panikattacke bei mir aus. »Er ist zum Bahnhof gefahren, um Wendy abzuholen. Komm erst mal rein … Ist das Roberts Baum auf dem Beifahrersitz? Bringen wir das arme Ding doch in den Schatten und geben ihm was zu trinken.«

Das Bäumchen war ungefähr einen Meter hoch und der Wurzelstock mit einem Sack umwickelt. Ich nahm es heraus und ging ins Haus, wo ich es im Windfang in einen Eimer Wasser stellte.

»Da steht es erst mal gut«, sagte ich.

Meg hatte sich auf der antiken Truhenbank in der Diele niedergelassen. Ich setzte mich zu ihr und legte meine Hände auf das kühle Holz. Ich mag Meg. Wir haben zwar nicht viel gemeinsam, aber wir respektieren einander. Sie hat nie in irgendeiner Weise versucht, ihre Überlegenheit hervorzukehren, wie es ihrer Rolle traditionell entspricht.

»Komisch«, sagte ich. »Mir kommt es so vor, als wäre es höchstens eine Woche her, dass kleine rote Gummistiefelchen unter dieser Bank standen.«

Sie warf mir einen prüfenden Blick zu. »Was ist denn los mit dir? Du bist blass und käsig und regelrecht wackelig. Was ist passiert?«

»Mir geht's bestens. Hab mich bloß ein bisschen erkältet.«

Sie schürzte die Lippen. »Hmm. Die Wechseljahre?«

»Gut möglich.« Ich versuchte zu lächeln und wäre fast in Tränen ausgebrochen. »Ja, das wird's sein.«

Sie tätschelte meinen Arm. »Wenn ich dir einen guten Rat geben darf, Liebes: Schluck alle Hormone, die du kriegen kannst. Und iss jede Menge Soja. Die japanischen Frauen leiden nicht so wie wir.«

Man sah ihr nicht an, dass sie vor Kurzem ihren achtzigsten Geburtstag gefeiert hatte. Oder dass sie seit einem Jahr Witwe war. Sie trug eine cremefarbene Hose, eine fuchsiafarbene Bluse und einen farblich passenden Lippenstift, dazu Strassohrringe. Sie hatte eine tadellose Figur, und das Grau ihrer Haare hätte fast ein Blondton sein können. Dreimal die Woche spielte sie bei jedem Wetter eine Partie Golf auf einem 18-Loch-Platz und zog ihren Golfwagen selbst hinter sich her.

»Und jetzt?« Sie stand auf, rieb sich die Hände und ging in

die Küche. Das Essen war fertig, der Tisch gedeckt. »Was kann ich tun?«

»Gar nichts. Kate hat mir geholfen. Trink ein Glas Wein.«

Als ich eine Flasche entkorkte, beugte sich Kate über das Geländer der Galerie. »Granny!«, rief sie. Schon hörte man ihre eiligen Schritte auf der Metalltreppe. »Gott sei Dank!«

»Das ist ja eine Begrüßung!«, sagte Meg, als ein menschlicher Wirbelwind sich von der letzten Stufe katapultierte und sie in ihre Arme riss. »Du hättest mich fast umgeworfen, du Rabauke! Komm, lass dich mal ansehen. Ach, Kate, Schätzchen! Warum dieses triste Schwarz? Das steht dir überhaupt nicht. Und nimm doch mal dieses Ding aus deiner Nase, mir wird schon beim bloßen Anblick übel.«

»Und was ist das da?« Kate zupfte an Megs Bluse. »Knallrosa! An einer Frau deines Alters! Eine Witwe sollte sich dezent kleiden, wie es sich gehört.«

Noch vor zwei Tagen hätte ich über diesen gutmütigen Schlagabtausch der Generationen gelacht. Aber jetzt verstärkte sich dadurch mein Gefühl, in einem Albtraum gefangen zu sein. Die Wahrheit war grässlich, und diese beiden Frauen ahnten nichts, absolut nichts davon. Der Vater der einen, der Sohn der anderen … Wie würden sie damit fertig werden?

Ich zwinkerte schnell ein paar Mal hintereinander und streckte Kate die Weinflasche hin. »Könntest du vielleicht …« Meine Stimme wurde brüchig. »Tut mir leid, ich hab was im Hals. Äh, du kümmerst dich bitte um Granny, ja? Im Kühlschrank sind Oliven.« Ich spürte, wie mir diese verdammten Tränen in die Augen stiegen. Ich wirbelte herum und stürzte aus der Küche. »Bin gleich wieder da … Entschuldigt, mit meinem Magen stimmt was nicht, muss bloß schnell …«

Ich flüchtete in die Gästetoilette.

Die Tür zur Gästetoilette fiel mit einem Knall ins Schloss, der Schlüssel wurde herumgedreht. Kate und ihre Großmutter wechselten einen verdutzten Blick.

»Was war das denn?«, flüsterte Meg.

Kate, die Weinflasche in der einen Hand, schnappte sich zwei Gläser und deutete mit dem Kinn auf die Hintertür. »Lass uns rausgehen. Ich will nicht, dass sie uns hört.«

Sie setzten sich unter das Geißblatt.

»Das arme Ding ist ja vollkommen durcheinander«, bemerkte Meg.

»Nicht nur sie!« Kate schenkte ihnen schwungvoll ein. »Sie sieht ihn nicht mal an. Er hat heute Nacht im Arbeitszimmer geschlafen, angeblich, weil sie beide erkältet sind. Er muss mich für doof halten, weil ich ihn erstens nicht ein einziges Mal niesen gehört habe und ich mich zweitens nicht erinnern kann, dass sie jemals getrennt geschlafen hätten. Nie. Nicht mal damals, als sie Meningitis hatte. Das tun sie einfach nicht.«

»Verflixt.«

»Glaubst du, einer von beiden ist fremdgegangen?«

Meg kaute auf der Innenseite ihrer Wange herum. »Kann ich mir nicht vorstellen. Du?«

Kate dachte kurz nach. Ihr Vater war gut in Form. Er war zwar nicht besonders groß, vielleicht eins dreiundsiebzig oder eins fünfundsiebzig, aber seine Haltung war tadellos, und er hatte weder einen Bierbauch – nicht einmal ansatzweise – noch Hängebacken. Er hatte volles Haar, das er eine Spur länger trug als all die Wichtigtuer in seiner Kanzlei. Und die silbernen Strähnen standen ihm ausgezeichnet. Mit einer Baskenmütze würde er mit seinen dunkelbraunen Augen wie ein französischer Künstler aussehen. Kate hatte sich immer gewünscht, sie hätte seine Augenfarbe geerbt.

»Dad ist immer noch ein attraktiver Mann«, sagte sie schließlich.

»Das stimmt, aber er ist nie ein Schürzenjäger gewesen. Für ihn hat es immer nur *eine* Frau gegeben – deine Mutter. Außerdem ist er viel zu ehrlich. Er wäre völlig überfordert mit der ständigen Lügerei.«

»Mum könnte das auch nicht.«

»Nein.« Wieder kaute Meg auf ihrer Backe herum. »Sie hätte so viel zu verlieren. Sie liebt dieses Haus, sie liebt ihre Arbeit, und deinen Dad liebt sie mit Sicherheit auch. Sie steckt schon mitten in den Vorbereitungen für ihren Hochzeitstag und die Italien-Reise nächstes Jahr. Warum sollte sie das alles wegwerfen?«

Sie hoben gleichzeitig ihre Gläser. Wir sehen bestimmt wie ein Komiker-Duo aus, dachte Kate. Eine magere, verkaterte Studentin in Doc-Martens-Stiefeln und eine achtzigjährige Witwe mit einer flotten Bluse und einer eleganten Frisur. Kate und ihre Großmutter hatten immer schon zusammengehalten wie Pech und Schwefel.

Megs Vater hatte unter Tage im County Durham gearbeitet. Mit achtzehn war sie von zu Hause weggegangen, hatte Robert Livingstone geheiratet und war Bäuerin geworden. Kate hatte das immer für eine Verschwendung gehalten – Granny war eine blitzgescheite Frau, die alles im Leben hätte erreichen können.

»Ich bin heilfroh, dass du da bist«, sagte sie voller Inbrunst. »Es war echt beschissen ohne dich.«

»Ts ts ts. Was ist denn das für ein Ausdruck!«

»Echt *schlimm*. Ich hätte schreien können vor Frust. Diese kalte Höflichkeit! Ich hatte dauernd das Gefühl, dass beide gleich anfangen würden zu heulen. Jetzt weiß ich, wie ein Kind aus einer zerrütteten Ehe sich fühlen muss.«

Meg kramte in ihrer Handtasche. »Hört sich gar nicht gut an. Ich meine, sicher gibt es hin und wieder Krach, wenn man so viele Jahre zusammen ist. Vielleicht hat sie sich einen Hund gewünscht, und er war dagegen. Vielleicht hat sie eine Beförderung abgelehnt, und er war der Ansicht, sie hätte annehmen sollen. Es könnte alles Mögliche gewesen sein.« Sie zog eine Schachtel Zigaretten heraus. »Auch eine?«

»Nein, danke. Ich steh nicht auf Nikotin, sondern auf Alkohol. Das hab ich dir schon so oft gesagt.«

»Es wäre unhöflich gewesen, dir keine anzubieten.«

»Ich kann nicht glauben, dass du dich in deinem Alter immer noch bewusst vergiftest.«

Meg nahm ihr Feuerzeug, zündete sich ihre Zigarette an und inhalierte tief. »Und ich kann nicht glauben, dass ich mir in meinem Alter deswegen immer noch dein Gemecker anhören muss. Außerdem rauche ich nur noch vier Stück am Tag.«

Nach einer Pause fragte Kate: »Habt ihr euch oft gestritten, du und Grandpa?«

»Na ja, den einen oder anderen Krach hatten wir schon.«

Kate lehnte den Kopf an die Wand. »Und was sollen wir jetzt machen, Granny? Lange halte ich das nicht mehr aus. Diese gespannte Atmosphäre ist furchtbar bedrückend. Sollen wir sie zur Rede stellen?«

»Nein.« Meg blies eine Rauchwolke aus. »Nein, das würde ich nicht machen. Lass sie in Ruhe. Weißt du, was uns gerettet hat, als Roberts und meine Ehe einmal ernsthaft in Gefahr war? Dass wir auf die gute alte Art alles unter den Teppich gekehrt haben. Wir waren beide stinksauer, aber keiner hatte den Mut, das offen zu sagen. Nach ein paar Tagen haben wir einfach vergessen, dass wir eigentlich nicht miteinander redeten. Einen Tag später mussten wir über irgendetwas lachen, und damit war die Sache erledigt.«

»Worum ging's denn?«

»Ich wollte keine Kinder mehr, Robert schon. Er wünschte sich noch einen Sohn. Sicher, hab ich gesagt, er müsse das Kind ja auch nicht neun Monate austragen. Gail war keine leichte Schwangerschaft gewesen, und Wendy hätte mich fast umgebracht.«

»Da hast du völlig recht!« Kate straffte sich in weiblicher Solidarität. »Der Körper einer Frau gehört ihr allein.«

»Schon gut, spar dir deine flammenden Reden. Jedenfalls hab ich ihn gefragt, was er sich denn davon erhoffe. Ob er seine Töchter denn nicht liebe. Ob er glaube, dass er einen Sohn mehr lieben würde. Was an einem Jungen denn so besonders sei.«

»Ich bin stolz auf dich, Granny!«

»Und da sagte er …« Meg verstummte. Einen Aschekegel auf ihrer glimmenden Zigarette balancierend, schaute sie sich um. »Aschenbecher gibt's heutzutage wohl keine mehr, oder? Wir Raucher gehören einer aussterbenden Spezies an … Ah, ein Blumentopf. Perfekt. Jedenfalls sagte er, er sei total vernarrt in seine Töchter, aber er wünsche sich noch einen Sohn. Jemand, der genau wie er wäre, eine Miniaturausgabe von Robert Livingstone. Jemand, der eines Tages den Hof übernehmen könne.«

Kate seufzte. »Großer Gott. Und das im zwanzigsten Jahrhundert!«

»Er hat sich ausgemalt, wie sie zusammen Spielzeugeisenbahnen basteln. Schießen. Schreinern. Die Farm führen.«

»Das alles hätten seine Töchter auch machen können!«

Meg blickte skeptisch drein. »Na ja, wie auch immer, die Natur hat ihren Lauf genommen. Nicht lange nach unserem Streit war ich wieder schwanger. Du kannst es einen Fehler nennen, du kannst es aber auch ein Wunder nennen. Jedenfalls war es ein Sohn, dein Dad.«

»Und Grandpa hat sich gefreut?«

»Wie ein Schneekönig.«

»Na ja.« Kate zuckte die Achseln. »Ich denke, ich kann Grandpa das Festhalten an mittelalterlichen Werten verzeihen – zumal das Ergebnis mein Dad war.«

Die beiden Frauen schwiegen. Kate konnte das Pflanzloch für den Gedenkbaum sehen, das ihr Vater an diesem Morgen gegraben hatte. Jetzt, wo sie mit Meg gesprochen hatte, ging es ihr wieder besser. Sie und ihr Bruder hatten früher oft die Ferien auf dem Bauernhof ihrer Großeltern verbracht, und das war immer der Höhepunkt des Jahres gewesen.

Sie schenkte ihnen gerade Wein nach, als ein schwarzer Jeep die Auffahrt heraufkam, im Schritttempo um die größeren Schlaglöcher navigierend. »O Gott«, stöhnte Kate. »Da kommen Simon und Carmela. Da brauche ich noch einen Schluck zur Beruhigung.« Sie leerte ihr Glas in einem Zug.

»Warum musst du dir Mut antrinken? Simon ist dein Bruder.«

Kate tat so, als würde sie ihre Haare über die Schulter werfen, und äffte Carmela nach: »Oh, *Kate*, ich kann dir einen *fantastischen* Friseur empfehlen! Der Mann ist ein Magier!«

»Ehrlich gesagt, Schätzchen, sieht es wirklich so aus, als hättest du dir deinen Pony mit einer stumpfen Nagelschere geschnitten.«

»Es war eine scharfe Nagelschere. Und Simon interessiert sich für nichts und niemanden mehr, seit er verheiratet ist. Er hat keinen blassen Schimmer, wie ich ticke. Etwas anderes als spitze Bemerkungen kriege ich von ihm nicht mehr zu hören. Ich wette mit dir, es dauert keine drei Minuten bis zur ersten sarkastischen Bemerkung.«

Meg sah zu dem Jeep hin, der angehalten hatte. »Ich wette, du irrst dich.«

»Die Wette gilt. Ich werde die Zeit stoppen.« Kate blickte auf ihre Uhr. »Um einen Zehner? Und zwar ab… *jetzt*.«

Die verdammte Auffahrt musste dringend ausgebessert werden. Das war nicht mehr lustig. Irgendwann würde jemand mit einem Achsbruch liegen bleiben.

»Hoppeldihoppeldihopp!«, schrie Nico. Er hielt sein Spielzeugschweinchen hoch, damit es aus dem Fenster gucken konnte. »Schau mal, Piglet, da ist der Schuppen von Grandpa. Da bauen wir unser Flugzeug.«

»Kate und deine Großmutter sitzen auf der Bank und beobachten uns. Siehst du sie?«, zischte Carmela. Sie bürstete sich die Haare. »Sie starren bloß zu uns her. Sie könnten ja auch winken oder lächeln oder so. Egal, wie weit ich Kate entgegenkomme, sie bewegt sich keinen Zentimeter auf mich zu.«

Simon stellte den Motor ab und zog die Handbremse an. »Wir wollen uns dieses Mal alle Mühe geben, einverstanden? Unsere moralische Überlegenheit demonstrieren. Schließlich sind wir hier, um meines Großvaters zu gedenken.«

»Ich werde nachher fahren. Du kannst was trinken.«

»Danke.« Simon atmete hörbar und theatralisch aus. »Okay, ich geh jetzt rein. Mein Befehl lautet, den Gegner zu überwältigen und zu entwaffnen. Gib mir Deckung.«

»Mach ich.«

Er sprang aus dem Auto und grinste dümmlich vor lauter Anstrengung, den Gutgelaunten zu spielen.

»Hi!«, rief er und trabte die Stufen zur Terrasse hinauf. Er beugte sich zu Meg hinunter und küsste sie auf die Wange. Sie war definitiv geschrumpft, seit er sie das letzte Mal gesehen hatte. »Schön, dich zu sehen, Granny.«

Dann sah er Kate an und fiel aus allen Wolken. Großer Gott, das durfte doch nicht wahr sein! Sie hatte ein Nasenpiercing! Sie sah aus wie eine Asoziale. Warum in aller Welt diese Verstümmelung?

»Was ist denn das?« Er tippte an seinen Nasenflügel. »Machen dir die Hormone zu schaffen?«

Kate blickte flüchtig auf ihre Uhr und drehte sich dann mit ausgestreckter Hand, die Handfläche nach oben, zu Meg hin. »Achtzehn Sekunden. Muss ein neuer Rekord sein. Du schuldest mir was.«

Simon begriff zwar nicht ganz, was sie meinte, merkte aber, dass er ins Fettnäpfchen getreten war. Er versuchte, die Situation zu retten. »War nur ein Witz. Sieht gut aus. Stylisch. Und wie geht's deinem Freund, diesem … äh, Owen?«

»*Ex*freund.«

»Na, das ist doch mal eine gute Nachricht! Das war doch ein ausgemachter Vollidiot.«

Er war froh, als sich Carmela zu ihnen gesellte. Da sie aus einer großen Sippe stammte – darunter vier Brüder samt Familien –, der jeder Vorwand recht war, um sich in Madrid zu treffen, verstand sie sich viel besser auf diese Familiendinge. Simons Bemühungen, Spanisch zu lernen, waren nicht sehr erfolgreich gewesen. Er konnte eine hitzige Auseinandersetzung nicht von überschwänglicher Begeisterung unterscheiden, und so nickte er einfach und lächelte.

»Meg! Kate!« Carmela küsste beide Frauen auf die Wange, während Nico auf der Suche nach seinen Großeltern ins Haus flitzte. »Du siehst fabelhaft aus, Meg! Und dieser Haarschnitt, Kate, ist … ganz schön mutig.«

Simon fiel auf, wie seine Schwester sich versteifte. »Hübsche Schuhe, Carmela. Anscheinend muss man nicht zu Fuß gehen, wenn man ausgehalten wird.«

Seine guten Vorsätze waren dahin. »Das war verdammt beleidigend, Kate.«

»Möchte jemand einen Drink?«, warf Meg schnell ein. »Wer kommt denn da? Ah, das sind Luke und Wendy.«

Simon beobachtete, wie Nico aus dem Haus und auf das

Auto zustürzte. Auf dem Beifahrersitz saß Tante Wendy, Lukes Schwester, die eine Reihe katastrophaler Beziehungen überlebt und jenseits der Fünfzig zu Gott gefunden hatte. Dagegen war natürlich nichts einzuwenden, Simon hielt das für eine gute Sache. Theoretisch. Das Problem war nur, dass Wendy immer schon neurotisch und auf sich selbst fixiert gewesen war, und durch ihre neue Hotline zum Allmächtigen hatten sich diese Züge noch verstärkt.

Sie stieg schwungvoll aus. Sie trug einen geblümten Rock und eine Halskette, die wie ein Gänseblümchenkranz aussah.

»Hallo, alle miteinander!«, rief sie. »Ist das nicht wunderschön?«

Und da war auch Dad. Er beugte sich zu seinem Enkel hinunter und hob ihn hoch. Nico klammerte sich an ihn wie ein Äffchen und plapperte ununterbrochen von dem Flieger, den sie zusammen basteln würden.

Ein Glück, dachte Simon erleichtert. Dad ist zu Hause.

ACHT

Simon

Es hätte ein perfekter Familientag sein sollen. Sie saßen bei weit zum Garten hin geöffneten Türen am Küchentisch zusammen. Von hier aus konnten sie das Bäumchen sehen, das sie neben dem von Charlotte eingepflanzt hatten.

Der Tod seiner kleinen Schwester war Simons früheste Erinnerung: eine graue, trostlose Zeit, in der freudige Aufregung in Tränen und Stille umgeschlagen war. Manchmal fragte er sich, ob sein Leben anders verlaufen wäre, wenn sie noch lebte. Vielleicht hätte er als Jugendlicher eine Freundin in ihr gehabt. Eine einzige richtige Freundschaft hätte ihm vollauf genügt.

Seine Mutter hatte den hohen Kinderstuhl herbeigeholt. Nico kletterte hinauf und thronte dort in seiner ganzen Herrlichkeit. Er sah aus wie ein Schiedsrichter bei einem Tennismatch in Wimbledon.

»Dürfen Eyelash und Grandpa neben mir sitzen?«, bettelte er. »Eyelash hier und Grandpa da.«

»Das war früher mein Stuhl«, bemerkte Simon, als seine Eltern die ihnen zugewiesenen Plätze einnahmen. »Den hast du geschreinert, nicht wahr, Dad?«

Sein Vater lächelte, wirkte aber abwesend. »Ja, stimmt.«

Eine schwache Brise spielte mit dem Saum der Spitzentischdecke und trug den schweren Duft von Raps von Gareths' Feldern herein. Mitten auf dem Tisch stand eine Kugelvase mit Rosen. Simon vermutete, dass seine Mutter sie dort hingestellt hatte. Blassgelbe Blütenblätter lagen auf der Spitzendecke. Die

Szene hätte aus einer Werbung für einen Lufterfrischer stammen können.

»Wie aus *Home and Garden*«, sagte Wendy. »Du bist so geschickt, Eilish. Du hast ein Händchen für Schönes und Dekoratives.«

Eilish murmelte etwas Unverständliches. Sie musste sich eine wirklich schlimme Erkältung eingefangen haben. Es ging ihr offensichtlich gar nicht gut. Nicht einmal das dick aufgetragene Make-up konnte verbergen, wie elend sie aussah. Seinem Vater ging es nicht besser. Die beiden benahmen sich wie Zombies. Simon hoffte, dass Nico sich nicht ansteckte.

Ein Schweigen war eingetreten. Sogar Nicos Geplapper war verstummt. Er spielte mit seinem Jeep, rollte ihn über die Lehne seines Stuhls. Simon hasste betretenes Schweigen. Es hatte etwas … Bedrückendes.

»Vier Generationen an einem Tisch!«, rief er betont munter und rieb sich die Hände. »Und du bist die Mega-Matriarchin, Granny.«

»Und du ein Mega-Trottel«, sagte Kate, lächelte aber.

Simon versetzte ihr einen leichten Rippenstoß, den sie mit einem etwas härteren Stoß beantwortete. Im Lauf der Jahre hatten sie viele Rippenstöße ausgetauscht.

»Aber, aber, Kinder!«, tadelte Meg.

Eine Sekunde später trat Kate ihm gegen das Schienbein. Wie in guten alten Kindertagen. Kate konnte zwar gewaltig nerven, aber sie war seine Schwester.

Sie wollten gerade anfangen zu essen, als Wendy sich räusperte. »Wollen wir dem Allmächtigen nicht danken für die Fülle seiner Gaben?« Selig lächelnd schloss sie die Augen und streckte ihre Hände seitwärts aus. Auf der einen Seite saß Kate, auf der anderen Luke, und beide behielten ihre Hände tunlichst bei sich.

»Tu, was du nicht lassen kannst«, sagte Meg nachsichtig.

»Aber beeil dich ein bisschen, Wendy, Liebes. Ich bin nämlich am Verhungern und würde gern anfangen mit der Fülle der Gaben.«

»Wird das Flugzeug wirklich fliegen, Grandpa?« Nico nuschelte, weil es ihm gelungen war, sich ein Stück Wurst in den Mund zu schieben.

»Pssst!« Luke kitzelte ihn an der Hand. »Sei still, wir wollen beten.«

Wendy war langsam, aber gründlich, wie Simon zugeben musste. Sie dankte Gott für die liebevolle Familie, dafür, dass sie alle sicher hierhergekommen waren, und dafür, dass sie in einem reichen Land leben durften. Es folgte der Dank für das Leben des Großvaters, verbunden mit der Bitte um Segen für den frisch gepflanzten Baum. Simon gehörte der Anglikanischen Kirche an – und war hier in St. Matthew's konfirmiert worden –, aber er fand, dass Wendy das Ganze übertrieb. Es war ihm ausgesprochen peinlich. Irgendwann hatte Nico angefangen, ganz leise die Melodie von *Postman Pat* zu singen, und Simon hätte am liebsten mitgesungen.

»Amen«, murmelte er am Schluss. Als er zufällig zu seiner Mutter hinüberschaute, die in sich zusammengesunken dasaß, hätte er schwören können, dass sie krampfhaft versuchte, die Tränen zurückzuhalten. Komisch. Seine Mutter weinte nie. *Nie.*

Kate, die seinen Blick bemerkt hatte, flüsterte halblaut: »So geht das schon das ganze Wochenende.«

»Vielleicht fehlt ihr wirklich was«, flüsterte Simon zurück. »Wir müssen sie decken, damit Wendy nichts merkt.« Er hob sein Glas und rief: »Auf Großvater! Möge sein Baum groß und stark werden, wie er es war!«

»Und knorrig und krumm und so ausladend, dass man sich in seinem Schatten ausruhen kann«, ergänzte Meg.

»Ja, auf Dad!«, sagte Wendy laut. »Was für ein Anlass. Er wäre glücklich, wenn er uns alle hier vereint sehen könnte. Ein Jammer, dass Gail nicht da ist.«

Wieder trat Stille ein. Simon kannte seine Tante Gail kaum. Sie war nach Australien ausgewandert, bevor er geboren war, und hatte keinen Kontakt zu seinem Vater. Er sah Carmela an und verzog schmerzlich das Gesicht. Sie beugte sich gerade über den Tisch, um Nico ein Glas Saft hinzustellen, kam Simon aber sofort zu Hilfe, als sie seinen Gesichtsausdruck bemerkte.

»Und, Kate«, sagte sie munter, »wie war's in Israel? Was habt ihr bei euren Ausgrabungen gefunden?«

Kate durchschaute das Manöver und ging darauf ein. Sie erzählte lebhaft von der Ausgrabungsstätte, die über sechstausend Jahre lang besiedelt gewesen war und deren Geschichte sie kurz zusammenfasste. Sie beschrieb die archäologischen Funde und welche Rückschlüsse sie zuließen, und sie sprach von der sengenden Hitze. Als ihr irgendwann der Stoff ausging, fragte Carmela, welches Thema sie für ihre Magisterarbeit gewählt habe. Simon erfuhr, dass es um Datierungsmethoden ging. Kate zählte verschiedene Methoden auf, beschrieb sie und erklärte, warum sie sie gerade an dieser speziellen Ausgrabungsstätte austesten wolle (anscheinend war der Zerstörungshorizont hier einfach genial).

Simon hätte fast vergessen, dass das seine magere kleine Schwester war, so sehr begeisterte sie sich für ihr Thema und so sachkundig redete sie darüber. Sie war beeindruckend, das musste er zugeben. Er war ihr und Carmela, die ihr immer wieder neue Fragen stellte und das Gespräch in Gang hielt, dankbar, weil sie den Tag retteten, während Luke und Eilish – normalerweise die perfekten Gastgeber – offensichtlich nicht sie selbst waren. Sie redeten nicht, sie aßen nicht, sie waren völlig apathisch.

»Faszinierend«, sagte er in die nächste Stille hinein. »Wow. Und wann, äh, bist du zurückgekommen?«

»Freitag, gerade noch rechtzeitig für Mathis' und Johns Party. Wir haben uns mal ein Haus geteilt, weißt du noch? Jedenfalls haben sie sich in der Zeit, als ich weg war, standesamtlich trauen lassen, und Freitagabend ist die große Party gestiegen. Eigentlich war es eine Hochzeitsfeier. Die beiden sind so ein süßes Paar!«

Wendy, die sich an der Unterhaltung über Archäologie nicht beteiligt hatte, machte auf einmal große, betrübte Augen. »Das ist furchtbar traurig, Kate.«

»Traurig? Wieso ist das traurig, Tante Wendy?«, fragte Kate mit honigsüßer Stimme. Simon wusste ganz genau, was das zu bedeuten hatte. In Deckung, dachte er. Das gibt Ärger.

»Sie handeln wider die Natur«, antwortete Wendy.

»Ganz sicher nicht. Mathis und John nehmen ihre Beziehung so ernst wie jedes andere Ehepaar. Und sind weitaus glücklicher als die meisten.«

»Es ist … du weißt schon … was sie *tun* …« Wendy verzog das Gesicht zu einer Grimasse feinen Abscheus. »Dass du sie als Menschen liebst, ist völlig in Ordnung, aber was sie tun, ist Sünde.«

»Sünde.« Als Kate langsam ihr Besteck aus den Händen legte, stülpte sich Simon im Geist einen Schutzhelm über den Kopf. »Sag mir eines, Wendy. Kennst du Mathis oder John? Nein, du kennst sie nicht. Und trotzdem hältst du dich für qualifiziert, ein Urteil über sie zu fällen?«

»Es gibt Dinge, die einfach wider die Natur sind. Und was sie tun, ist …«

Eilish sprang unvermittelt auf, murmelte etwas von Kopfschmerzen und lief die Treppe hinauf. Einen Augenblick später wurde eine Tür so heftig ins Schloss geworfen, dass das ganze Haus vibrierte. Alle am Tisch zuckten zusammen.

Mum knallt doch nicht mit der Tür, dachte Simon. Das macht Kate.

Stille.

Dann fragte Nico: »Warum ist Granny weggelaufen?«

»Entschuldigt mich.« Luke stand ebenfalls auf. »Bitte entschuldigt. Ich bin sicher, es geht ihr bald wieder gut. Macht ohne uns weiter … Kate, Simon, kümmert euch bitte um die anderen.« Zwei Stufen auf einmal nehmend, eilte er die Treppe hinauf.

»Jetzt ist Grandpa auch noch weggelaufen!« Nico fing an zu weinen.

»Hab ich was Falsches gesagt?«, fragte Wendy.

Luke

Sie stand am Fenster, die Stirn an der Scheibe, und schaute über die Einfahrt zum Wald hinüber. Dieses Zimmer wusste alles über uns. Es hatte ein junges, hoffnungsvolles Paar gesehen, das sich ein Zuhause schuf. Es hatte auf der gemeinsamen Reise durch die Jahrzehnte die Hintergrundkulisse gebildet. Es hatte Leidenschaft und Trauer und hilfloses Gelächter miterlebt, Auseinandersetzungen und Versöhnungen und fröhliche Weihnachtsmorgen mit über dem Boden verstreutem Geschenkpapier.

Es hatte auch andere Dinge gesehen. Wie ich viele Male meinem verzweifelten Bedürfnis nachgegeben hatte, sobald Eilish das Haus verlassen hatte. Dieses Zimmer wusste alles.

»Warum hast du mich geheiratet?«, fragte sie, ohne sich umzudrehen.

»Weil ich dich geliebt habe. Ich liebe dich immer noch.«

»Ach ja? Weißt du, was *ich* glaube? Dass du es aus Zweckmäßigkeit getan hast. Weil du eine ehrbare Fassade gebraucht hast.«

Ich durchquerte das Zimmer. Ich zermarterte mir den Kopf

auf der Suche nach ehrlichen Antworten. Ich musste jetzt aufrichtig sein. Keine Lügen mehr.

»War ich dir nicht genug?«, fragte sie.

»Du warst mehr als genug!«

»Anscheinend nicht.«

»Das ist nicht wahr«, protestierte ich. »Ganz im Gegenteil. Du warst einfach wunderbar ... so wunderbar, dass ich dachte, du könntest mich retten. Ich habe wirklich geglaubt, mit dir an meiner Seite könnte ich erfolgreich dagegen ankämpfen.«

Wir standen nebeneinander, und doch trennten uns Welten. Ich konnte fast ihren Herzschlag hören. Von unten drangen gedämpfte Geräusche herauf: das Gemurmel von Unterhaltungen, das Klirren von Geschirr und irgendwann der dumpfe Knall einer Autotür, die zugeschlagen wurde. Jemand machte sich auf den Heimweg. Ich hätte hinuntergehen und Auf Wiedersehen sagen sollen. Schließlich war es meine Pflicht, den Gastgeber zu spielen, der um Verständnis bat, weil seine Frau einen plötzlichen Migräneanfall bekommen hatte. »Keine Sorge, sie hat sich nur einen Moment hingelegt, es geht ihr bestimmt bald besser. Es tut ihr schrecklich leid, aber die Migräne kam aus heiterem Himmel. Ihr braucht deswegen wirklich nicht zu gehen. Trinken wir doch noch eine Tasse Tee.« Das würde mir nicht schwerfallen. Ich war das Schauspielern gewohnt.

Das Auto meiner Mutter rollte die Einfahrt hinunter. Eilish trat von einem Fuß auf den andern. »Geh wieder runter. Unsere Gäste warten.«

»Ich will dich nicht allein lassen.«

Sie zuckte die Achseln. »Es hat dir doch auch nichts ausgemacht, mir wehzutun.« Etwas in ihr war zerbrochen, und ich konnte es nicht wieder kitten.

Unten erwartete mich ein Empfangskomitee. Kate und Simon standen in seltener Eintracht am abgeräumten Tisch und sahen mich an.

»Granny ist gegangen. Sie hat Wendy mitgenommen, sie bringt sie zum Bahnhof«, sagte Kate. »Carmela und Nico spielen draußen bei den Strohballen. Dad, bitte! Das ist einfach furchtbar. Sag uns, was los ist.«

Simon nickte. »Ich denke, wir haben ein Recht es zu erfahren, wenn einer von euch krank ist oder es irgendwelche anderen Probleme gibt.«

Wachsame Entschlossenheit lag in ihrer beider Blick. Meine Kinder. Mein ganzes Leben drehte sich um diese beiden und ihre Mutter. Wenn nötig, würde ich für sie sterben. Genau das hatte ich ja auch vorgehabt.

Im Garten zwitscherten unzählige Vögel. Rosen schmückten unseren Küchentisch. Ich könnte mich bald zur Ruhe setzen und mit meiner geliebten Frau umherreisen und meinen Enkeln ein gelassener Großvater sein. Meine Kinder waren gute, gescheite, zufriedene Menschen. Mein Enkelsohn wurde von allen abgöttisch geliebt. Und ich war im Begriff, das alles zu verlieren.

Einen Atemzug lang zögerte ich. Vielleicht war es noch nicht zu spät. Vielleicht konnte ich noch umkehren.

»Wir verdienen die Wahrheit, Dad«, sagte Kate. »Wir sind erwachsene Menschen.«

NEUN

Kate

Sie lachte. Sie lachte laut und lang. Ihr Vater machte ganz offensichtlich Witze. Ihr ach so respektabler Dad mit Perücke und falschen Titten, wie er auf High Heels durch die Straße stöckelte! Das war echt zum Brüllen.

»Du willst uns auf den Arm nehmen.« Es war eine Feststellung, keine Frage.

Außer den blassgelben Rosen stand nichts mehr auf dem Tisch. Es waren noch mehr Blütenblätter abgefallen. Sie kräuselten sich auf der Spitzendecke, als ob sie Schmerzen hätten. Kate saß ihrem Vater gegenüber. Simon, beide Hände auf die Arbeitsfläche gestützt, starrte auf den Boden zwischen seinen Füßen. Kate wurde erst später klar, dass er wie betäubt war, im wahrsten Sinn des Wortes. Hätte ihr Vater ihm einen Spaten über den Kopf gehauen, hätte er nicht fassungsloser sein können. Gerade eben war er noch selbstgefällig durchs Leben getanzt – ein normaler, langweiliger, im Grunde ganz netter Kerl – und eine Sekunde später lag er auf der Nase mit einem großen Loch dort, wo seine Ehrbarkeit gewesen war.

»Geschlechtsidentitätsstörung«, murmelte er ein ums andere Mal vor sich hin. »Ich kapier das nicht.« Und jedes Mal begann Dad von vorn und erklärte geduldig alles noch einmal.

»Du willst uns auf die Schippe nehmen.« Kate prustete abermals los, als ob dadurch alles zu einem Witz würde. Aber in Wirklichkeit wäre sie am liebsten weggerannt. »Du bist mein Dad. Folglich bist du ein Mann.«

»Ja, ich bin dein Dad. Und ich bin ein Mann.«

»Freut mich, das zu hören.«

»Zumindest habe ich den Körper eines Mannes. Aber dieser Körper fühlt sich vollkommen falsch an. Als ob sie bei meiner Geburt das falsche Modell aus dem Regal genommen hätten.«

Kate wusste natürlich, dass es Leute gab, die mit ihrem Geschlecht experimentierten. Sie hatte einmal einen Lektor gehabt, der eine Transfrau war. Sollten sie nur – jedem das Seine. Aber das hier war etwas anderes. Hier ging es um ihren Vater.

»Willst du sagen, dass du Frauenkleider trägst? Dass du ein Crossdresser bist?« Kate hoffte, ihr Vater würde schallend über diese Frage lachen.

Doch stattdessen nickte er, und sie hatte das Gefühl, dass ihre Welt ins Wanken geriet.

»Scheiße. Hast du jemals …?«

»Ja«, antwortete er. »Ich habe Frauenkleidung getragen.«

Nein. Unmöglich. Ausgeschlossen!

»Es geht nicht darum, was ich anziehe«, fuhr er fort. »Es geht darum, wer ich bin. Wer ich wirklich bin.«

Das ist ein Albtraum, dachte sie. Sie griff nach einem der weichen Blütenblätter und drehte es zwischen Daumen und Zeigefinger hin und her, bis fast nichts mehr davon übrig war. Komisch, dass Rosen am bezauberndsten sind, wenn sie verblühen und sterben und zerfallen.

Simon erwachte schlagartig aus seiner Starre. »Was zum Teufel soll das Theater?«, fragte er mit überlauter Stimme.

»Das ist kein Theater, Simon.«

»Bitte sag mir, dass du uns verarschst! Ich verrate dir was, Dad, hör gut zu. Du bist ein *Mann*. Du bist ein Vater und Großvater und ein Bruder und Ehemann, und du bist fünfundfünfzig Jahre alt. Herr im Himmel! Das ist ein bisschen spät, um plötzlich ein gottverdammter Schwuler sein zu wollen.«

»Ich bin nicht schwul.«

»Du willst Frauenkleidung tragen. Du stehst auf Männer. Ich kenne diese perversen Typen.«

»Nicht pervers«, mischte sich Kate ein. »Sie sind ...«

»Ach, halt die Klappe, Kate! Komm mir jetzt bloß nicht mit politischer Korrektheit. Das ist unser Vater, nicht einer von deinen trendigen Transvestitenfreunden.«

Luke hob die Hand. »Ich stehe nicht auf Männer. In keiner Weise. Das hat nichts mit meiner Sexualität zu tun.«

»Womit denn dann?«, fragte Kate.

»Mit dem Geschlecht.«

»Wo ist der Unterschied?«

»Das sind zwei völlig verschiedene Dinge. Das weißt du doch, Kate! Frag John und Mathis.«

Simon war ans andere Ende der Küche gestürmt. Er konnte nicht still stehen, machte abgehackte Bewegungen, als hätte er Schmerzen. Jetzt durchquerte er die Küche abermals, mit großen Schritten, die Fäuste seitlich an den Kopf gepresst.

»Du trägst Frauenkleider! Wie kannst du Mum so etwas antun?«

»Nein, ich ... Ja, manchmal trage ich Frauenkleider, aber das ist nicht der Punkt. Es geht mir nicht um die Kleider. Ich bin kein Transvestit. Das ist etwas völlig anderes, verstehst du? Ich identifiziere mich als weiblich. Wenn ich an mich denke, dann ...«

»Großer Gott!«

»Sprich weiter, Dad«, bat Kate.

»Wenn ich an mich denke, dann denke ich an eine Frau. Ich habe es weiß Gott zu leugnen versucht, ich habe versucht, es zu unterdrücken, es unter zahllosen Schichten von anderen Dingen zu verbergen, aber es ist mein innerer Kern, und es wird erst sterben, wenn ich sterbe.«

Simons Kiefermuskeln traten hervor, als ob sich Stahlseile unter der Haut verknotet hätten. Kate kannte diesen hässlichen

Ausdruck immenser Anspannung von ihrem ersten Freund, kurz bevor er zugeschlagen hatte.

»Es ist mir scheißegal, welchen Namen du dieser verfickten Abartigkeit gibst!«, schrie er. »Wenn du in Röcken und Stöckelschuhen herumläufst, bist du nicht mein Vater! Du bist eine gottverdammte Missgeburt! Man hätte dich bei deiner Geburt ersäufen sollen.«

»Hey, Simon, jetzt mach aber mal einen Punkt«, sagte Kate scharf.

Ihr Bruder hieb unmittelbar vor Luke mit der Faust auf den Tisch. Die Vase mit den Rosen machte einen Hüpfer. Es regnete Blütenblätter.

»Was ist mit Mum? Ist sie einfach ein Kollateralschaden?«

Ihr sonst so langweiliger Bruder wirkte auf einmal bedrohlich. Kate sprang auf, bereit einzugreifen. Doch in diesem Moment kamen Carmela und Nico zurück. Der Junge hielt einen Strauß Wiesenblumen in der Hand.

»Die hab ich für Granny gepflückt«, verkündete er strahlend.

Simon stellte sich Frau und Kind in den Weg. »Kommt gar nicht erst rein. Wir gehen.«

»Jetzt?« Carmela machte ein verblüfftes Gesicht. »Aber warum? Er hat doch Blumen für Eilish gepflückt.«

»Ich erklär's dir später.«

Eins musste man dieser Spanierin lassen: Sie lässt sich nicht einschüchtern, dachte Kate. Sie hatte keine Angst vor Simon, und sie ließ sich nicht herumschubsen. Kate konnte zwar nichts verstehen, aber das aufgebrachte Geflüster bewies, dass Carmela sich auf die Hinterbeine stellte. Nico schob sich an seinen streitenden Eltern vorbei und trottete ins Haus. Er war sichtlich enttäuscht, weil Eilish noch nicht wieder zurück war.

»Granny?«, rief er und schaute sich um.

Kate mochte ihren Neffen. Er ließ sich nichts gefallen, von

niemandem, und das bewunderte sie an ihm. Das arme Kind ahnte nicht, dass seine Welt bald kopfstehen würde.

»Es geht ihr nicht gut, kleiner Mann«, sagte Luke.

»Immer noch nicht?«

»Immer noch nicht.«

»Die Blumen werden sie wieder gesund machen.« Er streckte Luke seinen Strauß hin. »Die kannst du haben, Grandpa, wenn du versprichst, Eyelash was abzugeben.«

»Ich danke dir, mein Freund«, sagte Luke zärtlich. »Ich habe noch nie einen Blumenstrauß geschenkt bekommen. Gibst du mir zum Abschied noch einen Kuss, wenn ich verspreche, Granny davon auch etwas abzugeben?«

Nico grinste spitzbübisch, schlang seine Arme um Lukes Hals und gab ihm einen Schmatz auf die Nase. »Tschü-üüs. *See you later, alligator.*«

»*In a while, crocodile.* Ich hab dich lieb.« Luke hielt den kleinen Jungen so fest, als fürchtete er, ihn nie wiederzusehen.

Plötzlich eilte Simon herbei, riss seinen Sohn aus den Armen seines Vaters und knurrte: »Finger weg von meinem Jungen!« Seine Stimme war verzerrt. Kate hatte das Gefühl, er war den Tränen nahe, aber sie konnte es nicht mit Sicherheit sagen. Wut, Trauer, sogar Angst … alles hört sich gleich an, dachte sie.

Carmela war Simon gefolgt. Fassungslosigkeit malte sich auf ihrem Gesicht, als sie vor Luke hintrat. »Simon hat es mir erzählt … Ich kann es nicht glauben. Ist das wahr?«

»Ich bin derselbe Mensch, der ich immer war«, erwiderte Luke ruhig. »Ich bin nicht gefährlich.«

»Such dir einen Seelenklempner«, sagte Simon über die Schulter, während er seinen widerstrebenden kleinen Sohn hinter sich herzog. »Versuch's mit Verhaltenstherapie. Aversionstherapie. Schocktherapie. Egal, was, aber sieh zu, dass du geheilt wirst, Dad. Bitte, Dad! *Bitte.* Kommst du mit, Kate? Nein? Wie du willst. Jetzt komm endlich, Carmela!«

Nico quengelte den ganzen Weg bis zum Auto (»Warum denn, Daddy? Warum bist du böse auf Grandpa? Warum, Daddy, sag doch!«). Sekunden später hörte man die Wagentüren schlagen und den Motor starten.

Der arme Jeep, dachte Kate, als Simon das Gaspedal durchtrat und der Motor aufheulte. Dann jagte er die Einfahrt hinunter.

Ihr Vater saß da mit gebeugtem Kopf, eine Hand über den Augen. Er schien am Boden zerstört.

Es war der schrecklichste Augenblick ihres Lebens.

»Na, das ist ja prima gelaufen«, bemerkte sie trocken.

Eilish

Simon war in seiner Fassungslosigkeit so laut geworden, dass der Holzfußboden unter meinen Füßen regelrecht vibrierte. »Bitte sag mir, dass du uns verarschst«, hörte ich ihn brüllen. Und dann: »Man hätte dich bei deiner Geburt ersäufen sollen.«

Simon wünschte seinem Vater den Tod. Seinem Vater, der bei seiner Geburt vor Freude geweint und ihn stundenlang in den Armen gehalten hatte; der die ganze Nacht mit ihm durchs Haus gewandert war, wenn er Koliken hatte; der ihn nicht in den Kindergarten schicken wollte (»er ist doch noch so klein«); der wichtige Termine abgesagt hatte, damit er Schulaufführungen besuchen konnte; der unzählige Male – und ohne sich jemals zu beklagen – nachts um zwei aufgestanden war, um einen betrunkenen, aggressiven Teenager von einer Party nach Hause zu fahren. Ein Vater, der seinen Sohn bedingungslos geliebt hatte. Ein Vater, der uns alle hintergangen hatte.

Ich konnte Luke reden hören, verstand aber nicht, was er sagte. Es spielte keine Rolle. Ich drehte mich vom Fenster weg und ließ meinen Blick durch das Zimmer schweifen. Unser Zimmer. An der einen Wand stand seine Kommode mit dem antiken Standspiegel obendrauf. Daneben seine Haarbürste mit dem Elfenbeinrücken, eine Fusselrolle, Manschettenknöpfe, eine Handvoll Kleingeld und ein schwarzes Deodorant. Vertraute Dinge. Männlich und liebenswert.

Ein Gedanke schoss mir durch den Kopf.

Ich riss eine Schublade nach der anderen heraus und kippte den Inhalt auf den Fußboden. Pullover. Freizeithemden. Socken. Boxershorts. Alles in gedämpften Farben: schwarz, grau, weinrot, braun. Luke hatte einen ausgezeichneten Geschmack, und sämtliche Kleidungsstücke waren eindeutig einem Mann zuzuordnen. Ich drehte die Schubladen um und suchte die Unterseiten nach Verstecken ab. Nichts.

Ein Wagen raste die Einfahrt hinunter. Wahrscheinlich Simon und Familie. Sehr gut. Ich war froh, dass sie weg waren. Mit Simon würde ich später reden, im Moment war ich nicht imstande, mich mit seiner Angst und seiner Wut auseinanderzusetzen – ich hatte genug mit mir selbst zu tun.

Als Luke und ich Smith's Barn gekauft hatten, war es eine Scheune voller landwirtschaftlicher Gerätschaften und Taubennester. Der Umbau war mein Projekt gewesen. In einer Ecke unseres Schlafzimmers hatte ich einen begehbaren Kleiderschrank einbauen lassen, eine ausgefallene Kammer unter der Dachschräge mit verputzten, verrückt verwinkelten Wänden. Dort bewahrte ich meine Schuhe und meine Abendkleider auf und Luke seine Bürogarderobe und seine Kricketsachen. Ich knipste das Licht in dem kleinen, engen Raum an. Auf der einen Seite hingen ordentlich Lukes Anzüge, die gestreiften Hemden und die Krawatten. Seine sauberen, polierten Schuhe standen darunter. Mein Blick fiel auf seine lederne Reisetasche, die er nach Norwich mitgenommen hatte. Er hatte sie nicht ausgepackt, als er seine Sachen für heute ausgesucht hatte. Ich zog sie hervor und lugte hinein: Hemden, ein Schlips, Schlafanzüge. Seine dunkelblaue Strickjacke, die nach Lanolin und Luke roch. Wie ich diesen Geruch liebte! Ich vergrub mein Gesicht in der Wolle und gestattete mir einen Augenblick lang, so zu tun, als ob alles noch wie früher wäre.

Ein Roman von John Grisham.

Socken, sauber paarweise geordnet.

Ganz unten entdeckte ich einen baumwollenen Schnürbeutel. Ich konnte mich nicht erinnern, den schon einmal gesehen zu haben. Er sah harmlos aus. Vielleicht ein hoteleigener Wäschebeutel. Später fragte ich mich, was zu finden ich eigentlich erwartet hatte. Wäsche vermutlich, vielleicht feuchte Badesachen. Luke hatte erwähnt, dass das Hotel in Norwich über einen Swimmingpool verfügte, und er geht morgens gern eine Runde schwimmen.

Ich zog den Beutel heraus, machte ihn auf und drehte ihn um. Der Inhalt fiel wie in Zeitlupe auf den Fußboden.

Kate

»Whisky, Gin, Brandy?«, fragte sie, während sie die Flaschen im Schrank hin und her schob. »Nach einer schlechten Nachricht sucht man am besten Vergessen im Alkohol. Und das *ist* eine schlechte Nachricht, Dad. Das ist ehrlich gesagt sogar eine sehr schlechte Nachricht.«

»Tee, bitte.« Seine Stimme klang gedämpft, weil er beide Hände vors Gesicht geschlagen hatte.

»Eine gute Tasse Earl Grey! Wie hausbacken. Siehst du, du bist also doch durch und durch konventionell.«

Er ließ die Hände sinken und lächelte sein zögerliches Lächeln, das immer wirkte, als ob er fürchtete, vielleicht nicht willkommen zu sein. »Du ahnst nicht, wie sehr ich mir wünsche, dass das wahr wäre.«

Eine von Kates früheren Mitbewohnerinnen hatte einen Kurs

in psychologischer Beratung belegt und sich endlos über die verschiedenen Stadien der Trauer ausgelassen: das Nicht-Wahrhaben-Wollen, die Wut, das Verhandeln und … na ja, noch ein paar andere Dinge, an die sich Kate nicht erinnern konnte. Simon hatte sehr schnell die zornige Phase erreicht, aber Kate hoffte immer noch, dass ihr Vater eine Krise durchmachte, so etwas Ähnliches wie die Wechseljahre vielleicht, und irgendwann wieder der Alte sein würde. Während sie Tee aufbrühte, warf sie ihm immer wieder verstohlene Blicke zu.

»Dad, das ist einfach zu abgedreht. Sogar für mich. Und ich hab schon etliche abgedrehte Sachen gemacht, glaub mir.«

»Ich weiß. Und es tut mir leid.«

»Versteh mich nicht falsch, aber … hast du schon mit einem Arzt gesprochen? Vielleicht hat Simon gar nicht so unrecht. Vielleicht spielen deine Hormone verrückt.«

»Ich war tatsächlich deswegen beim Arzt, schon vor ungefähr fünf Jahren.«

»Doch nicht etwa bei Dr. Ryan?« Kate verkrampfte sich unwillkürlich bei der Vorstellung, dass ihr Vater dem Hausarzt der Familie gegenübersaß und ihm erklärte, er sei in Wirklichkeit eine Frau.

»Großer Gott, nein! Don Ryan ist mit mir im Kirchenvorstand von St. Matthew's. Nein, ich war bei einer Ärztin in London. Es ging mir sehr schlecht zu diesem Zeitpunkt. Ich habe ihr nicht die volle Wahrheit gesagt, nur Andeutungen gemacht, und sie ordnete eine Blutuntersuchung an. Mein Hormonspiegel war genauso, wie man es bei einem Mann meines Alters erwarten kann. Sie verschrieb mir Antidepressiva. Ich habe sie genommen, weil ich einfach nicht weiterwusste. Sie haben mir über die schlimme Zeit hinweggeholfen.«

Kates Handy vibrierte. Sie zog es aus ihrem BH, wo sie es normalerweise bei sich trug.

Wann kommst du endlich und holst deinen Kram ab?

»Blöder Wichser«, grummelte sie und schaltete das Telefon aus.

»Owen?«

»Owen. Unwichtig.« Sie dachte krampfhaft nach, während sie heißes Wasser auf den Tee goss. »Wir leben im einundzwanzigsten Jahrhundert, Dad. Diese ganzen Mann-Frau-Rollenklischees gehören der Vergangenheit an.«

»Ich wünschte, es wäre so.«

»Es *ist* so. Du bist kein Chauvi-Schwein, du hast immer jeden Menschen gleichermaßen respektiert.«

»Stimmt.«

»Na also! Das Geschlecht spielt heutzutage doch keine Rolle mehr. Warum willst du unsere Familie für etwas zerstören, das überhaupt kein Thema ist? Es gibt keinen Unterschied zwischen den Geschlechtern. Nicht mehr. Du musst doch keine Frau sein, du kannst doch ein femininer Mann sein.«

Er schüttelte den Kopf. Er wirkte erschöpft. »Aus meiner Sicht sind die Unterschiede so fundamental, dass sie mich innerlich zerreißen.«

Sie stellte einen Becher Tee vor ihn hin und setzte sich. »Wir wissen doch alle, wie das funktioniert. Jungs kriegen Macho-Spielzeug wie Action Man – guck dir doch bloß mal Nico mit seinem kleinen Jeep an, den er ständig mit sich herumschleppt, eine Miniaturausgabe vom Auto seines Vaters. Was sagt uns das? Mädchen kriegen eine verdammte Barbiepuppe, damit sie lernen, wie cool es ist, magersüchtig zu sein und sich wie eine Prinzessin zu kleiden. Die Kinder werden in Rollen gezwungen, die ihnen vielleicht gar nicht liegen.«

»Dieser letzte Satz ist absolut richtig. Ich bin der beste Beweis dafür.«

»Okay.« Kate hatte das Gefühl, dass sie endlich weiterkam. »Okay! Vielleicht steckt ja das dahinter. Du hast das Bedürfnis, dich auf eine Art und Weise auszudrücken, die dir verwehrt blieb, solange Grandpa noch lebte. Hast du schon mal daran gedacht? Du hast deine feminine Seite unterdrückt. Warum versuchst du es nicht mit… ich weiß nicht, mit Malen? Oder Schauspielern? Oder Teppichknüpfen?«

Er schwieg eine ganze Weile. Seine Antworten hatten stets Hand und Fuß, er antwortete nie unüberlegt. Sie wünschte, sie könnte das Gleiche von sich sagen.

»Weißt du, das hat schon vor langer, langer Zeit angefangen«, sagte er schließlich.

»Wann?«

»Als ich noch gar nicht wusste, was es bedeutet, ein Junge zu sein. Oder ein Mädchen. Ich muss ungefähr zwei gewesen sein, als ich mich in Wendys Zimmer geschlichen und ihre Sachen angezogen habe. Sie waren mir viel zu groß. Sie schleiften über den Boden, sodass ich immer wieder stolperte, aber das war mir egal. Ich liebte diese Kleider. Sie besaß Röcke und Kleidchen und wunderschöne weiße Strumpfhosen. Und Ohrringe.« Sein Lächeln missriet zu einer verlegenen, schiefen Grimasse. »Und Haarbänder. Meine Eltern schimpften mit mir, und als das nichts nützte, haben sie die Tür zu Wendys Zimmer abgeschlossen, und ich kriegte einen Tobsuchtsanfall.«

Kate war ein Wildfang gewesen, der am liebsten in Jeans herumlief. Sie hätte nicht einmal tot in weißen Strumpfhosen gesehen werden wollen, egal, in welchem Alter.

Ihr Vater schien ihre Gedanken zu erraten. »Versuch, mich zu verstehen, Kate. Diese Dinge waren wichtig für mich, weil ich wie die anderen Mädchen sein wollte.«

»Die anderen Mädchen? Aber du warst doch kein … Oh. Ich verstehe. Du *warst* ein Mädchen.«

Er nickte. »In meinem Inneren war ein lachendes Mädchen mit langen Haaren. Ich nannte sie Lucia. Ich betete jeden Abend, dass ich am anderen Morgen aufwachen würde und Lucia geworden wäre.«

»Aber wie hätte … ich meine … äh …« Kate verdrehte die Augen und deutete nach unten. »Du hast den Körper eines Jungen gehabt. Mit allem, was dazugehört.«

»Und was einfach abfallen würde, wie ich hoffte. Einmal habe ich sogar – egal.« Luke verstummte und fuhr nach einer kurzen Pause fort: »Ich habe alles an mir gehasst. Ich war fehlerhaft. Ich musste repariert werden.«

Kate wollte sich die Ohren zuhalten, sie wäre am liebsten weggelaufen wie Simon, aber sie konnte ihre Eltern nicht in dieser furchtbaren Situation allein lassen.

»Und was willst du jetzt machen?«, fragte sie und fürchtete sich vor der Antwort.

»Ich weiß es nicht.«

»Ach, komm schon, Dad. Du tust nie etwas, ohne es vorher gründlich durchdacht zu haben.«

Er griff nach einem Blütenblatt und strich es auf seiner Handfläche glatt. »Ich kann so nicht weitermachen. Sonst gehe ich kaputt. Die Selbstmordrate unter Menschen mit einer Geschlechtsidentitätsstörung ist ziemlich hoch.«

»Untersteh dich! Selbst wenn du dich als Werwolf entpuppen solltest, bist du immer noch du. Wir würden uns schon daran gewöhnen, dass du dich in ein haariges Monster verwandelst, das den Mond anbellt und Leute anfällt.«

»Werwölfe gelten heutzutage als cool. Vampire auch. Transen nicht.«

Sie starrten beide auf das wächserne Blütenblatt in seiner Hand.

»Und wie soll's jetzt weitergehen?«, fragte Kate schließlich.

Luke antwortete nicht, sondern legte den Zeigefinger an die Lippen und blickte zur Galerie hinauf. Kate lauschte. Dann hörte sie es auch.

Ich schrie auf, bevor ich es verhindern konnte. Ich war wie gelähmt, mein Blick starr vor Abscheu, vor Faszination, vor Verzweiflung.

Seide und Spitze. Der gleiche Unterrock, wie ich ihn hatte, aber blassblau. Eine hauchdünne Strumpfhose. Ein indigoblaues Kleid mit Spitzenbordüre. Wundervolle Kleider aus feinsten Stoffen.

Eine Welle von Übelkeit raste durch mich hindurch. Ich ließ den Stoffbeutel fallen, presste beide Hände auf den Mund und würgte. Er musste die Sachen irgendwo in unserem Schlafzimmer versteckt gehabt haben, möglicherweise schon seit Jahren. Sie warteten auf ihn – wie weit entfernt? Ein paar Meter? –, wenn wir uns gegenseitig ausgezogen hatten. Stellte er sich vor, dass er diese Sachen trug, wenn er mit mir im Bett war?

Ich hob das indigoblaue Kleid vom Boden auf und hielt es eine Armlänge von mir weg, als ob es eine Schlange wäre. Er hatte es getragen. Er hatte es über den Kopf gezogen, den Reißverschluss hochgezogen und sich darin bewundert. Ich roch Parfüm, ganz schwach. Nicht sein Deo – ein anderer Duft. Er musste irgendwo eine Flasche versteckt haben. Ich biss die Kiefer zusammen, dass es wehtat, dann packte ich das Kleid mit beiden Händen und zerriss es. Ich riss alles in Stücke, zerfetzte jedes Kleidungsstück, bis nur noch ein Haufen Lumpen übrig war. Bei den dünnen Stoffen dauerte das nicht lange.

Ich machte mir gerade an dem Unterrock zu schaffen, als ich eine Bewegung hinter mir wahrnahm. Ich drehte mich um. Luke stand in der Tür, die Augen wie Krater in seinem kalkweißen Gesicht. Er blickte auf die Lumpen am Boden, dann sah er mich an. Er sagte kein Wort.

»Was hast du gesehen?«, stieß ich hervor. »Wenn du in den Spiegel geschaut hast. Was für ein Monster hast du da gesehen?«

»Ich habe mich gesehen.«

Ich lachte ihn aus. Ich lachte schrill und schallend. Wahrscheinlich habe ich mich wie eine Irre angehört. »Du hast einen Mann in einem Kleid gesehen. Großer Gott, Luke, ein Mann in einem Kleid! Ist dir nicht klar, wie lächerlich du aussehen musst?«

»Doch.«

»Und wieso kostümierst du dich dann wie ein Transvestit?«

»Weil es mir das Gefühl gab, normal zu sein.«

Ich hasste ihn. In diesem Moment hasste ich ihn wirklich. Er war ein Fremder, ein Dieb, der mir alles genommen hatte, was mir jemals wichtig gewesen war. Er hatte mir meine Liebe, meine Jugend, mein Leben gestohlen. Ich bückte mich, schnappte die obszönen Überreste seiner Kleider und schleuderte sie ihm ins Gesicht. Er stand einfach nur da, während die Lumpen zu Boden fielen und sich um seine Füße verteilten.

»Nimm deine schicken Fummel und verschwinde aus meinem Haus!«

ZEHN

Luke

»Ich kann dich doch nicht allein fahren lassen«, sagte Kate.

»Mach dir keine Sorgen, mir geht's gut.« Ich wuchtete die Reisetasche und einen Koffer ins Auto. »Bitte, Schatz, bleib bei Mum, so lange du kannst.«

Sie machte ein entschlossenes Gesicht, aber mir konnte sie nichts vormachen. Meine Tochter ist nicht ganz so tough, wie sie gerne tut. Aber wer von uns ist das schon?

»Du hast gesagt, du hast daran gedacht, dich umzubringen, Dad.«

Der Strick wartete immer noch auf mich. Als ich wahllos ein paar Sachen in meine Koffer geworfen hatte, hatte ich ein vertrautes Flüstern vernommen. DER GEDANKE. Mein alter Feind war hocherfreut darüber, wie sich die Dinge entwickelt hatten. Er hoffte immer noch, mich vom Stuhl und ins Vergessen stoßen zu können.

»Das hab ich doch nicht ernst gemeint«, sagte ich leichthin, als ich den Kofferraumdeckel zuwarf. »Jetzt ist das Kind schon in den Brunnen gefallen. Ein bisschen spät, um mir die Kugel zu geben, meinst du nicht?«

»Dann bist du heute Abend in der Stadtwohnung?«

»Ja.«

»Allein?«

Da war sie wieder, die Angst in ihrer Stimme. Ich legte ihr die Hände auf die Schultern und sagte: »Meine Kate. Das alles habe ich ganz allein verursacht. Nicht ich bin es, der dein Mitgefühl verdient. Bring mich einfach zum Bahnhof, und fahr dann sofort wieder hierher. Deine Mutter trifft keine Schuld, und ihr geht es wirklich nicht gut.«

»Ja, schon, aber …«

»Es wird nichts passieren, das verspreche ich dir. Ich fühle mich furchtbar schuldig, furchtbar traurig, aber es geht mir gut. Ich habe endlich, nach all den Jahren, die Wahrheit gesagt. Jetzt muss ich mit den Konsequenzen leben.«

Ich hatte Eilish kurz gesehen, bevor ich das Haus verließ. Sie stand mitten in der Küche, als ich meine Koffer hinuntertrug.

»Das ist also das Ende unserer Ehe«, sagte sie. »Nicht der Tod hat uns geschieden. Das Leben ist ihm zuvorgekommen.«

Ich stellte die Koffer ab und trat auf sie zu.

»Geh einfach.« Sie wandte sich von mir ab. »Du brichst mir das Herz. Geh einfach!«

Als ich jetzt vor dem Haus stand, das uns dreißig Jahre lang ein Zuhause gewesen war, glaubte ich eine Bewegung, einen Schatten am Küchenfenster zu sehen. Ich hoffte, sie würde herauskommen. Wir hatten uns immer voneinander verabschiedet, wenn einer von uns weggefahren war.

Kate folgte meinem Blick. »Sie wird nicht kommen, Dad.«

»Du hast recht.« Ich öffnete die Fahrertür. »Fahren wir.«

Auf dem ganzen Weg zum Bahnhof trommelte Kate nervös mit den Fingern auf ihren Knien. Sie tat ihr Bestes, um ihr Entsetzen zu verbergen, aber ich sah, dass sie nicht still sitzen konnte und dass sie die Augen weit aufgerissen hatte. Mein aufmüpfiges Kind, das in der Grundschule einmal einen Verweis bekommen hatte, weil es seinen schikanösen Rektor als Arschloch bezeichnet hatte. Kate hatte sich noch nie vor irgendjemandem gefürchtet, aber jetzt war sie verängstigt.

»Du hast Mum doch geheiratet«, brach es plötzlich aus ihr heraus. »Du hast Simon und mich mit ihr bekommen. Du hast nie ein Wort über diese Sache verloren.«

»Ich weiß. Und es tut mir leid.«

Was für armselige Worte. Ich stellte den Wagen in der Kurzparkzone vor dem Fahrkartenschalter ab und stellte den Motor ab. Wir saßen lange Zeit nur da und starrten vor uns hin. Ich hatte das Gefühl, dass eine zentnerschwere Last mir die Brust zusammendrückte. Irgendwann riss ich mich zusammen, stieg aus und ging zum Kofferraum. Kate folgte mir. Sie kaute auf ihrer Unterlippe.

»Du weißt, wo du mich findest«, sagte ich.

»Ja. Aber ich weiß nicht, wer du bist.«

»Dann sind wir schon zwei.«

»Verpiss dich, alter Mann.« Meine tapfere Kate. Sie rang sich ein Lächeln ab und umarmte mich. »Oder alter Was-auch-immer. Mach's gut. Bis bald.«

Ich hielt sie noch einen Moment fest. Wir sahen vermutlich aus wie jedes andere Vater-Tochter-Paar, das sich an einem Sonntagabend an einem Vorortbahnhof voneinander verabschiedet. Dann nahm ich meine Koffer und machte mich auf den Weg ins Exil.

Eilish

Er war fortgegangen. Schlimmer noch als fortgegangen: Er hatte nie existiert. Der Luke, den ich liebte, war eine fiktive Gestalt. Ich hatte mein ganzes Leben rings um eine erfundene Figur aufgebaut.

Weil ich mich nach Ordnung sehnte, fing ich an, das eine oder andere in der Küche geradezurücken. Was natürlich völlig überflüssig war. Nichts als Heuchelei. Alles. Dreißig Jahre lang. Sogar die rot-gelben Kaffeebecher, die wir auf einem Flohmarkt gekauft hatten, weil wir sie lustig fanden (fand er das oder gehörte es zu der Scharade?) Sogar der Küchentisch, der Mittelpunkt unseres Heims; sogar das Foto auf dem Kühlschrank. Es zeigte uns, wie wir vor einem Pariser Café saßen und für den Straßenfotografen posierten.

Ich stand vor dem Bild, in der Hand einen der rot-gelben Becher. Luke hatte sich an jenem Tag nicht rasiert. Ich wusste noch, wie sexy ich das Kratzen seiner Bartstoppeln fand. Ich konnte es heute noch fühlen. Wir blinzelten im grellen Sonnenschein, und ich strahlte. Luke nicht. Er sah so aus wie immer: leicht unbehaglich, leicht zerstreut, mehr oder weniger glücklich. Das war Luke. Was war wirklich in seinem Kopf vorgegangen, als er seine Wange an meine geschmiegt und in das Objektiv geschaut hatte? Hatte er es gehasst, mit mir dazusitzen? Hatte er von seiner geheimen Welt geträumt?

Bevor ich wusste, was ich tat, hatte ich den ersten Becher auf den Fliesenboden geschleudert. Es gab einen scharfen, hellen Knall, und dann flogen Porzellanscherben in alle Richtungen. Der nächste Becher folgte. Und dann noch einer und noch einer und noch einer. Ich zerschlug sie systematisch und trauerte ihnen dennoch nach. Der Letzte war mein Lieblingsbecher: überwiegend rot und mit einem Zufallsmuster, das mich immer an eine Notenschrift erinnert hatte. Er stand auf dem Abtropfbrett, ängstlich geduckt, während er darauf wartete, ebenfalls zertrümmert zu werden. Ich riss ihn hoch.

Den letzten Überlebenden rettete das Telefon. Es klingelte, als ich ihn zögernd in der Hand hielt.

Voller Hoffnung nahm ich ab. Vielleicht war es Luke, der fragte, ob er nach Hause kommen könne. Das alles konnte doch nur ein Traum oder ein Missverständnis oder eine vorübergehende geistige Umnachtung sein.

»Ich bin's, Liebes.«

Enttäuscht lehnte ich mich an die Arbeitsplatte. »Meg. Hi.«

»Danke für den reizenden Tag.«

Die üblichen Höflichkeitsfloskeln. »Nichts zu danken. Das

Vergnügen war ganz unsererseits. Danke, dass du gekommen bist.«

»War es ein Migräneanfall?«

Eine Sekunde lang begriff ich nicht, was sie meinte. Dann fiel es mir wieder ein. »Ja. Entschuldige. Ja, es war ein Migräneanfall. Kam aus heiterem Himmel.«

»Ich wusste gar nicht, dass du Migräne hast.«

»Fast nie.«

»Scheußliche Sache.« Eine Pause. »Ist alles in Ordnung, Liebes?«

Nein, nichts war in Ordnung. Alles war kaputt, wie die Becher, deren rote und gelbe Scherben überall auf dem Boden verstreut lagen.

»Eilish?« Megs Stimme war schärfer geworden. »Bist du noch dran? Wo ist Luke – kann ich ihn sprechen?«

»Er ist weg«, flüsterte ich.

ELF

Luke

Dieses Mal leistete mir keine weißhaarige Fremde Gesellschaft im Abteil.

Der Zug brachte mich weiter und weiter weg von meinem Zuhause. Mir kam es so vor, als würde ich ein großes Zeichen auf der Brust tragen, sodass alle Menschen im Waggon mir meine Schande ansehen konnten. Hinter mir saß eine Gruppe Schulkinder, ich konnte sie kichern hören. Meine Schulterblätter zuckten. Kinder lachten. Ich war vier Jahre alt.

Sie wachte in dem Rennauto-Bett auf, das ihr Daddy für sie geschreinert hatte. Unzählige Schmetterlinge flatterten in ihrem Bauch. Nach dem Frühstück holte Mum die Schere heraus und schnitt ihr die Haare (*du willst doch gut aussehen, oder?*), und dann musste sie die grüne Schuluniform anziehen: Sandalen, Shorts und ein nagelneues Hemd. Sie hasste diese Sachen, sie fand sie grässlich, aber das sagte sie nicht laut, weil sie wusste, dass die anderen dann traurig wären. Ihr Daddy machte ein Foto von ihr mit seiner großen Kamera. Mein frisch gebackener Schuljunge, sagte er.

Und jetzt nahm sie am morgendlichen Schulappell teil. In einer richtigen Schule! Das war etwas ganz anderes als der Kindergarten. Sie hatte noch nie so viele Kinder gesehen. Die Schulanfänger saßen in einer ungeordneten Reihe ganz vorn. Irgendwo in der grünen Menge hinter ihr standen Wendy und Gail. Sie freute sich, dass Wendy da war, aber vor Gail hatte sie Angst.

Ein Junge, den sie aus dem Kindergarten kannte, hatte sich auf den Platz neben ihr plumpsen lassen und rutschte jetzt unruhig hin und her. Er hieß Alex und trug eine Brille. Janey, ihre beste Freundin, saß auf ihrer anderen Seite. Sie und Janey hielten sich an den Händen. Ihre Mütter hatten sich in dem Krankenhaus kennengelernt, in dem sie beide geboren waren. Janey roch nach der Honigseife, die es in ihrem Badezimmer gab. Sie trug ein Trägerkleid und eine dazu passende grüne Schleife im Haar. Luke war sicher, dass ihre eigenen Haare auch so lang und lockig wie die von Janey wären, wenn sie sie nur nicht immer abschneiden würden.

»Deine kleine Freundin«, sagte Mum immer, wenn Janey zum Spielen kam.

»Würde mich nicht wundern, wenn die beiden eines Tages heiraten würden«, sagte Janeys Mum einmal, in der Hand eine Tasse Kaffee. »Sie sind wie Zwillinge.« Den beiden Müttern schien diese Vorstellung zu gefallen. Sie malten sich aus, wie es wäre, Schwiegermutter zu sein. Luke freute sich. Sie und Janey würden in einem eigenen Haus wohnen. Und einen kleinen Hund haben.

Eine große Frau klatschte in die Hände, damit Ruhe einkehrte, und rief: »Willkommen zum neuen Schuljahr!« Luke wusste, wer das war: Mrs. Parry, die Chefin. Sie hatte plüschige Haare und Hängebacken, und sie redete und redete. Alex zappelte mehr herum denn je. Luke legte den Kopf in den Nacken und guckte an die Decke. Es waren Risse darin, und einer sah genauso aus wie die gruselige Hexe in *Schneewittchen*, die mit den Glupschaugen. Wieso hatten ihre Schwestern nie erzählt, dass es in ihrer Schule etwas so Aufregendes wie einen Glupschäugige-Gruselhexe-Riss gab?

Es roch nach Essen aus der Schulküche. Hoffentlich gab es keine Leber. Sie hatte einmal Leber gegessen, und das hatte so widerlich geschmeckt, dass ihr schlecht geworden war. Gail hatte ihr gesagt, dass es in der Schule manchmal Leber gäbe, und die müsse aufgegessen werden, und wenn sich jemand hinterher übergeben müsse, würden die Lehrer ihn zwingen, das Erbrochene aufzuessen. Luke hoffte, dass das geflunkert war. Sie versuchte gerade, sich vorzustellen, wie Erbrochenes schmeckte, als ihr zwei ältere Kinder auffielen, die neben Mrs. Parry standen: ein rothaariger Junge und ein Mädchen mit einem Pferdeschwanz oben auf dem Kopf. Das Gesicht des Mädchens sah aus wie das von Grannys Pekinese – zerquetscht und griesgrämig, als wäre sie mit dem Gesicht gegen eine Wand gerannt.

»Moira und Carl sind Garderobenhelfer«, sagte Mrs. Parry. »Sie werden euch Erstklässler betreuen, damit ihr eure Schuhablagen und Kleiderhaken findet. Und sie werden euch zeigen, wo die Toiletten sind, und euch die Toilettenregeln erklären.«

Luke fragte sich, wie eine Schuhablage wohl aussehen mochte.

»Die Damen zuerst!«, rief Mrs. Parry. »Auf geht's, Mädchen, Moira bringt euch zur Mädchengarderobe.«

Janey und Luke, die sich immer noch an den Händen hielten, standen von ihren Plätzen auf und gesellten sich zu den anderen Vierjährigen, die sich hinter Moira zusammengeschart hatten. Luke wusste, sie war ein Mädchen, und Janey wusste das auch. Manchmal wurde sie ein Junge genannt, und Daddy sagte Dinge zu ihr wie: »Komm, mein Sohn, wir Männer reparieren jetzt mal den Traktor.« Aber sie irrten sich, und jetzt hatte sie die Gelegenheit, ihnen zu zeigen, wie es richtig war.

Mrs. Parry lächelte auf sie herunter. Luke gefiel dieses Lächeln nicht. Dann fingen auf einmal alle zu lachen an. Sie schaute sich um. Was war denn so lustig?

»Noch nicht, mein Lieber«, sagte Mrs. Parry. »Die Jungen rufe ich als Nächstes auf. Sie werden durch die andere Tür gehen. Da drüben, siehst du? Da geht's zum Umkleideraum für die Jungs.«

Das Gelächter ringsherum schwoll zu einer großen Welle an.

Sie sah, wie Kinder mit dem Finger auf sie zeigten, und spürte, wie ihre Stirn sich in Falten legte. Hoffentlich würde sie nicht anfangen zu weinen. Sie klammerte sich an Janeys Hand, und Janey drückte ihre Hand genauso fest.

»Du kannst dich neben deine Freundin setzen, wenn ihr im Klassenzimmer von Mrs. Mason seid«, sagte Mrs. Parry leise. »Aber zuerst wird Carl dir die Jungengarderobe zeigen. Da ist ein Kleiderhaken mit deinem Namen dran, der wartet schon auf dich, ist das nicht toll?«

»Aber ich bin ein Mädchen«, erwiderte Luke.

Jetzt sah Mrs. Parry wie die Hexe mit den Glupschaugen aus. »Sei nicht albern!«

»Ich bin ein Mädchen!«

»Pssst! Komm jetzt, lass deine Freundin los.«

Luke dachte nicht daran. »Aber *warum* bin ich ein Junge?«

Die Glupschaugen warfen einen kurzen Blick auf Lukes neue Sandalen, als müsste sich Mrs. Parry vergewissern, dass sie sich nicht irrte. »Weil Gott dich zu einem gemacht hat.«

»Ich glaube, Gott hat einen Fehler gemacht.«

»Du wirst mit den anderen Jungs durch *diese* Tür gehen. Schluss aus! Und jetzt lass endlich los!« Jetzt war Mrs. Parry böse. Sie beugte sich herunter und zerrte Janey an der Hand weg.

Das war zu viel für Luke. »Gott hat einen Fehler gemacht!«, brüllte sie aus vollem Hals, damit die anderen es endlich begriffen.

Und dann ging das mit dem Weinen los. Sie konnte dem Geheul nicht Einhalt gebieten, das aus ihrem Mund kam, weder den Tränen noch dem Rotz, der ihr übers Gesicht lief. Janey, die durch die verbotene Tür weggeführt wurde, weinte auch. Sie stolperte neben Mrs. Parry her und drehte sich immer wieder nach Luke um. Dann war Luke ganz allein, und alle lachten sie aus. Sie lachten und lachten, während Luke jammernd dastand und sich so hässlich fühlte in ihren grünen Shorts. Sie wünschte, sie wäre tot.

Jemand musste ihre Schwester geholt haben, weil Gail ihr plötzlich ins Ohr zischte: »Du selten blöder kleiner Scheißer!«

»Sag ihnen, dass ich ein Mädchen bin!«

»Halt die Klappe!« Luke konnte den Schlag in ihrer Stimme förmlich hören und hielt sich beide Hände schützend über den Po, während Gail sie zu den Jungen hinüberzerrte. »Und hör endlich auf zu flennen!«

Luke konnte nicht aufhören. Sie weinte, als Carl ihr einen Kleiderhaken zeigte, neben dem der Name *Luke* stand. Sie weinte, als sie ihr die Schuhablage zeigten, die nichts weiter war als ein Platz, um seine Schuhe hinzustellen. Sie weinte, als sie die Toiletten für die Jungs sah, wo auf dem Fußboden nasses Klopapier in einer Pipipfütze schwamm, weil einer der Jungs danebengezielt hatte. Irgendwann hörte sie auf, laut zu weinen, aber in ihrem Bauch weinte sie weiter. Da bekam sie Bauchweh. Sie dachte, dass sie nie wieder aufhören könnte zu weinen, weil sie an ihrem ersten Schultag etwas gelernt hatte.

Gott hatte einen Fehler gemacht.

»Die Fahrkarte, bitte.« Der Zugbegleiter streckte seine Hand aus.

»Entschuldigung.« Ich nestelte meine Dauerkarte aus meiner Brieftasche. »War mit den Gedanken woanders.«

Der Zugbegleiter nickte und streifte den Fahrgast mit einem flüchtigen Blick. Zweifellos sah er einen völlig unauffälligen Mann mit ergrauendem Haar in Baumwollhose und Polohemd.

»Danke, Sir«, sagte er, schon im Weggehen.

ZWÖLF

Eilish

Ich stieg über den Zaun und lief los. Getreidestoppeln brachen knirschend unter meinen Füßen. Bei jedem Schritt wirbelte ich ein Staubwölkchen auf. Das Tageslicht wich langsam zurück, aber ich konnte immer noch das ganze Feld bis zur Fußgängerbrücke sehen.

Ich hielt nach Kate Ausschau. Ich hatte zufällig gesehen, wie sie vom Bahnhof zurückgekommen war. Sie war aus dem Auto gesprungen, ohne die Tür zu schließen, und in diese Richtung gerannt. Früher, als Teenager, hatte sie das oft gemacht, meistens nach einem Streit mit Simon. Sie war durch Gareths kostbares Getreide gestürmt und hatte sich dabei ihren Frust von der Seele gebrüllt. Ich ließ sie dann normalerweise in Ruhe, bis sie sich wieder beruhigt hatte, aber wenn Luke da war, war er ihr nachgegangen, hatte sich zu ihr gesetzt und sich ihren Kummer angehört. Danach waren sie zusammen zum Haus zurückgegangen, und ich hatte mich ausgeschlossen gefühlt.

Nach kurzer Zeit entdeckte ich eine schmale Gestalt auf einem der großen, runden Strohballen. Sie lag flach auf dem Rücken wie Snoopy auf seiner Hundehütte. Sie rührte sich nicht, als ich näher kam. Ich dachte, sie habe vielleicht Partei für Luke ergriffen und wolle nicht mit mir reden. Wäre nicht das erste Mal gewesen. Ich hockte mich in das Stoppelfeld und lehnte mich an den Strohballen. Ich merkte, wie ich ruhiger wurde. Nach den trügerischen Schatten im Haus kam mir der Abendhimmel offen und ehrlich vor.

Ich hörte, wie Kate sich auf dem Stroh bewegte. »Wie geht es dir?«, fragte sie.

»Nicht so gut. Und dir?«

»Ich sage mir die ganze Zeit, dass ich mich gefälligst zusammenreißen soll. Cool bleiben. Niemand ist gestorben.«

»Stimmt«, sagte ich. »Tatsächlich ist niemand gestorben.«

»Trotzdem fühlt es sich irgendwie so an.« Ihre Beine erschienen über dem Rand des Strohballens, als sie sich aufsetzte. »Nichts ist mehr so, wie ich dachte. Oben ist unten. Vorn ist hinten. Richtig ist falsch … Ich meine, er ist mein Vater. Ich *kenne* ihn. Ich weiß, dass er an seinem Daumennagel kaut, wenn ihn etwas bedrückt. Ich weiß, dass er Babys liebt, sie am liebsten abküssen würde. Ich weiß, was ihn zum Lachen bringt – Baldrick aus *Blackadder*. Ich weiß, was ihn ankotzt.«

»Holocaust-Leugner«, sagte ich. »Versicherungsgesellschaften. Politessen. Die Ausbeutung der Ölvorkommen in der Arktis.«

»Freche Tussis an der Rezeption.«

»Leute, die Katzen treten.«

Und doch ist er ein Betrüger, dachte ich. Mit seidenen Geheimnissen. In die er sich hüllt, wenn er sich allein glaubt.

»Früher haben wir auf diesem Feld Fangen gespielt«, sagte Kate.

»Wie könnte ich das vergessen?« Ich musste unwillkürlich lächeln. »Unser Haus war offenbar der Treffpunkt für alle Teenager im weiten Umkreis.«

»Sophie Baxter und ich haben uns davongeschlichen und heimlich geraucht, da unter der Linde.«

»Das mit eurer heimlichen Raucherei hab ich gewusst.« Ich schaute zu dem Baum hinüber, an dem unzählige helle Blütenbüschel hingen. Luke und ich waren auf unserem letzten Spaziergang unter der weit ausladenden Krone stehengeblieben und hatten dem Summen der Bienen gelauscht.

»Ich weiß noch, wie er uns Schlaflieder vorgesungen hat«, sagte Kate. »Dad. Mit uns Zelten gegangen ist. Uns in den Arm genommen hat, wenn wir traurig waren. Weißt du noch, wie er mit Casino unter seiner Strickjacke nach Hause kam, nachdem er ihn auf dem Bahnhof gefunden hatte?«

Und ob ich mich daran erinnerte, wie an tausend andere Dinge: Luke, wie er den neugeborenen Simon in seinen Armen hielt, so behutsam, als wäre er aus Porzellan. Tränen liefen ihm übers Gesicht, und er flüsterte: »Er ist perfekt. So perfekt.« Ich schloss die Augen. Ich konnte das leise, spöttische Gurgeln des Bachs hören.

»Ein Fuchs!«, wisperte Kate. »Siehst du ihn?«

Ja, ich sah ihn: einen schlanken Schatten, der durch die Dämmerung trottete. Plötzlich blieb er stehen, seine Ohren mit den dunklen Spitzen bewegten sich zuckend. Vielleicht hatte er uns Menschen gewittert, aber er blieb ganz ruhig. Ich hielt unwillkürlich den Atem an, als er weitertrabte. Ein frei lebendes Tier zu beobachten, hatte etwas Magisches. Es gab mir einen Stich, als er zwischen den Bäumen verschwand.

Kate und ich blieben sitzen und beobachteten, wie der Abend ganz allmählich zur Nacht wurde und die ersten Sterne funkelten. Mir war, als hätte ich das Telefon klingeln hören, aber vielleicht war es auch nur ein Vogel gewesen. Egal. Ich verfiel in einen Zustand ungläubiger Benommenheit. Der Duft von Bärlauch hing in der Luft, und tief in den verträumten Wäldern schrien Eulen. *Wir haben solches Glück gehabt,* dachte ich, *und wir haben es nicht gewusst.* So unglaublich viel Glück. Wir hatten ein wundervolles Leben.

Es war vollkommen dunkel, als Kate seufzend sagte: »Wie ist es möglich, dass die Welt so wunderschön und gleichzeitig so beschissen sein kann?«

Ich hörte das Freizeichen. Einmal, zweimal, dreimal, dann sprang der Anrufbeantworter an. Vielleicht ahnte Eilish, dass ich es war, und wollte nicht mit mir sprechen.

»Ich bin's nur«, sagte ich. »Ich … Tja, also ich wollte nur hören, wie es euch geht. Euch beiden. Sei so gut und ruf mich bitte zurück. Bis dann.«

Ein Leben ohne Eilish erstreckte sich vor mir wie ein gähnender Abgrund. Trostlos.

In der Souterrainwohnung wurde es immer früh dunkel. Vom Küchenfenster hatte man einen Blick auf Mülltonnen, Steinstufen und die Füße von Passanten. Kurz bevor ich Eilish kennenlernte, hatte ich die Wohnung gekauft und mich dafür verschuldet. Wir hatten beschlossen, sie als Stadtwohnung zu behalten. Sie hatte nach hinten hin einen kleinen Garten, der an eine Bahnlinie grenzte. Ich knipste die Deckenlampe an, eine gnadenlos grelle Neonröhre, und sofort klatschten zwei Fliegen dagegen. Irgendwo in der Dunkelheit draußen schwoll das Heulen von Martinshörnern an und ebbte wieder ab.

Ich wärmte mir ein Fertiggericht auf, rührte es aber nicht an. Ich schenkte mir einen Whisky ein, den ich nicht trank. Ich musste meine Mutter anrufen, und mir graute davor. Sie nahm beim zweiten Klingeln ab.

»Eilish hat nur gesagt, dass ich dich fragen soll«, sagte sie. »Und deshalb frage ich dich jetzt ganz direkt, und ich hätte gern eine ehrliche Antwort. Was ist eigentlich los?«

Die Erklärung fiel mir allmählich ein bisschen leichter, es war nicht mehr ganz so schwer, die richtigen Worte zu finden. Sie sagte nichts, unterbrach mich nicht ein einziges Mal. Als ich geendet hatte, schwieg sie immer noch.

»Mum? Bist du noch da?«

»Gott sei Dank muss Robert das nicht mehr erleben.«

»Ich weiß. Armer Dad.«

»Arme Eilish! Womit hat sie diesen Schlag ins Gesicht verdient? Was hat sie getan?«

»Nichts. Sie hat gar nichts getan. Das alles ist ganz allein meine Schuld.«

Stille. Ich hörte das Klicken eines Feuerzeugs und dann einen tiefen Atemzug.

»Wir wollen nicht so tun, als ob ich nichts geahnt hätte«, sagte sie. »Wir haben gemeinsame Erinnerungen, nicht wahr? Ich bin schuld.«

»Du? Nein.«

»Doch, ich glaube, das ist so. Ich werde jetzt auflegen, Luke, weil du mir viel zum Nachdenken gegeben hast, und ich will am Telefon nicht anfangen zu weinen. Keine Sorge, ich krieg keinen Herzinfarkt oder so was. Man wird mich nicht tot in meinem Bett finden. Ich denke nur, es ist am besten, wenn ich … Lass uns morgen weiterreden. Es geht dir doch gut, oder? Okay.«

Sie klang völlig durcheinander. Ich glaube, dass mir Tränen und Vorwürfe lieber gewesen wären.

Nachdem wir aufgelegt hatten, brüllte mich die Stille an. Die Stille und die Leere, die sich bis in alle Unendlichkeit dehnte. Ich fühlte mich einsam und verlassen. Mein Blick wanderte zu dem Schrank unter der Spüle. Dort lag immer noch der aufgerollte Strick. Der Haken an der Decke würde mein Gewicht aushalten. Meine Abschiedsbriefe lagen gefaltet in meiner Aktenmappe.

Ich konnte das alles nicht ohne irgendeine Form von Hilfe durchstehen. Es war zu viel, zu beängstigend. Ich stand am Anfang einer Reise und hatte weder Karte noch Kompass noch Anleitung – und keine Eilish.

Ich holte meinen Laptop aus seiner Hülle, fuhr ihn hoch und gab in das Suchfeld *Hilfe Rat Transgender* ein.

Binnen einer Sekunde hatte ich zwölf Millionen Ergebnisse.

Ich traute meinen Augen kaum. *Zwölf Millionen?* Hätte es Google doch schon vor vierzig Jahren gegeben! Als Kind und Jugendlicher hatte ich geglaubt, kein Mensch habe jemals gefühlt, was ich fühlte. Später hatte ich herausgefunden, dass es noch andere wie mich gab, aber ich hatte keine Ahnung, wie viele.

Es gab Foren und Chatrooms. Eine ganze Menge sogar. Ich suchte eine Website, auf der nicht Online-Dating im Vordergrund stand, und entschied mich schließlich für eine, die TransChatterers hieß. Sie machte einen ziemlich harmlosen Eindruck.

Ich klickte auf das Icon für *Chat.*

Jetzt neu registrieren.

Verdammt. Wieso musste ich mich registrieren? Es war eine Sache, sich auf der Website des National Trust oder der Friends of the Royal Ballet anzumelden, aber eine ganz andere, sich auf einer Plattform für Transgender herumzutreiben, vor allem, wenn man einer der Partner bei Bannermans war. Wenn meine Identität nun aufgedeckt wurde? Man könnte mich erpressen oder öffentlich outen. Ich wusste ja nicht einmal, wo TransChatterers ihren Sitz hatte. In den USA? In Russland? Nigeria?

Aber weil ich verzweifelt war, klickte ich auf *Jetzt neu registrieren.* Auf der nächsten Seite wurde ich gebeten, meine E-Mail-Adresse anzugeben. Nein, nein, das ging entschieden zu weit! Sie würden mich aufspüren. In Gedanken sah ich eine Horde Männer, die mich Handtaschen schwingend durch die Straßen jagte oder mitten in der Nacht an meine Tür hämmerte. Oder bildschöne Asiatinnen mit Penissen, die mir etwas aufzuschwatzen versuchten, was ich nicht haben wollte. Ich sprang auf und ging, an meinem Daumennagel kauend, fünfmal um den Tisch herum.

Du solltest dich mal hören, Livingstone! Für einen Mann, der Lippenstift in seiner Aktenmappe versteckt hat, bist du schrecklich scheinheilig.

Richtig. Ich würde das jetzt durchziehen. Ich setzte mich wieder hin, tippte meine E-Mail-Adresse ein und stimmte den Nutzerbedingungen zu.

Gleich haben Sie es geschafft! Bitte geben Sie einen Nutzernamen ein.

Ein neuer Name für die neue Welt, die ich betreten würde.

Lucia.

Ein elektronischer Gong ertönte.

Sie haben sich eingeloggt! Willkommen, Lucia!

Meine Ängste wurden von einer Welle der Euphorie weggeschwemmt. Ich war Lucia, und ich war willkommen. Während ich noch überlegte, was ich als Nächstes tun sollte, erschienen Wörter auf dem Monitor. Dieses Mal war es ein Mensch, der sie schrieb.

BK: Hi, Lucia!

Damit hatte ich nicht gerechnet. Ich duckte mich unwillkürlich, als ob sie mich sehen könnten. Jemand wusste, dass ich hier war.

BK: Was führt dich zu unserer Community?

Gute Frage. Ich legte meine Hände auf die Tastatur, holte tief Luft und tippte:

Lucia: Ich brauche einen Rat.

BK: Du bist unter Freunden. Bist du trans?

Lucia: Ich glaube, ja.

BK: Hast du dich schon geoutet?

Lucia: Gestern. Meiner Frau gegenüber. Ganz schrecklich.

BK: Tut mir leid. Meine Eltern wollten nichts mehr mit mir zu tun haben, aber meine Schwester hat es akzeptiert. Sei stark, Lucia.

Ich bin nicht allein, dachte ich. Großer Gott, ich bin nicht allein!

BK: Was hast du jetzt vor?

Lucia: Ich weiß nicht, was ich tun soll.

BK: Ich bin MzF, Transition vor 5 Jahren.

Es dauerte einen Augenblick, bis ich begriff, was mit der Abkürzung gemeint war: Mann zu Frau. BK war als Mann geboren worden, lebte aber seit fünf Jahren als Frau.

Lucia: Bist du jetzt glücklicher?

BK: Lass mich mit einer Gegenfrage antworten. Kannst du so weiterleben wie bisher?

Ich hatte noch nicht geantwortet, als mein Handy klingelte. Es war Simon. Er hielt sich nicht mit langen Vorreden auf. »Ich hab gerade mit Mum gesprochen.«

Ich stand auf. Ich brannte darauf, von Eilish zu hören. »Und, wie geht es ihr?«

»Was glaubst du? Was glaubst du wohl, verdammt noch mal? Hör zu, versprich mir, dass du diesem Drang nie wieder nachgibst! Ich will, dass du zu einem Seelenklempner gehst und dich heilen lässt. Vielleicht nimmt sie dich dann sogar zurück.«

»Das ist keine Krankheit, die man heilen kann. Ich wünschte, es wäre so.«

»Bring deine Scheiße wieder in Ordnung, Dad! Du kannst diese Sache in den Griff kriegen, wenn du es wirklich willst.«

»Bitte, Simon. Ich würde dich gern morgen treffen, um es dir besser zu erklären. Es gibt so viel zu sagen.«

»Ich glaube wirklich, ich würde dich umbringen, wenn ich dich sehe.«

»Das meinst du nicht im Ernst!«

»O doch, das tue ich.« Er atmete stoßweise, als würde er bergauf rennen. »Ich möchte dich umbringen für das, was du Mum angetan hast. Ich warne dich: Komm bloß nicht auf die Idee, draußen auf der Straße in einem Kleid herumzustöckeln. Das würde sie nicht überleben. Dann bist du tot, das schwör ich dir.«

»Simon«, sagte ich. »Simon?«

Er hatte aufgelegt. Ich ließ mich schwer auf den Stuhl fallen. Ich sah mich mit einer neuen Leere konfrontiert, die mir panische Angst einjagte. Simon, mein vernünftiger Sohn, den ich über alles liebte, drohte, mich umzubringen.

Das Nachrichtensignal meines Computers ertönte.

BK: Noch da, Lucia?

Lucia: Tut mir leid, ich muss aufhören. Das ist zu destruktiv. Danke.

Ich klappte meinen Laptop zu und schlug die Hände vors Gesicht. Das war einfach zu viel, ich schaffte das nicht. Weitermachen ging nicht, und zurück konnte ich auch nicht. Es gab keine Zukunft für mich.

Hi, Luke, wisperte DER GEDANKE. Er war unversehens in mein Bewusstsein geschwebt.

»Hau ab«, sagte ich laut.

Er dachte gar nicht daran. Er umgarnte mich, hypnotisierte mich mit der verlockenden Aussicht auf Frieden. *Erinnerst du dich an Plan A? Immer noch die beste Option! Stell dir doch bloß mal deine Trauerfeier in der Kirche von East Yalton vor. Die Trauergäste drängen sich, um diesem beliebten, anständigen Mann, dem das Gemeinwohl so am Herzen lag, die letzte Ehre zu erweisen. Siehst du Eilish? Sie sitzt in der vordersten Bank. Sieht sie nicht elegant aus in ihrem schwarzen Kleid? So eine ehrenwerte Witwe. Siehst du Simon? Eine Hand auf deinem Sarg, steht er da und hält eine bewegende Rede über seinen geliebten Vater. Und da ist auch deine Mutter. Sie hat immer noch einen Sohn, auch wenn er tot ist. Sie können erhobenen Hauptes durch die Welt gehen. Niemand wird sie auslachen.*

»Lass mich in Ruhe! Ich hör dir nicht zu.«

Dort liegt deine Fahrkarte zum Frieden. In dem Schrank da. Du weißt, was du tun musst. Es wird ein Kinderspiel sein.

»Das wäre die sauberste Lösung, nicht wahr?«, sagte ich.

Mit Abstand die sauberste. In deiner Aktenmappe warten sogar die Abschiedsbriefe . Ein Jammer, diese ganzen Vorbereitungen zu vergeuden.

Ich sprang auf, riss den Strick aus dem Schrank, eilte durch die Wohnung und durch die Wohnzimmertür in den Garten hinaus. Er wurde von einer hohen Mauer begrenzt, und dahinter verlief die Bahnlinie. Noch im Rennen holte ich aus und ließ los. Es war eine ziemlich merkwürdige Wurfaktion, aber der Strick segelte aus meiner Hand im hohen Bogen weit über die Mauer. Ich würde ihn dahinter nie wiederfinden können.

Als Nächstes waren die Briefe an der Reihe. Zurück in der Küche schüttelte ich sie aus meiner Aktenmappe. Ich brauchte eine Flamme. Ah, der Gaskocher. Das Papier entzündete sich im Nu. Die verkohlten Schnipsel, die übrig blieben, spülte ich den Abfluss hinunter.

Dann lehnte ich mich mit gesenktem Kopf an den Spülstein, erschöpft, aber triumphierend.

DER GEDANKE war eingeschnappt. Ich hatte die Schlacht gewonnen, vielleicht sogar den Krieg.

Irgendwann in den frühen Morgenstunden wanderte ich ins Schlafzimmer und legte mich hin, ohne mich auszuziehen. Ich hatte Angst vor dem Schlaf, Angst vor meinen Träumen. Mein Bewusstsein fühlte sich leicht, aber trüb an, wie eine Wolke. Ich hörte das Rotkehlchen singen. Manchmal sah ich es in den Zweigen des Ahorns vor der Wohnung, die Brust ein stumpfes Rot im gelben Schein der Straßenlaternen. Sein Lied war lieblich und klar wie Wasser. Und traurig. Der arme kleine Kerl hätte in der Geborgenheit seines Nests sitzen sollen, aber er hatte keine Wahl. Tagsüber war der Verkehrslärm so laut, dass sein perlender Gesang von seinen Artgenossen nicht gehört werden konnte. Deshalb musste er seine Natur unterdrücken und die Nacht hindurch singen.

Ich weiß, wie es in dir aussieht, dachte ich, als ich die Augen schloss. *Was für eine Welt. Was für eine Welt.*

Ein Vogel sang im Wald. Mein Baby und ich hatten uns verirrt. Schauriges Heulen hallte durch die Dunkelheit. In einem hohlen Baumstumpf machte ich uns ein Lager aus Laub und schlüpfte mit meinem kleinen Mädchen hinein.

Hab keine Angst. Ich werde dich beschützen. Uns wird nichts passieren.

Ich fühlte das Kribbeln der Milch, die in meine Brust einschoss, und als ich die Kleine stillte, schaute sie zu mir auf. Mein Glück war vollkommen. Nie zuvor hatte ich eine so tiefe Liebe empfunden.

Dann kam das Grauen. Ich hörte Wölfe knurren, scharfe Zähne gruben sich in mein Bein und zerrten mich aus der sicheren Höhle. Ihre dreieckigen Gesichter glichen Teufelsfratzen, und sie wedelten fröhlich mit dem Schwanz. Sie waren hinter Charlotte her. Ich schrie und trat nach ihnen, aber ich konnte mein kleines Mädchen nicht retten. Ich war nutzlos. Sie zerrten sie aus unserem Versteck und rissen sie in Stücke.

Ich fuhr aus dem Schlaf auf, schluchzend. Ich war allein in der Wohnung. Es gab kein Baby.

Nach einer Weile stahl sich ein Lichtstrahl auf mein Kopfkissen, aber die Finsternis jenes Waldes vermochte er nicht zu erhellen. Das Rotkehlchen war fort. Es hatte keinen Sinn mehr, weiterzusingen. Die Welt hatte seine Melodie übertönt.

DREIZEHN

Kate

War sie wieder in ihrem Zelt in Israel? Der Himmel draußen vor ihrem Fenster war strahlend blau, und die Vögel stimmten sich für die Vogelversion des *Halleluja* ein. Dann fokussierte sich ihr Blick auf die gestreifte gelbe Tapete. Schlagartig fielen ihr die Ereignisse des Vortags ein, und sie drückte sich Mr. Polington aufs Gesicht. Scheiß auf die Vögel und den blauen Himmel. Scheiß auf Owen.

Nach einer Weile rollte sie sich aus dem Bett, stieg in ihre Jeans, streifte sich ein Sweatshirt über und schlurfte auf der Suche nach einem Kaffee in die Küche hinunter. Die Türen zum Garten standen offen. Eilish saß draußen auf der Bank. Sie trug das weiße Baumwollnachthemd mit den aufgestickten bunten Blümchen. Sie weinte nicht. Sie bewegte sich nicht. Sie saß da, als wartete sie auf einen imaginären Zug.

Sie achtet auf ihr Äußeres, dachte Kate. Kein Mensch käme auf die Idee, dass sie jenseits der Fünfzig ist. Das viele Pilates. Die Gartenarbeit. Sie hat eine schlanke Taille und hübsche Beine, die sie sich sogar enthaaren lässt, was ich nicht in einer Million Jahre machen würde. Sie passt immer noch in ihr Brautkleid. Wofür das alles? Für ihn?

»Noch so ein wunderschöner Tag«, murmelte Eilish.

»Stimmt.«

»Dein Vater hat angerufen.«

»Gibt's was Neues?«

»Er wollte wissen, ob es mir gut geht.« Eilish strich ihr Nachthemd über ihren Schenkeln glatt. »Ich hab gesagt, ja, es geht mir gut. Ich hab ihn gefragt, wie es ihm geht. Gut, hat er gesagt. Er hat gefragt, wie es dir geht, und ich hab gesagt, dass du noch schläfst. Er hat gefragt, ob er nach Hause kommen und mit mir reden kann, und ich hab nein gesagt. Und dann haben wir beide Auf Wiedersehen gesagt.«

»Na ja, immerhin seid ihr höflich miteinander umgegangen.«

»Die Höflichkeit war das Schlimmste.«

Kate wandte sich ab und ging in die Küche. Was hatte sich ihre Mutter denn erhofft? Sie konnte doch nicht ernsthaft erwartet haben, dass sie und Dad in Anbetracht der Situation eine entspannte Unterhaltung führen würden. Und wo zum Teufel waren denn diese verdammten Kaffeebecher? Normalerweise standen sie nebst dem dazugehörigen Stapel Untertassen in Reih und Glied auf der Anrichte. Im Geschirrspüler waren sie auch nicht.

»Wo sind denn die Kaffeebecher, Mum?«, rief sie. »Kann nur einen finden.«

Keine Antwort. Kate zuckte die Achseln und kramte zwei angeschlagene Becher hervor, die sie seit einer Ewigkeit nicht mehr benutzt hatten. Wenigstens befand sich die Keksdose noch an ihrem gewohnten Platz und war gut gefüllt. Sie nahm sie mit hinaus.

Eilish dankte ihr, als sie einen Becher Kaffee vor sie hinstellte, und gab sich einen Ruck. »Habt ihr euch wirklich getrennt, du und Owen?«

»Ja.«

»Was wird aus eurer Wohnung?«

Kate tunkte einen Keks in ihren Kaffee. »Der Mietvertrag läuft auf ihn. Er hat alle meine Sachen in Müllsäcke gepackt und an die Haustür gestellt. Nicht weiter tragisch. Wirklich nicht. Owen ist im Moment das kleinste Problem, und im Notfall kann ich …« Upps! Sie konnte sich gerade noch bremsen.

Im Notfall kann ich ein, zwei Wochen bei Dad auf der Schlafcouch schlafen, hatte sie sagen wollen. »Äh, ich könnte doch eine Weile hier bleiben, wenn du nichts dagegen hast. Spart mir eine Menge Miete. Das Semester geht ja erst im September los.«

»Musst du nichts für die Uni tun?«

»Ich muss ein Referat über die Ausgrabung schreiben, und ich will mir Gedanken über meine Dissertation machen, aber das alles kann ich auch von hier aus. Meine Aufzeichnungen habe ich dabei. Ich würde wirklich gern dableiben, bis wieder Ordnung herrscht.«

Was für eine blöde Bemerkung. Als ob es sich um eine Besteckschublade handelte, die neu eingeräumt werden musste.

»Dann bleib doch«, sagte Eilish. »Ich würde mich freuen.«

Sie verfiel von Neuem in eine nachdenkliche Stimmung. Sie schaute zu Charlottes Baum hinüber. Ein leichter Wind war aufgekommen und zupfte an ihrem Nachthemd.

»Wie schnell sich die Dinge ändern können. Für dich ja auch, ich weiß.«

Kate nickte. »Freitagmorgen bin ich noch in einem Zelt aufgewacht. Sechs Wochen lang hatte ich nur an drei Dinge gedacht: erstens, die Bedeutung unserer Funde für die jüdisch-christliche Tradition, zweitens, wie verdammt heiß es war, und drittens, ob ein Skorpion in meine Schuhe gekrabbelt war. Ich hab mich auf den Rückflug gefreut und auf ein langes heißes Bad und auf ein schmalziges Wiedersehen mit Owen.« Sie blies über ihren Kaffee. »Du hast recht. In drei Tagen kann sich verdammt viel ändern.«

»Tut mir leid.«

»Das braucht dir nicht leidzutun. Das ist doch nicht deine Schuld.«

»Na ja, vielleicht habe ich ihm als Frau zu wenig gegeben.«

»Wie bitte?« Kate schlug sich mit der flachen Hand an die

Stirn. »Mum! Habe ich dir denn gar nichts beigebracht? Das ist nicht die Aufgabe einer Frau.«

»Warum nicht? Ich habe ja auch von Luke erwartet, dass er mir ein richtiger Mann ist.«

»Das ist nicht wahr.«

»Und ob das wahr ist. Ich mochte es, wenn er nach Teerseife roch, nicht nach Chanel. Ich hab den dunklen Schatten seiner Bartstoppeln geliebt, wenn er abends nach Hause kam. Ich liebte es, seinen Bizeps zu sehen, wenn er sein Hemd auszog. Ich möchte ihn in eleganten Herrenschuhen sehen, nicht in High-Heels. Ich möchte …« Sie schaute zur Einfahrt hinüber. »O nein! Nicht jetzt. Bitte nicht.«

Ein rotes Auto näherte sich langsam.

»Schnell, lauf ins Haus und versteck dich in der Dusche«, sagte Kate. »Ich werde Granny abfangen.«

»Das kann ich nicht machen«, erwiderte Eilish und stand auf. »Er ist ihr Sohn. Ich kann mir gar nicht vorstellen, wie das für sie sein muss. Wenn mir das mit Simon passierte … Ich kann dieser Begegnung nicht aus dem Weg gehen und sie auch nicht. Es ist ja auch nicht das erste Mal, dass sie mich im Nachthemd sieht.«

Meg zog die Handbremse an, öffnete die Tür und stieg, was für die sonst so rüstige alte Dame ungewohnt war, schwerfällig aus.

»Kate, Schätzchen!« Die Wörter sprudelten nur so aus ihr heraus. Man merkte ihr an, wie schockiert sie war. »Mein armes Kind! Was für eine schreckliche Geschichte, Eilish, was für eine schreckliche Geschichte! Ich habe geahnt, dass etwas nicht stimmt, aber das ist … ach, ihr Armen!«

»Komm ins Haus«, sagte Eilish. »Der Wind wird stärker.«

Die gelben Rosen ließen die Köpfe hängen. Meg setzte sich an den Tisch, Eilish lehnte sich an die Arbeitsplatte. Kate war völlig durcheinander. In ihrer Kindheit waren diese beiden Frauen die sprichwörtlichen Felsen in der Brandung gewesen. Sie durften nicht zusammenbrechen! *Tee,* dachte sie und nahm einen dritten Becher aus dem Schrank. *Einen richtig schönen starken Tee mit extra viel Zucker für Granny. Den hat sie mir früher immer zu trinken gegeben, wenn ich mich über irgendetwas geärgert hatte.*

Als sie den Teebeutel in den Mülleimer warf, stach ihr etwas Rotes und Gelbes ins Auge. Sie schaute genauer hin, sah, was es war, und hätte am liebsten geweint. Jetzt wusste sie, wo die Kaffeebecher abgeblieben waren. Oder besser gesagt das, was von ihnen übrig war. Sie langte in den Mülleimer, fischte die größte Scherbe heraus und schob sie in die Tasche ihres Sweatshirts. Ein Souvenir, eine Erinnerung an die Normalität, bevor alles in die Brüche gegangen war.

»Luke hat mir erzählt, du hättest einige von seinen geheimen Sachen gefunden«, sagte Meg. »Das muss furchtbar gewesen sein.«

»Furchtbar ist gar kein Ausdruck.« Eilish schauderte. »Du kannst dir nicht vorstellen, wie das für mich war, Meg.«

Die alte Dame wandte den Blick ab. Sie schaute in den Garten hinaus, nippte an ihrem Tee und sagte dann leise: »Da irrst du dich.«

Kate und Eilish starrten sie an.

Eilish fasste sich als Erste wieder. »Du meinst … Entschuldige, Meg, ich habe dich wohl missverstanden. Du willst doch nicht sagen, dass du das *wusstest*?«

»Ich hatte gehofft, dass er sich geändert hat.«

»Nein, Granny!« Kate sah sie bestürzt an. »Nein, nein, ausgeschlossen. Du kannst nicht gewusst haben, was mit ihm ist. Du hättest doch was gesagt. Du hättest uns bestimmt gewarnt.«

Meg schien in sich zusammenzusinken. »So einfach ist das nicht. Es gibt nicht nur schwarz und weiß. Ich hatte nur den einen Sohn. Nur diesen einen. Nur meinen Luke.«

Kate hatte das Gefühl, dass ihr der Boden unter den Füßen

weggezogen wurde. Sie ließ sich auf einen Stuhl fallen. Ein Windstoß rüttelte an den Flügeln der Tür. Vage ging ihr durch den Kopf, dass sie aufstehen und die Tür schließen sollte.

»Er wollte nie ein Junge sein«, fuhr Meg fort. »Schon mit zwei Jahren war er nicht wie andere Jungs. Einfach anders. Wenn wir neue Sachen für ihn einkaufen gingen, marschierte er immer schnurstracks in die Mädchenabteilung. Er liebte diese rosaroten Prinzessinnenkleider.«

»So was habe *ich* nie angezogen«, protestierte Kate.

»Ich weiß, Schätzchen. Ich weiß. Aber du hattest die Wahl, verstehst du? Das ist der Unterschied. Und mein Luke hat sich nichts sehnlicher gewünscht. Einmal habe ich ihn im Kaufhaus aus den Augen verloren. Als ich ihn wiederfand, schleppte er einen Einkaufskorb, der fast so groß wie er selbst war und so voll, dass er ihn kaum tragen konnte. Er hatte ein Ballerinakostüm und ein funkelndes Diadem und einen Zauberstab hineingepackt. Er strahlte übers ganze Gesicht. Ich glaube, so glücklich habe ich ihn nie wieder gesehen. Und wisst ihr, was ich getan habe?« Meg war den Tränen nahe. Sie musste innehalten und einen Schluck Tee trinken.

»Schon gut, Granny«, sagte Kate, um sie zu trösten. »Mach dir keine Gedanken.«

»Ich habe ihm den Hintern versohlt! Ich hatte solche Angst, versteht ihr? Könnt ihr das verstehen? Ich habe ihm den Korb aus der Hand gerissen und ihn dann aus dem Kaufhaus gezerrt. Das hat ihm sein kleines Herz gebrochen. Er hat auf dem Heimweg in einem fort geweint und gebettelt, ob er nicht bitte bitte bitte das Diadem zum Geburtstag haben könne. Er wurde drei. Er wünschte sich nichts anderes, nur das.«

»Ich nehme an, dass du es ihm nicht gekauft hast, oder?«, fragte Kate.

»Wie hätte ich das tun können? Wir haben ihm einen Kricketschläger geschenkt. Er fing an zu weinen, als er das verdammte Ding sah. Ich habe ihn in den Kindergarten geschickt, weil ich hoffte, dass er mit den anderen Jungs spielen und … na ja, normal werden würde, aber der Schuss ging nach hinten los. Er schloss sich den Mädchen an und spielte mit ihnen Verkleiden und Puppenmama. Sie akzeptierten ihn vorbehaltlos. Vor allem Janey. Erinnerst du dich, Eilish? Damals hieß sie Patton, inzwischen heißt sie Jamieson. Ich glaube, sie war auf eurer Hochzeit.«

»Ich erinnere mich dunkel«, erwiderte Eilish. »Sie schickt uns jedes Jahr eine Weihnachtskarte.«

»Janey und Luke waren damals unzertrennlich. Er war kaum aus den Windeln raus, aber er borgte sich immer ihre funkelnden Haarspangen und steckte sie sich selbst in die Haare. Und zu Hause stahl er sich in Wendys Zimmer und zog ihre Sachen an.«

»Das hat er mir erzählt«, sagte Kate.

»Tatsächlich? Dann erinnert er sich also daran. Wenn ich mit ihm schimpfte, hat er mich immer ganz verwirrt angeschaut. Er sagte immer … er sagte … o Gott, jetzt muss ich schon wieder heulen. Ich flenne, seit er mich angerufen hat, es ist alles so …« Meg presste sich die Knöchel auf den Mund. »Er hat zu mir gesagt: ›Aber ich will *hübsch* sein.‹« Sie schluchzte auf.

»Schsch, Granny, nicht weinen. Ist ja gut.« Kate rieb ihr besorgt über den Arm. Sie hatte ihre Großmutter noch nie weinen sehen.

»Nein, mein Schatz, nichts ist gut. Gar nichts.« Meg zog ein Papiertaschentuch aus ihrer Tasche und wischte sich über die Augen. »Gail hat ihn immer ein kleines Monster genannt. Aber er war kein kleines Monster. Er war mein Sohn, und ich liebte ihn! Außerdem, was hätte ich denn machen sollen? Ich wusste gar nicht, dass es so etwas gab! Ein Junge, der in Wirklichkeit ein Mädchen war! Eher hätte ich an Meerjungfrauen geglaubt.«

»Ist denn sonst niemandem etwas aufgefallen?«, fragte Eilish. »Im Kindergarten zum Beispiel?«

»›Das ist nur eine Phase, Mrs. Livingstone, das geht wieder vorbei.‹« Meg ahmte die singende Stimme einer Erzieherin nach. »›Er ist ein kluges Kerlchen. Er wird noch früh genug mit einer Spielzeugpistole herumrennen und *bäng! bäng! bäng!* schreien.‹«

»Hast du das geglaubt?«

»Was blieb mir anderes übrig.«

»Und später, als er in die Schule kam?«

Meg schüttelte den Kopf. »Er hat aufgehört, ein Mädchen sein zu wollen, aber auch all seine Freude verloren. Manchmal denke ich, er hat sie nie wirklich wiedergefunden. Er wurde irgendwie farblos – ich kann es nicht anders beschreiben. Er lächelte nicht mehr. Er wollte mir nicht sagen, was los war. Er vertraute sich niemandem an. Ich habe mir Sorgen gemacht. Deshalb … ach du meine Güte. Ich geh jetzt besser. Ich glaube, ich hab genug gesagt.«

»Erzähl weiter«, sagte Eilish. Ihr Gesicht war kalkweiß. »Wir müssen alles wissen. Damit wir verstehen können.«

»Also gut.« Meg holte ein paar Mal tief Luft. »Er hatte ein Versteck auf dem Dachboden. Und dort hatte er eine Wühlkiste. Sie war verschlossen, aber ich habe den Schlüssel gefunden, zwischen seinen Socken versteckt. Eines Tages, da war er vielleicht … vierzehn? Ja, er war vierzehn … Ich bin die Leiter zum Dachboden hochgestiegen und habe das Schloss an der Kiste geöffnet.« Ihre Lippen zitterten so sehr, dass sie Mühe hatte, die Wörter zu artikulieren. »Ich weiß, dass ich das nicht hätte tun dürfen. Aber ich habe mir solche Sorgen gemacht, und er sah jedes Mal so beschämt aus, wenn er herunterkam, als hätte er etwas Unanständiges getan. Ich hatte gehofft, ich würde Pornohefte finden. Das wäre völlig in Ordnung gewesen! Oder Zigaretten. Meinetwegen sogar eine Flasche Whisky.«

Kate und Eilish wagten kaum zu atmen. Meg verdrehte die Augen, als fürchtete sie, die nächsten Wörter könnten explodieren, wenn sie ihren Mund verließen.

»Ein Petticoat. Ein Kleid. Einen BH.«

Windstöße traktierten das Haus in der Stille, die Megs Worten folgte. Die Flügeltüren schwangen einmal hin und her, dann noch einmal und krachten gegen das Spalier an der Hauswand. Kate stand auf und zog sie zu. Es stürmte heftig. Das Bäumchen ihres Großvaters wurde fast bis zum Boden gedrückt und im nächsten Moment wieder hochgerissen. Das arme Ding. Das war kein leichter Start in sein neues Leben.

Dad hat mit vierzehn einen BH versteckt. Und einen Petticoat.

»Ich habe die Kiste wieder verschlossen«, sagte Meg. »Ich bin runtergestiegen. Ich habe den Schlüssel in sein Versteck zurückgelegt. Ich habe versucht, zu vergessen, was ich gesehen hatte, und habe nie, niemals mit irgendjemandem darüber gesprochen. Bis heute.«

»Auch nicht mit Robert?«, fragte Eilish.

»*Vor allem* nicht mit Robert! Das hätte ihm das Herz gebrochen.« Tränen suchten sich einen Weg durch die Runzeln auf Megs Wangen. »Mein armer Robert. Mein armer Luke. So viel Kummer und Leid. Ist es da verwunderlich, dass ich diese Kiste zugemacht und versucht habe, zu vergessen, dass ich überhaupt reingeschaut hatte?«

VIERZEHN

Lucia

Mittwochmorgen, zehn Uhr in der Nähe des U-Bahnhofs Mile End. Das Heer der Pendler hatte sich bereits in Marsch gesetzt. Nur die Nachzügler und die Arbeitslosen, die Alten und die Jungen blieben zurück.

Sie lehnte am Sims des Schlafzimmerfensters und reckte den Hals, damit sie zu dem Zaungitter hinaufblicken konnte. Ruhiger würde es hier nicht mehr werden. Auf dem Bett lagen ein Schlüpfer und ein gefütterter BH, dazu Rock und Bluse, beides erikafarben. Die Kleidung war reichlich altbacken, aber das störte sie nicht. Sie wollte keine Aufmerksamkeit erregen.

Sie knöpfte die Bluse mit zitternden Fingern zu. Sie war hüftlang, und der Website zufolge, auf der sie sich informiert hatte, sollte der weite Schnitt ihre fehlende Taille kaschieren. BK von TransChatterers hatte ihr den Link gemailt. Sie war ihr dankbar dafür, weil die Website eine wahre Fundgrube an nützlichen Informationen war.

Sie hatte mehrere Wegwerfrasierer verbraucht, als sie sich an diesem Morgen noch einmal die Beine rasiert hatte. Anschließend hatte sie sich mit reichlich Körpermilch eingecremt. Ihre glatte Haut bereitete ihr ein lustvolles Vergnügen, als sie sich auf das Bett setzte und zu ihrer Strumpfhose griff. Eine Strumpfhose anzuziehen, war eine heikle Angelegenheit. Sie fragte sich, wie andere Frauen das schafften. Das Geheimnis bestand offensichtlich darin, sie aufzurollen, dann über die Zehen zu streifen und Stück für Stück wieder abzuwickeln. Als sie es fast geschafft hatte, stand sie auf und zog sie mit ungelenken, wenig eleganten Bewegungen vollends hoch und über ihre Hüften.

Ihre Schuhe, die sie bei Oxfam gekauft hatte, waren klobige Treter. Sie waren ihr ein bisschen zu klein, aber das weiche Leder würde sich noch dehnen. Sie rief sich die Tipps, die sie im Internet gelesen hatte, noch einmal ins Gedächtnis und ging zum Spiegel (*beweg dich beim Gehen aus der Hüfte, sei entspannt und locker, den Oberkörper ruhig halten, das Kinn nicht vorstrecken. Schultern zurück*). Sie griff zur Haarbürste, scheitelte ihr volles Haar in der Mitte und bürstete es durch. Dunkle Wellen rahmten ihr Gesicht ein, fielen ihr über die Schläfen und verdeckten den männlichen Haaransatz. Sie klemmte sich die goldenen Ohrclips an die Ohrläppchen und ließ sie dran, obwohl sie – *autsch* – höllisch zwickten.

Und jetzt das Make-up. Sorgfältig trug sie mit eckigen Bewegungen eine Pudergrundierung auf. Ihr Hautbild wurde dadurch tatsächlich verfeinert, so, wie sie es auf der Website gelesen hatte. Als Nächstes tuschte sie sich die Wimpern. Zum Schluss formte sie ihren Mund zu einem O und zog die Lippen mit dem pflaumenfarbenen Lippenstift nach. Da sie ihren ersten Lippenstift schon als Teenager besessen hatte (einen abgelegten von Gail, den sie im Mülleimer gefunden hatte), war sie sehr geschickt darin.

Fertig.

Sie betrachtete die dunkeläugige Frau im Spiegel. Ihr Kinn war eine Spur zu kräftig, ihre Schultern ein wenig zu breit, ihre Brüste nicht ganz so geformt, wie sie hätten sein sollen. Und sie wusste offenbar nichts mit ihren Armen anzufangen.

»Du siehst lächerlich aus«, sagte sie laut. Die Frau im Spiegel lächelte ängstlich.

Lucia griff nach ihrem Geldbeutel und warf ihn in die himmelblaue Handtasche. Sie hatte sie drei Jahre zuvor auf einem Ausflug durch die Düfte und Sinneseindrücke des Kaufhauses

Peter Jones entdeckt. Die Tasche mit dem Futter im geblümten William-Morris-Jugendstilmuster war in New York hergestellt worden. Lucia fand sie wunderschön. Sie hatte sie gekauft und dann voller Scham und Entzücken in der Wohnung versteckt. Ein Mann konnte für seine Ehefrau oder Geliebte eine Handtasche, Ohrringe oder einen Seidenschal kaufen, ohne dass jemand die Augenbrauen hochzog. Bei Schuhen und Kleidung in Übergröße war das schon schwieriger.

Sie streifte sich die Henkel der Handtasche über den Arm, verließ das Schlafzimmer und ging durch den kurzen Flur und die Küche. Noch wurde sie von niemandem beobachtet, aber sie war vor Befangenheit wie gelähmt. An der Wohnungstür blieb sie abrupt stehen, ballte die Fäuste und öffnete sie wieder. Ihre Hände mit den unlackierten Nägeln waren hoffnungslos groß, ihre Arme hoffnungslos lang. Auf der anderen Seite dieser Tür wartete die Welt darauf, sich über sie kaputtzulachen.

Sie hatte das ganze Prozedere schon am Vortag und am Tag davor durchlaufen. Sie hatte ihre Brauen mit einer Pinzette gezupft, was sehr viel schmerzhafter gewesen war, als sie erwartet hatte. Sie hatte verschiedene Outfits zusammengestellt, mit ihren Haaren und ihrem Make-up experimentiert. Sie hatte das Gehen in den ungewohnten Schuhen geübt. Und dann, wenn sie ausgehfertig an der Tür gestanden hatte, hatte sie jedes Mal der Mut verlassen.

Heute. Heute würde sie es durchziehen.

»Mach weiter«, murmelte sie. Plötzlich wurde ihr bewusst, wie tief ihre Stimme klang. Verräterisch tief für eine Frau. Das würde ihr kein Mensch abnehmen. Sie würde kein Wort hervorbringen. Kein einziges. Sie konnte die Wohnung nicht verlassen.

Sie musste die Wohnung verlassen.

Okay. Tief einatmen und wieder ausatmen. Heb die Hand. Entriegle die Tür. Und jetzt öffne sie … Sehr gut.

Lucia war noch nie in ihrem Leben draußen gewesen. Die Sonne fiel auf die Stufen vor der Wohnung, und sie spürte ihre freundliche Wärme im Gesicht. Sie würde bis drei zählen und dann endgültig über die Schwelle treten. Dieses Mal würde sie es tun. Ganz bestimmt.

Eins. Zwei. Dr –

Schritte dröhnten oben auf dem Asphalt, laut wie von Marschstiefeln. Schritte von mehreren Personen. Sie zog sich sofort wieder zurück wie eine Muschel in ihre Schale. Die Schritte entfernten sich. Stille senkte sich von Neuem über die Straße, aber Lucia traute sich noch immer nicht heraus.

Jetzt. Es musste jetzt sein. *Jetzt.*

Und dann hatte sie es tatsächlich getan. Sie stand draußen im hellen Tageslicht, und die Tür war hinter ihr ins Schloss gefallen. Sie hatte Herzklopfen vor Panik und freudiger Erregung. Sie setzte ihren Fuß auf die unterste Stufe. Dann auf die nächste. Als sie oben auf der Straße angelangt war, sah sie zu ihrem Entsetzen Leute ganz in der Nähe. Zwei Frauen in Burkas mit Kleinkindern in Buggys. Riemchensandalen lugten unter ihren langen Gewändern hervor. Sie wussten, was es hieß, ihre Weiblichkeit zu verbergen. Sie gingen vorbei, ohne auch nur einen Blick in Lucias Richtung zu werfen.

Sie schwang den Riemen ihrer Handtasche über die Schulter und marschierte los. Die Unebenheiten des Asphalts waren durch die Schuhsohlen hindurch zu spüren. Sie zwang sich zu kleinen Schritten, schließlich trug sie einen Rock und keinen Nadelstreifenanzug und Schnürschuhe. Alles hatte sie recherchiert – wie man ging, wie man sich bewegte, wie man redete, wie man als Frau rüberkam. Jedes noch so kleine Detail war von Bedeutung. *Geh mit erhobenem Kopf*, hatten die anonymen Chatroom-Freunde geraten. *Gib dich selbstbewusst. Lächle. Lass dir deine Angst nicht anmerken. Nichts verrät dich zuverlässiger als deine eigene Angst.* Sie hatte ihr ganzes Leben lang eine Rolle gespielt, und jetzt schien es, als müsste sie aufs Neue schauspielern.

Ein paar hundert Meter weiter mündete die Thurso Lane in die Hauptstraße. Sie konnte die Kinder im Schulhof, der von festungsähnlichen Gitterzäunen umgeben war, lärmen hören. Zwei Männer luden Möbel aus einem Lastwagen aus. Der eine versetzte dem anderen einen Rippenstoß, als sie vorbeiging. Sie hörte schallendes Gelächter, gefolgt von einem anzüglichen Pfiff. Sie wusste genau, was sie sahen. Sie hatte es im Spiegel ja selbst gesehen. Ihr Rücken fühlte sich kalt und schutzlos an. Irgendein primitiver Instinkt weckte in ihr die Furcht, hinterrücks von einem Pfeil getroffen zu werden. Sie wäre am liebsten losgerannt, aber sie zwang sich, langsam weiterzugehen.

Ihr Ziel war der Geldautomat vor dem Zeitschriftenladen. Der Gang dorthin sollte ihre erste große Bewährungsprobe sein. Eine Zeitung würde sie nicht kaufen. Nein, heute nicht. Für heute würde es genug sein, wenn sie es schaffte, zum Automaten zu gehen, Geld abzuheben und nach Hause zurückzukehren. Der Automat schien furchtbar weit weg zu sein. Noch zweihundert Meter. Hundert. Fünfzig. Geschafft.

Sie zog ihre Karte aus ihrer Handtasche. Das Vertraute des Geldabhebens hatte etwas Beruhigendes. Den Automaten interessierte es nicht, wie sie aussah – Hauptsache, ihre PIN passte zu ihrer Karte. Er spuckte ein Bündel Geldscheine und einen Beleg aus. So weit, so gut. Als sie das Geld in ihre Brieftasche steckte, nahm sie unmittelbar hinter sich eine Bewegung wahr. Sie klemmte sich ihre Tasche unter den Arm und drehte sich um.

Sie kannte den Mann, sie hatte schon oft mit ihm gesprochen.

»*Big Issue*?«, fragte er und hielt ihr die Straßenzeitung hin.

Sie nickte stumm, griff danach und bezahlte. Sie kaufte regelmäßig eine Ausgabe bei diesem Verkäufer, wenn sie hier aus der U-Bahn ausstieg. Manchmal las sie sie sogar. Der Mann hatte dichtes krauses Haar und rauchte Selbstgedrehte. Bei jedem Wetter trug er ein rotes T-Shirt mit einem Bild von Che Guevara darauf.

»Danke.« Er nahm das Geld entgegen. In diesem Moment sah sie das Erkennen in seinen Augen aufblitzen. Sie wartete darauf, dass er lachte oder vor ihr ausspuckte oder sie beschimpfte. Sie wäre am liebsten im Boden versunken.

»Für mich sind Sie okay, meine Liebe«, sagte er ruhig.

Sie lief los. Sie rutschte aus einem Schuh, das elende Ding schlappte über den Asphalt. Auf einem Bein hüpfend, zog sie ihn wieder an. Die beiden Möbelpacker stritten sich wegen einer Waschmaschine und achteten nicht auf Lucia, die an ihnen vorbei und in die Thurso Lane eilte. *Schnell, die Treppe runter – pass auf, die eine Stufe ist rutschig vom Schimmel – wo ist der verdammte Schlüssel?*

Mit zitternden Fingern schob sie den Schlüssel ins Schloss, drehte ihn um, und die Tür sprang auf. Sie flüchtete in die Wohnung, schlug die Tür hinter sich zu und lehnte sich lachend dagegen. Ihr kam es so vor, als hätte sie die letzten fünfzehn Minuten die Luft angehalten.

Sie hatte es getan. Sie hatte es wirklich *getan*!

Luke

Einmal, als ich noch viel jünger war und glaubte, etwas beweisen zu müssen, bin ich zum Bungee-Jumping gegangen. Ich habe die Fotos noch irgendwo.

Wir machten Urlaub in Neuseeland. Simon war damals ungefähr fünf. Charlotte war ein Jahr zuvor gestorben, und diese Finsternis umgab uns noch immer. Vermutlich war die Reise ein Versuch, wieder in die Normalität zurückzufinden. Am Ende des Urlaubs war Eilish schwanger mit Kate, also hatte er wohl seinen Zweck erfüllt.

In unserem Reiseführer stand, Bungee-Jumping gehöre unbedingt dazu. Eilish meinte, es gehöre auf gar keinen Fall dazu.

Ich erschrak zu Tode, als ich die Plattform auf dem Steilufer fünfzig Meter über einem Fluss betrat. Aber ich hatte meinen Stolz – ich würde auf keinen Fall einen Rückzieher machen. Die beiden supercoolen Jugendlichen, die mir die Gurte um die Knöchel schnallten, sangen zu einer markerschütternd lauten Musik, die Herzklopfen verursachte, aber ich sang nicht mit. Ich schlurfte an die Kante über der schwindelerregenden Tiefe. Ich stand da wie ein Verurteilter auf dem Schafott und bemühte mich, nicht nach unten zu schauen. Mein Gott, war die Klippe hoch!

Eilish und Simon waren wieder ins Tal hinuntergelaufen, weil sie hofften, von unten bessere Fotos machen zu können. Ich war froh, dass sie nicht da waren und meine nackte Angst sehen konnten.

Das Bungee-Team hinter mir begann mit dem Countdown: »Drei … zwei … eins …«

Das ist Wahnsinn, dachte ich. *Wahnsinn. Ich bin Vater. Ich bin ein Ehemann. Ich werde sterben.*

Als ich zögerte, spürte ich einen heftigen Schubs im Rücken – das supercoole Duo hatte offenbar beschlossen, dass es Zeit für mich war – und dann tauchte ich ein in die dünne Luft. Ich fiel in diesen furchtbaren Abgrund, und mein Körper sagte mir, dass das mein Ende war. Kein Mensch überlebte einen Sturz aus dieser Höhe. Vor Entsetzen konnte ich nicht einmal schreien.

Dann dehnte sich das Bungee-Seil, und es hielt. Als ich wieder nach oben geschnellt wurde, schrie und johlte ich aus purer Freude, noch am Leben zu sein.

Es war der ultimative Adrenalinschub. Für Simon war ich ein gottverdammter Held.

Aber es war nichts, verglichen mit einem kleinen Spaziergang in Mile End an einem sonnigen Julimorgen.

FÜNFZEHN

Eilish

Was würden Sie tun, wenn Ihr Mann Ihnen erklärt, dass er eine Frau ist?

Ich werde Ihnen sagen, was ich getan habe. Ich habe ihn angeschrien, ich habe ihm die Schuld gegeben, ich habe mir die Schuld gegeben. Dann habe ich Google befragt und herausgefunden, dass ich kein Einzelfall war. Auf der ganzen Welt gab es Frauen wie mich – Ehefrauen, Freundinnen, Töchter, Mütter. Die einen hatten es von Anfang an gewusst, die anderen geahnt, und manche waren durch Zufall hinter das Geheimnis gekommen. Einige waren verbittert, andere konnten es verzeihen.

Ich staunte, als ich über Ehefrauen las, die sich wie leuchtende Heilige benehmen. Sie hören zu und schließen Kompromisse und lieben ihren Mann und haben weiterhin Sex mit ihm und versuchen, ihn zu verstehen. Sie begleiten ihren als Frau gekleideten Mann zu Veranstaltungen mit Gleichgesinnten in Motels an der M25, wo sie ihn – vermutlich – dabei beobachten, wie er in ihren Sachen herumstolziert, während sie mit anderen leuchtenden Heiligen Erfahrungen austauschen. *Jede Wette, dass sie das hassen*, dachte ich. *Jede Wette, dass es an ihren Seelen nagt.*

Gute Frauen verhalten sich so. Gute, loyale Ehefrauen. Ich war keine gute Frau. Ich warf Luke aus meinem Leben. Und dann fing es an, so richtig wehzutun.

Das Problem war, dass ich diesen Mann geliebt hatte. Jeder Winkel in Smith's Barn erinnerte in irgendeiner Weise an Luke.

Jeder Song auf der Playlist. Jede DVD, jedes Gemälde, jeder Kratzer im Küchentisch. Die Schaukel hatte er für Simon und Kate gebaut und die beiden an Sommerabenden angeschubst. Das Rosenholzkästchen auf seinem Schreibtisch, das voller Fotos von Nicos Taufe war. Seine Gummistiefel (ich habe sie irgendwann auf dem Dachboden verstaut, weil sie mich ständig an unseren letzten gemeinsamen Spaziergang erinnerten). Ich hatte die Bettwäsche gewechselt, aber sein sauberer, männlicher Duft haftete immer noch an unserem Bett und hing in seinen Sachen, die ich in die Kommode geräumt hatte. Er war immer noch da, der Verräter.

Er rief mich regelmäßig an, um – ja, warum eigentlich? Weil er meinen Segen wollte? Es tat weh, seine Stimme zu hören, deshalb ließ ich den Anrufbeantworter laufen. Auch Simon rief öfter an, weil er unbedingt hören wollte, dass sein Vater Vernunft angenommen hätte. Inzwischen unterstützten Kate und ich uns gegenseitig und logen die Welt an. Wir hatten uns eine »offizielle« Geschichte zurechtgelegt: Luke stecke bis über beide Ohren in einer ganz großen Sache, und weil er häufig auswärts übernachten müsse, habe er einfach keine Zeit, zwischendurch nach Hause zu kommen. Alles war bestens in der Familie Livingstone.

Als meine Freundin Stella aus Cornwall zurückkam und meine Nachricht fand, rief sie mich sofort an. Wir trafen uns auf dem Parkplatz unterhalb von Yalton Hill. Die letzten vierzehn Tage hatte ich mich zusammengerissen, aber als Stella sich aus ihrem Auto stemmte, brach ich in Tränen aus. Die gute Seele, sie war so liebevoll, umarmte mich, drückte meine Schulter und keuchte: »Großer Gott, er hat den Verstand verloren!«

Stella Marriot war dreimal verheiratet und ich zweimal ihre Brautjungfer gewesen. Bob, ihr erster Mann, war der Vater ihrer beiden Töchter. Er erlitt einen tödlichen Herzinfarkt auf dem Tennisplatz des Yalton Club, als er und sie im Endspiel des gemischten Doppels gegen Luke und mich spielten. Sie machte uns aber nie einen Vorwurf daraus. Hugh, ihr zweiter Mann, war immer noch in seine erste Frau verliebt und wandte sich Stella zu, um sich über seine Enttäuschung hinwegzutrösten. Sie waren noch nicht einmal ein Jahr verheiratet, als sie sich in gegenseitigem Einvernehmen trennten, weil keiner von beiden wirklich glücklich war.

Über Ehemann Nummer drei gab es mehr zu berichten: Steve Marriot war ein umgänglicher Charmeur und Geschäftsführer einer Reihe von Pubs. Stella war fünfzig, als sie ihn heiratete. Er schenkte ihr ein Siamkatzenbaby zur Hochzeit. Sie schwebte im siebten Himmel, bis Steve wegen mehrfachen Bankraubs verhaftet wurde. Die Polizei fand zwei abgesägte Schrotflinten und eine Skimaske im Kofferraum seines Autos. Er wurde zu fünfzehn Jahren verurteilt. Stella ließ sich scheiden – nicht, weil sich herausgestellt hatte, dass er der meistgesuchte Verbrecher von Oxfordshire war, sondern weil sie jetzt ständig allein war. Steve hatte im Lauf der Jahre in verschiedenen Gefängnissen eingesessen, aber wo immer er war: Stella besuchte ihn nach wie vor einmal im Monat.

»Ich kann das nicht glauben«, sagte sie jetzt. »Ein Transvestit? *Luke*? Soll das ein verspäteter Aprilscherz sein?«

»Ich wünschte, es wäre so.«

»Was in aller Welt denkt er sich dabei?«

»Anscheinend hat er schon die ganze Zeit diesen Drang verspürt. Seit wir verheiratet sind. Es geht ihm nicht nur darum, Frauenkleidung zu tragen, Stella. Er sagt, er fühlt sich als Frau, die in einem Männerkörper gefangen ist.«

Stella schnaubte. »Wir alle mögen das andere Geschlecht. Das heißt aber noch lange nicht, dass wir eine oder einer von ihnen werden müssen.«

Wir gingen den Hügel hinauf. Die Steigung war eine Herausforderung für die füllige Stella. Eine Zeit lang konnte sie nicht sprechen, weil ihr die Puste ausging. Dafür redete ich umso mehr. Es war, als hätte ich einen Wasserhahn aufgedreht, durch den die Worte nur so herausströmten. Ich erzählte ihr alles.

Als der Weg nicht mehr ganz so steil war, keuchte Stella: »Meinst du, es ist ihm ernst damit?«

»Ich weiß es nicht. Er sagt ja. Aber … wie kann er da sicher sein? Es ist verrückt!«

»Was ist mit eurem Fest zum Hochzeitstag?«

»Hab ich abgesagt.«

Sie blieb stehen und tat so, als würde sie die Aussicht genießen, aber wahrscheinlich wollte sie nur Zeit gewinnen, um zu Atem zu kommen.

»Das zieht er nie im Leben durch.«

»Meinst du?«

»Ach was! Überleg doch mal, was für ihn auf dem Spiel steht: seine Familie und seine Arbeit. Das ist für ihn das Wichtigste, das sind die beiden Dinge, die ihn ausmachen. Er ist zwar kein hochnäsiger Schnösel, aber er wird bestimmt nicht wollen, dass ihn die Leute auf der Straße anspucken. Er hätte nichts mehr. Er *wäre* nichts mehr. Du meine Güte, dieser Berg ist definitiv steiler geworden, seit ich das letzte Mal hier war. Ich muss mich unbedingt wieder für einen Zumba-Kurs anmelden.«

»Alles in Ordnung?«

Eine Hand in die Seite gepresst, beugte sie sich vornüber. »Seitenstechen. Uff! Vielleicht ist er in den Wechseljahren. Männer kriegen die auch und werden dann ein bisschen seltsam.«

»Ich bin auch in den Wechseljahren und hab trotzdem nicht plötzlich das Verlangen, meine Familie kaputt zu machen«, erwiderte ich.

Als wir langsam weitergingen, kam Stella wieder zu Atem.

»Hör zu. Von uns beiden bin ich unbestritten die Expertin in Sachen Ehemänner, und mein Kontostand sagt mir, dass er vernünftig wird, wenn er erst mal ins Nichts geschaut hat.«

»Hoffentlich hast du recht.«

»Die Frage ist, liebe Freundin, was wirst du tun, wenn er vor deiner Tür auftaucht und verspricht, von jetzt an ein hundertprozentiger Mann zu sein? Würdest du ihn zurücknehmen?«

Als wir die Vermessungssäule auf dem Gipfel erreichten, hatte ich ihr immer noch nicht geantwortet. Stella sank auf einen Felsblock. Ich stützte beide Arme auf die steinerne Gipfelmarkierung und spürte, wie der Wind gegen meine Wangen peitschte. Die von den Schatten der dahinrasenden Wolken gesprenkelte Hügellandschaft der Chilterns erstreckte sich bis zum dunstigen Horizont.

»Ich möchte einfach nur, dass er nach Hause kommt«, sagte ich schließlich. »Ich will, dass er wieder so ist wie früher. Glaubst du, das ist blöd von mir?«

»Nein. Der Mann ist ein Juwel.« Immer noch schnaufend zählte Stella Lukes gute Seiten an ihren Fingern ab. »Nicht tot. Liebt keine andere. Hält den Leuten sogar keine Flinten vors Gesicht.«

»Aber er trägt Frauenkleider.«

»Hm.« Sie dachte darüber nach. »Das muss aufhören. Wie soll man einen Mann attraktiv finden, wenn er im Petticoat um einen herumtänzelt? Nein, vielen Dank, Schluss mit diesem perversen Kram. Das ist nicht verhandelbar. Ich wette, dass er bereits reiflich überlegt hat und nicht weiß, wie es weitergehen soll. Geh zu ihm, Eilish, und sprich mit ihm! Sag ihm, dass ihm deine Tür offen steht. Ihr seid so lange zusammen, da wirst du doch wissen, wie du zu ihm durchdringst.«

Vom Gipfel dieses Hügels kann man meilenweit sehen. Die Miniaturhäuser von East Yalton drängten sich scheinbar chaotisch um die Kalksteinkirche mit dem quadratischen Turm. Dahinter erstreckten sich Felder und Wälder und Gareths Hof. Das Dach unseres Hauses konnte ich gerade noch erkennen.

»Das letzte Mal war ich mit Luke hier oben«, sagte ich. »An

Silvester. Wir haben eine Flasche Schampus aufgemacht und standen genau hier, an diesem Aussichtspunkt. Wir haben auch ohne Uhr gewusst, wann es Mitternacht war.«

»Das Feuerwerk?«

»Ein tolles Schauspiel! Überall im ganzen Umkreis, alle gleichzeitig. Aber kalt war es, das kannst du dir nicht vorstellen.«

Ich hatte Luke nur mit Mühe zu dem Ausflug überreden können. Er steckte in einer depressiven Phase, in der ihm sogar das Aufstehen am Morgen schwerfiel.

»Wieder ein Jahr vorbei«, sagte er, als wir uns in seinen Mantel kuschelten.

»Und ein neues beginnt!«, fügte ich hinzu und plapperte von meinen Plänen für die kommenden Monate. Ich kannte diese düsteren Stimmungen, sie waren ein Teil von ihm. Ich hatte ernsthaft geglaubt, ihnen meine fröhliche Geschwätzigkeit entgegenzusetzen, sei die richtige Strategie. War das mein großer Fehler gewesen?

Nachdenklich sah ich hinüber zum Dach von Smith's Barn. Vielleicht war er schon wieder nach Hause gekommen. Ich stellte mir vor, dass ich die Küche betreten und er dort auf mich warten würde. Und dass er wie durch ein Wunder wieder ganz der Alte wäre – vernünftig, attraktiv, durch und durch männlich.

SECHZEHN

Luke

Die Arztpraxis in der Bathgate Road zwängte sich zwischen eine Pfandleihe und ein Wettbüro. Es war eine Gemeinschaftspraxis: acht Allgemeinmediziner und eine Arzthelferin, die so klein war, dass sie kaum über den Tresen gucken konnte. Sie gab mir ein Formular, das ich als neuer Patient ausfüllen musste. Beim Schreiben zitterte meine Hand unkontrollierbar. Das Warten hatte ein Ende. In ein paar Minuten würde ich die Worte laut aussprechen.

Die Arzthelferin lächelte freundlich, als ich ihr das ausgefüllte Formular zurückgab. Natürlich war sie freundlich: In ihren Augen war ich ein gut situierter, höflicher Mann und als solcher überaus willkommen in ihrem Wartezimmer. Ob sie immer noch so zuvorkommend wäre, wenn sie die Wahrheit über mich wüsste?

»Dr. Ford ist gleich so weit«, sagte sie und reichte mir eine Wartenummer. Ich kam mir vor wie in der Feinkostabteilung eines Supermarkts. Ich hatte Nummer sechsundsechzig. Ein paar Leute saßen auf Plastikstühlen und starrten auf einen großen Bildschirm, wo das Frühstücksfernsehen lief. Ich blieb stehen, kaute an meinem Daumennagel und versuchte mich abzulenken, indem ich die Anschlagtafeln studierte. Da hingen Hinweise für Betreuer von Demenzkranken, für Diabetiker, für Leute, die kein Englisch sprachen. Ein Aushang richtete sich an Teenager, die sich für schwul hielten, andere Informationen waren für Leute, die Hilfe bei Depressionen oder Suchtverhalten oder Essstörungen suchten. Aber es gab keinerlei Rat für Menschen, bei denen Körper und gefühlte Identität nicht zusammenpassten.

Es gab einmal eine Zeit, da glaubte ich, dass mein Körper und meine Psyche vielleicht doch miteinander harmonierten. Ich war jung, und es war Sommer. Eilish und ich hatten fünf Tage in einem kleinen Hotel in der Dordogne gebucht. Wir waren – ich bitte um Entschuldigung für dieses Klischee, aber ich finde keine besseren Worte dafür – verrückt nacheinander. Verrückt auf eine vernünftige Weise. Ich hatte vor ihr schon einige Freundinnen gehabt, und alle hatten sich beklagt, dass ich mich vor ihnen verschließen würde. Eilish war anders als alle Menschen, denen ich je begegnet war. Sie brachte meinen inneren Konflikt zum Schweigen. Bei ihr konnte ich ein Mann sein.

Ich war noch nicht Partner bei Bannermans. Man erwartete von mir, dass ich von acht Uhr morgens bis spät in der Nacht – manchmal auch die ganze Nacht hindurch – an meinem Schreibtisch saß. Damals arbeitete ich mit einem Kollegen namens Benjamin Rose an einer Fusionierung. Ich mochte und vertraute Benjamin – daran hat sich bis heute nichts geändert –, und so erzählte ich ihm als Einzigem von meiner Absicht, Eilish einen Heiratsantrag zu machen. Er legte mir väterlich die Hand auf die Schulter und nannte mir den Namen eines kleinen Juwelierladens nicht weit von der Chancery Lane.

»Dann mal los, mein Junge«, brummte er mit seiner tiefen Stimme. »Jetzt oder nie!«

Ich kaufte einen antiken Ring mit drei Smaragden, der eigens für Eilish mit ihren grünen Augen hätte angefertigt worden sein können. Ich kaufte ihn mit Rückgaberecht (der Juwelier erklärte augenzwinkernd, er sei sicher, dass ich den Ring nicht zurückbringen würde) und kehrte an meinen Schreibtisch zurück. Den ganzen Tag über spürte ich das Etui in meiner Hosentasche, aber meine Gedanken schweiften ab in die Thurso Lane und wiesen anklagend auf den Koffer unter meinem Bett. Darin verwahrte ich meinen kostbaren, im Lauf der Jahre angesammelten Vorrat an Dingen, die mich trösteten, wenn das Mannsein unerträglich wurde.

Ich brauchte das Zeug nicht mehr. Es musste verschwinden.

An jenem Abend schleppte ich meine Schätze in den Urwald hinter dem Haus, den ich Garten nannte. Ich stopfte alles in eine Mülltonne, übergoss es mit Benzin und zündete es an. Ich vollführte sogar einen kleinen Freudentanz rings um das Feuer. Ich hatte meine Sucht besiegt! Von nun an würde ich für alle Zeit ein Mann sein.

Ich wünschte mir so sehr, dass das wahr würde. Ich wollte normal sein. Ich wollte glücklich sein. Wer will das nicht?

Die elektronische Anzeige leuchtete auf: 66. Mein Herz galoppierte. *Treten Sie ein, Nummer sechsundsechzig, Ihre Zeit ist um. Treten Sie ein und gestehen Ihre Schande.*

Dr. Ford hatte schütteres Haar und schien nicht mehr allzu weit vom Ruhestand entfernt. »Guten Morgen, Mr. … äh, Livingstone. Nehmen Sie bitte Platz. Was kann ich für Sie tun?« Er betrachtete mich mit professioneller Höflichkeit. Er sah nichts Ungewöhnliches, lediglich einen Mann in Kakihose und gestreiftem Hemd, wie es sie wie Sand am Meer gab. Prostata?, dachte er vielleicht. Sodbrennen?

Ich umklammerte meine Knie. Und dann tat ich es. Ich sprach die Worte aus.

»Ich glaube, ich leide an einer Störung der Geschlechtsidentität.«

»Wie bitte?«

»Eine Geschlechtsidentitätsstörung. Ich fühle mich als Frau.«

Er hustete. »Machen Sie Witze?«

»Nein.«

Er lehnte sich auf seinem Drehstuhl zurück. »Sie sehen nicht annähernd wie eine Frau aus.«

»Das weiß ich, aber trotzdem…« Ich unterbrach mich. Vor meinem Besuch beim Arzt hatte ich BK im Chatroom ausgefragt, und ich wusste, was ich wollte. »Ich möchte, dass Sie mich an eine Spezialklinik überweisen. Ich denke, ich brauche ein psychiatrisches Gutachten.«

»Und wieso sollte ich das tun?«

Ich war sprachlos. Offene Feindseligkeit hatte ich von einem Arzt nicht erwartet. Als ich mich gefasst hatte, sagte ich: »Diese Geschichte belastet mich seit Jahrzehnten. Ich habe deswegen Depressionen bekommen. Ich brauche dringend Hilfe. Bitte helfen Sie mir. Ich bitte Sie inständig!«

»Hören Sie.« Dr. Ford griff sich mit Daumen und Zeigefinger an den Nasenrücken. »Ich bin nicht vertraut mit den Begriffen, die Leute wie Sie gebrauchen, aber ich kann Ihnen versichern, dass es sich um ein psychisches, kein physisches Problem handelt. Sind Sie verheiratet?«

»Ja, aber …«

»Und der Sex ist okay?«

»Warum ist mein Privatleben so wichtig?«

Er verdrehte genervt die Augen, als ob er einen aufsässigen Teenager vor sich hätte. »Wieso kommen Sie zu mir, wenn Sie nicht die Absicht haben, meinen Rat zu befolgen? Haben Sie Erektionsstörungen?«

»Nein.«

»In Ihrem Alter ist das nichts Ungewöhnliches. Ich kann Ihnen etwas dagegen verschreiben.«

»Nein, danke.« Meine Nervosität hatte sich gelegt. »Es hat nichts mit meinem Sexleben zu tun.«

»Haben Sie Kinder?«

»Ja, sie sind mittlerweile erwachsen.«

»Sie können sich glücklich schätzen. Viele meiner Patienten

haben keine Familie, sie gehen ganz allein durchs Leben, und wenn Sie nicht mit diesem Unsinn aufhören, wird Ihnen genau das Gleiche passieren! Was sollen Ihre Kinder denn denken, wenn ihr Vater wie eine zweite Dame Edna Everage herumstolziert?«

Bleib ganz ruhig, ermahnte ich mich. Ich zwang mich, sitzen zu bleiben.

»Also.« Ford fuchtelte mit seinem Kugelschreiber in meine Richtung, als wollte er mir ein Auge ausstechen. »Als Arzt bin ich der Meinung, dass Sie das alles nicht gründlich genug durchdacht haben. Ich kann Sie gern untersuchen und Ihnen einen einwandfreien Gesundheitszustand bescheinigen.«

»Nicht nötig.«

»Ich kann auch eine Blutuntersuchung veranlassen, damit wir eine hormonelle Störung ausschließen können.«

»Das bringt nichts.«

»Dann lassen Sie mich Ihnen einen Rat geben. Was Sie durchmachen, ist eine Midlife-Crisis. Sie sollten Sport treiben. Wie wär's mit Radfahren? Viele Männer Ihres Alters entdecken die Vorzüge des Radfahrens. Es ist gut für Ihre Figur, für Ihre allge meine Fitness und für Ihre Libido. Treten Sie einem Verein bei. Einem Kollegen von mir hat das enormen Auftrieb gegeben. Er ist vor Kurzem über die Anden geradelt.«

»Geben Sie mir eine Überweisung oder nicht?«

Er tippte etwas in seinen Computer ein. Er wollte mich loswerden. Ich spürte, wie verärgert der Mann war. »Ich kann Ihnen ein Privatrezept für Viagra ausstellen. Das sollte kleinere Sexualfunktionsstörungen beheben.«

»Nein, danke.«

»Seien Sie kein Narr, Mr. Livingstone. Sie können doch nicht im Ernst wollen, dass man Ihnen die Genitalien abhackt? Und das, was übrig bleibt, nach außen stülpt?« Er schauderte. »Natürlich wollen Sie das nicht.«

»Ich bin nicht unbedingt auf eine Operation aus.«

»Sondern? Denken Sie an die Einnahme weiblicher Hormone? Sie wissen sicher, dass Sie die übers Internet beziehen können. Vermutlich nehmen Sie sie bereits, oder? Wenn es so ist, hören Sie auf damit. Sind Sie sich über die Wirkung im Klaren? Ihre Hoden werden schrumpfen – im Grunde ist es eine Kastration. Sie verlieren Ihren Sexualtrieb, und Sie werden Brüste bekommen. Sie werden ein Shemale.«

»Ein *was*?«

Seine Oberlippe kräuselte sich. »Ein Shemale. Ein Zwischending zwischen Mann und Frau. Weder das eine noch das andere. Großer Gott, gehen Sie nach Hause zu Ihrer Frau, seien Sie dankbar für das, was Sie haben, und lassen Sie mich meine Arbeit tun.«

Ich war drauf und dran aufzugeben. Ich stand auf, ich wollte nur noch raus aus diesem Zimmer. Doch dann hielt ich inne.

»Nein, ich werde nicht gehen.« Ich setzte mich wieder hin. »Nicht, bevor Sie mir nicht einen Kollegen genannt haben, der bereit ist, mir zu helfen. Ich habe mein Leben lang darauf gewartet, dieses Gespräch zu führen. Ich glaube, Sie haben nicht die geringste Ahnung, wie schwer es für mich war, hierherzukommen und mit Ihnen über mich zu sprechen. Wenn Sie mir keinen Kollegen nennen können, dann informieren Sie sich. So mache ich es in meinem Beruf auch, wenn ich nicht weiterweiß.« Einer plötzlichen Eingebung folgend, fuhr ich fort: »Ich bin übrigens Anwalt von Beruf. Ich hoffe nicht, dass ich Sie verklagen muss.«

Ich sah ihn finster an. Ich rechnete damit, dass er explodieren würde. Vielleicht würde sich die kleine Arzthelferin als Karate-Ass entpuppen und mich an die frische Luft setzen. Ford klopfte mit seinem Kuli auf den Schreibtisch.

»Na schön«, sagte er schließlich, ohne mich anzusehen.

»Es gibt eine Kollegin hier in dieser Praxis, die Leute wie Sie zu sammeln scheint. Ich werde mit ihr reden. Sie wird sich mit Ihnen in Verbindung setzen.«

»Danke.«

»Bitte gehen Sie jetzt. Im Wartezimmer sitzen eine Menge Leute, die wirklich krank sind.«

Ich stand auf. Ich hatte die Türklinke schon in der Hand, als er zu einem letzten Schlag ausholte. »Mr. Livingstone.«

Ich drehte mich um und fragte mich, welche Beleidigungen er noch auf Lager hatte.

»Überlegen Sie sich gut, was Sie sich wünschen. Es könnte in Erfüllung gehen.«

SIEBZEHN

Eilish

Ich stand vor dem Kleiderschrank und starrte unschlüssig auf meine Garderobe. Ich wollte nicht so aussehen, als hätte ich mir besonders Mühe gegeben. Himmel, Ich wollte auf keinen Fall, dass er neidisch auf mein Outfit wäre. Vielleicht hatte er ja in all den Jahren so empfunden. Womöglich war ich nichts weiter als eine Kleiderpuppe für ihn gewesen, ein Mannequin, das die Sachen vorführte, die er so gern angezogen hätte. Andererseits musste ich mich schon ein bisschen anstrengen, damit mir nicht auch noch der letzte Rest Selbstachtung abhandenkam.

Die Leinenhose und eine weite Bluse. Das wäre es. Schick, aber nicht allzu feminin.

Ungefähr drei Wochen, nachdem Luke ausgezogen war, befolgte ich Stellas Rat und schlug ihm ein Treffen vor. Er klang hoffnungsvoll und bot an, zu Smith's Barn hinauszukommen. Mittwochabend müsse er wegen eines Treffens der Schulbeiräte ohnehin ins Dorf kommen. Vielleicht könne er bei der Gelegenheit hereinschauen?

»Mir wär's lieber, wir würden uns auf neutralem Boden treffen«, entgegnete ich.

»Wir befinden uns doch nicht im Krieg, oder?«

O doch, dachte ich. *Und ob wir uns im Krieg befinden.*

»Hol mich in Paddington ab«, sagte ich. »Wir können irgendwo essen gehen.«

Als ich in die Bluse schlüpfte, stach mir ganz hinten im Kleiderschrank etwas Primelgelbes ins Auge. Mir stockte der Atem, als ich das Sommerkleid mit dem weit schwingenden Rock vom Bügel zerrte. Es war ein alter Vertrauter, aus den Achtzigern. Inzwischen war es sicher aus der Mode gekommen, aber ich verband so viele Erinnerungen damit.

Dieses Kleid. Eine Hotelterrasse in der Dordogne, der Duft von starkem Kaffee und ein Tisch mit einer blauen Leinendecke. Und Luke, der »Äh« sagte.

Ich weiß noch, dass ich fasziniert einen Vogel beobachtete, der in der Schlucht tief unter uns dahinsegelte. Seine Flügel schimmerten in der Sonne. Der Fluss, ein glitzerndes silbernes Band, wurde von Dunstschwaden halb verdeckt.

»Was ist das für ein Vogel, Luke?«, fragte ich und zeigte mit dem Finger darauf. »Ein Turmfalke?«

Er wollte Kaffee aus einer Keramikkanne einschenken, deren Deckel klapperte. »Vermutlich. Hör mal. Äh. Ich weiß nicht recht, wie … Verdammt!« Der Deckel fiel herunter, ein Schwall Kaffee ergoss sich auf die Tischdecke.

»Ts ts ts«, machte ich lachend, während er hektisch mit einer Serviette den Kaffee von der Tischdecke tupfte. »Mit dir kann man aber auch nirgends hingehen!«

»Stimmt.« Er legte die Serviette beiseite und langte in seine Hosentasche. »Hör mal. Bisschen früh, ich weiß, und du wirst wahrscheinlich Nein sagen, aber ich will dich wenigstens fragen, weil ich mir ein Leben ohne dich nicht mehr vorstellen kann.«

Drei Jahrzehnte später stand ich in unserem Schlafzimmer und blickte auf die Trümmer meiner Träume. Ich sah immer noch, wie sich die dunkle Flüssigkeit auf der himmelblauen Decke ausbreitete und der Greifvogel sich im Dunst vom Aufwind tragen ließ. Ich konnte noch immer den Zauber des Augenblicks spüren, in dem sich die Härchen auf meinen Armen aufgerichtet hatten. Ich sah noch immer Lukes nervöses Lächeln vor mir, als er mir das Etui hinstreckte.

Diesen Moment werde ich nie vergessen, hatte ich gedacht, als ich es aus seiner Hand nahm. Niemals.

Der Ring war zu groß, deshalb trug ich ihn am Daumen. Zu Hause in London würde ich ihn enger machen lassen. Luke hatte ihn selbst ausgesucht: Smaragde, weil sie zu meinen Augen passten, sagte er, aber selbstverständlich könne ich den Ring umtauschen, wenn er mir nicht gefalle.

Ich trug ihn auch jetzt, als ich in meinem Schlafzimmer stand. Dieser Ring hatte am Anfang unseres gemeinsamen Lebens an meinem Finger gesteckt, und er würde auch am Ende dort sein. Der Vikar, der uns getraut hatte, sagte in seiner Predigt, ein Ring sei ein Symbol für unsere lebenslange Bindung und Loyalität zueinander. Er sprach nicht von Liebe. So ein Vikar war er nicht. Loyalität, sagte er, sei der Schlüssel. Wenn wir daran festhielten, würden wir zusammenbleiben, bis dass der Tod uns trennte. Er war eine optimistische Seele.

Mir fiel eine seltsame Bemerkung ein, die Lukes Trauzeuge an meinem Hochzeitstag mir gegenüber gemacht hatte. Toby war Lukes Cousin, ein Börsenmakler, der in Singapur lebte. Seine eigene Champagnerflasche in der Hand, hatte er sich ein bisschen beschwipst zu mir durchgeschlängelt und rührselig gesagt: »Da hast du einen guten Mann bekommen. Ich beneide dich. Du bist der einzige Mensch, den er je an sich rangelassen hat.«

Ich lachte. »Unsinn, Toby! Die Hälfte der Leute hier sind seine Freunde oder Verwandte.«

»Klar, aber kennen sie ihn? Er hat eine verdammt dicke Mauer um sich herum gebaut. Drei Meter dick, mindestens.«

Bevor ich ihn fragen konnte, was er damit meinte, wurde er von meiner Mutter, die ihn jemandem vorstellen wollte, mit Beschlag belegt. Damals hatte ich Tobys Worten keine große Beachtung geschenkt, aber mit den Jahren begriff ich, was er gemeint hatte. Luke war freundlich und herzlich zu unseren

Freunden, ohne jemals etwas von sich preiszugeben. Er war ein fantastischer Zuhörer, die Leute kamen zu ihm, um ihm ihr Herz auszuschütten, aber sein eigenes blieb verschlossen und verriegelt. Wie sich herausstellte, war es nicht einmal mir gelungen, die drei Meter dicke Mauer zu durchbrechen.

Ich schloss gerade den Kleiderschrank, als Kate in der Schlafzimmertür erschien.

»Du siehst toll aus, Mum. Aber selbst wenn du dir einen Müllsack übergestreift hättest, wärst du für Dad immer noch die bezauberndste Frau auf der Welt.«

»Offensichtlich nicht bezaubernd genug.«

Sie tat so, als knurrte sie.

»Ich weiß, ich weiß.« Ich gab mir einen Klaps auf die Hand. »Das alles ist nicht passiert, weil ich nicht gut genug war. Das ist passiert, weil dein Vater den Verstand verloren hat.«

»Schon besser. Was wirst du ihm sagen?«

»Das hängt davon ab, was *er* mir zu sagen hat. Ich muss los, ich will den Zwölf-Uhr-achtzehn-Zug noch kriegen.«

Sie begleitete mich zum Auto.

»Hast du was von ihm gehört?«, fragte ich.

»Ab und zu eine SMS.«

»Gibt's was Neues?«

»Nichts Besonderes.«

Sie wich mir aus, ich kannte diesen Gesichtsausdruck. Die gleiche ausdruckslose Miene hatte sie als Fünfjährige aufgesetzt, als ich mit ihr schimpfte, weil sie die Schokoladenknöpfe auf Simons Geburtstagstorte aufgefuttert hatte.

Mir sank das Herz.

»Habe ich ihn verloren?«, fragte ich.

Kate

Sie blickte dem Auto nach, als ihre Mutter wegfuhr. Casino war mit herausgekommen und strich ihr um die Beine, miauend, da er seit Tagen nichts mehr zu fressen bekommen hatte. Dabei sah er aus wie ein Fußball mit Beinen.

Ihre Mutter sah so hübsch aus. Sie hatte sich die Haare zusammengebunden, kleine Löckchen umrahmten ihr Gesicht. Aber dieses gelbe Kleid! Kate hatte es seit Urzeiten nicht mehr an ihr gesehen. Für ein Mittagessen in Paddington war es eine Spur zu altmodisch, und wenn sie ehrlich sein sollte, war es eigentlich zu jugendlich für ihre Mum. Vielleicht war es ein Lieblingskleid von ihrem Dad.

Sie zog ihr Handy aus ihrem BH und scrollte zu der Nachricht, die ihr Vater ihr an diesem Morgen geschickt hatte.

Bin auf dem Weg zu einem anderen Arzt wg. meiner Zukunft. Hoffe, du und Mum könnt mir vergeben.

Arme Mum. »Ich glaube, sie hat ihn verloren«, sagte sie zu Casino.

Luke

Nach meinem katastrophalen Termin bei Dr. Ford beschloss ich, die ganze Sache wie ein berufliches Projekt in Angriff zu nehmen. Nina Cameron, meine neue Ärztin, hatte mich zu Hause angerufen und einen Termin mit mir vereinbart. Mir würde danach gerade genug Zeit bleiben, um nach Paddington zu fahren und Eilish abzuholen. Ich brachte eine Liste mit Fragen mit, die ich in mein Notizbuch gekritzelt hatte, und den Ausdruck eines Fragebogens für Mediziner. Ich wünschte, ich wäre so gut vorbereitet zu Dr. Ford gegangen, weil dieser Mann gegen alle nur denkbaren Regeln verstoßen hatte.

Am Telefon hatte sich Dr. Cameron recht jung angehört, und da sie außerdem erwähnt hatte, dass sie sich für das Gebiet der Geschlechtsidentität interessiere, hatte ich auch eine jüngere, modisch gekleidete Ärztin erwartet. Stattdessen wurde ich von einer dynamischen Frau um die Sechzig mit einem strengen Haarschnitt begrüßt.

Sie deutete mit dem Kinn auf den Fragebogen in meiner Hand. »Aha. Ich sehe, Sie haben Ihre Hausaufgaben gemacht. Das spart uns viel Zeit.«

Der Unterschied zwischen Ford und Nina Cameron hätte größer nicht sein können. Sie war ein völlig anderer Typ – keineswegs gefühlsduselig, wie Eilish es genannt hätte, sondern sachlich, fast geschäftsmäßig, aber sie verachtete mich nicht für das, was ich war.

»Gut, dann erzählen Sie mal, was Sie zu mir führt.«

»Ich weiß nicht, wo ich anfangen soll.«

Ein schwaches Lächeln spielte um ihre Lippen. »Auch auf die Gefahr hin, dass ich mich wie Julie Andrews anhöre, aber warum fangen Sie nicht einfach am Anfang an?«

Und das tat ich. Ich erzählte ihr von der Sehnsucht, die ich seit meiner Kindheit mit mir herumtrug. Ich erzählte ihr von meinen Depressionen. Ich erzählte ihr, dass ich heimlich die Kleider meiner Schwestern getragen und in der Grundschule einen Kleiderhaken in der Mädchenumkleide hatte haben wollen. Ich schilderte ihr, wie ich als Jugendlicher nackt vor einem Ganzkörperspiegel gestanden und mich wüst beschimpft hatte.

»Was genau haben Sie so gehasst?«, fragte sie.

»Alles. Meine Männlichkeit. Meine Behaarung. Meine Stimme. Mich selbst. Jeden Morgen, wenn ich in meinem Zimmer mit den Pink-Floyd-Postern aufwachte, habe ich mir gewünscht, ich wäre im Schlaf gestorben. Ich war ein Schlachtfeld, und der Kampf tobt bis heute in mir. Einen Waffenstillstand gibt es nur ganz selten.«

»Und Ihre sexuelle Orientierung?« Sie stellte die Frage im gleichen Tonfall, in dem sie sich vielleicht nach dem Wetter erkundigt hätte.

»Hetero. Ich bin, äh, heterosexuell.« Ich zögerte. Ich kam mir wie ein Verdächtiger vor unter ihrem stechenden Blick. »Wirklich. Klingt komisch, ich weiß, aus dem Mund von jemandem, der sich als Frau fühlt.«

»Keineswegs«, erwiderte sie. »Die Sexualität steht auf einem ganz anderen Blatt. Und Geschlecht ist ein zusammenhängendes Ganzes, keine Zweiheit. Ich hatte schon mit Menschen zu tun, die sich für vollkommen geschlechtslos halten.«

»Verglichen damit ist meine Situation ja einfach.«

»Allerdings. Deshalb sind die Fürwörter solch ein Minenfeld. Manche Leute bestehen auf einem geschlechtsspezifischen Pronomen, also *er* oder *sie*. Ich habe einmal von jemandem gehört, der das förmliche *Sie* bevorzugt. Das ist geschlechtsneutral.«

»Großer Gott.« Ich kratzte mich am Kopf. »Unglaublich. Anscheinend bin ich erzkonservativ. Ich kann nicht mal Frauenkleider tragen, ohne ein langweiliger Trottel zu sein.«

Sie lachte höflich. Ich hoffte, dass sie mich sympathisch fand. »Die nächste Frage, die sich stellt, ist die, wie es jetzt weitergehen soll.«

»Was machen denn die anderen? Die so sind wie ich?«

»Jeder Mensch ist anders. Ich würde Ihnen in jedem Fall zu einer Therapie raten. Manche Menschen vollziehen den Übergang und leben dann in ihrem neuen Geschlecht, ohne jemals körperliche Veränderungen vorzunehmen. Andere schwören auf Hormontherapie. Einige wenige lassen sich operieren. Es gibt kein einheitliches Vorgehen.«

Sie griff nach einem Stift und schrieb auf, welche Optionen ich hatte. Ich konnte kaum glauben, dass ich diese sachliche Unterhaltung führte. Als sie von Hormonen sprach, gestand ich ihr, dass ich versucht war, sie online zu bestellen. Einige meiner

Chatroom-Freunde nahmen sie seit Jahren immer mal wieder. Nina blickte an ihrer Hakennase entlang und erklärte, das sei riskant. Wir sprachen darüber, was die Krankenversicherung übernehmen und was ich selbst bezahlen müsste und über die eventuell anfallenden Kosten. Sie schrieb den Namen einer Privatklinik auf.

Während des Gesprächs überkam mich ein merkwürdiges Gefühl. Vor meinem inneren Auge öffnete sich langsam ein riesiges Tor, schwere, eisenbeschlagene Flügel wie ein mittelalterliches Stadttor. Dahinter blendend heller Sonnenschein. Plötzlich sauste etwas heran und versetzte mir einen Schlag, dass mir die Luft wegblieb. Ich glaube, das war die Hoffnung.

Nina sah mich an. Sie hatte mich etwas gefragt und wartete auf Antwort. Ich blinzelte, schüttelte den Kopf. Ich brachte kein Wort heraus. Stattdessen spürte ich, wie mir Tränen in die Augen stiegen. *So was Blödes,* dachte ich. *Warum weine ich jetzt, nach all den Jahren? Wer weint denn aus Hoffnung?*

»Entschuldigung«, flüsterte ich und wischte mir über die Augen. »Ich bin völlig überwältigt.«

»Kein Problem. Lassen Sie sich Zeit.« Sie zog ein Papiertuch aus einer Schachtel auf ihrem Schreibtisch und reichte es mir.

»Ich dachte, ich sei der einzige Sonderling auf der Welt«, sagte ich. »Ich war unendlich einsam. Meinen armen Eltern konnte ich es nicht erzählen. Meiner Frau auch nicht. Nichts als Scham und endloses Versteckspiel und die Angst, dass irgendwann die Fassade einstürzt … Ich lebe mein Leben, gehe meinem Alltag nach, die Leute respektieren mich, und ich denke: Wenn ihr wüsstet, was ich bin, würdet ihr nicht mal mit mir reden.«

»Sie haben noch nie mit jemandem eine normale Unterhaltung darüber geführt?«

»Nein, nie. Nicht ein einziges Mal. Das ist das erste Mal, dass ich jemandem davon erzähle. Sie können sich nicht vorstellen, was das für mich bedeutet.«

»Gut.« Sie riss das Blatt mit ihren Notizen vom Block ab. »Ich habe das Gefühl, dass es nicht das letzte Mal sein wird.«

Eilish

Er wartete schon auf mich. Als er mich in der Menschenmenge entdeckte, eilte er mir mit ausgestreckten Armen entgegen. Ich fühlte den Verlust fast körperlich, und mich überkam eine unbändige Sehnsucht.

»Hallo«, sagte ich und blieb außerhalb seiner Reichweite stehen.

Er ließ seine Arme sinken. »Liebling. Du siehst wunderschön aus.«

»Das bezweifle ich, aber danke.«

Er lächelte traurig, und mein Herz zog sich zusammen. »Dieses Kleid …«

»Ach ja, das Kleid.« Ich schaute an mir herunter und wünschte, ich hätte mich für die Leinenhose statt für dieses alberne Ding entschieden. »Es war alles sehr romantisch, nicht wahr? Im Nachhinein hätte ich deinen Ring besser in die Schlucht werfen sollen.«

»Sag so was nicht.«

Er war nervös, ich kannte die Anzeichen. Er fuhr sich mit der Hand durchs Haar, und ein paar Büschel standen senkrecht hoch. Ich widerstand dem Drang, hinaufzulangen und sie glatt zu streichen.

»Ich habe uns einen Tisch bei Parvel's reserviert«, sagte er. »Gehen wir?«

Erinnert fatal an ein Rendezvous, dachte ich, als der Kellner uns an unseren Tisch führte. Kein erstes Rendezvous, sondern wahrscheinlich das letzte. Ein Abschiedsrendezvous, vielleicht. Als wir uns an den Tisch in einer Nische gesetzt hatten, reichte der Kellner uns übertrieben schwungvoll die Speisekarten. Wahrscheinlich hielt er uns für ein Liebespaar, das seinen Hochzeitstag oder einen Geburtstag feierte oder eine heimliche Affäre hatte.

»Darf ich Ihnen schon etwas zu trinken bringen?«, fragte er.

»Hm …« Luke griff nach der Weinkarte und sah mich an. »Sollen wir eine Flasche bestellen?«

»Von mir aus.«

»Rot oder weiß?«

»Um Himmels willen, Luke, das ist mir egal.«

Hastig bestellte Luke irgendeine Flasche. Der Kellner nahm die Weinkarte, tat so, als hätte er die angespannte Stimmung nicht bemerkt, und zog sich schleunigst zurück.

»Also«, sagte Luke. »Kate hat mir erzählt, dass Stella aus Cornwall zurück ist.«

Smalltalk, dachte ich stumpfsinnig. *Wir machen Smalltalk, während unsere Ehe in die Brüche geht.* Luke erkundigte sich nach Nico und Carmela. Dann unterhielten wir uns über so weltbewegende Dinge wie Casinos Gewicht und die Konferenz der Schulbeiräte. Wir sprachen nicht über die wirklich wichtigen Dinge, wir ignorierten das Monster, das im Begriff war, uns auseinanderzureißen. Ich hörte nicht zu, nicht einmal mir selbst. Jemand nahm unsere Bestellung auf, aber ich nahm es kaum wahr. Der Hintergrund verschwamm, bis Lukes Gesicht mein Gesichtsfeld ausfüllte. Ich stellte mir vor, wie ich mit dem Finger über sein kräftiges Kinn fuhr, die senkrechte Falte über der Nasenwurzel glättete. Wie oft hatte ich das im Lauf der Jahre getan? Unzählige Male, in Augenblicken der Leidenschaft oder der Zuneigung oder müßiger Zärtlichkeit. *Nie wieder. Ich werde das nie wieder tun können.*

»Arbeitet Kate fleißig für ihr Studium?«, fragte er.

Ich hielt es nicht mehr aus. »Höfliches Geplauder!«, platzte ich heraus. »Wirklich, Luke? Ist es so weit mit uns gekommen?«

Mir kamen die Tränen, verdammt. Ich konnte nicht anders. Das Gefühl von Verlust und Verlassenheit war zu beängstigend.

Er sprang auf und wollte um den Tisch herum zu mir eilen.

»Nein, nein!«, stammelte ich und winkte ihn weg. Er blieb einen Augenblick unschlüssig und mit unglücklichem Gesicht stehen, während ich in meiner Handtasche nach Taschentüchern kramte. *Reiß dich gefälligst zusammen,* schimpfte ich mit mir. *Wo bleibt deine Würde? Stella hat drei Ehemänner verloren und macht trotzdem keine Szenen in aller Öffentlichkeit.*

»Ich will dieses Spiel nicht spielen«, fuhr ich stockend fort. »Ich will nicht in Erinnerungen schwelgen, und ich will keinen Smalltalk machen. Ich bin hier, weil ich dich bitten möchte, nach Hause zu kommen. Ich biete dir an, dass wir vergessen, was passiert ist.« Als ich seine Augen aufleuchten sah, nutzte ich die Gunst des Augenblicks und drängte: »Komm einfach wieder nach Hause. Sei wieder Luke. Das ist ein faires Angebot.«

Eine Sekunde lang dachte ich, ich hätte es geschafft. Er sah mich so erwartungsvoll an – doch dann schüttelte er den Kopf. »Ich kann nicht wieder Luke Livingstone sein. Ich kann nicht mehr lügen. Wenn ich es versuchte, würde mich das umbringen.«

Der Kellner hatte den Wein gebracht und hielt Luke das Etikett hin.

»Wunderbar«, sagte Luke, ohne es wirklich anzuschauen. »Vielen Dank.«

Der Kellner verstand den Wink nicht. Er entkorkte die Flasche und schenkte Luke einen Schluck zum Probieren ein, was er pflichtbewusst tat. Der Kellner machte ihm ein Kompliment für die gute Wahl, und schon waren beide in ein Gespräch über Säure und Eiche und das Weingut, von dem der Wein stammte, vertieft. Der Mann war offensichtlich ein Weinfanatiker, und Luke war zu nett, um ihm zu sagen, er solle sich endlich verziehen. Ich blickte mich um. An einer Wand hing ein kunstvoll gerahmter Spiegel und genau gegenüber ein zweiter. Eine endlose Reihe von Lukes fächerte sich auf: vornehme Herren mit vollem, silbrig durchzogenem Haar. Welcher von ihnen war Luke? Würde der richtige Luke Livingstone sich bitte erheben?

Keiner von ihnen war Luke. Keiner, nicht einmal der, der mir gegenübersaß.

Während ich diese Spiegelbilder betrachtete, fiel mir plötzlich auf, dass irgendetwas an ihm anders war. Oder täuschte ich mich? Nein, etwas war anders. Er wirkte angespannt, und er hatte abgenommen, aber da war noch etwas. Was war es nur?

Als der Kellner gegangen war, streckte Luke seine Hand nach meiner aus, zog sie dann aber wieder zurück. »Du kannst dir nicht vorstellen, wie sehr ich mir wünsche, dass ich wieder nach Hause kommen könnte. Du bist alles für mich. Glaubst du wirklich, ich hätte so gehandelt, wenn ich eine Wahl gehabt hätte?«

»Man hat immer eine Wahl!«

»Ich liebe dich«, entgegnete er. »Ich kann mir ein Leben ohne dich nicht vorstellen. Aber ich kann nicht weitermachen wie bisher. Ich würde es nicht überleben.«

Ich wandte den Blick von ihm ab und sah zum Ausgang. Eine große Gruppe – ein Geschäftsessen – war im Begriff, das Restaurant zu verlassen. An der Tür wollte jeder jedem den Vortritt lassen, was letztlich dazu führte, dass es sich staute und keiner hinauskam. An einem anderen Tag hätte ich darüber gelächelt. Luke würde nicht nach Hause kommen. Ich hatte versagt.

»Also gut.« Meine Stimme klang schwach. »In diesem Fall muss ich wissen, wo ich stehe. Ich habe einige Fragen. Und ich möchte die Wahrheit hören.«

»Natürlich. Ich verspreche es.«

»Hast du im Haus noch mehr Kleider – Frauenkleider – versteckt?«

»Nein.«

»Und in der Wohnung?«

Er zögerte. Er wollte die Frage nicht beantworten, aber er hatte nun einmal versprochen, ehrlich zu sein. »In der Wohnung habe ich welche. Seit vielen Jahren.«

»Verstehe.« Ein Gefühl von Übelkeit überkam mich. »Und was sonst noch?«

»Make-up. Schuhe. Du weißt schon.«

Ich hätte ihn ohrfeigen können. »Nein, ich weiß es eben nicht, Luke! Für dich mag das alles ganz normal sein, aber für mich sind diese Dinge äußerst bizarr. Hast du eine Perücke?«

»Im Moment nicht.«

»Aber du willst dir eine kaufen.«

Er blickte schuldbewusst drein. Die Situation war nahezu komisch. Noch vor ein paar Wochen hätte ich bei der Vorstellung von Luke mit einer Perücke schallend gelacht.

»Ich stehe ganz am Anfang. Ich habe noch keine wirkliche Erfahrung in diesen Dingen. Ich lerne.«

»Und wie machst du das?« Als er zögerte, kam mir ein furchtbarer Gedanke. »O nein! Besuchst du etwa einschlägige Clubs? Ich habe über Männer gelesen, die ein Doppelleben führen. In der einen Stadt sind sie Larry und in der anderen Lola. Und es gibt welche, die …« Ich brachte es fast nicht über mich, die Wörter auszusprechen. »Sie suchen sich Bekanntschaften übers Internet. Für Sex. Hast du das auch gemacht? Hast du während unserer Ehe Sexfantasien mit Männern gehabt? Hast du an Männer gedacht, während du mit mir im Bett warst?«

»Nein!« Er schüttelte den Kopf, noch bevor ich den Satz beendet hatte, und machte ein bestürztes Gesicht. »Ich bitte dich, Eilish, du kennst mich doch!«

»Anscheinend nicht.«

»Du kennst mich«, beharrte er. »Ich bin immer noch der Mensch, der ich war.«

Ich schaute zu einem Pärchen an einem der anderen Tische hinüber. Die beiden sahen sich tief in die Augen wie zwei Katzen und hielten sich über den Tisch hinweg die Pfötchen. So waren Luke und ich auch einmal, dachte ich. Die beiden sollten lieber vorsichtig sein, sonst verbrennen sie sich noch an der Kerze. Und dann ist es vorbei mit dem selbstgefällig verliebten Getue.

»Das hat nichts mit Sex zu tun«, fuhr Luke fort. »Jeder denkt anscheinend, dass ich mich wie ein Viagra-gepushtes Karnickel benehmen will, aber – oh, vielen Dank.«

Der Kellner hatte das Essen gebracht. Er hatte, sofern er nicht stocktaub war, Lukes Bemerkung sicherlich gehört, verzog aber keine Miene, als er uns nachschenkte und dann mit der Pfeffermühle hantierte. Ich hatte bestimmt eine rote Nase und verweinte Augen. Ich sah Luke prüfend an und überlegte immer noch, was an ihm anders war. Und plötzlich wusste ich es.

»Ich glaub's ja nicht!«, sagte ich, als der Kellner außer Hörweite war. »Du hast dir die Augenbrauen gezupft!«

Luke schaute sich unbehaglich um, versuchte aber nicht, es zu leugnen. Die Wirkung war sehr dezent, aber nun, wo ich es entdeckt hatte, war der Unterschied offensichtlich. Er verzog schmerzlich das Gesicht und tippte sich an eine wohlgeformte Augenbraue. »Eine ganz schöne Quälerei«, klagte er. »Und zeitaufwendig. Machen Frauen das wirklich?«

»Ich lass mir die Brauen mit dem Faden zupfen, bei Shilpa am Bahnhof. Für einen Zehner macht sie dir wunderschön geformte Bögen. Bei Bannermans werden sie begeistert sein«, fügte ich nach einem Augenblick trocken hinzu.

»Tut das weh?«

»Natürlich tut das verdammt weh!«

Er starrte auf seine Hände. Rings um seinen abgekauten Daumennagel war die Haut ganz wund. »Ich war heute Morgen bei einer Ärztin«, sagte er.

Nein! Ich hatte mich schon vorher scheußlich gefühlt, aber jetzt war es noch zehnmal schlimmer.

»Die Kasse übernimmt einen Teil der Kosten. Für psychotherapeutische Begleitung und Betreuung, für eine Hormonbehandlung. Aber ihr Budget ist knapp. Wenn ich mich für diesen Weg entscheide, wird es sich hinziehen. Es würde Monate dauern, bis ich einen ersten Termin bekäme, und weitere Monate, bevor ich einen zweiten kriegte. Voraussetzung für eine Hormontherapie ist vermutlich, dass ich als Frau leben muss.«

»Als Frau leben? Was heißt das?«

»Ich muss mich in der Öffentlichkeit als Frau zeigen, jeden Tag. *Real Life Experience* oder RLE nennen sie das. Sozusagen ein Test unter Alltagsbedingungen.«

»Real Life Experience«, wiederholte ich benommen. »Hört sich an wie ein Computerspiel.«

»Aber es ist kein Spiel, sondern Wirklichkeit. Verbunden mit wirklichen Gefahren und wirklichen Problemen und wirklicher Demütigung. Die Sache ist die: Der ganze Prozess läuft wesentlich schneller ab, wenn ich die Behandlung selbst bezahle. Ich würde gern in eine Privatklinik gehen. Baytrees. Aber das ist nicht billig.«

Aha, dachte ich. *Darauf läuft es also hinaus. Geld.*

»Ich würde mich gern mit dir über die finanzielle Seite unterhalten«, fuhr er fort.

Ich konnte mir lebhaft vorstellen, was Simon dazu sagen würde. Er hatte mich schon gedrängt, einen Anwalt aufzusuchen und unser Konto einfrieren zu lassen. *Er ist psychisch instabil, Mum, er wird eure gesamten Ersparnisse verschleudern!*

»Hast du vor, dich operieren zu lassen?«, fragte ich.

Ich freute mich, als ich ihn zusammenzucken sah. »Bis dahin ist es ein sehr langer Weg. Die meisten Transsexuellen gehen nicht so weit.«

»Und was bedeutet das alles für unsere Ehe? Du willst Luke umbringen. Du willst mich zur Witwe machen.«

»Nein.«

»Doch! Eine andere Möglichkeit gibt es nicht.«

»Ich war nie der muskelbepackte Macho, oder? Das hast du immer gewusst. Alles, was ich jetzt will, ist, die Maske abzunehmen. Ich werde derselbe Mensch bleiben. Und ich werde nie aufhören, dich zu lieben.«

Ich schob das Risotto auf meinem Teller herum, während ich über seine Worte nachdachte und einen Haken zu finden versuchte. Die beiden Schmusekatzen rieben jetzt die Näschen aneinander. Sie sollte lieber aufpassen – ihre Haare baumelten gefährlich nahe an der Kerzenflamme.

»Was schlägst du vor?«, fragte ich. »Dass wir wie zwei Frauen zusammenleben – oder besser gesagt, eine Frau und ein sonderbarer Zwitter? Ist das dein großartiger Plan?« Ich schauderte. »Falls du es noch nicht bemerkt hast – ich bin nicht lesbisch.«

»Nein, nein. Das könnte ich nicht von dir verlangen. Ich schlage vor, dass wir Freunde bleiben, enge Freunde. Ich verstehe, dass du nicht mit mir unter einem Dach leben kannst, aber es gibt doch bestimmt etwas, was wir retten können? Sex war doch nicht das Wichtigste in unserer Ehe, oder? Unsere Beziehung beruhte auf Liebe und Verständnis und …«

»Und Vertrauen, und du hast dieses Vertrauen missbraucht.«

»Hast du mich geliebt, weil ich ein Mann war?« Er klang jetzt verzweifelt. »Oder um meiner selbst willen?«

»Beides. Für mich gehört das zusammen.« Ich legte mein Besteck aus der Hand und griff nach meiner Handtasche. »Geh deinen Weg weiter, wenn du willst. Aber du wirst ihn ohne mich gehen müssen. Mit meiner Hilfe brauchst du nicht zu rechnen.«

Der Kellner machte ein besorgtes Gesicht, als Luke um die Rechnung bat. Hatte uns das Essen nicht geschmeckt? Vielleicht noch einen Nachtisch oder einen Kaffee? Als wir verneinten, holte er meine Jacke und half mir hinein. Luke hielt er seinen Burberry nicht hin, weil Luke ein Mann war und Männer offensichtlich in der Lage waren, sich ihre Mäntel selbst anzuziehen.

ACHTZEHN

Lucia

Evedale College hatte den Münzwurf für sich entschieden und schickte sein Schlagteam beim zweiten Durchgang aufs Feld. Livingstone und Wilson eröffneten. Ihre Zusammenarbeit auf dem Feld war die ganze Saison hindurch äußerst erfolgreich gewesen, und heute war das nicht anders. Sie fegten die gegnerischen Werfer förmlich vom Platz und machten einen Punkt nach dem anderen.

Livingstone wartete, auf ihren Schläger gestützt, während das Feldteam versuchte, die Kurve zu kriegen. Mit ein bisschen Glück würden sie mit dem nächsten Ball die hundert Runs vollmachen – das wäre das dritte Mal in drei aufeinanderfolgenden Spielen. Der Letzte, dem dieser Hattrick gelungen war, war ihr eigener Vater gewesen, als er Spielführer von Evedales First XI gewesen war. Ihr armer alter Vater würde jetzt auf glühenden Kohlen sitzen. Sie konnte sich lebhaft vorstellen, wie er hinter der Anzeigetafel hockte, nervös an seinen Knöcheln nagte und wie wahnsinnig vor sich hin grummelte.

Ein leichter Wind kräuselte ihr Hemd. Das war angenehm. Auf dem Spielfeld, wenn sich die Menschen in eine verschwommene Masse weiß gekleideter Gestalten auflösten, fühlte sie sich immer am wohlsten. Das war eine der seltenen Gelegenheiten, wo sie nicht fürchten musste, sich zu verraten. Hier draußen war sie nichts weiter als ein Schlagmann, der danach beurteilt wurde, wie gut er den Ball schlagen konnte – und das konnte sie sehr gut. Sie liebte Kricket, sie begeisterte sich für die taktischen Finessen und die Fähigkeiten, die das Spiel erforderte. Außerdem hatte sie eine gute Kondition, und auch das war ein wunderbares Gefühl.

Von einer Kinderschar, die Fangen spielte, drangen entfernte Schreie herüber. Heute begannen die Trimesterferien, und die jüngeren Geschwister ihrer Mitspieler waren zum Picknick mitgekommen. Eltern und Lehrer hatten sich rings um das Spielfeld niedergelassen und taten so, als würden sie zuschauen, während sie schwatzten und die Weinflaschen leerten, die sie in Kühltaschen mitgebracht hatten, und sich langsam, aber sicher betranken. Sie konnte ihre Mutter sehen, sie flirtete mit Mr. Van Breda, dem Musiklehrer. Lucia hielt ihn für einen aufgeblasenen Schwachkopf. Ihre Mutter hingegen fand, dass er Christopher Plummer zum Verwechseln ähnlichsah, und suchte immer nach einem Vorwand, mit ihm zu plaudern.

Dan Wilson schälte sich am Pitch aus seinem Kricketpullover und drückte ihn dem Schiedsrichter in die Hand. Dan würde nach der Schule zum Militär gehen. Lucia fragte sich, ob sie das nicht auch machen sollte, anstatt Jura zu studieren. Wenn sie eine Uniform trüge, würde kein Mensch Verdacht schöpfen. Ihr Vater wäre hocherfreut – vielleicht würde ihn das sogar darüber hinwegtrösten, dass sie nicht auf die landwirtschaftliche Hochschule gehen wollte, um eines Tages den Hof zu übernehmen. Und wer weiß, möglicherweise würde das Leben beim Militär in ihr das Gefühl wecken, ein Mann zu sein.

Der Werfer von Hollyoaks, mit dem sie es gleich zu tun haben würde, war der dünnste Junge, den sie je gesehen hatte. Ihr Dad würde ihn einen »Strahl Wieselpisse« nennen. Er nahm sich sehr wichtig, wie er so dastand, den Ball an der Innenseite seines Schenkels polierte und mit seinem Mannschaftsführer redete. Die beiden warfen immer wieder Blicke zu ihr herüber, sie besprachen, wie sie sie austricksen könnten. Es war wirklich lustig: Diese Jungs gingen in die Abschlussklasse, sie hatten alle eine Lehre oder ein Studium oder irgendeine andere Ausbildung vor sich. Bald würden sie Soldaten und Farmer, Anwälte und Klempner sein. Doch hier auf diesem Spielfeld zählte im Augenblick nur eins: die Partie zu gewinnen.

Die Feldspieler hatten sich endlich auf dem Feld verteilt. Und sie war ebenfalls bereit. Als der Werfer ausholte und loslief, schien die ganze Welt zusammenzuschrumpfen, bis es nichts mehr gab außer diesem Ball. Er drehte sich seitwärts, ein fast verschwindender Strich in der Landschaft. Noch bevor der Ball die Hand des Werfers verlassen hatte, wusste sie ganz genau, wo er hinfliegen würde.

Dieses laute Klatschen, wenn der Schläger den Ball traf, und das Wissen, dass er bis an die Spielfeldgrenze fliegen würde, verschafften ihr jedes Mal ein Gefühl der Genugtuung.

»Hundert!«, schrie Dan Wilson, kam angerannt und klopfte ihr anerkennend auf den Rücken. Lucia strahlte. Sie war nicht oft glücklich, aber in diesem Moment war sie sehr glücklich. Sie würde in die Schulannalen eingehen. Dad würde fast platzen vor Stolz. Mr. Van Breda rief: »Bravo!«, aber sie wusste, dass er das nur tat, um sich bei ihrer Mutter einzuschleimen.

Sie verließ das Feld mit einhundertsieben Punkten. Als sie zum Festzelt zurückschlenderte, wurde Beifall geklatscht, aber in ihren Ohren klang es müde. Die Eltern langweilten sich, hatten zu viel Sonne abbekommen und wahrscheinlich nichts mehr zu trinken. Sie wollten nach Hause. Nicht so ihr Vater: Er hatte seinen Platz an der Anzeigetafel verlassen, eilte auf sie zu und klatschte so laut, wie es menschenmöglich war.

»Gut gespielt!«, brüllte er. »Fantastisch, mein Junge!«

Ihr Hochgefühl fiel in sich zusammen. Es war nicht sehr stabil, es brauchte nicht viel, um es unter Scham und Schande zu begraben. Es war Zeit, wieder Luke zu werden. Es war Zeit, ein Junge zu sein.

Seinen Schläger schwingend, trabte er über das Spielfeld, eine einsame Gestalt in Weiß. Vater und Sohn schüttelten sich die Hand.

»Danke, Dad«, sagte er.

Luke

Seine kräftige, schwielige Bauernhand schloss sich fest um meine Finger. Er strahlte, als wäre Ostern und Weihnachten auf einen Tag gefallen. Schuldgefühle trübten meinen Triumph.

Diese Düsternis lag immer noch auf mir, als ich in meiner einsamen Wohnung aufwachte. Heute war der große Tag. Tut mir leid, Dad. Der Schatten begleitete mich, als ich mich anzog und mich auf den Weg zur Baytrees Gender Clinic machte, einer interdisziplinären Spezialklinik für Transgender.

Die Klinik lag nicht weit von der U-Bahn-Station Archway entfernt in einem viktorianischen Gebäude, das genauso aussah wie die anderen in der Straße. Kein Schild, nur die Hausnummer. Wahrscheinlich wussten nicht einmal die unmittelbaren Nachbarn, was sich hinter diesen Mauern verbarg. Vermutlich wunderten sie sich nur über die Menschen, die unauffällig kamen und gingen. Vielleicht hielten sie das Haus auch für das Hauptquartier irgendeines obskuren Geheimbundes.

Ich klingelte. Eine junge Frau – ihrem Gesichtsausdruck nach zu urteilen, die Diskretion in Person – führte mich in einen Raum, der aussah wie das exklusive Wartezimmer eines Zahnarztes für die Gutbetuchten. Sie bot mir einen Kaffee an, aber ich lehnte ab. Dann reichte sie mir ein Formular, das ich ausfüllen sollte: meine Krankengeschichte und die meiner Familie, die Adresse meines Hausarztes.

Ich kam mir vor wie in einem anderen Land. Diese Klinik war ein winziges Fürstentum mitten in London, in dem die normalen Regeln außer Kraft gesetzt waren. Nachdem ich mein Leben lang ein Fremder gewesen war, der ständig Gefahr lief, enttarnt und ausgewiesen zu werden, war ich endlich dort angekommen, wo ich hingehörte, wo ich willkommen war. Ich hatte einen Pass und ein Bleiberecht.

Auf dem Kaminsims in dem Wartezimmer stand eine antike Glaskuppeluhr, die eifrig tickte. Wir hatten auch so eine, als ich klein war. Jeden Sonntagabend, während wir die restlichen Hühnchensandwiches vom Mittag aßen, legte Mum die Füße hoch, trank einen Tee und blätterte in der *Radio Times*. Dann stellten Dad und ich die Uhr auf den Tisch, nahmen vorsichtig die Glaskuppel ab und zogen die Uhr mit einem winzigen goldenen Schlüssel auf. Obwohl mein Vater so große Pranken hatte, war er geschickt in solchen Dingen. *Siehst du, Luke, man muss den Schlüssel da reinstecken … Und jetzt müssen wir achtgeben, damit wir ihn nicht zu weit drehen. So ist's gut. Prima, mein Junge. Prima.*

Die Arzthelferin hüstelte. Mr. Brotherton erwarte mich, sagte sie, wenn ich ihr bitte folgen wolle? Ich dachte immer noch an meinen Vater, als ich hinter ihr das Wartezimmer verließ.

Ich hatte mir die Website der Klinik angeschaut und wusste daher, dass Ian Brotherton ein klinischer Psychologe war, der eine Reihe von Medizinern verschiedener Fachrichtungen um sich geschart und diese Klinik gegründet hatte. Der Mann, der mich an der Tür zu seinem Sprechzimmer begrüßte, war um die Vierzig. Er trug ein Hemd mit Schlips und einen Pullunder und hatte eine Figur, die auf charmante Weise einem Teddybären ähnelte. Ich glaubte, einen leichten Lancashire-Akzent herauszuhören. Er bedeutete mir, in einem Ledersessel Platz zu nehmen, setzte sich dann mir gegenüber und beugte sich leicht vor.

»Also«, begann er. »Dr. Cameron hat mich bereits schriftlich informiert. Das ist zwar sehr hilfreich, ich würde Ihre Geschichte aber gern noch einmal von Ihnen persönlich hören.«

Ich hatte noch nie so viel über mich selbst geredet. Noch nie. Ich fand es irgendwie narzisstisch, aber Dr. Brotherton stellte mir Fragen über Fragen: über meine Kindheit, meine Eltern und Geschwister und was für eine Art Familie wir waren. Er wollte jede Kleinigkeit wissen, auch scheinbar unwichtige Dinge. Wir sprachen über meine Arbeit. Wir sprachen über meine Ehe, einschließlich der üblichen peinlichen Fragen über Sex. Vielleicht sollte ich mir für solche Zwecke eine Visitenkarte drucken lassen, dachte ich. *Ja, ich war meiner Frau treu. Nein, Sex ist nicht besonders wichtig für mich. Nein, ich möchte keinen Sex mit Männern.* Es folgten Fragen über meinen allgemeinen Gesundheitszustand und meine seelische Gesundheit, insbesondere meine Depressionen. Dann wechselte er das Thema.

»Sie und Eilish haben zwei Kinder?«

»Drei.«

Er zog die Brauen hoch und warf einen Blick auf Dr. Camerons Schreiben.

»Zwei lebende«, erklärte ich. »Charlotte ist gleich nach der Geburt gestorben. Das war eine sehr schwierige Zeit.«

»Ich denke, das ist eine Untertreibung.«

»Stimmt. Aber ich möchte nicht darüber reden.«

Er lehnte sich zurück, sein Stuhl knarzte unter seinem Gewicht. Er sah mich an. Ich seufzte. Anscheinend wollte *er* darüber reden.

»Man kommt nie ganz darüber hinweg«, sagte ich. »Eilish hat sich lange Zeit vollkommen in sich zurückgezogen. Ich bin nach zwei Wochen wieder ins Büro gegangen, das erwartete ich von mir, und meine Umwelt erwartete das auch. Aber ich hatte Probleme damit, mich zu konzentrieren, und ich habe nicht mehr geschlafen. Wenn ich einschlief, hatte ich Träume.«

»Was für Träume?«

Ich blickte auf meine Hände. Dieses Fass wollte ich nun

wirklich nicht aufmachen. »Ein Baby«, erwiderte ich knapp. »Und eine Mutter. Egal … Das ist Vergangenheit. Wir haben es irgendwie geschafft. Wir hatten ja noch Simon, um den wir uns kümmern mussten. Er war damals noch nicht in der Schule. Und später haben wir noch eine Tochter bekommen.« Ich lächelte. »Kate. Sie ist sehr lebendig.«

»Was haben Sie empfunden, als diese Kinder zur Welt kamen?«

Ich hatte meine Standardantwort parat. »Freude natürlich«, sagte ich. »Pure Freude.«

Das war eine Lüge, nur eine von Tausenden, aber es war die, für die ich mich am meisten schämte. Meine Freude, als ich Vater wurde, war keineswegs ungetrübt gewesen. Sie war vergiftet. Ich werde nie vergessen, wie ich Simon nach der Geburt in meinen Armen gehalten hatte. Dieser kleine Mensch mit den runden Bäckchen und den perfekten Fingerchen war ein Wunder. Die Liebe und das Wunder waren mehr, als in meinen Körper passte, und drangen als Tränen aus mir heraus. Ich wollte ihn nie wieder hergeben. Nie wieder. Plötzlich schlossen sich die Hände einer Hebamme um ihn, sie nahm ihn mir weg und legte ihn neben Eilish.

»So, dann wollen mir mal sehen, wie sich die Mama beim Stillen anstellt«, sagte sie, ohne mich auch nur anzusehen.

Eilish wusste offenbar instinktiv, wie sie dem Baby die Brust geben musste. Mutter und Kind schienen eingehüllt in den warmen, schützenden Kokon ihrer Zweisamkeit; Simon schaute zu ihr auf, als wäre sie eine Göttin. Eigentlich hätte ich Eilish in diesem Moment anbeten müssen, aber alles, was ich fühlte, war Neid. Noch nie hatte ich einen solchen Neid verspürt. Er verbitterte mich und machte mich krank, als ich allein nach Hause fuhr, um die Telefonate eines stolzen frisch gebackenen Vaters zu erledigen. *Mutter und Kind sind wohlauf! Ja, er wiegt achteinhalb Pfund! Ja, sie ist müde, aber überglücklich.* Ich hasste mich dafür, ich machte mir Vorwürfe, aber ich konnte die Verbitterung nicht abstreifen. Ich fiel in ein Loch. Nicht Eilish litt unter einer postnatalen Depression, sondern ich. Zu guter Letzt suchte ich einen Therapeuten auf, der mir Antidepressiva verschrieb.

Ich erzählte niemandem von diesem Neid – nicht Eilish, nicht unserem Hausarzt, nicht meinem Therapeuten. Ich erzählte auch Ian Brotherton nichts davon. Schließlich konnte ich mich glücklich schätzen, Vater zu sein. Manchmal fragte ich mich, ob Charlottes Tod die Strafe für meine Undankbarkeit war.

Endlich kam Brotherton auf das Thema Geschlecht zu sprechen. Ich hörte, wie ich mit monotoner Stimme uralte Erinnerungen ausgrub. Meine Kindheit war mir so nah wie seit vielen Jahren nicht mehr. Ich war wieder jung. Ich war verwirrt und einsam. Es war mein erster Schultag.

»Sie hatten das Gefühl, dass der Umkleideraum der Jungen der falsche für Sie war?«, fragte er. »Warum?«

»Weil ich wusste, dass ich ein Mädchen war.«

Ich konnte das Gelächter hören. Ich fürchtete mich vor diesem Gelächter. Ich war so allein.

»Meine ältere Schwester war die Einzige, die nicht lachte. O nein, *sie* lachte nicht. Gail schäumte vor Wut. In der Pause boxte sie mir derart in den Magen, dass ich in die Knie ging. Sie sagte, wenn ich unsere Familie noch einmal lächerlich machte, würde sie mich in die Abdeckergrube auf dem Hof werfen und das Loch verrammeln. Sie sagte, ich würde dort unten sterben und kein Mensch würde mich je finden. Ich habe ihr geglaubt.«

»Und wie alt war dieses liebenswürdige Wesen?«

»Gail? Zehn. Ich war vier. Sie war sehr groß, und ich war sehr klein. Sie wusste, dass ich panische Angst vor der Abdeckergrube hatte. Bei einer Hausschlachtung warf mein Vater immer den Kopf und die Eingeweide und die Haut des geschlachteten Tiers da runter. Gail sagte, ich würde verrotten.«

Er sah angewidert aus. »Wie haben Sie auf diese Drohung reagiert?«

»Ich war fast krank vor Angst. Von da an musste ich mein wirkliches Ich verheimlichen. Ich glaube, das war der erste Verlust, den ich erlitten habe. Es hat mich zwar nicht davon abgehalten, mich weiterhin in die Zimmer meiner Schwestern zu schleichen und ihre Sachen anzuziehen, aber dieses Verkleiden war zu etwas Beängstigendem und Schmutzigem geworden. Ich dachte, ich sei der einzige Junge auf der Welt, der fühlte, was ich fühlte. Ich hatte keine Ahnung, dass es anderen auch so ging. Es gab ja noch kein Internet.«

Ich stand aus meinem Sessel auf und trat ans Fenster. Das Glas der Scheiben war alt und verzerrte den Himmel dahinter. In dem winzigen Innenhof hinter dem Haus stand ein Springbrunnen. Die Mauern ringsum waren ungewöhnlich hoch. Um neugierige Blicke fernzuhalten? Oder die Schande nicht nach außen dringen zu lassen?

»Ich bin kein Mann, der gern Frauenkleidung trägt«, fuhr ich fort. »Ich *bin* eine Frau. Ich bin eine Frau, die Männerkleidung trägt, die mit tiefer Stimme spricht, anderen Männern auf den Rücken klopft und absurderweise so ausgestattet ist, dass sie im Stehen in ein Urinal pinkelt. Das alles macht mich wahrscheinlich zu einem Freak.«

Ich hörte, wie Brotherton seinen Stift auf die Schreibtischplatte legte.

»Und wie soll es jetzt Ihrer Meinung nach weitergehen?«

»Ich bin mir nicht sicher.«

»Wir wissen beide, dass es zahllose Websites zu diesem Thema gibt. Und Bücher. Sie haben doch sicher recherchiert. Bestimmt haben Sie Ziele.«

»Die habe ich.« Ich drehte mich zu ihm um. »Aber ich habe Angst davor, in der Abdeckergrube zu landen.«

Er lächelte und wartete.

»Seit einem halben Jahrhundert benutze ich den Umkleideraum der Jungs – im wörtlichen wie im übertragenen Sinn. Wenn ich jetzt auf das Leben blicke, das noch vor mir liegt, sehe ich seine Endlichkeit. Mein Vater ist letztes Jahr gestorben. Immer mehr Menschen meiner Generation sterben an Krebs oder einem Herzinfarkt. Mir läuft die Zeit davon.«

»Was möchten Sie also tun?«

Ich kannte die Antwort. Ich kannte sie seit fünfzig Jahren.

»Ich möchte durch die andere Tür gehen«, erwiderte ich.

NEUNZEHN

Eilish

Es war ein wunderschöner Sommer. Schönheit kann so grausam sein, nicht wahr? Den ganzen August hindurch und bis in den September hinein bot die Landschaft rund um East Yalton Postkartenansichten. Jeden Morgen, wenn ich allein aufwachte, war der Himmel tiefblau, und die Felder glühten bereits in der Hitze. Leuchtend lackierte Frachtkähne mit Blumenkübeln an Bord spiegelten sich im kühlen Wasser der Themse, und die Lokale am Flussufer waren voller Familien, die das außergewöhnlich schöne Wetter genossen. Das hätten Luke und ich auch machen sollen.

Der Zukunft, dem Weg, von dem man immer dachte, dass er vor einem liegt, trauert man am meisten nach. Man weiß nie, was hinter der nächsten Ecke wartet, sagen die Leute und nicken weise, aber sie glauben es nicht wirklich. Ich war genauso selbstgefällig. Ich dachte, ich wüsste ganz genau, was hinter der Ecke auf mich wartete: ein langer Ruhestand in Glück und Zufriedenheit mit Luke an meiner Seite. Was hatte ich alles für Pläne! Nun lag die Ecke hinter mir, und mein Weg war einen schroffen Abhang hinuntergesackt.

Das Leben geht weiter. Es muss weitergehen. An der Cottingwith High hatten wir einen neuen Direktor: Walter Wallis. Ich verstehe nicht, wieso Eltern mit dem Nachnamen Wallis ihren Sohn Walter nennen. Wie auch immer, er war *innovativ* und *tatkräftig* und *dynamisch*. So jedenfalls beschrieb er sich in seinem Lebenslauf, und diejenigen, die das Bewerbungsgespräch geführt hatten, waren offenbar darauf hereingefallen, weshalb wir jetzt diesen Größenwahnsinnigen am Hals hatten. Ich hätte schwören können, dass der Mann an ADHS litt.

Eine seiner innovativen, dynamischen Ideen bestand darin, den gesamten Lehrkörper am Ende der Ferien zu einer eintägigen Fortbildungsveranstaltung in die Schule zu zitieren. Mir war keine glaubhafte Ausrede eingefallen, um mich davor zu drücken, und so bog ich an einem Septembermorgen um halb neun auf den Schulparkplatz ein und stellte den Wagen auf einem der Lehrerparkplätze ab. Es würde einmal mehr ein heißer Tag werden, und ich versuchte noch, den Willen zum Aussteigen aufzubringen, als Jim Chadwick, der Naturwissenschaften unterrichtete, neben mir einparkte. Ich freute mich, ihn zu sehen.

»Hallo, meine Liebe!«, rief er und sprang aus seinem kleinen grünen MG. Er hatte das Verdeck abgenommen. »Ein Jammer, so einen wunderschönen Tag so sinnlos zu vergeuden! Wollen wir nicht schwänzen?«

»Klingt verlockend.«

Er wartete, während ich nach meiner Tasche tastete. »Wir könnten ein Ruderboot mieten und eine kleine Bootspartie machen und im The Lock was essen.« Er erwärmte sich für das Thema. »Oder aber den ganzen Tag in einem Klassenzimmer hocken, langsam austrocknen und uns einen langweiligen Vortrag von Wally Wallis' Kumpel anhören, der uns was über Lernergebnisse erzählt. Was ist dir lieber?«

Es gibt Menschen, die ihren Lebensweg immer wieder infrage stellen. Sie quälen sich mit Spekulationen darüber, was wohl passiert wäre, wenn sie an jenem Tag nach links anstatt nach rechts abgebogen wären. Wenn sie die Stelle, die ihnen 1995 angeboten wurde, nun angenommen hätten? Wenn sie den Zug noch erwischt und rechtzeitig zum Bewerbungsgespräch gekommen wären? Ich kenne Frauen, die ihre Ehe zerstört haben, weil sie sich das Leben an der Seite eines anderen als perfekte Idylle ausgemalt hatten. Der andere Mann scheint immer so viel besser als der eigene alternde, langweilige Ehemann zu sein, der einen Bierbauch hat oder über die hohen Benzinkosten stöhnt oder an seinen Nägeln kaut.

Ich hatte dieses Spiel nie gespielt. Ich sah keinen Sinn darin. Als junger Marketingguru hatte ich mit Freunden eine Aufführung des Balletts *Giselle* besucht. Ich saß Reihe K, Platz 20. Auf Platz 21 saß zufällig ein Mann namens Luke Livingstone. Er ärgerte sich, weil der Automat für kleine Operngläser ihm sein Geld abgeknöpft, aber kein Opernglas herausgerückt hatte. Ich lieh ihm meines. In der Pause lud er mich auf einen Drink ein. Hätte jener Automat einwandfrei funktioniert, wären wir vielleicht nie ins Gespräch gekommen. Aber er war defekt, und wir kamen ins Gespräch, und damit hatte es sich. Ich hatte altmodische Vorstellungen: Für mich war die Ehe eine Angelegenheit fürs ganze Leben.

Wenn ich der Typ für das Was-wäre-wenn-Spiel gewesen wäre, hätte Jim Chadwick mit großer Wahrscheinlichkeit eine Rolle dabei gespielt. Es hatte vom ersten Augenblick an zwischen uns geknistert. Ich weiß noch, wie er das Lehrerzimmer an der Cottingwith High zum ersten Mal betrat, in einem karierten Hemd, dessen Blau seine wunderschöne Augenfarbe unterstrich. Er strahlte Energie aus. Ich weiß noch, dass ich dachte: *Was für ein sexy Typ!* Wir fühlten uns auf Anhieb zueinander hingezogen. Ich hatte zwar nicht vor, mich von dieser Anziehungskraft mitreißen zu lassen, aber sie gab mir das Gefühl, lebendig zu sein. Jung zu sein.

Seither waren Jahre vergangen, und aus dem knisternden Funken war eine unbekümmerte Freundschaft geworden, wenn wir auch noch immer gern miteinander flirteten. Als Jim an die Schule kam, war Simon in der sechsten Klasse, und er hatte sowohl ihn als auch Kate eine Weile unterrichtet. Außerdem spielte er Squash mit Luke, weil sie beide einem Verein angehörten, der die Sportplätze unserer Schule nutzte. Er war der geborene Lehrer – beliebt und imstande, auch mit Klassen fertigzuwerden, mit denen jeder andere überfordert war. Er betreute Kinder, die besonders gefördert werden mussten, weil er einen Bruder mit dem Asperger-Syndrom hatte. Jim hatte mit mir gefeiert, als mein Enkel Nico geboren wurde; ich hatte ihn getröstet, als seine Ehe in die Brüche ging. Es wundert mich überhaupt nicht, dass Menschen versucht sind, eine Affäre mit Arbeitskollegen anzufangen – das ist doch klar! Wir verbringen jeden Tag mit ihnen, sie sehen uns in unserem Element, sehen, wie wir das tun, was wir am besten können. Unsere Ehepartner hingegen sehen uns unfrisiert, im Nachthemd oder wie wir das Katzenklo sauber machen. Das Familienleben ist nicht erotisch.

»Was hast du diesen Sommer so getrieben?«, fragte Jim jetzt.

»Alles Mögliche.«

»Wart ihr verreist, du und Luke? Ich hab ihn schon eine ganze Weile nicht mehr auf den Squash-Plätzen gesehen.«

»Nö.«

Ich lief schneller, und er holte auf. »Wie geht's dem jungen Burschen? Arbeitet er immer noch achtzig Stunden in der Woche?«

Wir hatten zum Glück das Klassenzimmer erreicht, in dem die Fortbildung stattfand, was mir eine Antwort ersparte. Ein hoch aufgeschossener Mann schrieb die Agenda auf das Whiteboard. Sie begann mit *8.45 Uhr: Begrüßung und Einführung.* Lehrer mit Kaffeebechern in den Händen füllten den Raum. Wir begrüßten einander schlecht gelaunt. Nur Mick Glover, der Mathelehrer, war wie üblich grundlos quietschvergnügt. Er kam immer auf einem Elektro-Skateboard zur Schule.

»Morgen, Eilish«, rief er. »Jim. Hier drüben sind noch ein paar Plätze frei.«

Jim und ich setzten uns gerade hin, als der Direktor hereingestürzt kam.

»Donald ist heute unser Moderator«, sagte Wally und grinste den Schlaks freundlich an, als handelte es sich um ein Haustier. »Dann mal los, Don.«

Es hatte ein bisschen was von einem evangelischen Gottesdienst. Donald schritt auf und ab und gestikulierte, während er davon sprach, »in dieselbe Richtung zu blicken« und »Energien anzuzapfen«. Es waren ungefähr zwanzig von uns anwesend, und der Ventilator war damit schlichtweg überfordert. Als Donald uns in Zweiergruppen aufteilte, klobige Kugelschreiber und Papier austeilte und uns auftrug, »in Zweiergruppen zu workshoppen«, bevor wir anschließend »ein Brainstorming« machen würden, war die Erleichterung groß. Jedes Paar bekam ein Szenario zur Bearbeitung. Unseres handelte von einem Lehrer, der die Beherrschung verlor und einen Schüler der Unterstufe am Ohr zog.

Jim und ich ergatterten ein schattiges Plätzchen am Rand des Schulhofs. Ich setzte mich auf eine achteckige Picknickbank. Jim beugte sich zum Trinkbrunnen hinunter.

»Workshoppen«, brummte ich vor mich hin. »Wie kann man denn aus Workshop ein Verb machen? Wer kommt bloß auf so eine Idee?«

»Donald.« Jim spritzte sich Wasser ins Gesicht und hielt dann den ganzen Kopf unter den Wasserstrahl. Seine blonden Haare wurden dunkler, als sie nass waren. Er setzte sich mir gegenüber und fragte: »Ist dein zweites Enkelkind schon da?«

»Nein, das dauert noch ein paar Monate.« Ich kritzelte auf dem Papier herum. »Kate ist aus Israel zurück. Hat sich von ihrem Freund getrennt.«

»Das sind ja großartige Neuigkeiten! Und wie geht's Luke?«

»Pssst! Ruhe! Wir müssen uns Gedanken über das Ohr dieses armen Kindes machen, sonst kriegen wir kein Fleißkärtchen.«

Nach ungefähr zwei Minuten waren wir fertig. Wir hatten mit verschiedenen Farben auf dem Papier herumgemalt, damit es so aussah, als hätten wir tatsächlich unsere Energien angezapft. Dann unterhielten wir uns über Jims jüngeren Sohn, der in Ghana als Lehrer arbeitete. Es war herrlich, im gesprenkelten Schatten zu sitzen und zu plaudern. Das lenkte mich von Luke ab und von dem Weg, der den Abhang hinuntergesackt war.

In der Mittagspause musste Jim in der Stadt kurz etwas erledigen. Ich zog mich in mein Zimmer zurück – ein winziger Raum in einem Fertigbau, nicht gerade gesundheitsfördernd – und machte mir Gedanken über meine Lehrmittel für das kommende Schuljahr.

Die Nachmittagsveranstaltung verlief nach dem gleichen Muster wie die am Vormittag. Als Donald uns um vier Uhr entließ, strömten alle gleichzeitig zum Parkplatz. Ich war müde und bedrückt.

»So«, sagte Jim, als wir an meinem Auto ankamen. »Als ich heute Morgen angekommen bin, hatte ich keinen blassen Schimmer, wozu das alles gut sein soll. Und jetzt hab ich immer noch keinen blassen Schimmer.«

»Teambuilding?«

»Könnte sein. Ich hab noch nie eine solche Einigkeit erlebt. Keiner von uns, der nicht gedacht hätte, was für ein Haufen Scheiß!«

Ich lächelte halbherzig.

»Hast du's eilig? Wollen wir noch was trinken gehen? Im The Lock am Fluss sitzen, eine Weißweinschorle aus einem großen, gekühlten Glas trinken … Siehst du, wie es beschlägt?«

»Klingt wundervoll. Aber nicht heute.«

»Bist du sicher, dass es dir gut geht?«

»Sicher bin ich sicher.«

Er lächelte, hob grüßend die Hand und ging zu seinem Auto.

Ich hörte das elektronische Piepsen, als sich die Türen entriegelten. Er öffnete die Fahrertür, hielt inne und drehte sich zu mir um.

»Ich bin da«, sagte er, »wenn's dir mal nicht gut geht.«

ZWANZIG

Luke

Wegen der wochenlang anhaltenden Hitzewelle wurde ein Bewässerungsverbot verhängt. In den Parks drängten sich die Sonnenanbeter. Luftspiegelungen flimmerten über den Straßen, und der Asphalt schmolz wie Karamell.

Jeden Morgen setzte ich meine Luke-Maske auf und nahm die U-Bahn zu Bannermans. Für die jungen Anwälte dort gehörte ich zur alten Garde – seriös und vermutlich leicht angestaubt. Jeden Tag kämpfte ich gegen das egoistische Verlangen an, Eilish anzurufen, einfach, weil es tröstlich gewesen wäre, mit ihr zu sprechen. Und jeden Abend, sobald sich die Haustür hinter mir geschlossen hatte, befreite ich Lucia aus ihrem Versteck. Ihr Selbstvertrauen wuchs in kleinen Schritten.

Auf einer speziellen Website hatte ich bequeme Schuhe und Unterwäsche gefunden. Ich hatte auch der Versuchung nachgegeben und mir eine sehr gute Perücke gekauft, nur für die erste Zeit, nur um zu wissen, wie sich das anfühlte. Die langen Haare in einem satten Mittelbraun hatten bronzefarbene Strähnen. Das erste Mal im Leben spürte ich, wie mir Locken über die Schultern fielen. Ich genoss es sehr. Als Kind hatte ich immer um lange Haare gebetet. Manchmal hatte ich mir einen Pullover über den Kopf gestreift, ohne in die Ärmel zu schlüpfen, und ihn dann den Rücken hinunterhängen lassen. Ich war vor dem Spiegel herumstolziert, hatte einen Schmollmund gezogen und so getan, als ob mein Pullover eine lange Lockenmähne wäre. Als ich mir jetzt die Haare bürstete und in meine femininen Schuhe schlüpfte, fühlte ich mich wieder wie dieses Kind. Meine Haare. Meine Schuhe.

Ich hatte noch nichts Endgültiges unternommen. Keine Hormone, keine Haarentfernung. Ich hatte so viele Jahre gewartet, und jetzt, hatte Brotherton mir erklärt, müsse ich noch ein wenig länger warten, ehe ich etwas Unwiderrufliches in Angriff nahm. Er bestand auf einem weiteren Gespräch und Terminen bei der hausinternen Psychotherapeutin, Usha Sharma.

»Ich komm schon zurecht«, protestierte ich. »Viele von Ihren Patienten sind jung, sie haben nicht fünfzig Jahre Zeit gehabt, darüber nachzudenken. Ich schon. Und wenn man noch keine Kinder hat, ist der Verlust der Zeugungsfähigkeit eine große Sache. Sie können sich noch jahrelang Zeit lassen, ich nicht!«

»Das mag ja alles sein«, entgegnete er ungerührt, »trotzdem werden Sie frühestens in drei Monaten mit einer Hormonersatztherapie beginnen. Vielleicht auch erst später. Das sind meine persönlichen Behandlungsrichtlinien – die internationalen Behandlungsrichtlinien –, und das ist immer noch einiges schneller, als wenn Sie den Weg über Charing Cross gehen würden.«

Ich wusste, worauf er anspielte. Charing Cross war das vom staatlichen Gesundheitssystem getragene Transgender-Zentrum. Es hatte ziemlich durchwachsene Bewertungen erhalten.

»Bevor Sie mit einer Hormonersatztherapie beginnen, müssen Sie unter Alltagsbedingungen als Frau leben«, fuhr er fort.

»Das tue ich doch längst!«

»Einkaufen gewesen? Bus gefahren? In einem Pub etwas zu trinken bestellt? Es ist ein gewaltiger Unterschied, ob Sie in Ihrer Vorstellungswelt als Frau leben oder in der Wirklichkeit, das wird Ihnen jede Transfrau bestätigen. Vielleicht merken Sie, dass es doch nicht das ist, was Sie sich erhofft haben. Vielleicht möchten Sie Ihrer Ehe eine zweite Chance geben.«

Dieser Einwand brachte mich zum Schweigen. Ich musste

ständig an Eilish denken. Ich träumte oft, dass ich mit ihr schlief – als Mann, als Frau, spielte das eine Rolle? Die Leidenschaft und Nähe in diesen Träumen begleiteten mich noch lange nach dem Aufwachen. Diese Gefühle waren wie ein Filter, der meinen Tag einfärbte, und sie quälten mich. Eines stand fest: Wenn ich Lucia würde, könnte ich Eilish nie wieder auch nur küssen.

Und so betrat ich eine Zwischenwelt. Ich ging zum Endokrinologen, wo eine Blutuntersuchung gemacht wurde, und ich vereinbarte einen Termin mit Usha Sharma, die etwa in meinem Alter und eine Spur herablassend war. Ich solle meine Zielsetzung überprüfen, sagte sie, und dafür sei es notwendig, die Schichten, unter denen ich mein wahres Ich verbarg, Stück für Stück abzutragen. Obwohl mir das überhaupt nicht gefiel, sprang ich jede Woche aufs Neue durch den Reifen, den sie mir hinhielt. Sie hatte recht, was die Schichten betraf. Wer ein derart gefährliches Geheimnis mit sich herumträgt, hat es tief in sich begraben. Man belügt jeden, auch sich selbst. Es war wie beim Päckchenspiel: Jedes Mal, wenn ich glaubte, den letzten Schnipsel Einwickelpapier entfernt zu haben, stellte ich fest, dass sich darunter eine weitere Lage befand.

Wir fertigten eine Liste mit allen positiven und negativen Aspekten eines Geschlechtswechsels an. Da ich das Für und Wider seit Jahren überdacht hatte, gab es hier keine Überraschungen. Wir sprachen über meine Gefühle als Vater, als Sohn, als Bruder, als Mensch – ein Betrüger in jeder Rolle. Usha schnitt natürlich auch das Thema Sexualität an. Was für Sehnsüchte, was für Fantasien hatte ich? Das Thema war mir unangenehm. Wie viele Transfrauen hatte ich mich immer nur zu Frauen hingezogen gefühlt.

»Ich glaube nicht, dass sich das ändert«, sagte ich.

»Möglich wäre es aber. Die Hormonersatztherapie könnte zum Verlust der Libido führen«, warnte Usha.

»Ja, ich weiß. Wäre vielleicht eine Erleichterung.«

»Ihre sexuellen Vorlieben ändern sich möglicherweise. Wie würden Sie reagieren, wenn Sie sich plötzlich zu Männern hingezogen fühlten?«

»Ich wäre total erstaunt«, erwiderte ich. »Hören Sie, Usha, ich war sehr jung, als ich Eilish geheiratet habe. Seitdem habe ich so gut wie nie mit jemand anderem auch nur geflirtet, egal ob männlich oder weiblich. Sex ist für mich ein Ausdruck meiner Liebe zu ihr. Das ist doch das Entscheidende, oder?«

»Wirklich?«

»Aber ja! Wir waren dreißig Jahre zusammen, ein halbes Menschenleben. So viel gemeinsam Erlebtes, so viel gegenseitiges Verständnis, so viel ausgefülltes Leben! Das ist unbezahlbar, was Eilish und ich da zusammen aufgebaut haben. So etwas findet man nicht oft. Das kann man nicht ersetzen.«

Meine Hände zitterten so sehr, dass ich sie fest ineinander verschränkte. Eilish war meine Seelenverwandte. Das Sexuelle in unserer Beziehung zu verlieren, war für mich weniger beängstigend als der Gedanke, sie als Gefährtin auf meinem Lebensweg zu verlieren.

»Sie halten mich für egoistisch«, sagte ich.

»Wer tut das?«

»Eilish, Simon … alle werden es denken. Ich wünschte, es gäbe einen anderen Weg. Ich wünschte, ich könnte bei ihr bleiben und ein normaler Mann sein.«

»Könnten Sie das?«

Ich schüttelte den Kopf. Lucia konnte nicht einfach amputiert werden. Das hatte ich versucht. Sie war nicht bloß ein Teil von mir, *sie war ich*. Draußen auf der Straße hupte ein Auto.

»Wie sieht die Zukunft aus?«, fragte Usha. »Falls Sie sich für den Geschlechtswechsel entscheiden, meine ich.«

»Einsam. Bedrohlich. Wundervoll.«

Wieder wütendes Gehupe, gefolgt von erbosten Rufen. Ich

schaute aus dem Fenster. Mitten auf der Straße stand ein Lieferwagen, der Fahrer lud Kisten aus. Die Straße war blockiert, daher der Aufstand. Der Lieferwagenfahrer war ein cooler Typ. Pfeifend, ohne sich aus der Ruhe bringen zu lassen, erledigte er seine Arbeit. *Wie angenehm,* dachte ich. *Wie befreiend, wenn es einem egal ist, was die Leute von einem denken.*

»Zurückzugehen wäre das Egoistischste, was ich tun könnte«, sagte ich.

»Weil ...?«

»Weil ich nicht mehr so tun kann, als wäre ich Luke. In einer Woche oder einem Monat würde alles von vorn beginnen. Ich kenne den Kreislauf.«

»Haben Sie Angst, Sie könnten wieder hier landen?«

»Nein. Ich kann Eilish nicht zumuten, das alles noch einmal durchzumachen. Das wäre wirklich unverzeihlich. Diesmal würde es mit meinem Selbstmord enden müssen.«

Usha erwiderte nichts darauf. Ich denke, ihr war klar, dass ich lediglich eine simple Wahrheit ausgesprochen hatte.

»Ich hatte das Rendezvous mit dem Strick in meinen Kalender eingetragen«, fuhr ich fort. »Es war alles bis ins Detail vorbereitet. Wenn man seinen eigenen Tod geplant hat, wenn man so kurz davor war ..., merkt man plötzlich, dass man imstande ist, auch anderen Dingen ins Auge zu blicken, Dingen, die einem vorher undenkbar schienen. Es gab eine einzige Alternative für mich. Eine Einzige. Und deshalb bin ich hier.«

Usha murmelte etwas. Ich hörte ihren Stuhl knarren und wusste, meine Stunde war um. Der Lieferwagenfahrer zeigte einem der erbosten Autofahrer den Mittelfinger und schwang sich in seinen Wagen. Ich sah, wie er davonfuhr.

»Ich kann nicht mehr zurück«, sagte ich. »Oder?«

Nach meiner Sitzung mit Usha kehrte ich nicht ins Büro zurück, sondern ging direkt nach Hause. In der Wohnung schloss ich die Tür ab, zog mein Luke-Kostüm aus und befreite Lucia mit jenem schuldbewussten, wohligen Gefühl der Erleichterung aus ihrem Versteck.

Ich hatte mir vorgenommen, heute in den Supermarkt zu gehen. Das war bis jetzt der furchteinflößendste Ausflug überhaupt, und wahrscheinlich deshalb zögerte ich ihn hinaus. Ich setzte mich in meinem Kleid, dessen Rock wunderbar weich und luftig über meine Beine fiel, an den Küchentisch und fuhr meinen Laptop hoch, um zu arbeiten.

Ein paar Stunden lang vergaß ich alles um mich herum. Einer unserer Praktikanten hatte einen Fehler gemacht und war völlig verzweifelt. Zu guter Letzt rief ich ihn an und klärte die Angelegenheit. Außerdem lag eine Anfrage über einen potenziellen Klienten vor, einen griechischen Oligarchen. Laut dem Risikomanagement unserer Kanzlei hatte er keine lupenreine Weste. *Wer hat die schon?*, dachte ich. Ich fragte mich, wie sie *mich* beschreiben würden, wenn sie mich jetzt sehen könnten, wie ich im Kleid am Tisch saß und für Bannermans arbeitete.

Als ich fertig war, las ich meine privaten E-Mails. Eine war von Wendy:

Mein lieber Bruder,
ich habe mit meinem Pfarrer gesprochen. Er ist ein wunderbarer Mensch, und wir haben gemeinsam für dich gebetet. Es gibt für ihn keinen Zweifel daran, dass es sich um etwas ANERZOGENES und nicht um etwas ANGEBORENES handelt. Du kannst geheilt werden, aber nur, wenn du dagegen ankämpfst, wie du gegen jede andere Versuchung ankämpfen würdest!!! Er schlägt vor, dass du eine Therapie machst, die dir unsere Gemeinde vermitteln kann. Bitte, bitte komm und sprich mit ihm.

Ich seufzte. Gesichtspalme, wie Kate sagen würde.

Meine Tochter hatte mir auch eine E-Mail geschrieben, belanglos und fröhlich geschwätzig wie alle ihre Nachrichten, seit ich von zu Hause ausgezogen war. Sie erwähnte meine Entscheidung mit keinem Wort, ich hatte das Gefühl, sie hoffte, dass sich die Sache irgendwie von allein erledigen würde. Sie werde Smith's Barn in der darauffolgenden Woche verlassen, schrieb sie. Mathis und John hätten ihr ein Zimmer in ihrer Wohnung in Swiss Cottage angeboten. Die Miete sei okay, aber das Zimmer ungefähr so groß wie ein Katzenklo. Ob sie ein paar von ihren Sachen bei mir unterstellen könne?

Natürlich, schrieb ich zurück. *Jederzeit. Ich freu mich, wenn du kommst.*

Ich sah die restlichen Mails durch. Nichts Dringendes. Nichts von Simon. Schade.

Gut, dachte ich und fuhr meinen Laptop herunter. *Der griechische Oligarch kann warten und Wendys wunderbarer Pfarrer auch. Zeit zu gehen.*

Ich streifte mir eine Leinenjacke über, griff zu meiner Handtasche und warf einen prüfenden Blick in den Spiegel.

»Fertig?«, fragte ich Lucia.

»Von mir aus kann's losgehen«, antwortete sie.

EINUNDZWANZIG

Simon

Es war der schlimmste Tag in einer drückend heißen Woche. Nico schien irgendetwas auszubrüten und war auf dem Sofa eingeschlafen. In ein paar Tagen würde er eingeschult werden. Unfassbar, dass aus ihrem Baby ein Schuljunge wurde!

Carmela saß barfuß und in einem baumwollenen Umstandskleid an dem Schreibtisch, den sie von Grandpa Livingstone geerbt hatten, und suchte eine Geburtstagskarte für ihre Großmutter aus. Mit der Lesebrille und dem im Nacken zu einem Knoten geschlungenen Haar sah sie ein bisschen prüde und gleichzeitig unglaublich sexy aus – wie eine Bibliothekarin in einem Pornofilm. Nur der Babybauch passte nicht dazu.

»Welche soll ich *abuelita* schicken?«, fragte sie und hielt zwei Karten hoch. »Die hier mit dem See oder die hier mit den Blumen?«

Ihm gefielen beide, erwiderte Simon achselzuckend, das Telefon in der Hand. Er wollte seine Mutter anrufen, aber er befand sich in jenem Zustand extremer Müdigkeit, in dem die Welt nur noch einfarbig erscheint. Er hatte drei Tage lang Bereitschaftsdienst gehabt, und offenbar hatten alle Katzen, Hunde und Kakadus in South London beschlossen, dass sie wegen irgendeinem medizinischen Notfall versorgt werden mussten. Sein Arbeitstag hatte um zwei Uhr morgens begonnen: eine heiß geliebte Familienmieze mit Atemproblemen, gefolgt von einer Irish-Setter-Hündin mit komplizierten Wehen. Um die Mittagszeit hatte er den letzten Patienten behandelt, und jetzt hatte er – Gott sei Dank – achtundvierzig Stunden frei. Ihm fielen die Augen zu, während er dem rhythmischen Geräusch des Freizeichens lauschte. Sein Gehirn drosselte seine Aktivität.

Kates Stimme riss ihn aus seiner Benommenheit. »Hallo?«

Er wollte nicht mit seiner Schwester reden. Er war überzeugt, dass sie Kontakt zu ihrem Vater hatte. Er traute es ihr sogar zu, dass sie ihn bei diesem Schwachsinn unterstützte.

»Kate«, sagte er. »Du bist ja immer noch da. Ist Mum in der Nähe?«

Er sollte sich eigentlich erkundigen, wie es ihr ging. Wie sie die Trennung von ihrem blöden Freund verkraftete. Aber alles, worüber er reden wollte – alles, woran er die letzten sechs Wochen gedacht hatte –, war ihr Vater.

»Da hast du Pech«, erwiderte Kate. »Sie hat irgend so ein Seminar in der Schule.«

»Sie arbeitet also wieder?«

»Nächste Woche fängt das neue Schuljahr an. Gut, wenn du mich fragst. Sie fährt jedes Mal zusammen, wenn das Telefon klingelt. Hofft immer noch, dass er seine Meinung ändert.«

Simon ging mit dem Telefon in der Hand zum Fenster. Seit das Bewässerungsverbot in Kraft war, hatte sich der Rasen in Stroh verwandelt. Der Mops der Nachbarn trottete wieder durch den Garten, sein Ringelschwanz wippte wie eine Stahlfeder. Der verdammte Köter benahm sich, als gehöre ihm der Garten.

»Ich hab mit einem meiner Kollegen gesprochen«, sagte er. »Er meint, wir könnten Dad in eine psychiatrische Klinik einweisen lassen.«

»Du hast den Leuten davon erzählt?«

»Nur Sven. Ganz im Vertrauen.«

»Ja, klar.«

Bei dem sarkastischen Unterton sträubten sich ihm die Nackenhaare. »Ich wette, du hast auch mit jemandem darüber gesprochen.«

»Mathis und John. Sie werden so was kaum herumtratschen, oder? Sie sind ja selber Zielscheibe der reaktionären Hohlköpfe in unserer Gesellschaft. Nein, Simon, wir können Dad nicht einweisen lassen. Dazu müssten wir eine ganze Bande von Seelenklempnern finden, die sagen, dass er psychisch krank ist.«

»Dürfte kein Problem sein! Er hat ganz offensichtlich eine wahnhafte Störung.«

Kate stieß einen übertriebenen Seufzer aus. Sie konnte ganz schön herablassend sein, seine kleine Schwester. »Die Gesetze sind geändert worden, das müsstest du doch wissen. Man kann seine Eltern nicht mehr einfach wegsperren lassen, bloß weil sie einen in Verlegenheit bringen.«

»In *Verlegenheit* bringen? Die Leute werden uns die Scheiben einwerfen! Was glaubst du, wie lange es dauern wird, bis es alle wissen? Diese Klatschmäuler, denen das Bracton Arms gehört ...«

»Ingrid und Harry.«

»Ingrid und Harry. Genau. Wenn es sich erst einmal bis zu denen herumgesprochen hat, wissen es bald alle, und dann kann Mum die Koffer packen und wegziehen. Mit dieser Schande kann sie unmöglich leben.«

Simon hörte Carmelas leise Schritte hinter sich, und dann schlang sie ihre Arme um ihn. Ein schwacher Duft vermischte sich mit der Wärme ihres Körpers, irgendetwas von Ralph Lauren. Sie bekam an Weihnachten immer einen Flakon von ihrer Mutter geschenkt. Wo immer er war, wenn er diesen Duft roch, fühlte er sich Carmela nahe.

»Ich will für keinen von beiden Partei ergreifen«, sagte Kate und legte auf.

Das Gespräch hatte an Simons Nerven gezerrt. Wieso kapierte das keiner? Ihr Vater verwandelte sich in einen verdammten Trans ... Trans- was? Transvestiten? Transsexuellen? Egal. Man musste ihn aufhalten, bevor sich die Sache herumsprach.

Unvermittelt kam ihm das Mädchen aus Moroneys Nightclub in den Sinn. Sie hatte atemberaubende Beine und dunkelblaue Augen. Ihr Anblick hatte ihn an einen Sommertag erinnert. Er war neunzehn gewesen.

»Dieser elende Köter gräbt die Stiefmütterchen aus«, schimpfte Carmela.

»Als Nächstes wird er an die Wäschespinne pinkeln.« Simon klopfte laut ans Fenster. »He! Hau ab!«

Der Hund schaute zu ihnen herüber und sah aus, als würde er sie angrinsen, bevor er zum Komposthaufen watschelte, um darin zu wühlen. Er war ein munterer Geselle – immer schnuppernd, immer gut gelaunt. Simon mochte ihn insgeheim ganz gern.

»Ich würde meinen Vater am liebsten umbringen«, sagte er.

»Schsch.« Carmela verschränkte ihre Hände vor seiner Brust und wiegte ihn und sich sanft von einer Seite zur anderen. »So was darfst du nicht sagen. Er ist dein Vater. Du hast ihn sehr lieb.«

»Ha! Von wegen. Wie sich gezeigt hat, hab ich nie einen Vater gehabt. Ich frage mich, was das für meine arme Mum bedeutet. Und auch für mich.«

Er spürte ihre Wange an seinem Schulterblatt. Carmelas Gegenwart beruhigte ihn normalerweise, aber jetzt wünschte er, sie würde ihn in Ruhe lassen und nicht so verdammt vernünftig sein. Im nächsten Augenblick hasste er sich für diesen Gedanken. Was für ein heilloses Durcheinander.

»Sie sind widerlich«, sagte er laut. »Leute wie er. Einfach widerlich.«

»Warum macht dir das denn solche Angst?«

»Es macht mir keine Angst, es macht mich wütend! Er ist ein Schwindler. Und ich hab auch noch seine Gene in mir! Unglaublich.«

Das Mädchen in dem Nachtclub war ein Kunstwerk gewesen. Simon und seine Kommilitonen waren im Rudel gekommen, um zu jagen, und es dauerte nicht lange, bis er sie entdeckt hatte. Jeansminirock, ärmellose weiße Bluse. Die Musik war so laut, dass sie einander ins Ohr schreien mussten. Simon war Mädchen gegenüber sonst eher schüchtern, aber bei dieser jungen Frau empfand er keine Scheu. Sie hieß Jessica und arbeitete als Zimmermädchen im White Hart, weil sie Geld verdienen wollte, um zu reisen. Als der letzte Song gespielt wurde, war sie immer noch mit ihm zusammen. *Nights in White Satin.* Er konnte ihren Körper spüren, die weichen, runden Formen.

Hör auf! Hör sofort auf damit! Denk nicht daran! Handeln. Er musste handeln.

»Ich fahre zu der Wohnung«, sagte er.

»Das ist keine gute Idee.«

»Das ist eine verdammt gute Idee! Er wollte mit mir reden. Das kann er jetzt haben. Reden wir. Klären wir die Sache.«

Simon fühlte sich energiegeladen wie seit Wochen nicht mehr, nicht mehr seit jenem Tag, als sein Vater eine Handgranate in die Familie geworfen hatte. Es war keine positive Energie, die ihn durchflutete, sondern eine pochende, wie ein Stromstoß, aber jetzt hatte er wenigstens einen Plan. Er ging zielstrebig in die Küche, kramte in einer Schublade und zog den Zweitschlüssel für die Wohnung hervor.

Carmela war ihm gefolgt. Sie hatte eine Hand auf ihren Bauch gelegt, als wollte sie das Ungeborene vor dem ganzen Ärger schützen. »Mach keine Szene«, sagte sie. »Vielleicht ist es falsch, was er tut, aber er ist ein anständiger Mann.«

»Ein anständiger Mann?« Simon schnaubte verächtlich. »Das ist eine unglückliche Wortwahl.«

»Simon, geh nicht.«

Er stand verloren in der Küchentür und kam sich vor wie ein kleiner Junge. Er musste sich beherrschen, um nicht in Tränen auszubrechen.

»Ich will nur, dass er damit aufhört«, stieß er hervor. »Das ist alles. Ich möchte, dass er der ist, den ich immer in ihm gesehen habe.«

*

Die näselnden, klagenden Töne eines Saxofons hallten durch den U-Bahn-Tunnel. Simon rannte an dem Straßenmusikanten vorbei zum Bahnsteig und erwischte gerade noch die U-Bahn Richtung Norden. Obwohl viele Sitzplätze frei waren, blieb er stehen. Er hielt sich mit einer Hand an der Haltestange über seinem Kopf fest und wippte auf den Füßen, während hinter den Scheiben die Dunkelheit vorbeiraste.

Lichter zuckten. Discolichter. Jessica schien in Zeitlupe zu tanzen, ihre weiße Bluse schillerte. Simon konnte sehen, dass sie einen schwarzen BH darunter trug. Sie schwenkte ihre Arme durch die Luft, und unter den Stroboskop-Lampen sah es aus, als hätte sie fünfzig Arme. Sie war absolut faszinierend. *Das ist Begehren*, dachte er, als er seine Hand unter ihre Bluse schob. *Oder ist es Liebe?*

An der U-Bahn-Station Mile End waren die Aufzüge defekt. Angetrieben von dem Adrenalin, das durch ihn hindurchpulste, jagte Simon die Treppe hinauf, vorbei an dem *Big-Issue*-Verkäufer und in die sengende Hitze hinaus. Das Tageslicht war so grell, dass es ihm in den Augen wehtat. Kurz darauf eilte er mit großen Schritten durch die Thurso Lane und die Stufen zur Wohnung hinunter. Er schlug mit der Faust an die Tür. Dieser Irrsinn musste ein Ende haben. Als niemand öffnete, hämmerte er noch einmal gegen die Tür. Nichts. *Verdammt.* Er wölbte beide Hände um die Augen und spähte durchs Fenster. Auf dem Küchentisch stand ein Laptop. Dad hätte ihn nicht gut sichtbar den ganzen Tag dort stehen lassen, wenn er vorgehabt hätte, länger wegzubleiben. Entweder er war da oder aber er würde bald zurück sein. Simon zog den Zweitschlüssel aus der Tasche und schloss die Tür auf.

In der Küche roch es nach Toast. Geschirr stapelte sich auf dem Abtropfbrett. Niemand antwortete auf Simons Rufe. Sein Zorn verrauchte, weil keiner da war, gegen den er ihn richten konnte. Sein Handy klingelte.

Während er abnahm, ging er im Raum herum und suchte nach Anzeichen von … was genau? Verkommenheit? Einer Orgie?

Es war Carmela. Wie immer, wenn sie aufgeregt war, hörte man ihren Akzent stärker heraus als sonst. »Simon? Bist du schon in der Wohnung?«

Vor einem Stapel Post blieb er stehen. Rechnungen, Wurfsendungen. Nichts Besonderes. Seine Hände zitterten, seine Stimme auch. »Ja. Er ist nicht da.«

»Und du bist einfach so reingegangen?«

Er verließ die Küche, um einen Blick in die anderen Zimmer zu werfen. »Ich habe das Recht, hier zu sein. Es ist schließlich auch Mums Wohnung. Scheiße!« Im Schlafzimmer blieb er wie angewurzelt stehen. Über einem Stuhl hingen fein säuberlich eine Anzughose und ein Jackett, aber überall sonst herrschte ein Durcheinander, als hätte jemand verschiedene Kombinationen ausprobiert und dann anders entschieden. Ein Kleid war achtlos quer über das Bett geworfen worden, auf dem Fußboden lag ein Haufen bunter Sachen.

Dieses Chaos kann nicht von Dad stammen, dachte Simon. *Dad ist ordentlich. Dad ist organisiert. Jedes Ding an seinem Platz und ein Platz für jedes Ding – mit diesem Spruch hat er uns immer genervt, als wir Teenager waren.*

»Was ist denn?«, fragte Carmela.

»Warte mal kurz.« Simon stocherte mit der Schuhspitze in dem Haufen am Boden herum. Irgendwelche geblümten Kleidungsstücke. Ein BH. Sein Blick wanderte zur Kommode hinüber. Dort lagen eine Puderdose, ein Lippenstift und andere Schminkutensilien. Diese Sachen konnten nicht seinem Vater gehören. Nein, unmöglich. Simon steuerte weg von der Schlussfolgerung, weil sie unerträglich, unvermeidbar war.

»Er hat eine Frau hier in der Wohnung.«

»Bitte geh jetzt, Schatz.«

»Er hat eine Geliebte!« Gelächter stieg in Simons Kehle auf. Gott, was für eine Erleichterung! Vielleicht irgendeine Sirene mit Schulterpolstern aus dem Büro, die zu verführerisch war, als dass Dad hätte widerstehen können. Das war zwar verachtenswert, aber irgendwie auch normal. So viele hatten heutzutage eine Affäre. »Ich glaub's einfach nicht – dieser durchtriebene alte Hund! Er treibt's mit einer anderen Frau. Ob sie auch Partnerin in der Kanzlei ist?«

»Keine Ahnung.«

»Aber wer sie auch sein mag, sie ist eine unordentliche Schlampe.« Er betrachtete die Seidenschals, die am Spiegel hingen. »Überall liegt was rum. Diese ganze Geschichte mit dem Geschlechtswechsel war nur ein Vorwand. Seltsam, oder?«

»Schön. Wunderbar. Und jetzt geh.«

»Sekunde.« Simon hörte einen Schlüssel im Schloss der Eingangstür und fuhr herum. »Da kommt jemand. Ich muss Schluss machen.« Ohne auf Carmelas Protest zu achten, beendete er das Gespräch. Er ging in den Flur hinaus. Hohe Absätze klackerten auf den Fliesen in der Küche. Jemand summte vor sich hin. Simon stieß die Küchentür auf.

Sie drehte ihm den Rücken zu, eine große Brünette in einem unvorteilhaften lila Kleid. Sie trug ihre Haare offen. Simons Verstand gaukelte ihm hartnäckig etwas vor, um ihn vor der Wirklichkeit zu beschützen. Wie eine heimliche Geliebte kam sie ihm eigentlich nicht vor. Eher wie eine Putzfrau.

»Entschuldigung«, sagte er.

Die Putzfrau hörte auf zu summen und drehte sich um.

ZWEIUNDZWANZIG

Lucia

Sie wünschte, sie hätte eine Tarnkappe auf. Mit gesenktem Kopf schlich sie zwischen den Supermarktregalen hindurch und versteckte sich hinter ihrem Einkaufswagen. Sobald sie spürte, dass jemand sie ansah, griff sie sich wahllos etwas aus dem Regal – eine Packung Kekse, eine Flasche Essig – und studierte die Zutatenliste aufs Genaueste. Was beim Essig freilich nicht besonders lang dauerte.

Die Klimaanlage war eine Wohltat. An einem heißen Tag wie diesem sollte man keine Strumpfhose anziehen – das war ihr inzwischen klar geworden. Noch schlimmer allerdings war die Perücke: Sie schwitzte fürchterlich unter dem Ding. Dennoch empfand sie prickelnde Freude, als sie die große Brünette auf einem Monitor der Videoüberwachungsanlage sah. Sie war keine Schönheit, bei Weitem nicht. Natürlich würde sie gern gut aussehen, aber das wünschten sich viele Frauen. Männer übrigens auch. Was zählte, war, dass sie bei der Beleuchtung hier hoffen durfte, als Frau durchzugehen. Und nur darauf kam es an.

Bisher hatte alles geklappt, und so langsam war sie richtig stolz auf sich. Im Supermarkt bekam sie alles, womit sie in einem kleinen Laden neugierige Blicke auf sich gezogen hätte: Strumpfhosen zum Beispiel oder Feuchtigkeitscreme und Haarentfernungscreme. Alkohol würde sie allerdings nicht kaufen, weil das eine Alterskontrolle erforderte und dafür ein Verkäufer kommen und sie prüfend betrachten würde. Sie war noch nicht so weit, ihr Gesicht ungeschützt den Blicken der Leute auszusetzen.

In der Abteilung für Haarpflegeprodukte blieb sie vor den Pflegespülungen stehen. In einem Artikel war Transfrauen empfohlen worden, eine Haarspülung, die nicht ausgewaschen wurde, zu benutzen, weil Männerhaar eine gröbere Struktur als Frauenhaar hat. Das war einen Versuch wert. Sie wollte nicht ewig mit einer Perücke herumlaufen. Sie wollte echt sein.

Ein paar Meter weiter standen zwei Mütter in Sportkleidung und unterhielten sich über ihre Einkaufswagen hinweg. Sie sahen aus, als wären sie aus dem Fitnessstudio direkt hierher gejoggt. Die eine hatte ein Baby bei sich und trug neonfarbene Laufschuhe. Ihre Freundin nippte an einer Dose Diät-Cola und beklagte sich bitter über die versteckten Kosten einer Billigfluglinie. Ihrem aggressiven, erbosten Tonfall nach zu urteilen, hätte man glauben können, die Fluggesellschaft habe ihre Familie als Geiseln genommen und gefoltert. Sie hatte eine kleine Tochter, die im Gang zwischen den Regalen auf und ab hüpfte.

Lucia achtete nicht auf die Frauen. Sie hätte nie gedacht, dass die Auswahl an Pflegeprodukten so groß war. Es war lange her, dass sie sich auch nur ein Shampoo gekauft hatte, weil Eilish sich um diese Dinge kümmerte. Sie ließ sich Zeit beim Stöbern und las jedes einzelne Etikett. Sie genoss es, wie ihr Kreppock ihre Waden streifte und ihr die Haare in den Nacken fielen. Durch die hohen Absätze wirkten ihre Fesseln schlanker und ihre ganze Haltung femininer. Wieder dachte sie, wie wunderbar doch diese Klimaanlage war. Sie war so in diese neue Erfahrung des Einkaufens als Frau vertieft, dass sie die Sorge um ihr Äußeres bald vergessen hatte. Sie war nichts weiter als eine Frau wie jede andere. Sie war sie selbst. Sie war zufrieden.

Eine Kinderstimme ließ sie zusammenfahren. »Was suchst du denn?«

Das kleine Mädchen stand vor ihr und starrte ihr ins Gesicht.

»Hallo«, flüsterte Lucia, vor Befangenheit wie gelähmt. »Äh, eine Pflegespülung.«

Die Fitnesshäschen lachten schallend über etwas, was die eine gesagt hatte. Sie kicherten immer noch, als die Kleine fragte:

»Bist du ein Mann oder eine Frau?«

Ihre Mutter hatte es gehört. Sie fuhr herum, ließ ihre Blicke über Lucia wandern und hörte abrupt auf zu lächeln.

»Tammy, komm her.«

Tammy rührte sich nicht.

»Tammy!« Die Frau kam herübergestapft, nahm ihre Tochter an der Hand und zog sie mit sich fort. »Lass den Herrn in Ruhe.«

Lucias Selbstbild war zerstört. Sie war eine Abnormität, und die ganze Schule lachte über sie. Die ganze Welt. Sie flüchtete in den nächsten Gang, aber auch dort standen Leute. Sie fühlte höhnische, abschätzige Blicke auf sich ruhen, hunderte, tausende, und sie wusste, dass alle dachten: *Monster, Monster!* Alle ihre Instinkte drängten sie, den Laden fluchtartig zu verlassen.

Bleib standhaft, Lucia,! Hast du gedacht, es würde leicht?

Ich muss raus hier, dachte sie. *Lass mich! Ich muss weg von hier.*

Wenn du es nicht schaffst, als Frau zu leben, wirst du es nicht schaffen, überhaupt zu leben.

Sie atmete ein paar Mal tief durch und zwang sich umzukehren. Die beiden Fitness-Frauen waren nicht mehr da. Ihr Einkaufswagen stand dort, wo sie ihn zurückgelassen hatte, und sie lenkte ihn zu den Selbstbedienungskassen. Eine war defekt. Sie stellte sich an einer anderen an, und es dauerte nicht lange, bis sich hinter ihr eine Schlange gebildet hatte. *Mach schon, mach schon, bevor Tammy und ihre Mutter kommen.* Ein Verkäufer hakte die Absperrkette aus und öffnete eine weitere Kasse. Er war noch jung, wahrscheinlich war er noch bis vor Kurzem zur Schule gegangen. Ein Brandmal bedeckte sein halbes Gesicht –

armer Kerl, hoffentlich wird er deswegen nicht gehänselt –, und in der Oberlippe trug er einen Ring. Warum machten die jungen Leute so was? Lucia hoffte inständig, dass Kate es bei ihrem Nasenpiercing belassen würde. Sie versuchte, sich unsichtbar zu machen, aber als er ihr winkte, konnte sie ihn schlecht ignorieren.

Zuerst ging alles gut. Er schaute nicht einmal auf, als er alles in die von ihr mitgebrachten Taschen packte. Dann sagte er: »Zweiundvierzig zwanzig, bitte.«

Sie gab ihm fünfzig Pfund in Scheinen. Er warf ihr einen flüchtigen Blick zu und wusste sofort, was sie war. Seine Augen verweilten viel zu lange auf ihrem Gesicht. Gleich würde er höhnisch grinsen oder etwas Gemeines sagen. Lucia kam es so vor, als ob im ganzen Supermarkt schlagartig Stille eingetreten wäre. Sie sank in sich zusammen.

»Sammeln Sie Treuepunkte?«, fragte der junge Mann.

Sie schüttelte verwirrt den Kopf.

»Ich kann Ihnen eine Sammelkarte ausstellen, wenn Sie möchten, das geht ganz schnell.«

Wieder schüttelte sie stumm den Kopf, weil sie wusste, dass ihre Stimme sie verraten würde.

»Okay.« Er zählte das Wechselgeld ab. »Sieben achtzig zurück.«

Sie steckte das Geld ein, ließ ihre Geldbörse zuschnappen und griff nach den Tragetaschen. »Danke«, wisperte sie.

»Gern geschehen, Ma'am«, erwiderte der junge Mann, nicht ironisch oder bösartig, sondern einfach nur höflich. Das änderte alles.

Im nächsten Moment war sie draußen und eilte, in jeder Hand eine Einkaufstasche, in der glühenden Hitze die Hauptstraße entlang. Geschafft! Sie war nun offiziell ein Mitglied der Konsumgesellschaft – man hatte ihr sogar ein Treuepunktesammelheft angeboten! Jetzt musste sie nur noch irgendwie nach

Hause kommen. An der Bushaltestelle pickte ein ganzer Taubenschwarm die Reste eines Sandwiches auf, das jemand liegen gelassen hatte. Sie stoben in alle Richtungen auseinander, als Lucia mitten durch sie hindurchmarschierte. Am Eingang zur U-Bahn-Station stand Mr. Che Guevara. Er winkte, und sie lächelte zurück. Sie kramte in ihrer Handtasche nach den Wohnungsschlüsseln und hielt sie dann griffbereit in der Hand. Sie gaben ihr ein Gefühl von Sicherheit. Noch eine Häuserreihe, dann scharf links in die Thurso Lane. Zehn Meter, neun, acht ... Sie lief die Treppe hinunter, ihre Absätze klickten spielerisch auf den Stufen. Sie schob den Schlüssel ins Schloss. Dann war sie in der Küche und ließ ihre Tüten auf den Tisch plumpsen. *Uff!* In Sicherheit.

Es war angenehm kühl in der Wohnung. Sie schlüpfte aus ihrer Leinenjacke und schüttelte sie aus. Dieses maulbeerfarbene Teil war wirklich bezaubernd. Außerdem war der klassische Schnitt ideal für jemanden mit breiten Schultern. Und die Jacke passte wunderbar zu ihrem leichten Kreppkleid. Hier, in ihrer Zuflucht, konnte sie die Lucia sein, die ihren Vorstellungen entsprach – die richtige Lucia, nicht der zwittrige Clown, den Tammys Mutter verächtlich gemustert hatte. Sie hängte die Jacke über eine Stuhllehne und ließ dann Wasser in den Teekessel laufen. Sie würde sich gleich mit einer Tasse Tee an den Tisch setzen und noch ein bisschen arbeiten.

Sie wollte sich nicht von der Reaktion dieser Frau runterziehen lassen. Der Ausflug zum Supermarkt war ein Meilenstein gewesen, und nicht jeder hasste sie auf den ersten Blick, wie der Verkäufer bewiesen hatte. Morgen würde sie sich vielleicht die U-Bahn vornehmen. Lucia war es nicht gewöhnt, so viel Zuversicht zu verspüren. Sie fühlte sich regelrecht berauscht.

Sie summte vor sich hin, als sie den Tee zubereitete. Der Wasserkocher zischte laut. Sie war nicht auf der Hut, ganz und gar nicht. Draußen rechnete sie jeden Moment mit einem Angriff, aber nicht hier drinnen. Sie war vielleicht einsam in ihrer spartanischen kleinen Wohnung, aber sie war in Sicherheit.

Bis sich die Küchentür öffnete.

Simon

Mit der Frau stimmte etwas nicht. Sie hatte das Gesicht seines Vaters. Sie hatte seine Größe, seine Schultern, die steile Falte auf der Stirn, die Adlernase. Aber sie hatte einen Busen und breite Hüften. Und langes welliges Haar. Ohrringe. Leuchtend angemalte Lippen. Sie trug Schuhe mit hohen Absätzen und eine Strumpfhose. Die Einzelteile dessen, was er sah, wirbelten durch seinen Kopf, aber sie fügten sich nicht zu einem Ganzen zusammen, weil alles völlig falsch war.

Und dann sagte sie etwas.

»Simon«, sagte sie. »Dich habe ich nicht erwartet.«

Die Stimme seines Vaters aus dem Mund dieser Kreatur zu hören, ließ blinden Zorn in Simons Brust auflodern. Seine Wut übernahm die Regie. Er tanzte nach vorn, und seine Faust krachte gegen den angemalten Mund. Das Gesicht zuckte zurück. Simon begrüßte die Erschütterung des Schlags mit einem Jubel, der ihm Angst machte. Die Kreatur rief etwas, aber er hörte nicht auf, er konnte nicht aufhören. Er wollte sie auslöschen. Als er ihr die Hände um den Hals legte, stellte er entsetzt fest, dass sie sogar eine Halskette trug.

»Ich hab dich gewarnt«, brüllte er. »Ich hab dich gewarnt, verdammte Scheiße!« Er drückte zu, spürte, wie der Hals unter seinen Händen nachgab. Die Perücke verrutschte, und Lukes dunkle Haare kamen zum Vorschein. Simon starrte in das Gesicht seines Vaters mit den goldenen Ohrringen und dem kräftig roten Lippenstift, der jetzt verschmiert war und sich mit dem Blut aus seinem Mund vermischte. Er wehrte sich nicht, starrte

Simon nur in grenzenlosem Entsetzen an. *Was tue ich da?* Eine Sekunde hielt Simon inne, und sein Fuß glitt auf dem Linoleumboden aus. Im gleichen Moment fuhr Lukes Faust hoch. Es war unbestreitbar eine männliche Faust, die eines Mannes, der um sein Leben kämpfte. Der Schlag traf Simon genau in die Magengrube. Er krümmte sich zusammen, als die Luft aus seinen Lungen gepresst wurde. Ihm wurde schwarz vor Augen.

Eine Minute oder länger war nichts zu hören als das Keuchen und Husten und rasselnde Atmen der beiden. Luke erholte sich als Erster. Er schlurfte zur Spüle, ließ Wasser in ein Glas laufen und trank es mit einem Zug aus.

»Alles in Ordnung?«, röchelte er. Blut tropfte ihm von der Lippe, und an seinem Hals zeigten sich rote Flecken.

Simon hatte einen galligen Geschmack im Mund. Er war verdammt nahe daran gewesen, seinen eigenen Vater zu töten. Er hatte ihn töten *wollen.* »Ich verschwinde besser«, stieß er rau hervor.

»Nein! Geh nicht.«

»Du bist erledigt.« Simon machte eine Handbewegung zu dem Monster in dem Kleid hin. »Sieh dich doch an!«

»Geh nicht. Bitte bleib. Es tut mir leid, ich … Du hättest mich nicht so sehen sollen. Ich zieh mich um.« Luke taumelte zur Tür. »Ich bin gleich wieder da. Hör zu, es ist in Ordnung. Nur … bitte geh nicht.«

Simon ließ sich erschöpft gegen die Wand fallen. Er wünschte sich verzweifelt seinen Vater zurück. Er wünschte sich, dass er in einem schlichten Pullover und polierten Schnürschuhen zurückkam, der ruhige, kultivierte Luke Livingstone, so, wie er ihn kannte und liebte und bewunderte.

Irgendwo in der Wohnung knarrte eine Schranktür. Simon musste wieder an die Kleidungsstücke denken, die fröhlich, irgendwie obszön, überall auf dem Fußboden verstreut lagen. In diesem Moment wurde ihm *klar, dass sie seinem Vater gehörten und er sie offensichtlich anprobiert hatte.* Himmel, er war in einem Kleid draußen herumspaziert! Was zum Teufel machte er jetzt in diesem Zimmer voller Frauensachen? Sich wahrscheinlich den Lippenstift abwischen. Die Ohrringe abnehmen und dann die Perücke ausbürsten. Es gab keinen ruhigen, kultivierten Luke Livingstone. Es gab keinen Vater. Es hatte nie einen gegeben. Dieses ganze Liebender-Vater-Getue war eine Lüge gewesen.

Als die Tür krachend hinter ihm ins Schloss fiel, schien der ganze Himmel zu erzittern.

Luke

Ich schlüpfte in andere Schuhe und band mit zitternden Fingern die Schnürsenkel zu. Mein Hals und mein Mund schmerzten, und mein Herz klopfte wie wild, aber das alles spielte jetzt keine Rolle. Ich musste mich beeilen. Es gab so vieles, was ich Simon sagen wollte, und dies war meine einzige Chance dazu. Vielleicht würde er mir jetzt, nach diesem Ausbruch von Gewalt, zuhören. Wenn nicht, wenn ich versagte, würde er nie wieder zu mir kommen, da war ich mir sicher. Ich musste so männlich wie möglich aussehen, und zwar so schnell wie möglich.

Ich riss gerade ein Hemd vom Bügel herunter, als ich die Eingangstür mit einem Knall ins Schloss fallen hörte. Ich erstarrte mitten in der Bewegung. Jemand rannte draußen am Fenster vorbei, die Schritte klangen wie Schläge: schnell und schwer und endgültig. Ich ließ mich enttäuscht aufs Bett fallen. Meine Lippen pochten. Mein Verstand pochte.

Das hast du ja gründlich versaut, höhnte DER GEDANKE. *Du kannst nicht vor und nicht zurück. Warum wirfst du nicht einfach das Handtuch? Tu deiner Familie einen Gefallen. Und dir selbst auch. Du bist ein Versager.*

Der sechsjährige Simon stand auf einem Stuhl, damit er an die Werkbank heranreichte. Wir hatten unseren Tee mit in den Schuppen hinausgenommen, wo wir an einem Modell-Doppeldecker bastelten. Er war fast fertig. Simons Aufgabe bestand darin, die Versteifungselemente anzukleben. Er tat es, wie er alles anging, damals schon: ernst und bedächtig und sorgfältig. Die Abendsonne fiel schräg durch die spinnwebenverhangenen Fenster und verwandelte feinste Staubpartikel in wirbelnde Wolken von Glühwürmchen. Die neugeborene Kate schrie und weinte fast ununterbrochen, weil sie Koliken hatte. Der arme Simon hatte einen Wutanfall bekommen, nachdem er zum fünfzigsten Mal gefragt worden war, ob er denn stolz wäre auf sein wunderschönes Schwesterchen. Und ich war insgeheim frustriert, weil ich mir inbrünstig wünschte, ich könnte das Baby stillen. So hatten er und ich beschlossen, uns hier draußen eine babyfreie Zeit zu gönnen.

Als er mit dem Kleben fertig war, übernahm ich die letzten Feinarbeiten. Simon war müde geworden. Er lehnte den Kopf an meinen Arm. Ich konnte sein Apfelshampoo riechen. Nach und nach lehnte er sich mit seinem ganzen Gewicht an mich.

»So langsam sieht man, was es werden soll, hm?«, sagte ich und zerzauste die sauberen, nach Apfel duftenden Haare.

»Mm. Ja.« Gähnend betrachtete er unser Werk. »Es ist ein richtig tolles Flugzeug.«

»Wollen wir reingehen? Es ist fast Zeit zum Schlafen. Ich les dir noch was vor, einverstanden?«

»Nee.« Er schüttelte den Kopf. »Lass uns hierbleiben. Basteln mit dir macht mir Spaß, Dad.«

»Nur wir zwei, hm? Die verzweifelten Zwei.«

»Wir könnten doch ein richtig großes Flugzeug bauen, und dann könnten du und ich und Mummy um die Welt fliegen und Löwen und Tiger sehen.«

»Das ist eine gute Idee, das machen wir.«

»Aber wir müssen aufpassen, dass sie uns nicht fressen!«

Immer noch an mich gelehnt, packte er mit seiner kleinen, weichen Hand den Rumpf des Flugzeugs und tat so, als würde es herumfliegen. Ein Gefühl von Wärme breitete sich in meiner Brust aus. Ich schwor mir, meinen Jungen vor der Welt und ihren Schrecken zu beschützen. Bis in alle Ewigkeit.

»Nein«, sagte ich. »Wir werden ganz bestimmt nicht zulassen, dass sie uns fressen.«

Der letzte Glanz des Tages. Stäubchen tanzten in meinem Schlafzimmer wie damals in dem Schuppen. Was für ein albernes Versprechen, dachte ich, als ich mich auf meinem einsamen Bett in meiner einsamen Wohnung zusammenrollte. Noch ein Versprechen, das ich gebrochen hatte. Genau diese bezaubernden kleinen Hände hatten mir die Lippe aufgerissen und Abdrücke an meinem Hals hinterlassen. Was für ein scheußliches Durcheinander hatte ich angerichtet!

Ich spürte etwas an meinem ausgestreckten Arm. Es war das Kreppkleid. Lucias Kleid, das sich so federleicht und fließend um ihren Körper schmiegte. Ich breitete es über mir aus, sodass es an beiden Seiten herunterhing, als ob Lucia mich umarmte. Es tröstete mich. Und wenn ich weinte, so war das ganz allein meine Sache.

DREIUNDZWANZIG

Simon

Drei Krüge Bier später. Leinöl und Baumharz. Nur er und Dad, wie sie in ihrer Drachenhöhle die wunderbarsten Dinge erschufen. Ein Holzflugzeug zum Beispiel. Das gehörte zu Simons frühesten und glücklichsten Erinnerungen. Dads Arm hatte gerade die richtige Höhe gehabt, damit er seinen Kopf daran lehnen konnte.

Hast du einen Lippenstift in der Tasche gehabt, Dad? Hast du ein Spitzenhöschen getragen?

Im Lauf der Jahre hatten sie Gokarts gezimmert, Picknicktische, eine Musikbox und erst vergangenes Frühjahr ein Gartentor für Simons Londoner Haus. Und während sie arbeiteten, redeten sie miteinander. Simon hatte diese gemeinsame Zeit mit seinem Vater immer geschätzt.

Nach dem vierten Bier rief Carmela an. Sie klang eher verärgert als besorgt.

»Wann kommst du denn endlich?«

»In einer halben Stunde.«

»Das hast du schon vor zwei Stunden gesagt. Wo steckst du? Ich weiß, es ist ein Pub.«

»An der U-Bahn-Station.« Seine Zunge arbeitete nicht mehr ordentlich. »Hör mal, tut mir leid, ich muss mit ein paar Leuten reden. Ich komm bald.«

»Was ist in der Wohnung wirklich passiert?«

»Hab ich dir doch gesagt. Dad ist nach Hause gekommen, er hatte Frauenkleider an, ich bin gegangen.«

Langes, misstrauisches Schweigen. »Und das ist alles?«

»Das ist alles.«

Nach dem fünften Bier begann sich sein Denkprozess aufzusplitten. Er war viel zu müde, um sich ernsthaft zu betrinken. Bilder wirbelten ihm durch den Kopf und flossen ineinander und verzerrten sich. Es war, als lebte er in einem Kaleidoskop. Schmerzende Knöchel. Ein Gesicht. Blut. Er war kein Mensch, der andere schlug, schon gar nicht seinen eigenen Vater. Er zuckte unwillkürlich zusammen, als er sich an den Aufprall seiner Faust auf Dads Mund erinnerte. *Knack*. Er wurde überwältigt von … *Nein, nein*. Er hatte keine Schuldgefühle. Das war nicht sein Dad gewesen. Eher ein von einem Dämon Besessener. Strumpfhosen! *Großer Gott!* Perücke, Kleid, hohe Absätze.

Vielleicht hab ich ihn umgebracht. Wenn ich ihm nun den Kehlkopf eingedrückt habe? Scheiße, er ist ganz allein.

Der Gedanke ließ ihn nicht mehr los, und er musste sichergehen. Er wusste, wie gefährlich es sein konnte, wenn jemand gewürgt wurde. Er wählte die Nummer seines Vaters, und während es klingelte, stand er auf und zog die Wohnungsschlüssel aus seiner Hosentasche. *Womöglich ist er zusammengebrochen. Ich muss zurück..*

Dann ging Luke ans Telefon, seine Stimme war freundlich und ruhig wie immer.

»Hallo? Simon? Simon, bist du das?«

Lebensgefährlich verletzt war er ganz offensichtlich nicht. Simon legte auf.

Er merkte, dass jemand mit ihm redete. Es war die Barfrau, die die leeren Gläser von den Tischen abräumte. Sie war gertenschlank.

»Alles in Ordnung?«, fragte sie noch einmal.

»Prima.« Simon versuchte, prima auszusehen, und rieb sich mit Daumen und Zeigefinger über die Augen. Er hatte die Tränen gar nicht bemerkt. »Danke.«

»Heuschnupfen?«

»Ja. Um diese Jahreszeit immer.«

Sie warf ihm einen wissenden Blick zu. Vermutlich hatte sie schon viele Männer gesehen, die in ihr Bier heulten. »Schön, dass endlich die Sonne scheint.«

»Ich beklag mich nicht.«

Dad, der um drei Uhr morgens aufstand, um seinen Sohn von einer Geburtstagsparty abzuholen – einer seiner Freunde war achtzehn geworden. Dad, der ihm tröstend die Schulter rieb, als er sich am Straßenrand übergeben musste. *Mach dir nichts draus, Junge, das passiert den Besten von uns.*

»Die Leute können mich nicht leiden«, hatte Simon geröchelt und wieder gewürgt.

»Ich mag dich.«

»Ich bin ein Außenseiter. Die anderen tanzen und kreischen und reden Scheiße. Ich hab den ganzen Abend in einer Ecke gehockt.«

Dad reichte ihm eine Flasche Wasser. »Wieso hast du nicht mitgemacht?«

»Wozu denn? Das hat doch alles keinen Sinn. Das ist alles bloß … Scheiße. Ist doch so, oder? Das Leben.«

Anstatt nach Hause zu fahren und sich wieder schlafen zu legen, hatte Dad an einer Tankstelle angehalten. Sie saßen an einem der Resopaltische und frühstückten, während die kurze Sommernacht allmählich in den Tag überging. Simon erinnerte sich nicht an Einzelheiten, aber er wusste noch, dass er die ganze Zeit von der Sinnlosigkeit des Lebens und der Liebe, von der Existenz oder Nichtexistenz Gottes gefaselt hatte. Dad hatte keine Scheiße geredet. Er hatte seinem sturzbesoffenen, weinerlichen, an einer existenziellen Krise leidenden Sohn geduldig zugehört.

Simon schüttete ein weiteres Bier in sich hinein, aber der Alkohol half nicht wirklich.

Schluss jetzt, kein Bier mehr. Er hätte genug, sagte die Wirtin, Zeit für ihn, nach Hause zu gehen. Er fand sich auf der Straße wieder, konnte sich aber nicht erinnern, wo genau er war. Der Asphalt strahlte Hitze ab. Der Boden sah nicht so eben aus wie sonst. Er kam immer wieder ins Stolpern.

Er war neunzehn und versteckte sich auf einem regendurchweichten Parkplatz im Schatten. Sie würde bald kommen. In der Hand trug er eine zerbrochene Flasche und in seinem Herzen brannte Hass.

Lucia

Es war nach ein Uhr nachts, aber in dem Ahorn in der Thurso Lane sang ein Rotkehlchen sein Lied. Eine Frau trat aus einer Souterrainwohnung und ging in Richtung des Briefkastens an der Ecke. Sie war weder jung noch hübsch, aber sie hatte das Beste aus sich gemacht. In einer Hand hielt sie sechs weiße Briefumschläge.

Eine Katze saß auf einer Mauer und miaute, als sie vorbeiging. Sie blieb stehen und kraulte sie hinter den Ohren. Sie begann zu schnurren. Sie kannte die Frau ganz genau, deshalb machte sie einen Buckel und schmiegte den Kopf in ihre Hand. Die Katze hatte die Frau jedes Mal, wenn diese auf dem Heimweg von der Arbeit war, begrüßt. Sie war dann zwar anders angezogen, aber für die Katze hatte sie sich nicht verändert. Es war dieselbe Person.

Als die Frau den Briefkasten erreicht hatte, warf sie die Briefe nicht hinein, sondern umkreiste ihn immer wieder und sagte sich im Stillen: *Mach schon, bring's hinter dich!*

Obwohl es kein langer Brief war, hatte sie Stunden gebraucht, um ihn zu schreiben. Sie hatte getippt, gelöscht, getippt, den Text komplett gelöscht und wieder von vorn angefangen. Das

Kreppkleid lag gefaltet auf ihrem Schoß, auf dem Tisch neben ihr stand ein Glas Whisky. Gegen elf hatte Simon angerufen und ohne ein Wort wieder aufgelegt. Na ja, immerhin besser als gar nichts.

Lange nach Mitternacht hatte sie endlich sechs Kopien ausgedruckt und jede um ein paar handschriftliche Zeilen ergänzt. Die Briefe waren fertig. Sie musste sie einwerfen, jetzt gleich, weil sie spürte, wie ihre Entschlossenheit bröckelte. Ein Brief würde den weiten Weg bis nach Melbourne nehmen. Sie gestattete sich ein boshaftes Lächeln, als sie sich vorstellte, wie ihre ältere Schwester diese Zeilen las. Das würde Gail garantiert den Tag verderben.

Ein Auto mit tiefergelegter Karosserie kam langsam herangefahren. Alle Fenster waren heruntergedreht, das Wummern des Radios hätte jeden zufälligen Passanten taub machen können. Die Frau zog sich eilig in den Schatten zurück. Zu spät. Sie hatten sie bemerkt, schlimmer noch, sie hatten gesehen, wie sie sich zu verstecken versuchte. Der Fahrer drückte auf die Hupe, die anderen Insassen johlten und pfiffen.

»He, du da! Hast du einen Schwanz? He, Transe! Tran-seee!«

Sie beugten sich so weit aus den Fenstern, als wollten sie gleich herausklettern. Im Schein der nächtlichen Straßenbeleuchtung wirkten ihre Gesichter wie mit einer gespenstischen Kriegsbemalung versehen. Sie sah dem Auto nach, als es davonraste. An der nächsten Ecke bog es mit kreischenden Reifen – und angezogener Handbremse – nach links, aber die Musik pulsierte immer noch in der drückenden Hitze. Dann schwenkte es plötzlich wieder in die Hauptstraße ein. Sie machten Jagd auf sie.

Sie warf die Briefe in das dunkle Maul des Briefkastens und lief die Thurso Lane hinunter. Keuchend zog sie ihre Schuhe aus und rannte barfuß weiter. Steinchen bohrten sich schmerzhaft in ihre Fußsohlen. Die freundliche Katze schoss davon und versteckte sich. Das Gejohle dieser Männer, die sie so sehr verachteten, zerriss die nächtliche Stille. Sie riefen nach ihr, als ob sie einen vermissten Hund suchten: »Tran-seee! Wo bist du, Transe?«

Endlich war sie vor dem Haus angekommen. Sie stolperte und fiel die Steinstufen hinunter. Der Aufprall presste ihr die Luft aus den Lungen, aber sie rappelte sich hoch und fingerte hektisch an ihrem Schlüsselbund herum. *Der Falsche, der Falsche, verdammt, wo ist der verfluchte Schlüssel?* Die Außenleuchte glich einem Signalfeuer, das die feindliche Welt auf sie aufmerksam machte. Ihre Strumpfhose war zerrissen, sie hatte sich beim Sturz die Knie aufgeschürft.

Endlich! Zitternd drehte sie den Schlüssel im Schloss, stieß die Tür auf und warf sich förmlich in die Wohnung. In Sicherheit. *Gott sei Dank.* Das Rotkehlchen verstummte und flog davon.

VIERUNDZWANZIG

Kate

Sie war kein Morgenmensch. War es nie gewesen und würde es nie sein. Sie saß in letzter Zeit nur deshalb jeden Morgen um sieben an ihrem alten Schülerschreibtisch, weil sie unbedingt vorankommen wollte. Sie hatte schon Stunden über diesem Referat gebrütet. Sie hätte sich ohrfeigen können, weil sie sich nicht gleich, nachdem sie nach Hause gekommen war, an die Arbeit gemacht hatte. Sie rührte nie einen Finger, bis ihr der Abgabetermin förmlich ins Gesicht starrte. *Last-minute-dot-com*. Jetzt bekam sie die Quittung dafür.

Aber es war natürlich schwierig, sich auf die lange verschütteten Scherben zweifarbiger Keramiken einer vor dreitausend Jahren ausgestorbenen Zivilisation zu konzentrieren, wenn die eigene Familie hier und jetzt Geschirr in der eigenen Küche zerschlug. Die rot-gelbe Scherbe, die sie aus dem Müll gefischt hatte, lag vor ihr auf dem Schreibtisch. Sie war ihr Talisman.

Am Samstag hatte Simon sie wieder einmal völlig aus dem Tritt gebracht. Kaum war er in Smith's Barn durch die Tür getreten, schimpfte er wütend los, er habe Dad in Frauenkleidern überrascht, als er tags zuvor in der Stadtwohnung gewesen sei. Mum war zum Glück nicht da gewesen, sie und Stella hatten sich zum Lunch verabredet. Kate hatte ihren Bruder noch nie so aufgelöst erlebt. Den Kaffee, den sie ihm hinstellte, rührte er nicht an. Stattdessen goss er sich ein paar große Gin ein und kippte sie hinunter. Als sie ihn mahnte, er solle es nicht übertreiben, erwiderte er, es gehe ihm bestens. Aber das stimmte nicht. Er konnte nicht still sitzen, er marschierte in der Küche herum und redete und redete.

»Der Mann hatte eine Strumpfhose an«, sagte er immer wieder. Die Perücke, die Ohrringe und das Kleid waren schon schlimm genug, aber über die Strumpfhose kam er nicht hinweg. »Eine Strumpfhose, Kate. Eine *Strumpfhose*! Allmächtiger.«

»Was hast du gemacht?«

»Ich bin gegangen.«

»Ich seh ihn nächste Woche«, sagte Kate und erzählte von ihren Umzugsplänen. »Ich werde ein paar Sachen in der Thurso Lane unterstellen.«

Simon sah aus, als hätte sie ihm einen Skorpion auf den Rücken gesetzt.

»Tu das nicht! Halte dich von ihm fern! Du kannst deine Sachen zu uns bringen, wir haben jede Menge Platz im Keller.«

»Danke, aber Dads Wohnung ist viel praktischer.«

»Ich an deiner Stelle würde ihm nicht verpflichtet sein wollen. Tu das nicht! Das ist erniedrigend, es ist …« Simon schlug die Hände vors Gesicht. Er war völlig durch den Wind. »Eine Strumpfhose! Du lieber Himmel. Ich wüsste nicht mal, wie man das Ding anzieht.«

Kate hatte so getan, als wäre es ihr egal, ob Dad eine Strumpfhose und eine Perücke trug oder wonach ihm sonst war, aber das stimmte nicht. Ganz und gar nicht. Es war zu viel, was da auf sie einstürmte. Zu viel, was sie verarbeiten musste. Einfach … zu viel.

An diesem Montag spürte sie, wie sie innerlich auseinanderfiel. So sehr sie sich auch auf ihre Arbeit zu konzentrieren versuchte, immer wieder stieg das Bild eines Pantomimen in einer Frauenrolle vor ihr auf: mit Pailletten und Federboa und Stilettos, den Mund grell angemalt wie ein Clown, die Augen von falschen Wimpern umrahmt, stöckelte er herum, schwenkte seine Handtasche und sprach mit hoher Fistelstimme. Das war nicht einmal auf der Bühne besonders lustig, und es war überhaupt nicht lustig, wenn es sich um den eigenen Vater handelte. Vielleicht hatte Simon gar nicht so unrecht. Vielleicht würde ein Seelenklempner ihn wieder hinkriegen, wie ein Mechaniker, der ein Auto repariert. Wenn das Leben nur so einfach wäre.

Um neun Uhr brauchte sie einen Kaffee. Sie brauchte ihn wirklich. Aber sie durfte noch nicht aufhören. Sie musste weiterarbeiten, mindestens bis zehn, bevor sie sich eine Belohnung gönnen könnte.

Lippenstift?

Wäre es der Vater von jemand anderem gewesen, hätte sie ihm Mut gemacht und gesagt: »Sei dir selbst treu. Du lebst nur einmal. Ob Mann oder Frau oder Zwitter – das spielt doch keine Rolle. Hauptsache, du bist ein anständiger Mensch!«

Aber das hier war etwas anderes. Hier ging es um Dad.

Das Postauto bog in die Einfahrt ein. Was für ein willkommener Vorwand, vom Schreibtisch aufzustehen! Der gute alte Bryan, dachte sie, als sie die letzten Stufen hinunterhüpfte. Der nette, normale, verlässliche Bryan. Sie waren zusammen zur Schule gegangen. Er hatte der Bande angehört, die immer hierhergekommen war, um auf den Feldern zu spielen. Inzwischen hatte er zwei Kinder und einen Bierbauch und sah richtig fertig aus.

Er wälzte sich aus seinem Auto, in der Hand die Stromrechnung, einen leuchtend gelben Umschlag mit der Aufschrift *Gewinnen auch Sie 1 000 000 Pfund!* und zwei cremefarbene Umschläge, der eine an sie selbst, der andere an Eilish adressiert. Sie erkannte die gleichmäßige, saubere Handschrift ihres Vaters. Schon mit zehn Jahren hatte sie gelernt, dass seine Handschrift sehr viel leichter zu fälschen war als die ihrer Mutter, und sich diese Entdeckung zunutze gemacht.

Kate kann heute leider nicht am Querfeldeinlauf teilnehmen, weil sie sich den Knöchel verstaucht hat.
Kate konnte gestern leider nicht zur Schule kommen, weil sie an hohem Fieber und Erbrechen litt.

Doch dann wurde ihr die folgende Kostprobe literarischer Fiktion zum Verhängnis:

Obwohl sich Kate angestrengt hat, konnte sie ihre Hausaufgaben gestern Abend leider nicht vollständig erledigen. Wir hatten Besuch von entfernten Cousin's aus Dubai.

Der Apostroph hatte sie verraten. Ihre Lehrerin schöpfte Verdacht und rief bei den Livingstones an, um sich nach den »entfernten Cousin's« zu erkundigen. Kate flog auf. In der darauf folgenden Woche musste sie jeden Tag über Mittag nachsitzen und schreiben: *Beim Plural gibt es keinen Apostroph.*

Bryan war zum Plaudern aufgelegt. »Bleibst du jetzt für immer hier?«

»Nein, ich fahr morgen wieder. Für mich heißt's: zurück in die große Stadt.«

Er blickte am Haus hinauf. »Ist Mr. Livingstone immer noch nicht wieder da?«

»Mm.«

»Hab ihn schon eine Weile nicht mehr gesehen.«

»Nein.«

»Sophie vom Pub sagt, dass er nicht mehr kommt, und Jo, meine Frau, sie gehört ja dem Elternbeirat an, meint, dass er eine ganze Reihe Versammlungen versäumt hat. Hat sich zwar immer entschuldigt, aber komisch ist das schon, ich meine, er ist ja der Vorsitzende.«

»Er hat beruflich irre viel um die Ohren.« Das war vermutlich nicht mal gelogen. Dad hatte immer viel um die Ohren.

Es war Bryan anzusehen, dass er ihr kein Wort glaubte. Bei den Livingstones hing ganz offensichtlich der Haussegen schief. Es war nur eine Frage der Zeit, bis die Leute den wahren Grund herausfanden. Das wird ihnen jede Menge Gesprächsstoff liefern, dachte Kate, als sie die Post auf den Küchentisch warf.

Sie ging wieder hinaus, setzte sich unter Charlottes Ahornbaum und riss den Brief ihres Vaters auf. Die Blätter über ihr säuselten im Wind. Sie wünschte, Charlotte wäre am Leben. Sie hatte sich ihre ältere Schwester immer als ein Mädchen mit rostrotem Haar vorgestellt, rostrot wie das Laub ihres Baumes. Charlotte wäre klug und gelassen gewesen. Sie hätte sicher gewusst, was von dieser ganzen Geschichte zu halten war, und Dad wäre bestimmt ein glücklicherer Mann gewesen, wenn sie nicht gestorben wäre. Er war zweifellos ein wunderbarer Vater gewesen, aber solange Kate zurückdenken konnte, hatte es schlaflose Nächte gegeben, in denen er schon um vier Uhr früh ins Büro gefahren war, und Tage, an denen er körperlich anwesend, aber geistig ganz woanders war. Kate war immer davon ausgegangen, dass Charlottes Tod der Grund für seine Schwermut war.

Es gab eine ganz furchtbare Erinnerung, die sie nie bewusst hervorholte. Lieber tat sie so, als hätte sie das nur geträumt. Dieser Ahorn war sehr viel kleiner gewesen und sie selbst auch. Sie war klein, aber drahtig, und sie war auf den Baum geklettert, wo sie im sommerlich belaubten Geäst hockte und der Distelwolle zusah, die in den blauen Himmel aufstieg und davonsegelte. Sie war glücklich. Wochenlang keine Schule, und am nächsten Tag würden sie in die Ferien fahren, nach Wales an den Strand.

Dad schlenderte über den Rasen. Er war wieder einmal sehr still gewesen, und dann gab Mum ihm immer einen Kuss und fragte: »Alles in Ordnung, Schatz?«, und er antwortete, ja, alles in Ordnung, aber dann schloss er sich in seinem Arbeitszimmer ein. Das käme von dem Stress in seinem Beruf, sagte Mum immer, aber das habe nichts zu bedeuten. Die zehnjährige Kate wünschte sich, ihr Dad würde sich einen anderen Beruf suchen. Sie schaute von ihrem Platz in Charlottes Baum auf ihn hinunter. Er hatte den Kopf gesenkt und ging vornübergebeugt, als ob er nicht genug Knochen hätte, die seinem Körper Halt gaben. Er trug den grünen Pullover, den Mum ihm geschenkt hatte. Kate grinste. Sie würde warten, bis er noch ein bisschen näher herankäme, und dann vom Baum springen und ihn erschrecken. Er würde bestimmt lachen, und sie wollte, dass er lachte.

Als er direkt unter dem Baum stand, die Stirn an den Stamm gelehnt, und Kate schon hinunterspringen wollte, hörte sie plötzlich, wie er etwas sagte. Sie schnappte die Wörter »Gott« und »hasse dich« auf. Was meinte er damit? Dass er Gott hasste? Wie konnte jemand Gott hassen? Und dann tat er etwas, das sie selbst Jahre später nicht verstand: Er schlug sich selbst, er schlug immer und immer wieder auf sich ein, sogar in die Eier, wo es am meisten wehtat, wie sie von Simon wusste. Kate beobachtete ihn mit offenem Mund, sie dachte, er hätte den Verstand verloren.

Und als er endlich damit aufhörte, war es noch nicht vorbei gewesen. Kate hörte das schrecklichste Geräusch, das sie jemals vernommen hatte: Ihr Dad weinte. Aber Erwachsene weinen doch nicht. Kinder weinen. Dad weinte mit der tiefen Stimme eines erwachsenen Mannes, und das machte sie ganz krank. Sie begriff instinktiv, dass sie etwas sah, was sie niemals hätte sehen sollen. Warum weinte er? Wegen Charlotte? Oder war es etwas noch viel Schlimmeres? Wenn er nun Krebs hatte? Wenn er und Mum sich scheiden ließen?

Dann hörte er plötzlich auf. Er zog sein Taschentuch aus der Hosentasche und schaute zum Haus hinüber. Kate folgte seinem Blick und sah Simon, das Telefon in der Hand, auf der Terrasse stehen.

»Dad!«, rief er. »Da-ad! Wo steckst du denn? Grandpa will mit dir reden!«

»Komme schon!«, schrie ihr Dad zurück, nachdem er sich die Augen abgewischt und tief Luft geholt hatte. Kate schaute ihm nach, als er über den Rasen lief. Wie konnte er denn rennen oder mit Grandpa reden, wo er doch so traurig war und vielleicht sterben musste, weil er Krebs hatte?

Am nächsten Tag waren sie nach Wales gefahren. Mum und Dad wechselten sich beim Fahren ab, und Kate war ausnahmsweise ganz still und ruhig und ärgerte ihren Bruder nicht. Mit Dad schien alles in Ordnung zu sein, kein Anzeichen von Sterbenmüssen, und so hatte Kate getan, als wäre nichts passiert. Die Erinnerung verlor im Lauf der Zeit an Schärfe, und irgendwann hoffte Kate, dass sie alles nur geträumt hatte.

Jetzt, zwölf Jahre später, hatte sich der Kreis geschlossen. Sie saß unter Charlottes Baum und hatte schreckliche Angst. Inzwischen war ihr klar, was ihren Dad damals gequält hatte.

Der Brief in dem Umschlag war ein Computerausdruck, der um ein paar handschriftliche Zeilen in blauer Tinte ergänzt worden war. Er musste den Füller benutzt haben, den sie ihm zum Geburtstag geschenkt hatten. Simon hatte ihn mit einer Gravur versehen lassen und seine Schwester gefragt, ob sie etwas dazu beisteuern wolle. Das war wirklich lieb gewesen. Manchmal hatte der Bursche auch lichte Momente.

Meine liebste Kate,
dieser Brief spricht für sich selbst. Ich habe, wie du sagen würdest, ganz große Scheiße gebaut. Die jüngsten Vorkommnisse haben mir gezeigt, dass die Leute gewarnt werden müssen, denn wenn sie von meiner Veränderung überrascht werden, ist der Schock gewaltig. Ich muss von jetzt an offen und ehrlich damit umgehen.

Kate las diesen Absatz noch einmal. Die Wortwahl machte sie stutzig, zumal sie die Neigung ihres Vaters zur Untertreibung kannte. *Die jüngsten Vorkommnisse?* Was zum Teufel meinte er damit?

Mum schicke ich auch eine Kopie dieses Schreibens, obwohl wir das alles schon vor ein paar Wochen durchdiskutiert haben. Danke, dass du sie nicht allein lässt. Ich weiß, es ist nicht fair, dir das alles zuzumuten. Ich fange gerade erst an, herauszufinden, wer ich bin, aber ich weiß ganz genau, wer du bist. Du bist meine geniale, tolerante, wunderschöne Tochter. Ich habe dich nicht verdient, aber ich liebe dich von ganzem Herzen.
Dad XXXXX

Kate ließ sich auf den Rücken fallen. Über ihr wölbte sich ein grenzenloser blauer, vom Laub gesprenkelter Himmel. Der Rasen war immer schon vermoost gewesen, und das Gras fühlte sich wie ein trockenes, nach Kräutern duftendes Kissen an. Sie hob die Arme und hielt sich den Brief vors Gesicht.

Meine liebe Familie,
ich schreibe euch allen, weil es keine Geheimnisse mehr geben soll. Ich habe dieses Geheimnis viel zu lange bewahrt – das war meine größte Verfehlung.
Zu sagen »es tut mir leid«, ist hoffnungslos unzulänglich. Ich werde es trotzdem sagen. Es tut mir leid.
Es fällt mir schwer, diesen Brief zu schreiben. Zum einen, weil ich Gefühle auszudrücken versuche, die ich selbst kaum verstehe. Zum anderen, weil mir klar ist, dass ich euch damit wehtue. Ich muss es dennoch versuchen. Ihr werdet vermutlich denken, dass ich entweder verrückt oder egoistisch oder pervers bin. Bei meinen ersten Versuchen, mich einigen von euch zu erklären, habe ich mich ziemlich ungeschickt angestellt. Es tut mir leid (wieder diese unzulängliche Floskel), dass ich nicht vorbereitet war. Der Entschluss, mein Geheimnis zu lüf-

ten, kam für mich überraschend – aber wahrscheinlich nicht so überraschend wie für euch.
Bei den meisten Menschen passen der Körper auf der einen Seite und Geist und Seele auf der anderen zusammen. Du, Kate, magst zwar die Etiketten »maskulin« und »feminin« nicht. Das bewundere ich an dir. Aber Tatsache ist, dass du immer die Möglichkeit hattest, so zu leben, zu reden, dich auszudrücken und zu kleiden, wie du wolltest. Ich hatte dieses Glück nicht. Ich habe gesagt, dass ich mich im falschen Körper gefangen fühle. Aber eigentlich ist es viel schlimmer. Es ist, als ob mein wahres Ich unter dem falschen begraben ist – lebendig zwar, aber unfähig, sich zu bewegen oder zu sprechen.
Die Frauen unter euch möchte ich bitten, die folgende mentale Übung durchzuführen: Stellt euch vor, ihr wacht eines Tages auf und findet euch wie durch Zauberei in einem männlichen Körper wieder. Ihr dürft von nun an weder Schmuck noch Make-up tragen. Ihr müsst euch die Haare schneiden. Ihr dürft keine femininen Kleidungsstücke oder Unterwäsche oder Schuhe mehr anziehen, nichts, was auch nur im Entferntesten hübsch aussieht. Ihr müsst so tun, als ob euch diese Dinge nicht interessierten. Euer Körper hat eine völlig falsche Form, eine völlig falsche Größe, und weil ihr ihn hasst, macht ihr nach Möglichkeit einen großen Bogen um jeden Spiegel. Von jetzt an werdet ihr von anderen Frauen wie ein Mann behandelt. Ihr müsst euch den Männern anpassen, müsst so tun, als wärt ihr einer von ihnen, müsst so reden, wie sie reden, euch für das interessieren, was sie interessiert. Ihr dürft euch auf gar keinen Fall einen Ausrutscher leisten. Ihr lebt in ständiger Angst, einen Fehler zu machen, und in einem ständigen inneren Aufruhr.
Nun stellt euch vor, dass das eine lebenslange Strafe ist. Ihr werdet in diesem falschen Körper leben, lieben, sterben, begraben werden. Niemand wird je erfahren, wer ihr in Wirklichkeit seid.

So ist es mir ergangen. Ich konnte einfach nicht mehr. Ich war am Ende. Ich konnte so nicht weitermachen.
Alles schön und gut, werdet ihr sagen, aber dass ich euch so lange belogen habe, ist unverzeihlich! Ich kann zu meiner Verteidigung nur vorbringen, dass ich mich Hals über Kopf in ein Mädchen namens Eilish French verliebt habe. Sie hat mich verzaubert, sie verzaubert mich immer noch. Mit ihr an meiner Seite würde alles gut werden, davon war ich fest überzeugt. Ich schöpfte Hoffnung. War es so schlimm, dass ich mich danach sehnte, glücklich zu sein? Nachdem ich sie geheiratet hatte, musste ich diesen Weg natürlich weitergehen. Und so verging Jahr um Jahr, und mein wahres Ich blieb verschüttet.
Seit ich von zu Hause ausgezogen bin, habe ich recherchiert und mich beraten lassen. Es ist ein schwieriger Prozess, ich bin mir nicht sicher, wie sich die Dinge entwickeln werden. Aber eins verspreche ich: Von jetzt an werde ich die Wahrheit sagen. Ich werde in Kürze mit der Einnahme von Östrogen und einem Testosteronblocker beginnen. Falls ich es schaffe, den erforderlichen Mut aufzubringen, werde ich irgendwann als Frau leben. Nicht als irgendeine Frau, sondern als eine ganz bestimmte. Ich kenne sie schon mein ganzes Leben lang, weil sie ich ist. Ihr Name ist Lucia.
Jeder von euch wird entscheiden müssen, was das für ihn bedeutet. Ich fürchte mich vor dem Weg, der vor mir liegt, und würde mich freuen, wenn ihr mir auf meiner Reise Gesellschaft leistet. Mein Traum ist es, dass ihr mich so akzeptiert, wie ich bin.
Und solltet ihr nicht imstande sein, den Weg mit mir zu gehen, so hoffe ich, dass ihr mir wenigstens verzeihen könnt.
In Liebe für immer,
Lucia

Kate las den Brief dreimal. Dann schloss sie die Augen, stellte sich vor, in einen Spiegel zu schauen und einen erwachsenen Mann darin zu sehen. Sie stellte sich vor, ein Spion hinter feindlichen Linien zu sein, in ständiger Angst vor Entdeckung zu leben. Und einen Moment lang glaubte sie zu verstehen.

Eilish saß in der Küche, das Gesicht versteinert und so blass wie der Brief vor ihr auf dem Tisch. »Das war's dann wohl«, sagte sie und nahm ihre Lesebrille ab.

Sie wollte nicht reden. Sie wollte keinen Tee. Kate ging ihr nach, als sie zielstrebig zum Gartenhaus marschierte. Es diente Dad zugleich als Werkstatt und roch nach Bauholz und Leinöl. Eine Gartenschere in der Hand kam Eilish wieder heraus. Sie ging zu den Rosen hinüber und stutzte sie rigoros, ob sie nun verblüht waren und zurückgeschnitten werden mussten oder nicht. Bei den meisten wäre es nicht nötig gewesen.

Eilish

»Der hat sie ja nicht mehr alle!«, schrie Simon. Er war aus seinem Auto gesprungen und schwenkte den Brief in der Hand. »Er hat tatsächlich mit Lucia unterschrieben!«

Ich war ganz seiner Meinung. Kate hatte mich allein gelassen, weil sie mit einer Freundin im Bracton Arms verabredet war, und ich hatte den Garten verwüstet. Ich war zutiefst getroffen, mein Schmerz pochte und pulsierte und drohte zu explodieren. Vielleicht sollte ich mich abreagieren, indem ich herumschrie und irgendetwas zerschlug. Mir kamen schrecklich böse Wörter in den Sinn, Dinge, die ich Luke am liebsten ins Gesicht schleudern würde, Dinge, die ihn so verletzten, wie er mich verletzt hatte. Seine Beichte schwarz auf weiß zu sehen und zu wissen, dass er sie an jedes Familienmitglied geschickt hatte, war einfach zu viel. Er habe sich Hals über Kopf in ein Mädchen namens Eilish French verliebt, behauptete er. Wie konnte er nur von Liebe sprechen! Wer liebt, belügt den anderen nicht. Wer liebt, bemächtigt sich nicht des Lebens eines anderen, nur um dem eigenen einen konventionellen Anstrich zu verleihen. Wer liebt, gibt dem anderen nicht das Gefühl, wertlos und benutzt worden und gedemütigt worden zu sein.

»Eine Hormontherapie will er machen«, giftete Simon. »Da kann ich ihm helfen! Ich hab heute vier Hunde kastriert, den Gefallen tu ich ihm gern!« Er machte mit Zeige- und Mittelfinger eine scherenähnliche Bewegung. Ich köpfte unterdessen eine weitere Rose. Die weichen Blütenköpfe lagen schon überall um mich herum, aber der erhoffte heilsame Effekt meiner Zerstörungswut blieb aus. Ich wünschte, Simon wäre nicht hergekommen, solange er vor Wut schäumte. Ich hatte genug mit meinem eigenen Zorn zu tun. *Er sieht richtig krank aus*, dachte ich. Die verhärmten Züge, die Schatten unter den Augen. Und er hatte eine Alkoholfahne. Das Leben mit ihm war bestimmt nicht einfach – arme Carmela, armer Nico. Lukes Egoismus war wie ein Kieselstein, den man ins Wasser wirft: Er zog immer weitere Kreise und zerstörte das Leben anderer Menschen. Wie konnte ich nur jemals einen so selbstsüchtigen Mann lieben?

»Du musst ihn einweisen lassen«, sagte Simon. »*Du* musst das tun, ich kann es nicht. Du bist seine Frau.«

»In die Psychiatrie, meinst du?«

»Ja! So lange, bis er geheilt ist. Sie werden ihm massive Dosen Testosteron verabreichen, vermute ich. Seine Psychose behandeln. Das muss doch heilbar sein!«

Die Idee war lachhaft. Im tiefsten Inneren wusste Simon das sicher auch. Dennoch war die Vorstellung, Luke könnte geheilt werden, verlockend.

»Männliche Hormone«, sagte ich und schlüpfte vorsichtig zwischen zwei stachligen Rosensträuchern hindurch. »Klingt gut, aber ich glaube nicht, dass es so einfach ist.«

Ich ging über den Rasen zum Gartenhaus. Was für eine Hitze! Simon hatte dunkle Schweißflecke zwischen den Schulterblättern. Sogar sein Gang verriet, wie aufgebracht er war. »Ich hab mich umgehört, Mum. Mir ist eine wirklich gute Anwältin empfohlen worden. Keinerlei Verbindung zu Bannermans.«

»Um mich über das Gesetz für psychisch Kranke beraten zu lassen?«

»Um dich wegen einer Scheidung beraten zu lassen.«

Ich blieb unvermittelt stehen. *Scheidung.*

»Das hat keine Eile«, erwiderte ich. »Dafür ist noch genug Zeit.«

»Nein, dafür ist nicht genug Zeit! Du musst handeln, und zwar pronto. Diese Anwältin soll ein scharfer Hund sein. Sie ist in Oxford. Du solltest eine vorläufige gerichtliche Anordnung beantragen, um das Haus, deine Ersparnisse und die Rente zu schützen. Wir müssen die Konten sperren lassen, bevor er sich in irgendeinem dreckigen asiatischen Krankenhaus zur Frau umwandeln lässt.«

»Er ist doch kein Unmensch, Simon.«

»Mum, wir müssen den Tatsachen ins Auge sehen.« Er zwang sich zu einem ruhigen, geduldigen Ton. Ich fand das herablassend. »Er handelt nicht rational. Er ist wie ein Kind in einem Bonbonladen. Er nimmt sich, was er will, ohne einen Gedanken daran zu verschwenden, was für einen Schaden er damit anrichtet. Wie will er diese Hormonbehandlung denn bezahlen? Werden die Kosten von der Krankenkasse übernommen?«

Ich rief mir Lukes Worte bei unserem Treffen zum Lunch ins Gedächtnis zurück. »Er sagte etwas von einer Klinik. Er wollte über das Finanzielle reden. Ich denke, er wird das Geld von unserem Konto nehmen. Oder er bezahlt mit Kreditkarte. Wir haben unsere Finanzen nie auseinandergehalten.«

Simon griff sich mit beiden Händen an den Kopf. »O mein Gott! Ruf sofort die Bank an und lass die Konten sperren! Oder willst du eines Tages auf der Straße stehen, weil deine ganzen Ersparnisse in der Tasche irgendeines zwielichtigen Hinterhofquacksalbers gelandet sind?«

Wir waren ins Haus gegangen. Luke ist jetzt der Feind, dachte ich, als ich mich an den Laptop setzte, die Internetseite unserer Bank aufrief und mich einloggte. Ich überprüfte die Transaktionen auf unseren Konten. *Luke war mein Lebensgefährte. Jetzt ist er ein schemenhafter Gegner, der unser Konto abräumen wird, wenn er die Gelegenheit dazu bekommt.*

»Und?«, drängte Simon.

»Äh, ich kann nichts Ungewöhnliches feststellen. Halt, warte mal, werfen wir einen Blick auf die Visa Card. Ein paar Online-Einkäufe – was hat er da denn bestellt? Und da … Ja, hier ist etwas. Zwei Abbuchungen über jeweils einhundertfünfzig Pfund … an irgendeine Baytrees Clinic.«

Simon schaute mir über die Schulter. »Das ist nur der Anfang. Die Kosten für diese Geschichte werden astronomisch sein. Eine Hormonbehandlung ist schon kostspielig, aber eine Operation würde jeden Rahmen sprengen. Du könntest das Haus verlieren.«

»Er kann nicht über meinen Kopf hinweg eine Hypothek auf das Haus aufnehmen«, erwiderte ich halbherzig. Ich hoffte, dass das stimmte. »Es gehört uns gemeinsam.«

»Mum, wach endlich auf! Du musst anfangen zurückzuschlagen!«

Lukes Brief lag immer noch auf dem Küchentisch. Die handschriftlichen Zeilen auf dem Ausdruck lauteten:

Eilish, ich weiß, es ist unverzeihlich, dass ich dich belogen habe. Aber du sollst wissen, dass du mich gerettet hast, Jahr für Jahr. Ich habe nicht gelogen, als ich sagte, dass ich dich liebe. Ich danke dir.

Du hast zu viel verlangt, dachte ich. Du hast zu viel genommen. Du hast mich zerbrochen.

»Also gut. Rufen wir diese Anwältin an.«

FÜNFUNDZWANZIG

Kate

Mathis saß am Steuer. Er hatte offensichtlich keinerlei Gefahrenbewusstsein, und Kate hielt sich fast während der ganzen Fahrt die Augen zu. Ein Gewitter lag in der Luft. Es war so schwül, dass sie an ihrem Sitz klebte.

»Hier links«, wies sie ihn an. »Und dann bis ganz ans Ende – Mensch, pass auf, das Fahrrad!«

Mathis trat voll auf die Bremse, und sie wurden alle nach vorn geschleudert. Kate schlug drei Kreuze, als sie mit wackligen Knien vor ihrem ehemaligen Zuhause ausstieg. Mathis setzte rückwärts in einen winzigen Parkplatz, der für Motorräder reserviert war.

John, der ebenfalls schon ausgestiegen war, fasste sie am Arm. »Warte, bis er eingeparkt hat. Wir müssen einen gezielten Erstschlag durchführen.«

»Wir sind doch kein SEK«, protestierte Kate. »Und Owen ist kein Schwerverbrecher. Er ist bloß eine Gemeine oder Garten-Dumpfbacke.«

»Kate, du hast zwei Jahre lang das Kindermädchen für diese Knalltüte gespielt. Der Typ hat dich schlimmer kontrolliert als ein Psychopath. Wir werden kein Risiko eingehen. Wir werden deine Sachen schnappen und verschwinden.«

»Ich bin der Fluchtfahrer«, sagte Mathis, der um das Auto herum auf sie zukam. Er arbeitete beim Rundfunk. Er war auf diese Sehnsucht erweckende Weise attraktiv, die Schulmädchen zum Kichern bringt. John war Steuerberater von Beruf. Er war schon mit einer sehr hohen Stirn geboren worden, hatte aber etwas Engelhaftes. Er hatte sich als Student geoutet, weil er sich in Mathis verliebt hatte. Kate hatte nur den beiden von ihrem Vater erzählt. Sie waren die Einzigen, bei denen sie sicher sein konnte, dass sie nicht lachen würden.

»Betrachte uns als deine Leibwächter«, sagte John. »Du weißt schon, die Typen mit Sonnenbrille und Stöpsel im Ohr.«

Sie drängten sich vor der Haustür auf der kleinen Fläche zwischen Mülltonnen und einer ungepflegten, wuchernden Hecke, die nach der wochenlangen Trockenheit staubbedeckt und erschlafft war. Kate wollte gerade klingeln, als die Tür aufging. Bei Owens Anblick fielen ihr die letzten Schuppen von den Augen. Er sah kränklich und gereizt aus, und er hatte ein orangerotes T-Shirt an, das sie schon immer gehasst hatte.

»Ah, welche Ehre!«, spottete er. »Ich wollte dein Zeug schon bei Oxfam abliefern.«

»Sehr witzig.«

»Hallo, Mathis, hallo, John. Hat sie euch erzählt, dass sie mir mein bestes Hemd ruiniert hat?«

Er kehrte ihnen den Rücken zu und ging durch den Flur, an dessen Ende Kartons und Müllsäcke gestapelt waren. Auch eine Stereoanlage stand dort. Mathis und John fingen an, die Sachen zum Auto hinauszuschleppen. Kate folgte ihnen, um mit anzupacken, aber plötzlich schoss ein kleiner Hund kläffend aus dem Schlafzimmer, hüpfte wie ein Gummiball in dem engen Flur herum und stieß dabei Owens Fahrrad um.

»Baffy hat dich vermisst.« Owen drehte sich lächelnd zu ihr um.

Kate nahm den Hund auf den Arm und rieb die Nase in seinem flauschigen Fell, während Owen ihr in allen Einzelheiten berichtete, wie Baffy Hühnerknochen aus dem Mülleimer stibitzt hatte und dann als Notfall beim Tierarzt gelandet war. Kate folgte ihm in die Küche, um ihm ihre Adresse aufzuschreiben.

Ehe sie es sich versah, saßen sie sich am Küchentisch gegenüber. Owens Haare standen nach allen Richtungen ab, seine Socken waren halb heruntergerollt. Er sah sehr hilflos aus. Er brauchte jemanden, der für ihn sorgte.

»Wie geht's deinen Eltern?«, fragte er.

»Gut.«

»Sag ihnen danke von mir. Die Wochenenden in Smith's Barn werden mir fehlen.«

»Sie haben sich getrennt. Er ist ausgezogen. Sie hat heute einen Termin beim Anwalt«, sprudelte es aus ihr hervor.

Owen war sichtlich geschockt. »Soll das ein Witz sein? *Deine* Eltern?«

Sie zuckte die Achseln und presste die Lippen fest zusammen, damit sie nicht zitterten.

»Hast du Zeit für einen Kaffee?« Owen war aufgestanden und setzte den Wasserkocher auf. »Verdammt. Ich hätte niemals gedacht, dass gerade die beiden … Das muss dir ganz schön zusetzen.«

John steckte den Kopf durch die Tür und sagte: »Schnapp dir einen von den Kartons, Kate. Zum Kaffeetrinken haben wir keine Zeit. Wir müssen noch nach Mile End. Dein Dad erwartet uns.«

Fünf Minuten später hatten sie alles im Auto verstaut. Owen, Baffy im Arm, kam strumpfsockig mit nach draußen.

»Danke, dass du alles für mich zusammengepackt hast«, sagte Kate.

»Gern geschehen werde ich bestimmt nicht sagen.«

Mathis taugte nicht als Fluchtfahrer: Es dauerte eine Ewigkeit, bis er ausgeparkt hatte. Owen und Baffy, beide sichtlich geknickt, schauten zu.

»Ein Glück, dass wir dabei waren«, sagte John, als sie endlich Richtung Mile End fuhren. »Das ist ein ganz gerissener Typ. Hast du seine Socken gesehen? Und seine Haare? Er hat garantiert Stunden gebraucht, um wie ein armes vernachlässigtes Waisenkind auszusehen.«

Kate war bedrückt. Immerhin war etwas zu Ende gegangen, was einmal wunderschön gewesen war. Außerdem sah sie dem Besuch bei ihrem Vater mit gemischten Gefühlen entgegen. Wenn er nun in Frauenkleidern herumlief? Sie war sich nicht sicher, ob sie das verkraften würde.

Luke kam heraus, als das Auto vor dem Haus hielt. Er war in Hemdsärmeln und hatte seinen Krawattenknoten gelockert. Erleichterung durchflutete Kate. Sie sprang aus dem Wagen, lief zu ihm und umarmte ihn stürmisch. Als sie sich wieder von ihm löste, stutzte sie mit gerunzelter Stirn.

»Was ist denn mit dir passiert?« Seine Unterlippe war geschwollen und blaurot verfärbt.

»Bin auf der Treppe ausgerutscht. Ich bin halt ein tollpatschiger alter Trottel.« Er nuschelte ein bisschen.

»Auf der Treppe? Wo? Hier? Wann denn?«

»Letzte Woche. Alles halb so wild. Hallo, Jungs«, wandte er sich an John und Mathis. »Nett von euch, dass ihr euer Auto und eure Muskelkraft für die Durchführung der Operation ›Rettet Kate aus Owens Fängen‹ zur Verfügung stellt.«

Während sie Kates Sachen ausluden, zog sich der Himmel zu. Donner grollte in der Ferne. Es gab nur ein Schlafzimmer in der Wohnung, aber hinter dem Sofa war Platz, und so verstauten sie alles dort. Kate warf ihrem Vater immer wieder verstohlene Blicke zu. Er sah wie ihr Dad aus, er redete wie ihr Dad, er gab sich ihren Freunden gegenüber charmant und zurückhaltend wie immer. Komisch war nur, dass es auf einmal nicht mehr unmöglich war, ihn sich als Frau vorzustellen. Er hatte etwas an sich, etwas Unbestimmtes, Zweideutiges, das – wie sie sich nur ungern eingestand – vielleicht immer schon da gewesen war.

»Er ist glücklich«, flüsterte Mathis ihr zu, als Luke außer Hörweite war.

»Meinst du?« Kate verzog das Gesicht. »Er muss doch einsam sein.«

»Deine Mutter fehlt ihm bestimmt, und er hat garantiert auch Schuldgefühle, aber er hat eine glückliche Aura. Spürst du das nicht auch? Irgendwie ist der Druck von ihm abgefallen, das merkt man deutlich.«

Sie hatten gerade den letzten Karton ins Haus geschleppt, als Kate einen dunklen Tropfen auf dem Asphalt bemerkte. Schon kam ein zweiter hinzu, dann noch einer und noch einer. Innerhalb von Sekunden schüttete es wie aus Kübeln. Mathis stieß einen Freudenschrei aus und stand mit ausgebreiteten Armen da, um die Regentropfen aufzufangen. Passanten, von denen sich manche eine Zeitung über den Kopf hielten, liefen fröhlich kreischend vorbei. London hatte die Trockenheit satt.

»Hurra!«, schrie Luke. »Kommt rein, lasst uns was trinken und auf den Regen anstoßen! Warum bleibt ihr eigentlich nicht zum Essen? Ja? Wunderbar. Es gibt hier etliche Lokale, bei denen wir uns was bestellen können.«

Sie standen eine ganze Weile in der offenen Tür zum Garten und schauten dem Regen zu. Die Erde war so ausgetrocknet, dass die Wassermassen darüber hinwegschossen. Ein Blitz tauchte den Feigenbaum in grelles Licht, und sie zählten die Sekunden bis zum nächsten Donnerschlag. Luke holte eine Flasche Wein, und dann suchte sich jeder einen Sessel. Zwischen Luke und den beiden jungen Männern entspann sich eine angeregte Unterhaltung.

Kate musste ihren Vater die ganze Zeit anschauen. Er hatte seinen Schlips abgenommen und den obersten Hemdknopf geöffnet. Die geschwollene, bläulich verfärbte Lippe gab ihm ein verletzliches Aussehen.

»Sag mal, Dad, hat dich jemand geschlagen?«, fragte sie.

»Du weißt doch, dass ich mich für mein Leben gern prügele. Ich gehe keiner Schlägerei aus dem Weg«, witzelte er.

John beugte sich vor. »Was ist denn das da am Hals?« Er tippte sich an seinen Adamsapfel. »Sieht aus wie ein Bluterguss.«

»Wo?« Jetzt bemerkte es auch Kate. Fleckige dunkle Hautverfärbungen. Ihr kam ein schrecklicher Verdacht. »O mein Gott! Hast du dir das selbst getan? Hast du … hast du versucht, dich zu erhängen?«

»Nein, nein!« Luke knöpfte rasch seinen Hemdkragen zu. »Mach dir keine Sorgen, Kate, ich versichere dir, das hab ich mir nicht selbst zugefügt. Ich hatte eine kleine Meinungsverschiedenheit mit jemandem, und es gab ein Handgemenge, das ist alles.«

»Du warst noch nie im Leben in ein Handgemenge verwickelt.«

»Tja, irgendwann ist immer das erste Mal. Denk nicht mehr dran.«

Aber Kate konnte an nichts anderes mehr denken. Wer würde ihrem liebenswürdigen Dad so etwas antun? War er auf der Straße überfallen worden? War er zusammengeschlagen worden, weil er in Frauenkleidern herumgelaufen war?

»Ich finde, du solltest zur Polizei gehen«, sagte sie.

»Lass gut sein, Kate. Es ist nichts passiert. Den Leuten passt meine Entscheidung einfach nicht.«

»Welchen Leuten?«

»Da gibt es einige. Ich werde mich daran gewöhnen müssen.« Luke machte eine Handbewegung, um ihr zu bedeuten, dass das Thema für ihn abgeschlossen sei. Er wandte sich John zu und machte eine Bemerkung über Kricket.

Kate interessierte sich nicht für Kricket. Sie stand auf, trat in die offene Tür und hielt ihre Hände in den strömenden Regen. Ihr Dad verheimlichte ihr etwas. Die Verletzungen schienen ein paar Tage alt zu sein. Simon war doch vergangene Woche hier gewesen. Ob ihm etwas aufgefallen war?

Simon. Simon war hier gewesen.

Simon hatte Dad in Frauenkleidern überrascht.

Simon.

Sie lief nach draußen, stellte sich unter dem Feigenbaum unter und zog ihr Handy heraus.

»Ich bin bei Dad«, sagte sie ohne Umschweife, als ihr Bruder abnahm.

»Herrgott noch mal, Kate! Ich hab dir doch gesagt, du sollst das lassen! Sein Schlafzimmer ist voller Frauensachen!«

Dieser selbstgerechte Arsch.

»Ich hab seine Blutergüsse gesehen. Was hast du mit ihm gemacht?«

Simon versuchte gar nicht erst, es abzustreiten. »Er ist wie ein gottverdammter Perverser draußen rumgelaufen! Wenn er so weitermacht, wird er noch im Knast landen.«

Sie konnte ihren Vater durch die offene Tür sehen. Er saß in einem Sessel und hörte John aufmerksam zu. Er sah keineswegs wie ein gottverdammter Perverser aus, sondern wie ein freundlicher, besorgter Mann – oder, jetzt, wo sie darüber nachdachte, wie eine freundliche, besorgte Frau. Wie auch immer, das da drin war ihr Dad, derselbe Mensch, den sie ihr Leben lang geliebt hatte.

»Hast du sein Rundschreiben gelesen?«, fragte Simon jetzt.

»Ja.«

»Mum wird sich scheiden lassen. Er wird alles verlieren, vielleicht landet er auf der Straße. Niemand wird ihm auch nur die Uhrzeit sagen. Vielleicht wird ihm dann klar, was für ein Idiot er gewesen ist.«

»Du kotzt mich an!« Als ihr Vater flüchtig in ihre Richtung blickte, senkte sie die Stimme. »Er hat dich nie geschlagen oder dir auch nur eine Ohrfeige verpasst, nicht ein einziges Mal, obwohl du manchmal ein richtiges kleines Aas gewesen bist. Jeder andere hätte dich früher oder später windelweich geprügelt, aber nicht Dad. Er war der geduldigste, verständnisvollste, liebevollste Vater auf der Welt. Wie viele Male hat er dich aus der Scheiße geholt, hä? Und jetzt, wo er uns, wo er dich braucht, spazierst du einfach in seine Wohnung und schlägst ihn zusammen! Was bist du bloß für ein Held, du blöder Wichser!«

»Er hat mich auch geschlagen.« Simon hörte sich an wie ein Fünfjähriger.

»Du hast ihn gewürgt! Das ist versuchter Mord! Eigentlich sollte ich zur Polizei gehen.«

»Hör zu, ich bin nicht stolz auf mich, aber wenn du da gewesen wärst und gesehen hättest …«

»Ach, leck mich doch!« Kate legte auf, stürmte wieder hinein und ließ sich in einen Sessel plumpsen. Wasser tropfte ihr von den Haaren. »Dieser verdammte Mistkerl! Ich weiß, dass es Simon war, Dad, du brauchst es gar nicht erst zu leugnen. Er hat es gerade zugegeben. Kann ich Mum anrufen? Sie hat ein Recht, es zu erfahren.«

»Nein«, antwortete Luke schlicht.

»Soll er einfach so davonkommen?«

»Ja.«

Kate blies die Backen auf. »Carmela wird an die Decke gehen.«

»Sie wird es nicht erfahren, weil du ihr nichts sagen wirst.« Luke schenkte ihnen Wein nach. »Sie ist schwanger.«

»Sie hat ein Recht zu erfahren, was für einen Vollidioten sie geheiratet hat.«

»Nein, Kate. Nein. Tu mir den Gefallen und mach keinen Wirbel, hörst du? Lass es einfach gut sein. Wie wär's, wenn wir uns jetzt etwas zu essen bestellen? Ein Stück die Straße runter ist ein ausgezeichnetes Thai-Restaurant.«

Kate passte das überhaupt nicht, aber sie musste nachgeben. Es war die Entscheidung ihres Vaters.

Es wurde schließlich ein wunderschöner Abend. Das hatte sie nicht erwartet, nicht mit all den Problemen in der Familie. Sie hatten sich zum Essen an den Küchentisch gesetzt, und Mathis unterhielt sie mit Promi-Klatsch, den er bei der Arbeit aufgeschnappt hatte. Kurz vor elf klingelte Lukes Telefon. Er warf einen Blick auf die im Display angezeigte Nummer und lächelte. Kate wusste sofort, wer der Anrufer war. Es gab nur einen einzigen Menschen auf der Welt – es hatte immer nur einen gegeben –, der dieses Lächeln herbeizauberte.

Er nahm ab. »Eilish.«

John und Mathis standen taktvoll auf und fingen mit dem Abwasch an. Kate hätte gern gelauscht, aber das wäre unhöflich gewesen. Also schnappte sie sich ein Geschirrtuch und half den beiden Jungs. Dann hörte sie ihren Vater brummen: »Willst du mit Kate reden?«

Sie trat neben ihn.

»Geht es dir gut?«, fragte er. »Soll ich zu dir rauskommen?«

Kate hörte Gemurmel am anderen Ende der Leitung. Luke nickte.

»Also gut. Ich werde es Kate sagen … Ja, ist gut. Ruf sofort an, wenn du etwas Neues weißt.« Er lauschte noch ein paar Sekunden und flüsterte dann: »Ich auch. Ich auch. Bis dann, Liebes.«

Er sprach die Worte so zärtlich aus, so vertraut. Als ob nie von Scheidung die Rede gewesen wäre. Einen Augenblick saß er mit gesenktem Kopf da, dann blickte er auf.

»Carmela liegt in den Wehen. Es ist viel zu früh.«

SECHSUNDZWANZIG

Eilish

Man merkt, dass man allmählich zum alten Eisen gehört, wenn man einer kompromisslosen Staranwältin gegenübersitzt, die nicht älter ist als der eigene Sohn. Sie schlug mir vor, sofort die Scheidung einzureichen und zu meiner finanziellen Absicherung auf einer Verpflichtung seitens Lukes zu bestehen. Während draußen Donner grummelte, hörte sie sich meine Geschichte an.

»Das kommt mir bekannt vor«, sagte sie dann.

»Was, Ehemänner, die sich in Frauen verwandeln?«

Leise, als ob die Wände Ohren hätten, erwiderte sie: »Sie würden sich wundern! Einer meiner Kollegen hatte eine Mandantin, die sich nicht erklären konnte, warum ihre Schuhe ihr immer zu groß waren. Sogar die, die sie kaum getragen hatte. Den Rest können Sie sich bestimmt denken.«

»O ja«, murmelte ich schwach. »Allerdings. Kommt mir bekannt vor.«

Ich war ihr letzter Termin an diesem Tag gewesen. Als ich die Kanzlei verließ, regnete es in Strömen. Ich rannte zu meinem Auto. Der Verkehr in Oxford war der reinste Albtraum. Wahrscheinlich hätte ich mich gar nicht ans Steuer setzen dürfen, hinterher konnte ich mich nämlich an nichts anderes erinnern als an das Geräusch meiner Scheibenwischer, die gegen den sintflutartigen Regen ankämpften. Ich war mit meinen Gedanken in der Vergangenheit, ich dachte an den Abend zurück, als ich mir *Giselle* angesehen und einem attraktiven Mann mein

Opernglas geliehen hatte. Mir kam es vor, als wäre es gestern gewesen.

Vom Kirchturm schlug es acht Uhr, als ich über die regennassen Straßen durch East Yalton fuhr. Das Haus war dunkel und leer. Ich ging hinein und knipste ein paar Lampen an. Zwei Sekunden später trottete Casino herein und schimpfte mich gehörig aus, weil er so lange auf sein Abendessen hatte warten müssen. Ich öffnete eine Dose, füllte seinen Napf und ließ mich dann auf einen Stuhl am Küchentisch fallen.

Ich war wie betäubt. Ich konnte nicht glauben, was ich getan hatte. Ich war bei einer Anwältin gewesen. Ich hatte den ersten Dominostein angestoßen, eine Hoffnung nach der anderen würde fallen, und enden würde das Ganze mit der Auflösung meiner Ehe. Hatte ich das wirklich getan?

Casino sprang auf meinen Schoß und rollte sich zusammen. Ich blieb regungslos sitzen. Ich kannte Luke. Ich kannte ihn nicht. Er war mein Liebhaber, er war ein völlig Fremder. Er war ein anständiger Mensch, er war ein Lügner und Betrüger. Ich hatte Angst um ihn. Ich bemitleidete ihn. Ich hasste ihn. Ich liebte ihn. Er war jahrzehntelang mein Weggefährte gewesen, wie konnte er sich einfach von mir abwenden? *Du warst bei einer Anwältin, nicht er*, sagte eine kleine Stimme jenseits meiner Verbitterung. *Du hast dich von ihm abgewandt, nicht umgekehrt.*

Ich weiß nicht, wie lange ich dagesessen hatte, als mich das Klingeln des Telefons aus meinen Gedanken riss. *Vielleicht ist das Luke*, dachte ich. *Vielleicht möchte er wieder nach Hause kommen. Noch kann ich den Scheidungsantrag zurückziehen.*

»Mum«, sagte Simon. »Es ist was passiert.«

Carmela lag auf dem Sofa, die Füße auf einem Kissen. Nico war schon bettfertig. Er schaute sich *101 Dalmatiner* an. Als sein Vater hereinkam, sprang er auf und schlang seine Arme um ihn.

»Du bist ja ganz nass!«

»Bloß ein bisschen. Ich bin im Regen rumgelaufen.«

»Wir gucken uns die Hunde an. Cruella will Mäntel aus ihnen machen.«

»Bitte keine Hunde mehr! Ich habe den ganzen Tag Hunde gesehen!«, stöhnte Simon in gespieltem Entsetzen. Er ging neben Carmela in die Hocke. »Alles in Ordnung?«

»Nur diese Braxton-Hicks-Kontraktionen«, erwiderte sie und fuhr sich über ihren dicken Bauch. »Tut ganz schön weh … autsch! Wie war dein Tag?«

»Ganz okay.«

In Wirklichkeit war es ein fürchterlicher Tag gewesen. Die Praxis war brechend voll, eine seiner Assistentinnen hatte sich krankgemeldet, und die neue Arzthelferin am Empfang war völlig überfordert. Und sein Dad trug neuerdings Strumpfhosen. Er ging in die Küche, schenkte sich einen Gin Tonic ein und leerte das Glas in einem Zug. Strumpfhosen! Er bekam das Bild überhaupt nicht mehr aus dem Kopf.

»Eilish hat heut Mittag angerufen«, rief Carmela. »Bevor sie zum Anwalt gegangen ist. Aua!«

Er brachte ihr eine Wärmflasche, bevor er für sich und Nico etwas zu essen machte. Als der Junge nach oben ging, um sein Lieblingsbuch auszusuchen, klingelte Simons Handy. Es war Kate. Seine Schwester konnte eine unglaubliche Nervensäge sein. Sie schnauzte ihn an wegen seinem Streit mit Dad, und zum Schluss legte sie einfach auf.

»Herrgott noch mal«, brummte er. »Selbstgerechte Ziege!«

Ich will jetzt nicht über Dad nachdenken, dachte er, als er

sich einen weiteren Gin eingoss. Nicht jetzt. Er würde noch den Verstand verlieren, wenn er nicht aufhörte, ständig an seinen Vater zu denken. Seit seinem Besuch in der Thurso Lane wachte er jede Nacht auf, weil ihn das Bild verfolgte, wie die Frau in der Küche sich zu ihm umgedreht hatte. Im Moment wollte er nichts anderes, als diesen ganzen Albtraum vergessen und eine halbe Stunde mit seinem Sohn genießen. Er ging hinauf in Nicos Zimmer. Der Junge, Piglet im Arm, saß auf dem Bett und blätterte in einem Buch.

»Das hier zuerst«, sagte er und kletterte auf den Schoß seines Vaters. »Der Zauberstift.«

Nach der dritten Geschichte klappte Simon das Buch zu. Nico ließ Piglet über den Arm seines Vaters spazieren.

»Waren heute viele kranke Katzen da?«

»O ja, eine ganze Menge! So viele.« Simon hielt beide Hände hoch, alle Finger abgespreizt. »Und Hunde. Und eine Schlange. Und ein plüschiger Hamster namens Wodka. Er sah aus, als wäre er gerade erst aufgestanden. Sein Fell stand ihm nach allen Seiten ab.«

»Hast du all diesen Tieren geholfen?«

»Den meisten.«

»Ich will auch Wettrinär werden, wenn ich groß bin.«

Simon rieb seine Nase im duftenden Haar seines Sohnes. »Du wirst ein sehr guter Wettrinär sein«, sagte er. »Aber jetzt gehst du erst mal ins Bett. Höchste Zeit für dich.«

Nico war Spezialist für Verzögerungstaktiken. »Mummy hat autsch gesagt, als das Baby sie getreten hat.«

»Ja, arme Mummy.«

»Liest du mir noch eine Geschichte vor?« Nico schlug das Buch wieder auf. »Die hier. Das ist nur eine ganz kleine.«

»Morgen. Wie wär's mit einer Flugstunde? Alles startklar?« Simon stand auf und wirbelte den kleinen Jungen ein paar Mal durch die Luft, bevor er ihn sanft auf dem Bett absetzte.

»Granny hat angerufen«, sagte Nico und schlüpfte unter die Decke. »Sie hat ein Geschenk für mich. Ob sie mir wieder ein Auto schenkt? Ich wollte mit Grandpa reden, aber das ging nicht, weil er nicht mehr da wohnt.«

»Gute Nacht, schlaf gut und träum süß, mein Schatz. Gib mir einen Kuss.«

»Ist er weg, weil du mit ihm geschimpft hast, als ich ihm den Blumenstrauß gegeben hab?«

»Ich hab nicht mit ihm geschimpft.«

Nico riss seine braunen Augen auf. Er durchschaute seinen Vater. »Doch hast du mit ihm geschimpft! Ich hab's gehört. Du hast ganz laut geschimpft, nämlich so.« Er ahmte lautlos seinen schreienden Vater nach, indem er ein paar Mal den Mund weit auf- und wieder zumachte. »Der arme Grandpa!«

Eine Übelkeit erregende Mischung aus Scham und Wut ergriff Simon »Ich hab nicht wirklich mit ihm geschimpft. Es gibt Dinge, die du noch nicht verstehen kannst, deshalb musst du das einfach den Erwachsenen überlassen. So, jetzt wird's aber höchste Zeit für dich. Gute Nacht, Nico, gute Nacht, Piglet.«

Er drehte sich noch einmal um, als er das Licht ausknipste. Nico lag auf dem Rücken, Piglet auf Armeslänge über seinem Gesicht haltend.

»Finger weg von meinem Sohn«, knurrte er mit tiefer, zorniger Stimme. »Finger weg von meinem Sohn!«

Als Simon in die Küche kam, hatte Carmela eine Kanne Kamillentee aufgebrüht.

»Geht's dir besser?«, fragte er.

»Ja, danke. Die Wärmflasche hat wahre Wunder vollbracht. Das war vorhin gar nicht lustig.«

Er trug ihren Tee und seinen Gin ins Wohnzimmer hinüber, dimmte die Lampen und suchte Musik von Edward Elgar heraus. Carmela lag auf dem Sofa, ihre Füße auf Simons Schoß.

Sie hatte sich die Fußnägel in schillerndem Opalblau lackiert. Er fragte sich, wie sie das mit ihrem dicken Bauch schaffte.

»Ich sollte Mum anrufen und fragen, wie es bei der Anwältin gelaufen ist.«

»Nicht jetzt, Simon.«

Das gedämpfte Licht und die leise Hintergrundmusik schufen eine friedliche Atmosphäre.

»Ich hab gehört, wie du Nico vorgelesen hast. Ich mag den *Zauberstift.*«

Er streichelte ihre Fußknöchel.

»Was ist in Lukes Wohnung wirklich passiert?«, fragte sie unvermittelt.

»Ich habe ihn in Frauenkleidern überrascht.«

»Das weiß ich. Und dann?«

»Nichts. Ich bin gegangen. Ich bin ins Pub, hab ein paar Bier getrunken, bin nach Hause gefahren.«

»Mm.« Sie wackelte mit den Zehen. »Seit diesem Tag schläfst du nicht mehr richtig, isst nicht mehr richtig, lächelst nicht mehr. Willst du mir nicht sagen, warum?«

»Weil ich meinen Vater verloren habe, darum.«

»Und er war dein kluger Freund.«

Simon lehnte seinen Kopf an die Rückenlehne des Sofas und schloss halb die Augen. Der Gin zeigte endlich Wirkung und betäubte den Schmerz. »Nein, er war ein Betrüger. Schsch. Ich will nicht über ihn reden.«

Er spürte, wie ihre Beine sich entspannten und wusste, dass sie eingenickt war. Er selbst wurde auch schläfrig. Sie sollten ins Bett gehen. Gleich. Nur noch eine Minute. Die Musik umspülte ihn, hob ihn hoch und trug ihn mit sich fort.

Lichter zuckten. Discolichter. Der DJ legte ein langsames Stück auf, *Nights in White Satin.* Jessica hatte die längsten, verführerischsten Beine, die er je gesehen hatte. Sie schmiegte sich an ihn, verschmolz regelrecht mit ihm. Ihr Mund war warm.

Er küsste sie immer wieder, als er sie durch die nach Sommer duftende Nacht zu dem Hotel begleitete, wo sie wohnte und arbeitete. Sie lachten und redeten, hauptsächlich dummes Zeug. Sie hatten die gleiche Wellenlänge. Er nuschelte, er merkte es selbst, aber das war ihm egal. Er hatte sich innerhalb weniger Stunden so heftig verliebt, wie nur ein betrunkener, geiler Neunzehnjähriger sich verlieben kann. Dieses Mädchen war etwas Besonderes. Er solle sie doch auf ihren Reisen begleiten, meinte sie. Das werde er, sagte er, Scheiß auf das Studium, er wolle sowieso nicht Tierarzt werden. Sie träumten von einer Bambushütte am Strand von Thailand. Er stellte sich exotische Musik und flackernden Kerzenschein vor, das Plätschern der auf dem Sand auslaufenden Wellen, eine nackte Jessica auf dem Boden der Hütte. Sie würden so glücklich miteinander sein.

Am Hotel angekommen, lehnten sie sich in den dunklen Eingang. Er fuhr mit beiden Händen an ihren Schenkeln hinauf.

»He, bis hierhin und nicht weiter«, sagte sie lachend und packte ihn an den Armen.

»Kann ich mit reinkommen?«

»Willst du, dass ich meinen Job verliere?«

Er war so geil, dass er gleich explodieren würde. Er wollte nicht, dass die Nacht vorüber war, nicht, bevor er dieses Mädchen gevögelt hatte. »Komm mit mir nach Hause«, bettelte er, als sie den Schlüssel ins Türschloss schob.

»Ruf mich morgen an, wenn du wieder nüchtern bist. Versprichst du mir das?«

Er versprach es. Die Tür fiel hinter ihr ins Schloss. Der Duft ihres Parfüms haftete an seinen Sachen.

Er torkelte die Straße entlang. Jemand stöhnte. Eine Frau, aber Jessica konnte es nicht sein. Wieder ein lautes Stöhnen, als ob jemand große Schmerzen hätte. Jemand weinte. Er blickte die Straße hinauf und hinunter. Irgendjemand war in Not. Aber er konnte niemanden sehen.

»Simon.« Carmelas Stimme klang gepresst. »Irgendwas stimmt nicht.«

Eilish

Viele betrachten eine Geburt als reine Routineangelegenheit. Manche Leute bilden sich sogar etwas ein auf ihre Ignoranz. Schließlich hätten schon zig Milliarden Frauen Kinder zur Welt gebracht, argumentieren sie. So wie unsere Mütter einen jeden von uns. Natürlich gebe es gelegentlich Komplikationen, aber zum Glück lebten wir ja in der westlichen Welt und im einundzwanzigsten Jahrhundert. Sie präsentieren irgendwelche erfundenen Statistiken, wonach ein einziger Säugling von tausend stirbt. Nur einer von tausend, das muss man sich mal vorstellen! Ein kinderloser Mann hat einmal ganz unbekümmert zu mir gesagt, es sei ungefährlicher, ein Kind zu gebären, als einen Weihnachtsbaum zu schmücken. Ich hätte ihn ohrfeigen können.

Ich weiß es nämlich besser. Ich weiß, wie es ist, wenn man den schlaffen Körper seines Säuglings in den Armen hält und die Hebamme ihn eilig nimmt und auf eine Decke legt und ihn wiederzubeleben versucht. Ich kenne die nackte Angst, die einen befällt, wenn der kleine Körper die grauenvolle Farbe des Todes annimmt. Ich habe gestöhnt vor Entsetzen, habe Gebete gestammelt, Gott angefleht, mir zu helfen. Ich habe gespürt, wie die Milch eingeschossen ist, für ein Kind, das niemals trinken würde.

Daher war ich weder aufgeregt noch glücklich, als Simon aus dem Krankenhaus anrief und sagte, bei Carmela hätten die Wehen eingesetzt, und das in der vierunddreißigsten Woche. Ich hatte einfach nur schreckliche Angst, weil ich wusste, dass die Lungen bei einem Frühgeborenen noch nicht vollständig ausgereift sind. Ohne auch nur eine Sekunde nachzudenken, rief ich sofort Luke an. Auf diese Weise war die Angst ein wenig verteilt. Kate und ihre Freunde waren gerade bei ihm zu Besuch. Von meinem Termin bei der Anwältin sagte ich nichts. Dafür war ich zu feige.

»Und du, wie geht es dir?«, fragte er.

»Gut! Ich meine, viele Babys kommen ein paar Wochen zu früh zur Welt, das ist nicht ungewöhnlich. Wird schon gut gehen. Ich dachte nur, du wolltest es vielleicht wissen.«

»Soll ich zu dir kommen und dir Gesellschaft leisten?«

»Nein, nein«, erwiderte ich. »Ich werde früh ins Bett gehen. Ich kann ja sowieso nichts tun. Simon wird bestimmt anrufen, sobald es etwas Neues gibt.«

Ich war mir sicher, dass er mich durchschaute. Er würde genauso wenig schlafen können wie ich. Wir würden beide die ganze Nacht wach liegen.

»Ich glaube nicht, dass ich dir jemals verzeihen kann«, brach es aus mir hervor, »aber du fehlst mir trotzdem.«

Ich beschloss, auf Alkohol zu verzichten, falls ich zum Krankenhaus fahren müsste. Ich trank Tee und noch mehr Tee. Ich schaltete das Radio an. Ich sah meine E-Mails durch. Ich versuchte, ein Buch zu lesen. Aber ich konnte an nichts anderes als an mein Enkelkind denken, das sich in die Welt kämpfte. Ich überlegte, ob ich mich hinlegen sollte, aber mir graute vor dem großen, leeren Bett.

Gegen Mitternacht griff ich zum Telefon, um Luke anzurufen. Ich zögerte, legte es wieder hin. Es war vorbei. Ich würde die Scheidung einreichen. Ich musste allein zurechtkommen und er auch.

Drei Stunden später trat ich in den Garten hinaus. Die Luft fühlte sich sauber an nach dem Regen, und es war endlich kühler geworden. Es herrschte tiefe Ruhe und tiefe Dunkelheit. Keine Sterne am Himmel. Ich ging durch das nasse Gras und blieb zwischen Charlottes Baum und Roberts Bäumchen stehen. Vielleicht wussten die beiden geliebten Menschen mehr, vielleicht legten sie bei den himmlischen Mächten ein gutes Wort für das jüngste Mitglied unserer Familie ein. Mir kam es so vor, als ob die Nacht mich schützend in ihrem schwarzen Umhang barg. Sie verstand mich. Sie ließ mich meine Gedanken denken.

Zu guter Letzt sprach ich eine Art Gebet. Mehr konnte ich nicht tun. Ich bat Gott, von dem ich hoffte, dass er existierte, um zwei Gefallen: dass Carmelas Baby gesund und kräftig war und selbstständig atmete und dass Luke wieder der Alte würde und zu mir nach Hause kam.

Luke

Noch immer keine Nachricht. Ich hatte Kates Sachen untergebracht. Ich hatte einen Schwung Hemden fürs Büro und eine Seidenbluse, die ich online bestellt hatte, gebügelt. Ich versuchte, einige Entwürfe für Dokumente zu erstellen, konnte mich aber nicht konzentrieren. Vielleicht war das die Strafe. Vielleicht mussten Carmela, Simon und das Baby für meine Verdorbenheit bezahlen. Das war keine rationale Theorie, aber um drei Uhr morgens ergibt alles einen Sinn.

Man kann sich nur schwer vorstellen, wie es ist, Großeltern zu sein, solange man keine Enkel hat. Warum hegen wir so zärtliche Gefühle für die Kinder unserer Kinder? Früher ging es mir gewaltig auf die Nerven, wenn mein Vater so ein Getue um Simon und Kate machte: Wir sollten sie nicht allein an der Drehbank werkeln lassen, wir sollten den Teich einzäunen und so weiter und so weiter. Ich hielt ihn für einen alten Pedanten. Jetzt wanderte ich unruhig in der Wohnung auf und ab und sorgte mich um einen kleinen Menschen, der meine Gene in sich trug.

Ich malte mir ein Schreckensszenario aus. So, wie ich es selbst einmal erlebt hatte.

Charlotte war zu Hause auf die Welt gekommen, aber es ist nicht sicher, ob die Dinge im Krankenhaus anders verlaufen wären. Die Wehen hatten ohne Vorwarnung eingesetzt, und bevor wir recht begriffen, was geschah, war das Baby auch schon unterwegs. Unsere Hebamme kam zu uns herausgerast. »Keine Sorge«, rief sie, als sie die Treppe hinaufhetzte, »die Kavallerie ist da!« Alles sehe gut aus. Nicht die schnellen Geburten seien die gefährlichen, sondern die zu langsamen. Ich sah Charlottes Kopf herauskommen, und Augenblicke später hießen wir unser kleines Mädchen lachend und weinend zugleich auf dieser Welt willkommen. Aber dann passierte etwas. Die Hebamme nahm sie wieder an sich, versuchte, sie wiederzubeleben, und fuhr mich an, ich solle endlich einen Krankenwagen rufen. Ich werde nie vergessen, wie ungeschickt ich mich anstellte. Ich werde nie dieses Gefühl der Hilflosigkeit vergessen.

Und jetzt kam mein Enkelkind zu früh auf die Welt. Wieder stand ich tausend Ängste aus. Als es hell wurde, hielt ich es nicht mehr aus. Ich rief im Krankenhaus an und wurde mit der Wöchnerinnenstation verbunden. Die Frau am anderen Ende war freundlich und hilfsbereit.

»Sind Sie ein Angehöriger? … Ach so, der Großvater. … Carmela Livingstone. Einen Augenblick, bitte.«

Ich musste lange warten. Sehr lange. Vielleicht war die Schwester zu einem Notfall gerufen worden. Draußen wurde der Himmel immer heller.

Als die Schwester endlich wieder ans Telefon kam, klang sie nicht mehr so munter. »Sind Sie noch da?«, fragte sie förmlich und sehr reserviert. »Es tut mir sehr leid, aber ich darf Ihnen keine Auskunft geben.«

»Aber Sie werden mir doch sagen können, ob Mutter und Kind wohlauf sind!«

»Wir haben unsere Vorschriften. Wir können keine vertraulichen Informationen am Telefon herausgeben.«

»Carmela Livingstone ist doch bei Ihnen eingeliefert worden, oder etwa nicht? Die Wehen haben gestern Abend eingesetzt.«

»Ich kann nicht bestätigen, dass wir eine Patientin dieses Namens aufgenommen haben.«

Ich setzte mich aufs Bett. Irgendetwas stimmte hier ganz offensichtlich nicht.

»Es tut mir leid, aber Sie verstehen sicherlich, dass wir unsere …«

»Vorschriften haben«, ergänzte ich den Satz. »Ja, das verstehe ich. Aber ich mache mir große Sorgen, wissen Sie. Das Baby hätte erst in sechs Wochen zur Welt kommen sollen. Meine Frau und ich haben einmal ein Neugeborenes verloren, deshalb … Und wenn Sie mir jetzt keine Informationen geben wollen, dann ist das doch ein schlechtes Zeichen, oder? Ich … ich habe schreckliche Angst, verstehen Sie?«

Eine Pause, dann ein tiefer Seufzer. »Hören Sie, ich kann Ihnen nur sagen, dass wir eine ruhige Nacht hatten. Es gab keine nennenswerten Probleme. Die fünf Babys, die in den letzten zwölf Stunden geboren wurden, sind alle gesund und wohlauf und ihre Mütter auch.«

Es dauerte ein paar Sekunden, ehe ich begriff. Dann erfüllte mich eine tiefe Dankbarkeit.

»Ich danke Ihnen«, sagte ich leise. »Ich danke Ihnen tausendmal.«

*

Ich hatte eine Telefonkonferenz um acht Uhr und ein Arbeitsessen mit meinen Partnern über Mittag. Beides konnte ich nicht absagen. Ich hatte mich angezogen und war im Begriff, die Wohnung zu verlassen, als das Telefon klingelte. Ich riss es an mich.

»Du hast eine Enkeltochter«, sagte Eilish. »Rosa Catalina. Sie wiegt knapp 1900 Gramm.«

»Gott sei Dank! Geht es den beiden gut?«

»Sie ist auf der Neugeborenenintensivstation, aber sie atmet selbstständig. Carmela geht es gut.«

»Wann wirst du sie besuchen?«

»Sobald wir uns alle ein bisschen ausgeruht haben.«

Ich ging mit dem Telefon um den Tisch herum. »Rosa …?«

»Rosa Catalina. Klingt irgendwie vornehm, findest du nicht?«

Wir redeten. Wir waren einfach nur müde, erleichterte, glückliche Großeltern. Eilish erzählte mir alles, was sie über den Vorabend wusste: Carmela war die Fruchtblase geplatzt, Simon bat den Nachbarn, auf Nico aufzupassen, dann waren sie ins Krankenhaus gerast. Und dann passierte dies und dann jenes und wie lange alles dauerte.

»Sie ist kurz nach fünf auf die Welt gekommen.«

»Ich hab um halb sechs im Krankenhaus angerufen! Man wollte mir keine Auskunft geben.«

»Ich weiß.«

Da fiel der Groschen, laut und scheppernd. Simon hatte mich auf die schwarze Liste gesetzt.

»Ich bin also ein Geächteter«, sagte ich langsam.

»Was hast du denn erwartet, Herrgott noch mal?« Es klang entnervt. »Du wirst dieses Kind nie sehen. Du wirst weder Kontakt zu Rosa noch zu Nico haben.«

»So grausam werden Simon und Carmela sicher nicht sein.«

»Keinerlei Kontakt, Luke. Niemals. Nicht, wenn du so weitermachst. Das ist nicht verhandelbar. Sie wollen nicht, dass Rosa und Nico einen Großvater haben, der … der … ich weiß nicht, wie ich das nennen soll.«

»Der eine Transe ist?«

»Das ist nicht komisch! Du machst unsere Familie kaputt, findest du das witzig?«

»Entschuldige. Nein, das ist nicht witzig. Aber so langsam habe ich die Nase voll von Simons Wut. So langsam werde ich selbst ein bisschen wütend. Ich bin der Großvater dieser Kinder. Ich liebe sie, wie jeder andere Großvater sie lieben würde, ganz egal, welches Geschlecht ich habe oder zu haben glaube. Warum ist das denn so wichtig? Ich bin kein schlechter Mensch, und gefährlich bin ich auch nicht. Ich habe mir die ganze Nacht die größten Sorgen gemacht, so wie du auch. Ich möchte mit meinen Enkeln spielen. Ich möchte …« Meine Stimme wurde brüchig.

»Dann kehr um«, sagte sie beschwörend. »Noch ist es nicht zu spät. Du kannst alles haben, alles, so, wie es war. Aber kehr endlich um, oder Rosa wird nie auch nur deinen Namen hören!«

SIEBENUNDZWANZIG

Luke

Es fiel mir schwer, mich auf die Übernahme einer Großbank durch eine andere zu konzentrieren. Bei der Telefonkonferenz um acht waren ein weiterer Anwalt unserer Kanzlei und ein Praktikant zugegen. Als ich ihnen danach von der Geburt meiner Enkelin erzählte, sprach sich die Neuigkeit schnell herum. Den ganzen Morgen gaben sich die Kollegen die Klinke in die Hand, klopften mir auf die Schulter und beglückwünschten mich. Den ganzen Morgen spürte ich einen Druck in der Brust. *Du hast es so gewollt*, sagte ich mir. *Es war deine Entscheidung.*

Judi Wells, die Leiterin unserer Personalabteilung, schaute vorbei, als ich gerade im Blumenladen anrief, um Carmela Blumen schicken zu lassen. Das konnte schließlich nicht schaden. Früher hätte ich eine Sekretärin gebeten, das für mich zu erledigen, aber die Zeiten hatten sich geändert. Als Judi sah, dass ich telefonierte, zögerte sie, aber ich winkte sie herein.

»Soll ich eine Nachricht beifügen?«, fragte die Blumenhändlerin.

»Äh, Moment …« Daran hatte ich nicht gedacht. Bei Nicos Geburt hatten Eilish und ich die junge Familie zusammen besucht und Geschenke mitgebracht wie einst die Weisen im Morgenland. »Schreiben Sie: Herzlichen Glückwunsch zur Ankunft von Rosa. Alles Liebe, Luke.«

Als ich aufgelegt hatte, sah ich, dass Judi mich mit hochgezogenen Brauen beobachtete.

»Wann wirst du denn den kleinen Engel besuchen?«, fragte sie.

»Nicht, solange sie noch auf der Neugeborenenintensivstation ist.«

Judi war vor Kurzem fünfzig geworden. Das wusste ich, weil Eilish und ich zu ihrer Geburtstagsparty eingeladen gewesen waren. Der Anblick ihrer Lockenpracht und ihrer fließenden Gewänder munterte mich auf. Sie bewegte sich an der Grenze zwischen füllig und sehr füllig, aber sie trug ihre Kurven selbstbewusst zur Schau. Sie machte in High-Heels eine sehr gute Figur und bewegte sich so elegant, wie nur wenige Frauen das konnten – mir würde das ganz sicher nie gelingen. Ihr langjähriger Lebensgefährte und sie verbrachten ihren gesamten Urlaub damit, gastronomische Reisen durch Europa zu unternehmen. Bei der Schilderung der Menüs, die sie gekostet hatten, fielen einem fast die Augen aus dem Kopf. Ich hatte Judi noch nie über eine Diät oder einen Aerobic-Kurs oder irgendeine geplante äußerliche Veränderung reden hören. Sie war voll und ganz zufrieden mit sich. Das war ein Luxus, den ich mir nicht einmal vorstellen konnte.

Sie stand in der Tür und beobachtete mich. Sie trug einen Chiffon-Kaftan und eine dazu passende dunkelblaue Halskette.

»Diese Blumen«, begann sie.

»Mm?«

»Sie sind also nur von dir.«

»Nur von mir.«

»Und du wohnst derzeit in deiner Londoner Wohnung.«

»Äh, ja, im Moment.«

Sie schloss die Glastür und lehnte sich dagegen. »Hast du mir etwas zu sagen?«

»Nein.«

»Ganz sicher nicht?«

Ich sollte wirklich keine intimen Geheimnisse mit Judi oder

sonst jemandem aus der Kanzlei teilen. Jedenfalls nicht, bevor ich die obersten Bosse informiert hatte. Ich fing also an zu lügen, wie ich es immer getan hatte. Es war ein schreckliches Gefühl. So als würde ich meine Last wieder schultern.

Ich stoppte mitten im Satz. Keine Lügen mehr. Ich legte meine schwere Last ab.

»Ja«, sagte ich. »Es gibt wirklich etwas, das ich dir erzählen sollte.«

»Auch auf die Gefahr hin, dich zu enttäuschen«, sagte Judi, als wir in ihrem Lieblingscafé saßen, »aber ich bin nicht überrascht.«

Ich sah sie verdutzt an. »Nicht?«

Zu meinem Erstaunen sah sie eher selbstgefällig als geschockt aus. »Das vervollständigt das Puzzle. Du kennst das doch, wenn irgendein Teilchen hinters Sofa gefallen oder vom Staubsauger verschluckt worden ist? Das macht einen wahnsinnig. Tja, jetzt hab ich mein Teilchen gefunden. Ich wusste, dass du nicht schwul bist. Ich wusste, dass du keine Affäre hast, weil ich die Anzeichen kenne. Und trotzdem war ich mir verdammt sicher, dass du irgendetwas Wesentliches verheimlichst. Ich hab mich nicht getäuscht.«

»Du hältst mich also nicht für verrückt?«

Sie schnaubte. »Warum sollte ich? Es ist fantastisch, eine Frau zu sein. Sieh mich an! Ich liebe es. Es ist verrückt, keine Frau sein zu wollen. Je mehr Frauen, desto besser, wenn du mich fragst. Nimmst du Hormone?«

»Noch nicht.«

»Ich schon. Frag mich, wenn du etwas darüber wissen willst.« Sie schnitt ihr Schokocroissant in der Mitte durch und gab mir eine Hälfte. Für mich war das eine beiläufige Geste von Freundschaft, vielleicht sogar – wer weiß – von weiblicher Verbundenheit. Mein Verhältnis zu Judi hatte sich in der letzten halben

Stunde merklich verändert. Sie hatte ihre Zurückhaltung abgelegt. Sie mochte mich so, wie ich war. Das gefiel mir.

Sie biss in ihre Hälfte des Croissants und tippte mit dem Finger auf den Tisch. »Also, wie soll's jetzt weitergehen, Luke?«

»Ich lass die Dinge auf mich zukommen. Das ist Neuland.«

Während sie kaute, wurden ihre Augen schmal. Judi ist die geborene Problemlöserin: Sie wägt das Für und Wider ab, prüft Alternativen und präsentiert Lösungen. Und genau das tat sie jetzt auch.

»Keine gute Idee«, sagte sie entschlossen. »Um eine Frau zu werden, musst du alles gut vorbereitet haben. Wir müssen die Markteinführung deines neuen Ichs koordinieren – und wir brauchen einen Zeitrahmen. Wie lange brauchst du?«

»He, jetzt mal langsam!« Mir war nicht wohl bei dem Gedanken an mein Coming-out vor Kollegen und Mandanten. Weiß Gott wie viele Leute würden dabei zusehen, wie ich meine ersten zaghaften Schritte als Frau unternahm, sich das Lachen verbeißen und derbe Witze über meine Genitalien machen. Nein, danke.

»Ich werde kündigen müssen«, sagte ich.

»Quatsch! Das ist doch nichts Neues. Ich hab einen Artikel in der Zeitung gelesen … gestern, glaub ich … egal, jedenfalls ging es um einen richtigen Macho, einen von den US Navy SEALs, die den entscheidenden Angriff auf Osama Bin Laden ausgeführt haben. Ein ausgebildeter Killer. Bart. Tätowierungen. Ein Mordskerl. Er hat sich als Frau geoutet. Verblüffend, oder? Und dieser Finanzmakler, erinnerst du dich? Die Leute in seiner Bank haben großes Verständnis gezeigt. Und wo ich darüber nachdenke … da gibt es einen Armeeoffizier in Australien! Eine atemberaubende Frau.«

Ich hatte von diesen Leuten gehört, aber das half mir jetzt auch nicht weiter. Ich hatte meinen eigenen Kampf auszufechten.

»Für Eilish wäre es sicherlich leichter, wenn ich in aller Stille kündige. Sie ist sehr verletzt.«

»Kann ich mir gut vorstellen. Die Ärmste!« Judis Mundpartie nahm einen weichen Zug an, und sie berührte mich am Oberarm. »Hör zu, Luke. Deine Ehe war ein voller Erfolg. Du hast unzählige wunderschöne Erinnerungen gesammelt, aber genug ist manchmal eben genug. In Armut wie in Reichtum, in guten wie in schlechten Tagen blablabla – aber nicht unbedingt, bis dass der Tod uns scheidet. Nicht, wenn man verdammt unglücklich ist. Tausend Leute in deinem Alter wünschen sich noch etwas anderes vom Leben ... obwohl ich zugebe, dass das, was du vorhast, schon ein bisschen ... äh, ungewöhnlich ist. Weißt du, wie lange eine Durchschnittsehe im zwölften Jahrhundert gehalten hat? Elf Jahre und sechs Monate. Weil einer von beiden gestorben ist, normalerweise die arme Frau im Kindbett. Und weißt du, wie lange eine Durchschnittsehe heutzutage hält? Dreimal darfst du raten.«

»Elf Jahre und sechs Monate?«

»Ganz genau. Weil die Leute nicht mehr so früh sterben, müssen sie sich eben scheiden lassen. Eilish und du, ihr wart fast dreimal so lange zusammen wie der Durchschnitt. Ihr habt eure Kinder aufwachsen und ihre eigene Familie gründen sehen. Das ist mehr, als man von den meisten Eltern sagen kann.«

»Eilish glaubt immer noch, dass unsere Ehe zu retten ist.«

Judi sah mich skeptisch an. »Vorausgesetzt, du versprichst, deine Satinspitzenbodys wegzuwerfen? Ich weiß nicht, wie sie dir je wieder vertrauen könnte. Kann mir auch nicht vorstellen, dass sie irgendwann wieder Lust auf dich hätte. Es ist nicht wirklich sexy, oder?«

»Ich hab keine Spitzenbodys, weder aus Satin noch aus sonst was.«

»Nicht? Na, dann weiß ich ja jetzt, was ich dir zum Geburtstag schenke.«

Ich lächelte nicht. Meine Gedanken waren bei Eilish, Nico und Rosa, die vielleicht nie auch nur meinen Namen hören würde. Ich könnte Vater und Großvater und Ehemann sein. Ich könnte so tun, als wäre ich das alles. Ich brauchte nicht als einsame Witzfigur zu enden.

»Luke.« Judi beugte sich näher zu mir und sah mir in die Augen. »Wenn du jetzt eine Kehrtwende machst, musst du dir verdammt sicher sein. Glaubst du wirklich, dieser Geist passt wieder in die Flasche?«

Ich stellte mir vor, wie es wäre, Lucia tiefer als je zuvor zu begraben, sie jetzt, wo sie gerade zu atmen begonnen hatte, bei lebendigem Leib zu begraben. Ich konnte sie fast schreien hören. Ich stellte mir vor, wie sie langsam erstickte, ganz langsam, bis ans Ende meiner Tage.

*

An jenem Abend versuchte ich, Simon anzurufen. Aber er hatte offensichtlich eine Nummernerkennung an seinem Telefon. Es wurde abgenommen – ich hörte eine Kinderstimme, ganz schwach, wie im Hintergrund – und dann wieder aufgelegt.

Ich versuchte es noch einmal, weil ich hoffte, dass Nico aus Versehen aufgelegt hatte. Genau das Gleiche.

Kate erreichte ich schließlich. Sie war im Krankenhaus gewesen und sprudelte förmlich über.

»Sie ist *unglaublich* hässlich«, sagte sie liebevoll. »Wie eine schrumpelige babyförmige Walnuss. Sie ist noch im Brutkasten, aber man darf sie anfassen.«

»War Nico auch da?«

»Ja. Er hat geredet wie ein Wasserfall und sich aufgeführt, als würde sie ihm gehören.«

Ich spürte einen Schmerz – wirklich einen körperlichen Schmerz. Nico hätte mich an der Hand genommen und mich stolz zu dem Neuankömmling geführt. »Dann freut er sich also über sein Schwesterchen?«

»Er freut sich vor allem über das Tretauto, das sie ihm geschenkt hat.«

»Hast du Fotos gemacht?«

Sie stöhnte. »Ja, aber Simon will nicht, dass du … ach, Simon kann mich mal. Warte, ich schick dir eins von meinem Handy.«

Als wir das Gespräch schon beenden wollten, fiel mir noch etwas ein. »Ich habe Blumen geschickt.«

»Äh, ja, die sind angekommen.«

»Und?«

»Simon wollte sie nicht annehmen. Die Schwester hat gemeint, sie findet schon einen Platz für sie.«

Ich dachte voller Selbstmitleid an die Blumen. Doch dann kam das Foto und lenkte mich ab. Ich starrte wie verzaubert darauf. Eigentlich war es nur ein Baby in einem Brutkasten. Wir alle kennen diese Bilder von Säuglingen, die so winzig sind, dass sie nicht menschlich zu sein scheinen, und so verletzlich und schutzlos wirken. Ich konnte lange schwarze Wimpern erkennen, kleine eingerollte Zehen. Rosa hatte ein rotes Mützchen auf. Dahinter das runde Gesicht ihres Bruders, der sich die Nase an der Plexiglasscheibe platt drückte und staunend große Augen machte.

Ich druckte das Foto meiner Enkelkinder aus und lehnte es an meine Nachttischlampe.

In dieser Nacht träumte ich von einem Baby in einem Wald. Es war sehr düster. Und da waren Wölfe.

*

Es war ein Samstagmorgen, und Rosa war zehn Tage alt. Ich nahm mir meinen Tee mit ins Schlafzimmer und betrachtete lächelnd die neuesten Fotos von ihr und Nico. Dank Kate besaß ich inzwischen eine ansehnliche Sammlung. Rosa durfte die Neugeborenenstation verlassen, und sie würden sie heute nach Hause holen. Sie hatte schon jetzt den entschlossenen Schmollmund ihrer Mutter. Auch Nico war sichtlich herangewachsen. Er ging inzwischen zur Schule und hatte einen richtigen Jungenhaarschnitt. Er war vor Kurzem fünf geworden. Ich hatte ihm eine Karte geschickt. Hoffentlich hatte er sie bekommen.

Ich duschte und genoss den Rosenduft meiner Seife. Dann zog ich einen wadenlangen Rock und einen hellblauen Pullover an. Meine Haare hatte ich wachsen lassen. Wenn ich sie nach vorn bürstete, sah es richtig feminin aus. Nicht jung, eher omamäßig, aber feminin.

Die Post war gekommen. Briefe und Prospekte lagen auf der feuchten Fußmatte neben meinem Regenschirm. Während der Kaffee durchlief, sah ich den Stapel durch. Fast alles war Werbung. Alles bis auf einen leicht zerknitterten braunen Umschlag mit Regentropfen darauf. Ich dachte kurz, es hätte vielleicht etwas mit dem Testament meines Vaters zu tun, obwohl das alles schon vor Monaten geregelt worden war.

Ich schlitzte den Umschlag mit einem Messer auf und zog den Inhalt heraus.

Ich hätte damit rechnen müssen. Hatte ich aber nicht.

Sie war zu den Klängen von Mendelssohn-Bartholdy zum Traualtar geschritten. Die Kirche war bis auf den letzten Platz gefüllt, der Duft von Blumen vermischte sich mit dem ehrwürdigen, staubigen Geruch des alten Gemäuers. Alle waren sie zu meiner Hochzeit gekommen, alle bis auf Gail. Dad hatte sich eigens für den Anlass einen neuen Anzug gekauft und Mum gleich mehrere Ensembles. Benjamin Rose zwinkerte mir zu, als er die Kirche betrat. Ich saß ganz vorn, nestelte nervös am Kragen meines Cutaways und überzeugte mich, dass Toby die Ringe hatte. Plötzlich trat Stille ein, nur das Scharren von Füßen auf dem Steinboden war zu hören. Da wusste ich, dass sie die Kirche betreten hatte.

Der erste Moment meines neuen Lebens war angebrochen. Ich war fünfundzwanzig Jahre alt, und von jetzt an würde ich ein vollwertiger Mann sein. Ich würde der Sohn sein, den mein Vater sich wünschte, der Ehemann, den Eilish verdiente, der Vater, den meine zukünftigen Kinder brauchten. An jenem Tag legte ich ein feierliches Versprechen ab, nicht nur Eilish, sondern auch mir selbst gegenüber.

Meine neue Schwiegermutter weinte unter ihrem Designerhut. Katrina French machte nie einen Hehl aus ihrer Abneigung gegen mich. Ich glaube, sie hat mich durchschaut. Als die Musik zu spielen begann und wir uns erhoben, raunte Toby mir zu: »Das ist deine letzte Chance, Cousin. Jetzt kannst du noch einen Rückzieher machen.«

Aber das wollte ich nicht. Ich wollte sie sehen. Ich konnte nicht anders, ich musste mich umdrehen.

Sie sah atemberaubend aus. Anders kann man es nicht beschreiben. Eine wunderschöne Frau an ihrem Hochzeitstag. Es war ein strahlender Oktobermorgen, die Sonne fiel durch die Buntglasscheiben und färbte die Spitze an ihrem Brautkleid und die elfenbeinfarbenen Blumen in ihren Haaren. Sie ging am Arm ihres Vaters durch den Mittelgang und wirkte völlig entspannt, während sie nach rechts und links mit einem lautlosen »Hallo« grüßte. Tom machte einen sehr viel nervöseren Eindruck als seine Tochter. Der gute alte Tom. Wir hatten ihn wirklich gern, aber mir ist es bis heute ein Rätsel, wie er ausgerechnet Katrina heiraten konnte.

Unsere Blicke trafen sich, und wir lächelten beide.

Zu den Klängen des Hochzeitsmarsches schritt sie zum Altar, bis sie neben mir stand. Die nächsten dreißig Jahre lang lebten wir Seite an Seite. Unsere Geschichte hatte in dem zauberhaften Licht von Buntglasscheiben begonnen.

Und was kündigte ihr Ende an? Ein feuchter, leicht zerknitterter brauner Brief vom Amtsgericht, der einen Scheidungsantrag enthielt.

ACHTUNDZWANZIG

Eilish

Die Wochen vergingen. Der Himmel wölbte sich höher, die Morgen wurden klarer. Die Pappeln in dem kleinen Wäldchen erhielten eine Goldprägung. Jeden Morgen, wenn ich mich auf den Weg zur Arbeit machte, war Gareth bereits mit dem Traktor zum Pflügen auf den Feldern. Ich liebe den Herbst, aber diesmal stimmte mich das allmählich dahinschwindende Jahr melancholisch. Unser Hochzeitstag kam und ging. Ich weinte ganz allein. Keine Party. Kein Feuerwerk.

Stattdessen nahm das Scheidungsverfahren seinen Lauf. Luke verhielt sich untadelig. Er schickte den Zustellungsnachweis ans Gericht zurück und war mit allem einverstanden, was meine Anwältin und ich forderten. Er und ich sprachen in der folgenden Zeit oft über die konkrete Abwicklung unserer Scheidung. Es war ein bisschen so, als organisierte man eine Beerdigung: Man trauert, man will es nicht wahrhaben, aber dennoch muss eine Trauerrede ausgesucht und ein Caterer bestellt werden. Wir einigten uns darauf, einen Teil unserer Ersparnisse jetzt schon aufzuteilen und das später beim Zugewinnausgleich zu berücksichtigen. Wir sprachen so vernünftig miteinander, als wären wir nur Geschäftspartner. Mir brach es jedes Mal das Herz. Ich konnte es regelrecht fühlen. Ich glaube, ihm ging es genauso.

Er erkundigte sich immer nach den Kindern. Er interessierte sich für jede Kleinigkeit und lachte zärtlich, als ich ihm erzählte, dass ich eines Tages Nico, der sich unbeobachtet glaubte, dabei ertappt hatte, wie er Rosa einen dicken Schmatz gab. »Direkt auf ihre kleine Nase.«

»So ein Schlingel!« Er schüttelte lächelnd den Kopf und fügte dann hinzu: »Ich wünschte, ich könnte Nico und Rosa sehen.«

»Du *könntest* sie sehen.«

Ich erpresste ihn, wie ich es seit dem Tag von Rosas Geburt getan hatte. Ich wusste es, sogar als ich es aussprach – aber warum auch nicht? Hatte ich nicht das Recht, alle nur denkbaren Waffen einzusetzen, um meine Ehe zu retten? Doch ich hatte unser Gespräch damit ruiniert. Danach hatten wir uns nicht mehr viel zu sagen.

Wir sind belastbar, wir Menschen. Stärker, als wir glauben. Das Leben ging weiter – ich funktionierte einfach. Eines Sonntagmorgens Ende Oktober hörte ich Musik von Neil Young und plante eine Unterrichtsreihe. In der Kirche war ich an diesem Morgen nicht gewesen. Ich war schon seit Wochen nicht mehr zum Gottesdienst gegangen. Die Leute fragten immer beharrlicher nach Luke, und ich hatte keine Antworten parat. Ich hatte niemandem außer Stella erzählt, dass wir uns getrennt hatten, weil … Ja, warum eigentlich? Weil die Leute fragen würden, *warum* wir uns getrennt hatten.

Ich war gut vorangekommen, als ich aus dem Fenster schaute und Jim Chadwick in seinem grünen MG mit offenem Verdeck heranrollen sah.

»Chadwick!« Ich war hinausgegangen und dachte einen flüchtigen Moment daran, wie ich an jenem Julimorgen die Tür geöffnet und Luke triefend nass vor mir gestanden und unser Leben sich für immer geändert hatte. Ich musterte Jim. Er sah selbstbewusst und unkompliziert und entschieden männlich aus. Früher hatte ich das bei einem Mann für selbstverständlich gehalten.

»Komme ich ungelegen?«, fragte er.

»Ganz und gar nicht, im Gegenteil. Dein Timing ist genial. Ich wollte gerade eine Kaffeepause machen.«

»Wunderbar. Ich bin hier, weil ich dich um deine Unterstützung bitten möchte«, sagte er und stieg aus. »Wir müssen eine Festung erstürmen.«

Es heiterte mich auf, meinen Kollegen über den Kies auf mich zukommen zu sehen. Ich stellte fest, wie sehr mir die Lachfältchen rings um seine blauen Augen und seine rötlich blonden, sich schon ein wenig lichtenden Haare gefielen. Er strahlte Tatkraft und Aufrichtigkeit aus, und beides konnte ich gut gebrauchen. Meine Stimmung hob sich.

»Neil Young!«, rief er, als er mir nach drinnen folgte und und die unverkennbare Stimme des Sängers hörte. »Erinnert mich an meine vergeudete Jugend.«

»Luke sagt immer, der Mann sei ein Poet.«

Während ich Kaffee kochte, erklärte mir Jim, worum es ging. Er war Vertrauenslehrer der neunten Klasse und wollte mich als Verbündete in seinem jüngsten Geplänkel mit der Schulleitung. Auslöser war ein sehr begabter, aber chaotischer Junge, der zwar alles lesen konnte, aber eine fürchterliche Klaue hatte. Jim wollte durchsetzen, dass er im Unterricht einen Laptop benutzen durfte.

»Ich renne gegen eine Wand«, schimpfte er, während ich mit dem Geschirr klapperte. »Wally Wallis sagt, damit würde ein Präzedenzfall geschaffen. Anscheinend will er dem Jungen unbedingt Knüppel zwischen die Beine werfen. Aber das werde ich nicht zulassen. Deshalb möchte ich dich bitten, dir den Jungen mal anzusehen und ein Gutachten zu schreiben, das Wally nicht einfach ignorieren kann.«

»Hört sich nach Dysgrafie an, würde ich sagen. Ich könnte ...« Plötzlich spürte ich, wie mir die Tränen kamen. Diese Verräter! Ich blinzelte heftig, während ich mit der Kaffeekanne hantierte. »Luke ist ausgezogen«, platzte ich heraus. »Die Scheidung läuft.« Ich hob die Kanne hoch und lauschte Jims Schweigen. »Du trinkst ihn schwarz, oder?«

Als er nicht antwortete, drehte ich mich um. Er starrte mich bestürzt an. »Das tut mir so leid, Eilish.«

»Vielleicht tut es dir leid, aber ich glaube nicht, dass es dich überrascht. Du hast dich bestimmt schon gefragt, was los ist. So wie alle anderen auch. Egal. Es geht mir gut.« Während ich sprach, fing ich an, über mich selbst zu lachen. Was für alberne, leere Worte! Warum wollen wir unseren Kummer nicht eingestehen?

»Es ist nicht egal. Du und Luke habt doch immer eine Bilderbuchehe geführt.«

Ich schaltete die Stereoanlage aus und ging nach draußen. Es war immer noch warm genug, um draußen zu sitzen. Wir setzten uns an den Tisch und blickten auf den Garten, wie Luke und ich es immer getan hatten. Charlottes Ahorn hatte sich tiefrot gefärbt. Roberts kleines Bäumchen gedieh prächtig. Lukes Tochter. Lukes Vater. Es war ein komisches Gefühl, mit einem anderen Mann hier zu sitzen und zu wissen, dass Luke nicht zurückkommen würde.

»Was ist passiert?«, fragte Jim.

Ich begann mit jenem Julimorgen und erzählte ihm die ganze Geschichte, so gut ich konnte. Jim konzentrierte die ihm eigene Energie ganz aufs Zuhören. Er hatte die Ellenbogen auf die Knie gestützt, den Blick auf die Steinplatten gerichtet, und nickte gelegentlich. Nicht einmal die Andeutung eines Lächelns zeichnete sich auf seinem Gesicht ab. Keine Bemerkungen über Kleider. Kein Anzeichen dafür, dass er Luke lächerlich fand.

»Das Schlimmste ist, dass er es in Kauf nimmt, keinen Kontakt mehr zu Nico zu haben und seine Enkelin nie kennenzulernen. Das ist unbegreiflich. Luke und Nico waren *so.*« Ich hielt zwei miteinander verschränkte Finger hoch. »Luke war Nicos größter Fan und umgekehrt. Es will mir nicht in den Kopf, dass

Luke diese enge Bindung aufs Spiel setzt. Es ist, als hätte ihn die Vorstellung, er sei eine Frau, völlig verblendet.«

»Hm.« Jim schob mit der Schuhspitze einen Kieselstein herum. »Vielleicht ist das ein Zeichen seiner Verzweiflung?«

»Oder, wie Simon sagt, er ist wie ein Kind in einem Bonbonladen. Er will alles haben, und er will es sofort, und es ist ihm offenbar egal, wen er dabei verletzt. Eines Tages wird er aufwachen und erkennen, was er verloren hat.«

»Vielleicht.«

Das war nicht die Reaktion, die ich erhofft hatte. Schließlich war ich diejenige, die schuldlos an der ganzen Situation und die tief gekränkt worden war. Ich erwartete, dass er Partei für mich ergriff und sich über Lukes Verhalten empört zeigte. Das sagte ich ihm auch.

»Sorry. Dass du nicht schuld bist, ist doch wohl klar. Ich dachte, das müsste nicht besonders betont werden.«

»Aber ich komme mir so dumm vor.« Ich lächelte unglücklich. »Ich meine, wie blind und naiv kann man denn sein? Ich hab dreißig Jahre lang Bett und Tisch mit diesem Mann geteilt.«

»Es ist nicht dein Fehler. Du weißt das, und ich weiß das auch. Die Klatschmäuler im Pub und im Lehrerzimmer werden das bestimmt genauso sehen. Dir Vorwürfe zu machen, kannst du also von deiner To-do-Liste streichen. Hast du schon etwas recherchiert zu Lukes Problem?«

»Natürlich.«

»Und?«

»Ich bin kein Einzelfall. Jetzt, wo ich darauf achte, finde ich jede Woche eine neue Geschichte in der Zeitung. Anwälte und Steuerberater und Prostituierte. Es gibt auch Prominente: ein *Vogue*-Model namens April Ashley. Jan Morris, die Schriftstellerin. Als der Mann James Morris war sie Korrespondent der *Times* und hat damals Edmund Hillary und Tenzing Norgay auf den Gipfel des Mount Everest begleitet. Sie und ihre Frau sind zusammengeblieben. Hm, wer noch? Dieser amerikanische WikiLeaks-Informant … ich komm gerade nicht auf den Namen …«

»Bradley Manning.«

»Genau. In London gibt es sogar eine Klinik, wo Kindern geholfen wird. Ich hab mal auf einer Fortbildung von dem Problem gehört, aber in der Schule hatte ich nie damit zu tun. Du?«

Zu meiner Überraschung nickte er. »Mehr als einmal.«

»Was hast du gemacht?«

»Die Sache dem Schulpsychologen überlassen.« Mit den Händen spielte er ein Schlagzeugsolo auf der Gartenbank. Jim ist ein ruheloser Typ. Eher wie Stromschnellen, während Luke tief und ruhig ist.

»Ich habe auf der Uni mal einen Transsexuellen gekannt«, fuhr er fort.

»Wirklich?«

»Mm. Francis Bates. Fran. Eine schillernde Person, immer im Minirock. Sie hat Hormone genommen. Ich hab sie nicht besonders gut gekannt. Keiner von uns kannte sie näher, obwohl sie sehr aufgeschlossen war. Sie hatte uns gebeten, in der weiblichen Form von ihr zu sprechen, was wir aber nicht taten, weil wir so verdammt engstirnig waren. Wir nannten sie Frank und fanden uns ziemlich witzig. Ihr wurde ein Platz in einem Wohnheim für männliche Studenten zugewiesen. Heutzutage wird das anders gehandhabt.« Jim rieb sich die Wange. »Eines Abends wurde sie von einer Bande besoffener Halbstarker angegriffen – darunter auch Mädchen –, die sich aufregten, weil sie in einem Club die Damentoilette benutzt hatte.«

»Was ist passiert?«

»Sie haben sie sieben Stockwerke hinauf auf das Dach eines Parkhauses gejagt. Sie wollten Blut sehen. Sie haben sie zusammengeschlagen und getreten, als sie am Boden lag. In der Zeitung stand, einer von ihnen habe mit einem Messer herumgefuchtelt und geschrien, er werde kurzen Prozess mit ihr machen. Du weißt schon, ihr die Genitalien abschneiden. Später hat er behauptet, er habe niemanden verletzen, sondern diesem ›Perversen‹ nur eine Lektion erteilen wollen. Wie auch immer, jemand vom Wachpersonal hat die Szene auf einem Monitor der Überwachungsanlage beobachtet und die Polizei gerufen.«

»Glücklicherweise! War Fran schwer verletzt?«

Jim hob eine Handvoll Kieselsteine auf und warf sie nacheinander mit ruhigen, gleichmäßigen Bewegungen. Er zielte auf einen leeren Blumentopf. Bei jedem Treffer prallte das Steinchen mit einem leisen *Pling* ab.

»Sie hatte ein blaues Auge und schlimme Blutergüsse. Eine Woche später ist sie die Stufen hinaufgestiegen, den gleichen Weg, auf dem sie sie gejagt hatten, bis auf das Dach desselben Parkhauses. Sie hatte einen Becher Kaffee und einen Riegel Mars bei sich. Sie liebte Mars. Sie hat sich auf die Brüstung gesetzt und einen Brief an ihre Eltern geschrieben. Mehrere Leute haben sie da sitzen sehen. Niemand hat sie angesprochen. Sie hat den Schokoriegel aufgegessen und ihren Kaffee getrunken.« Ein weiteres Steinchen. Ein weiterer Treffer. *Pling.* »Und dann ist sie gesprungen.«

Obwohl ich geahnt hatte, was kommen würde, schnappte ich entsetzt nach Luft. »Vom siebten Stock!«

»Ja.« *Pling.* »Sie war sofort tot.« *Pling.* »Weißt du, Eilish, was das Widerlichste, das Deprimierendste an der ganzen Geschichte war? Dass es die Leute völlig kalt gelassen hat. Ein beknackter Crossdresser, der vom Dach gesprungen und in matschige Pizza verwandelt worden war. Na und? Kein Mensch hat auch nur eine Träne vergossen. Kein Mensch, ich eingeschlossen, hat gefragt, wann die Beerdigung wäre. Alle dachten offenbar nur: Sie hat es so gewollt. Keine zwei Stunden später kursierten die ersten Witze auf dem Campus: Wie möchten Sie Ihre Pizza, knusprig oder transig?«

»Ihr wart jung.«

»Das hatte nichts mit unserem Alter zu tun, sondern damit, dass wir Fran nicht als Person wahrgenommen haben. Sie war eine Witzfigur. Es war sehr viel einfacher, Witze über ihren Tod zu machen, als uns damit auseinanderzusetzen, welche Rolle wir dabei gespielt hatten.«

»Du hast sie weder verfolgt noch mit einem Messer bedroht.«

Das nächste Steinchen verfehlte sein Ziel. »Warum war sie an jenem Abend allein? Ich hab nie bei ihr geklopft und gefragt, ob sie nicht Lust hätte, mit mir und den anderen in die Kneipe zu gehen. Ich habe ihre Eltern kennengelernt, als sie kamen, um ihre Sachen abzuholen. Es war ihnen ein Bedürfnis, über Fran zu reden. Nie, weder vorher noch nachher hab ich zwei so völlig am Boden zerstörte Menschen gesehen. Da endlich dämmerte es meinem dummen, unbedarften einundzwanzigjährigen Gehirn, dass Fran das Kind von jemandem und geliebt worden war.«

Er warf die restlichen Steinchen alle miteinander auf die Steinplatten, wo sie sich verteilten.

»Was hat Fran dazu gebracht, eine Frau sein zu wollen, was denkst du?«, fragte ich.

»Keine Ahnung, und es ist mir auch egal. Jeder Mensch ist anders. Jeder Mensch ist einzigartig. Wenn dem nicht so wäre, wärst du arbeitslos. Aber Wally versteht das offenbar nicht.«

»Wally kann nicht über sein eigenes Ego hinausblicken«, erwiderte ich, froh, dass unsere Unterhaltung sich wieder auf sicherem Terrain bewegte. Frans Geschichte hatte mich aufgewühlt. Sich über die Schwächen unseres Schulleiters aufzuregen, war eine Leidenschaft, die Jim und ich teilten, und so drehte sich unser Gespräch bald wieder um berufliche Dinge. Jim hatte es offenbar nicht eilig, und ich war sehr froh über seine Gesellschaft. Deshalb schlug ich vor, einen Spaziergang über die Felder zu machen. Casino kam aus Lukes Werkschuppen und trottete neben uns her. Er liebt es, spazieren zu gehen.

Die Bewegung tat mir unendlich gut. Wir gingen bis zum Bauernhof und wieder zurück und redeten über alles Mögliche. Für mich war dieser Spaziergang wie eine Auszeit von meinem Versagen als Ehefrau. Wir waren schon wieder auf dem Rückweg, als Jim mir ein überraschendes Geständnis machte.

»Ich bin schon seit Langem ein ganz kleines bisschen in dich verliebt«, sagte er, als wir über den letzten Zaun stiegen. »Ich glaub, das weißt du.«

Mir verschlug es die Sprache. Ein kleiner Flirt mit einem Kollegen ist eine Sache, aber eine ganz andere, mit einer Liebeserklärung konfrontiert zu werden. Ich hatte vergessen, wie es war, von jemand anderem als Luke begehrt zu werden. Und dann, in diesem schrecklich peinlichen Moment, spürte ich dennoch, dass mein Blut vor Vergnügen wie Champagner prickelte. In jedem von uns steckt ein Teenager, und meiner wurde rot.

»Schon in Ordnung«, fuhr Jim fort. »Du brauchst mir nicht in die Eier zu treten. Ich geh jetzt. Ich habe nicht die Absicht, irgendwas zu tun, was dich in Verlegenheit bringt.«

»Ich glaube, das hast du schon.«

»Besser, du gewöhnst dich dran. Wenn es sich erst mal rumgesprochen hat, dass ihr euch getrennt habt, wirst du alle Hände voll zu tun haben, Verehrer abzuwehren. Männer, die du als Freunde und Kollegen kennst, werden dich mit anderen Augen betrachten. Wally Wallis wird sich in eine erstklassige Nervensäge verwandeln.«

»Wally? Der interessiert sich nicht für mich!«

»Ha! Glaub mir, ich weiß, wie das läuft. Ich hab die Scheidungsmaschinerie selbst hinter mir.«

»Das heißt, du wolltest schon mal einsteigen, bevor der große Ansturm einsetzt?«

»So ist es.«

»Ich fühle mich geschmeichelt.«

Wir waren an seinem Auto angelangt. »Danke für deinen Besuch«, sagte ich, als er die Wagentür öffnete. »Mach dir keine Sorgen wegen deinem Schüler. Der kriegt seinen Laptop schon.«

Die Herbstsonne hat ihren ganz eigenen Glanz. Sie ließ Jims Augen und den Kranz von Lachfältchen aufleuchten. Ich spürte den alten Funken wieder, das Knistern von Möglichkeiten.

»Ich wollte nur, dass du es weißt«, sagte er.

Casino und ich schauten ihm nach, als er davonfuhr. Ich gebe zu, ich lächelte. Schließlich bin ich auch nur ein Mensch.

*

Später in dieser Woche – dreißig Jahre und siebzehn Tage nach unserer Hochzeit – verlas ein Richter in Oxford das vorläufige Scheidungsurteil. Weder Luke noch ich waren anwesend. Unser Fall wurde als einer von vielen auf einer langen Liste gescheiterter Ehen abgehandelt. Scheidung am Fließband. Meine Ehe lag in den letzten Zügen.

NEUNUNDZWANZIG

Luke

Es war, als wäre ich mitten in einer Sitcom gelandet. Der Kaffee schmeckte scheußlich, aber die Sessel waren bequem. Ich war noch nie in einer Selbsthilfegruppe gewesen, ich hatte immer gedacht, das sei nichts für mich. Aus lauter Nervosität war ich kurz davor zu kichern.

Usha Sharma hatte das vorgeschlagen. Wären wir beide auf einer einsamen Insel gestrandet, hätte einer von uns schnellstens ein Floß gebaut und das Weite gesucht, aber als Therapeutin war sie ein Segen für mich. Ich war völlig aufgelöst zu ihr gekommen und hatte während der ganzen Sitzung über nichts anderes als das vorläufige Scheidungsurteil geredet. Daraufhin hatte sie mich nach meiner, wie sie es nannte, »transsexuellen Gemeinschaft« und meinem »Unterstützungsnetzwerk« gefragt, so als ob mein Leben vor gesellschaftlichen Aktivitäten nur so strotzte.

»Was für eine Gemeinschaft? Ich wünschte, es gäbe eine. Ich kenne keinen, der so ist wie ich«, entgegnete ich. »Jedenfalls nicht persönlich. Nur übers Internet. Ich wünschte, das wäre anders. Wollen Sie, dass ich in Klubs in Soho oder sonst wo gehe?«

»Hmm. Lieber nicht. Da geht es ziemlich, äh … na ja, sagen wir, Sie gehören nicht zu deren Zielkunden. Aber es gibt da ein paar Gruppen. Warten Sie mal.« Sie druckte mir drei Adressen aus und gab sie mir. Ideal für mich waren die Treffen der Jenny-Marsden-Stiftung im Gemeindesaal einer Kirche in Barking, die einmal wöchentlich stattfanden.

»Das ist eine Selbsthilfegruppe«, erklärte Usha. »Für Menschen in jeder Phase des Geschlechtswechsels. Wäre das nicht einen Versuch wert?«

»Und was soll ich anziehen? Werfen sie mich raus, wenn ich nicht in Frauenkleidern erscheine?«

»Es gibt keinen Dresscode.«

»Als Mann fühle ich mich wie ein Betrüger. Und als Frau werde ich in der U-Bahn wahrscheinlich zusammengeschlagen.«

»Nun gut. Welche Möglichkeiten sehen Sie dann?«

Usha saß einfach nur da, eine Braue hochgezogen, und wartete darauf, dass ich mir meine Frage selbst beantwortete. Sie wollte immer, dass ich meine eigenen Lösungen fand. Das war irritierend, weil ich manchmal einfach nur Informationen brauchte. Ab und zu stellte ich mir vor, mich zu revanchieren: Sie würde in die Kanzlei kommen und mich in irgendeiner dringenden unternehmensrechtlichen Angelegenheit um Rat bitten– höchst unwahrscheinlich, ich weiß. Ich würde mich zurücklehnen, geheimnisvoll lächeln wie die Sphinx und sagen: »Nun, Usha, dann lassen Sie uns das einmal näher betrachten. Welche Möglichkeiten sehen Sie?«

»Also gut«, brummte ich schließlich. »Vielleicht gibt es einen Mittelweg.«

Um vier Uhr am darauffolgenden Mittwoch war ich auf dem Weg nach Barking. Ich hatte mich nach langem Hin und Her für eine schwarze Hose, eine Seidenbluse und meine maulbeerfarbene Jacke entschieden. In der U-Bahn hielt ich den Kopf gesenkt. Ich bemerkte niemanden, der mich angestarrt hätte. Ein weiterer Meilenstein.

Laut Stadtplan lag die Kirche nicht weit von der U-Bahn-Station entfernt. Da war sie schon: ein Backsteinbau, der sich zwischen ein italienisches Restaurant und ein Durcheinander von Wohnhäusern zwängte. Eine Tür stand offen. An der Wand lehnte ein Schild: *Jenny-Marsden-Gruppe*. Ich zögerte und ging dann schnell weiter. Ich konnte das nicht. Ich konnte nicht da reingehen und mich zwischen wildfremde Leuten setzen und versuchen, einer von ihnen zu sein. Meine Knie zitterten so heftig, dass ich mich auf ein Mäuerchen am Rand des Gehwegs setzen musste.

Das war einer dieser Momente, wo ich mich unendlich müde fühlte, zu müde, um meinen Weg weiterzugehen. Ich vermisste Eilish. Ich sehnte mich danach, ohne Angst eine Straße entlanggehen oder in der U-Bahn fahren zu können. Panik stieg tief in meiner Brust auf. Ich musste die Augen schließen und die Lippen aufeinanderpressen, um nicht laut zu schreien.

»Hi«, sagt eine Stimme.

Ich hatte keine Schritte gehört.

Ich schaute auf und fuhr mir mit dem Ärmel über die Augen. Vor mir stand Jesus. Na ja, er sah jedenfalls aus wie der Jesus in einem Bilderbuch für Kinder. Ein junger, hagerer Mann mit flaumigem Bart und seelenvollen Augen. Er lächelte freundlich. Es hätte mich nicht überrascht, wenn er seine Hände vorgestreckt und mir seine Wundmale gezeigt hätte. Vielleicht deutete das darauf hin, dass ich der ungläubige Thomas war.

»Ich bin Neil«, sagte er. Seinem Akzent nach zu urteilen stammte er aus East London, nicht aus dem alten Palästina. »Suchen Sie die Jenny-Marsden-Gruppe?«

»Ja, aber ... aber mir ist gerade eingefallen ...«, stotterte ich, während ich krampfhaft nach einer Ausrede suchte, um die Flucht ergreifen zu können. »Mir ist gerade eingefallen, dass ich einen Termin ...« Ich seufzte. »Ja. Ja, ich suche die Gruppe.«

»Sie haben sie gefunden. Kommen Sie mit.«

Es war unmöglich, das abzulehnen. Er führte mich den Weg zurück und redete pausenlos, wobei er ganz zwanglos zum Du überging. Ob ich vielleicht Lucia sei? Er habe meine E-Mail gelesen. Es komme oft vor, dass die Leute den Saal nicht fänden. Sie bräuchten unbedingt ein größeres Schild.

Der Gemeindesaal war von der Kirche abgeteilt, mit Teppich ausgelegt und mit einer Zwischendecke versehen worden. Aus den Buntstiftzeichnungen an den Wänden schloss ich, dass hier auch eine Sonntagsschule abgehalten wurde. Leute standen in kleinen Gruppen zusammen und unterhielten sich gedämpft.

Neil blieb an der Durchreiche zu einer Küche stehen. »Womit vergiftest du dich am liebsten? Kaffee? Wunderbar.«

»Wer war Jenny Marsden?«, fragte ich.

Neil zeigte auf ein Hochglanzfoto an einem Anschlagbrett. Es zeigte eine lächelnde junge Frau mit Doktorhut und Talar – eines jener Fotos vom Universitätsabschluss, die die Leute gern auf dem Kaminsims oder in ihrem Facebook-Profil präsentieren. »Jenny war Forscherin«, sagte er und reichte mir einen Kaffeebecher. »Und sie war eine Transfrau. Sie hat sich das Leben genommen.«

»Wann war das?«

»In den Neunzigern. Ihre Familie hat diese Stiftung gegründet, damit andere sich nie mehr so isoliert fühlen wie Jenny.«

Ich betrachtete das Foto noch einmal. Jenny hatte lockiges Haar und Apfelbäckchen und machte keineswegs einen verzweifelten Eindruck.

Neil bemerkte meinen Blick. »Es fällt einem leicht, zu lächeln, wenn man weiß, dass man beobachtet wird.«

»Stimmt.«

»Wenn du Lust hast, komm am 20. November vorbei. Das ist der Gedenktag für die Opfer von Transphobie. Wir zünden eine Kerze für Jenny und all die anderen an.«

Ich hatte nicht gewusst, dass es einen solchen Tag gab, und nahm mir vor, mich darüber zu informieren. Bevor ich weitere Fragen stellen konnte, führte Neil mich quer durch den Saal.

»Ich möchte dich gern mit Chloe bekanntmachen«, sagte er. »Sie ist heute auch zum ersten Mal hier und ein bisschen nervös. Sie hat den Eingang übrigens auch nicht gleich gefunden.«

Augenblicke später sah ich mich einer jungen Kriegerprinzessin gegenüber – einer Kriegerprinzessin in einem Lederminirock und einem Cut-off-Top. Sie wirkte befangen, wie sie so dastand, einen Glasbecher in der Hand, obwohl die Zügel eines Streitwagens besser zu ihr gepasst hätten.

»Chloe, das ist Lucia. Sie ist heute auch zum ersten Mal da.«

Auf Chloes Gesicht breitete sich ein strahlendes, ungekünsteltes Lächeln aus. Sie war eine richtige Schönheit: groß – auffallend groß –, mit außergewöhnlich attraktiven Gesichtszügen, bronzefarbener Haut und langen, zu Zöpfen geflochtenen Haaren.

»Hi«, begrüßte sie mich. »Du bist also auch neu hier.« Sie hatte eine tiefe, unverkennbar männliche Stimme. Eine Sekunde lang verschlug es mir die Sprache. Obwohl ich von Kind an mit Geschlechtsdysphorie lebte, hatte ich noch nie bewusst mit einer echten Transfrau gesprochen, schon gar nicht mit einer in einem Minirock. Ich wäre am liebsten weggerannt, in ein Taxi gesprungen und damit zurück zu meiner Wohnung geflitzt. Das hier war eine Welt außerhalb meiner Erfahrung.

Heuchler!, schimpfte ich mich. *Snob!*

Ich war mir nicht sicher, was die Etikette verlangte. Sollte ich Chloe die Hand schütteln, oder würde mich das als spießige alte Schachtel entlarven: weiß, im mittleren Alter, aus der Mittelschicht? Sie trug Plateauschuhe mit Plexiglassohlen. Großer Gott, dachte ich, wieso trägt jemand mit solchen Beinen auch noch Plateauschuhe? Anscheinend gab es sogar unter uns gesellschaftlichen Außenseitern einen Generationsunterschied.

Chloe bemerkte meine Verlegenheit offensichtlich nicht. Sie war froh, dass sie reden konnte. Ich brauchte nichts weiter zu tun, als zuzuhören, und das war mir recht. Als Neil sah, dass uns der Gesprächsstoff nicht ausgehen würde, ließ er uns nach ein paar Minuten allein. Chloe hatte die Angewohnheit, an den schmerzlichsten Stellen ihrer Geschichte in schallendes Gelächter auszubrechen. Ich fand das verstörend. Sie sei zweiundzwanzig, erzählte sie, und stamme aus der Nähe von Manchester. Mit vierzehn habe sie angefangen, Hormone zu nehmen, um den Verlauf ihrer Pubertät zum Stillstand zu bringen.

»Mit vierzehn?«, wiederholte ich verblüfft. »Dann ... warst du in der Kinderklinik?«

»In der Kinderklinik? Glaubst du im Ernst, meine Mutter hätte die an mich rangelassen? Nie im Leben!« Gelächter. »Ich hab mir das Zeug selbst gekauft. Im Internet.«

Der Gedanke, dass eine Vierzehnjährige Hormone auf dem Schwarzmarkt bestellte und damit experimentierte, schockierte mich. Ich war so verunsichert, dass ich nicht nachdachte, bevor ich meine nächste Frage stellte. Ein dummer Fehler. Ich fragte sie, womit sie ihren Lebensunterhalt verdiene.

»Ich geh anschaffen.« Als sie meinen verständnislosen Blick bemerkte, brach sie wieder in Gelächter aus. »Da draußen gibt's Kerle, die für das, was ich zu bieten habe, eine Menge Scheine hinblättern. Man könnte sagen, ich fülle eine Marktlücke.«

»Oh!« Ich bemühte mich verzweifelt um einen neutralen Gesichtsausdruck. »Verstehe. Das heißt, ich glaube, ich verstehe. Das muss, äh ... also eigentlich habe ich keinen blassen Schimmer, wie das sein muss.«

Dieses Mal lachte sie nicht. Sie zuckte die Achseln, ihr Blick war ausdruckslos. »Von irgendwas muss ich ja leben. Ich hab schon was gelernt, aber ich kriege einfach keinen Job.«

»Was hast du denn gelernt?«

»Ich kenn mich mit Computern aus, in der Gastronomie ... Ich war Geschäftsführerin in einem Restaurant. Jetzt aber genug von mir und meinem langweiligen Leben! Womit verdienst du denn deine Brötchen?«

Diese lebenssprühende junge Frau hatte mir gerade offenbart, dass sie eine Prostituierte war. Wie das mit Lebensgeschichten so ist, war es schwer, die eigene zu erzählen. Ich musste offenlegen, dass ich Finanzanwalt war und meine Zeit größtenteils damit verbrachte, multinationalen Konzernen dabei zu helfen, gigantische Summen hin und her zu schieben. Ich kam mir vor wie der größte Spießer aller Zeiten. Aber Chloes Miene hellte sich auf. Ihr Cousin arbeite in einem Anwaltsbüro, sagte sie. Chloe und ich verstanden uns prächtig, aber unsere Unterhaltung wurde unterbrochen, als Neil die Gruppe zusammenrief. Meine neue Freundin wich mir nicht mehr von der Seite. Sie setzte sich neben mich, schlug ihre langen Beine übereinander und flüsterte mir zu, dass sie keinen Menschen hier kenne. Das weckte meinen Beschützerinstinkt.

Wir waren eine bunte Gesellschaft: Männer, Frauen, Menschen, deren Platz im Geschlechtskontinuum unmöglich zu bestimmen war. Neil hatte sein Leben übrigens als Mädchen begonnen. Wir waren insgesamt zwölf und bildeten einen Kreis. Ich spürte nervöses Gelächter in mir aufsteigen. Ich wünschte, Eilish wäre hier. Ob ich sie später anrufen und ihr von diesem Treffen berichten sollte? Nein, lieber nicht.

Da mich niemand zum Reden aufforderte, sagte ich kaum noch etwas, nachdem ich mich vorgestellt hatte. Die anderen sprachen über ihre Woche, über ihre Herausforderungen und Triumphe. Einer regte sich über ein Bußgeld wegen Geschwindigkeitsüberschreitung auf, eine andere sorgte sich wegen der Demenz ihres Vaters. Ein Mädchen namens Joanne hatte endlich ihre neue Geburtsurkunde bekommen und zur Feier des Tages Kuchen mitgebracht.

Als das Treffen zu Ende war, schloss sich Chloe mir an. Auf dem Weg zur U-Bahn-Station wurden uns schräge Seitenblicke zugeworfen. Wir waren bestimmt ein seltsames Paar: eine attraktive junge Amazone auf Plateauschuhen und ein androgynes Wesen mittleren Alters mit einer blauen Seidenbluse. Chloe war so alt wie Kate, aber sie war der Welt bereits mutig entgegengetreten. Ich wünschte, ich hätte ihre Courage gehabt, als ich jung war. Sie erzählte mir, sie habe vor fast zwei Jahren mit ihrer *RLE* – der *Real Life Experience* – angefangen.

»Und wie läuft's?«, fragte ich.

»Oh … mein … Gott!« Chloe verzog schmerzlich das Gesicht. »Du weißt schon.«

»Nein, ehrlich gesagt nicht. Ich hab's noch nicht gemacht.«

»Seit ich diese Hormone nehme, ist es leichter geworden. Aber glaubst du, mein Körper würde sich benehmen? Nein, tut er nicht! Mein Hormonspiegel springt immer noch rauf und runter. Ich könnte dir Geschichten erzählen!« Sie hielt ihre Hände hoch, Zeige- und Mittelfinger verschränkt. »Aber das wird schon.«

»Wieso bist du eigentlich nach London gezogen?«

»Na ja, äh, um ehrlich zu sein, ist mir meine Heimatstadt ein bisschen zu klein geworden. Ich hab meinen Job verloren. Stellenabbau, hieß es, aber … du weißt schon. Und meine Familie hat den Kontakt zu mir abgebrochen. Meine Mutter sagt, für sie bin ich gestorben.« Sie lachte leise, als wäre das ein guter Witz. »Und mein Bruder hat gemeint, wenn ich ihm noch einmal unter die Augen komme, würde er mich fertigmachen.«

Am Tag zuvor habe sie ein Vorstellungsgespräch in einem Café gehabt, das einen Geschäftsführer suche, erzählte sie. Ein Café in ihrer Straße. Den Job hätte sie mit links machen können. Als ich fragte, wie es gelaufen sei, zuckte sie mit den Schultern.

»Sie hätten sich für jemand anders entschieden, haben sie gesagt, als sie mich gesehen haben. Das ist schon okay. Kein Problem. Ich werd was anderes finden.«

Ich stellte mir vor, wie der Cafébesitzer Chloes tiefe Stimme gehört und gedacht hatte: Kommt nicht infrage. Ich war wütend auf ihn. Mechanisch ging ich im Geist das Arbeitsrecht durch und überlegte, ob es Sinn hätte, dass meine neue junge Freundin ihn verklagte.

»Es ist okay«, sagte sie, als hätte sie meine Gedanken gelesen.

»Wenn sie mich nicht wollen, will ich auch nicht da arbeiten. Meistens schaffe ich es, als Frau durchzugehen. Nur an meiner Stimme muss ich noch was tun.«

»Und ob du als Frau durchgehst! Ich weiß nicht, ob ich das jemals hinkriegen werde.«

Sie musterte mich kritisch von Kopf bis Fuß. »Klar kriegst du das hin! Du hast das Gesicht dafür. Und du bist nicht zu groß. Warte einfach, bis du eine Weile Hormone genommen hast und dir Titten wachsen.«

»Ich kann noch nicht mal richtig gehen.«

Sie fasste mich am Arm und führte mich mit tanzenden Schritten die Straße entlang. Sie war so optimistisch und lebendig und furchtbar naiv. Ich hasste es, daran zu denken, wie sie ihrem Gewerbe nachging.

»Guck zu, dann lernst du's!«, sagte sie lachend.

DREISSIG

Eilish

Am 10. November, meinem Geburtstag, fing Jim Chadwick mich in der Schule ab und fragte, ob er mich zum Abendessen einladen dürfe. Ich konnte ihm ohne schlechtes Gewissen einen Korb geben, weil Carmela, meine aufmerksame Schwiegertochter, mich nach London eingeladen hatte.

Jim gab nicht so schnell auf. »Dann vielleicht ein anderes Mal? Ohne jegliche Hintergedanken, versprochen.«

»Die nächsten Wochen sicher nicht. Ich habe Termine mit Eltern und die Zeugnisse stehen an und die Schulaufführung.« Das waren faule Ausreden, weil ich die Entscheidung hinauszögern wollte.

Er grinste. »Soll mir recht sein.« Dann stürzte er in den Schulhof hinaus, wo eine wüste Rauferei im Gange war. »Aufhören!«, brüllte er. »Schluss jetzt, verstanden? Habt ihr noch nie was von den Queensberry-Boxregeln gehört?«

Luke schickte mir ein Päckchen zum Geburtstag. Auf Samt gebettete Smaragdohrringe. Sie passten zu meinem Verlobungsring. Was war die angemessene Reaktion auf ein Geschenk des Mannes, von dem ich mich gerade scheiden ließ? Sollte ich das Päckchen mit dem Vermerk *Zurück an Absender* in den nächsten Briefkasten werfen? Oder die Ohrringe für einen wohltätigen Zweck spenden?

Ich tat keins von beidem. Ich stellte mich vor den Spiegel im Schlafzimmer und legte die Ohrringe an. Es war jeweils ein einzelner in Gold gefasster Smaragd, und sie waren wirklich wunderschön. Luke hatte wie immer einen ausgezeichneten Geschmack bewiesen. Ich schloss die Augen und stellte mir vor, dass er ganz dicht hinter mir stünde. Wir wären immer noch glücklich, immer noch zusammen und würden immer noch nächstes Jahr in die Toskana fahren.

Das Klingeln des Telefons riss mich aus meinen Tagträumen. Wenn man vom Teufel spricht …

»Ich hoffe, ich störe nicht«, sagte Luke. »Alles Gute zum Geburtstag.«

Obwohl ich es nicht eingestehen wollte, nicht einmal mir selbst gegenüber, erfüllte mich eine wohlige Wärme beim Klang seiner Stimme. Eine Beziehung wie unsere kann man nicht einfach aufgeben.

Ich bedankte mich für die Ohrringe. »Sie sind perfekt«, sagte ich. »Ich hab allerdings das Gefühl, dass meine Anwältin nicht begeistert wäre, wenn sie das wüsste. Wir sollen unser Vermögen aufteilen, nicht dem anderen noch mehr schenken.«

Er erkundigte sich, wie es in der Schule lief, und ich schimpfte über Walters Ego, dessen Größe umgekehrt proportional zu seinen Fähigkeiten war. Luke sorgte sich wegen der Heizung. Musste sie gewartet werden? War es im Haus auch warm genug? Und wie ging es den Enkelkindern?

Nachdem wir alle Themen abgehakt hatten, entstand eine lange Pause. Keiner von uns wollte das Telefonat beenden. So kann es nicht weitergehen, dachte ich. Ich muss mehr über seine neue Welt wissen. Wenn ich sie nicht verstehe, kann ich ihm nicht mal eine Freundin sein.

Ich holte tief Luft. »Und sonst, was gibt's Neues bei deinem … Geschlechtsproblem?«

»Das willst du doch nicht wirklich wissen.« Er klang erfreut, aber skeptisch.

»Doch, das will ich. Ich glaube, es ist langsam an der Zeit, dass ich meinen Kopf aus dem Sand ziehe.«

Er begann zu erzählen, langsam erst, zögernd, als fürchte er, ich könnte einfach auflegen. Er hatte eine Klinik aufgesucht, aber noch nicht mit einer Hormontherapie begonnen. Außerdem ging er zu einer Therapeutin, obwohl er selbst nicht so genau wusste, warum.

»Das ist gut, dass du professionelle Hilfe bekommst«, sagte ich.

»Je weiter ich auf diesem Weg gehe, desto stärker wird das Gefühl, nach Hause zu kommen, dorthin, wo ich hingehöre. Weißt du, was ich letzte Woche gemacht habe? Nein, natürlich nicht, woher sollst du das auch wissen.« Er lachte nervös auf. »Ich rede dummes Zeug.«

Ich seufzte. »Was hast du denn gemacht?«

»Ich bin zu einer Gruppe gegangen. Einer Selbsthilfegruppe. Ich hab Leute kennengelernt, von denen ich nicht wusste, dass es sie gibt.«

Er brannte offenbar darauf, mir davon zu erzählen. Ich staunte über die Begeisterung in seiner Stimme. Den alten Luke hatte ich nie übersprudelnd erlebt, sondern immer reserviert und vorsichtig. Der neue Luke erfand sich ein neues Leben. Er hatte die U-Bahn nach Barking genommen und war in den Gemeindesaal einer Kirche gegangen, der voller fremder Leute war. Er hatte sich mit einer transsexuellen Prostituierten aus Manchester angefreundet. Er benutzte zwar andere Wörter wie »Transfrau« oder »Hostess«, aber wir wussten beide, was er meinte.

»Wie ist, äh, er oder sie denn so?«, fragte ich aufrichtig neugierig.

»Sie heißt Chloe. Sie hat Mumm. Und klug ist sie auch, denke ich. Und verletzlich, trotz ihrer einsfünfundachtzig. Sie ist so alt wie Kate.«

»Das ist traurig. Sie hat keine Zukunft, oder?«

»Ich hoffe doch. Und stell dir vor, am 20. November treffen sich alle, um eine Mahnwache abzuhalten, zum Gedenken an die Opfer der Transphobie. Dieser Gedenktag wird auf der ganzen Welt begangen. Er soll an alle erinnern, die ermordet wurden, weil sie transsexuell waren.«

»Ermordet?« Dieser Gedanke beunruhigte mich. »Du bist doch nicht in Gefahr, oder?«

»Nein, das kann ich mir nicht vorstellen. Ich bin zu alt und hässlich, um Aufmerksamkeit zu erregen.«

Es war Luke, mit dem ich mich unterhielt, und doch auch wieder nicht. Dieser Mensch war … nicht direkt glücklich, dafür war er zu verunsichert, aber … er war voller Hoffnung. Ja, das war es. Er sah Licht am Ende seines Tunnels. Es war herzzerreißend und gleichzeitig spannend.

Unten klopfte jemand an die Küchentür, und dann hörte ich Stella rufen: »Juhu, wo steckt denn das Geburtstagskind?«

Luke lachte. »Das hab ich bis nach London gehört! Geh lieber runter. Grüß Stella von mir.«

»Danke für die bezaubernden Ohrringe«, sagte ich.

»Herzlichen Glückwunsch zum Geburtstag, mein Schatz.«

*

An diesem Nachmittag passte ich auf Nico auf. Wir holten seine Lego-Steine hervor. Er baute ein Raumschiff, ließ es einige Male durch die Luft fliegen und landete es dann sicher auf dem Fußboden. Und dann saß er nur noch da, betrachtete sein Raumschiff und formte mit den Lippen lautlos irgendwelche Wörter.

»Woran denkst du, mein Äffchen?«, fragte ich.

»An das Holzflugzeug. Ist Grandpa wieder zu Hause?«

Das hatte ich nicht erwartet. Nicht, dass es auf diese Weise herauskam.

»Nein, ist er nicht.«

»Ist er in dem kleinen Haus? Das mit der Tür unter der Erde?«

»Ganz genau.« Ich schluckte und gab mir größte Mühe, unbekümmert zu klingen. »Er hat viel zu tun, weißt du, und da ist das Haus mit der Tür unter der Erde praktischer.«

»Er sollte in *deinem* Haus sein.« Er hatte seine kleine Stirn in Falten gezogen. Ich stand auf, strich meine Hose glatt und überlegte, wie ich ihn auf andere Gedanken bringen konnte.

»Daddy hat Grandpa angeschrien.«

»Wollen wir nicht in den Garten gehen?«

Er griff nach seinem Raumschiff, ließ es vor sich herumfliegen und flüsterte: »Whuusch!« Dann fragte er unvermittelt: »Ist Grandpa tot?«

»Nein, Schätzchen, er ist nicht tot. Er ist … er ist …« Mir schnürte es die Kehle zu. Ja, dachte ich, in gewisser Weise ist Grandpa tot. Oder liegt zumindest im Sterben. Er wird nie wieder zu uns zurückkommen.

»Whuusch. Whuuuusch. Wir wollten doch ein Flugzeug basteln. Aus Holz. Im Schuppen. Er hat's versprochen.«

»Ich werde ihn daran erinnern.«

»Sagst du ihm, dass wir das Flugzeug bauen müssen?«

Ich nickte und lächelte. Vielleicht könnte Luke für einen Tag nach Smith's Barn kommen, damit er sein Versprechen halten konnte. Simon hätte bestimmt nichts dagegen, wenn ich ihm versprechen würde, die ganze Zeit dabei zu bleiben und auf Nico aufzupassen. Ich stellte mir vor, wie es wäre, Luke wieder zu Hause zu haben. Was für eine wunderbare Idee! Er könnte mit Nico werkeln, und ich würde den beiden Tee und Saft hinausbringen. Es wäre genau wie in alten Zeiten, wenn auch nur zum Schein.

Nico war Feuer und Flamme. Er sprang auf und rannte zum Telefon. »Sollen wir ihn anrufen und es ihm sagen? Du wählst seine Nummer, bitte, Granny, und ich werd mit ihm reden. Bitte!«

»Er wird …« Ich schüttelte den Kopf. »Wir müssen erst deinen Dad und deine Mum fragen.«

Nico verzog das Gesicht. Gleich würden Tränen fließen. Ich ging zu ihm, nahm ihn auf den Arm und drückte ihn fest. »Nicht weinen, mein Schatz! Grandpa wird das Flugzeug mit dir bauen. Das versprech ich dir.«

*

»Kommt überhaupt nicht infrage«, sagte Simon.

»Aber …«

»Kein Aber. Ende der Diskussion.«

Wir saßen an der Frühstückstheke in der Küche und aßen Carmelas Paella. Simon war nach einem Umweg über die Kneipe (»bloß auf ein paar Drinks«) später als erwartet nach Hause gekommen und stürzte jetzt einen Prosecco nach dem anderen hinunter. Carmela sah völlig übernächtigt aus, lehnte aber jede Hilfe ab. Nico war im Bett, und Rosa lag in ihrem Tragebettchen bei uns in der Küche. Meine kleine Enkelin war bildhübsch mit ihrer olivfarbenen Haut und den kirschroten Lippen. Kate war ebenfalls gekommen. Sie war ganz vernarrt in ihre Nichte, was mich amüsierte, weil sie nie, zu keiner Zeit, irgendein Interesse für Babys oder Kätzchen oder Ponys gezeigt hatte. Sie machte ein Foto von Rosa nach dem anderen.

»Simon«, sagte ich streng – er mochte fast dreißig sein, aber er war mein Sohn, und ich würde ganz sicher nicht in diesem Ton mit mir reden lassen. »Lass mich ausreden. Ich dachte nur, dass Luke für ein paar Stunden zu mir kommen könnte, damit er sein Versprechen halten kann. Natürlich müsste klar sein … du weißt schon. Dass er als Mann kommt. Nico könnte bei mir übernachten.«

»Nico fragt ständig nach Luke«, warf Carmela ein. »Aber ich fürchte, das geht trotzdem nicht.«

Kate machte ein finsteres Gesicht. »Und warum nicht? Weil sich Simon nicht wie ein Erwachsener benehmen kann?«

Simon, der nicht mehr nüchtern war, konnte sich nur mit Mühe beherrschen. Ich sah, wie er die Kiefermuskeln anspannte. »Und was schlägst du vor, du Superschlaue? Sollen Nico und Rosa mit einer Dragqueen als Rollenvorbild aufwachsen? Was sollen sie denn ihren Mitschülern erzählen?«

»Gott, was bist du doch für ein aufgeblasener Arsch«, stieß Kate verächtlich hervor. »Worum geht es dir eigentlich – darum, was das Beste für deine Kinder ist, oder darum, den armen Dad zu bestrafen?«

Ich konnte Simon ansehen, dass er seine Schwester mit dem größten Vergnügen hätte erwürgen können. Das war nichts Neues. Die beiden stritten sich mehr oder weniger ununterbrochen, seit Kate zwei Jahre alt war. Aber sie liebten sich trotz allem. Hoffte ich jedenfalls.

»Es wäre sehr schlimm für Nico, wenn Luke einfach aus seinem Leben verschwindet«, sagte ich behutsam.

»Denk doch mal an die praktische Seite, Mum.« Simon schenkte uns allen nach. »Angenommen, Dad geht seinen Weg bis ans Ende: Er nimmt Hormone, bekommt Brüste, lässt sich seine Genitalien abschneiden. Es gibt Leute, die das machen. Das weiß ich. Ich werde nicht zulassen, dass Nico und Rosa mit etwas derartig … Durchgeknalltem konfrontiert werden. Wie willst du Nico erklären, dass sein Grandpa ein Ladyboy geworden ist?«

»Du könntest ihm einfach die Wahrheit sagen«, meinte Kate. »Er wird spielend damit fertigwerden.«

»Halt die Klappe.«

Sie hielt ihre Klappe nicht. »Du willst Dad also lieber vollständig aus ihrem Leben streichen? Ernsthaft – so bigott kannst du doch nicht sein!«

Carmela berührte Simons Schulter und warf Kate einen warnenden Blick zu. »Die Frage ist, ob wir es verantworten können, wenn es einen Transsexuellen im Leben unserer Kinder gibt.

Das ist ein Stigma, Kate. Und deshalb ist Simon der Ansicht, dass wir uns dagegen entscheiden sollten.«

Transsexuell. Das Wort gefiel mir nicht. Es beschwor Bilder aus der *Rocky Horror Picture Show* herauf. Netzstrümpfe. Transsilvanien.

»Vielleicht ändert Luke seine Meinung, wenn er einen schönen Tag mit Nico verbringen kann«, sagte ich.

»Du kannst Nico doch nicht als Köder benutzen.« Simon hatte begonnen, den Geschirrspüler geräuschvoll zu befüllen.

»Nein! Nicht als Köder. Einfach als Erinnerung daran, was Familie bedeutet. Was er versäumt.«

»Du würdest ihm tatsächlich wieder vertrauen? Ich nicht. Komm schon, Mum. Er ist Geschichte. Such dir einen anderen.«

Diese Worte hatten etwas so Endgültiges an sich, dass ich schockiert schwieg. Zum Glück begann Rosa, die vom Klirren des Geschirrs geweckt worden war, zu weinen und sorgte für Ablenkung. Ich schlüpfte aus der Küche und flüchtete auf die Gästetoilette. Die Hände auf das Waschbecken gestützt, starrte ich in den Spiegel und betrachtete die Makel in meinem Gesicht. Meine Augen waren trüb geworden, und seit wann hatte ich denn diese Verbitterte-alte-Schachtel-Furchen um die Mundwinkel? Ich war nicht mehr jung, aber Luke störte das nicht. Darauf hatte ich mich immer verlassen. Ich war davon ausgegangen, dass er und ich zusammen alt werden würden.

»Komm wieder nach Hause, Luke«, flüsterte ich. »Komm einfach wieder nach Hause.«

Meine Handtasche lag auf der Truhe im Flur. Ich nahm im Vorbeigehen mein Handy heraus und sah, dass ich zwei Anrufe verpasst hatte. Der eine war von Luke, der andere von Jim. Ich rief keinen von beiden zurück.

EINUNDDREISSIG

Luke

In der glitzernden, magischen Vorweihnachtszeit, wenn die Läden bis spät nachts geöffnet haben, man unter Lichterketten bummeln und geschmückte Weihnachtsbäume hinter den Fenstern erspähen kann, ist London am schönsten.

Aber es kann auch verdammt einsam sein. Die einzigen gesellschaftlichen Verpflichtungen in meinem Kalender waren die Treffen der Jenny-Marsden-Gruppe mittwochnachmittags – ich hatte nur selten Zeit, hinzugehen – und Geschäftsessen mit Mandanten. Eilish und ich hatten eine Menge Freunde in London, aber da ich noch nicht bereit war, mich ihren Fragen zu stellen, vermied ich den Kontakt zu ihnen. Manchmal, wenn ich in der eisigen Kälte vor Tagesanbruch auf dem Weg ins Büro war, stellte ich mir vor, ich würde in den Zug steigen, nach Hause fahren und in Smith's Barn durch die Tür treten, als ob nichts geschehen wäre. Ich stellte mir vor, wie der Teich ganz still unter einem Nebelschleier dalag. Ich stellte mir Eilish vor, allein in unserem Bett, wie sie aufwachte und einen neuen Tag begann. Vielleicht wäre sie nicht erfreut, mich zu sehen.

Und dann wieder gab es Augenblicke, wo mich eine ungeheure Hoffnung erfüllte. Woche für Woche, schüchtern, ergriff Lucia immer mehr Besitz von mir – oder war ich es, der von ihr Besitz ergriff? Ich ging inzwischen zu einem Sprachtherapeuten, der mir erklärte, dass wir eine Menge tun könnten, um meine Stimme weiblicher zu machen. Die Übungen des Stimmtrainings nahm er mit einem Diktiergerät auf, damit ich mich hören konnte.

»Hören Sie aufmerksam zu, wenn Sie unter Menschen sind«, riet er mir. »Es gibt eine Stimmlagenüberlappung zwischen den Geschlechtern. Finden Sie die, und Sie haben den Schlüssel.«

Wir unterhielten uns lange über die unterschiedliche Sprachmelodie von Stimmen. Ich fand das alles ungeheuer faszinierend, aber ich musste unwillkürlich lächeln, als ich mir Kates Reaktion vorstellte (*Männer sprechen eine andere Sprache als Frauen? Frauen haben im Gegensatz zu Männern eine Singsangstimme? Ich glaub's ja nicht! Was für ein herablassender patriarchalischer Mist!*).

Viel beängstigender war das Problem Barthaare. Mir graut vor Schmerzen – aber wem nicht? Dennoch nahm ich all meinen Mut zusammen und ließ mir einen Termin in einer Klinik für eine Laserbehandlung geben. Die finster dreinblickende Frau, die den Laser bediente, sagte, es werde ungefähr ein Jahr dauern, bis ich meine Gesichtsbehaarung los sei: mindestens acht Sitzungen im Abstand von sechs oder mehr Wochen und möglicherweise anschließend eine Elektrolyse, aber sie könne nicht für einen dauerhaften Erfolg garantieren. Eine Laserbehandlung gilt als schneller und weniger schmerzhaft als eine Elektrolyse, aber das ist ein Irrtum: Es tut höllisch weh. Die erste Sitzung überstand ich schwer atmend und mit zusammengebissenen Zähnen. Als ich wieder zu Hause war, schenkte ich mir erst einmal einen kräftigen Drink ein. Ich war regelrecht traumatisiert. Hatte ich dieser Psychopathin tatsächlich erlaubt, mir das anzutun? Nach einem halben Glas Whisky fühlte ich mich in der Lage, Chloe anzurufen. Sie würde verstehen, was ich gerade durchgemacht hatte.

»Hi, Lucia!«, rief sie erfreut. »Was gibt's?«

Ich erzählte ihr von der Tortur. Sie lachte fröhlich. »Das ist nur am Anfang, du wirst sehen, beim dritten oder vierten Mal ist es schon nicht mehr so schlimm, und wenn du *dann* in den Spiegel guckst, wirst du dich richtig gut fühlen!«

»Beim dritten oder vierten Mal? Ich weiß nicht, ob ich da überhaupt noch mal hingehen kann!«

»O doch, das kannst du. Wer schön sein will, muss leiden. Wirf eine halbe Stunde vorher ein paar Ibuprofen ein und spül sie mit einem kräftigen Schluck Jim Beam runter.«

Dann erzählte sie mir, ihre Mutter habe angerufen, nur kurz zwar, um sie nach der Adresse eines Cousins zu fragen, aber immerhin. Dieser Anruf schien ihr mächtig Auftrieb zu geben.

»Hey«, fügte sie hinzu, »deine Stimme macht sich.«

Ich wusste, dass sie sich keinen Sprachtherapeuten leisten konnte – manchmal reichte es kaum für die Miete –, deshalb gab ich seine Tipps und Ratschläge an sie weiter. Dann wollte sie wissen, ob ich mich im Büro bereits geoutet hätte, und als ich aufstöhnte und verneinte und erwiderte, lieber würde ich mich in den Ruhestand versetzen lassen, fand sie das sehr komisch.

»Du wirst diesen stinkfeinen Anwälten garantiert den Tag damit versüßen!«

»In der Firma arbeiten fünfhundert Leute. Wie soll ich mich vor fünfhundert Leute hinstellen und mich outen?«

Sie lachte. »Und jeder von ihnen wird sich fragen, ob du dir die Eier hast abschneiden lassen! O mein Gott, Lucia, sie werden jedes Mal, wenn du vorbeigehst, die Beine zusammenpressen!«

Ihre Heiterkeit war ansteckend. Als ich auflegte, lächelte ich.

Eilish

Ich saß zusammen mit zwei nicht besonders gut riechenden Zehnjährigen in der Enge meines Fertigbauzimmers. Sie zählten ganz offensichtlich die Sekunden, bis diese letzte Stunde der Woche herum war. Sie waren nicht die Einzigen.

Der eine schrieb unter seinem Tisch eine SMS auf dem Handy. Ich drückte ein Auge zu. Die Weihnachtsferien standen vor der Tür, und die Konzentration ließ bei allen gleichermaßen nach. Der andere suchte sich ein Buch aus der von mir zusammengestellten Auswahl aus, das er mit nach Hause nehmen durfte. Hinter der Fensterscheibe tauchte das Gesicht von Jim Chadwick auf. Ich winkte. Als er sah, dass ich noch Schüler hatte, ging er weiter, aber ich war mir sicher, dass er auf mich warten würde.

»Das hier, Miss«, sagte der Junge und hielt mir ein Taschenbuch hin, auf dessen Einband ein waffenstrotzender Soldat zu sehen war. Er suchte sich dieses Buch öfter aus. Er liebte es blutrünstig.

»Das hast du doch schon gelesen, Zane. Ungefähr fünfmal. Aber wie du willst, dann nimm es eben. Du hast heute wirklich gut mitgearbeitet. Wem schreibst du denn, Jamie?«

»Dem Weihnachtsmann«, lautete die prompte Antwort. »Er sagt, er hat seinen Schlitten draußen geparkt.«

Ich wusste nicht, ob ich lachen oder Jamie nachsitzen lassen sollte. Die Entscheidung wurde mir abgenommen, weil in diesem Augenblick die Schulklingel schrillte.

»Also dann. Ich wünsche euch ein schönes Wochenende. Grüß den Weihnachtsmann von mir, Jamie.«

Sie rissen die Tür auf und wären um ein Haar mit Jim zusammengeprallt.

»Was liest du denn da, Zane?« Er streckte die Hand nach dem Taschenbuch aus. »Ah, *Der Meisterschütze*. Spannend.«

Die beiden Jungs rannten an ihm vorbei in die Freiheit und tauchten in der Menge unter, die sich über den Schulhof ergoss. Jim kam herein und schloss die Tür hinter sich.

»Heute ist Freitag«, sagte er und verschränkte die Arme über der Brust.

»Ich weiß.«

»Heute Abend im The Lock?«

»Heute? Äh …«

Er setzte sich auf Zanes Platz. »Doch, du kannst. Du hättest heute Abend bei den Proben für die Schulaufführung helfen sollen. Ich weiß aber, dass die Proben abgesagt wurden. Falls du dich also in der letzten Stunde nicht anderweitig verabredet hast, hast du überraschend Zeit heute Abend.«

Ich könnte mich richtig schick anziehen und in einem exklusiven Restaurant am Fluss zu Abend essen. Ich könnte mir eine Flasche Wein mit Jim teilen, mit ihm lachen und eine Unterhaltung führen, wie sie mir schrecklich fehlte, vor allem, seit Kate ausgezogen war. *Und seien wir doch mal ehrlich*, flüsterte das boshafte Flittchen in mir, *er ist außerdem was fürs Auge.*

Aber Luke …

Er hat dich im Stich gelassen. Du schuldest ihm gar nichts.

Das stimmte.

Tu's lieber nicht, riet die Prüde in mir. *Das Abendessen gibt's garantiert nicht umsonst. Du gehst mit ihm essen, er macht sich im Taxi an dich ran, und dann gehst du mit zu ihm und ziehst dich aus. In den letzten dreißig Jahren hat dich außer Luke keiner mehr nackt gesehen! Denk an deine Schwangerschaftsstreifen. Nicht unbedingt ein schöner Anblick.*

»Es verpflichtet dich zu nichts«, sagte Jim, der scheinbar meine Gedanken lesen konnte. »Ich werde mich tadellos benehmen. Es sei denn, du tust das nicht.«

Ich kam mir vor wie auf dem höchsten Punkt einer Achterbahn: Ich hatte Angst vor der schwindelerregenden Tiefe, den wahnwitzigen Kurven und Loopings. Ein Mann wollte sich mit mir verabreden. Ein Mann, den ich sehr gern hatte.

Luke ist weg. Er hat dich nicht genug geliebt.

»Also gut«, sagte ich.

*

Das blau-weiße Oberteil? Oder doch lieber nicht? »Auf keinen Fall Querstreifen«, hatte meine Mutter immer gesagt. »Darin wirkst du zu groß, Eilish, und wenn ich *groß* sage, meine ich *fett.*« Aber ich hatte zurzeit eher das umgekehrte Problem: Ich hatte abgenommen, seit Luke ausgezogen war. Die Frau im Spiegel sah in diesen unbarmherzigen Querstreifen aus wie eine flachbrüstige Stadtstreicherin.

Ich hatte mich seit Monaten nicht mehr aufgebrezelt, ich war ganz aus der Übung. Ich besaß anscheinend keine einzige Strumpfhose mehr ohne Laufmasche. Es war eine echte Herausforderung, aber eine, die, wie ich zugeben musste, Spaß machte.

Das Streifenoberteil war aus dem Rennen. Ich schlüpfte in mein kleines Schwarzes. »Mit einem kleinen Schwarzen bist du immer und überall richtig angezogen.« Die weisen Worte meiner Mutter. Es sah gut aus, aber … nein. Luke liebte dieses Kleid. Er hatte es mit mir zusammen ausgesucht. Ich konnte mich nicht in einem Kleid, das Luke ausgesucht hatte, mit einem anderen Mann treffen. Ich zog es wieder aus.

Eine Hose? Nein, zu altbacken. Der Rock vielleicht? Auf keinen Fall! Viel zu kurz.

Was trägt eine in Scheidung lebende Frau von fünfzig plus zu einem Date?

»Das ist ja lächerlich!«, sagte ich laut. »Schluss jetzt mit dem Theater, Eilish Livingstone! Es geht nur um ein Abendessen mit Jim, nicht um einen Besuch im Buckingham-Palast.«

Zu guter Letzt entschied ich mich für das kleine Schwarze, weil es einfach am besten aussah. Dann ertappte ich mich dabei, wie ich in den Schubladen nach einem schwarzen Spitzen-BH und einem passenden Höschen kramte. Die Prüde in meinem Kopf war empört. *Was soll das denn? Kein Mensch wird deine Unterwäsche sehen!* Mag sein, aber ich fand es trotzdem schöner, wenn alles zusammenpasste. Ah, da waren sie ja. Beides passte immer noch wie angegossen.

Ich föhnte mir gerade die Haare, als Kate anrief. Ob sie vielleicht dieses eine Buch in ihrem Zimmer habe liegen lassen? Ihr Tutor hätte es gern zurück. Ich schaute nach, fand es und versprach, es ihr zu schicken.

»Owen hat gefragt, ob wir uns sehen könnten«, sagte sie finster. »Er will mit mir reden, sagt er.«

Ich freute mich über ihr Vertrauen. In der Zeit, als sie wieder zu Hause gewohnt hatte, hatten wir so manches geklärt. Wir gingen aufrichtiger miteinander um als je zuvor. Vielleicht sah sie mich jetzt eher als Mensch mit all seinen Fehlern und Schwächen. Und ich wiederum hatte gelernt, dass sie erwachsen geworden war.

»Und, hast du ja gesagt?«, fragte ich jetzt.

»Mm. Wir treffen uns um acht im Pub. Ich kann ihn unmöglich mit zu mir nehmen – Mathis und John würden einen Anfall kriegen. Es ist nur so, Mum – ich empfinde immer noch was für den Typen. Aber ich weiß genau, wo das enden würde, wenn wir uns versöhnen.«

»Darf ich dir einen Rat geben? Du musst ihn ja nicht befolgen.«

»Klar doch, immer.«

»Okay.« Ich versuchte, meine Ohrringe mit einer Hand anzulegen, gab es dann aber auf und setzte mich aufs Bett. »Owen ist nicht der Richtige für dich.«

»Ich dachte, du magst ihn!«

»Ich war nur höflich. Seien wir doch mal ehrlich, Kate: Der Mann ist ein Waschlappen. So jemand passt nicht zu dir. Unbedingte Ehrlichkeit von Anfang an, das ist das Beste. Wenn ich eins aus dem Desaster mit deinem Dad gelernt habe, dann das. Sonst gibt es am Ende nur Kummer und Tränen.«

Ein Schweigen trat ein. Ich dachte schon, ich hätte sie verärgert.

»Du hast völlig recht«, murmelte sie dann. »Das hat keine

Zukunft mit ihm und mir. Und das muss ich ihm auch klarmachen. Aber er kann so überzeugend sein, weißt du. Wenn er erst mal seine Ich-armer-verlorener-kleiner-Junge-Masche abzieht …«

»Dann bleib lieber nüchtern. Geh nicht mit zu ihm. Und wenn ich du wäre, würde ich ihn auch nicht auf einen Kaffee hereinbitten, vor allem nicht, wenn Mathis und John nicht da sind. Kein Kaffee, unter gar keinen Umständen.«

»Ist gut.«

Ich erkundigte mich nach der Abhandlung, die sie gerade schrieb – es hörte sich ungemein spannend an, und ich wünschte, ich hätte auch Archäologie studiert –, und wir unterhielten uns noch eine Weile. Um halb acht sagte ich, ich müsse Schluss machen, ich müsse jetzt gehen. Ihre Neugier war geweckt.

»Gehen? Wohin?«

Was hätte ich machen sollen? Ich sagte ihr die Wahrheit. Die Neuigkeit haute sie regelrecht um. Ich konnte beinah hören, wie sie vom Stuhl fiel.

»Mr. Chadwick, den wir immer Chadders genannt haben?« Sie schnappte nach Luft und schwankte offensichtlich zwischen einem hysterischen Lachanfall und ungläubiger Fassungslosigkeit. »Warte mal, warte mal … nur, damit ich das richtig verstehe. Mein alter Lehrer und meine Mutter haben ein … ein … O mein Gott, o mein Gott!«

»Das ist kein Date«, erwiderte ich säuerlich. »Nur ein Treffen von zwei Kollegen außerhalb des gewohnten Umfelds. Wahrscheinlich werden wir den ganzen Abend über nichts anderes als über Erziehung reden.«

»Ja, klar, und Arbeitskollegen gehen ja grundsätzlich nicht miteinander ins Bett. Was hast du denn an?«

»Ein, äh, Kleid.«

»Du hast das schwarze Spitzending an, stimmt's, Mum?«

Woher zum Teufel weiß sie das?, dachte ich.

»The Lock ist bloß eine aufgemotzte Kneipe«, rechtfertigte ich mich. »Ich treffe mich mit einem alten Freund im Pub. So wie du auch. Das ist alles. Ich hab darauf bestanden, selbst mit dem Auto hinzufahren, also werde ich keinen Alkohol trinken.«

»Mum, das ist ein Date. Sieh den Tatsachen ins Auge. The Lock ist sehr romantisch, vor allem abends.«

Ich bekam Angst. War ich im Begriff, einen Fehler zu machen? »Meinst du, ich sollte nicht hingehen?«

Sie hörte auf zu lachen. »Doch, natürlich solltest du hingehen. Entschuldige, das war dumm von mir. Ich mag den alten Chadders wirklich gern, er ist einer der besten Lehrer, die ich je hatte. Und außerdem ein ziemlich heißer Typ, besonders wenn man ihn sich mit Laborkittel und Bunsenbrenner vorstellt. Darf ich dir einen Rat geben? Du musst ihn ja nicht befolgen.«

»Nur zu.« Ich bückte mich. Irgendwo unter dem Frisiertisch musste meine Handtasche liegen. Ich würde noch zu spät kommen, wenn ich mich nicht beeilte.

»Bleib nüchtern. Geh nicht mit zu ihm. Und bitte ihn auch nicht auf einen Kaffee herein …«

Wir beendeten den Satz einstimmig: »Unter gar keinen Umständen!«

Luke

Ich drehte den Schlüssel im Schloss herum und schob beide Riegel vor. Seit Simons Besuch war ich vorsichtig geworden.

Draußen auf der Straße hatte das Wochenende begonnen. Ich hörte Getrappel, fröhlich johlende Schulkinder auf dem Nachhauseweg. Ich hörte das Pochen eines Gehstocks auf dem Asphalt und wusste, dass es der alte Mann aus dem Dachgeschoss war. Kurz darauf hörte ich Frauenstimmen und erhaschte einen flüchtigen Blick auf vorbeieilende Pumps.

Aber ich war in meiner eigenen Welt. Ich war im Begriff, etwas Wundervolles und gleichzeitig Beängstigendes zu tun.

Ich ging ins Schlafzimmer, drückte die Tabletten aus den Blistern und legte sie ordentlich nebeneinander auf die Kommode. Ich hatte endlich grünes Licht für den Beginn der Hormonbehandlung bekommen. Der Endokrinologe hatte ausgerechnet, welche Dosis weiblicher Hormone mein Körper benötigte, um ihm zu signalisieren, dass ich tatsächlich eine Frau war. Außerdem würde ich Antiandrogene nehmen, Testosteronblocker, damit die Produktion männlicher Hormone eingestellt wurde. Beides zusammen ein ganz schöner Hammer. Alle hatten mich gewarnt, dass ich keine Wunder erwarten dürfe, dass die exakte Dosierung schwer zu berechnen sei und sehr viel nachträgliche Feinabstimmung erfordere.

Ich betrachtete die Pillen mit banger Ehrfurcht. Ich würde mich nicht über Nacht in eine Titelblattschönheit verwandeln – die ersten Kampfhandlungen, wenn man so will, würden auf Zellebene stattfinden. Dennoch war dies der erste wichtige Schritt auf physischer Ebene. Mein Körper würde sich im Lauf der kommenden Wochen und Monate verändern: Ich würde mehr und mehr einer Frau und immer weniger einem Mann ähneln. Das muss man sich einmal vorstellen!

Es war so weit. Ich war im Begriff, den Rubikon zu überqueren.

Oder?

Ich legte Lukes Anzug, sein Hemd und die Krawatte ab und wurde Lucia. Dadurch fühlte ich mich stärker. Eine ganze Weile stand ich regungslos da, den Blick auf diese Tabletten geheftet. Dann griff ich nach dem Glas Wasser und sah die Person im Spiegel fragend an.

»Ganz sicher?«, sagte ich laut. »Willst du das wirklich?«

Als ich meinen Körper das letzte Mal hatte verändern wollen, war ich drei Jahre alt gewesen. Meine Mutter und Janeys Mutter setzten uns zusammen in die Badewanne. Ich weiß noch, wir hatten seit Kurzem ein Kätzchen, eine plüschige Schildpatt, die alles in ihrer Umgebung als Spielzeug betrachtete. Janey und ich pusteten Seifenblasen. Plötzlich fiel mir etwas auf, was ich nie zuvor bemerkt hatte.

»Janey hat sich wehgetan, Mum. Sie hat gar kein Pimmelchen. Wo ist das bloß?«

Die beiden Mütter brachen in Gelächter aus. Jedes Mal, wenn sie sich einigermaßen im Griff hatten, schauten sie sich an und prusteten wieder los. Janeys Mutter lachte, bis ihr die Tränen kamen.

»Sie hat sich nicht wehgetan«, keuchte sie und wischte sich über die Augen. »Sie ist doch ein Mädchen, du Dummerchen. Mädchen haben keine Pimmelchen, sondern eine Scheide.«

Ich verstand nicht, was das heißen sollte, aber weil ich nicht wieder ausgelacht werden wollte, fragte ich nicht nach. Nach dem Bad wurden wir in unsere Schlafanzüge gesteckt. Ich war immer noch ganz fasziniert von der neuen Erkenntnis. Ich beneidete Janey um ihre Pussy. Ich wollte auch eine haben. Plötzlich kam mir eine Idee.

Als die anderen alle im Wohnzimmer waren und mit dem Kätzchen spielten, trottete ich in die Küche. Ich kletterte auf einen Stuhl, damit ich an den Messerblock herankam, griff nach dem größten Messer und stieg vorsichtig wieder vom Stuhl herunter. Ich zog meine Pyjamahose aus und setzte mich im Schneidersitz auf den Fußboden. Ich hatte schreckliche Angst, dass es wehtun würde, aber ich war fest entschlossen: Ich wollte so sein wie Janey.

Ich weiß nicht, was passiert wäre, wenn meine Mutter nicht in die Küche gekommen wäre. Zum Glück stellte ich mich sehr ungeschickt an, und ich war bei Weitem nicht so tapfer, wie ich geglaubt hatte. Aber ich hatte mir die Haut aufgeritzt. Ich brüllte wie am Spieß, weil es so wehtat und weil es so blutete. Meine arme Mutter. Sie stieß schrille Entsetzensschreie aus, sodass Janeys Mutter hereingestürzt kam. Ich weiß noch, wie ich mir die Augen aus dem Kopf heulte und meine Mutter mich anschrie: »Tu das nie wieder, nie wieder, hast du verstanden?« Später, als wir am Kaminfeuer saßen, gab sie mir ein Stück Schokoladenkuchen, drückte mich an sich und flüsterte: »Wir sagen Dad nichts davon, hm?« Und das taten wir auch nicht. Wir wussten beide, auch wenn wir es nie aussprachen, dass Daddy umsorgt und vor den hässlichen Dingen des Lebens beschützt werden musste. Das tat ich bis zu seinem Tod. Aber jetzt war er nicht mehr da. Er war so weit fort, dass er sich nicht einmal mehr im Grab umdrehen würde.

Diese Hormontabletten sahen weitaus ungefährlicher aus als das Küchenmesser meiner Mutter. Was ich tat, würde ich für den kleinen Jungen auf dem Fußboden tun. Und für die missgestaltete Frau, die mich aus dem Spiegel anblickte. Sie setzte ihre ganzen Hoffnungen in mich. Sie drängte mich zum Handeln.

Ich warf die Pillen in den Mund und spülte sie mit Wasser hinunter. Das Einsatzkommando war unterwegs.

»Merkst du schon was?«, fragte ich.

Lucia lächelte.

*

In der Nacht träumte ich wieder von einem Baby im Wald. Ich spürte die Milch einschießen. Als ich das kleine Mädchen stillte, schaute es mit großen Augen zu mir auf, als wäre ich eine Göttin. Ich hatte noch nie so viel Liebe empfunden, nie ein solches Glücksgefühl und einen solchen Seelenfrieden. Ringsum herrschte tiefe Stille.

Der Wald war eine Kathedrale mit grünen Glasfenstern. Silberne Strahlen fielen durch das dichte Dach und brachen sich funkelnd in den Tautropfen auf meinem Lager aus Laub. Es war Morgen. Wir waren in Sicherheit. Die Wölfe kamen nicht.

Eilish

Es war weit nach Mitternacht. Ich lag in einem Luke-losen Bett und schaute durch das Dachfenster. Ein prächtiger Vollmond schien mir ins Gesicht. Obwohl ich an diesem Abend eigentlich glücklich gewesen war, weinte ich. Ich fragte mich, ob es sich so anfühlte, wenn einem die Ehe zwischen den Fingern zerrann.

O Jim! Was für ein Geschenk hatte er mir mit diesem Abend gemacht. Ich war vierundzwanzig gewesen, als ich das letzte Mal ein Date gehabt hatte. Kate hatte recht gehabt: Ein Abendessen im The Lock *ist* eine romantische Angelegenheit. Wir hatten einen Tisch am Fenster, direkt über dem Wasser. Überall Kerzen, und die sich kräuselnden Wellen reflektierten das Glitzern bunter Laternen. Ich trank einen Schluck Wein und genoss sein reiches, üppiges Aroma. Es kam mir wie ein Verbrechen vor, hier zu sitzen und nicht verliebt zu sein.

Ich würde nicht über Luke sprechen. Ich würde nicht die enttäuschte Sitzengelassene spielen. Ich erkundigte mich nach Bill und Matthew, Jims Söhnen, die ungefähr in Simons Alter waren. Jim lieferte mir eine amüsante Beschreibung von Bills neuester Freundin, die reichlich durchgeknallt zu sein schien. Als unser Wildgericht serviert wurde, drehte sich das Gespräch um Kates Ausgrabungen in Israel. Jim benahm sich tadellos, aber irgendwann fiel mir auf, dass er mich anstarrte.

»Hab ich Lippenstift an den Zähnen?«

»Du bist wunderschön«, sagte er.

»Schmeichler!«

Er schüttelte den Kopf. »Nein. Damit meine ich nicht bloß

dein Äußeres. Ich meine, dass du in jeder Beziehung schön bist.«

Ich dankte ihm für das Kompliment. Ich freute mich darüber, weil ich insgeheim fürchtete, von gestern oder langweilig zu sein.

In den Tiefen meiner Handtasche piepste mein Telefon.

»Entschuldige.« Ich fischte es heraus. »Ärgerlich, wenn man beim Essen sitzt und eine SMS bekommt. Ich werde es ausschalten, sonst konfiszierst du es noch.«

Ich warf einen Blick auf die Nachricht, sah, dass sie von Kate war, und lachte laut heraus.

NÜCHTERN????

Stocknüchtern, schrieb ich schnell zurück. *Und Owen?*

Hat mich versetzt. Grüß Chadders von mir. Und nimm ihn nicht mit auf einen Kaffee nach Hause, denk dran!

»Kate«, sagte ich und schaltete mein Handy aus. »Sie hat ein waches Auge auf mich. Ich soll dich grüßen.«

»Grüß sie ebenfalls. Ich wette, sie hat noch mehr geschrieben.«

»Na ja, sie hat ihre eigenen Ansichten darüber, dass ihre Mutter und ihr ehemaliger Physiklehrer gemeinsam durch die Gegend ziehen. Aber sie ist ein ausgeglichener Mensch. Sie hat Lukes Coming-out sehr viel besser verkraftet als Simon.«

Ich sah das Flackern in Jims Augen und fragte mich, was er dachte. Er hielt die Flasche Pinot über mein fast leeres Glas. Ich protestierte halbherzig. Ich dürfe nicht so viel trinken, murmelte ich, ich müsse ja noch fahren. Ich solle doch ein Taxi nehmen, schlug er vor.

»Simon hat Probleme damit?«, fragte er und schenkte mir nach.

»Das ist noch vorsichtig ausgedrückt.«

»Aber er kommt klar, oder?«

»Ich weiß es nicht, Jim. Ich weiß es wirklich nicht. Sein Vater war sein Held. Wenn Luke im Schuppen geschreinert hat, konnte man Simon auch dort finden. Wenn Luke in seinem Arbeitszimmer war, machte Simon seine Hausaufgaben dort. Luke ist ein begeisterter Kricketspieler, Simon auch. Berufliche Entscheidungen, geschäftliche Probleme, Sorgen wegen Nico – Simon hat immer alles mit Luke besprochen. Und dann, eines schönen Tages, aus heiterem Himmel … tja.«

Mist. Ich hatte mir vorgenommen, nicht über Luke zu reden, aber jetzt, wo ich angefangen hatte, konnte ich offensichtlich nicht mehr aufhören. Ich schilderte Simons Verbitterung, seine Alkoholprobleme, seine hartnäckige Weigerung, Nico zu seinem Großvater zu lassen. »Er ist völlig durch den Wind«, schloss ich.

»Hört sich ganz danach an.« Jim wirkte nachdenklich. »Dabei hatte er sich so gut gemacht, nicht wahr? Erfolgreich im Beruf, eine bezaubernde Frau … Er war doch noch ins rechte Fahrwasser geraten. Es tat gut, das zu sehen.«

Doch noch ins rechte Fahrwasser geraten? Ich wunderte mich über diese seltsame Wortwahl.

»War er denn unglücklich? Als er in deiner Klasse war, meine ich?«

Jim zuckte mit den Schultern. »Na ja, er hatte so seine Momente, du weißt schon.«

»Nein, ich glaube nicht.«

»Er hat sich oft schwergetan mit dem Leben. Nicht so leicht Anschluss gefunden. Da gab es wohl ein paar, mit denen er sich herumtrieb, aber ich bin mir nicht sicher, ob er die wirklich mochte.«

Da hat er wohl recht, dachte ich, während ich mich an Simons Teenagerzeit zu erinnern versuchte, was mir zu meiner Schande schwerfiel. Ich hatte Vollzeit gearbeitet, Kate war jung und ein richtiger Wildfang, Simon schien sich ganz auf sein Abitur zu konzentrieren und vertraute sich eher seinem Vater als mir an. Er war kein Rädchen, das quietschte, folglich wurde er auch nicht geschmiert.

Der Nachtisch kam, und wir unterhielten uns über andere Dinge. Gelächter und Herzlichkeit bestimmten den Rest des Abends. Jim und ich hatten immer eine Menge Gesprächsstoff, aber an diesem Abend lag eine ganz besondere Energie in der Luft. Es kann sogar ohne Luke richtig schöne Stunden geben, dachte ich überrascht.

»Silvester«, sagte Jim, als er mir in den Mantel half. »Bei mir. Ich geb eine Party. Da musst du einfach dabei sein.«

»Ich kann keine Affäre mit dir anfangen, Jim.«

Er spielte den Entrüsteten. »Ich habe dich zu einer Silvesterparty eingeladen, nicht in mein Bett! Aber nur mal so, aus reiner Neugier: Warum kannst du keine Affäre mit mir anfangen?«

»Die Scheidung ist noch nicht rechtskräftig. Das wäre Ehebruch.«

»Auslegungssache.«

»Außerdem bist du ein Kollege.«

»Das hat noch keinen davon abgehalten.«

Das stimmte allerdings. Manchmal könnte man die Atmosphäre in unserem Lehrerzimmer mit einem Buttermesser schneiden.

»Also gut.« Ich streifte mir meine Handschuhe über. »Lass es mich anders formulieren. Ich kann *noch* keine Affäre mit dir anfangen. Luke ist vor gerade einmal fünf Monaten ausgezogen.«

»Und ich warte seit vierzehn Jahren auf dich.«

»Willst du dir nicht lieber ein Taxi nehmen?«, sagte ich streng.

Er breitete seine Arme aus. »Aus mir spricht nicht der Alkohol! Ich bin stocknüchtern!«, lallte er.

Ich grinste und schnitt ein anderes Thema an, und dann lachten wir schon wieder miteinander. Im Gegensatz zu Luke war Jim so lebensfroh, sein ganzes Wesen war leichter. Wir gehörten zu den letzten Gästen. Wir traten aus dem warmen Restaurant in die frostige Nacht hinaus. Der Mond war aufgegangen. Wir schlenderten zum Parkplatz, wo wir zwischen unseren Autos noch ein Weilchen plauderten.

Schließlich schaute ich auf meine Uhr. Es war nach Mitternacht.

»Ich sollte jetzt lieber gehen«, sagte ich. »Danke für diesen wunderschönen Abend.«

Er hielt mir die Autotür auf. »Wir könnten ihn wiederholen.«

»An Silvester«, erwiderte ich. »Danke für die Einladung. Ich komme sehr gern.«

ZWEIUNDDREISSIG

Kate

Dieser verdammte Owen! Er hätte schon vor einer halben Stunde hier sein sollen. Sie saß in einer Ecke des George and Dragon, las *Private Eye* und versuchte, so auszusehen, als hätte man sie nicht versetzt. Die Livemusik an diesem Abend war echt grauenvoll: Ein Mann und eine Frau, beide nicht mehr ganz jung, spielten auf ihren Gitarren eine Art Folk aus den Siebzigern und sangen dazu mit nervigen näselnden Stimmen. Nach jedem Lied machten sie eine Pause und erklärten lang und breit, wovon das nächste handelte. Als ob das irgendjemanden interessieren würde.

»Dieser Song ist mir echt wichtig«, sagte der Mann, den Kopf ans Mikrofon hinuntergebeugt wie ein Rockstar. »Es geht um meine Reise, echt, wisst ihr, weil mir gerade klar geworden war, dass mir irgendwas fehlte, aber jetzt bin ich an einem echt guten Ort, *yeah*, und deshalb ist das irgendwie meine Geschichte.«

Und dann legten sie wieder los und trällerten vor sich hin. Das Lied klang exakt genauso wie das letzte und alle anderen davor. Kate schaute genervt auf ihre Uhr und fluchte. Siebenunddreißig Minuten zu spät. Noch zehn, dann würde sie gehen. Sie hatte am nächsten Tag um neun einen Termin bei ihrem Doktorvater und musste sich darauf vorbereiten.

Mum würde genau jetzt im The Lock sein, mit Mr. Chadwick. Nicht zu fassen! Wahrscheinlich hatten sie schon einen sitzen und kicherten in einem fort. Kate wollte gar nicht daran denken. Spontan schickte sie ihrer Mutter eine SMS. Sie grinste, als sie die Antwort las. Diese Sache mit ihrer Mutter und Mr. Chadwick war lustig … nur, dass sie nicht lustig war. Was war mit dem armen Dad?

Auf der anderen Seite in der Kneipe saß ein Mann mit ein paar Leuten am Tisch. Er war ihr gleich aufgefallen, als sie hereingekommen war. Ganz schön heiß. Offener Hemdkragen, Jacke, Jeans. Dreißig, vielleicht auch jünger. Er fing ihren Blick auf und lächelte ihr zu. Kate vertiefte sich wieder in ihre Lektüre. Sie war nicht hier, um einen Mann aufzureißen, sondern um sich mit Owen zu treffen und sich anzuhören, was er zu sagen hatte.

Andererseits war er genau ihr Typ. Während sie sich noch Gedanken über ihn machte, stand er auf und ging an die Theke. Er war mit Freunden hier und gab eine Runde aus. Also kein Einzelgänger. Oder ein Versager.

Als er auf dem Rückweg an Kates Tisch vorbeikam, zögerte er, drehte sich zu ihr um und sah ihr in die Augen. Er wirkte unsicher, gerade so viel, dass es ihn noch sympathischer machte.

»Äh, darf ich dir einen Drink spendieren?«

Was für eine tolle Stimme! Tief, aber nicht brummig. Mit leichtem nördlichem Akzent. Sexy.

Sie zog die Brauen hoch und gab die Coole. »Einen Drink?«

»Ja, mehr nicht. Keine Hintergedanken. Nur ein ehrliches Angebot. Du musst dich nicht zu uns setzen, wenn du keine Lust hast. Vielleicht hast du dich ja hergeschlichen, um ein bisschen Zeit für dich zu haben.« Er zeigte zu seinen Freunden hinüber, zwei Frauen und ein Mann, die anscheinend irgendein Spiel mit den Bierdeckeln spielten. »Aber du kannst gern zu uns rüberkommen.«

Sie warf einen flüchtigen Blick auf ihre Uhr. Owen hätte vor fünfzig Minuten da sein sollen. Die Musiker legten eine Pause ein, was ein Segen war.

»Warum nicht?«, sagte sie. »Vielen Dank. Ein Guinness, bitte.«

Er nickte und ging zurück an die Theke. Kate folgte ihm mit ihren Blicken. Dunkelblond und Dreitagebart. Buschige Brauen. Lange Beine. Für eine Karriere als Model war die Nase vermutlich zu groß, aber sie war markant. Bisher war der Abend ja ein Reinfall gewesen, aber nun wurde es besser.

Sie wartete anstandshalber ein paar Augenblicke, bevor sie ihm zur Theke folgte. Er reichte ihr die Hand. »Peter.«

»Kate.« Autsch! Ganz schön kräftiger Händedruck.

Sie unterhielten sich, bis die Getränke kamen. Er sei nicht von hier, sagte Peter. Er besuche seine Schwester, die sich verlobt habe. Die Barfrau stellte ihnen die Gläser hin. Peter nahm vier, Kate nahm ihres.

»Kommst du mit an unseren Tisch? Hochgeistige Gespräche darfst du allerdings nicht erwarten. Wir bauen ein Haus aus Bierdeckeln.«

Sie komme gern, sagte Kate. Als sie kurz zu ihrem Tisch in der Ecke ging, um ihre Illustrierte zu holen, fasste sie plötzlich jemand am Arm, und eine vertraute Stimme sagte: »Gott sei Dank, dass du noch da bist, Kate!«

Verdammt noch mal, Owen! Sie hätte ihn erwürgen können. Er hatte zerzauste Haare und machte große Augen. Der verlorene kleine Junge. Er trug einen grässlichen Anorak.

»Du hast vielleicht Nerven, jetzt noch aufzutauchen«, zischte sie. »Hast du mal auf die Uhr geguckt?«

»Baffy war abgehauen. Der Hund ist so was von bescheuert. Ich hab eine Ewigkeit nach ihm gesucht.«

»Tja, mir egal. Du kommst zu spät. Ich hab jetzt was anderes vor.«

Er schob seine Hände in die Taschen seines Anoraks. »Aber ich muss mit dir reden. Ich bin extra durch ganz London gefahren.«

»Hättest du mir nicht wenigstens eine SMS schicken können? Ich hab hier gesessen wie bestellt und nicht abgeholt.«

»Der Akku von meinem Handy ist leer.«

Kate biss die Zähne aufeinander. »O mein Gott … okay. Hol dir was zu trinken.«

Peter stand an seinem Tisch und wartete auf sie. Kate formte mit den Lippen lautlos *Tut mir leid*, zeigte mit beiden Händen auf Owen und machte dann eine Handbewegung, als würde sie ihm den Hals umdrehen. Peter begriff. Er lächelte, zuckte mit den Schultern und wandte sich ab. Zu allem Übel hatten die Musiker ihre Pause beendet und fingen an, die Songs anderer Künstler zu massakrieren. Sie begannen mit *Scarborough Fair*.

»Also, dann schieß mal los«, sagte sie, als Owen mit einem Glas zurückkam. »Aber eins möchte ich gleich mal klarstellen, Owen: Das wird nichts mehr mit uns beiden. Das kannst du vergessen.«

Er starrte sie offenen Mundes an. »Wir beide?«

»Aus und vorbei.«

»Äh, Kate, das ist jetzt wirklich peinlich. Ich dachte, du hättest es vielleicht schon gehört.«

»Was soll ich gehört haben? Spuck's schon aus, oder muss ich dir erst deinen Drink ins Gesicht schütten?«

Er holte tief Luft. »Also gut. Ich bin wieder mit jemandem zusammen. Es ist was Ernstes.«

Das war ja eine unverhoffte Wende. »Wirklich? Mit wem?«

»Eine Kollegin. Eva Jones. Ich zieh morgen zu ihr.«

»Das sind ja großartige Neuigkeiten!« Kate johlte vergnügt. »Erzähl mal, wie ist sie denn so?«

»Na ja …«, druckste Owen herum. »Sie ist sehr viel reifer als du. Versteh mich nicht falsch, ich will damit sagen, sie ist lebenserfahren. Sie hat zwei Söhne, und, äh, der ältere ist achtzehn.«

Jetzt klappte Kate der Kiefer herunter. »Wie alt ist diese Frau denn?«

»Wieso spielt das eine Rolle?«

»Lass mich kurz nachrechnen. Du bist dreiundzwanzig, sie hat einen Sohn, der …«

»Vierzig«, fauchte Owen. »Sie ist vierzig, okay? Und wir verstehen uns blendend.«

Kate lehnte sich zurück und grinste. Owen hatte also eine Ersatzmutter gefunden. Und diese Eva hatte jetzt drei Söhne anstatt zwei. Vielleicht passten sie wirklich perfekt zusammen.

»Na, dann auf dich und Eva Jones!«, sagte sie und hob ihr Glas. »Ich versteh nur nicht, warum du mir das nicht am Telefon erzählt hast. Warum dieser weite Weg durch die Stadt?«

»Ja, also das ist ein bisschen komplizierter … Ich weiß nicht, wie du …« Owen kaute auf seinen Nagelhäutchen herum. »Ich meine, vielleicht … Komm mit raus, dann siehst du's.«

»Was?«

Er kippte seinen Drink hinunter und stand auf. Er konnte Kate nicht in die Augen sehen, und da wusste sie, dass er den Mut aufzubringen versuchte, sie um einen Gefallen zu bitten.

Eilish

»Ich bin also mit ihm rausgegangen«, erzählte Kate. »Und was glaubst du, habe ich da gesehen? Das errätst du nie!«

Es war Samstagmorgen. Stella hatte schon auf einen Kaffee vorbeigeschaut und war total neugierig, als Jim anrief und sich für den schönen Abend bedankt. Sie war noch nicht lange weg, als Luke anrief und sagte, er habe die von meiner Anwältin gewünschten Unterschriften geleistet. Und dann steckte zu meiner Freude unverhofft Kate den Kopf durch die Tür.

»Bist du allein, Mum?«, schrie sie, die Augen fest zugekniffen. »Kann ich die Augen wieder aufmachen oder kriege ich dann den Schock meines Lebens, weil Mr. Chadwick im Morgenmantel vor mir steht?«

»Kate!« Ich lief zu ihr und gab ihr einen Kuss. »Du kannst beruhigt sein, es ist kein nackter Physiklehrer im Haus. Du hast Stella um ein paar Minuten verpasst. Wie bist du hergekommen?«

»Mathis und John haben mir ihr Auto geliehen. Ich hab uns was zu essen mitgebracht – oder hast du andere Pläne? Ich muss dir unbedingt von Owen erzählen und … na ja, eins nach dem anderen.«

»Ich dachte, er hätte dich versetzt.«

»Hat er ja auch, und dann ist er doch noch aufgetaucht. Eine lange Geschichte. Ich setz schon mal Wasser auf.«

Sie hatte nicht nur leckere Sachen aus dem Feinkostladen, sondern auch Blumen mitgebracht, und ich hatte irgendwie das Gefühl, dass sie mit diesen Mitbringseln gut Wetter machen wollte. Während ich den Tisch deckte, erzählte sie ihre Geschichte. Owen war tief in Ungnade gefallen – zum einen, weil er erst gar nicht, zum anderen, weil er dann doch noch gekommen war.

»Offenbar hat er dich davor bewahrt, entführt zu werden«, sagte ich, als sie den Mann beschrieb, der sie auf einen Drink eingeladen hatte. »Wahrscheinlich ein Serienmörder, der seine Opfer unter alleinstehenden Frauen in Bars sucht.«

»Peter war mit seiner Schwester und deren Verlobtem da. Ich glaube, das Serienmörder-Profil passt nicht auf ihn, Mum. Eigentlich hat er mich nicht mal angebaggert.«

»Hm, man kann nie wissen. Owen ist also glücklich mit seiner Eva?«

»Anscheinend. Aber ich finde es irgendwie abartig. Ich meine, er ist kaum älter als ihre Söhne.«

»Gerade wir sollten uns kein Urteil über die Abartigkeit anderer anmaßen? Ich verstehe nur nicht, warum er so ein Tamtam gemacht hat. Er hätte es dir doch auch am Telefon sagen können. Hat er gedacht, du würdest dich darüber aufregen?«

Sie sah mich an, den Mund zu einem angedeuteten Lächeln verzogen, und da wusste ich, dass wir der Sache näher kamen. »Gute Frage. An diesem Punkt wurde mir nämlich klar, was für ein Wichser Owen wirklich ist. Ich solle mal mit hinauskommen, hat er gesagt. Ich bin also mit ihm raus aus der Kneipe, und was glaubst du, wer da gewartet hat?«

»Mrs. Jones und ihre Jungs?«

»Gott sei Dank nicht.«

»Äh … Owens Eltern?«

»Nein.«

»Ich geb's auf.«

»Einen Augenblick. Bin gleich wieder da.« Sie eilte hinaus zu ihrem geliehenen Auto. Jetzt war ich doch neugierig geworden. Ich trat in die Haustür. Plötzlich zerriss ein lautes Kläffen die Stille, und schon flitzte etwas Weißes, Flauschiges über den Kies. Ein Energiebündel, das froh war, der Enge des Autos entronnen zu sein. Der Hund rannte einmal ums Haus, bevor er zu mir gelaufen kam.

»Baffy!« Ich bückte mich und streichelte ihn. »Ich dachte, wir wären dich losgeworden.«

»Owen hatte ihn in der klirrenden Kälte draußen angebunden«, erzählte Kate. »Er hatte wohl so einen blöden Hundemantel an, aber trotzdem. Er zitterte am ganzen Körper. Ich hab ihn gepackt und bin schnurstracks nach Hause ins Warme mit ihm. Ich bin später noch mal in die Kneipe zurück, aber der Serienmörder war nicht mehr da.«

»Will Owen verreisen und braucht einen Hundesitter?«

Kate schaute Baffy nach, der bellend ein paar Vögeln nachjagte. »Die Sache ist die, Mum. Eva und ihre Söhne sind allergisch gegen Hundehaare. Sagt sie jedenfalls. Wahrscheinlich macht ihr der Hund bloß zu viel Dreck und Arbeit. Jetzt ist der arme alte Baffy überflüssig, und deshalb hat Owen ihn mir aufgehalst.«

»Das kann er doch nicht machen! Baffy ist nicht gerade der Bravste, und Mathis und John haben gerade erst alles renoviert. Die Wohnung ist ihr ganzer Stolz.«

»Richtig.«

»Und du wohnst im ersten Stock. Kein Garten.«

»Nicht mal ein Balkon. Und er dreht durch, wenn er sich nicht mal so richtig austoben kann.«

Mir dämmerte die schreckliche Wahrheit. Einen Ehemann verloren, einen Hund gewonnen.

»Äh«, sagte Kate, »ich muss dich um einen Gefallen bitten.«

DREIUNDDREISSIG

Simon

Ein Auto eignet sich nur bedingt zum Transport eines gigantischen Weihnachtsbaums.

Simon musste diese Erfahrung machen, als er das extravagante Exemplar, das er mit Nico bei dem Verkäufer an der U-Bahn-Station ausgesucht hatte, ins Auto packen wollte. Zu guter Letzt baute er den Kindersitz hinten aus und vorne ein und quetschte den Baum so in den Innenraum, dass die Spitze zwischen den Vordersitzen auf dem Schaltknüppel auflag. Bis sie zu Hause ankamen, hatte Simon Tannennadeln in den Haaren, im Kragen und im Gesicht.

»Wunderschön!«, rief Carmela begeistert, als ihre Männer das Ungetüm ins Haus schleppten. Nico, der nur die Baumspitze festhielt, ächzte, als müsste er den ganzen Baum allein tragen. »Birnams Wald steigt an zu Dunsinane«, zitierte sie frei nach Shakespeares *Macbeth*. »Der Kaffee ist fertig, Simon, so wie du ihn magst. Würdest du nachher den Christbaumschmuck aus dem Keller holen? Ich wollte es selber machen, aber dann ist die Glühbirne kaputtgegangen, und ich bin über irgendwas gestolpert. Da unten liegt alles wie Kraut und Rüben durcheinander. Ich hätte die Birne ja selber ausgewechselt, aber ich glaube, das ist keine so gute Idee mit dem Passagier auf dem Rücken.«

Sie blickte lächelnd über ihre Schulter. Rosa schlief tief und fest in ihrem leuchtend roten Tragetuch. Nur ihre obere Gesichtshälfte schaute heraus. Die Nähe ihrer Mutter, die Wärme und die Bewegung wirkten beruhigend auf die Kleine. Als Simon seine Nase zärtlich an ihrem kleinen Ohr rieb, flatterten Rosas lange dunkle Wimpern. Sie roch nach Milch, und er spürte, wie ihm das Herz aufging. Das war einer dieser wundervollen, kostbaren Augenblicke. Mehr wünschte er sich gar nicht vom Leben. Nico trottete davon, um mit seinen Lego-Steinen zu spielen.

»Weißt du, ich hab nachgedacht«, sagte Carmela.

»Wenn ein Gespräch so beginnt, verheißt das nichts Gutes«, sagte Simon in gespieltem Entsetzen. »Willst du dieses Jahr ein richtiges Rentier haben? Denk dran, was das für eine Sauerei geben würde.«

Carmela warf ihm einen belustigten Blick zu und ging in die Küche. Simon folgte ihr.

»Dieses Jahr kann es an Weihnachten kein Familientreffen im Haus deiner Mutter geben.«

»Stimmt.« Simon ließ unwillkürlich die Schultern hängen. Mit den glücklichen Familienfeiern war es vorbei.

»Ich denke, wir sollten deine Mutter zu uns einladen.«

»Tolle Idee! Aber sie wird diesen verrückten Hund mitbringen. Ich kann immer noch nicht fassen, dass Kate ihn ihr aufs Auge gedrückt hat.«

»Mit Baffy kommen wir schon klar.« Carmela lächelte und reichte ihm eine Tasse Kaffee. »Wie wär's, wenn wir Kate und Meg und vielleicht sogar Wendy auch einladen würden? Dann können wir alle um unseren schönen Weihnachtsbaum herumsitzen, und die Kinder werden schon dafür sorgen, dass es ein fröhlicher Abend wird.«

Simon zog sie an sich. Sie war so ein fürsorglicher Mensch, stets auf das Wohl seiner Familie bedacht. Er wusste, wie sehr sie ihre eigene Familie vermisste.

»Du bist eine ganz wunderbare Frau.« Er küsste sie liebevoll. »Ich werde Mum gleich anrufen.«

»Und was ist mit deinem Vater?«

Der Zauber des Augenblicks war schlagartig dahin. Simon ließ seine Arme sinken. »Der gehört nicht mehr dazu. Wir waren uns einig.«

»Es ist Weihnachten, Simon, und er ist ganz allein.«

»Herrgott noch mal, das haben wir doch alles schon ausdiskutiert! Er hat es selbst so gewollt.«

»Trotzdem, Simon. Es ist Weihnachten, und er ist allein. Er hat noch nicht ein einziges Mal seine Enkelin gesehen.« Carmela langte nach hinten und berührte den Flaum auf Rosas Köpfchen. »Sie ist ein solcher Schatz. Heute sind übrigens Geschenke von ihm gekommen. Und wir schließen ihn aus. Außerdem glaube ich, dass du ihn vermisst.«

Simon stürzte seinen Kaffee hinunter. »Ich geh die Birne auswechseln«, brummte er und stapfte aus der Küche.

So leicht gab Carmela nicht auf. Sie folgte ihm bis zur Kellertür. Ihre Umrisse zeichneten sich im Flurlicht ab. Simon war schon auf eine Leiter gestiegen und fingerte an der Glühbirne herum.

»Warum gibst du nicht zu, dass er dir fehlt?«

Er antwortete nicht. Abgesehen von dem schwachen Lichtschein von oben war es stockdunkel hier unten. Er hatte keine Lust zu diskutieren, während er auf der Leiter herumturnte.

»Sag mir, warum, Simon. Nico fragt andauernd nach seinem Großvater. ›Wo ist Grandpa? Wo ist Grandpa?‹ Was sollen wir ihm sagen?«

Kam lange genug keine Reaktion von ihm, gab sie manchmal auf. Dieses Mal nicht.

»Das ist nicht allein mein Problem, Simon, Nico ist auch dein Sohn. Also, was sollen wir ihm sagen?«

»Diese Scheiß-Birne, jetzt ist sie abgebrochen, und die Fassung ist noch drin! Verfluchter Mist, jetzt hab ich mich auch noch geschnitten! Ich blute wie ein Schwein. Müssen wir das wirklich jetzt diskutieren?«

»Ja, ich glaube schon.«

»Autsch! Verdammt. Also gut. Warum sagen wir ihm nicht, dass Grandpa krank ist?«

»Damit er denkt, Luke würde sterben? Nein.«

»Na schön. Dann sagen wir ihm eben, er sei sehr, sehr böse gewesen, und deshalb wollten wir ihn nicht mehr sehen. Stimmt ja auch.«

»Böse gewesen?«, wiederholte sie zweifelnd.

»Hast du einen besseren Vorschlag?«

»Ich kann dir sagen, was als Nächstes kommen würde. Er wird fragen, ob Luke auch auf der untersten Stufe sitzen müsse. In Nicos Welt werden die bösen Leute nämlich dorthin verbannt. Auf die unterste Stufe.«

»Mach mal das Licht an.« Ein dumpfes Gefühl der Befriedigung erfüllte ihn, als es hell wurde. »Bingo! Und es werde Licht. Gut. Wo ist der Christbaumschmuck?«

»In der Plastikbox. Nein, nicht die. Die andere, hinter den Tapetenrollen.«

Simon trug die Box hinauf. Carmela machte die Kellertür zu und schloss sie ab.

»Dann sag du es ihm. Erklär du ihm, dass sein Großvater nicht mehr sein Freund sein kann.«

»Von mir aus.«

»Wann?«

»Wenn er das nächste Mal nach ihm fragt.« Simon ließ die Box neben dem Weihnachtsbaum auf den Boden fallen und leckte seinen blutenden Finger ab. »Vielleicht fragt er nie wieder nach ihm. Er hat Dad seit Monaten nicht mehr gesehen. Er wird ihn bald vergessen haben.«

Rosa regte sich und öffnete die Augen. Simon musste an eine kleine Muschel denken, die aus ihrer sicheren Schale hervorlugte. Er streichelte ihr Köpfchen. Er würde alles tun, um sie und Nico zu beschützen. Er wollte gar nicht an die höhnischen

Bemerkungen, an die Hänseleien denken, denen die beiden ausgesetzt wären, wenn die anderen Kinder von ihrem schrägen Großvater erfahren würden. Er wusste, wie grausam Spott und Gelächter sein konnten.

Das Mädchen aus dem Club war auch im hellen Tageslicht ein Kunstwerk. Sie hieß Jessica Stent und war ein richtiger Mensch, kein vom Alkohol heraufbeschworenes Trugbild. Jetzt, wo sie beide nüchtern waren, bemühte sich Simon, seine Hände bei sich zu behalten. Am Nachmittag saßen sie am Fluss und redeten und küssten sich manchmal auch. Sie hatten viele Gemeinsamkeiten. Genau wie er war Jessica eines von zwei Kindern, und ihr Vater war ebenfalls Anwalt. Sie hatte Simon gern. Sie hatte ihn richtig gern. Ein so wundervolles Geschöpf wie sie mochte den unbeholfenen, schüchternen Simon Livingstone.

Er sagte seinen Freunden nichts davon, er wusste, wie sie über Frauen redeten. Nachts träumte er davon, ihr die Kleider vom Leib zu reißen, aber am Tag, wenn sie seine Hände resolut von ihrem Po nahm, respektierte er sie dafür. Es ging nicht um Sex, jedenfalls nicht nur. Sie war etwas Besonderes. Er ertappte sich dabei, wie er ständig an sie dachte. Er war im Begriff, sich in sie zu verlieben.

Er gestand es ihr, als sie eines Tages durch den botanischen Garten schlenderten. Es regnete, und er hatte ihr seine Jacke über die Schultern gelegt. Sie blieb abrupt stehen und ergriff seine Hände.

»Ist das dein Ernst?«, flüsterte sie.

»Natürlich.«

»Ich meine, ist es dir wirklich ernst damit?«

Simon fiel vor ihr aufs Knie. »Lass mich dir meine grenzenlose, unvergängliche Liebe gestehen!«

»Ich danke dir! O mein Gott, ich hätte nie geglaubt, dass mir das eines Tages passieren würde. Aber du wirst deine Meinung ändern, wenn du mich besser kennst.«

»Unsinn!«

Sie lachte, schüttelte den Kopf, lachte wieder und brach dann in Tränen aus. Völlig verdattert nahm Simon sie in seine Arme. Eigentlich sollte sich ein Mädchen doch freuen, wenn man ihm sagte, dass man es liebte.

»Du wirst mich hassen«, schluchzte sie. »Ganz bestimmt.«

Als er nach Hause kam, saß Quinn, einer seiner Mitbewohner, am Tisch und aß Nudeln. Die beiden Studenten stießen zur Begrüßung ihre Fäuste gegeneinander.

»Bist du in der Bibliothek gewesen, Livingstone?«

»Nö.«

»Warum grinst du denn wie ein Honigkuchenpferd?«

»Ich grinse doch gar nicht.«

»Und ob!« Quinn, der sich gerade eine Gabel voll Nudeln in den Mund schieben wollte, hielt inne. »Hast du grad eine Nummer geschoben?«

»Kannst du nicht mal an was anderes denken?«, gab Simon zurück. Er machte sich eine Dose Baked Beans auf. Da niemand abspülte, stapelte sich überall schmutziges Geschirr. Im Kühlschrank wuchsen neue Lebensformen, und in der Vorratskammer waren die bestgenährten Mäuse der Welt zu Hause.

Quinn aß seine Nudeln auf und warf die Schüssel achtlos zu dem anderen Geschirr in der Spüle. »Wer ist es?«, fragte er und wischte sich mit dem Handrücken über den Mund. »Du kannst es Onkel Quinn ruhig sagen.«

Simon seufzte. »Na schön. Von mir aus. Das Mädchen aus dem Moroney's.«

Quinn starrte ihn an. Dann lachte er unsicher, als hoffte er, Simon habe gerade einen Witz gemacht.

»Du willst mich auf den Arm nehmen.«

»Warum sollte ich?«

»Jetzt mal im Ernst, Livingstone. Du vögelst die Blondine, die du im Moroney's aufgerissen hast?«

»Ich vögele sie nicht. Wir treffen uns nur.«

»Puh!« Quinn tat, als müsste er sich den Schweiß von der Stirn wischen. »Ein Glück.«

»Wieso, was meinst du damit?«, fragte Simon ärgerlich. »Die Kleine ist eine Wucht.«

»Das Zimmermädchen aus dem White Hart? Beine bis zu den Achselhöhlen? O Mann, Alter …« Quinn schmunzelte. Er schien einerseits peinlich berührt, amüsierte sich andererseits aber ganz offensichtlich. »Äh, wie sag ich's am besten? Das Mädchen ist keine Sie, sondern ein *Er*.«

»Du meinst bestimmt eine andere.«

Quinn konnte sich nicht mehr beherrschen. Er platzte laut heraus vor Lachen. »Das ist eine Transe, Mann!«, keuchte er ganz außer Atem. »Der ist mit allem ausgestattet, was du auch hast, und einigem mehr. Fergus war vor einiger Zeit hinter ihm her, aber der DJ hat ihn gewarnt. Tut mir leid, Kumpel, wir hätten es dir sagen sollen. Wir dachten, wenn du an ihm herumfummelst, kriegst du garantiert den Schock deines Lebens, aber als du nach Hause gekommen bist, hast du kein Wort gesagt, und danach hab ich dich nicht mehr gesehen.«

Simon sah Jessica vor sich, wie sie mit tränennassen Wangen nach seinen Händen gegriffen hatte. »Du willst mich verarschen«, sagte er tonlos.

»Nein, Mann! Ich sag dir, das ist eine Transe! Frag den DJ im Moroney's, seine Schwester arbeitet auch im White Hart. Sie hat die langbeinige Blondine mal unter der Dusche gesehen. Er hat Titten! Er spart für den Flug nach Thailand, um sich da operieren zu lassen.«

Simon machte ohne ein weiteres Wort auf dem Absatz kehrt, zog sich in sein Zimmer zurück und ließ sich auf den Fußboden fallen. Ihm war schlecht. Nicht lange danach kamen seine anderen Mitbewohner nach Hause. Er hörte Gelächter, erst gedämpft, aber bald wieherten sie förmlich vor Lachen. Er konnte sie tuscheln hören, und er hasste sie für die Bemerkungen, die er aufschnappte. *Knutscht mit einem Ladyboy rum! ... Ist er eine Schwuchtel? ... Der arme alte Livingstone, hab gar nicht gewusst, dass er es so nötig hat!*

Er verspürte Mordgelüste. Als er aus seinem Zimmer kam, sagte einer: »Hi, Simon«, als ob nichts geschehen wäre. Dann brachen alle in schallendes Gelächter aus. Sie klopften ihm auf den Rücken, gutmütig, herablassend, und fragten ihn, wie es denn mit einer Transe sei und ob die Titten echt oder aus Silikon seien.

Er lächelte schwach und nahm die Dose warmes Bier, die sie ihm anboten. Er trank ein paar Bier und spürte, wie ihm der Alkohol in den Kopf stieg. Später, als die anderen sich *Doctor Who* ansahen, verließ er unbemerkt die Wohnung. Sein Puls raste, als er am White Hart ankam, seine Gedanken überschlugen sich. Er war vor ihm/ihr auf die Knie gesunken, hatte von Liebe gesprochen! Er/sie würde sich halb totlachen über ihn. Simon würde ihm/ihr schon das Maul stopfen.

Es war dunkel hinter dem Hotel. Gelegentlich schlenderte ein Kneipenheimkehrer über den Parkplatz. Bierflaschen lagen neben dem Müllcontainer herum. Simon hob eine auf und schlug sie gegen eine Mauer. Den Flaschenhals in einer Hand, schrieb er eine SMS.

Komm raus, ich warte hinten bei den Müllcontainern auf dich. Ich hab was für dich.

*

Gemeinsam schmückten sie den Baum und sangen die Weihnachtslieder aus dem Radio mit. Die Lichterkette war kaputt, und so war Simon losgefahren und hatte eine neue besorgt, aber auch so etwas gehörte zu Weihnachten. Sogar Rosa guckte eine Weile neugierig zu, begann dann aber zu wimmern und zu weinen.

Nico legte ihr behutsam seine Fingerspitzen ans Gesicht. »Sie hat Hunger. Schieb sie lieber unter deinen Pulli, Mum.«

»Ein paar Geschenke können wir schon unter den Baum legen«, sagte Carmela zu Simon, während sie das Tragetuch mit dem Baby vorsichtig abnahm. »Holst du sie mal? In meinem Schuhschrank.«

Simon sortierte die vier Geschenke aus, die von seinem Vater kamen, wie die Handschrift verriet, und nahm sich vor, sie zu verschenken. Die übrigen stopfte er in einen Kissenbezug, den er sich über die Schulter warf. Dann polterte er mit dröhnendem »Ho-ho-ho« nach Weihnachtsmannart die Treppe hinunter.

»Für einen Weihnachtsmann bist du weder dick noch lustig genug«, bemerkte Carmela. »Und wenn du je auf die Idee kommen solltest, dir einen buschigen weißen Vollbart wachsen zu lassen oder mit Weihnachtselfen herumzuhüpfen, lasse ich mich scheiden.«

Nico war auf einen Hocker geklettert und schaute Carmela beim Stillen zu. Er hatte sich an den Anblick gewöhnt und schien nicht eifersüchtig auf sein Schwesterchen zu sein. Später würde Rosa anfangen zu quengeln, und Mum und Dad würden sie abwechselnd herumtragen. Aber jetzt trank sie erst einmal glücklich schmatzend.

Als Simon den Kissenbezug umdrehte und die Päckchen unter den Weihnachtsbaum purzelten, kletterte Nico von seinem Hocker herunter und betrachtete die Schätze. »Kommt der richtige Weihnachtsmann uns auch besuchen?«

»Mm. Durch den Kamin.« Simon hatte ein schlechtes Gewissen, weil er sich für einen ehrlichen Menschen hielt und trotzdem seinem Sohn das alte Märchen vom Weihnachtsmann erzählte. Nächstes Jahr sage ich ihm die Wahrheit, nahm er sich vor. Oder vielleicht im Jahr darauf.

»Und der Schlitten? Nimmt er den mit durch den Kamin?«

»Der Schlitten …« Himmel, was sollte er ihm jetzt vorschwindeln? »Äh, ich glaube, der Schlitten bleibt auf dem Dach. Weißt du, was, Sportsfreund? Wir werden Granny und Kate fragen, ob sie an Heiligabend zu uns kommen wollen, damit sie unseren Baum bewundern können. Was hältst du davon?«

»Und Grandpa? Wird Grandpa auch kommen?«

Simons Lächeln gefror.

»Nun, Simon?« Carmela hatte spöttisch die Brauen hochgezogen. »Möchtest du die Frage nicht beantworten? Wird Grandpa auch kommen?«

Nico stand da und nestelte an seinem T-Shirt herum. Seine Vorfreude war sang- und klanglos in sich zusammengefallen. Simon, der sich gut daran erinnern konnte, wie es war, ein ängstlicher kleiner Junge zu sein, setzte sich auf den Fußboden und zog Nico zu sich.

»Lass uns jetzt nicht daran denken, hm?«

»Aber Grandpa kommt doch, oder?« Nicos Stimme war schrill geworden, und er zerrte mit beiden Händen am Saum seines T-Shirts.

Wie kann Dad uns das antun? Wie kann er nur so egoistisch sein?

»Nein«, sagte Simon. »Grandpa wird nicht mehr kommen.«

VIERUNDDREISSIG

Lucia

Ich zog mich an, warf einen Blick in den Spiegel und wusste, dass das nicht gut genug war. Meine Ansprüche waren gewachsen. Frauen, die als biologische Frauen geboren werden, lernen ihr Leben lang, Frau zu sein – sogar die, die vielleicht nur Jeans und Joggingschuhe tragen. Sie sind als Frauen sozialisiert, sie *sind* Frauen. Früher hatte Kate einen ganzen Stapel Teen-Magazine voller Make-up und Mode und Frisuren zu Hause gehabt. Sie tat zwar so, als verabscheue sie diese Zeitschriften, aber sie kaufte sie trotzdem immer wieder. Sie kann sich weiblich geben, wann immer sie möchte.

Ich hatte versucht, mich im Internet zu informieren, aber die Tipps, die ich dort bekam, genügten mir nicht mehr. Die Perücke war zu jugendlich für mein Gesicht – das sah ich jetzt ganz deutlich. Mein Make-up war unbeholfen, meine Kleidung altmodisch, meine Haltung nicht ganz korrekt. Es gab tausend kleine Dinge, mit denen ich mich verriet.

Ich brauchte Hilfe.

Als ich Judi zu Hause anrief, klang ihre Stimme, als wäre schon Weihnachten. »Ich soll dir Styling-Tipps geben?« Ich konnte fast hören, wie sie sich voller Vorfreude die Hände rieb. »Wie wär's mit morgen früh? Ich bin um zehn bei dir.«

Auf Judi ist Verlass. Und so kam sie pünktlich auf die Minute, in jeder Hand einen Koffer mit Sachen, die, wie sie sagte, aus ihren schlankeren Tagen stammten. Ein paar davon sahen nagelneu aus.

Sie hielt mir einen schwingenden Rock und eine Bluse hin. »Na, dann mal los. Das hab ich beides im Schlussverkauf gekauft, war ein großer Fehler, aber ich glaube, zu deinem Typ könnte es passen.«

»Ich soll das anprobieren? *Jetzt* gleich?«

»Geh ins Schlafzimmer, ich warte hier. Und denk an deinen Gummibusen und die Schuhe! Man darf niemals Kleider mit den falschen Schuhen oder der falschen Unterwäsche anprobieren. Das ist die erste Shopping-Regel.«

»Woher hast du gewusst, dass ich einen Gummibusen besitze?« Ich spürte, wie ich rot wurde.

»Zufallstreffer. Das ist nichts Neues, weißt du. Flachbrüstige Frauen tragen seit eh und je BH-Einlagen, und ich kenne mehr als eine, die zu Push-up-Höschen greift. Warum auch nicht? Schon Heinrich VIII. hat sich seine Schamkapsel ausgepolstert.«

Ich zog mich langsam um. Es war mir entsetzlich peinlich, in Frauenkleidern vor einer Kollegin herumzustolzieren. Es kostete mich einige Überwindung, wieder in die Küche zu gehen, aber Judi war total entspannt. »Dreh dich!«, befahl sie, und ich drehte mich um die eigene Achse. Bei der dritten Anprobe begann mir die Sache richtig Spaß zu machen. Judi hatte Kleider, Röcke, Kaftane und weite Oberteile mitgebracht, einen wunderschönen, unglaublich weichen Paschminaschal und eine bequem geschnittene Strickjacke. Natürlich saß nichts davon perfekt. Vieles war zu weit, besonders über der Brust, anderes an den Schultern oder in der Taille zu eng. Judi machte es passend, mit einem Gürtel hier oder einem Schal dort oder einem versetzten Knopf – sie hatte extra ihr Nähzeug mitgebracht.

Leggings waren eine Offenbarung für mich. »Das ist eine tolle Sache«, sagte ich, als Judi mir zeigte, wie man sie mit einem Kleid oder einem Kaftan kombinieren konnte. »Ich glaube, weder Eilish noch Kate haben so was.«

»Für Eilish sind sie nicht elegant genug, und Kate wäre vermutlich lieber tot, als in den Dingern gesehen zu werden. Aber ich liebe sie. Sie sind wunderbar für Frauen, die nicht gerade mit einer Wespentaille gesegnet sind.«

In der Kaffeepause warf Judi einen kritischen Blick auf meine Garderobe. Mir war das schrecklich unangenehm, so als würde sie mein Tagebuch lesen. Seit dem Tag, als ich einen geklauten Petticoat in einer Kiste auf dem Dachboden versteckt hatte, hortete ich Frauenkleider, aber ich hatte sie noch nie jemandem gezeigt.

»Hm, ziemlich altmodisch.« Judi hielt ein blaues Kleid hoch. »Außerdem ist das nicht deine Farbe, sie macht dich älter. Das Ganze ist irgendwie … omamäßig. Du bist nicht alt, Livingstone, du bist in den besten Jahren! Mach was draus! Und was ist denn das? O mein Gott, nein! Wo hast du denn diese Scheußlichkeit erstanden?« Sie starrte entsetzt, als hätte sie Angst, gebissen zu werden, auf eine rosarote Rüschenbluse.

»Die? Die hab ich von Oxfam.«

»Was hast du dir bloß dabei *gedacht*?«

»Mir gefiel die Farbe«, gestand ich verlegen. »Wieso, was stimmt damit nicht?«

»So ziemlich alles – Schnitt, Farbe, Stoff. Weg damit, es sei denn, du hast vor, an einer Straßenecke zu stehen?«

Als Nächstes zog sie einen Stuhl vor den Spiegel und schlug eine Schminklektion vor. Eilish trug kaum Make-up, sie war eine Naturschönheit. Kate wollte oder brauchte keine Kriegsbemalung. Judi hingegen verließ das Haus nie ohne Lippenstift. Das perfekte Make-up sei dezent und betone die Konturen, sagte sie. Sie zeigte mir, wie man Grundierung auftrug, aber den Masken-Effekt vermied, und Rouge, ohne dass ich hinterher wie eine russische Puppe mit Apfelbäckchen aussah. Von rotem Lippenstift riet sie mir ab. »Keine grellen Farben«, sagte sie und kramte einen passenden Lippenstift aus ihrer Handtasche.

Während sie mich schminkte, diskutierten wir die »Markteinführung von Lucia Livingstone«, wie Judi es nannte – mein Coming-out im Büro. Für sie war es ein Arbeitsprojekt wie jedes andere.

»Du musst das Management rechtzeitig informieren«, sagte sie. »Nenn ihnen ein konkretes Datum, ab wann du als Tussi auftreten wirst.«

»Das kann ich nicht. Das will ich nicht!«

»Sie können dich nicht feuern. Nach unten schauen … und jetzt nach oben. Nur auf die oberen Wimpern auftragen, siehst du? Halt still, sonst siehst du aus wie ein Panda.«

»Ich bitte dich, Judi, wir wissen beide, dass es Mittel und Wege gibt, mich abzuservieren.«

»Welches Datum wäre dir recht? Januar? Neues Jahr, neue Frau.«

»Zu früh. Viel zu früh.« Ich konnte mich nicht bewegen, weil sie immer noch meine Wimpern tuschte. »Vielleicht im übernächsten Jahr.«

»Deine Haare sind ganz schön gewachsen.« Sie besprühte sie mit Wasser. »Ich glaube, wir können was damit anfangen. Ich habe gestern Abend mit meinem Stylisten gesprochen, und er hat mir ein paar Tipps gegeben, wie man – ich zitiere – ›aus einem Kerl optisch ein Mädel machen kann‹. Das Wichtigste, sagt er, sind Ponyfransen. Dadurch wirkt die Stirn weicher. Der Unterschied ist gewaltig.«

Ich hatte noch nie Schaumfestiger im Haar gehabt. Ich hatte nicht einmal gewusst, dass es so etwas gab. Fasziniert beobachtete ich, wie Judi einen großen Klecks auf ihre Hand sprühte und mir die schaumige Masse in die Haare knetete. Dann griff sie zum Föhn – »das gibt mehr Spannkraft«, erklärte sie – und trocknete Strähne für Strähne über einer Bürste, und zwar so, dass mir die Haare weich ins Gesicht fielen. Ich sah der Verwandlung im Spiegel zu und hätte am liebsten einen Freudentanz aufgeführt.

»Du bist ein Genie!«, rief ich entzückt. »Eine Künstlerin!«

Sie legte den Föhn aus der Hand und betrachtete mein Spiegelbild. »Weißt du, was, Lucia?« Ein leichtes Lächeln spielte um ihre Lippen. »Du bist eine verdammt hübsche Person. Ich glaube, die Hormone zeigen bereits Wirkung. Ich bin mir nicht sicher, aber … Könnte es sein, dass deine Haut schon weicher geworden ist?«

»Ausgeschlossen«, wehrte ich ab. Insgeheim gab ich ihr allerdings recht. Vielleicht war es Einbildung, aber ich fühlte mich anders, ausgeglichener. Ich hatte definitiv weniger Lust auf Sex – ob das positiv war oder nicht, wusste ich nicht, aber es war eine Tatsache. Und an diesem Morgen hatte sich meine Brust zum ersten Mal empfindlich und schmerzend angefühlt.

»Lass uns was essen gehen«, sagte Judi unvermittelt.

Meine Euphorie verflog. »Nein, lieber nicht. Nicht in ein Lokal. Die Leute werden mich lesen.«

»Dich *lesen*? Was soll das denn heißen?«

»Dass sie in mir das sehen werden, was ich bin.«

»Dann ist ja alles in Ordnung, weil du nämlich nichts anderes bist als eine Freundin von mir.« Sie griff nach einem Paar Ohrclips und drückte sie mir in die Hand. »*Dein* erster Besuch in einem Restaurant als Frau. *Mein* erster Besuch in einem Restaurant mit einer transsexuellen Frau. Das wird bestimmt lustig! Auf geht's.«

*

Ich hatte mir eine Tasse Tee mit ins Bett genommen. Jetzt lag ich da, dachte über den Abend nach und wünschte mir, Eilish wäre bei mir und könnte an meinem Triumph teilhaben. Endlich tat sich etwas! Ich hatte eine neue Garderobe, ich war geschminkt und frisiert und gestylt worden. Ich war in einem langen, schwingenden Rock durch den Old Spitalfields Market geschlendert, hatte an den Schmuckständen gestöbert und war dann mit einer Freundin essen gewesen. Ich hatte Tagliatelle bestellt und eine Flasche Chablis, die wir uns geteilt hatten.

Ich hätte nie gedacht, dass ich diesen Tag erleben würde.

FÜNFUNDDREISSIG

Kate

Es war ihr erstes Weihnachten als Kind aus einer zerrütteten Ehe. Freunde von ihr hatten das durchgemacht, als sie klein waren. Sie hatten erzählt, wie sie zwischen ihren Eltern hin- und hergependelt waren, zwei Weihnachtsmenüs gegessen, zwei Geschenkberge ausgepackt und wie kleine Weihnachtstruthähne vollgestopft worden waren. Das Ganze endete jedes Mal damit, dass sie sich übergeben mussten. Weihnachten war ein Albtraum für sie gewesen.

Kates Erinnerungen waren völlig anders. Das Weihnachtsfest war Jahr für Jahr nach dem gleichen Muster verlaufen: Simon und sie standen früh auf und packten im Bett ihre Weihnachtsstrümpfe aus. Um zehn ging die ganze Familie in die Kirche. Nach dem Gottesdienst spielten Kate, Simon und die anderen Kinder aus dem Dorf auf dem Friedhof Verstecken, während ihre Eltern geduldig darauf warteten, dem Vikar die Hand zu schütteln.

Beim Mittagessen ging es immer lebhaft zu. Jede Menge Familie saß um den Tisch, während die jeweilige Katze, die sie gerade hatten, aus einem Napf auf dem Boden Truthahnstückchen fraß. Normalerweise war auch irgendein entfernter Cousin da oder eine Tante oder irgendjemand, der nicht wusste, wohin – Stella zum Beispiel, wenn sie gerade keinen Ehemann hatte. Für Kate war das als Kind das perfekte Weihnachtsfest gewesen.

Sie durfte sich also nicht beklagen, dass sie jetzt, mit zweiundzwanzig, keinen harmonischen Heiligabend zu Hause mehr feiern würde. Simon und Carmela hatten alle zu sich eingeladen – alle bis auf ihren Dad. Kate überlegte noch, was sie machen sollte, als ihre Großmutter anrief.

»Es ist wirklich lieb von Carmela, dass sie mich eingeladen hat«, sagte Meg. »Ich sollte schon wegen dem Baby hingehen, damit ich es endlich mal kennenlerne. Aber was ist mit dem armen Luke? Dass er den Heiligabend ganz allein verbringen muss, gefällt mir gar nicht.«

Das gab den Ausschlag. »Mach dir keine Sorgen, Granny. Geh nur und lass dich von Rosa vollsabbern. Sie ist wirklich ein süßer Fratz. Ich werde mit Dad essen. Wir werden dasitzen und traurig und einsam Knallbonbons ziehen und uns friedlich gemeinsam betrinken.«

»Würdest du das wirklich tun, Liebes?« Meg klang erleichtert.

»Na klar. Immer noch besser, als den Tag mit Simon und Wendy und einem dämlichen Papierhut auf dem Kopf zu verbringen.«

Ihr Vater freute sich sehr, als sie ihn anrief und sich für den Heiligabend ankündigte. Wie sehr sich die Zeiten doch geändert hatten! Noch vor einem Jahr hatte er, der beliebte, ehrenwerte Mr. Livingstone, das Haus voller Gäste gehabt. Und nun war er dankbar für eine einzige Besucherin in seiner kleinen Souterrainwohnung.

»Was ist mit deinen Londoner Freunden?«, fragte sie. »Hast du denn gar keinen Kontakt zu ihnen?«

»Kaum. Sie stellen Fragen, wollen wissen, warum ich hier wohne.«

»Aber irgendwann musst du es ihnen ja sagen. Allen. Ich meine, wenn du das wirklich durchziehen willst mit dem … wie heißt das noch?«

»Geschlechtswechsel.«

»Wieso hast du es noch niemandem erzählt? Hast du's dir anders überlegt?«

Er antwortete nicht gleich, und Kate hielt unwillkürlich den Atem an. Hatte sie etwa den Nagel auf den Kopf getroffen. Vielleicht hatte er sich alles anders vorgestellt. Aber wenn er zurückkommen wollte, sollte er sich besser beeilen. Mum würde nicht ewig warten.

»Unsere Personalabteilungsleiterin hat mein Coming-out für Januar vorgeschlagen«, sagte er dann. »Judi. Ich glaube, du kennst sie.«

»Du hast es ihr gesagt?«, fragte Kate überrascht.

»Sie hat es aus mir herausgequetscht. Sie versteht nicht, warum jemand *keine* Frau sein möchte. Wir waren zusammen shoppen. Hat Spaß gemacht.«

Kate schnaubte verächtlich und grummelte etwas Abfälliges über Frauen, die shoppen als Zeitvertreib betrachteten.

»Judi zelebriert es, eine Frau zu sein, Kate. Das ist kein Verbrechen.«

»Es ist eins, wenn das, was sie zelebriert, geistlos ist. Frauen werden noch immer nicht respektiert, Dad, und warum? Weil sie voll auf diesen albernen Komm-lass-uns-Spaß-haben-Shopping-Mist abfahren.«

Er lachte. Es tat gut, ihn lachen zu hören. »Sei doch nicht so eine Spielverderberin.«

»Nicht alle Frauen halten Shoppen für eine großartige Sache. Erwarte bloß nicht von mir, dass ich wegen einer Handtasche oder hellgelben italienischen Schuhen ausflippe!«

»Gelbe Schuhe?«, fragte er interessiert. »Die Italiener machen hellgelbe Schuhe? Darüber musst du mir unbedingt mehr erzählen!«

Kate seufzte und sagte: »Dann bis Heiligabend.«

*

Kate hatte ihren Vater bedauert, weil sie dachte, er wäre einsam, aber als sie am Morgen des 24. Dezember vor seiner Wohnung erschien, war er nicht allein. Durchs Fenster sah sie in der Küche zwei Personen. Die eine war ihr Vater, die andere eine junge Frau, die am Tisch saß. Sie hatte den Kopf zurückgeworfen, und Kate konnte sie lachen hören. Der Duft eines Brathähnchens stieg ihr in die Nase, und die Musik von Neil Young drang bis auf die Straße.

Die Haustür war seltsamerweise abgeschlossen, aber als Kate klopfte, kam Luke herangetrabt und machte ihr auf. Er strahlte übers ganze Gesicht. Er war in Hemdsärmeln und trug die Plastikschürze, die Kate ihm aus Florenz mitgebracht hatte. Vorne drauf war ein Bild von Michelangelos *David* gedruckt, das auf künstlerische (oder vielleicht geschmacklose) Weise so angebracht war, dass es so aussah, als wäre der Träger der Schürze unwahrscheinlich gut bestückt.

Lukes Augen leuchteten. »Fröhliche Weihnachten, mein Schatz!«, rief er. »Komm rein, ich möchte dir jemanden vorstellen.«

Kate folgte ihm in die Küche. Die Besucherin stand auf und erhob sich zu ihrer vollen Größe. Schön, dachte Kate, aber nicht bezaubernd. Sie trug Overknees und einen roten Seidenschal. Die Haare ihres hoch angesetzten Pferdeschwanzes waren zu Zöpfen geflochten. Ihre Haltung war schlichtweg majestätisch. Mit ihren hohen Wangenknochen und den endlosen Beinen sah sie aus wie die Titelblattschönheiten der Modezeitschriften, auch wenn ihre Kleidung nur einen Bruchteil dessen gekostet haben dürfte, was ein Model trug.

»Das ist Chloe«, sagte Luke. »Meine Tochter Kate.«

Chloe geriet ganz aus dem Häuschen. Sie streckte ihre Hand aus, besann sich dann aber anders und riss Kate lachend in ihre Arme.

»Das ist ja toll!«, rief sie. »Du bist die Archäologin? Du gräbst irgendwelches Zeug aus, stimmt's? Lucia hat mir alles von dir erzählt.«

Geschlecht? Wie lustig, dachte Kate. Wenn sie mit Menschen wie ihrem Dad und Chloe zusammen war, hörte sie auf, das Geschlecht als etwas Duales zu sehen. Es bestätigte, was Kate schon lange glaubte: dass die Welt nicht nur aus Yin und Yang, nicht nur aus Schwarz und Weiß und ganz sicher nicht nur aus Venus und Mars bestand. Die Welt war viel bunter, viel unterhaltsamer. Chloes Stimme war eindeutig männlich, und den Seidenschal trug sie, um ihren Adamsapfel zu verstecken, aber dennoch *war* sie eine Frau. Ob Ausbildung, Geld, Hautfarbe oder Geschlecht – Chloe war in keiner Weise verbittert, sie nahm die Dinge so, wie sie waren. Das Eis zwischen ihr und Kate war schon gebrochen, bevor Luke dazu kam, seiner Tochter ein Glas Sekt einzuschenken. Als er es schließlich vor sie hinstellte, stieß Chloe mit ihr an. »Prost, Schätzchen.«

Statt Truthahn gab es Hähnchen, weil das in den kleinen Backofen passte, und Kate steuerte einen Weihnachtspudding bei. Zu ihrer unsäglichen Erleichterung hatte sich niemand einen Papierhut aufgesetzt. Es war ein strahlend schöner Tag. Als die Sonne langsam sank, schien sie ihnen genau ins Gesicht.

»Soll ich den Rollladen runterlassen?«, fragte Luke, als er Chloe im grellen Licht blinzeln sah.

»Nein, nein!« Sie bedeutete ihm, sich wieder hinzusetzen. »Das tut so gut.«

Nach zwei Gläsern waren sie beschwipst. Kate erzählte die Geschichte von Owen und Baffy und dem Fremden im Pub. Chloe fühlte mit ihr.

»Hört sich nach einem *fantastischen* Typen an«, rief sie. »Du hast keine Telefonnummer? Oh, das ist tragisch. Und der arme Hund – dein Ex braucht einen Tritt in den Hintern.«

»Und du?« Kate legte ihre Arme auf den Tisch. »Was ist in deinem Leben so los?«

Chloe erzählte mit entwaffnender Offenheit von sich selbst. Sie stehe auf der Warteliste für eine geschlechtsangleichende OP, aber das könne noch lange dauern. Sobald sie das Geld für die Gebühren zusammenhabe, werde sie die Änderung des Eintrags im Personenstandsregister und ihre neue Geburtsurkunde beantragen. Das bedeute, erklärte sie auf Kates Frage, dass sie rechtlich eine Frau sei. Und dann erwähnte sie beiläufig, dass sie am Tag zuvor einen Autounfall gehabt habe.

Luke, der sich am Backofen zu schaffen machte, fuhr herum. »Chloe! Bist du verletzt? Ich wusste gar nicht, dass du ein Auto hast.«

»Es war nicht meins, sondern das eines Kunden. Einer von meinen Stammkunden. Wir waren auf dem Weg zum Hotel.«

»Was ist passiert?«, fragte Kate.

»Ein Fahrradkurier ist einfach über die Straße gefahren, ohne zu gucken, und schon hat's gekracht.«

»Ist ihm was passiert?«

»Zuerst hab ich gedacht, er wäre tot. Mein Freier hat sich vor Angst fast in die Hosen geschissen, das könnt ihr euch ja vorstellen. Ich meine, er ist verheiratet, das ist das Eine, und ratet mal, was er von Beruf ist?«

Luke und Kate zuckten die Achseln. Chloe blickte von einem zum anderen und legte eine dramatische Pause ein.

»Bischof?«, riet Kate. »Richter?«

»Politiker?«, fügte Luke hinzu.

Chloe beugte sich vor und flüsterte: »Polizist. Eine ganz große Nummer. Mehr darf ich nicht sagen.«

Ihre Zuhörer gaben Laute der Faszination und der Empörung von sich.

»Psst.« Chloe machte eine Bewegung, als verschlösse sie ihre Lippen mit einem Reißverschluss. »Ein richtig hohes Tier, sag ich euch.«

»Ein verheirateter Mann.« Luke schüttelte den Kopf.

»Du darfst ihn nicht verurteilen, Lucia. Er ist schon in Ordnung. Jedenfalls war der Radfahrer so schwer gestürzt, dass er eine Weile einfach nur dalag. Wie tot. Leute kamen herbeigelaufen. Mein Kunde kriegte seinen Sicherheitsgurt nicht auf, weil er so zitterte vor lauter Aufregung, er war regelrecht hysterisch – ›o mein Gott, o mein Gott, ich muss einen Krankenwagen rufen, wenn sie mich mit dir im Auto erwischen, ist alles aus, das ist das Ende meiner Karriere, das Ende meiner Ehe, das Ende von allem, Panik, Panik, Panik!‹ – Da hab ich auf das Gurtschloss gedrückt und gesagt: ›Steig aus und hilf dem armen Schwein und mach dir keine Sorgen.‹«

Kate hing an Chloes Lippen. Sie konnte sich die Szene sehr gut vorstellen: der hohe Polizeibeamte mit einer transsexuellen Prostituierten im Auto, der leblose Radfahrer, die Gaffer. Handys würden gezückt, Fotos geschossen. Jemand würde die Polizei rufen. Man stelle sich die Schlagzeilen vor! Der Mann würde seinen Hut nehmen können.

»Was ist dann passiert?«, fragte sie.

»Ich bin auf meinem Sitz runtergerutscht, o mein Gott, ich hab praktisch im Fußraum gesessen. Alle Leute standen um den Kerl auf der Straße rum. Dann hab ich vorsichtig die Tür aufgemacht und bin rausgeklettert. Einfach war das nicht gerade, aber er war auf der Fahrerseite gestürzt, und so gab mir das Auto Deckung. Ich hab mich um die Ecke geschlichen, und dann bin ich losgerannt.«

Bei dem Gedanken an die über einen Meter achtzig große Chloe, wie sie im Fußraum eines Autos hockte, musste Kate lachen. »Hat dich jemand gesehen?«

»Nein. Glück gehabt. Der Radfahrer hatte bloß Schnittwunden und Prellungen. Und sein Stolz war verletzt. Das Auto von dem Bullen hatte eine Delle, aber er wollte bloß weg, und so haben beide darauf verzichtet, die Polizei zu rufen. Er hat mir später eine SMS geschickt und sich bedankt.«

»Er hat großes Glück, dein Polizist«, bemerkte Luke. »Dass du ihn gedeckt hast. Und dass du keine Erpresserin bist.«

Chloe warf den Kopf zurück und sah leicht gekränkt aus. »In deinem Beruf gibt es doch auch Grundsätze, oder? Diskretion zum Beispiel. Dass du nicht über die Dinge sprichst, die dir ein Mandant erzählt. Bei mir ist das genauso. Ich bin nicht dafür da, um das Leben eines Mannes zu ruinieren.«

»Aber ein gefährlicher Job ist es trotzdem, oder?«, warf Kate ein.

Chloe zuckte mit den Schultern. Plötzlich sah sie niedergeschlagen aus. Kate verwünschte sich für ihre unbedachte Bemerkung und wechselte schnell das Thema. »Zeit fürs Dessert. Weihnachtspudding. Der Gute von Tesco. Ich hab eine Münze reingesteckt, pass also lieber auf beim Reinbeißen, Chloe. Hast du Brandy da, Dad? Dann können wir das Ding flambieren.«

Später schlug Luke einen Spaziergang vor. Das war Familientradition. Jedes Mal, wenn Kate und ihre Großmutter es sich vor dem Fernseher gemütlich gemacht hatten, um sich die alljährliche Ausstrahlung von *Meine Lieder – meine Träume* anzusehen (dass Meg eine Schwäche für Christopher Plummer hatte, war kein Geheimnis), kam ihr Dad mit seinem verdammten Spaziergang. »Kommt schon«, sagte er, rieb sich die Hände und verteilte die Gummistiefel, »nutzen wir die Zeit, solange es noch hell ist! Hopp hopp! Dann sind wir rechtzeitig zur Weihnachtsansprache der Queen wieder da.« Simon und Kate maulten zwar jedes Mal, gingen dann aber doch mit. Sie schlitterten über die vereiste Terrasse, stapften über raureifbedeckte Felder, durch Nieselregen oder Sturm, und wenn sie zurückkamen, hatten sie das Gefühl, sich mindestens einen halben Weihnachtskuchen verdient zu haben.

Kate wunderte sich also keineswegs über den Vorschlag ihres Vaters. Chloe dagegen schon.

»Spazieren gehen?«, quiekte sie schaudernd, als hätte Luke ein Bad in der Nordsee vorgeschlagen. »Es ist arschkalt draußen, wieso sollen wir spazieren gehen, wenn wir hier im Warmen sitzen und noch eine Flasche aufmachen können? Hast du dein winziges bisschen Verstand verloren, Lucia?«

Luke lachte und erwiderte, ja, er habe tatsächlich den Verstand verloren. Dann ging er ins Bad.

»Na ja, ein Stückchen die Straße rauf und runter werde ich vermutlich überleben«, sagte Chloe leise.

Kate seufzte und erklärte ihr, was es mit der Familientradition auf sich hatte. »Sei froh, dass es heute so schön ist und nicht aus Eimern schüttet oder ein Schneesturm tobt.«

»Ähm …« Chloe sah Kate nachdenklich an. Ihr Gesicht verzog sich langsam zu einem Lächeln. »Ich mach dir einen Vorschlag. Spring mir jetzt bitte nicht an die Gurgel, aber … ich werde mitgehen, wenn Lucia auch mitkommt. Als Lucia.«

Kate begriff und erschrak. Es war, als sollte sie mit dem Monster unter ihrem Bett konfrontiert werden. Simons Beschreibung des Clowns mit Strumpfhosen, grell geschminkten Lippen und Perücke ging ihr immer noch nach. Sie wollte das nicht sehen.

»Er ist mein Dad«, protestierte sie.

»Hast du Angst?«

»Ja«, gestand sie und trommelte mit ihren Fingernägeln auf dem Tisch. »Große Angst sogar.«

»Soll ich dir was sagen? Lucia hat auch Angst. Es ist alles in Ordnung, Kate. Sie sieht fantastisch aus, nicht wie ein Freak. Es ist wichtig für sie, dass du sie akzeptierst.«

»Ich weiß nicht, ob ich das kann.«

»O doch, du kannst!« Chloe wackelte mahnend mit dem Zeigefinger. »Eine Geschlechtsumwandlung ist verflucht noch mal das Schwerste *überhaupt*. Ich weiß, wovon ich rede. Lucia kann es nur schaffen, wenn die Menschen, die sie liebt, ihr dabei helfen. Und so, wie ich das sehe, bist du einer von denen, die sie liebt.«

Die Sonne war weitergewandert und mit ihr der helle Lichtfleck. Es war dämmrig geworden in der Küche. Kate stand auf, schaltete den Heizlüfter ein und blieb davor stehen, um sich aufzuwärmen. Ihr Vater hatte sie seit dem Tag ihrer Geburt mit aufrichtiger, bedingungsloser Liebe überschüttet. Er hatte sie durch alle ihre kindlichen Trotzphasen und pubertären Wutanfälle hindurch geliebt. Er hatte ihr das Autofahren beigebracht – großer Gott, er musste Nerven wie Drahtseile gehabt haben. Er hatte die Sauerei nach ihrer Party an ihrem einundzwanzigsten Geburtstag beseitigt, als sie erst mit Owen über den Küchentisch getanzt war und sich dann erbrochen hatte. Er hatte nichts gesagt, als sie sich die Zunge hatte piercen lassen (inzwischen war das Loch zum Glück wieder zugewachsen) und sich die Haare gefärbt hatte. Obwohl sie so viel Mist gebaut, sich so viele Male wie ein richtiges Miststück benommen hatte, war er immer stolz auf sie gewesen.

»Sie hat sonst niemanden«, fügte Chloe hinzu. »Du bist die Einzige, die genug Liebe für Lucia hat, um ihr zur Seite zu stehen.«

Die Badezimmertür wurde aufgeschlossen. Kate hörte ihren Vater ins Schlafzimmer gehen und wieder herauskommen. Die Zeit drängte. Augenblicke später stand er in der Küchentür, er trug eine Wachsjacke und einen Paisleyschal.

»Seid ihr so weit?« Er lächelte zurückhaltend. »Braucht noch jemand feste Schuhe?«

Kate traf ihre Entscheidung.

»Äh, Dad, ich weiß nicht, wie ich sagen soll, aber glaubst du, Lucia könnte sich uns anschließen?«

Von allen befremdlichen, verrückten und gleichzeitig ungemein liebenswerten Erlebnissen war das hier die absolute Krönung.

Kate hatte sich noch nie für konservativ gehalten: In der zehnten Klasse hatte sie in dem entschlossenen, aber zum Scheitern verurteilten Versuch, lesbisch zu sein, ein Mädchen geküsst. Sie besaß drei Paar Doc-Martens-Stiefel, aber kein einziges Paar Stöckelschuhe. Sie hatte Sachen mit einer Möhre angestellt, die sich wirklich nicht für einen Post auf Facebook eigneten. Aber das alles war nichts verglichen mit diesem Weihnachtsspaziergang, den sie gemeinsam mit zwei Frauen unternahm, von denen die eine ihr Vater war.

Er – nein, sorry, *sie* – brauchte zehn Minuten, um sich umzuziehen. Kate stand in der Küche, trank Kaffee und wäre am liebsten geflüchtet.

»Es ist alles in Ordnung«, sagte Chloe immer wieder.

»Hoffentlich.«

»Nur die Ruhe, meine junge Kate.« Chloe ahmte eine königliche Stimme nach. »Bleib gelassen und lächle.«

Dann ging die Küchentür auf, und da war sie, die Frau, die Kates Vater war. Sie hatte sich verwandelt. Sie trug ein schlichtes dunkelblaues Kleid und einen grauen Paschminaschal, eine Perlenkette und Perlenohrringe und flache Pumps. Sie hatte sich geschminkt, wenn auch nur sehr dezent, und doch wirkte ihr Gesicht dadurch femininer. Es sah richtig professionell aus. Sie trug keine Perücke, wie Kate erleichtert feststellte, aber sie hatte ihre Haare anders frisiert, sodass sie ihr Gesicht einrahmten und voller wirkten. Sie hatte nicht die geringste Ähnlichkeit mit einem Clown oder einem Mann in einer Frauenrolle, nein, sie sah aus wie eine Dame, wie man sie in der Kirche beim Arrangieren der Blumen beobachten konnte.

Chloe stieß einen bewundernden Pfiff aus. Kate hatte es die Sprache verschlagen.

Die neue Frau trat von einem Bein aufs andere und versuchte zu lächeln. Ihre enorme innere Anspannung war ihr anzusehen. Sie machte den Eindruck, als ob sie gleich die Flucht ergreifen würde. Kate riss sich zusammen und zwang sich zu handeln. Sie stellte ihren Kaffeebecher ab, ging zu Lucia hinüber und ergriff ihre Hände.

»Dad, du siehst richtig … hübsch aus.«

Chloe hatte recht: Es war alles in Ordnung.

SECHSUNDDREISSIG

Lucia

Es war nicht mehr lange bis zum Jahreswechsel. Kate würde hinter der Theke des Bracton Arms aushelfen. Meine Mutter ging auf eine Party in ihrem Golfclub. Chloe musste arbeiten (ich versuchte, nicht daran zu denken, was das konkret bedeutete). Ob Eilish etwas vorhatte? Vielleicht könnten wir den Abend miteinander verbringen, als alte Freunde. Das letzte Mal hatten wir das neue Jahr oben auf dem East Yalton Hill begrüßt. Es wäre schön, das zu wiederholen.

Ich war im Büro, als ich mir schließlich ein Herz fasste und sie anrief. Die meisten meiner Kollegen verbrachten die Zeit zwischen den Jahren mit ihrer Familie, aber ich drehte fast durch in meiner kleinen Wohnung. Jetzt oder nie, dachte ich und griff zum Hörer.

Wie dumm von mir. Wie anmaßend. Hatte ich wirklich geglaubt, eine Frau wie Eilish würde herumsitzen und auf einen Anruf ihres Exmannes warten? Nein, sie würde auf eine Party gehen, die Jim Chadwick bei sich zu Hause gab. Sie erwähnte es beiläufig und stellte es als öde langweilige Angelegenheit hin (»Diese ganze Trinkerei und gezwungene gute Laune, und dann singen alle *Auld Lang Syne*! Lieber würde ich mit einem guten Buch ins Bett gehen«), aber ich kannte Eilish in- und auswendig. Jim war offensichtlich im Begriff, mehr zu werden als ein Freund und Kollege. Ein Unterton von Verlegenheit, aber auch freudiger Erregung hatte in ihrer Stimme mitgeklungen.

Ich hätte ein Gespräch auf der anderen Leitung, log ich, und müsse deshalb leider Schluss machen. Ich schnappte meinen Mantel und strebte eilig dem Hauptausgang zu. Benjamin, mittlerweile im Teilruhestand, wollte mich im Korridor abfangen – »Ah, Luke, wir sollten noch über dieses Seminar reden, das wir halten.« –, aber er musste gemerkt haben, wie es in mir aussah, weil er mich ohne ein weiteres Wort gehen ließ. Der Winter traf mich mit voller Wucht, als ich aus dem Gebäude trat. Die Straßen waren grau, der Himmel auch; Eis lag in der Luft. Ich ging immer schneller, ich versuchte, dem Schmerz davonzulaufen. Jetzt passierte das, was ich befürchtet hatte, was unvermeidlich war: Ich würde Eilish verlieren.

Eifersucht ist eine schreckliche Qual. Sie zerfrisst einen regelrecht. Mein Sexualtrieb war mit Beginn der Hormontherapie schwächer geworden, aber meine Gefühle waren unverändert stark. Ich hatte kein Recht, mich in das Privatleben von Eilish einzumischen, ich hatte keinerlei Ansprüche, und trotzdem empfand ich heftigen Groll gegen Jim Chadwick. Ich kannte ihn und hatte ihn immer geschätzt. Warum nahm er mir jetzt Eilish weg?

Erst am Abend, als ich zu Hause war, bekam ich mich wieder in den Griff. Ich gab mir im Geist eine kräftige Ohrfeige und schimpfte mit mir, weil ich ein verdammter Egoist war. Schließlich liebte ich Eilish. Und ich fühlte mich schuldig, weil ich ihr Leben zerstört hatte. Deshalb musste ich sie gehen lassen. Ich musste mich für sie und Jim, den Glückspilz, freuen.

An Silvester beschloss ich, sie aus meinen Gedanken zu verbannen. Ich gönnte mir etwas Gutes aus meinem Lieblings-Thai-Restaurant. Dann schlüpfte ich in einen bequemen Rock und einen Pulli und verbrachte den Abend im Sessel in der überaus angenehmen Gesellschaft von Virginia Woolf und einer Flasche Whisky. Ich behielt die Uhrzeit im Auge. Der Beginn eines neuen Jahres ist auch, wenn man allein ist, etwas Besonderes.

Kurz vor Mitternacht legte ich mir Judis Paschmina um die Schultern und ging in den Garten hinaus. Es war eine frostige Nacht. Sehr still. Ein paar Minuten später hörte ich aus dem Fernseher in einer der oberen Wohnungen den Countdown und zählte mit: »Drei! Zwei! Eins …« Und dann spielte die ganze Welt verrückt. Es war wie ein Fest mitten im Krieg. Das öffentliche Feuerwerk konnte ich von hier aus nicht sehen. Was ich sah, waren die von ganz normalen Familien in ihren winzigen Hinterhofgärten gezündeten Feuerwerkskörper. In der ganzen Stadt hofften und beteten und glaubten die Menschen daran, dass das neue Jahr ein gutes werden würde. Wir befanden uns mitten in einer weltweiten Rezession. Überall auf der Welt gab es Unruhen und Bürgerkriege und eine Politik des äußersten Risikos. Die Polkappen schmolzen. Und dennoch wurde Schlag Mitternacht der Himmel über London von tausenden Feuerwerkskörpern erhellt. Manchmal muss man die Menschheit allein um ihres verdammten puren Optimismus willen lieben.

Ich stand in der Dunkelheit, schaute zum Himmel, der in allen Farben leuchtete, und weinte lautlos vor mich hin. Ob vor Liebe oder Euphorie oder Einsamkeit, kann ich nicht sagen. Wahrscheinlich ein bisschen von allem. Vielleicht lag es an den Hormonen, dass ich so sentimental war, vielleicht auch am Whisky. Wie auch immer, die Tränen fühlten sich richtig und gut an, und niemand konnte sie sehen. Ich weinte wegen Eilish. Ich weinte wegen Nico und Rosa und wünschte ihnen allen ein glückliches neues Jahr. Ich versprach Lucia, dass ich sie nicht verlassen würde. Dieses Jahr würde ich der Mensch werden, der zu sein mir von jeher bestimmt war.

Die letzten Sekunden des sterbenden Jahres. Kostbare Sekunden. Die Glocken von Big Ben. Konfettiknaller, Luftschlangen, jeder küsste jeden. Ich zählte die Sekunden rückwärts und ließ es Konfetti regnen wie ein Weltmeister. Jim hatte einen großen, bunten Freundeskreis, seine Energie war ansteckend und sein Glühwein nichts für schwache Herzen. Mir taten die Füße weh vom Tanzen. Meine hochhackigen Schuhe hatte ich schon vor einer ganzen Weile ausgezogen und in eine Ecke gekickt. Es herrschte eine Bombenstimmung.

Als es Mitternacht schlug, blieb ich regungslos stehen. Alles um mich herum schien sich in Zeitlupe zu bewegen, wie in einem Film. Das konnte nicht real sein. Dies war die letzte Sekunde des Jahres, in dem ich Luke verloren hatte.

Plötzlich stand Jim neben mir. Er legte mir seine Arme um die Schultern, seine Augen strahlten. Ich hatte damit gerechnet, es knisterte stärker denn je zwischen uns. Er beugte sich dicht an mein Ohr, um sich in dem Lärm verständlich zu machen.

»Ich hab das Gefühl, das wird ein wunderbares Jahr.«

Ich spürte die Wärme seiner Lippen auf meinem Ohr, meinen Haaren, an meinem Hals und dann auf meinem Mund. Ich spürte, wie sich mein Magen vor Verlangen verknotete.

Ich küsste ihn. Jawohl, ich küsste Jim Chadwick mitten zwischen den bunten Luftschlangen, die auf uns niederregneten. Ich spürte den Druck seiner Hände auf meinem Rücken und schmiegte mich an ihn. Warum auch nicht, dachte ich. Es gibt ein Leben nach der Scheidung. Jim ist intelligent und attraktiv und witzig. Er leidet nicht unter Depressionen. Er zieht nicht heimlich meine Sachen an. Warum also nicht?

Aber Jim war nicht Luke. Er küsste nicht wie Luke. Er fühlte sich in meinen Armen nicht wie Luke an. Er sagte nicht die Dinge, die Luke gesagt hätte.

Eine Frau drängte sich zwischen uns – eine flotte Geschiedene, die ihm schon den ganzen Abend nachgestellt hatte – und umarmte und küsste ihn. Schon kam die Nächste. Das nette Paar, das ich beim Essen kennengelernt hatte, eilte auf mich zu, wünschte mir ein gutes neues Jahr und umarmte mich herzlich.

Der Moment war verflogen.

Ich nutzte die allgemeine ausgelassene Fröhlichkeit, um mir meine Schuhe und meine Jacke zu schnappen und durch die Küche in den Garten hinter dem Haus hinauszuschlüpfen. Es war eine ganz andere Welt hier draußen. Die Sterne funkelten am wolkenlosen Himmel, es war bitterkalt. Kein Mond. Jims Haus lag ein ganzes Stück außerhalb, aber ich konnte Feuerwerksraketen über Cottingwith aufsteigen sehen.

Den letzten Jahreswechsel hatten Luke und ich mit Champagner und Plastikbechern auf dem East Yalton Hill verbracht. Luke drohte damals wieder in eine Depression abzugleiten. Ich hatte es gewusst, aber beschlossen, es lieber zu ignorieren. Ich hoffte, das Problem würde sich von selbst lösen. Es passte nicht zu meinen Plänen. Wer von uns war denn jetzt der Egoist?

Luke ist heute Nacht ganz allein. Er wird vielleicht für immer allein sein.

Hinter mir, gedämpft von den verwitterten Mauern des Hauses, schwoll der Partylärm an und verebbte wieder. Mir fiel ein, dass hier irgendwo ein paar Gartenstühle stehen mussten. Ah ja, da waren sie. Sie waren aus Holz und sehr robust. Ich setzte mich. Ganz allein unter dem funkelnden Chaos des Universums, wusste ich besser, wer ich war. In der Dunkelheit sah ich die Dinge klarer.

Die Hintertür wurde geöffnet und geschlossen, Schritte im Gras, jemand berührte mich an der Schulter.

»Hallo, du«, sagte Jim. »Ich hab dich schon vermisst.«

»Tut mir leid.«

Er setzte sich zu mir. Ich konnte das blasse Oval seines Gesichts erkennen. »Es tut dir leid? Das hört sich aber gar nicht gut an.«

»Die Hälfte deiner weiblichen Gäste ist hinter dir her, Jim. Du hast es geschafft, mir mein Selbstvertrauen zurückzugeben. Dafür bin ich dir wirklich dankbar.«

»Du lieber Himmel, bitte keine Dankbarkeit! Alles, bloß das nicht. Das klingt so nach ... nach höflicher Verpflichtung. Ich hatte mir eigentlich etwas Leidenschaftlicheres erhofft.«

»Also gut. Ich werde versuchen, undankbar zu sein.«

»Schon besser.«

Ich sammelte meine Gedanken. Ich wollte die richtigen Worte finden für das, was ich zu sagen hatte.

»Wir kennen uns schon sehr lange«, begann ich. »Du weißt, wie sehr ich dich schätze. Du stehst ganz oben auf der Liste der Männer, mit denen zu schlafen mich reizen könnte. Genauer gesagt, du *bist* die Liste.«

»Aber?«

»Aber ... Luke.«

»Eilish, Luke ist vor Monaten ausgezogen.« Es klang genervt, und ich konnte es ihm nicht übel nehmen.

»Ja, es sind jetzt fast sechs Monate. Und ich werde das endgültige Scheidungsurteil beantragen.«

»Und Luke ist im Begriff, sein Geschlecht zu ändern. Ich mag ihn, ich bewundere ihn für seinen Mut, und ich hoffe für ihn, dass er glücklich werden wird, aber ... aber du hast noch viele Jahre vor dir, und du hast es auch verdient, glücklich zu sein.«

Ein letzter Feuerwerkskörper, eine Rakete, schoss in den Himmel hinauf und explodierte in einem Farbenrausch.

Ich seufzte. »Du hast ja recht. Ich hab geglaubt, ich könnte heute Abend alles hinter mir lassen und ein neues Leben beginnen, aber so funktioniert es nun mal nicht. Ich kann die letzten dreißig Jahre nicht einfach aus meinem Gedächtnis ausradieren und fröhlich mit dir ins Bett hüpfen. Jedenfalls noch nicht.

Es tut mir unendlich leid. Es hätte bestimmt großen Spaß gemacht.«

»O ja, das hätte es.«

Er schwieg eine Weile. Ich hörte, wie er auf seinem Stuhl hin und her rutschte.

»Keine Sorge«, sagte er dann. »Ich kann mit einer Zurückweisung umgehen. Aber du musst mir versprechen, dass sich zwischen uns nichts ändern wird. Wir waren verdammt gute Freunde, und das sind wir immer noch. Stimmt's?«

»Stimmt.«

»Und du versprichst, dass du zu mir kommst, wenn du Hilfe brauchst?«

»Ich verspreche es.«

»Und du gehst wieder mit rein und hilfst mir, Kaffee für fünfzig Betrunkene zu kochen?«

»Es wäre mir eine Ehre«, erwiderte ich.

Er stand auf und griff nach meiner Hand.

SIEBENUNDDREISSIG

Luke

Als ich an Neujahr aufwachte, war ich verkatert und deprimiert. Die Emotionen der vergangenen Nacht hatten sich verflüchtigt, und ich fühlte mich ausgepumpt. Ich hatte nicht einmal die Kraft aufzustehen. Es schien mir viel zu anstrengend, mich anzuziehen oder Kaffee zu machen oder zu frühstücken. Ich kannte diese psychischen Erschöpfungszustände und fürchtete mich davor. »Seien Sie achtsam, seien Sie auf der Hut vor Depressionen«, hatte Usha mich gewarnt.

Ich überlegte, ob ich unter Menschen gehen, mich in ein Café setzen sollte. Aber allein an einem Tisch sitzen, umgeben von Paaren und Familien in Festtagslaune? Nein. Ich griff zum Telefon, um Eilish anzurufen, aber dann fiel mir ein, dass sie ja auf einer Party gewesen war und vielleicht nicht begeistert wäre, von ihrem nichtsnutzigen, Frauenkleider tragenden Noch-Ehemann geweckt zu werden. Und außerdem, wenn sie nun nicht allein war? Was, wenn sie und Jim …? Ein schockierender Gedanke. Er zog mich noch weiter runter.

Ich musste dagegen ankämpfen. Ich musste aufstehen und in die Gänge kommen und mich wie ein nützliches menschliches Wesen mit einer Aufgabe im Leben benehmen. Ich beschloss, in die Kanzlei zu gehen, wo viel Arbeit auf mich wartete. Nach dem Duschen zog ich Lukes legere, bürotaugliche Sachen an: Cordhose, Hemd, Strickjacke. Sachen, die mir immer fremder wurden. Meine Haare kräuselten sich hinten inzwischen schon über meinen Hemdkragen. Spontan nahm ich ein Band aus einer Schublade und zwirbelte meine grauen Locken zu einem Pferdeschwanz zusammen. Es war ein sehr kleiner Pferdeschwanz, wie ein Pinsel, und er sah albern aus – eine Mischung aus alterndem Rocker und spießigem Anwalt –, aber er gab mir das Gefühl, ein Rebell zu sein, was mich zum Lächeln brachte. Also ließ ich den Pferdeschwanz, wie er war.

Unsere Scheidung war in vollem Gange. Ein paar Dokumente lagen neben dem Toaster, wo ich sie angewidert hingeworfen hatte, aber ich konnte sie ja nicht ewig ignorieren. Ich blätterte sie durch und überlegte, ob es nicht ein guter Tag wäre, um die Sache in Angriff zu nehmen, damit sie erledigt war. Ich hatte Eilish bereits mehr als die Hälfte unseres gemeinsamen Besitzes angeboten, einschließlich Smith's Barn, aber ihre Anwältin war offenbar eine misstrauische Person. Sie verlangte Bankauszüge, Wertbestimmungen, genaue Auskünfte über meine Rente, eidesstattliche Versicherungen, vollständige Listen. Das alles führte unausweichlich zum endgültigen Scheidungsurteil, dem Ende unserer Ehe.

Als ich die Unterlagen in meine Aktenmappe schob, hörte ich das Getrappel von Füßen auf den Eingangsstufen und eine Frauenstimme. Ich riss das Band aus meinem Haar, wirbelte herum und spähte durchs Fenster. Obwohl die Haustür abgeschlossen war, benahm ich mich wie ein aufgeschrecktes Kaninchen. Als ich sah, wer draußen stand, machte mein Herz buchstäblich einen Satz vor Freude. Ich lief zur Tür, schloss sie hektisch auf und entriegelte sie und riss sie auf.

Carmela, in Jeans und Stiefeln und wattierter Jacke, wirkte nervös. Sie trug ihr Baby, das aus großen Augen über ihre Schulter guckte, in einem Tragetuch auf dem Rücken. An der Hand hielt sie den kleinen Jungen, den ich so liebte. Er hüpfte aufgeregt von einem Fuß auf den andern und schrie aus vollem Hals: »Grandpa! Grandpa!«

»Frohes neues Jahr«, sagte Carmela.

Fünf Minuten später trank Nico eine heiße Milch und redete wie ein Wasserfall, weil er mir so viel zu erzählen hatte. Ich saß neben ihm, einen Arm um seine Schultern gelegt, und zerzauste ihm die Haare. Carmela stillte das Baby (»Da kommt Milch raus«, flüsterte Nico altklug. »Aber es tut Mummy nicht weh, wenn Rosa trinkt, weil sie noch keine Zähne hat.«)

»Carmela, weiß …« Ich unterbrach mich. Nico hatte große Ohren. Ich begann noch einmal von vorn. »Hast du alle beteiligten Parteien von diesem offiziellen Besuch unterrichtet?«

Sie zog eine Braue hoch. »Noch nicht. Die beteiligten Parteien wurden zu einem Notfall gerufen, bei dem ein Canide und ein großes rotes öffentliches Verkehrsmittel involviert sind.« Sie musste mir meine Bedenken angesehen haben. Sie lächelte und sagte: »Mach dir keine Sorgen wegen den beteiligten Parteien. Das ist mein Problem.«

Rosa hörte auf zu nuckeln und fing an zu strampeln. Sie war unglaublich neugierig auf ihre Umwelt. Ich konnte den Blick nicht von ihr abwenden.

»Möchtest du sie mal halten?«, fragte Carmela.

»Wenn ich darf.«

Sie legte mir meine Enkelin in die Arme.

Ihre winzigen Füße krümmten sich, und sie hatte runde Bäckchen. Alles an ihr war perfekt, winzig klein, aber perfekt. Erst wimmerte sie und schaute zu ihrer Mutter hin, aber als ich ihren Namen sagte, wandte sie mir den Kopf zu. Sie fragte sich bestimmt, wer ich denn war. Ihre Hände krallten sich in mein Hemd. Nico kitzelte sie an den Füßen, während ich sinnloses Zeug brabbelte und dumme Grimassen schnitt. Plötzlich schien sie den Witz zu verstehen. Sie strahlte übers ganze Gesicht.

»Sie mag dich, Grandpa«, sagte Nico.

Ich wollte etwas sagen, aber ich brachte kein Wort heraus. Zum zweiten Mal in den letzten zwölf Stunden kamen mir die Tränen.

Da er über den Jahreswechsel Bereitschaftsdienst hatte, durfte er keinen Tropfen Alkohol anrühren. Das war wahrscheinlich ganz gut so. Er hatte in der Nacht zwei Anrufe bekommen, aber in beiden Fällen hatte es sich nicht um etwas Lebensbedrohliches gehandelt. Zum ersten richtigen Notfall wurde er morgens um sieben gerufen, als er gerade aus der Dusche kam.

»Hier ist Fred Bibby«, sagte eine ruhige Stimme. »Das Herrchen von Floss. Dem Drahthaarterrier.«

Es dauerte einen Augenblick, bis Simon der Stimme ein Gesicht zuordnen konnte. Der über achtzigjährige Fred Bibby war ein ehemaliger Armeeangehöriger und Floss eine Knalltüte.

Er zog sich an, während er telefonierte. »Ja, Mr. Bibby, was gibt's?«

Der alte Mann keuchte bei jedem Atemzug wie ein Asthmatiker. »Floss ist hinter einer Katze hergerannt. Ich konnte rufen, wie ich wollte, war nichts zu machen, und dann ist er über die Straße gelaufen. Und als er endlich kehrtmachte und zu mir zurückwollte, ist er genau vor einen Bus gerannt. Der Fahrer konnte nichts dafür. Der Mann war kalkweiß im Gesicht, kalkweiß, er war völlig fertig. Floss kann nicht aufstehen. Kann ich ihn in die Praxis bringen?«

Drei Minuten später schnappte sich Simon die Autoschlüssel. Carmela und Nico saßen in Nachthemd und Schlafanzug am Frühstückstisch.

»Musst du los?«, fragte Carmela.

»Sieht ganz so aus.«

»Wirst du lange wegbleiben?«

»Schwer zu sagen. Nicht viele Hunde werden von einem Bus angefahren und überleben.« Er gab jedem einen Kuss. Rosa wedelte mit ihren Ärmchen und strahlte ihn an. Sie war jetzt vier Monate alt, und unbestreitbar schon eine Persönlichkeit.

Es stellte sich heraus, dass Floss Glück gehabt hatte. Der Hund hatte einen Beckenbruch, aber die Prognose war günstig. Simon blieb den ganzen Morgen in der Tierklinik, sah nach seinen Patienten und telefonierte mit den Besitzern. Als er gegen zwei Uhr mit den ersten Anzeichen von Kopfschmerzen wieder nach Hause kam, fand er Carmela und Nico praktisch genau dort vor, wo er sie verlassen hatte. Rosa lag auf der Decke unter ihrem Spielbogen und strampelte.

»Du meine Güte!«, rief Simon in gespielter Entrüstung. »Habt ihr etwa die ganze Zeit faul hier herumgesessen?«

»Komm und iss was«, sagte Carmela. »Wir haben uns Quiche aus dem Feinkostladen geholt. Ich hab dir deine warm gestellt.« Sie ging zum Backofen und nahm einen Teller heraus.

Simon hob Rosa hoch und setzte sich mit ihr auf einen Küchenhocker. »Hoppe hoppe Reiter, wenn er fällt, dann schreit er«, sang er und ruckelte sie sanft in seinen Armen. »Fällt er in den Graben, fressen ihn die Raben.«

Das Baby kreischte vor Vergnügen. Nico sang mit, obwohl er noch den Mund voll hatte. Vater und Sohn schrien gemeinsam den letzten Vers heraus: »Fällt er in den Sumpf, macht der Reiter PLUMPS!«

»Das gefällt ihr«, sagte Nico. »Daddy, weißt du, wo wir heute waren? Gaaaaanz weit weg.«

»Sch, Nico, nicht jetzt«, sagte Carmela scharf.

»Aha, ein dunkles Geheimnis!«, rief Simon, der das Ganze für ein Spiel hielt. »Wo wart ihr denn? Nein, nichts verraten, lass mich überlegen … Am Nordpol, weil du den Weihnachtsmann davon überzeugen wolltest, dass du das Jahr über brav sein wirst?«

»Nein!« Nico schüttelte heftig den Kopf.

»Äh, vielleicht auf dem Mond?«

Nico brüllte vor Lachen. »Nein! Wir haben jemand besucht. Rate mal, wen wir besucht haben.«

»Die Queen?«

»Wir waren bei Grandpa!« Nico hüpfte im Kreis herum. »Wir waren in seinem Haus unter der Erde!«

»Nico!« Carmela hatte hektische rote Flecken im Gesicht. »Ich glaube, wir müssen Rosas Windel wechseln. Du bist doch schon ein großer Junge, sei so gut und hol die Wickeltasche, ja? Du darfst dir auch ein Buch aussuchen, dann lese ich dir später etwas vor, einstanden?«

»Au ja! Ich hol den *Zauberstift*!« Er lief fröhlich los, und einen Augenblick später hörten sie ihn die Treppe hinauftrappeln.

In der Küche herrschte ein beklommenes, hässliches Schweigen.

»Ich habe Rosa angesehen«, sagte Carmela, »und dann habe ich Nico angesehen. Sie machen so viel Freude! Mir ist klar geworden, dass es falsch ist, deinen Vater auszuschließen.«

»Herrgott noch mal!«

»Sch!«, machte Carmela, aber da fing Rosa, erschreckt von der lauten Stimme so dicht an ihrem Ohr, schon an zu weinen. Sie streckte ihre Ärmchen nach ihrer Mutter aus.

»Ich glaub es einfach nicht«, fauchte Simon wütend und reichte ihr das Baby. »Dann geh doch. Geh zu deiner Mummy.«

»Sei doch nicht so kindisch, es ist doch nicht ihre Schuld.«

»Nein, da hast du recht. Es ist ganz allein deine Schuld.« Er sprang auf und schnappte seine Jacke. »Du hast gewusst, dass ich das nicht wollte, und da wartest du, bis ich weg bin, und tust es trotzdem. Dass du mir so in den Rücken fällst, ist wirklich das Letzte!«

»Er ist der Großvater meiner Kinder! Und soll ich dir was sagen? Ich bereue es nicht. Wenn du sein Gesicht gesehen hättest, als wir vor der Tür standen! Er hat Rosa in den Armen gehalten und geweint. Ich glaube nicht, dass du so wütend wärst, wenn du gesehen hättest, wie glücklich Nico war.«

Simon stellte sich die Szene vor: sein Vater, der Rosa in den

Armen hielt. Ein kostbarer, unvergesslicher Moment, den er nicht miterlebt hatte. Er fürchtete, gleich in Tränen auszubrechen. Er brauchte dringend etwas zu trinken.

»Ich geh wieder in die Klinik«, knurrte er.

»Du kannst nicht ewig davonlaufen, Simon.«

»Wenn ich auch nur eine Sekunde länger bleibe, garantiere ich für nichts mehr. Dann fliegen die Fetzen. Willst du das?«

Ihre Augen funkelten zornig. »Vielleicht wäre es ganz gut. Es gibt Dinge, die gesagt werden müssen. Ich möchte einen Mann, der sich wie ein Erwachsener benimmt und nicht wie ein verwöhnter kleiner Balg, der nur an sich denkt.«

Simon stürmte hinaus und knallte die Tür hinter sich zu.

Als es in der Tierklinik nichts mehr für ihn zu tun gab, ging er ins Pub und stürzte ein paar Halbe hinunter. Er saß vornübergebeugt, die Hände zwischen den Knien. In seinem Kopf hämmerte es. Es gab nicht viele Menschen, denen er vertraute. Einen Großteil seines Lebens hatte er sich wie ein ungeladener Gast auf einer Party gefühlt. Aber er hatte seinem Vater vertraut, und er hatte Carmela vertraut. Ausgerechnet diese beiden hatten sich zusammengetan und ihn hintergangen. Ihm war, als wäre er unter eine Dampfwalze geraten. Er hatte sich das nicht ausgesucht. Nichts davon.

Das White Hart wirkte solide und ehrenwert. Es hatte angefangen zu nieseln, die winzigen Wassertröpfchen bildeten eine Aura rings um die Straßenlaternen. Simon wartete in der Dunkelheit, den abgeschlagenen scharfkantigen Flaschenhals in einer Hand. Die Hintertür des Hotels öffnete sich und wurde wieder geschlossen. Rasche Schritte auf dem Asphalt.

Er schloss seine Hand fester um den Flaschenhals. Mal sehen, wie ihr/ihm das gefallen würde, das Ding ins Gesicht zu bekommen. Ein Ladyboy weniger, der einen arglosen Mann in sein Netz lockte.

»Simon?«, rief sie leise.

Jetzt hörte er ganz deutlich, dass das keine normale Frauenstimme war. Es war eine tiefe, heisere Stimme. Er schauderte angewidert. Er hatte diese Stimme für sexy gehalten.

»Hier drüben«, antwortete er.

»Warum versteckst du dich denn hier?«

Die Schritte kamen näher. Die schlanke Gestalt zeichnete sich im Licht der beleuchteten Hotelfenster hinter ihr ab. Eine leise Zuneigung regte sich in ihm. Ihr Haar war von einem Lichthof umgeben, und ihr Lächeln war so bezaubernd wie eh und je.

Nein, verbesserte er sich, nicht *ihr* Haar, *ihr* Lächeln. *Sein* Lächeln. Und es ist nicht bezaubernd, sondern unecht. Das Lächeln eines gerissenen Betrügers.

»Simon? Was hast du denn?«, fragte Jessica verwirrt. Sie kam näher. Und dann sah sie, was er in der Hand hielt.

»Nein! Nein, Simon! O mein Gott!«

»Wie heißt du?«

»Jessica.«

Er stand mit einem Schritt dicht vor ihr und packte sie an der Kehle. »Hör auf mit dem Scheiß! Ich will deinen richtigen Namen wissen.«

Sie schlotterte am ganzen Körper, den Blick angstvoll auf den abgeschlagenen Flaschenhals in seiner Hand gerichtet.

»Joshua«, brachte sie hervor.

Simon holte aus. »Man hätte dich bei deiner Geburt ersäufen sollen.«

Die scharfen Kanten funkelten im Licht. Die Transfrau lief nicht weg und wehrte sich auch nicht. Sie stand einfach nur da, die Wangen nass vom Regen und ihren Tränen, und wartete darauf, dass ihr Freund sie niederschlug und entstellte. Knapp fünfeinhalb Stunden zuvor hatte er gesagt, er liebe sie.

ACHTUNDDREISSIG

Eilish

Neujahr. Kate pflegte ihren Kater – und ich auch, wie ich zu meiner Schande gestehen muss. Wir hingen alle beide nur herum, tranken etliche Gläser mit Alka-Seltzer und stolperten in einem fort über Baffy, der offenbar Angst hatte, wieder abgeschoben zu werden.

»Und«, sagte Kate irgendwann, »hast du dem alten Chadders die Mandeln abgeschleckt?«

Ich spürte, wie ich rot wurde. »Das ist aber eine sehr unappetitliche Formulierung.«

Sie nickte gelassen. »Das heißt also ja. Puh! Wieso bist du dann hier, statt bei ihm zu bleiben für eine Nacht voller Leidenschaft – oder was man so Leidenschaft nennt, wenn man von zwei Lehrern spricht, die miteinander in die Kiste steigen.«

Ich warf ihr einen vernichtenden Blick zu. »Weil er nicht dein Vater war, darum. Hätte es dir etwas ausgemacht?«

»Wahrscheinlich schon, aber mit wem du ins Bett gehst, ist deine Sache. Das geht mich nichts an. Außerdem ist es sowieso bloß eine Frage der Zeit. Die Haie haben Blut gerochen. Chadders wird dich früher oder später rumkriegen – und wenn er es nicht ist, dann ist es ein anderer.«

Nachmittags rafften wir uns zu einem Spaziergang mit Baffy auf. Wir schlenderten über die Felder, und für den Hund musste das das Paradies sein: überall Kaninchen, Bäche und tote Tiere, in denen man sich wälzen konnte. Der kleine Hund wuchs mir allmählich ans Herz – seine übereifrige Trotteligkeit hatte etwas

Liebenswertes. Casino fand ihn keineswegs liebenswert, aber Hund und Katze hatten sich geeinigt: Casino war der Boss. Die Narben, die der arme Baffy davongetragen hatte, waren der Beweis.

Ich hatte Meg für den Abend eingeladen und bot ihr an, bei mir zu übernachten. Ich dachte, sie würde sich freuen, Kate zu sehen. Um fünf Uhr tuckerte ihr Hybrid-Käfer die Einfahrt hinauf. Da weder Kate noch ich Lust zum Kochen hatten, gingen wir alle miteinander ins Bracton Arms. Im Winter ist es richtig heimelig dort: offener Kamin, Natursteinfußboden, Eichenbalken rings um die Theke. Ein zusätzlicher Bonus war, dass sich Ingrid und Harry auf einer Kreuzfahrt befanden – wir konnten also etwas bestellen, ohne einem Kreuzverhör unterzogen zu werden.

»Haben wir ein Glück«, flüsterte Kate, als wir uns in eine Nische setzten. »Es wird immer schwieriger, Ingrid abzuwimmeln. Als ich ihr erzählt hab, Dad sei an einem Riesendeal dran und wolle deshalb nicht ständig hin- und herpendeln, hat sie sich doch tatsächlich die Zunge in die Backe gebohrt.«

»Es ist ihr Job, über alles und jeden Bescheid zu wissen«, meinte Meg. »Besser so, als in einer Großstadt zu leben, wo keiner den anderen kennt oder sich um ihn kümmert.«

Meine Schwiegermutter kam adrett wie immer daher, aber wie es in ihrem Inneren aussah, wusste niemand. Sie hob ihr Glas. »Prost, Ihr Lieben! Hoffen wir, dass das neue Jahr besser wird als das alte.«

»Prost«, sagte Kate. »Hoffen wir's. Und jetzt, wo ihr beide da seid, ehrenwerte Vorfahren, erzählt doch mal: Wie war Heiligabend bei Simon und Carmela?«

Ich schaute Meg an, sie schaute mich an.

»Hm, schön. Das Essen war fantastisch.« Ihr Mund zuckte. »Es gab einen besonderen Pudding, eine spanische Spezialität, hat Carmela gesagt. Sie ist eine kluge Person.«

Kate kicherte. »Wenn die Leute damit anfangen, wie total super das Essen war, weiß ich, dass du den ganzen Abend vergessen kannst. Komm schon, Granny.« Sie klopfte mit den Knöcheln auf den Tisch. »Auf einer Skala von eins bis zehn, wie schlimm war's?«

»Zehn«, antwortete Meg prompt. »Nein, neuneinhalb, wegen der Kinder. Die beiden sind wirklich entzückend. Aber wenn etwas so Schwerwiegendes unausgesprochen im Raum steht, kann keine Stimmung aufkommen. Ich meine, wie kann es Frieden auf der Welt geben, wenn ein Sohn nicht mit seinem Vater spricht? Oder auch nur über ihn spricht? Außerdem trinkt er viel zu viel, das muss ich schon sagen, Eilish. Als ich gegangen bin, hat er praktisch gelallt. Für Carmela war das alles ganz furchtbar. Siehst du das nicht auch so?«

Ich gab ihr recht. Carmela hatte ihr Bestes getan, aber der Tag war eine Katastrophe gewesen.

»Und dann Wendy!«, sagte ich.

Meg legte sich eine Hand über die Augen. »Manchmal kann ich nicht glauben, dass sie meine Tochter ist. Sie ist ganz rührselig geworden, Kate, hat mit weinerlicher Stimme geklagt, sie habe ihren einzigen Bruder verloren. Na ja, stimmt in gewisser Weise ja auch.«

Ich hielt mich an diesem Abend an Mineralwasser – ich vertrage einfach nicht mehr so viel. Kate hatte sich ein Guinness bestellt und behauptete, es tue ihr gut, aber ich fragte mich, ob sie nicht einfach ihr Image pflegen wollte. »Und du, hast du einen Sohn verloren?«

Meg antwortete nicht sofort. Ich sah sie gespannt an. Schließlich stellte sie ihr Glas ab und sagte: »Der Junge, den ich vor fünfundfünfzig, fast sechsundfünfzig Jahren zur Welt gebracht habe, war vom ersten Augenblick an ein Prachtbursche. Ich bevorzuge keines meiner Kinder, aber wenn ich es täte« – sie lächelte spitzbübisch –, »nun, dann könnt ihr euch sicher denken, welches mein Liebling wäre. Jetzt ist dieser Junge erwachsen und hat selbst Kinder. Anscheinend habe ich vieles an ihm nicht verstanden, aber das ändert nichts an der Tatsache, dass ich ihm das Leben geschenkt habe. Er war immer liebenswürdig und rücksichtsvoll, und das ist er auch heute noch. Er war immer klug, und auch das ist er heute noch. Ich habe ihn immer geliebt, und ich wüsste nicht, warum sich das ändern sollte.«

»Du bist eine Heilige«, bemerkte ich.

»Nein, nein«, wehrte sie ab. »Ich wünschte, es wäre so. Er hat gelitten. Darüber komme ich einfach nicht hinweg. Ich liege nachts wach, so sehr belastet mich das. Ich muss immerzu daran denken, dass mein Junge nie gelächelt hat. Ich *wusste*, dass etwas nicht stimmte, aber ich habe ihn nie gefragt. Ich hatte Angst davor. Also hab ich mich um die Farm und die Mädchen und Robert gekümmert und um so viele andere Dinge, die mir heute völlig egal wären.« Sie zitterte, als sie ihr Glas an den Mund hob. Ich berührte ihre Hand. »Schon gut, Liebes«, murmelte sie.

»Mütter sind keine Gedankenleser«, warf Kate ein. »Sie können nicht alles wissen, was im Kopf ihrer Kinder vor sich geht. Du darfst dir keine Vorwürfe machen.«

Die Kellnerin, Sophie hieß sie, brachte uns Besteck und Servietten. Sie war eine Freundin von Kate und früher oft zum Spielen bei uns gewesen. Als sie jetzt miteinander plauderten, hörte ich nur mit halbem Ohr zu. Mir gingen Kates Worte nicht mehr aus dem Kopf.

Sie irrt sich. Oder hat sie doch recht? Mütter können fast Gedanken lesen. Einmal, als der zweijährige Simon an einen Weidezaun gefasst hatte, war es, als ob der Stromstoß durch meinen eigenen Körper gejagt wäre. Und dann die vielen schlaflosen, tränenreichen Nächte, als Kate gemobbt wurde. Luke und ich hatten gefühlt, was unsere Kinder fühlten, hatten gefürchtet, was sie fürchteten. Es wäre furchtbar für mich, wenn ich erfahren würde, dass Simon als Teenager unter depressiven Schüben gelitten und ich nichts davon geahnt hatte.

Ich erinnerte mich an Jims Andeutungen bei unserem Abendessen im The Lock. *Er hat sich oft schwergetan mit dem Leben. Nicht so leicht Anschluss gefunden.* Ich hatte meinen Ehemann nicht gekannt, wie sich herausstellte – vielleicht hatte ich meinen Sohn auch nicht gekannt. Kennen wir die, die uns am nächsten stehen, wirklich, oder sind sie Fremde voller geheimer Gedanken und Innenleben? Der Gedanke gefiel mir gar nicht.

Als Sophie wieder weg war, schob Kate ihre Ärmel hoch.

»Ich muss euch was sagen. Es geht um Heiligabend mit Dad. Ich weiß nicht, ob es euch gefallen wird, aber ich finde, ihr solltet es wissen.«

Meg und ich hörten ihr mit wachsendem Erstaunen – und in meinem Fall auch mit Entrüstung – zu. Vermutlich war uns der Unterkiefer fast bis zur Tischplatte heruntergefallen, als Kate endete.

»Moment, Moment«, stotterte ich. »Du willst mir erzählen, dass du an Heiligabend einen Spaziergang gemacht hast mit zwei … mit zwei …«

»Frauen.«

»Die beide ausgestattet waren mit …«

»Männlichen Genitalien«, schlug Meg hilfsbereit vor.

Kate nickte. »Männlichen Genitalien, genau. Und dennoch sind es Frauen.«

»Und die eine war *mein* Ehemann und *dein* Vater …«

Kate breitete die Hände aus. »Ich kann es nicht anders beschreiben, Mum. Es war genauso, als wenn ich mit zwei Frauen unterwegs gewesen wäre, *nicht* mit Männern. Ihre … ihre, ich weiß auch nicht, ihre Lebensenergie war weiblich.«

Ich kann mit diesem New-Age-Kram nichts anfangen, und ich würde ganz bestimmt nicht jetzt über Lebensenergie diskutieren. »Du hast Chloe nicht gekannt, als sie Carl oder Geoffrey oder wer auch immer war«, wandte ich ein. »Deshalb verstehe ich, dass du bei ihr so empfindest. Aber bei deinem eigenen Vater?«

Kate presste ihre Fingerspitzen an die Schläfen. »Grrr, wie soll ich das erklären? Geschlecht hat meiner Meinung nach nichts damit zu tun, ob jemand männliche oder weibliche Genitalien hat. Das Problem ist unser zwanghaftes Schubladendenken. Wir ordnen jeden in eine Kategorie ein.«

Ich lehnte mich zurück. »Ich muss schon sagen, ich bin schockiert, Kate. Wie konnte er das von dir verlangen? Er war nie ein egoistischer Mensch. Vielleicht hat Simon recht, und er hat wirklich den Verstand verloren.«

»Ich hab ihn darum gebeten, Mum.«

Meg schwenkte ihren Wein im Glas herum. Es reflektierte den Schein des Kaminfeuers.

»Ihn als Frau zu sehen«, murmelte sie nachdenklich. »Das wird eine Zerreißprobe. Ich weiß nicht, ob ich das schaffe.«

Kate glühte geradezu vor missionarischem Eifer, als habe der Anblick ihres Vaters in Frauenkleidern sie bekehrt. »Ich hatte auch Angst davor, Granny, aber glaub mir, es war alles in Ordnung. Mir ist jetzt so manches klar geworden. Wenn ich an den Dad von früher denke, dann war er wundervoll, aber da war auch irgendwas … Düsteres. Ich kann es nicht genau beschreiben.«

Ich wusste ganz genau, wovon sie sprach.

Meg nickte. »Ein Schatten. So sehe ich es.«

»Bingo!« Kate klatschte in die Hände. »Und jetzt hebt sich dieser Schatten endlich. Dad ist verdammt überzeugend als Frau. Er übt viel. *Sie* übt viel. Was nicht heißt, dass es leicht wäre. Das ist es nicht. Er ist einsam, und er hat Angst. Ich glaube, Chloe macht sich Sorgen. Eine Geschlechtsumwandlung wäre eine gefährliche Zeit, sagt sie. Es sei das verdammt Schwerste überhaupt, und ohne unsere Hilfe werde Dad es vielleicht nicht schaffen. Ich glaube, sie redet von Selbstmord.«

Das Wort schockierte uns alle. Unser Essen kam, wir machten »Ah!« und »Oh!« und sagten, nein, danke, kein Ketchup, und dann ließen wir es kalt werden. Wir saßen schweigend da und dachten alle an denselben Mann.

Meg fasste sich als Erste wieder. »Gut«, sagte sie und wickelte ihr Besteck aus der Serviette. »Ich hab ihn im Stich gelassen, als er ein Kind war, diesen Fehler werde ich ganz sicher kein zweites Mal machen. Wenn du es geschafft hast, ihn in Frauenkleidern zu sehen, Kate, dann kann ich das auch. Ein Glück, dass Robert das nicht mehr erleben muss. Das hätte ihn definitiv umgebracht.«

»Hast du mal was von Gail gehört?«, fragte ich. Ich kannte Lukes älteste Schwester kaum.

»Ach, Gail!« Meg verdrehte die Augen. »Sie hat mich angerufen, als sie seinen Brief bekam. Sie habe immer gewusst, dass er verrückt sei. Ein Freak. Sie wolle seinen Namen nie wieder hören. Das sei ihre Sache, habe ich geantwortet.«

»Sie ist ein richtiges Biest«, bemerkte Kate.

Sie und Meg unterhielten sich noch eine Weile über Gail, bevor sie über andere Dinge plauderten: Owens Freundin (Meg hielt nichts von der Neuen – alt genug, um seine Mutter zu sein), Megs Termin beim Ohrenarzt (Meg hielt nichts davon – sie höre ausgezeichnet), eine Popsängerin, die in ihrem neuesten Video splitternackt aufgetreten war (und damit alle Frauen auf Sexobjekte reduziere, wie Kate fand; Meg meinte nur, das arme Ding müsse doch sicher gefroren haben).

Ich hörte nur mit halbem Ohr zu, meine Gedanken waren bei Luke. Was er jetzt gerade wohl machte? Musste er vor sich selbst geschützt werden? Zum allerersten Mal versuchte ich mir vorzustellen, was für eine Art Frau er wohl sein würde.

Falls Kate recht hatte und der Schatten, der sein Leben lang auf ihm gelegen hatte, hob sich, war es das alles möglicherweise wert.

*

Das neue Schuljahr hatte angefangen. Jeden Tag beklagte sich irgendwer im Lehrerzimmer darüber, dass es Januar war. Ich überlegte schon, ob ich entsprechende Anstecker basteln sollte, damit sie sich das Gejammer sparen konnten.

»Außer einem überzogenen Konto ist von Weihnachten nichts übrig geblieben«, grummelte einer, als er sein Mittagessen auspackte. »Ätzend. Findest du nicht auch? Der Wetterbericht sagt noch mehr Regen fürs Wochenende voraus. Jetzt regnet es schon seit Wochen. Ein Glück, dass wir für die nächsten Ferien Teneriffa gebucht haben.« Allgemeines Nicken und Unmutsbezeugungen. Dann schaute einer aus dem Fenster und maulte: »Es wird überhaupt nicht richtig hell!«

Auch auf die Gefahr hin, für eine Frohnatur gehalten zu werden, aber ich mag den Januar. Er hat so etwas Klares. Ich mag den Anblick der Baumgerippe, die sich gegen den Himmel abheben. Ich mag die knackig kalten Morgen, wenn sich der Weiher mit einer dünnen Eisschicht überzogen hat und das Laub unter den Füßen knistert. Luke war weg, aber dafür konnte der Winter nichts. Ich hatte mich vor dem ersten Weihnachten ohne ihn gefürchtet und war froh, dass die Feiertage vorbei waren. Der akute Schmerz war einem konstanten Pochen gewichen. Abends zog ich die Vorhänge zu und sagte mir, dass ich dankbar für ein warmes Haus sein müsse. Es gab Flüchtlinge, die alles verloren, die nicht einmal eine Decke oder etwas zu essen für ihre Kinder hatten, während ich lediglich meinen Mann verloren hatte. Manchmal schaffte ich es sogar, nicht an ihn zu denken, wenigstens für ein paar Minuten.

»Herrgott noch mal«, entfuhr es mir, als ich mir wieder einmal das Gejammer über den Januar anhören musste. »Wir leben doch nicht am Polarkreis! Bei uns geht immerhin noch die Sonne auf!«

»Aber nicht für lange«, murrte einer der Miesepeter. »Um vier ist es schon wieder dunkel. Wenn ich morgens weggehe, ist es dunkel, wenn ich abends heimkomme, auch. Das zieht einen richtig runter.«

Ich war schon in der Tür. Freitags leitete ich in der Mittagspause einen Kurs für Gehirnjogging. Im Saal der Schauspiel-AG warteten schon die hyperaktivsten, unkoordiniertesten Jugendlichen der Schule auf mich. Ich musste mich also beeilen, sonst würde ein Chaos ausbrechen.

Mick Glover blickte von seinem Tablet auf. Er starrte ständig darauf; ich war sicher, dass er sich Pornos ansah. »Fahrt ihr beide in den Winterferien weg, du und Luke?«

»Wahrscheinlich nicht.«

Aus dem Augenwinkel sah ich, wie sich mehrere Köpfe neugierig in meine Richtung drehten.

Mick zog eine Braue hoch. »Arbeitet er immer noch an seinem großen Projekt?«

Der beißende Spott in seiner Stimme machte mich rasend. Was weißt du schon von Liebe oder Loyalität, dachte ich wütend.

»Luke und ich haben uns getrennt«, sagte ich laut. »Wir lassen uns scheiden.«

Die Neuigkeit schlug ein wie eine Bombe. Es wurde schlagartig still, Kaffeebecher verharrten auf ihrem Weg zum Mund. Es war fast wie in einem Western mit Clint Eastwood, wenn dieser einen Saloon betritt, an die Bar stapft und einen Whisky bestellt: Der Klavierspieler hört auf zu spielen, die Gespräche verstummen, alle bis auf den Barmann gehen in Deckung.

Mick besaß immerhin den Anstand, ein zerknirschtes Gesicht zu machen. Allgemeines Gemurmel erhob sich: *Das tut mir aber leid* und *Das glaub ich einfach nicht* und *Ich hatte ja keine Ahnung, Eilish.*

»Wir haben uns in aller Freundschaft getrennt«, sagte ich. »Es gibt keine Schuldzuweisungen, keiner von uns hat einen anderen. Es geht mir gut, alles bestens.«

Damit stürmte ich aus dem Saloon.

Nirgendwo wird so viel getratscht wie in Lehrerzimmern, und meiner Erfahrung nach sind die Männer die schlimmsten Klatschmäuler. Als ich um fünf das Schulgebäude verließ, wussten alle Erwachsenen dort, dass meine Ehe am Ende war. Die Leute waren nett zu mir, sie berührten mich am Arm, sahen mich traurig an und lächelten verhalten, wie man es normalerweise auf einer Beerdigung macht. Sogar die Laborantin – die in ihrem Vorratsraum wohnt und nur dann mit anderen redet, wenn es sich gar nicht vermeiden lässt – sagte, sie habe von meinen Problemen gehört und das alles auch schon durchgemacht.

Neugierig waren sie alle, auch wenn sie es, unterschiedlich erfolgreich und taktvoll, zu verbergen versuchten. Natürlich waren sie neugierig – ich wäre es auch gewesen. Bei einem Flugzeugabsturz ist es wichtig, den Flugdatenschreiber zu bergen, um herauszufinden, was zum Absturz geführt hat, damit man es in Zukunft vermeiden kann. Genauso war es bei Luke und mir. Sie wollten verstehen, warum eine so stabile Ehe wie unsere nach dreißig Jahren plötzlich den Bach runtergegangen war. Einer von beiden musste doch schuld daran sein. Einer von beiden *musste* eine Affäre gehabt haben. Ich erfuhr später, dass ungefähr die Hälfte glaubte, ich sei mit Jim Chadwick fremdgegangen, und die andere Hälfte dachte, Luke habe etwas mit Penny O'Neill, der Leiterin der St. Matthew's Grundschule. Anscheinend war er ziemlich oft beim Betreten ihres Büros gesehen worden – nicht gerade verwunderlich, da er Vorsitzender des dortigen Schulbeirats war.

Ich fragte mich, wie sie wohl reagieren würden, wenn sie wüssten, dass Lukes Tage als Mann gezählt waren. *Wenn sich das erst einmal herumgesprochen hat*, dachte ich grimmig, *wird das alte Saloon-Piano garantiert verstummen.*

NEUNUNDDREISSIG

Lucia

Meine Schlafzimmervorhänge glühten im Schein der aufgehenden Februarsonne. Alles war genauso wie am Tag zuvor, und doch hatte sich etwas verändert. Ich. Ich hatte mich verändert. Ich war … glücklich.

Ich lag ganz still und genoss diese unbekannte Zufriedenheit. Ich stieß sie prüfend an, um zu sehen, ob sie echt war. Etwas war nicht mehr da: eine schmerzhafte Traurigkeit tief in meinem Inneren. Als ob man aufwachte, nachdem ein eiternder Zahn gezogen worden war, und feststellte, dass die Schmerzen weg waren. Man mag es Placebo-Effekt nennen, Hysterie oder reinen Wahnsinn – aber ich fühlte mich zum ersten Mal in meinem Leben richtig. Ich passte zu mir.

Ein neues Jahr, eine neue Frau. Kate hatte mich an Weihnachten gesehen und akzeptiert. Im Januar hatte meine Mutter angerufen und gefragt, was ich am 14., meinem Geburtstag, vorhätte. Als ich sagte, ich hätte keine Pläne, schlug sie vor, dass wir uns ein Stück von P.G. Wodehouse im West End ansehen könnten. Wir würden uns am Trafalgar Square treffen.

»Und, Luke«, fügte sie in jenem entschlossenen Ton hinzu, den ich nur zu gut kannte, »du kannst ein Mädchen sein. Es wird Zeit, dass ich meine neue Tochter kennenlerne. Ich fall schon nicht in Ohnmacht.«

Auf der Suche nach einem Outfit, das sie nicht schockieren würde, hatte ich drei verschiedene Kombinationen anprobiert. Chloe hatte mir eine Kette aus grünen Glasperlen zum Geburtstag geschenkt. Ich war gerührt, ich wusste ja, wie sehr sie knapsen musste. Ich legte die Kette um und hoffte, sie würde mir ein wenig der glanzvollen Extravaganz verleihen, die ich an Chloe so bewunderte.

Es war ein trüber, regnerischer Nachmittag. Befangen ging ich auf meine Mutter zu, die bei einem der Bronzelöwen auf mich wartete. Sie bekam Stielaugen, als sie ihren Sohn in der lächelnden Frau mit taubengrauem Paschminaschal und Perlenohrringen erkannte.

»Alles in Ordnung, mach dir keine Sorgen«, sagte sie stoisch, obwohl ihr fast die Augen aus dem Kopf getreten waren. »Ich krieg keinen Herzinfarkt.«

»Bitte nicht«, erwiderte ich. »Schon gar nicht unter der Nelson-Säule, die laut Kate im Grunde nichts anderes ist als ein gigantischer Phallus und ein Symbol des miesen Patriarchats.« Meine Stimme klang inzwischen ziemlich weiblich. Das Training hatte sich gelohnt: Seit ich nach stundenlangem Üben die Stimmlagenüberlappung gefunden hatte, fiel es mir leichter, den Tonfall und die Satzmelodie einer Frau nachzuahmen. Die Leute reagierten jetzt ganz anders auf mich als vorher.

Mum trat einen Schritt zurück und betrachtete mich prüfend. »Ich werde nicht so tun, als sei das kein seltsamer Augenblick. Aber ich muss schon sagen, ich bin beeindruckt.« Sie klang ungläubig. »Schick, aber nicht aufgetakelt.«

Nach dem Theater – das Stück war lustig – gingen wir zum Essen in ein nahe gelegenes Restaurant.

»Die Leute gucken«, flüsterte meine Mutter, die sich verstohlen umblickte.

Ich zuckte die Achseln. »Ein paar, nicht alle. Den meisten fällt gar nichts mehr auf.«

»Du bist unglaublich«, sagte sie kopfschüttelnd. »Einfach unglaublich.«

Ich fragte sie nicht, was sie damit meinte. Sie ließ sich ihr

Steak schmecken, und den Rest des Abends unterhielten wir uns über Golf.

*

Das war ein Wendepunkt gewesen. Jetzt, wo sie den Segen ihrer Mutter und ihrer Tochter hatte, blühte Lucia regelrecht auf. Jeden Abend trug ein konservativ gekleideter Mann im Anzug seine Aktentasche in die Souterrainwohnung in der Thurso Lane. Eine Stunde später verließ eine Frau die Wohnung. Ich sah meine Nachbarn so gut wie nie – die meisten von ihnen waren Flüchtlinge aus Somalia, die ihre eigenen Sorgen hatten –, aber ich glaube nicht, dass ihnen irgendetwas Ungewöhnliches auffiel. Ich nahm öfter den Bus, ich ging mit Kate und Chloe zum Schlittschuhlaufen (als bewundernde Zuschauerin), und ich verabredete mich mit ein paar Leuten aus der Jenny-Marsden-Gruppe zum Lunch in einem Bistro. Mein Freund, der Che-Guevara-Mann, erkundigte sich bei Lucia nie nach demjenigen, der ihm viele Male eine Ausgabe von *The Big Issue* abgekauft hatte.

Wer eine Fremdsprache erlernt, denkt in dieser Sprache, sobald er sie beherrscht; er muss nicht erst übersetzen. So war es bei mir. Ich fing an, in Lucias Stimme und in ihren Worten zu denken. Lucia war jetzt die Realität. Luke war eine Verkleidung, die ich zum Arbeiten anlegte. Es war ein seltsames Doppelleben. Ich brauchte ungefähr eine Stunde, um von einer Person in die andere zu wechseln – nicht physisch, sondern mental. Es kam vor, dass ich versehentlich mit der falschen Stimme sprach oder die falsche Körpersprache benutzte. Das war anstrengend, aber ich hielt durch.

Als ich an diesem herrlichen Februarmorgen unter der Dusche stand und schmerzlich zusammenzuckte, weil meine Brust so empfindlich geworden war, fiel mir etwas auf. Mein Körper hatte begonnen, sich unmerklich zu verändern. Fett und Muskelmasse verteilten sich neu. Sogar mein Gesicht im Rasierspiegel sah irgendwie verändert aus.

Ich zog eine weiße Bluse, eine Strickjacke und einen schwingenden Rock an und arbeitete ein paar Stunden. Gegen zehn schlenderte ich zum Kiosk und kaufte Milch. Auf dem Rückweg nahm ich beim Che-Guevara-Mann eine Zeitschrift mit. Er sei auch gut drauf, meinte er, weil es endlich Frühling und wärmer werde. Ich plauderte ein Weilchen mit ihm. Er erzählte mir, dass er früher Tonanlagen verkauft und ein Zuhause und eine Familie gehabt habe. Dann habe er angefangen zu spielen, sei süchtig geworden und ein komplettes Arschloch (seine Worte) und habe alles verloren.

Wieder zu Hause wechselte ich meine Sachen. Ich zog widerstrebend einen Anzug an und band mir einen Schlips um, weil ich am Nachmittag Termine im Büro hatte. Das Telefon klingelte. Chloe. Ich erzählte ihr von meinem überschwänglichen Glücksgefühl.

»Ich fühle eine solche Ruhe in mir. Heute ist einfach alles wunderbar.«

Ich konnte das Lächeln in ihrer Stimme hören, als sie sagte: »Weißt du, woran das liegt? An den Hormonen. Zum ersten Mal in deinem Leben kämpft dein Körper nicht gegen deine innere Einstellung an.«

»Da könntest du recht haben.«

»Und ob ich recht habe! Cisgender fühlen sich andauernd so.«

Mit Cisgender meinte sie Menschen, deren Geschlechtsidentität mit ihrem biologischen Geschlecht übereinstimmt. Ich bezweifelte zwar, dass sich Mr. Che Guevara andauernd heiter und gelassen fühlte, ich war mir ziemlich sicher, dass er oft einsam und unglücklich war, aber ich widersprach ihr nicht.

»Bleibt das so?«, fragte ich stattdessen.

»Nein, nein!« Sie lachte. Sie lachte immer. Damit überspielte sie Kummer und Schmerz. »Halt dich gut fest, Luce, du sitzt in einer Achterbahn – rauf, runter, rauf, runter. Aber wenn es dir mal nicht so gut geht, dann erinnere dich an heute. Halt dich daran fest, bis wieder bessere Tage kommen.«

»Und du? An welchem Punkt der Achterbahn befindest du dich gerade?«

Ein Hauch von Panik schwang in ihrem Gelächter mit. »Eher unten.«

Arme Chloe. Sie hatte am Abend zuvor mit ihrer Mutter telefoniert, und es war nicht gut gelaufen. Ihre Mutter hatte sie in einem fort Callum genannt (»Warum macht sie das? Callum war ich das letzte Mal mit vierzehn!«) und ihr schadenfroh mitgeteilt, dass ihre Großeltern sie aus ihrem Testament gestrichen hätten. (»Sie wollen nicht mal mehr deinen Namen hören, Callum.«) Chloe hatte einfach aufgelegt. Vermutlich war das der eigentliche Grund ihres Anrufs: Sie hatte die ganze Nacht geweint und wollte sich jetzt ihren Kummer von der Seele reden.

»Ich wünschte, es gäbe eine Pille«, fügte sie in einem jener seltenen, trostlosen, ernsten Momente hinzu, »die sie nehmen könnten, damit sie ein einziges Mal fühlen, was wir fühlen. Nur für einen Tag. Nur für eine Stunde. Dann würden sie aufhören, uns zu verachten.«

Am liebsten würde ich auf der Stelle nach Manchester fahren und mir die alte Hexe vorknöpfen, sagte ich. So alt sei ihre Mutter gar nicht, erst sechsundvierzig, erwiderte Chloe, aber eine Hexe sei sie ganz gewiss.

»Danke«, sagte ich am Ende unseres Gesprächs.

»Wofür?«

»Na ja, dafür, dass du dich mit einem Grufti wie mir abgibst.«

Ich konnte sie lachen hören, als ich das Gespräch beendete.

Am Nachmittag schwebte ich immer noch etliche Zentimeter über dem Boden, als Judi mein Büro betrat. Sie trug eine

Art Hosenanzug in einem dunklen Scharlachrot, den sie sich im Urlaub in Indien hatte machen lassen und den ich ausgiebig bewunderte.

Sie machte eine wegwerfende Handbewegung. »Kommen wir zu den wirklich wichtigen Dingen. Du nimmst jetzt schon eine ganze Weile Hormone. Du solltest dich outen, bevor die Leute anfangen, Fragen zu stellen.«

»Das kann doch noch keine sichtbare Wirkung haben«, protestierte ich. »Das ist wie mit der Pubertät: Das dauert Monate. Jahre.«

Sie musterte mich von Kopf bis Fuß. Ein kleines zweifelndes Lächeln spielte um ihre Lippen. »Du veränderst dich schnell, Luke, und das weißt du auch. Nicht nur rein äußerlich. Mein sechster Sinn, oder wie auch immer du das nennen willst, sagt mir, dass du dich veränderst. Ehrlich gesagt, sehe ich dich nicht mehr als Mann. Hab ich vielleicht nie. Luke ist … ist in den Hintergrund gerückt. Ich weiß nicht, wie ich es ausdrücken soll, aber du *riechst* nicht wie ein Mann. Du redest nicht wie ein Mann, du gehst nicht wie ein Mann. Deine Haut ist nicht die eines Mannes. Lucia gewinnt die Oberhand. Die Leute werden das merken. Und dann geht das Gerede los.«

Sie hatte recht. Der Gedanke versetzte mich in Panik. Und stimmte mich glücklich.

»Lass uns einen Zeitplan aufstellen. Darf ich?«, fragte sie und schlug meinen Terminkalender mit ihren manikürten Fingern auf. »Ich glaube, außer dir benutzt keiner in der Firma noch einen richtigen Terminkalender neben dem digitalen. Ein Weihnachtsgeschenk?«

»Ja. Von meiner Mutter.«

»Was steht in nächster Zeit alles an?«

Ich schrieb eine Liste auf einen Notizblock. Stimmtraining, Verhaltenstraining, die letzten Elektrolyse-Sitzungen; die Hormone brauchten Zeit, um ihre volle Wirkung zu entfalten; die

Scheidung musste rechtskräftig sein, damit es für Eilish leichter wurde, Abstand zu gewinnen.

Judi blätterte meinen Terminkalender durch. »Wolltest du dieses Jahr nicht eine dreimonatige Auszeit nehmen?«

»Ja, für unsere Italienreise. Wir haben sie storniert.«

»Gut. Wollen wir den Juli ins Auge fassen? Dann lebst du ein Jahr von Eilish getrennt. Mitte Juni informieren wir den Vorstand, das ist Zeit genug für ein Feedback. Am 11. Juli verschwindest du für zwei Wochen. In der Zeit werden wir allen eine Kurzmitteilung schicken und deinen Namen auf der Website und dem Briefpapier ändern. Stell eine passende Garderobe fürs Büro zusammen – ich werde dir dabei helfen. Geh zum Friseur, lass dir noch mal die Haare im Gesicht weglasern. Was noch? Die Beine mit Wachs enthaaren. Wimpern färben. Ohrläppchen durchstechen.«

»Autsch.«

»Trag es wie ein Mann! Und lass dir um Gottes willen die Brauen zupfen von jemandem, der sich darauf versteht.«

»Es ist ganz schön kompliziert, eine Frau zu sein. Und schmerzhaft!«

Sie seufzte. »Ach, Schätzchen, wenn du dreißig Stunden in den Wehen gelegen hast, um einen Elfpfünder zur Welt zu bringen, kommt dir alles andere wie ein Kinderspiel vor. Also. Am 28. Juli erscheinst du wieder im Büro, und zwar als – Trommelwirbel, bitte! – Ms. Lucia Livingstone!«

Ich warf einen besorgten Blick auf den Terminkalender. »Das sind nur noch fünf Monate.«

»Ja, und das ist wahrscheinlich zu lange. Wenn du noch länger wartest, wirst du geoutet, ohne dafür bereit zu sein. Das wäre eine Katastrophe.«

»Stimmt.«

»Also? Machen wir es fix?« Sie hielt ihren Kugelschreiber über das Papier.

»Warte! … Warte«, stammelte ich. »Überleg doch, Judi! Danach gibt es kein Zurück mehr. Dann ist der Abschied von Luke endgültig.«

»Ich dachte, du hättest dich bereits dafür entschieden.«

»Ja, schon, aber … Ich muss dann mit einem neuen Namen, einem neuen Geschlecht, in Frauenkleidern hier reinspazieren. Die Leute werden sich kaputtlachen. Wir werden Klienten verlieren. Ich werde Bannermans in Verruf bringen.«

Judi stützte das Kinn auf den Handrücken und nickte, als ob ich ihr eine Einkaufsliste diktierte. »Jepp … jepp … jepp. Alles richtig.«

»Ich überlege ernsthaft, mich vorzeitig in den Ruhestand versetzen zu lassen. Ich könnte wegziehen, irgendwohin, wo mich niemand kennt, und die Transition in aller Stille vollziehen. Das wäre bedeutend leichter für Eilish. Es gäbe weniger öffentliches Aufsehen.«

Judi ließ mich ausreden. Dann klopfte sie mit ihrem Kugelschreiber auf meinen Schreibtisch und sagte: »Hör zu. Hör mir gut zu. Für dich ist das eine richtig große Sache. Das weiß ich. Aber es ist keine große Sache für diesen Laden hier. Allein in unserem Londoner Büro arbeiten über fünfhundert Leute, und jeder Einzelne von ihnen hat irgendeine Macke. In den letzten zehn Jahren hab ich Leute kommen und wieder gehen sehen. Wir hatten Partner, die beim Sex im Fahrstuhl erwischt wurden. Einer wurde ein Star im Reality-TV. Ein anderer wurde wegen Ladendiebstahl festgenommen. Drei Leute sind auf unterschiedliche Weise ums Leben gekommen. Das sind bloß die Fälle, die mir spontan einfallen. Ich will damit sagen: Du bist keine so große Sache, Livingstone – und das meine ich im positiven Sinn. Ein paar Wochen werden Transen-Witze kursieren, aber danach wirst du Schnee von gestern sein. Du wirst einfach nur Lucia sein, die genauso kompetent und korrekt ist, wie es Luke immer war. Nur dass sie besser gekleidet sein wird.«

»Ich glaube, du unterschätzt, wie verstörend dieser Geschlechtswechsel für die Leute ist.«

»Und ich glaube, du unterschätzt, wie tolerant sie sind.«

Meine Arbeit machte mir immer noch Spaß, und im Augenblick war sie alles, was mir geblieben war. Außerdem brauchte ich das Geld. Eine Scheidung ist überaus kostspielig, und sie war nicht eingeplant gewesen. Ich konnte mir den Ruhestand gar nicht leisten.

»Also gut. Du hast gewonnen. Halten wir den Juli fest.«

Judi konnte sich ein triumphierendes Kichern nicht verkneifen. Ich schaute zu, wie die Wörter aus ihrem Kugelschreiber auf das Papier meines Terminkalenders flossen. Magische, gefährliche, beglückende Wörter. So oft hatte ich von ihnen geträumt. Ich hätte nie gedacht, dass sie einmal Wirklichkeit werden würden.

Lucias Geburtstag.

Judi hatte kaum mein Büro verlassen, als mir schon erste Zweifel kamen. Anfangs nagten sie nur ein bisschen an mir, aber gegen Ende des Nachmittags stand mir der kalte Schweiß auf der Stirn. Es war fast März – und ich sollte bis Juli so weit sein? Ich starrte angstvoll auf die Wörter in meinem Terminkalender. Das Telefon klingelte. Es war Izzy vom Empfang.

»Penelope O'Neil ist in der Leitung«, sagte sie.

Ich freute mich über ihren Anruf, wunderte mich allerdings auch ein bisschen darüber. Penny O'Neil war die Leiterin der St. Matthew's Schule. Wir kamen prima miteinander aus. Ich mochte ihren derben Sinn für Humor und ihre direkte Art. Ich bat Izzy, sie durchzustellen.

»Penny! Was für eine angenehme Überraschung.«

»Der Grund meines Anrufs ist leider alles andere als angenehm«, erwiderte sie kalt. »Luke, wir haben ein Problem.«

VIERZIG

Eilish

»Wirf endlich dieses ganze Zeug raus«, sagte Stella. Sie trat mit einem ganzen Arm voll von Lukes Jacken und Mänteln aus der Garderobe im Erdgeschoss.

»Das werde ich«, versprach ich und nahm ihr das Bündel ab. »Ich schicke ihm die Sachen. Bin einfach noch nicht dazu gekommen.«

»Es wird nicht leichter, Liebes! Ich weiß, wovon ich rede. Warum überlässt du das Ausräumen nicht mir? Luke braucht die Sachen ganz sicher nicht mehr.«

Sie half mir mit der Frühjahrsausgabe unseres Pfarrbriefs. Vor zehn Jahren hatte ich mich als Herausgeberin angeboten und bis jetzt keinen Trottel als Nachfolger gefunden. Luke amüsierte sich köstlich darüber, er dachte, ich täte das, damit ich beim lieben Gott einen Stein im Brett hätte. Das Blatt erschien monatlich, aber Anfang März stopften wir die umfangreichste Ausgabe in jeden Briefkasten in der Gemeinde.

Es war ein herzerwärmender Tag gewesen. Ein Hauch von Frühling lag in der Luft. Ich hatte Narzissen gepflückt und den Strauß auf den Küchentisch gestellt. Während ich das Vorwort schrieb, kümmerte sich Stella um das Layout – sie ist ein Genie in solchen Dingen. Die untergehende Sonne tauchte das kleine Wäldchen in flammende Honigfarben.

»Schreib es doch da mit rein«, meinte Stella beim Tippen.

»Was?«

»Das mit Luke. In dein Vorwort. *Für East Yalton und die Ge-*

meinde Cottingwith war es ein aufregendes, sehr aktives Jahr. Wir haben einen heißen neuen Vikar, Reverend …« Stella zog die Stirn kraus. »Verdammt, ich kann mir seinen Namen einfach nicht merken.«

»Dingsbums Vallance.«

»Genau. *Reverend Dingsbums Vallance, der aussieht wie achtzehn und der Schwarm aller Blumentopfhutträgerinnen ist. Die St. Matthew's Church of England Primary School freut sich, Ihnen mitteilen zu können, dass keine Kosten gescheut wurden, einen neuen Computerraum einzurichten, und dass der Vorstand der Schulbeiräte von nun an den Namen Lucia Livingstone führen wird.*«

»Das würde einschlagen wie eine Bombe«, bemerkte ich trocken. »Dabei hat Luke jahrelang so viel für die Gemeinde getan.«

»Mm. Und je höher das Podest ist, auf dem du stehst, desto größer ist die Freude, wenn du runterfällst. Das ist mir klar geworden, als Steve verhaftet wurde.«

Als wir auf der Zielgeraden waren, machten wir die Flasche Wein auf, die Stella mitgebracht hatte. Ich fand, dass es langsam Zeit fürs Abendessen wurde – ich hatte einen Eintopf auf dem Herd –, und wollte Stella gerade fragen, ob sie nicht Hunger hätte, als sie aus dem Fenster spähte und meinte:

»Da kommt ein kleiner grüner Sportwagen. Soll ich mal nachsehen, wer es ist?«

»Nicht nötig«, antwortete ich. »Ich geh schon.«

Jim kam immer noch regelmäßig vorbei. Was an Silvester passiert war – oder besser gesagt, nicht passiert war –, schien ihn nicht im Mindesten aus dem Gleichgewicht gebracht zu haben. Heute allerdings wirkte er beunruhigt.

»Tut mir leid, dass ich einfach so reinplatze«, rief er mir zu, als er auf mich zueilte. »Bin auf dem Heimweg. Ich muss mit dir reden. Es ist wichtig. Hast du Besuch?«

Ich trat zur Seite und bat ihn mit einer Handbewegung ins Haus. »Stella, das ist Jim Chadwick. Jim, Stella Marriot. Ihr wisst beide über Luke Bescheid. Ihr könnt also offen reden.«

Stella zeigte sich von ihrer charmantesten Seite, aber sowie Jim ihr den Rücken zudrehte, sah sie mich an und schnitt vielsagende Grimassen. Als Jim bemerkte, dass er die Scheinwerfer nicht ausgeschaltet hatte, lief er noch einmal hinaus zu seinem Wagen. Da packte mich Stella am Arm.

»Ist das der Typ, der hinter dir her war?«, raunte sie. »Wow! Der ist aber heiß!«

Ich kicherte. »Stel-*la*! Wir sind doch keine Teenager mehr. Wir treffen uns nicht zum Knutschen hinter dem Fahrradschuppen.«

»Wer sagt denn, dass Teenager ein Monopol auf Romantik haben? Ich an deiner Stelle würde ihm mehr anbieten als bloß ein Glas Wein.«

Bevor sie das Thema vertiefen konnte, kam Jim zurück. Ich reichte ihm ein Glas und setzte mich dann mit Stella auf das alte Sofa unter der Galerie. Statt im Sessel Platz zu nehmen, begann Jim auf und ab zu gehen, zu den großen Fenstern hinüber und wieder zurück.

»Du wolltest mit mir reden?«

»Ja.« Er kratzte sich am Kopf. »Ich bin nicht gern der Überbringer schlechter Nachrichten, aber … in diesem Fall geht's wohl nicht anders.«

»Na, dann raus mit der Sprache. Und setz dich um Himmels willen endlich hin, bevor wir uns noch den Hals verrenken.«

»Also gut.« Er ließ sich in den Sessel fallen. »Die Katze ist aus dem Sack.«

»Ich verstehe nicht, was meinst du?«

»Luke.«

Stella schnappte hörbar nach Luft.

»Er wurde in London gesehen. Mit Rock und Handtasche.«

»Wer hat ihn in London gesehen?«, fragte ich benommen.

»Anscheinend ein Junge, der letztes Jahr von der Schule abgegangen ist. Er lernt Koch in irgendeinem Hotel. Ricky Tait. Eine Weile hat er im Bracton Arms gejobbt.«

Ich kannte Ricky. Er war einer meiner Schüler gewesen. Ein gut aussehender Bursche und überaus charmant.

»Ist er sicher, dass es Luke war?« Ich klammerte mich an einen sehr dünnen Strohhalm. »Ich meine, er sieht doch in Frauenkleidern bestimmt völlig anders aus. Wahrscheinlich hat er ihn nur flüchtig gesehen. Ricky kann unmöglich beweisen, dass es tatsächlich Luke war. Kein Mensch wird ihm glauben.«

»Eilish.« Jim beugte sich vor und sah mich eindringlich an. »Luke hat sich mit einem *Big-Issue*-Verkäufer unterhalten. Ricky hatte genug Zeit, ihn mit seinem Handy zu fotografieren.«

Ein Foto auf dem Handy eines Teenagers. Es dauerte eine Sekunde, bis ich begriff, was das bedeutete. Mir stockte der Atem. Ich schlug die Hände vors Gesicht.

»Er hat die Fotos gepostet?«

»Innerhalb von zehn Minuten kursierten sie überall im Internet«, sagte Jim. »Sie wurden auf Facebook und Twitter und Instagram und WhatsApp und Snapchat und anderen sozialen Medien, die ich gar nicht kenne, geteilt. Und sie werden in diesen Minuten immer noch geteilt. Diese Bilder sind überall.«

»WhatsApp?«

»Smartphones. Als ich gegangen bin, haben sich die Kollegen im Lehrerzimmer gerade draufgestürzt. Mick Glover, Graeme Nelson … alle wissen es. Spätestens morgen Früh wird es an der Cottingwith High niemanden mehr geben, der diese Fotos noch nicht gesehen hat.«

»O mein Gott!« Ich fühlte mich, als würde ich jeden Moment in Ohnmacht fallen.

»Das Beste ist, du nimmst dir ein paar Tage frei. Wir können die Geschichte mit den Fotos nicht mehr rückgängig machen. Wenn sie erst einmal in den sozialen Netzwerken aufgetaucht sind, ist es zu spät.«

»Das Kind ist bereits in den Brunnen gefallen«, bemerkte Stella.

»Richtig.« Jim nickte. »Ich rede gleich morgen früh mit Wally, er soll sich etwas einfallen lassen, wie wir Schadensbegrenzung betreiben können.«

»Und sie haben sich die Fotos wirklich angeschaut?«, fragte ich matt.

Wieder nickte Jim. Er machte ein angewidertes Gesicht. »Mick hatte sie auf seinem Tablet und zeigte sie herum. Ich hab ihm gedroht, ihm das Ding ins Maul zu stopfen.«

»Bravo«, brummte Stella. »Dieser Mick, wer immer er sein mag, ist ein ausgemachter Idiot.«

»Und du, hast du sie auch gesehen?«, fragte ich Jim.

»Nein. Aber es soll sich eindeutig um Luke handeln. Sagen jedenfalls die, die sie gesehen haben.«

Mein privater Kummer war Gegenstand öffentlichen Getratsches geworden. Eine Eilmeldung, die sich in diesen Minuten in der ganzen Gegend verbreitete. *Hast du schon gehört? Hast du schon gehört? Guck dir das mal an … O mein Gott, das ist der absolute Knaller!*

»Könnten wir nicht sagen, Luke war auf dem Weg zu einer Kostümparty?«, schlug Stella vor.

»Die Fotos wurden heute Morgen am helllichten Tag gemacht. Und er macht nicht den Eindruck, als ob er sich verkleidet hätte.«

»Armer Luke«, murmelte ich.

»Eilish!« Jim schlug sich auf beide Knie. »Es geht hier um dich, nicht um Luke! Begreif das doch. Du musst gewappnet sein. Diese Geschichte wird auch Konsequenzen für dich haben, beruflich und privat.«

»Ich sollte ihn warnen, bevor diese Fotos Bannermans erreichen.«

»Eilish, Liebes.« Stella ergriff meine Hände. »Luke ist nicht mehr dein Problem.«

Das Telefon klingelte. Ich stand mechanisch auf, während sich meine Gedanken überschlugen. Was tun? Man konnte diese Geschichte nicht einfach unter den Teppich kehren. Ich kannte mich nicht besonders gut mit sozialen Netzwerken aus – bei Facebook war ich nur, damit ich Kates und Carmelas Fotos betrachten konnte –, aber mir war natürlich klar, dass Jim recht hatte: Fotos, die einmal dort aufgetaucht waren, konnten nicht zurückbeordert werden.

Ich nahm das Gespräch an. »Eilish? Ich bin's.« Lukes Stimme.

»Falls du mir mitteilen möchtest, dass du eine Berühmtheit bist, hättest du dir den Anruf sparen können. Ich hab's schon gehört.«

»Es tut mir so leid, Schatz, es tut mir unendlich leid.« Er klang erschüttert. »Das wollte ich nicht … Ich dachte, ich hätte alles unter Kontrolle, ich wollte dir Zeit geben, dich von mir zu distanzieren, bevor ich mich oute. Das ist der reinste Albtraum! Ich weiß gar nicht, wie das passieren konnte.«

»Aber ich.« Ich erzählte ihm von Ricky Tait. »Der Junge sollte Journalist werden«, fügte ich bitter hinzu. »Den nötigen Killerinstinkt hat er.«

»Ich kann's ihm nicht verdenken. Mrs. Livingstones Ehemann in Frauenkleidern! Wenn das kein Knüller ist.«

Mein Handy klingelte, verstummte, klingelte erneut. Ich sah nicht nach, wer es war. Luke und ich diskutierten über die Situation und die möglichen Folgen. Noch wusste niemand bei Bannermans Bescheid, aber das war nur eine Frage der Zeit, weil mehrere von Lukes Kollegen in unserer Gegend wohnten. Er hatte noch für denselben Abend einen Termin mit dem Vorstand vereinbart.

Wir würden in einen verdammt schweren Sturm geraten. Ein Teil von mir dachte – wie Kate sagen würde: Und wenn schon! Sollen sie uns doch am Arsch lecken! Schön, Luke war ein Crossdresser. Schön, wir sorgten für einen Skandal. Na und? Die wahren Freunde würden zu uns stehen, die Schönwetterfreunde schnellstens das Weite suchen.

»Ich glaube, wir werden bald wissen, wer unsere Freunde sind.« Ich blickte zu Stella hinüber, die den Wasserkessel aufsetzte, in meine Richtung schaute und mit den Lippen lautlos *Tee?* formte. Jim nahm einen Anruf auf seinem Handy entgegen. Seiner Miene nach zu urteilen, ging es um Luke.

Mein Handy piepte ebenfalls. Zwei entgangene Anrufe und eine SMS, alle von Simon.

Ruf mich an. Es geht um Dad.

»Sieht ganz so aus, als ob Simon Wind von der Geschichte bekommen hätte«, sagte ich. »Vermutlich rotiert er schon.«

»O je«, seufzte Luke. »Das ist wie beim Urknall: in einer Nanosekunde von nichts zu allem. Und die exponentielle Ausdehnung geht weiter. Die Leute werden die Fotos teilen und teilen, immer weiter und immer weiter.«

»Wie hast du davon erfahren?«

»Penny O'Neil hat mich angerufen. Sie ist deutlich geworden, weil sie Anrufe von erbosten Eltern bekommen hat, die meinen Rücktritt fordern. Ich bin ein Crossdresser, folglich muss ich auch ein zwielichtiger Charakter sein. Ich habe ihr gesagt, dass ich mit sofortiger Wirkung von meinem Amt zurücktrete. Es war sowieso ein Problem, den Job von London aus zu erledigen.«

Ich kochte vor Wut. St. Matthew's hatte Luke eine Menge zu verdanken. Er hatte den Vorsitz des Schulbeirats von einem völlig inkompetenten Menschen übernommen und entscheidend dazu beigetragen, die Schule zu dem zu machen, was sie heute war. Und das alles ehrenamtlich! Klienten von Bannermans hätten ihn teuer bezahlt für die Zeit, die er geopfert hatte. Wie konnten diese Leute es wagen, einen langjährigen Freund und Weggenossen zu verurteilen? Wer von ihnen konnte den ersten Stein werfen?

»Das ist die Höhe!«, schäumte ich. »Das ist schäbig und scheinheilig und eine verdammte Schande! Nach allem, was du für sie getan hast! Hat Penny auch von dir verlangt, dass du zurücktrittst?«

»Was hätte sie machen sollen? Ihr ist gar nichts anderes übrig geblieben.«

»Diese rückgratlose Person!«

»Es spielt keine Rolle, Liebes, wirklich nicht. Wichtig bist nur du. Ich habe dich kompromittiert.«

Jim nahm einen weiteren Anruf auf seinem Handy entgegen. Obwohl er sich von mir weggedreht hatte, sah ich, wie aufgebracht er war. Ich schnappte ein paar Sätze auf. »Warum sollte sie kündigen?« Er sprang auf und ging erregt ans Fenster und wieder zurück. »Haben Sie den Verstand verloren? Glauben Sie, erfahrene Pädagogen wie sie gibt es wie Sand am Meer?«

Wir sitzen ganz schön in der Tinte, dachte ich. Alle beide. Luke und ich auch. In guten wie in schlechten Zeiten … Und das sind verdammt schlechte Zeiten. Unsere Welt hat sich einmal mehr geändert. Da draußen lauern Bedrohungen.

Ohne nachzudenken, fragte ich: »Kommst du nach Hause?« Die Wörter waren mir ganz instinktiv entschlüpft, aber ich wusste, es waren die richtigen.

Er antwortete nicht.

»Ich will, dass du nach Hause kommst«, sagte ich klar und deutlich. »Bis sich der Sturm gelegt hat. Du kannst von mir aus anziehen, was immer du willst. Du kannst dich nennen, wie du willst. Aber wir müssen das gemeinsam durchstehen.«

EINUNDVIERZIG

Simon

Er musste sie sich andauernd ansehen. Und dann wünschte er jedes Mal, er hätte es nicht getan.

Ein ehemaliger Mitschüler hatte sie ihm per E-Mail geschickt. Vielleicht interessiere es ihn, was in den sozialen Netzwerken die Runde mache, und wisse er eigentlich, dass sein Vater ein Transvestit sei? Schlimmer hätte es nicht kommen können. Simon erkannte seinen Vater auf den Fotos sofort – eine Frau in Rock, weißer Bluse und Strickjacke, in eine Unterhaltung mit einem *Big-Issue*-Verkäufer vertieft. Sie schienen sich blendend zu verstehen.

Simons Leben zerfiel immer mehr. Carmela schlief seit ihrem Streit an Neujahr im Gästezimmer. Sie sagte, er schnarche, wenn er betrunken sei. Er konnte ihr nicht verzeihen, dass sie mit den Kindern seinen Vater besucht hatte, sie konnte ihm seine Reaktion darauf nicht verzeihen. Patt.

»Willst du mich erpressen?«, hatte er eines Morgens gefragt, als er ihre kalte Höflichkeit nicht länger ertrug. »Geht es immer noch um Dad?«

»Nein. Es geht um dich.«

Er ging zur Arbeit, ohne sich zu verabschieden, und am Abend hing er in irgendeiner Kneipe herum. Das wurde bald zur Routine. Es schien so viel einfacher, als nach Hause zu gehen und zu versuchen, die Dinge wieder in Ordnung zu bringen.

Das Mädchen aus dem Club beherrschte von Neuem seine

Gedanken. Manchmal träumte er sogar von ihr, plastische, erotische Träume, und wenn er aufwachte, war er sexuell erregt. An solchen Morgen konnte er niemandem in die Augen sehen, nicht einmal sich selbst.

Und jetzt das! Sein Vater, die Dragqueen, als Internetstar.

Nico rannte durchs ganze Haus auf der Suche nach seinem Dad. »Daddy! Wo bist du? Wir müssen los, ich muss doch zum Schwimmen!«

»Komme gleich«, rief Simon zurück. »Pack schon mal deine Sachen zusammen.«

»Hab ich doch schon. Ich will nicht zu spät kommen. Der Lehrer schimpft, wenn wir zu spät kommen.«

Die Frau auf den Fotos hatte sich verändert. Sie wirkte sehr viel überzeugender in ihrer Verkleidung als die, die er in der Thurso Lane überrascht hatte. Auch ihre Haltung war eine andere: eine Hand am Schulterriemen ihrer Handtasche, die Fingerspitzen der anderen Hand an der Wange, während sie dem *Big-Issue*-Verkäufer aufmerksam zuhörte. Sie trug keine Perücke mehr, sondern hatte sich ihre eigenen dunklen Haare wie eine Frau frisiert. Ihre Augen wirkten größer, der Mund voller. Sie sah geradezu verstörend feminin aus.

Jessica war auch überzeugend gewesen. Selbst als sie nach ihrem schockierenden Geständnis schluchzend im Regen gelegen hatte, schien sie ein richtiges Mädchen zu sein. Das war das Unheimliche an diesen Leuten.

»Daddy, komm endlich!« Nico stürmte ins Zimmer, und Simon schloss die Seite schnell. Er dachte an seine Mutter. Das würde ein schwerer Schlag für sie sein. Er musste sie warnen, bevor sie es von anderer Seite erfuhr.

»Schsch, eine Minute, ich muss noch schnell was erledigen.«

»Ich werd zu spät kommen, ich will nicht zu spät kommen«, rief Nico weinerlich. »Ich werd zu spät kommen, ich will nicht zu spät kommen …«

Herrgott, ich kann mich nicht mal denken hören! Das Telefon in Smith's Barn war besetzt. Er versuchte es auf dem Handy seiner Mutter, hatte aber auch da kein Glück. Er begann, eine SMS zu schreiben.

Nico zog und zerrte an seinem Arm. »Bitteeee! Ich will nicht zu spät kommen …«

»Verdammt noch mal, halt endlich den Mund!«, fuhr Simon ihn an. »Du verzogener kleiner Bengel!«

Nico heulte los. Sekunden später erschien Carmela, Rosa auf ihrer Hüfte, unter der Tür.

»Was ist denn los?«

Nico rannte weinend zu ihr, und sie beugte sich zu ihm hinunter, um ihn zu trösten.

Simon blickte von seinem Handy auf. »Jemand hat meinen Vater in Frauenkleidung fotografiert, und jetzt kursieren die Fotos im Internet. *Das* ist los.«

»O Gott!« Carmela hatte die Augen aufgerissen und versuchte, die Information zu verarbeiten. »Dann wissen jetzt alle Bescheid? Die arme Eilish!«

Simon nickte. »Jetzt lacht die ganze Welt über die Livingstones«, stieß er bitter hervor. »Ich hab Dad gewarnt. Aber das hat ihn ja nicht interessiert. Und dann tut er uns so was an!«

»Das tut mir wirklich leid, Simon. Wir reden später drüber.« Carmela warf einen Blick auf ihre Uhr. »Aber ihr müsst jetzt wirklich los, sonst kommt Nico noch zu spät. Zu Fuß sind es gute zehn Minuten.«

»Ist dieser Schwimmunterricht denn so wichtig?«

»Ja, das ist er«, erwiderte sie mit Bestimmtheit. »Gerade jetzt. Er braucht Normalität.«

»Na schön.« Simon stand auf. »Dann bring ich ihn eben zu diesem Scheiß-Schwimmunterricht.«

Schwimmbäder waren merkwürdige Orte. Der Chlorgeruch, der widerhallende Lärm – grauenvoll. Eltern saßen auf den Zuschauerbänken und taten so, als ob sie ihren Kindern zusahen, dabei tratschten sie nur und fummelten an ihren Handys herum. Vielleicht wussten sie es schon. Vielleicht amüsierten sie sich über die Fotos – ja, die beiden Väter dort lachten über irgendetwas auf einem Handydisplay. Das war zu viel für Simon. Er half Nico beim Umziehen und ergriff dann die Flucht.

Auf der anderen Straßenseite entdeckte er ein Café mit Alkoholausschank. Die Lichter waren wie ein Leuchtturm in der Dunkelheit. Er zog sich mit einer Flasche Heineken in eine Nische zurück. Er bestellte eine zweite Flasche und dann noch eine. Ab und zu starrte er mit morbider Faszination auf die Fotos auf seinem Handy.

Er ging gerade zur Toilette, als Carmela anrief.

»Wo bist du?«

»Nirgends.«

»Ich hab gerade einen Anruf bekommen. Anscheinend hast du unseren Sohn im Schwimmbad vergessen.«

*

Nichts wirkt so verloren wie ein Fünfjähriger, der die Tasche mit seinen Schwimmsachen umklammert und mutterseelenallein dasteht und wartet. Nico hatte nur eine Socke an, seine Jeans war nass, und sein Sweatshirt trug er verkehrt herum.

»He, Sportsfreund!« Simon lief mit ausgebreiteten Armen in den Eingangsbereich des Schwimmbads. »Es tut mir so leid!«

Es schien, als hätte Nico für die Kassiererin den Tapferen gespielt, denn kaum hatte er seinen Vater erblickt, verzog er weinerlich das Gesicht.

»Du hast mich allein gelassen«, greinte er, und dann flossen die Tränen.

»Er dachte, Sie würden nicht kommen.« Die Frau fand das gar nicht lustig. »Die anderen Kinder sind schon vor einer halben Stunde gegangen. Er dachte, Sie wollten ihn nicht mehr haben.«

Simon fiel auf die Knie und nahm seinen Sohn in die Arme.

»Das hat ihm das Herz gebrochen.« Es gehörte scheinbar zu ihrem Job, Eltern so viel Schuldgefühle wie möglich einzuflößen.

»Soll ich dir eine Tüte Chips kaufen, Nico? Oder hättest du lieber Schokolade?«

Der Bestechungsversuch schlug fehl. Simon hob den weinenden Jungen hoch, bedankte sich bei der Kassiererin, die ein frostiges Lächeln zustande brachte, und trug ihn nach draußen.

»Du hast mich allein gelassen«, schluchzte Nico. »Du hast mich ganz allein gelassen, Daddy.«

»Schsch. Ist ja gut, Kumpel. Es tut mir wirklich leid, aber ich bin aufgehalten worden, weißt du.«

»Ich war ganz allein.«

»Schsch, alles wieder gut, hm?«

»Du hast mich allein gelassen.«

Simon trug den Jungen den ganzen Weg nach Hause, was ein ziemlicher Kraftakt war. »Du bist ganz schön schwer«, keuchte er, aber Nico drückte sein Gesicht an den Hals seines Vaters und klammerte sich an ihn.

Sie bogen in ihre Straße ein. Nicos Tränen versiegten, er sah wieder munterer aus. »Wir sind gleich da. Mummy ist bestimmt böse auf dich.«

»Ja, ich schätze, davon können wir ausgehen.«

»Die Dame im Schwimmbad war *sehr* böse auf dich. Sie hat gesagt, sie sei es leid, dass die Leute sie als Babysitter benutzen.«

Carmela wartete schon an der Haustür. Nico strampelte sich aus Simons Armen und rannte zu seiner Mutter. Ein Blick genügte, und sie wusste, wo er den ganzen Abend gewesen war. Die Zornesröte schoss ihr ins Gesicht.

»Du hast getrunken.«

»Nur ein schnelles Bier.«

»Oder zwei.«

»Es geht ihm gut. Nichts passiert. Er hat sich gut unterhalten.«

Carmela schnaubte verächtlich. »Es geht ihm *nicht* gut. Er war total verstört. Sie haben es mir gesagt, als sie angerufen haben.«

Simon sah auf Nico hinunter, der sein Gesicht in die Strickjacke seiner Mutter presste. »Was ist in letzter Zeit bloß los mit ihm? Er hat früher doch auch nicht so viel geweint.«

»Er spürt, dass etwas nicht stimmt, Simon. Er ist nicht dumm.«

Sie drehte sich abrupt um, ging mit dem Kind ins Haus und beschimpfte ihren Mann leise auf Spanisch. Dann beachtete sie ihn nicht mehr, sondern kümmerte sich ausschließlich um die Kinder. Nachdem sie Nico etwas zu essen gemacht hatte, setzte sie ihn in die Badewanne und brachte ihn und Rosa anschließend zu Bett. Simon machte unterdessen eine Flasche Wein nieder. Seine Streitlust stieg in dem Maße, wie die Flasche sich leerte. Als Carmela wieder herunterkam, sah er ziemlich ramponiert aus.

»Ich glaub's ja nicht!« Wütend starrte sie auf die Flasche. »Hast du immer noch nicht genug? Obwohl du unseren Sohn vergessen hast?«

»Jetzt kommt's auch nicht mehr drauf an. Schnapp dir ein Glas und trink mit.«

Sie machte auf dem Absatz kehrt und verließ wortlos das Zimmer.

»Wenn schon, denn schon«, schrie er ihr hinterher. Er war betrunken, so betrunken, dass ihm alles egal war. »Und andere Klischees!«

Er wünschte, sie würde zurückkommen und ihn anschreien, aber das tat sie nicht. Nach einer halben Stunde wurde ihm mulmig zumute. Er stand auf und machte sich schwankend auf die Suche nach ihr. Zu guter Letzt fand er sie an ihrem Schreibtisch, die Hände vors Gesicht geschlagen. Er torkelte zu einem Sessel und ließ sich hineinfallen. Gott, was für ein beschissener Tag! Er wusste nicht, was er sagen, wie er anfangen, wie er das alles in Ordnung bringen sollte.

»Was tust du?«, fragte er mit verwaschener Stimme.

Sie zuckte die Achseln.

»Hör zu, es tut mir leid. Mir sind diese Fotos nicht mehr aus dem Kopf gegangen. Ich hab gar nicht gemerkt, dass es schon so spät war.«

»So können wir nicht weitermachen, Simon.«

Dieser Satz verhieß nichts Gutes. »Wie meinst du das?«

»Du trinkst zu viel. Du verlierst zu oft die Beherrschung. Du bist den Kindern kein guter Vater mehr. Sie werden leiden, wenn du so weitermachst, und das werde ich nicht zulassen.«

Er starrte sie an. *Kein guter Vater mehr?* Herrgott, das war nicht fair.

»Das ist nicht dein Ernst! Okay, ich hätte da sein sollen, als der Schwimmunterricht aus war, und ich hab mich verspätet – ich bekenne mich dieses abscheulichen Verbrechens schuldig –, aber das ist doch kein Weltuntergang!« Als sie nicht antwortete, schlug er mit der flachen Hand auf die Armlehne. »Verdammte Scheiße, warum musst du aus jedem kleinen Fehler, den ich mache, immer ein solches Drama machen?« »Siehst du, genau das meine ich. Schon fährst du wieder aus der Haut, schreiest rum und fluchst. Warum bist du nur so wütend?«

»Verdammt richtig, ich *bin* wütend! Fotos von meinem perversen Vater machen die Runde im Internet. Inzwischen werden es alle wissen. Und du hast ihn auch noch besucht, mit meinen Kindern! Darüber komme ich einfach nicht weg.«

Sie schüttelte traurig den Kopf, als wäre er ein hoffnungsloser Fall. »Weißt du, was ich glaube? Dass du um deinen Vater trauerst. Du fühlst dich, wie sich Nico heute Abend gefühlt hat. Verlassen. Verstört. Verängstigt.«

»O Gott, dieses pseudopsychologische Geschwätz! Hör auf, mich zu analysieren! Ich bin keine fünf mehr.«

»Dann benimm dich auch nicht so. Reiß dich zusammen, verzeih und schau nach vorn.«

Er fühlte sich dieser Unterhaltung nicht gewachsen. Der Alkohol zeigte Wirkung. Er spürte, dass er den Tränen nahe war. Er stemmte sich aus dem Sessel hoch, schwankte, hielt sich an der Rückenlehne fest. »Ich hab keinen Bock auf so eine scheißblöde Unterhaltung. Ich geh ins Bett.«

»Nein, Simon! Lauf nicht wieder weg.«

Aber er konnte nicht in ihrer Nähe bleiben. »Ich hab die Schnauze voll davon, dass du mir sagst, was ich denken soll! Ich hab die Schnauze voll von euch allen! Ich hab die Schnauze gestrichen voll!«

»Dann hau doch ab!«, schrie ihm Carmela erbost hinterher, als er sich die Treppe hinaufschleppte. »Lauf weg, wie du es immer tust, du Feigling! Du wirst mehr verlieren als deinen Vater!«

Er schaffte es bis ins Bad, er musste pinkeln. Die Wände schienen sich langsam um ihn zu drehen, als wäre er gerade von einem Karussell gestiegen. Er schlurfte durch den Flur und hörte Rosa weinen. Sein kleines Mädchen würde sich freuen, ihn zu sehen – als Einzige in der Familie.

Sie hatte ihren roten Strampler an und hielt sich an den Gitterstäben ihres Bettchens fest wie eine kleine Gefangene. Als sie ihren Vater sah, weinte sie noch lauter und streckte ihre Ärmchen nach ihm aus. Innige Liebe zu seiner Tochter durchflutete ihn.

»Komm, Püppchen«, murmelte er. Er hob sie aus ihrem Bettchen und setzte sich mit ihr in den einen kleinen Sessel, der im Zimmer noch Platz gefunden hatte. Auf dem Tisch stand ein Kinderbecher mit Wasser. Rosa hielt ihn fest und führte ihn an ihren Mund, als Simon ihn ihr reichte. Kluges Kind. Er hielt sie noch fester in seinen Armen, während sie zufrieden und geräuschvoll nuckelte.

Abgesehen von einem Nachtlicht in einer Ecke war es dunkel im Zimmer. Rosas kleiner Körper entspannte sich, ihr Kopf sank an Simons Brust. Sein eigener Kopf fühlte sich unglaublich schwer an. Er schloss die Augen.

Im Alter von neunzehn Jahren hatte Simon Livingstone etwas über sich selbst gelernt: Er war nicht fähig, einem anderen Menschen das Gesicht aufzuschlitzen. Er hatte den abgeschlagenen Flaschenhals an die Wand geschleudert.

»Ich sollte dich umbringen«, brachte er hervor. »Irgendwann wird das jemand tun.«

Sie hob die Hand und berührte mit zitternden Fingern sein Gesicht. Da packte er sie an den Schultern und stieß sie von sich, so fest er konnte. Sie wog fast nichts, aber sie schlug hart auf dem Asphalt auf und blieb in einer Pfütze liegen.

»Ich bin Jessica«, schluchzte sie ein ums andere Mal. »Ich bin Jessica!«

Eine Sekunde lang tat sie ihm leid. Doch dann erinnerte er sich an das hämische Gelächter und den Spott seiner Mitbewohner. Diese perverse Kreatur hatte ihn lächerlich gemacht und versuchte immer noch, ihn zu manipulieren, sein Mitleid zu erregen. Aber das Spiel war aus. Er stapfte davon, ohne sich noch einmal umzudrehen. Er hatte sich in einen Kerl verguckt. Er hatte einen Mann berührt und geküsst und begehrt. Bedeutete das, dass er schwul war? Vielleicht war er das. Wenn er sich so sehr zu einem anderen Mann hingezogen fühlte ... Er kam sich schmutzig vor. Er fühlte sich betrogen. Er konnte sich nicht vorstellen, jemals wieder glücklich oder normal zu sein.

Am nächsten Tag erzählte Quinn, der Ladyboy sei mitten in der Nacht aus dem Hotel verschwunden und habe nicht mal seinen Lohn abgeholt. Etwa zur gleichen Zeit bekam Simon eine SMS. Er las sie, löschte sie und sperrte die Nummer. Aber das Mädchen aus dem Club konnte er nicht aus seinem Gedächtnis tilgen.

Die Nachricht lautete: *Es tut mir so, so leid, dass ich es dir nicht gleich gesagt habe. Danke für die glücklichen Stunden. Ich bin Jessica.*

ZWEIUNDVIERZIG

Luke

Judi hatte neun Mitglieder des Vorstandes in ein Konferenzzimmer gebeten und dafür gesorgt, dass genügend Kaffee da war. Sowohl Benjamin Rose als auch Sarah Arkwright, die Seniorpartnerin, waren anwesend, wie ich erfreut feststellte. Den geschäftsführenden Partner, ein Erbsenzähler namens Giles Lea, sowie einige leitende Anwälte kannte ich sehr gut, andere weniger. Alle waren leicht erstaunt über die plötzlich anberaumte Sitzung. Immer wieder sah jemand auf seine Uhr.

»Ich muss spätestens um acht weg«, sagte Sarah. »Ich habe noch einen Termin.« Sie war ein kampferprobtes altes Schlachtross und der Schrecken aller Praktikanten.

»Keine Sorge, Sarah«, sagte ich. »Es dauert nicht lange.«

Das Ganze fiel mir inzwischen sehr viel leichter. Ich hatte eine kurze Rede vorbereitet – exakt drei Minuten lang. Als ich geendet hatte, war nichts zu hören außer Räuspern und das Scharren von Füßen, und dann fragte Benjamin gelassen: »Nur damit ich das richtig verstehe, Luke. Du willst uns erzählen, dass du transsexuell bist?« Einer der Prozessrecht-Partner, Hugh Tolly, fuhr sein iPad hoch und las seine E-Mails. Einige sahen aus wie vom Donner gerührt, andere blickten neugierig oder auch amüsiert drein.

»Und was sind die Konsequenzen?«, fragte Sarah knapp. Sie hatte es eilig, auf den Punkt zu kommen, damit sie gehen konnte.

Bevor ich antworten konnte, fragte Hugh Tolly: »Haben Sie die Absicht, Ihr Geschlecht zu ändern?«

»Wie ich gerade sagte: Ich werde mich künftig als Frau präsentieren. Die Antwort auf die Frage lautet also: Ja, ich werde mein Geschlecht ändern.«

»Ach, kommen Sie!« Seine Stimme hatte einen höhnischen, aggressiven Unterton. »Sie wissen ganz genau, wovon ich rede. Werden Sie sich dieser *speziellen* Operation unterziehen?«

Ich lächelte ihm zu. »Falls Sie einen geschlechtsangleichenden chirurgischen Eingriff meinen, so habe ich diesbezüglich noch keine Entscheidung getroffen. Außerdem geht Sie das nichts an. Eine derartige Frage gilt als unhöflich – das sollten Sie eigentlich wissen.«

»Warum kündigen Sie nicht?«

»Ich bin mir nicht sicher, ob das wirklich erforderlich ist.«

»Natürlich ist das erforderlich! *Ich* halte es für erforderlich. Sie sagen selbst, dass im Internet kompromittierende Fotos kursieren.«

Judi beugte sich über den Tisch zu ihm hinüber und sagte freundlich: »Sie kennen doch sicher die Antidiskriminierungsgesetze. Und wenn Sie einen Blick auf unsere Website werfen, werden Sie sehen, wie sehr wir uns mit der bei uns herrschenden Chancengleichheit brüsten. Sehen Sie es positiv! Als exzellente Werbung für die Vielfalt und das offene Arbeitsklima bei Bannermans.«

»Hier geht es nicht um Diskriminierung«, widersprach Hugh, »sondern um Loyalität dieser Firma gegenüber. Wir sind auf Professionalität angewiesen. Wir werden die Hälfte unserer Klienten verlieren, wenn sie sich von einem Wolf im Oma-Nachthemd beraten lassen müssen. Ich bestehe darauf, dass er seinen Schreibtisch räumt!«

»Halten Sie den Mund, Hugh, bevor Sie uns in teure Schwierigkeiten bringen«, fuhr Sarah dazwischen. Sie hatte eine durchdringende Stimme. Hugh sagte nichts mehr.

Ich war selbst überrascht, wie sehr ich die Situation genoss.

Adrenalin flutete durch meine Adern. Das war ein großartiges Gefühl, wie fliegen. So viele Jahre hatte ich mich versteckt, Jahre voller Angst und Scham, aber jetzt war ich aus der Deckung hervorgebrochen und stand im Freien. Ich war, wer ich war. Mein Verstand arbeitete scharf und präzise.

»Ich würde während meiner Geschlechtsangleichung gern weiterarbeiten«, sagte ich. »Ich möchte meine neue Identität in Vollzeit leben. Judi und ich hatten eigentlich alles genau geplant und durchorganisiert: Informationen sollten in ausreichendem Maß und frühzeitig herausgegeben werden, damit alle Zeit hätten, sich mit der Situation vertraut zu machen. Mein Fall ist schließlich nicht der Erste seiner Art. Transgender arbeiten nicht nur in juristischen Berufen, sondern auch in allen anderen Bereichen. Nach unserem Zeitplan sollte mein Coming-out im Juli stattfinden.«

»Aber jetzt bist du geoutet worden«, stellte Benjamin sachlich fest.

»Das ist richtig, Benjamin. Und das tut mir aufrichtig leid.«

Er wischte meine Entschuldigung beiseite. »Das ändert natürlich alles. Was also schlägst du also vor?«

»In ein paar Stunden, im günstigsten Fall in ein paar Tagen, werden diese Fotos auf dem ersten Handy-Display zu sehen sein. Danach werden sie auf *jedem* Display zu sehen sein. Wir brauchen nicht zu hoffen, dass die Leute sie nicht ansehen oder teilen werden – selbstverständlich werden sie das tun. Würde ich auch, wenn ich Hugh in seinem Spiderman-Kostüm zu sehen kriegte.«

Ein paar Leute lachten. Hugh warf mir einen finsteren Blick zu.

»Wir müssen handeln, bevor diese Fotos die Runde machen«, sagte Giles Lea. »Schadensbegrenzung.«

Judi griff nach einem Stapel Papier und schob jedem am Tisch eine Kopie des Dokuments zu. Sie war in ihrem Element, genau wie ich auch. »Ich habe bereits eine entsprechende Mitteilung vorbereitet. Ich schlage vor, sie Montagmorgen acht Uhr per E-Mail an jeden, ich betone: *jeden*, zu schicken, einschließlich Support-Mitarbeiter und Caterer. Wie Sie sehen, habe ich Links zu einer äußerst informativen Website über Geschlechtsidentität angefügt. Des Weiteren habe ich eine Organisation ausfindig gemacht, die bei Bedarf ins Haus kommen und Workshops veranstalten kann.«

Hugh schnaubte. Wie viele Stunden Arbeitszeit wir eigentlich zu verschwenden beabsichtigten? Political Correctness auf die Spitze getrieben, sagte er.

»Ich gebe Hugh nur ungern recht, aber ich glaube nicht, dass Workshops wirklich notwendig sind«, bemerkte Sarah, die fünf Sekunden gebraucht hatte, um das Schreiben zu überfliegen. »Ich denke, wir sind selbst in der Lage, uns das nötige Wissen anzueignen. Welches ist der beste Weg, mit der Situation umzugehen? Haben Sie sich schon informiert?«

Judi nickte. »Ich habe gerade mit einem ehemaligen Kollegen telefoniert, der eine ganz ähnliche Situation erlebt hat. Er rät Folgendes: Luke sollte die nächste Woche im Büro bleiben. Angesichts der kursierenden Fotos wird das sicher nicht lustig für ihn werden, aber wenn er einfach verschwindet, werden die Gerüchte nur so ins Kraut schießen. Ganz abgesehen von der Tatsache, dass wir alle seine Termine neu planen müssten. Von nächstem Freitag an wird er sich ein paar Tage freinehmen. Währenddessen werden wir unsere Website und die Briefköpfe entsprechend abändern und andere verwaltungstechnische Dinge erledigen. Am 9. März wird er in seiner neuen Geschlechtsidentität ins Büro zurückkehren. Kurz vorher werden wir eine weitere Mitteilung an alle schicken und auf Minenfelder wie Personalpronomen und so weiter hinweisen.«

»›In seiner neuen Geschlechtsidentität‹ heißt ›als Transvestit‹, wenn ich das richtig verstehe«, warf Hugh ein.

Ich schüttelte den Kopf. »Das ist etwas völlig anderes.«

»Herrgott, verschonen Sie mich doch mit dieser Haarspalterei! Es gibt doch einen Dresscode in der Firma! Stehen Netzstrümpfe auch auf der Liste?«

»Was haben Sie gegen Netzstrümpfe? Ich trage selbst welche und sehe umwerfend darin aus«, versetzte Sarah und erntete Gelächter. Ich warf ihr einen dankbaren Blick zu. »Gut.« Sie stand auf. »Tut mir leid, dass ich die Party verlassen muss, aber ich habe wie gesagt noch einen Termin. So, wie ich das sehe, ist die Sache ganz einfach. Sie können aufhören, sich künstlich aufzuregen, Hugh. Das Gesetz verbietet uns …«, sie warf einen flüchtigen Blick auf das Informationsschreiben, »… Lucia zu benachteiligen, selbst wenn wir die Absicht hätten. Ein Jammer, dass uns diese elenden Fotos einen Strich durch die Rechnung gemacht haben, aber das ist nun mal nicht zu ändern. Wir werden weitermachen wie besprochen. Gute Arbeit, Judi. Und für Sie alles Gute, Luke.« Sie warf sich einen schwarzen Samtumhang um und verließ das Konferenzzimmer.

Die anderen erhoben sich ebenfalls. Sie werde mich am Wochenende anrufen, versprach Judi und eilte hinaus. Hugh ging, ohne mich eines Blickes zu würdigen, aber die meisten anderen konnten mir in die Augen sehen. Eine Kollegin sagte, ich wisse ja, wo ich sie fände, wenn ich jemanden zum Reden brauchte, und erkundigte sich nach Eilish und wie sie damit fertig würde. Ein anderer Kollege grummelte: »Sie sind ein verdammt stilles Wasser«, aber aus seinem Blick sprach eher Verblüffung als Verachtung.

Benjamin und ich gingen als Letzte.

Ich verzog entschuldigend das Gesicht. »Ich hab für einen handfesten Skandal gesorgt, oder?«

»Eine Geschlechtsumwandlung ist doch mal was anderes als der ewige Seitensprung.«

Ich dankte ihm, dass er länger da geblieben war. Er winkte

ab. Er wolle ohnehin noch bei seiner Mutter im Pflegeheim vorbeischauen, und sie zöge es vor, wenn er erst nach ihrer Lieblingssendung im Fernsehen komme.

Wir betraten den Fahrstuhl und starrten auf die Stockwerksanzeige. Im Erdgeschoss fragte Benjamin unvermittelt: »Angeboren oder anerzogen, was meinst du?«

»Ich bin mir ziemlich sicher, dass ich mit diesem Zwiespalt schon auf die Welt gekommen bin.« Die Fahrstuhltüren öffneten sich, und wir traten in die Eingangshalle hinaus. »Tatsache ist, dass niemand weiß, warum ich bin, wie ich bin. Weder Psychiater noch Genetiker, weder Endokrinologen noch Theologen aller Glaubensrichtungen – niemand hat auch nur einen blassen Schimmer. Meine Schwester sagt, ich bin eine sündige, aber heilbare Seele.«

»Und, hat sie recht?«

»Ich kann nicht geheilt werden. Vielleicht bin ich eine Art göttlicher Gesprächsgegenstand, so was wie ein Zauberwürfel.«

Vor dem Gebäude winkte Benjamin ein Taxi heran. Er fragte, ob ich mitfahren wolle. Ich verneinte. »Wo willst du jetzt hin?«, fragte er, als er einstieg.

Ich lächelte. »Nach Hause.«

Eilish

Er war eine Gestalt in einem Mantel, die über den dunklen Bahnsteig auf mich zukam.

Es war schon nach elf, als ich ihn auf dem Bahnhof aufsammelte. Eine Umleitung auf dem Weg in die Stadt hatte mich viel Zeit gekostet. Als ich über die Brücke und dann die Treppe hinuntereilte, fuhr der Zug gerade wieder an. Und da war er, mein Noch-Ehemann. Er blieb stehen, als er mich sah. Ich hielt ebenfalls inne, eine Hand auf dem Geländer. Ja, die Gestalt im

Mantel war Luke. Luke mit seinen dunklen Augen und dem vertrauten, zurückhaltenden Lächeln und der ihm eigenen Haltung: aufrecht und mit erhobenem Kopf, wie ein sanftmütiger Soldat. Die anderen Fahrgäste, die ausgestiegen waren, gingen an uns vorbei. Wir waren allein.

»Dr. Livingstone, nehme ich an?«, sagte ich.

»Genau der.«

Ich lief zu ihm und warf mich in seine Arme. Zum ersten Mal seit so vielen Monaten küssten wir uns, und es schien das Selbstverständlichste von der Welt zu sein. Ich konnte das Salz meiner Tränen schmecken, in die sich vielleicht auch seine mischten. Arm in Arm gingen wir zum Auto. Wir redeten auf dem ganzen Weg nach Hause. Es gab so viel zu erzählen, wir wussten gar nicht, wo wir anfangen sollten. Ich fragte ihn, wie sie die Neuigkeit bei Bannermans aufgenommen hätten und wollte alle Einzelheiten seines Gesprächs mit Penny O'Neil wissen. Wir unterhielten uns über meine Arbeit, über meine Welt und darüber, was auf uns zukommen würde.

»Kate kommt am Sonntag«, sagte ich, als ich vor Smith's Barn hielt. »Sie denkt, diese Welt ist viel zu groß und zu böse, als dass wir ohne sie darin zurechtkämen. So, da wären wir. Willkommen zu Hause.«

Er legte seine Hand auf meine am Lenkrad. »Du hast mir gefehlt. Du hast mir so gefehlt.«

Ich beugte mich zu ihm hinüber und küsste ihn noch einmal. Er zögerte eine Sekunde, aber dann legte er seine Arme um mich. Ich wollte ihn erregen, ihn wieder in mein Bett locken. Ich wollte meinen Mann zurück. Ich wollte weder Jim noch irgendeinen anderen – ich wollte Luke. Ich schob meine Hand unter sein Hemd, tastete über seine Rippen bis hoch zur Brust.

»Ich bin nicht derselbe«, warnte er mich in scharfem Ton. »Die Hormone.«

Ich erstarrte vor Entsetzen. Dann stieß ich die Autotür auf, sprang hinaus und stürmte ins Haus. Er folgte mir in die Küche. Meine Hände zitterten. Ich konnte keinen klaren Gedanken fassen, wusste nicht, was ich sagen sollte.

Du Idiot, schimpfte ich mit mir. Du hast doch gewusst, dass er Östrogene nimmt. Es ist doch bekannt, was passiert, wenn ein Mann das tut.

Es nützte nichts. Ich konnte das Thema nicht umgehen. Ich musste es wissen. Als ich mich wieder gefangen hatte, fragte ich: »Bilden sich bei dir Brüste? Und was sonst noch ... O mein Gott!«

»Die Hormone haben den Krieg in mir beendet. Sie schenken mir Frieden. Aber sie verändern mich – sehr, sehr langsam.«

Ich sah zu, wie er seinen Mantel auszog und einen geradezu fanatisch schnurrenden Casino auf den Arm nahm. Er war Luke. Er war immer noch Luke. Ich hatte ihn in den unterschiedlichsten Rollen und Stimmungen erlebt: als verlegenen jungen Mann bei einer Ballettaufführung; als selbstbewussten Anwalt; als Vater, als Liebhaber, als Sohn. Ich hatte ihn niedergeschmettert erlebt, als er Charlottes leblosen Körper in den Armen hielt; ich hatte ihn überglücklich erlebt, als Simon und Kate in der Schule und im Beruf Erfolge verbuchten; ich hatte gesehen, wie er für sich und seinen Vater belegte Brote für ihren letzten gemeinsamen Ausflug gemacht und wie behutsam er dem alten Mann ins Auto geholfen hatte. Ich kannte ihn als von Lust und Schmerz und Liebe und Wut und hilflosem Gelächter überwältigt. Ich hatte ihn betrunken erlebt. Ich hatte ihn deprimiert erlebt. Ich hatte ihn in einem Rock auf dem Tisch tanzen und singen gesehen. Ich war dreißig Jahre lang mit ihm durch Licht und Schatten und den Wechsel der Jahreszeiten gegangen.

Und jetzt, hier in meiner Küche, erlebte ich ihn wieder anders, auch wenn er für mich derselbe Mensch war. Es gab äußerliche Veränderungen: Seine Haare waren viel länger und kringelten sich hinten in seinem Nacken. Er sah damit ziemlich stylish aus, wie ein Pirat. Er war nie füllig gewesen, aber in den letzten sieben Monaten hatte er stark abgenommen. Seine Schultern waren schmaler, als ich sie in Erinnerung hatte, sein Kinn war weicher und ohne Bartstoppeln. Sein Teint wirkte fast jungenhaft. Er strahlte etwas Neues aus, etwas Lichtdurchlässiges, und Leichtes und Ungezwungenes. Er war schön auf eine fremdartige, zigeunerhafte Weise, aber … gut. Jünger. Nicht wirklich männlich, mehr androgyn.

»Du siehst gut aus«, stellte ich fest. »Wer immer du sein magst.«

Er lächelte mich an. »Du auch.«

»Du willst das also tatsächlich durchziehen?«

Er wich mir nicht aus, er war weder verlegen noch unsicher, als er antwortete: »Ja, ich werde das tatsächlich durchziehen.«

Alles hatte sich verändert, seit jenem schrecklichen Tag im Juli, als er die ganze Nacht im Unwetter herumgeirrt war, bevor er nach Hause gekommen war und mir alles gestanden hatte. Damals war er zerbrochen gewesen. Und nun – vielleicht zum ersten Mal, seit ich ihn kannte – war er heil.

Das wusste ich jetzt. Ich wusste, was ich tun wollte.

»Dann sei sie«, sagte ich. »Wenn ich Luke nicht zurückhaben kann, möchte ich Lucia kennenlernen. Morgen werden wir ausgehen und uns dem Tratsch stellen. Bis dahin werden alle die Fotos von dir gesehen haben – wir werden ihnen die echte Frau bieten. Im Pub, im Laden, überall.«

»Du willst mit mir ins Bracton Arms?«, fragte er mit banger Miene.

»O ja, allerdings. Ich hätte nicht übel Lust, ein Foto von Ingrids Gesicht zu machen, wenn sie dich sieht, und es auf Facebook zu posten.«

Wir saßen nebeneinander auf dem Sofa, dem wärmsten Platz in der Küche. Ab und zu hielten wir uns an den Händen. Für ein in Scheidung lebendes Paar sind wir furchtbar gern zusammen, dachte ich traurig. Casino hatte es sich auf Lukes Schoß bequem gemacht, und sein Schnurren ging in wohlige Seufzer über. Baffy döste auf dem Hundebett, das ich ihm gekauft hatte.

Luke hatte Ricky Taits Fotos gesehen. Sie waren anscheinend nicht schwer zu finden.

»Wie schlimm?«, fragte ich.

»Ich seh aus wie Beethoven an einem Scheißtag.«

»Tja, jetzt weißt du, wie das ist, wenn man von Paparazzi verfolgt wird.«

Es war fast zwei Uhr, als ich nach einem Blick auf meine Armbanduhr befand, es sei Zeit für mich. Ich hatte Luke ein Bett im Arbeitszimmer hergerichtet. Mit ihm im Haus schlief ich gut, besser als seit langer, langer Zeit. Ich hörte ihn ins Bad gehen und wieder herauskommen und versuchte, mir nicht vorzustellen, was er anhatte. Aber es war alles in Ordnung. Es ging mir gut. Die Welt drehte sich weiter und ich würde nicht hinausgeschleudert.

DREIUNDVIERZIG

Kate

Die beiden hatten definitiv ein Rad ab.

Ein Freund hatte sie vor einer halben Stunde zu Hause abgesetzt, als sich ihre Eltern gerade auf den Weg zur Kirche machen wollten. Das war an sich nichts Besonderes, nur dass ihr Vater sich den guten Leuten von East Yalton in Frauenkleidern präsentieren würde. Offensichtlich brannten die beiden darauf, sich nach Strich und Faden zu blamieren.

»Der neue Vikar hat uns eingeladen«, erklärte Eilish. »Er hat uns gestern im Bracton Arms abgefangen und gesagt, er hoffe, uns heute in der Kirche zu sehen.«

»Ja, klar«, spottete Kate, »die Church of England ist ja bekannt für ihre progressive Haltung. Und der supernette Reverend denkt wahrscheinlich, das mit der Auferstehung sei nur eine Metapher. Das klingt ja alles sehr modern und offen, aber es wird Colonel Smyth nicht davon abhalten, hochrot anzulaufen und euch mit Auspeitschung zu drohen. Hattie, die alte Küsterin, fällt garantiert in Ohnmacht. Und wenn sich die Messdiener weigern, dir Brot und Wein zu reichen, Dad?«

Luke sah sie beunruhigt an. »Das würde der Vikar bestimmt nicht zulassen. Aber du musst ja nicht mitkommen, Kate.«

Natürlich musste sie mitkommen. Einer musste ihre Eltern ja vor der Bösartigkeit der Menschen beschützen.

»Als wir gestern auf einen Drink im Pub waren, ist keiner in Ohnmacht gefallen, und es hat uns auch keiner mit Auspeitschung gedroht«, erzählte Eilish, als sie gemeinsam ins Dorf spazierten. »Allerdings – Mensch, es gibt schon unhöfliche Leute. Ein paar sind tatsächlich aufgestanden und gegangen.«

»Diese verdammten Hinterwäldler! Wer war das? Ich werd ihnen einen Besuch abstatten.«

»Ach, lass sie doch. Ingrid und Harry waren jedenfalls sehr freundlich zu uns.«

»Ja, ja, hab's schon gehört.« Kate verdrehte die Augen. »Sophie hat mir alles erzählt. Ach übrigens, Dad, du hast eine neue Verehrerin. Sophie meint, du bist richtig beeindruckend als Frau. Sie hat von deinen Augen geschwärmt und davon, wie groß und schlank du bist.«

»Wirklich? Das ist aber lieb von ihr.« Ihr Dad wurde verlegen. Er war – Kate hielt abrupt in ihrem Gedankengang inne. Sie nahm sich vor, von jetzt an die richtigen Personalpronomen zu verwenden, selbst wenn es nur in ihrem Kopf war.

Sie war geschmackvoll gekleidet: ein mitternachtsblaues Kleid, darüber den Paschmina; Lederstiefel, um die Kate sie beneidete; goldene Ohrringe; eine Baskenmütze. Kate war immer der Meinung gewesen, eine Baskenmütze würde Luke gut stehen, und sie hatte recht behalten. Die neue Frau war vielleicht ein klein wenig zu schick für einen Kirchenbesuch auf dem Land, aber das war das Problem der anderen, nicht ihres.

»Ingrid und Harry sind sofort zu uns rübergekommen«, fuhr Eilish fort. »Stützten sich auf die Theke und fragten uns Löcher in den Bauch. Und was für persönliche Sachen! Lukes Genitalien sind auf einmal Gegenstand öffentlicher Diskussionen. Jeder will wissen, ob er sich operieren lassen wird. Die Leute sind ganz besessen von diesem Thema! Ich frag mich, warum? Das ist makaber. Ich war heilfroh, als der Vikar erschien und wir über was anderes sprechen konnten.«

»Die Geistlichen werden immer jünger«, seufzte Luke. »Oder kommt mir das nur so vor, weil ich immer älter werde?«

Kate fragte sich, ob dieser Weltverbesserer auch nur die geringste Ahnung hatte, wie viel Mut es ihre Eltern kostete, sich in der Kirche zu zeigen. Dem würde sie was erzählen! Sie ballte die Fäuste und löste sie wieder. Wenn sie auch nur einen einzigen schrägen Blick bemerkte, nur eine einzige hämische Bemerkung hörte, würde es was setzen. Ihre Eltern hatten schon genug durchgemacht.

In dem alten Kirchturm hingen drei Glocken in unterschiedlichen Tonlagen, und wer immer sie läutete, tat das offenbar in beliebiger Reihenfolge. Der Klang hatte etwas Tröstliches. Diese Kirche stand seit Jahrhunderten hier, mitten in den Feldern. Sie hatte die Pest überdauert, die industrielle Revolution und zwei Weltkriege, und es scherte sie einen Dreck, was ihr Vater anhatte. Kate stieß die Pforte an der Rückseite des Friedhofs auf und ging mit ihren Eltern auf die Kirche zu. Ihre Schritte knirschten auf dem Kiesweg. Vom Versteckspielen mit ihren Freunden kannte Kate jeden Grabstein hier, und konnte die eingravierten Namen auswendig herunterbeten: Samuels, Smyth, Donaghue, Bell, Roach. Sie hatte sich hinter tragischen Kindergräbern versteckt und hinter großen Familiengrabhäusern. Unzählige Menschen hatten im Lauf der Jahrhunderte hier ihre letzte Ruhestätte gefunden, jeder von ihnen *Geliebt* oder *In Frieden ruhend* oder *Zu früh von uns gegangen*. Jeder von ihnen hatte eine Geschichte, dachte sie. Sie hatten ihre Tragödien erlebt und Liebesaffären gehabt. Vielleicht war der eine oder andere wie Dad gewesen und hatte sein Geheimnis mit ins Grab genommen. Sie war froh, dass es bei ihrem Vater anders war.

Der schmale Pfad mündete kurz vor der Kirche in den Hauptweg. Köpfe drehten sich, als sie näher kamen. Die Neuigkeit hatte sich bereits herumgesprochen. Es wurde getuschelt, man warf ihnen schiefe Blicke zu. Einer oder zwei winkten, eilten aber weiter, als wüssten sie nicht recht, was sie tun oder sagen sollten. Dann trat ein älteres Paar auf sie zu. Die beiden hatten in der Sonntagsschule unterrichtet, als Kate klein gewesen war.

Mr. und Mrs. White. Wie hießen sie doch gleich mit Vornamen? Olly und … Mist! Mrs. Whites Vorname fiel ihr nicht mehr ein.

Eilish legte ihre Hand auf Lukes Arm. »Hallo, Olly, Yvonne«, begrüßte sie sie betont munter. »Was für ein schöner Morgen, nicht wahr?«

»Eilish!«, donnerte der Mann. Seine Stimme klang eine Spur zu vergnügt, um echt zu sein. »Kann ich wohl noch eine Anzeige für den Pfarrbrief aufgeben?«

»Ach herrje, ich fürchte, dafür ist es zu spät. Gestern Nachmittag habe ich alles per E-Mail in die Druckerei geschickt.«

Er salutierte – warum, wusste nur er selbst. »Nicht weiter schlimm, Ma'am, ist meine eigene Schuld. Nächsten Monat reicht auch noch.«

Ein verlegenes Schweigen entstand. Dann räusperte sich Yvonne.

»Äh … schön, Sie zu sehen, Luke«, sagte sie.

Das war entschieden zu viel für Kate. Sie brach in nervöses Gekicher aus. »Ist schon okay, Mrs. White! Sie brauchen nicht so zu tun, als ob alles in bester Ordnung wäre. Dad hat ein Kleid an, um Himmels willen! Sie hat Ohrringe und hohe Absätze und längeres Haar. Sie dürfen ruhig ein bisschen verdattert sein.«

Jetzt lachte Mrs. White auch. Es klang leicht hysterisch. »Ich war mir nicht sicher, wie man sich in dieser Situation benimmt. Ehrlich gesagt, hab ich noch nie einen … einen …« Sie warf ihrem Ehemann einen panischen, Hilfe suchenden Blick zu. »Ach je, ich kenne nicht einmal die richtige Bezeichnung! Ich bin ganz verwirrt. Das ist alles neu für mich, wissen Sie? Und für Olly auch, nicht wahr, Liebling?«

Luke lächelte den beiden zu. »Sehen Sie, Yvonne. Olly. Es ist ganz einfach. Wir kennen uns seit vielen Jahren. Ich hoffe, dass wir jetzt, wo ich Lucia bin, immer noch befreundet sein können. Und machen Sie sich wegen der Bezeichnung keine

Sorgen – solange Sie mich nicht Perversling nennen, ist alles in Ordnung.«

Yvonne streckte ihre Hand aus, überlegte es sich dann doch anders und gab Lucia ein Luftküsschen, ganz vorsichtig, als fürchtete sie, Lucias Kleid zu zerknittern. »Ich muss schon sagen, Sie sehen ... also, wirklich toll aus. Kommen Sie, setzen Sie sich zu uns in die Bank«, sagte sie. »Wir sind Ihre Bodyguards.«

Vor dem Eingang zur Kirche blieb Kate ein Stück hinter den anderen zurück. Orgelklänge drangen heraus. Sie konnte schon den Staub, die Feuchtigkeit und die Möbelpolitur riechen. Sie lächelte, als sie Hattie mit den Gesangbüchern sah, die Augen kurzsichtig zusammengekniffen. Manche Dinge änderten sich eben nie. Hattie sagte etwas über die Schulter zu jemandem hinter ihr, und Kate erhaschte einen flüchtigen Blick auf eine Gestalt im Chorhemd. Wahrscheinlich der neue Vikar.

Ihre Eltern blieben eine Sekunde an der Türschwelle stehen. Ihre Hände berührten sich, verschränkten sich kurz ineinander. Kate war so stolz auf die beiden. Wenn es drauf ankam, waren sie immer noch ein Team, Scheidung hin oder her.

»So!«, sagte Lucia und fasste ihre Frau am Arm. »Dann wagen wir uns mal in die Höhle des Löwen.«

Der Vikar stand seitlich am Eingang und schüttelte den beiden die Hand. Hundert Punkte, dachte Kate zähneknirschend. Er hatte tatsächlich auf sie gewartet, um sie persönlich zu begrüßen. Er wartete auch auf Kate. Nach der Helligkeit draußen brauchten ihre Augen ein paar Sekunden, um sich an das Dämmerlicht zu gewöhnen, und so war er nur eine Silhouette vor dem östlichen Fenster. Als sich ihr Blick auf ihn fokussiert hatte, sah sie, dass er sie ungläubig anstarrte.

»Kate!«

Sie spürte seinen Händedruck und fing zu lachen an.

VIERUNDVIERZIG

Simon

Es war wieder ein langer Tag gewesen. Als er den Papierkram endlich erledigt hatte, war es schon nach sieben.

Sein Dad war wieder nach Hause gezogen und lebte jetzt als Frau. Anscheinend nannte er sich Lucia. Wie eine Witzfigur aus der Sketch-Show *Little Britain*. Er war zum Gespött des gesamten Dorfes geworden. Simon war irritiert. Mum, Kate, Granny, sogar Carmela waren offenbar in der Lage, irgendeine Art von Hirnakrobatik zu betreiben, die ihm unbegreiflich war. Sie konnten sich glücklich schätzen – sie hatten keinen geliebten Menschen verloren.

Auf seinem Rundgang traf er seinen Kollegen Sven im stationären Bereich, wo er einer zuckerkranken Katze gerade eine Insulininjektion verabreichte.

»Trinken wir noch irgendwo was?«, fragte Simon.

Sven war in den Vierzigern und hatte Kinder im Teenageralter. Seine Patienten und ihre menschlichen Besitzer liebten ihn – er hatte eine unwiderstehliche Art, mit ihnen umzugehen. Simon wünschte, das wäre ansteckend.

Sven warf einen Blick auf seine Uhr. »Schon ein bisschen spät.«

»Es ist nie zu spät.«

»Warum gehst du nicht nach Hause, Simon?« Sven setzte die Katze in ihren Käfig zurück und streichelte ihr den Kopf. »Du hast Familie. Du arbeitest lange und hart – für wen, wenn nicht für deine Familie?«

»Du denkst, ich trinke zu viel.«

»Ich denke, du solltest nach Hause gehen. Auf dem direkten Weg.«

Zu seiner eigenen Überraschung befolgte Simon Svens Rat. Er nahm sich vor, die Dinge wieder in Ordnung zu bringen. Der Streit zwischen Carmela und ihm schwelte schon viel zu lange. Er vermisste die alten Zeiten, als sie einfach nur glücklich gewesen waren.

Um halb acht war er zu Hause. Er warf seine Schlüssel auf den Tisch in der Diele und lauschte. Es war ruhig im Haus. Nico schlief wahrscheinlich schon. Seit er in der Schule war, ging er meistens früh ins Bett, weil er immer so müde war.

Simon streifte schulterzuckend seine Jacke ab und schlenderte in die Küche. Carmela hatte anscheinend einen Frühjahrsputz gemacht – alles war blitzsauber. Er nahm eine Flasche Wein aus dem Kühlschrank. Auf dem Herd köchelte leise etwas vor sich hin, aber er hatte keinen Hunger.

Er ging zur Küchentür und schaute zur Treppe. Er stand da in Hemdsärmeln, ein Glas in der einen, die Weinflasche in der anderen Hand,

Und er lauschte.

Es war still im Haus. Sehr still. Keine Schritte. Kein Gemurmel aus dem Radio. Kein Geschrei von Rosa, die abends um diese Zeit gern Party machte.

»Carmela?«, rief er.

Seine laute Stimme kam ihm pöbelhaft vor, so als ob er auf einer Beerdigung herumgeschrien hätte. Er schaute nach oben, in der Hoffnung, seine Frau würde am Treppenabsatz erscheinen, die schlafende Rosa im Arm, den Zeigefinger an die Lippen gelegt. Aber sie kam nicht.

Auf einmal packte ihn die Angst. Er rief noch einmal, dann jagte er die Treppe hinauf und schaute in jedes Zimmer. Es war wie in einem grausigen Kriminalfilm. Ihre Zahnbürsten waren aus dem Bad verschwunden. Nicos Bettdecke war weg. Das Babyreisebett auch und Carmelas großer Koffer ebenfalls.

Er warf einen Blick auf sein Handy. Keine SMS, keine entgangenen Anrufe. Erst nach langer Zeit entdeckte er ihre Nachricht. Eigentlich hätte er sie sofort sehen müssen: Sie lag auf dem Tisch in der Diele, direkt neben seinen achtlos hingeworfenen Schlüsseln.

Lieber Simon,
ich habe keine andere Wahl. Es ist nicht gut für die Kinder, was mit uns passiert, deshalb bin ich mit ihnen weggegangen, nach Suffolk, wo wir am Meer wohnen werden. Du wirst wütend sein und wahrscheinlich denken, dass ich dich erpressen will, aber das will ich nicht. Nico muss raus aus dieser angespannten Atmosphäre und ich auch. Ich habe in der Schule Bescheid gegeben. Wie es danach weitergehen soll, weiß ich nicht.
Sag deinen Eltern bitte noch nichts davon. Sie machen eine schwere Zeit durch, und sie würden sich nur Vorwürfe machen. Aber es ist nicht ihre Schuld. Es ist ganz allein unsere Schuld.
Ich werde ab und zu mein Handy einschalten und auf Nachrichten überprüfen. Ich glaube, diese Trennung tut uns beiden gut, dir – und mir auch. Wir brauchen beide Zeit zum Nachdenken, Zeit, zu überlegen, was das Beste ist.
Pass gut auf dich auf.
Carmela

P.S. Suppe steht auf dem Herd. Der Abholzettel von der Reinigung hängt an der Pinnwand.

Im ganzen Haus gab es nicht so viel Wein, dass er den Schmerz damit hätte betäuben können.

Er stellte sich die Drei in einem Ferienhaus am Strand vor, aufgeregt und glücklich. Nico, wie er über den Sand lief, spielte und fröhlich kreischte; Carmela mit Rosa auf dem Rücken, die Haare vom Wind zerzaust. Er wünschte sich inbrünstig, geradezu verzweifelt, er könnte bei ihnen sein.

Er brauchte fast die ganze Nacht, um eine schlichte Nachricht zu schreiben. Er kritzelte verschiedene Fassungen auf die Rückseite eines Umschlags, strich die Wörter immer wieder durch, fing von vorne an. Er war nicht sicher, was er sagen wollte, das war das Problem. Er entwarf lange, komplizierte Nachrichten, er entwarf verbitterte Nachrichten, flehentliche Nachrichten, absurde Nachrichten. Er wanderte im Dunkeln durch den Garten, auf der Suche nach den richtigen Worten. Was wollte er sagen?

Er versuchte, wütend auf sie zu sein – das wäre sehr viel einfacher gewesen, als wütend auf sich selbst zu sein. Er versuchte, ein treuloses, egoistisches, elendes Miststück in ihr zu sehen. Doch noch während er fieberhaft das ganze Haus absuchte, hatte er gewusst, dass sie weg waren, und er hatte auch gewusst, warum.

Ich habe sie aus dem Haus getrieben, dachte er, den Blick auf sein Gekritzel geheftet. *Warum war ich so destruktiv? Vielleicht war das eine Form der Selbstverletzung, so wie sich Wunden mit dem Messer oder der Schere zufügen. Ich dachte, da wäre ich drüber weg. Das habe ich seit meiner Schulzeit nicht mehr gemacht.*

Irgendwann legte er sich auf sein Bett, ohne ihr eine Nachricht geschickt zu haben. Der Wecker zeigte drei Uhr achtzehn. Ihm war schwindlig vor Erschöpfung, aber er glaubte nicht, dass er schlafen konnte. Seit Neujahr ging er jeden Abend allein ins Bett, was er hasste. Doch das hier war weitaus schlimmer. Er zog die Decke über sich und lag ganz still. Er lauschte. Die Leere war überwältigend. Das Haus war tot. Keine Carmela, kein Nico, keine lächelnde Rosa. Keine Hoffnung, dass es morgen anders sein würde.

Da wusste er endlich, was er sagen wollte.

Ich hab schreckliche Angst. Bitte kommt bald wieder nach Hause.

FÜNFUNDVIERZIG

Luke

Ich war Ricky Tait, der meine Privatsphäre verletzt und mein Geheimnis in die Welt hinausposaunt hatte, wirklich dankbar. Er war der supercoole Teenager, der mich in schwindelnder Höhe von der Plattform gestoßen hatte. Ich hatte gezögert, den Blick angstvoll in die Tiefe gerichtet, bis er mir den entscheidenden Schubs gegeben hatte. Ich war in dünne Luft eingetaucht, aber bisher hatte ich überlebt. Und Eilish auch.

Natürlich wurde über mich getratscht. Hätte ich an ihrer Stelle auch gemacht. Für manche Leute war ich zu fremdartig: für die Eltern, die von Penny O'Neil meinen Rücktritt forderten; für Hugh Tolly, der mir nicht in die Augen sehen konnte; für die Gäste im Bracton Arms, die demonstrativ aufgestanden und gegangen waren; für die Frau neben mir, die beim Abendmahl in der Kirche den Kelch drehte, damit ihr Mund ihn nicht dort berührte, wo ich ihn an die Lippen gesetzt hatte – als fürchtete sie, sich irgendwelche Transsexuellenkeime einzufangen. Zu fremdartig auch für meine Schwestern. Für meinen Sohn.

Aber es gab auch andere, sehr viele andere sogar, die ihre Ängste und ihren Widerwillen überwunden hatten und mich akzeptierten. Dieser Zuspruch kam zum Teil von völlig unerwarteter Seite, und er half mir und Eilish durch jene ersten Tage.

Zwei Wochen, nachdem Ricky die Fotos ins Internet gestellt hatte, ging eine groß gewachsene Frau jenseits der Fünfzig morgens um acht auf den Haupteingang von Bannermans zu. Sie hatte sich das dunkle, silbern gesträhnte Haar von einem

Profi frisieren lassen, sodass es sich in Wellen um ihr Gesicht schmiegte und Kinn und Stirn weicher wirken ließ. Auch bei der Auswahl ihrer dezenten Kleidung hatte sie sich professionell beraten lassen: eine cremefarbene Bluse zu einem wunderschön geschnittenen anthrazitgrauen Kostüm, dazu Perlenkette und Perlenohrringe. Ein unaufdringliches Make-up, manikürte Nägel und elegante Schuhe vervollständigten ihr Outfit. Nur wenige Passanten schenkten ihr mehr als einen flüchtigen Blick. Einer oder zwei starrten sie, offenbar verwirrt, ein bisschen zu lange an, aber sie lächelte unverdrossen. Sie fühlte sich gleichermaßen feminin, entschlossen und nervös.

Sie gestattete sich kein Zögern. Die Treppe hinauf. Durch die Drehtür.

Die beiden Empfangsdamen waren instruiert worden.

»Guten Morgen, Ms. Livingstone«, sagte Izzy und strahlte.

Ms. Livingstone grüßte freundlich zurück, durchquerte die Eingangshalle – ihre Absätze klackten auf dem Marmorboden, Blicke bohrten sich in ihren Rücken –, zog ihre Sicherheitskarte durch das Lesegerät und drückte auf den Fahrstuhlknopf.

Sie hörte Izzy zum Telefon greifen und wispern: »Er ist da. Nein, sorry, Mist! ... Gott, das schaffe ich nie! ... Ich meine, *sie* ist da.«

Die Fahrstuhltüren glitten zur Seite. Niemand drin, Gott sei Dank. Sie war erleichtert, dass sie ungefähr dreißig Sekunden für sich allein hatte und sich gehen lassen konnte.

Vor ihr lag ein arbeitsreicher, anstrengender Tag.

»Du wirst gleich ins kalte Wasser springen müssen«, hatte Judi gewarnt. »Deine Sekretärin hat mir gesagt, sie habe zwei Termine auf deinen ersten Arbeitstag legen müssen.«

»Es gibt tatsächlich noch Mandanten, die mich haben wollen?«

»Du bist gefragter denn je, Livingstone! Anscheinend war der Ansturm so groß, dass sie gar nicht so viele Termine vergeben konnten. Aber mach dir nichts vor, es liegt nicht an deinem scharfen Anwaltshirn, dass du so populär bist. Das ist denen völlig schnuppe. Die wollen alle nur sehen, was für eine Frisur du hast. Willkommen in der Welt der Frauen!«

Schön wär's, dachte Lucia jetzt. Ich wünschte, ich wäre willkommen in der Welt der Frauen.

Der Fahrstuhl hielt auf ihrem Stock, die Türen gingen auf. Wie üblich hielten sich ein paar Leute im Korridor auf. Sie straffte sich und trat hinaus. Sie dachte an das kleine Kind in grünen Shorts, das an seinem ersten Schultag herzzerreißend geweint hatte. Ein, zwei Kollegen grüßten, sagten, es sei schön, dass sie wieder da sei, und sie schenkte ihnen ein strahlendes Lächeln. Sie konnte sich schon denken, was man ihnen eingeschärft hatte: kein Gaffen, kein Grinsen, keine taktlosen Bemerkungen – nichts, was einen Gang vors Arbeitsgericht nach sich ziehen würde.

Die Schiebetür zu ihrem Büro stand offen. Judi, einen Riesenblumenstrauß in den Armen, wartete schon auf sie.

»Du hast es also geschafft«, sagte sie.

»Ja, ich hab's geschafft.«

Einen Augenblick sahen sie sich lächelnd an, voller Genugtuung über den hart erkämpften Sieg. Dann deutete Judi mit dem Kinn zur Bürotür. »Ist dir nichts aufgefallen?«

Lucia ging noch einmal auf den Korridor hinaus. Als sie das neue Namensschild sah, zersprang ihr fast das Herz vor Freude.

*

»*Blumen?*«, wiederholte Kate ungläubig. »Sie haben dir einen verdammten Blumenstrauß überreicht? Hast du jemals in all den Jahren schon mal Blumen bekommen?«

»Na ja, eigentlich nicht, nein.«

»Was für ein Geschlechterklischee ist das denn?«

Ich lachte. Mir war klar, worauf sie hinauswollte. »Ein gutes, denke ich.«

»Du weißt aber schon, was dahintersteckt, oder? Frau gleich lieb und nett und gut riechend und nicht bedrohlich. Mit Blumen in den Händen werden Frauen nie Karriere machen.«

»Lassen wir die Blumen mal beiseite – was sagst du zu meinem neuen Namensschild? *Lucia Livingstone*!«

»Ja, das war cool«, räumte Kate ein.

»Ich hatte zwei Termine heute, beide mit großen Gruppen, und alle haben mir aufmerksam zugehört, Blumen hin oder her. Allerdings ist mir aufgefallen, dass ein paar auf meine Titten gestarrt haben. Wahrscheinlich haben sie überlegt, ob sie echt sind oder nicht.«»

»Und, sind sie echt?«

»Nicht sehr. Noch nicht.«

»Männer gucken den Frauen nun mal auf den Busen. Ist einfach so. Sie können nicht anders. Sie merken nicht mal, dass sie darauf starren.«

»Nicht alle Männer«, widersprach ich nachsichtig.

»Nein. Du hast das sicher nie gemacht. Der Typ Mann warst du nicht.«

Wir hatten uns auf einen Drink am Bahnhof verabredet, um meinen ersten Tag als Vollzeit-Frau zu feiern. Kate hatte sich ein Guinness bestellt, ich eine Weißweinschorle. Ich saß so, wie es sich für eine Dame gehörte: die Beine nebeneinander und leicht schräg. Das Satinfutter meines Rocks fühlte sich traumhaft an. Aber ich konnte nicht abschalten, ich hatte Angst, einen Fehler zu machen. Ich war erfüllt von einem tiefen Glücksgefühl, aber hundemüde. Ich sehnte mich danach, nach Smith's Barn zurückzukehren. Ich wusste, dass ich lernen musste, ohne Eilish zurechtzukommen, aber im Moment war sie meine Zuflucht.

»Weißt du, Kate, das ist ein ziemlicher Kampf, den ich da ausfechte. Als Transfrau – streng genommen als lesbische Transfrau – bin ich so eine Art Geächtete. In manchen Menschen ruft das offenbar eine Urangst hervor. Wie eine Schlange.«

»Und dann auch noch Anwalt! Autsch. Das ist gleich ein dreifacher Hammer!«

»Ich kann nicht an zwei Fronten gleichzeitig kämpfen«, fuhr ich fort. »Ich finde deine Ideale bewundernswert. Und du hast sicher recht: Es ist ein langer, steiniger Weg für uns Frauen, bis wir dort sind, wo die Männer heute schon sind. Aber ich kann – und will – mich nicht darüber aufregen, wenn mir jemand Blumen schenkt oder mir die Tür aufhält. Ich bin einfach nur dankbar. Für mich ist der Weg nicht lang und steinig, weil ich eine Frau bin, sondern weil ich ein Mann war. Du hast übrigens Schaum an der Nase.«

Kate wischte sich den Bierschaum grinsend ab. »Sorry.« Sie seufzte. »Ich hätte nicht davon anfangen sollen. Die Blumen waren eine wunderbare Idee. Judi ist ein Schatz.«

Der denkwürdige Tag im Büro hatte mich gelehrt, dass die Leute im großen Ganzen in vier Lager gespalten waren: die offen Feindseligen, die hinterrücks Feindseligen, die aufrichtig Entspannten. Und die O-mein-Gott-ich-spiele-besser-den-Coolen-Brigade, deren Blicke auf mein Gesicht geheftet waren, aber sich hin und wieder auf meine Brust verirrten.

Kate hob ihr Glas. »Auf dich! Ich bin ja so stolz auf dich. Du bist der tapferste, klügste, schönste Vater der Welt!«

Sie beugte sich zu mir herüber, wobei sie die Speisekarten vom Tisch fegte, nahm mein Gesicht in ihre Hände und gab mir dreimal einen dicken Schmatz auf die Wange. Ein paar Gäste starrten zu uns herüber. Eine Frau mittleren Alters, die meinen Blick aufgefangen hatte, raunte ihrer Begleiterin etwas zu, worauf diese sich prompt umdrehte und uns angaffte.

Kate bemerkte es. »Entschuldigung«, sagte sie laut. »Sie dort – ja, Sie, Madam, in dem schmuddeligen Anorak. Haben Sie ein Problem mit meinem Vater?«

Die Frau tat, als fühlte sie sich nicht angesprochen. An einigen anderen Tischen wurde gelacht. »Sch, Kate«, flüsterte ich. »Lass das.«

»Ich werde Ihnen etwas über meinen Vater erzählen.« In der Stille, die eingetreten war, klang Kates Stimme noch lauter. »Sie ist eine verdammt gute Frau. Sie sieht verdammt noch mal sehr viel besser aus als Sie. Obwohl sie eine erfolgreiche Anwältin ist, hat sie immer Zeit für die Sorgen anderer. Und sie bildet sich kein Urteil über Menschen nach einem einzigen flüchtigen Blick.«

»Kate!«, zischte ich. »Hör sofort damit auf, oder ich gehe!«

Die beiden Frauen rafften ihre Einkaufstüten zusammen und eilten aus dem Lokal. Ich wäre am liebsten im Erdboden versunken, aber zu meiner Überraschung ging ein belustigtes, ja sogar zustimmendes Raunen durch den Raum. Vermutlich lag das an Kates Ausstrahlung und bedeutete nicht unbedingt Mitgefühl für mich.

Ich sah meine Tochter kopfschüttelnd an. »Du kannst nicht jeden attackieren, der mich schief ansieht. Du meinst es gut, aber tu das bitte nie wieder.«

»Das war eine blöde Kuh.« Kate trank ihr Glas aus und fügte hinzu: »Ich werde übers Wochenende nach Hause kommen.«

»Schon wieder?«, fragte ich erstaunt.

»Na ja, ich bin zum Essen verabredet«, antwortete sie ausweichend und schnippte nicht vorhandene Krümel vom Tisch. »Außerdem finde ich, wir sollten dein Coming-out feiern. Warum laden wir nicht ein paar Leute ein und machen ein paar Flaschen Schampus auf?«

»Es würde doch keiner kommen.«

»Du musst nur die Richtigen fragen. Granny zum Beispiel. Stella. Mr. Chadwick – er ist scharf auf Mum, aber er lässt nichts auf dich kommen. Dann Mr. und Mrs. White – die beiden waren doch großartig, oder? Sophie, Ingrid und Harry, Bryan, der Postbote, und … äh … Peter würde garantiert auch kommen.«

»Peter?«

»Peter Vallance. Der Vikar.«

Etwas in ihrer Stimme machte mich hellhörig. Und dann fiel der Groschen. » Du bist doch nicht … bist du mit ihm zum Essen verabredet?«

»Und wenn es so wäre?«

»Na ja, er ist ein Geistlicher.«

»Tatsächlich? Ist mir gar nicht aufgefallen. Er sieht Sean Bean ähnlich, findest du nicht? Ob du's glaubst oder nicht, aber ich hab ihn in einer Kneipe in Swiss Cottage kennengelernt, während ich auf Owen gewartet hab. Entspann dich, Dad. Es geht nicht um Sex. Wir treffen uns bloß zum Essen.«

Sie tätschelte meine Hand, stand auf und ging zur Toilette. Ich wäre auch gern gegangen, aber ich traute mich nicht. Für die Damentoilette reichte mein Selbstbewusstsein noch nicht aus, und die Herrentoilette würde ich ganz sicher nicht benutzen. Ich würde die Beine zusammenpressen und warten, bis ich im Zug war, dort gab es eine Toilette für beide Geschlechter. Mein Handy klingelte. Ich griff mir mechanisch an die Brust, weil ich es normalerweise in die Brusttasche steckte. Verdammt, ich hatte ja gar keine Brusttasche mehr. Wo hatte ich das elende Ding denn hingetan? Ah – in meine Handtasche! Ich kramte es hervor und musste lächeln, als ich sah, wer anrief.

»Chloe!«

»Und, wie ist es gelaufen?« Meine Freundin hielt sich nicht mit langen Vorreden auf. Ich fühlte mich sofort sicherer, als ich ihre Stimme hörte. Sie war so jung und so rührend um mich besorgt.

»Ich hab's geschafft!«, stieß ich atemlos hervor.

»Und du lebst noch?«

»Ich lebe noch.«

»Juhu! Weiter so, Luce! Und die Kerle, sind sie alle zusammengezuckt und haben schnell die Beine übereinandergeschlagen, als du vorbeigegangen bist?«

»Und wie! So viel Beine-Übereinanderschlagen und Zusammenzucken hast du garantiert noch nicht erlebt!«

Gelächter. »Und, wie fühlst du dich jetzt?«

Ich fuhr mir durch die Haare, ohne daran zu denken, dass das meinen Föhnwellen gar nicht guttun würde. »Was soll ich sagen, Chloe! Ich sitze im Kostüm in einer Bar am Bahnhof, und niemand hat mich rausgeworfen. Auf dem Schild neben meinem Büro steht Lucia Livingstone. Ich kann es noch gar nicht fassen. Ich kann nicht glauben, dass das Realität ist.«

»Glaub es ruhig.«

»Es ist ein wundervolles Gefühl. Aber ich bin auch völlig kaputt. Wie gerädert. Und morgen werde ich aufstehen und mich anziehen und das Gleiche noch mal machen.«

»Und übermorgen auch und überübermorgen auch. Es wird mit jedem Tag leichter, du wirst sehen. Dann musst du nicht mehr ständig über jede Bewegung nachdenken.«

Kate kam zurück. Sie war wie üblich in düstere Farben gekleidet, aber sie bewegte sich mit einer natürlichen Anmut, die etliche Gäste veranlasste, ihr bewundernd nachzublicken. Ich war stolz auf meine Tochter.

»Und du?«, fragte ich Chloe. »Was ist in deinem Leben so los?«

Ein kurzes Schweigen, dann sprudelten die Wörter nur so aus ihr hervor: »Ich hab ein Date, ein richtiges Date! Ich geh mit einem hinreißenden Typen ins Kino, und er ist kein Freier, stell dir vor!«

»Das ist ja fantastisch! Wer ist es denn?«

Chloe war furchtbar aufgeregt, ich konnte es ihr anhören. »Ich hab ihn im Supermarkt kennengelernt. In der Schlange an der Kasse. Wir sind ins Gespräch gekommen, und als wir draußen waren, haben wir immer noch geredet, und dann sind wir zu Starbucks, und er hat gefragt, ob er mich wiedersehen kann. Er heißt Adam, er ist größer als ich und ganz normal, kein schräger Typ.«

»Weiß er …?«

»Komm schon, Lucia! *Jeder* weiß es, sobald ich den Mund aufmache. Wie lange hast *du* gebraucht, um dahinterzukommen? Wir werden einen Weg finden, damit umzugehen.«

Ich freute mich für sie. Chloe hatte es verdient, geliebt zu werden. Kate zeigte fragend auf mein Glas. Ob ich noch etwas trinken wolle? Ich schaute auf die Uhr, sah, dass mein Zug in ein paar Minuten ging, und schüttelte den Kopf.

»Das sind wunderbare Neuigkeiten, Chloe. Aber sag mir Bescheid, wenn er sich nicht wie ein Gentleman benimmt, dann knöpf ich ihn mir vor.«

Sie werde ein oder zwei Selfies von ihnen beiden für mich machen und mir dann ausführlich berichten. Vielleicht könnten wir uns ja zum Essen treffen? Wie wär's mit Donnerstagabend? Hätte Kate nicht Lust mitzukommen?

»Ich werd sie fragen. Dann bis Donnerstag.« Ich stand auf. Der Zug würde nicht auf mich warten. »Und pass gut auf dich auf, hörst du?«

Sie seufzte und spielte den genervten Teenager. »Ja, Mum.«

Kate begleitete mich. Unterwegs erzählte ich ihr von meiner Unterhaltung mit Chloe.

»Du bist also nicht die Einzige, die ein Date hat. Allerdings würde ich wetten, dass ihr Kavalier keinen Halskragen trägt.«

»Kein Mensch sagt heute noch ›Kavalier‹, Dad. Nicht mal so steinalte, gebrechliche Gruftis wie du.«

Wir waren fast gerannt, und so kamen wir keuchend am Bahnhof an. Die Schranken waren gerade geöffnet worden, die Menge schob sich langsam durch den Engpass. Ich stellte mich hinten an, Kate neben mir.

»Was ich dir noch sagen wollte«, begann sie zögernd.

»Nur zu, raus mit der Sprache.«

»Ich bemühe mich wirklich zu begreifen, was du tust.«

»Das weiß ich.«

»Mm.« Dicht gedrängt wie Ölsardinen rückten wir Zentimeter für Zentimeter weiter. »Aber jedes Mal, wenn ich Dad zu dir sage, komme ich ins Schleudern. Mit dem Wort Dad verknüpfe ich männliche Dinge. Das bist du … und doch wieder nicht. Und Mum bist du garantiert auch nicht. Ich hab schon eine Mutter, und das reicht. Na ja, und deshalb dachte ich, ich sage Lucia zu dir. Wenn es dir recht ist.«

Wir waren an der Bahnsteigschranke angelangt. Ich umarmte Kate. »Und ob mir das recht ist. Das wäre wunderbar.«

Der Zug war voll. Erst drei Stationen, bevor ich aussteigen musste, fand ich einen Sitzplatz. Es störte mich nicht. Während ich dastand und mich dem Ruckeln und Schaukeln des Zuges überließ, wurde mir so richtig bewusst, was ich an diesem Tag geleistet hatte. Das Namensschild an meiner Bürotür war kein Traum, sondern Wirklichkeit. Die Frau, die sich in den dunklen Fensterscheiben des Zugs spiegelte, war kein Traum, sondern Wirklichkeit. Du bist ich, dachte ich. Ich bin Lucia Livingstone.

Ein junger Mann saß an einem der Tischchen und sah sich einen Film auf seinem iPad an. Vielleicht hatte er das Grau in meinen Haaren bemerkt, jedenfalls stand er auf und bot mir seinen Sitzplatz an. Ich lehnte lächelnd ab, aber meine Seele jubilierte.

Juhu! Weiter so, Luce!

SECHSUNDVIERZIG

Eilish

Was macht uns zu dem, der wir sind? Unzählige Dinge – sehr viel mehr, als die Menschheit jemals verstehen wird. Ich weiß nur, dass Luke sich durch seine Umwandlung zur Frau nicht verloren hat. Sie hat sich gefunden. Sieben Monate lang war ich voller Verbitterung gewesen und hatte um das, was ich verloren hatte, getrauert. Der Verlust schmerzte zwar immer noch, aber ich freute mich auch über ihren neu gewonnenen Frieden. Meine Liebe zu Luke war stark genug gewesen, dass ich auch sie lieben konnte.

Natürlich machte sie Fehler. In ihrer ersten Arbeitswoche musste ich sie zweimal davon abhalten, schmuckbehängt wie ein Weihnachtsbaum ins Büro zu gehen.

»Unglaublich, auf was man alles achten muss«, klagte sie am Donnerstagmorgen, als ich sie darauf aufmerksam machte, dass ihr Seidenschal absolut nicht zu ihrem Outfit passte. »Früher hab ich den Schrank aufgemacht und mir das erstbeste saubere Hemd geschnappt. Heute muss ich andauernd überlegen und Entscheidungen treffen.«

»Äh, wo wir gerade dabei sind – von deiner Halskette ist unter dem Blusenkragen nichts zu sehen. Hier – soll ich dir die da leihen?«

Sie schaute in den Spiegel und berührte die grünen Glasperlen. »Die Kette hat mir Chloe zum Geburtstag geschenkt. Ich dachte, sie würde sich bestimmt freuen, wenn ich sie heute Abend trage.«

»Sie ist auch ganz bezaubernd, aber zu lang. Warte mal, ich glaube, das kriegen wir hin.« Ich hakte den Verschluss an einer anderen Stelle ein, damit die Kette enger am Hals anlag. »Und, was meinst du?«

Ihr Glück war so zart, ich wollte nicht, dass es zerbrach. Ich wollte nicht, dass die Leute sie verhöhnten. Mit der neuen Frisur wirkten ihre Gesichtskonturen weicher. Sie summte gut gelaunt vor sich hin. Manchmal vergaß ich fast, dass diese Frau einmal Luke gewesen war. Sie drehte sich lächelnd zu mir um. »Perfekt! Ich danke dir.« Sie gab mir einen Kuss auf die Wange.

Ich hatte ihr einen Kaffee in unserem letzten rot-gelben Becher hingestellt und hantierte in der Küche herum, bis Bryan mit der Post und der Zeitung kam. Ich sah den Stapel flüchtig durch. Zwei Rechnungen, Kontoauszüge, eine Einladung zu einer Silberhochzeit.

Und noch etwas anderes.

Ich spürte einen bitteren Geschmack im Mund, obwohl ich mit diesem Brief gerechnet hatte. Ich wollte ihn nicht öffnen.

Lucia blickte von der Zeitung auf.

»Vom Gericht? Warum machst du ihn nicht auf? Vielleicht nur ein Bußgeldbescheid oder so was.«

Schweren Herzens riss ich den Umschlag auf, nahm das Schreiben heraus und überflog es. »Das Scheidungsurteil ist rechtskräftig. Wir sind geschieden.«

Der bittere Geschmack verstärkte sich. Eine Zeit lang sagte keiner etwas. Uns fehlten die Worte. Ich konnte Lucia nicht in die Augen sehen.

»Wir haben gewusst, dass es nur eine Frage der Zeit war«, sagte sie schließlich. »Ich kann ja nicht ewig hier bei dir bleiben.«

Ich legte den Brief weg und ergriff ihre Hand. »Aber wir sind immer noch eine Familie, nicht wahr?«, fügte sie hinzu. Ihr Lächeln wirkte verzweifelt.

Ich beruhigte sie: Ja, wir seien immer noch eine Familie. Aber jetzt müsse ich mich beeilen, ich müsse in die Schule. Ich lief ins Schlafzimmer und schloss die Tür gerade noch rechtzeitig, bevor ich zu weinen anfing. Es dauerte eine halbe Stunde, ehe ich mich so weit gefangen hatte, dass ich mich wieder heraustraute.

»Es wird höchste Zeit für uns beide. Ich fahr dich zum Bahnhof, wenn du willst«, rief ich auf dem Weg ins Bad. Als keine Antwort kam, trat ich, meine Zahnbürste in der Hand, auf die Galerie hinaus. Lucia stand neben dem Küchentisch und schaukelte auf den Fersen.

»Luke? Äh, sorry, Lucia? Soll ich dich mitnehmen?«

Sie hob den Kopf und starrte ausdruckslos zu mir herauf.

»Was ist denn los?« Ich ließ die Zahnbürste sinken.

»Er …« Sie stakste steif um den Tisch herum und schlug sich auf die Oberarme. Die Geste hatte etwas Animalisches, wie bei einem verwundeten wilden Tier. Ich ließ die Zahnbürste fallen, lief die Treppe hinunter, fasste sie an den Armen und zwang sie, mich anzusehen. Ihre Augen waren vor Entsetzen weit aufgerissen.

Jetzt bekam ich es mit der Angst. »Was ist denn los?«, fragte ich noch einmal. »Ist etwas mit Kate?«

Sie schien fast an den Wörtern zu ersticken, so mühsam würgte sie sie hervor.

»Er hat sie umgebracht!«

Die Polizei hat die Identität der transsexuellen Prostituierten, die Montagabend in einem Apartment in South London tot aufgefunden worden war, bekannt gegeben. Es handelt sich um Callum »Chloe« Robertson, 22. Die verstümmelte Leiche wurde entdeckt, nachdem eine Nachbarin Schreie gehört und daraufhin die Polizei verständigt hatte. Unweit des Tatorts wurde Adam Stuart West, 35, unter dringendem Tatverdacht festgenommen. Einen weiteren Verdächtigen gibt es laut Polizei nicht.

Wie aus Polizeiquellen verlautet, handelt es sich bei der Mordwaffe um einen oder mehrere scharfe Gegenstände. Die Tat wurde mit großer Brutalität ausgeführt. Weitere Einzelheiten wird die Autopsie ergeben.

Die Nachbarin, die anonym bleiben möchte, berichtete Reportern, sie habe in den Flur hinausgeschaut, nachdem sie Geräusche eines Kampfes im Apartment nebenan gehört habe. »Ein Mann ist Richtung Treppe gegangen, er war voller Blut. ›Ich glaube, ich habe etwas erlegt‹, hat er gesagt. Da bin ich in meine Wohnung zurück, habe mich eingeschlossen und die Polizei angerufen.«

Callums Mutter, Kirsty Robertson, bittet darum, die Privatsphäre ihrer Familie zu respektieren. »Callums Tod hat uns zutiefst erschüttert. Er war ein guter Junge, aber er hat ein paar falsche Entscheidungen getroffen. Wir wollen ihn nach Hause holen. Er soll wieder bei seiner Familie sein.«

Lucia

»Ich war doch mit ihr verabredet«, sagte ich immer wieder. »Ich war doch mit ihr verabredet. Vielleicht sollte ich sie anrufen. Vielleicht stellt sich heraus, dass alles ein Irrtum ist und es ihr gut geht.«

Eilish, die bei Bannermans angerufen und darum gebeten hatte, meine Termine abzusagen, schüttelte bedauernd den Kopf. »Nein, das glaube ich nicht. Es tut mir sehr leid.«

Die perverse Geilheit der Zeitung, die Erwähnung von Blut und Verstümmelung und einer transsexuellen Prostituierten widerte mich an. Ich sah die ganze Zeit Chloe vor mir, mit durchschnittener Kehle. Weiß der Himmel, was diese Bestie ihr noch angetan hatte. *Verstümmelt* hieß es in der Zeitung. Und ich trug ihre grünen Glasperlen.

Die Wölfe hatten Chloe aus ihrem Versteck in dem ausgehöhlten Baum gezerrt und zerrissen. Ich hatte sie nicht beschützen können.

Ich machte mir die größten Vorwürfe. »Ich hätte ihr sagen müssen, dass sie vorsichtig sein soll!«

»Liebling.« Eilish berührte meine Hand. »Nach allem, was du mir von ihr erzählt hast, war sie gewiefter, als du es je sein wirst. Sie war jung, aber wenn irgendjemand in der Lage war, selbst auf sich aufzupassen, dann sicher Chloe.«

Sie hatte recht. Chloe, die immer gelacht hatte, um ihren Schmerz zu verbergen. Chloe mit ihren Plexiglasabsätzen. Es war Chloe gewesen, die auf *mich* aufgepasst hatte.

Irgendwann ertrug ich die Untätigkeit nicht mehr. Ich rief beim zuständigen Polizeirevier an und wurde nach langem Hin und Her mit einem gewissen Detective Inspector Dave Sowieso verbunden. Ich erzählte ihm, was ich über Chloes Verabredung wusste. Obwohl ja bereits eine Festnahme erfolgt war, waren sie daran interessiert, die letzten Stunden in Chloes Leben zu rekonstruieren.

»Was in der Zeitung steht, ist übrigens falsch«, fügte ich hinzu. »Sie war nicht Callum Robertson. Sie war eine Frau namens Chloe.«

Ja, es sei ihnen bekannt, dass der Ermordete einen Alias-Namen geführt habe, entgegnete er. Aber es sei kein Antrag auf Änderung der Geschlechtseintragung im Personenstandsregister gestellt worden, und die Familie wünsche, dass er mit seinem Geburtsnamen genannt werde.

Ohnmächtiger Zorn packte mich. »Chloe war kein Alias-Name. Es war *ihr Name*! Sie brauchen sie doch bloß anzusehen, dann wissen Sie, dass sie eine Frau sein wollte! Sie hatte das Geld für den Antrag noch nicht zusammen, aber sie war eine Frau!«

»Ich habe es notiert, danke«, erwiderte er knapp.

Als ich ihn nach der Adresse oder der Telefonnummer ihrer Familie fragte, meinte er, diese Angaben seien vertraulich, aber wenn ich eine Nachricht hinterlassen wolle, so werde er sie weiterleiten.

»Bitte sagen Sie ihnen, sie sollen mich anrufen. Ich war eine gute Freundin von ihr.«

Er gab einen zweifelnden Laut von sich.

»Ich bin Anwältin«, fügte ich mit Nachdruck hinzu.

Da hatte er genug von mir und beendete das Gespräch. Ich stand in meiner warmen Küche in meiner trendig und aufwendig umgebauten Scheune und kam mir geradezu widerlich privilegiert vor. Chloe lag in einem kalten Leichenschauhaus, wo sie von jemandem obduziert werden würde, der in ihr ein faszinierendes Beispiel eines präoperativen Transsexuellen sehen würde. Für die Medien war sie eine schrille, abartige Kreatur gewesen, etwas, das unter einem Stein zu finden war. Ihre Familie würde sie nach Manchester zurückholen. Sie würden von ihrem Sohn und Bruder sprechen, der auf die schiefe Bahn geraten sei und mit seinem Leben dafür bezahlt habe. Sie würden ihr die Haare schneiden. Sie würden Callum aus ihr machen, und sie würde für alle Ewigkeit Callum sein müssen.

»Ich wünschte, es gäbe einen Weg, das zu verhindern«, sagte ich zu Eilish. »Ich kann sie lachen und sagen hören: ›Verdammte Scheiße, lass bloß nicht zu, dass dieses Pack mich kriegt!‹«

»Aber du bist kein Angehöriger. Du kannst nichts tun, oder?«

Aber versuchen musste ich es. Ich rief die Zeitung an und pochte auf den Gender Recognition Act, ein Gesetz über die Anerkennung der Geschlechtszugehörigkeit, mit dem die Privatsphäre von Transsexuellen geschützt werden soll. Das interessierte sie überhaupt nicht. Reißerische Geschichten wie die von Chloe steigern den Absatz. Was zählte dagegen schon die Privatsphäre.

Dann rief ich Neil von der Jenny-Marsden-Gruppe an. Er

hatte gerade erst erfahren, was passiert war, und war schockiert. Er versprach, alle anderen zu informieren.

Es gab nichts mehr für mich zu tun, aber still sitzen konnte ich auch nicht. Das ist das Schlimme am Kummer: Es tut unendlich weh, aber es gibt kein Entkommen. Ich wanderte in der Küche auf und ab, bis Eilish einen Spaziergang vorschlug. Sie fasste mich am Arm, und wir gingen in den Garten hinaus. Der Morgen fühlte sich lebendig und mild an. Ein zarter Dunstschleier lag über dem Gras, durch den sich Sonnenstrahlen bohrten. Die Bäume trugen Blattknospen und sogar einige erste Blütenansätze. Chloe würde den Frühling nicht mehr erleben. Sie war zweiundzwanzig gewesen, und sie würde nie wieder lachen.

»Ich kann nicht glauben, dass sie tot ist«, murmelte ich. »Ich kann es einfach nicht glauben. Sie war so voller Zuversicht, so voller Leben.«

Ich hatte nicht einmal gemerkt, dass ich weinte, bis Eilish mir ein Papiertaschentuch reichte.

»Danke. Tut mir leid.«

»Luke hätte ein großes weißes Taschentuch in der Hosentasche gehabt, damit er sich sofort die Nase hätte putzen können.«

»Lucia ist hoffnungslos schlecht organisiert. Mir fehlen Hosen- und Jackentaschen. Damit komme ich nicht gut klar.«

Der Baum meines Vaters wurde grün. Die Natur kennt keinen Stillstand, auch dann nicht, wenn ein Leben endet. Die Sonne geht weiterhin auf, die Welt ist immer noch wunderschön. Als wir uns dem Weiher näherten, schwammen zwei Enten davon und zerteilten die glatte Oberfläche des Wassers. Ihre Sorglosigkeit stand in krassem Gegensatz zu den Bildern von Gewalt und Hass in meinem Kopf. Ich sah Chloe vor mir, aufgeregt und voller Vorfreude auf ihre Verabredung. Ich stellte mir den grauenvollen Moment vor, als ihr klar wurde, dass er sie töten würde.

Eilish und ich blieben regungslos am Ufer stehen, und unsere Gestalten spiegelten sich im Wasser.

SIEBENUNDVIERZIG

Kate

Säße Adam Stuart Walsh jetzt auf dem elektrischen Stuhl, würde sie mit dem größten Vergnügen den Hebel umlegen.

»Aber *warum?*«, fragte sie ihre Mutter, die sie am Bahnhof abholte. »Was für ein Mensch ermordet eine reizende Person wie Chloe?«

»Er ist offenbar in Panik geraten. Das hat er jedenfalls bei der Polizei ausgesagt. Sie haben ihn unter Mordanklage gestellt.«

»In Panik geraten!« Kate versetzte dem Autoreifen einen kräftigen Tritt, riss die Tür auf und stieg ein. »Weil sie zu laut gelacht hat oder was?«

»Er wusste nicht, dass sie transsexuell war. Sie hätten einen netten Abend miteinander verbracht, und dann habe sie ihn auf einen Kaffee in ihr Apartment eingeladen. Er dachte, damit sei Sex gemeint gewesen. Beiläufig, als wisse er es bereits, erwähnte sie, dass sie eine Transfrau war, und da ist er wohl durchgedreht.«

»Ach so, na, das erklärt natürlich alles!« Kate schlug die Autotür zu. »Wenn also jemand kein Schild mit der Aufschrift *Transfrau* auf der Brust trägt, darf man ihn ruhig abschlachten.«

»Genau das denkt er anscheinend. Für ihn sind diese Leute der letzte Dreck. Abschaum. Er sagt, Chloe sei selbst schuld daran. Sie habe ihn reingelegt.«

Kate starrte auf die vertraute Straße vor ihnen und kämpfte gegen die Tränen an. Sie hatte erst am Abend zuvor durch einen Anruf Lucias erfahren, was geschehen war. Es war das schlimmste Telefonat ihres Lebens. Die Übelkeit, die sie erfasst hatte, hielt unvermindert an. Sie musste ständig an Chloe denken. An das gemeinsame Weihnachtsessen, den Spaziergang, die Witze über *Meine Lieder – meine Träume*, den Ausflug zur Eisbahn. Jetzt war Chloe tot, weil irgend so ein mieses Subjekt ausgerastet war.

»Sie war ein wunderbarer Mensch«, sagte sie mit erstickter Stimme. »Ehrlich, Mum, ich wünschte, du hättest sie kennengelernt.«

»Ja, das wünschte ich auch.«

»Sie hat Dad – ich meine, Lucia – sehr gern gehabt.«

»Das passiert mir auch andauernd.« Eilish wackelte mit dem Kopf. »Dad, Luke, Lucia. Aber so langsam wird es. Ich hab gedacht, nach dreißig Jahren *er* könnte ich unmöglich auf *sie* umschalten. Aber man gewöhnt sich daran. Es braucht eben seine Zeit.«

Kate konnte fast Chloes Gelächter hören. »Wie geht's Lucia?«

»Er – nein, *sie* ist unendlich traurig. Sie hat recherchiert, aber es gibt keine rechtliche Handhabe, um Chloes Familie zu zwingen, ihre Wünsche zu respektieren. Aber wenigstens einen Sieg hat sie errungen: Die Zeitung erklärte sich bereit, in einem Nachtrag darauf hinzuweisen, dass Chloe als Frau unter diesem Namen gelebt hat.«

»Machst du dir Sorgen?«

»Wegen Lucia?« Eilishs Augen wurden schmal, während sie kurz überlegte. »Ich glaube, sie wird es verkraften. Sie hat doch diese Gruppe, sie geben sich gegenseitig Halt. Demnächst wollen sie eine Mahnwache zum Gedenken an Chloe abhalten. Ich denke, ich werde daran teilnehmen.«

»Ich auch.«

Sie fuhren durch East Yalton, an der Kirche vorbei, über die Landstraße. Kate kannte jedes Schlagloch. Wie friedlich und ordentlich alles war, Millionen Meilen von Chloes Welt entfernt.

»Wie lange will Dad … will Lucia eigentlich bleiben? Wie soll's weitergehen?«

Eilish warf ihr einen flüchtigen Blick zu und schaute dann wieder auf die Straße. »Seit gestern sind wir offiziell geschieden.«

»Das ist keine Antwort auf meine Frage.«

»Nein.« Sie bogen in die Einfahrt von Smith's Barn ein. »Nein, ist es nicht. Es ist auch keine Antwort auf *meine* Fragen. Liebe ist eine komplizierte Angelegenheit, findest du nicht auch, Kate?«

Sie hielten schon vor dem Haus, als Kate die richtige Formulierung für ihre nächste Frage gefunden hatte. »Ihr könnt doch nicht zusammenbleiben, oder? Sicher, es gibt Frauen, die damit klarkommen, aber ich glaube, damit das funktioniert, muss man ein kleines bisschen bi sein. Bist du das, Mum? Geschlecht und sexuelle Neigungen sind schließlich ein Kontinuum.«

»Ein kleines bisschen bi?« Eilish zog die Brauen hoch. »Ich hätte nicht gedacht, dass ich jemals eine solche Unterhaltung mit meiner Tochter führen würde.«

»Ich hätte auch nicht gedacht, dass ich jemals eine solche Unterhaltung mit meiner Mutter führen würde. Aber ich glaube, manches ist anders gekommen, als wir gedacht haben.«

Eilish stellte den Motor ab und legte beide Hände aufs Lenkrad. »Nein, Kate, ich denke nicht, dass ich bisexuell bin. Nicht mal ein bisschen. Ich war mal in die Schulsprecherin verknallt, aber damals war ich elf, das zählt nicht. Weißt du, ich liebe deinen Vater wirklich. Ich meine, was heißt schon Liebe? Ich weiß nur, wie es sich anfühlt. Als wir geheiratet haben, war ich so verrückt nach ihm, dass ich meine Hände nicht von ihm lassen konnte. Aber vermutlich willst du nichts darüber hören.«

»Ganz sicher nicht«, erwiderte Kate trocken.

»Nach zehn Jahren Ehe hab ich ihn mehr geschätzt denn je – sein Einfühlungsvermögen, seine Klugheit, seine Freundschaft. Wir hatten Charlotte verloren, wir hatten dich und Simon bekommen. Ich wusste, er hatte seine Fehler, und er wusste, dass ich die auch hatte, aber wir kamen gut miteinander aus. Und als wir dreißig Jahre zusammen waren, war er einfach nicht mehr wegzudenken aus meinem Leben. Nach so langer Zeit kennt man sich in- und auswendig. Es war ganz sicher nicht der Sex, der unsere Ehe zusammengehalten hat, jedenfalls nicht zu diesem Zeitpunkt.«

»Das glaub ich gern!«, entfuhr es Kate. »Dreißig Jahre mit demselben Mann. O Gott, ich darf gar nicht dran denken!«

»Mir hat das nichts ausgemacht.« Eilish seufzte. »Und dann wurde eine Frau aus meinem Mann. Jetzt muss ich alles neu überdenken. Es ist immer noch derselbe Mensch. Ich habe ihn geliebt. Ich liebe sie.«

»Aber ohne Sex?«

»Na ja … ja, ich glaube schon.«

Kate machte ein entsetztes Gesicht. »Du kannst doch nicht ewig keusch leben! Das ist furchtbar, sogar für eine Sechsundfünfzigjährige… Äh, sorry, ich wollte damit nicht sagen, dass sechsundfünfzig alt ist. Heutzutage nicht mehr. Zumal man es dir überhaupt nicht ansieht.«

Eilish lächelte. »Wenn du in ein Loch gerutscht bist, solltest du aufhören zu graben.«

»Dad würde niemals von dir verlangen, dass du seinetwegen auf Sex verzichtest. Das war nicht Teil eurer Abmachung.«

»Denk doch mal an Nonnen. Sie haben sich auch der Keuschheit verschrieben. Aus Liebe. Wo ist der Unterschied?«

Eine Sekunde lang sah Kate ihre Mutter in Ordenstracht vor sich und musste kichern. »Du bist aber keine Nonne, Mum. An Silvester hast du mit Mr. Chadwick geknutscht.«

»Und was wäre, wenn mein Mann nach einem schweren Autounfall querschnittgelähmt und an den Rollstuhl gefesselt und impotent wäre? Oder wenn er Krebs hätte und nach der Strahlentherapie …«

»Keinen mehr hochkriegte? Das ist was anderes.«

»Wieso? Wieso ist das etwas anderes? Würdest du wollen, dass ich ihn verlasse, wenn er als Folge eines Unfalls impotent wäre? Würde *ich* das wollen?«

»Nein. Sicher nicht.«

»Also, wo ist der Unterschied?«

»Der Unterschied ist …«, begann Kate und gab es nach ein paar Sekunden auf. *Liebe*, dachte sie. *Liebe. Eigentlich habe ich nie daran geglaubt. Bis jetzt.*

»Man gewöhnt sich daran«, sagte Eilish. »Man gewöhnt sich an Lucia. Du hast es mir damals im Bracton Arms prophezeit, und du hast recht gehabt. Anfangs hab ich mich schrecklich aufgeregt über diese Hormontherapie und die Folgen, aber ich weiß jetzt, dass das gut für sie ist, weil sie sie zu einer vollwertigen Frau macht. Ich kann sie in den Arm nehmen, sie immerhin auf die Wange küssen. Was bedeutet denn Intimität? Doch nur das, was wir daraus machen.«

Keine von beiden wollte aussteigen. Das Auto war ein Hort des Friedens und der Stille, hier konnte man nachdenken und reden. Kate beobachtete ein Amselpärchen, das geschäftig in dem kleinen Wald umherflog. Vielleicht Nachkommen der Vögel, die sie als Zehnjährige beobachtet hatte. Manche Dinge änderten sich nie.

»Es ist merkwürdig«, fuhr Eilish fort, »aber mir kommt es so vor, als ob meine Liebe zu Luke jahrelang geschlummert hat. Träge und selbstzufrieden geschlummert. Jetzt ist sie neu erwacht. Und ich bin auch wieder aufgewacht. Ich musste alles infrage stellen, was ich zu wissen glaubte.«

»Nicht nur du, Mum. Das heißt also, ihr wollt vielleicht zusammenbleiben?«

Die Haustür wurde aufgerissen, Lucia trat heraus. Eilish schnallte sich ab.

»Getrennt zu leben hat uns beiden nicht behagt. Wenn der

Verzicht auf Sex der Preis für ein gemeinsames Leben ist – nun, dann könnte es gut sein, dass wir uns entschließen, ihn zu bezahlen.«

Kate blieb keine Zeit, diese Unterhaltung zu verarbeiten. Lucia eilte bereits auf das Auto zu. Kate sprang hinaus und nahm sie stürmisch in die Arme.

»Es tut mir ja so leid, so unendlich leid! Die arme Chloe, o mein Gott. Zweiundzwanzig Jahre alt. Ich kann es nicht glauben. Dieser verfluchte Dreckskerl!«

Lucia sah aus, als hätte sie sich wahllos irgendwelche Sachen übergeworfen. Sie war leichenblass, die Augen rot gerändert. Eine Kette aus grünen Glasperlen hatte sich in ihren Haaren verfangen, aber sie schien es nicht einmal zu bemerken.

»Die Leiche ist freigegeben worden«, sagte sie.

»Dann darf sie jetzt bestattet werden?«

»Ja, aber – es ist so furchtbar, Kate! Sie werden ihr die Haare abschneiden und sie in einen Anzug stecken und sie zu Callum machen. Sie soll in ihrer Heimatstadt im engsten Kreis eingeäschert werden. Ich darf ihr nicht mal Blumen schicken. Ich kann mich nicht von ihr verabschieden. Ich kann nichts für sie tun. Ich hab das Gefühl, ich lasse sie im Stich!«

»Woher weißt du denn das alles?«

»Ich hab im Internet recherchiert. In der Lokalzeitung war eine kleine Todesanzeige. *Callum Robertson, geliebter Sohn und Bruder.*«

Ein kühler Wind kam auf, und Eilish scheuchte die beiden ins Haus.

»Warum tut ihre Familie das?«, fragte Kate, als sie sich die Füße abtrat. »Chloe hat so viel durchgemacht, und sie verleugnen sie immer noch? Das kapier ich einfach nicht. Wollen sie sie damit bestrafen?«

»Ich denke schon«, erwiderte Lucia. »Bestrafen und kontrollieren.«

»Glaubst du wirklich?«, warf Eilish ein. »Vielleicht wollen sie einfach nur ihren Sohn zurück. Sie haben ihn verloren, haben womöglich gar nicht begriffen, warum er so war, wie er war, und jetzt ist er wieder zu ihnen zurückgekehrt.«

Ein köstlicher Essensduft hing in der warmen Küche. Es fühlte sich wieder wie ein richtiges Zuhause an. Ihre Mutter kümmerte sich um Lucia, fragte, ob sie dies oder jenes wolle, brühte Tee auf und berührte sie ständig am Arm oder am Rücken. Kate musste unwillkürlich an zwei Schwestern denken. Nein, der Vergleich hinkte. Zu guter Letzt gab sie es auf verstehen zu wollen. Die Beziehungen anderer waren oft kompliziert und unergründlich.

Als Eilish später die Vorhänge zuzog, hielt sie einen Augenblick inne und spähte in den Garten hinaus, über den sich die Dunkelheit senkte. »Wir sollten einen Baum für Chloe pflanzen.«

Lucia trat neben sie. »Wenn das so weitergeht, werden wir hier bald einen Urwald haben.«

»Für Chloe ist Platz in unserem Wald«, sagte Eilish.

ACHTUNDVIERZIG

Simon

Überall lagen ihre Sachen herum: Nicos Lieblingsfrühstücksflocken, Rosas Decke mit dem Spielbogen, die Bücher, die Carmela zuletzt gelesen hatte. Selbst ihr Geruch verfolgte ihn überall hin. Aus diesem Grund verbrachte Simon mehr Zeit in der Tierklinik als zu Hause. Er ging nicht mehr in den Pub – er fand dort keinen Trost. Carmela schrieb ihm jeden Tag eine SMS, und er hatte zweimal mit Nico telefoniert. Anscheinend hatten sie viel Spaß, und der Kreditkartenabrechnung nach zu urteilen gingen sie meistens essen.

»Carmela ist mit den Kindern für ein paar Tage nach Suffolk gefahren«, erklärte er seiner Mutter, als sie anrief, um ihn etwas wegen Baffys Futter zu fragen. »Sobald ich hier wegkann, fahr ich zu ihnen.«

Eilish merkte nichts. Der Einzige, der ihn offenbar durchschaute, war Sven.

»Sag mal, Simon«, sagte er irgendwann in der Mittagspause, als Carmela und die Kinder seit ungefähr zehn Tagen weg waren. »Dieser Urlaub in Suffolk – wie lange soll der eigentlich dauern?«

»Ein paar Wochen.«

»Ein paar Wochen, so. Aber dann kommen sie zurück.«

»Na klar.« Simon griff zum Telefon, um den ersten einer ganzen Reihe von Besitzern anzurufen und ihn über den Zustand seines Tieres zu informieren. »Was denkst *du* denn?«

Sven zog die Brauen hoch. »Okay. Und wo sind sie genau?«

»Am Meer … Hallo, Catherine? Simon Livingstone hier. Von der Tierklinik, ja. Ich rufe wegen Gandalf an. Ich habe gute Nachrichten. Der Befund ist negativ.«

Zum Glück wurde Sven zu einem Notfall gerufen, bevor er noch mehr Fragen stellen konnte. Den Rest des Nachmittags verbrachte Simon mit Telefonieren. Dann wurde er zu einer Familie gerufen, die ihren Labrador einschläfern lassen musste. Die Kinder waren mit dem Hund groß geworden, und zwei waren gekommen, um sich von ihrem Freund zu verabschieden. Die ganze Familie weinte. Die seelsorgerische Seite seines Berufs war nicht unbedingt Simons Stärke, aber er bemühte sich, die richtigen Worte zu finden.

Als die Mutter, ein zerknülltes Taschentuch in der Hand, ihn zum Auto begleitete, sagte sie: »Entschuldigen Sie, dass wir so emotional geworden sind. Aber das ist das Ende einer Ära, wissen Sie. Der Hund ist als Welpe ins Haus gekommen, als George vier war, und er war immer so ein lieber Kerl …« Sie schluchzte. »O je. Entschuldigung.«

»Sie brauchen sich nicht zu entschuldigen. Der Hund war ein Familienmitglied für Sie.«

»Das stimmt. Das war er wirklich. Ohne ihn wird es kein richtiges Zuhause mehr sein.«

Später, auf dem Heimweg, dachte er über diese Worte nach. Sein Zuhause war auch kein richtiges Zuhause mehr. Er sehnte sich nach dem Lärm, dem Chaos, den turbulenten Vorbereitungen für den Schwimmunterricht, dem freudigen Jubel, wenn Rosa es schaffte, allein zu sitzen. Er sehnte sich sogar nach einem richtigen Wutanfall seines Sohnes.

Wenige Meter vor seinem Haus blickte er auf und sah ein vertrautes Auto am Straßenrand stehen. Es sah aus wie das von Carmela. Aber andererseits gab es viele dunkelblaue Passate. Er trat näher heran und spähte durch die Scheiben. Das war doch Nicos Kindersitz! Und das dort Rosas Baby-Mobile!

Er rannte los, schaffte es vor lauter Aufregung erst nach mehreren Versuchen, den Schlüssel ins Schloss zu stecken, und stieß dann die Haustür auf. Schon kam Nico aus dem Wohnzimmer gerast und warf sich in die Arme seines Vaters.

»Daddy!«

»Hallo, Kumpel! Meine Güte, du bist ja ein ganzes Stück gewachsen!«

Carmela erschien in der Küchentür. Sie war dünner geworden – sie konnte in zehn Tagen doch unmöglich so viel abgenommen haben? Sie passte wieder in die Jeans, die sie vor ihrer Schwangerschaft getragen hatte. Die Haare hatte sie sich zu einem verwuschelten Knoten hochgesteckt.

»Hallo«, sagte sie.

Simon war regelrecht euphorisch vor Erleichterung. Nico auf dem Arm ging er zu ihr, legte den anderen Arm um sie und küsste sie. »Du bist wieder da. Danke, dass du nach Hause gekommen bist.«

Nico redete wie ein Wasserfall. Er erzählte von dem kleinen Haus, in dem sie gewohnt, und von dem Etagenbett, in dem er ganz oben geschlafen, sich aber manchmal lieber zu seiner Mama gelegt hatte, damit sie sich im Dunkeln nicht fürchtete. Er beschrieb den Strand und die Möwen und was für einen Krach sie gemacht hatten. Dann fiel ihm ein, dass er eine ganze Schachtel voller bunter abgeschliffener Glasscherben gesammelt hatte, und er wand sich aus Simons Armen, um seinen Schatz zu holen.

Den Arm um Carmelas Schultern gelegt, ging Simon mit ihr in die Küche. Sie hatte sämtliche Fenster aufgerissen, um frische Luft hereinzulassen. Es ging ein kühler Wind. Die tief stehende Sonne schien auf die Apfelbäume im Nachbargarten, und Simon sah zu seiner Überraschung, dass sie in Blüte standen. Wann war das denn passiert? Der Winter war vorüber, und er hatte es nicht einmal bemerkt.

Er kratzte sich verlegen am Kopf. »Wenn ich gewusst hätte, dass ihr kommt, hätte ich aufgeräumt.«

»Bis heute Morgen wussten wir das selber noch nicht. Das war ein ganz spontaner Entschluss. Nico hat gemeint, es seien ja sehr schöne Ferien, aber sollten wir nicht wieder nach Hause zu Daddy fahren? Ich hab ihm recht gegeben.« Sie legte eines von Rosas Fläschchen in die Mikrowelle und drückte die Tasten. *Piep … piep … piep.*

»Wo ist die Kleine?«

»Schläft schon. Sie war müde und quengelig. Aber wenn wir sie jetzt nicht wecken, ist heute Nacht die Hölle los.«

»Ich hole sie.« Simon nahm das Fläschchen mit. In der Tür drehte er sich noch einmal um. »Bitte geh nicht wieder weg.«

Sie antwortete nicht.

Trotz aller Beklommenheit wurde es ein fröhlicher Abend. Simon ging mit Nico Pizza holen, und die ganze Familie setzte sich zum Essen an die Frühstückstheke. Rosa freute sich anscheinend, wieder zu Hause zu sein. Sie klapperte mit ihrem Becher und krähte vergnügt, als ihr Vater nach dem Essen die Wäsche zusammenlegte und sich eine Socke auf den Kopf stülpte. Während Simon Nico ins Bett brachte und ihm eine Gutenachtgeschichte vorlas, hantierte Carmela in der Küche. Er hörte, wie unten das Telefon klingelte. Carmela nahm ab und sprach sehr lange mit dem Anrufer.

Als er wieder in die Küche hinunterkam, las sie ihre Mails.

»Tee«, sagte sie und schob ihm einen Becher hin.

»Wer hat denn angerufen?«

»Eilish.«

Er beugte sich von hinten über sie und legte ihr seine Arme um den Hals. Wahrscheinlich ging es wieder um Kates blöden kleinen Hund. Heute würde er nicht mehr zurückrufen. Er wollte jetzt nicht an seine Eltern denken.

»Es geht um deinen Vater«, sagte Carmela da. »Es ist etwas ganz Schreckliches passiert.«

Angst durchzuckte ihn. »Hat man ihn zusammengeschlagen? Scheiße, ich wusste es! Wie schlimm ist es?«

»Nein, nein, ihm ist nichts passiert. Aber einer guten Freundin von ihm. Willst du es hören?«

Simon richtete sich auf. Nein, er wollte es nicht hören.

»Wie du willst.«

Doch, er wollte es hören. »Erzähl. Was ist passiert?«

»Und du wirst mich nicht unterbrechen?«

»Ich verspreche es.«

»Also gut. Komm, setz dich.« Sie klopfte auf den Hocker neben ihr. »Es ist ganz furchtbar. Dein Vater hatte eine Freundin, eine sehr gute Freundin. Chloe. Sie hat ihn mit Rat und Tat unterstützt.«

»Eine Freundin? War sie auch …«

»Ja, sie war auch eine Transfrau. Still jetzt!« Carmela legte ihm ihren Finger auf die Lippen. »Du hast versprochen, mich nicht zu unterbrechen.«

Sie erzählte ihm alles, was sie über diese Chloe wusste, die, wie Simon zugeben musste, eine nette Person zu sein schien. Er hielt sein Versprechen und unterbrach sie nicht noch einmal, bis sie zum grauenvollen Ende der Geschichte kam.

»Erstochen?«, echote er ungläubig. »In ihrem eigenen Apartment?«

»Ja, aber das hat ihm noch nicht genügt. Er hat ihr ihre Geschlechtsteile abgeschnitten. Er hat sie regelrecht verstümmelt.«

Ein Bild stieg vor Simons innerem Auge auf: der Parkplatz hinter dem White Hart, ein abgeschlagener Flaschenhals.

»Gott«, stieß er hervor. »Das ist wirklich … Was für ein Irrer.«

»Ja, ein Irrer. Chloe hatte sich anscheinend sehr auf diese Verabredung gefreut. Sie dachte, da sei einer, der sie um ihrer selbst willen mochte. Das ist doch traurig, oder?«

Jessica im botanischen Garten, wie sie seine Hände ergriff, unter Tränen lächelte. *Ist das dein Ernst? Ist es dir wirklich ernst damit?*

Ich gebe auf, dachte Simon. Er konnte die Erleichterung, die Freiheit spüren, die dieser Gedanke mit sich brachte. Schluss und aus. Ich ergebe mich.

»Armer Dad«, murmelte er. »Er ist bestimmt am Boden zerstört. Wie geht es ihm?«

Simon schwenkte die weiße Flagge mit diesen Worten, und sie wussten es beide. Eine Sekunde lang spielte ein triumphierendes Lächeln um Carmelas Lippen. Dann stand sie auf.

»Lass uns ins Wohnzimmer gehen, ich hab die Heizung schon angemacht. Trinken wir noch einen Tee? Ich muss Nicos komplette Schulkleidung mit Namen versehen, kannst du dir das vorstellen? Als ich weg war, kam eine strenge Mail von der Schule. Nichts als Vorschriften, Vorschriften, Vorschriften! Alles nur, damit sie einen aufgeblasenen etablierten Engländer aus ihm machen können. Überprivilegiert und selbstzufrieden. Stinklangweilig.«

»Genau wie sein Vater«, bemerkte Simon. Er hörte sie lachen, als sie ins Wohnzimmer ging.

Er brühte Tee auf, kramte im Küchenschrank herum, bis er Schokolade gefunden hatte, und trug dann alles ins Wohnzimmer hinüber. Carmela hatte die Stereoanlage eingeschaltet. Edward Elgar, die *Enigma-Variationen*. Carmela saß im Schneidersitz auf dem Fußboden, neben sich Nicos Schulkleidung, in der Hand einen Wäschemarker.

»Wir müssen unserem Sohn ein Etikett verpassen, damit er weiß, wer er ist.« Sie schüttelte angewidert den Kopf.

»Kann ich dir helfen?«

»Mit deiner Handschrift? Dann würde Nicos Turnhose bei einem Joe Bloggs landen, wenn er sie je liegen lassen sollte. Aber du könntest mir die Schultern massieren, hier oben. Spürst du es? Ich hab mir irgendwas gezerrt. Nico ist jede Nacht zu mir ins Bett geklettert und hat den ganzen Platz für sich beansprucht. Und ich bin morgens mit einem steifen Hals aufgewacht.«

Während sie ein Kleidungsstück nach dem anderen mit dem Namen ihres Sohnes beschriftete, massierte Simon, der sich in den Sessel hinter ihr gesetzt hatte, ihr den Rücken. Sie wand sich und wies ihn an: »Ein bisschen weiter runter … mehr nach links … ja, genau da. Oooh, tut das gut!«

Keiner erwähnte auch nur mit einem Wort, dass sie drauf und dran gewesen war, ihn zu verlassen.

Elgars bezaubernde Musik rührte Simon zu Tränen.

»Warum *Enigma*?«, flüsterte er. »Rätsel, Mysterium … Woran mag er dabei gedacht haben?«

Carmela lachte leise. »Keine Ahnung.« Sie griff nach einem grauen Pulli und suchte nach einer geeigneten Stelle für die Beschriftung. »Manche Rätsel sollen ungelöst bleiben. Sie sind ein Kunstwerk an sich.«

Ein Kunstwerk.

»Ich hab mal einen Transsexuellen gekannt«, sagte er. »Ich war neunzehn damals. Sie war … ein Kunstwerk. Ich hab mich in sie verliebt.«

Carmela, die gerade im Begriff war, *Livingstone* zu schreiben, erstarrte mitten in der Bewegung. Sie fuhr herum und sah Simon erstaunt an. »Jetzt kennen wir uns seit mehr als sechs Jahren, aber das hast du nie erwähnt.«

»Sogar aufgeblasene, überprivilegierte, selbstzufriedene Engländer haben manchmal eine Leiche im Keller.«

»Erzähl.«

Und das tat er. Er erzählte ihr vom Nachtclub, von den Gesprächen am Fluss, vom botanischen Garten. Er stockte erst, als er zu den Ereignissen jener verregneten Nacht auf dem Parkplatz des White Hart kam. Vor allem jetzt, nach dem Mord an Chloe, kam es ihm barbarisch vor, was er getan hatte.

»Ich fühle mich furchtbar deswegen. Damals habe ich eine dunkle Seite in mir entdeckt, von der ich bis zu diesem Zeitpunkt nichts wusste.«

Carmela hatte Nicos Sachen schon vor einer Weile beiseitegelegt. Den Ellenbogen auf Simons Schenkel gestützt, sagte sie: »Du warst empfindlich wegen deiner Sexualität. Ich hab vier Brüder, vergiss das nicht. Ich weiß, was junge Männer denken. Deine Gefühle für dieses Mädchen haben dir Angst gemacht. Wahrscheinlich hast du gedacht, du bist schwul, wenn du so für diese Jessica empfindest.«

Simon nickte stumm.

»Außerdem hast du ihr ja nichts getan.«

»Körperlich nicht, nein.«

»Hast du sie je wiedergesehen?«

»Nein. Nie mehr. Nach ihrer SMS habe ich ihre Nummer gesperrt. Jahre später hörte ich, sie habe sich operieren lassen. Ich weiß nicht, ob das die Wahrheit oder nur ein Gerücht war.«

»Du hast dir bestimmt Gedanken gemacht.«

Er zuckte die Achseln.

»Simon!« Sie schlug ihm aufs Knie. »Natürlich hast du dir Gedanken gemacht.«

»Ich wollte einfach nur vergessen. Vergessen, dass ich mich in einen Transsexuellen verknallt hatte. Das hat mir meine ganze Studienzeit verdorben. Ich hatte es nie leicht, Freunde zu finden, Carmela. Ich bin nicht wie du. Ich hab danach niemandem mehr vertraut, nicht mal mir selbst. Ich konnte mich selbst nicht mehr leiden. Das hat sich erst geändert, als ich dich kennengelernt habe.«

Das Kinn auf seinem Knie blickte sie lächelnd zu ihm auf. Ihr Haarknoten hatte sich aufgelöst, ihre Augen funkelten tiefschwarz.

»Du konntest dich selbst nicht mehr leiden?«

Sie band seine Schnürsenkel auf und zog ihm die Schuhe

aus. Er genoss die erregende Berührung ihrer Hände. Dann kniete sie vor ihm und knöpfte ihm mit flinken Bewegungen das Hemd auf.

»Ich kann dich leiden«, flüsterte sie. »Sehr gut sogar. Ich werde es dir beweisen …«

NEUNUNDVIERZIG

Lucia

Ich hatte alles für Chloe getan, was ich konnte. Als sich ihre Mutter nicht bei mir meldete, rief ich noch einmal bei der Polizei an. Diesmal wurde ich mit dem zuständigen Opferschutzbeamten verbunden, der sehr viel hilfsbereiter war als der Detective Inspector. Ich bat ihn, die Familie zu fragen, ob ich mit ein paar von Chloes Freunden an der Trauerfeier teilnehmen dürfte. Er willigte ein und bat mich zu warten. Ich machte mir keine großen Hoffnungen. Als er wieder ans Telefon kam, las er mir die Antwort der Familie im Wortlaut vor: »Bitte respektieren Sie unseren Schmerz. Wir wollen nichts über Callums anderes Leben wissen. Wir wollen in Frieden unseres Sohnes und Bruders gedenken.«

Die Einäscherung fand am Mittwoch statt, der Gottesdienst begann um zwölf Uhr.

Es war einer dieser stillen, fast sonnigen Märztage. Spatzen und Schwalben bauten schon Nester unter dem Dachvorsprung und flogen emsig mit Strohhalmen im Schnabel hin und her. Eilish hatte den ganzen Tag Unterricht. Ich musste einen großen Arbeitsrückstand abbauen, und so stand ich um sechs auf, erledigte das Dringendste und führte ein paar Telefonate.

Es war kurz vor Mittag, als ich in meine Gummistiefel stieg, die Eilish wieder vom Dachboden heruntergeholt hatte, und mit Baffy über Gareth's Felder schlenderte. Auf der Fußgängerbrücke warf ich eine Weile Stöcke ins Wasser und schaute zu, wie sie gemächlich dahintrieben, unter der Brücke verschwanden und auf der anderen Seite wieder herauskamen und ihre Reise fortsetzten. Chloe hatte auch eine Reise angetreten.

»Gute Reise«, murmelte ich. »Auf der anderen Seite wird es einen Platz für dich geben.«

Um halb eins schickte ich ihr im Stillen einen letzten Gruß und ein Dankeschön für alles, was sie für mich getan hatte.

Ein Uhr. Jetzt würde alles vorbei sein.

Ich brachte Baffy nach Hause, überquerte dann den Rasen und ging in den Schuppen. Ein überwältigender Geruch von Holzspänen schlug mir entgegen. Eilish bewahrte ihre Gartengeräte hier drin auf, aber auch meine Arbeitsgeräte waren alle noch an ihrem Platz: die Elektrowerkzeuge, die Kreissäge, der Exzenterschleifer, eine alte Drehbank. Das alles hatte ich geerbt.

Die Schreinerwerkstatt meines Vaters war für mich ein mythischer Ort. Als ich groß genug gewesen war, um auf die Werkbank gucken zu können, hatte er mich in den Gebrauch seiner Werkzeuge eingeweiht. Er zeigte mir sogar, wie die Furcht einflößende Kreissäge funktioniert. Ich wuchs mit dem harzigen Geruch von Holz und Leinöl auf. Als ich zehn war, konnte ich nur aufgrund des Geruchs, der an seinen Kleidern haftete, genau sagen, mit welchem Holz Dad gearbeitet hatte. Seine Socken, die er zum Trocknen auf den Ofen legte, rochen harzig, und wenn er seine Strickjacken ausschüttelte, wirbelte eine Sägemehlwolke auf. Dad und der Harzgeruch gehörten einfach zusammen. Meine allerersten Bauklötze und mein allererstes Spielzeugauto zum Draufsitzen hatte er in dieser Werkstatt hergestellt. Einmal arbeiteten wir gemeinsam an einem Stück Holz, bis ein kleiner Doppeldecker daraus wurde. Deshalb hatte ich viele Jahre später auch mit Simon ein Flugzeug gebastelt. Und ich hatte Nico versprochen, dass er ebenfalls eins bekommen würde.

Dads Sarg war aus Holz von seinem eigenen Land, das frisch aus der Sägemühle kam, geschreinert worden. Als einer der

Sargträger atmete ich den lebendigen Kieferngeruch ein, als wir ihn aus der Kirche trugen.

Jetzt stand ich im Schuppen, zog den vertrauten Geruch tief in die Lungen und dachte an meinen Vater. Er hatte mir praktisch sein ganzes Werkzeug geschenkt. Selbst als er wusste, dass er sterben würde, waren wir beide immer noch hierhergekommen, um gemeinsam zu werkeln. Die Arbeit beruhigte ihn und mich auch.

Ich sah ihn wieder vor mir, wie er auf eine Leiter stieg, um mich aus einem Baum zu retten. Ich hörte ihn vom Traktor herunterrufen, ob ich nicht mitfahren wolle. Ich saß unter dem Tisch, während er mit seinen Freunden Poker spielte, und spürte seine schwielige Hand liebkosend auf meinem Kopf. Ich sah ihn neben mir auf dem Parkplatz am East Yalton Hill, eine Decke über den Knien, zusammengeschrumpft und todgeweiht. Dann sah ich an mir selbst hinunter. Ich trug einen Faltenrock und einen malvenfarbenen Pulli mit Wasserfallausschnitt. Meine Haare hatte ich in Wellen gelegt. Ich hatte jetzt einen erkennbaren Busen, auch wenn es nur Körbchengröße AA war. Mir taten die Ohrläppchen von den goldenen Ohrsteckern weh.

»Hallo, Dad«, sagte ich laut. »Bist du da? So sehe ich heute aus. Ich hoffe, es stört dich nicht.«

Er gab keine Antwort, aber mir kam es so vor, als ob der Harzgeruch stärker geworden wäre.

Mein letztes Projekt lag noch auf der Werkbank. Ich hatte es im Juli des Vorjahres in Angriff genommen: eine Duschmatte aus einem Geflecht von Ulmenhölzern. Die zahlreichen Verbindungsstücke waren der besondere Reiz dabei. Sie lagen da und warteten nur darauf, verarbeitet zu werden. Ich schaltete den Kompressor ein und pustete den Staub und die Spinnweben der vergangenen acht Monate weg.

Als Eilish Stunden später nach Hause kam, arbeitete ich immer noch. Sie brachte mir Kaffee und Kuchen, gab mir einen

Kuss auf die Wange und ging wieder. Irgendwann danach hörte ich ein Auto in der Einfahrt und dachte, es sei vielleicht Stella.

Meinen Kaffee hatte ich ausgetrunken. Ich versuchte gerade, ein besonders kniffliges Verbindungsstück anzukleben, als die Tür wieder aufging.

»Einen Augenblick, Liebes«, rief ich. »Ich kann grad nicht. Heikle Angelegenheit.«

Als keine Antwort kam, drehte ich mich um. Es war nicht Eilish, sondern Simon. Er stand unschlüssig in der Tür, als wäre er nicht sicher, ob er willkommen war oder nicht. Ich wandte mich wieder meiner Arbeit zu.

»Ich will das Stück hier verleimen, aber ich kriege es nicht in die Schraubzwinge, bei dem Winkel unmöglich.«

Simon trat neben mich und erkannte sofort, wo das Problem lag. Er hatte als kleiner Junge gut aufgepasst.

»Soll das hier das nächste Teil sein?«, fragte er und hielt ein Stück Holz hoch. »Okay, ich werde es abschmirgeln.«

Haben Sie schon mal zwei kleine Jungen beobachtet, die mit ihren Lego-Steinen spielen? Vor allem, wenn es gute Freunde sind, reden sie irgendwelches dummes Zeug, während sie ganz konzentriert Häuser oder was auch immer bauen. »Lego-Geplapper« nennt Eilish das. Bei Simon und mir war es genauso. Wir arbeiteten Seite an Seite und redeten Unsinn, damit wir kein vernünftiges Gespräch führen mussten, was sehr viel riskanter gewesen wäre. Einmal setzte er zu einer Entschuldigung wegen der Geschichte in der Wohnung an, aber ich unterbrach ihn mitten im Satz.

»Wie wär's, wenn wir die Vergangenheit Vergangenheit sein ließen und einfach noch mal von vorn anfangen?«

Er schaute nicht von seiner Schmirgelarbeit auf, nickte aber. »Damit kann ich leben.«

Als wir das letzte Werkstück verleimten, sagte er: »Ich hab gehört, was mit deiner Freundin passiert ist. Tut mir leid.«

»Heute war die Beerdigung. Sie wollten nicht, dass ich komme.«

»Na ja, sie …« Simon zögerte. Ich machte mich schon auf eine beleidigende Äußerung gefasst. »Sie war ihr Kind. Sie haben ihr Kind verloren.«

Wir breiteten unser Werk auf dem Arbeitstisch aus. Damit die Holzmatte flach liegen blieb, bis der Leim völlig getrocknet war, schlug Simon vor, sie mit einem Brett und ein paar Gewichten zu beschweren. Das funktionierte wunderbar.

»Zeit zum Abendessen«, sagte ich.

In der Tür blieb er stehen und ließ seinen Blick durch den Schuppen wandern. »Hier haben wir im Lauf der Jahre so manche Stunde miteinander verbracht.«

»Allerdings.«

»Nico hofft, dass du einen von diesen kleinen Doppeldeckern mit ihm baust. So einen wie meinen damals. Würdest du das nächstes Wochenende machen, Dad?«

»Es wäre mir eine Ehre. Und wenn Rosa älter ist, nehme ich sie mit hierher und baue mit ihr auch einen. Ich will mir nicht von Kate vorwerfen lassen, dass ich Geschlechterklischees fördere.«

Simon lächelte und knipste das Licht aus.

FÜNFZIG

Lucia

Das Erste, was ich sah, war eine Vase mit Blumen, langstielig und mit leuchtend gelben Blütenblättern. Sie hatte vorher nicht dagestanden, da war ich mir sicher.

An der Wand hing eine Uhr. Sie zeigte zehn nach sieben, aber ich wusste nicht, ob morgens oder abends. Mir kam es so vor, als wären nur Sekunden vergangen, seit ich, nass geschwitzt vor Angst, in dem kalten OP-Raum mit dem Anästhesisten gesprochen hatte. Ich erinnerte mich ganz dunkel, wie ich in mein Zimmer zurückgerollt worden war. Ich erinnerte mich an eine Stimme, die sagte, alles sei gut gegangen. Ich erinnerte mich an eine vertraute Hand, die meine hielt, als ich wegdämmerte.

Ich war in einer weiten Schlafanzughose in den OP-Saal gebracht worden. Jetzt trug ich einen pinkfarbenen Sarong. Es war sehr warm, und es roch nach Blumen und Desinfektionsmittel. Geräusche sickerten in mein Bewusstsein: das monotone Brummen des Verkehrs, Gehupe, das Aufheulen einer Motorrikscha. Das Licht wurde von weißen Vorhängen gefiltert. Es war ein hübsches kleines Zimmer, das mehr einem spärlich möblierten Hotel- als einem Krankenhauszimmer ähnelte. Man hatte mir am Arm einen Tropf gelegt, und rechts von mir stand ein Instrumentenwagen.

Ich hatte meine Hausaufgaben gemacht und mit anderen Frauen gesprochen, die sich dieser Operation unterzogen hatten. Daher wusste ich, dass ich mit Morphium vollgepumpt wurde. Ich wusste, dass ich einen Katheter hatte. Ich wusste, dass die nächsten Tage und Wochen mit Schmerzen und Demütigungen einhergehen würden. Aber im Augenblick hatte ich so gut wie keine Schmerzen. Ich fühlte mich leicht, so frei und leicht wie Distelwolle, als ob alle Sorgen und Ängste von mir genommen worden wären. Ich hatte mich nie zuvor so wohl gefühlt. Ich hatte nicht einmal gewusst, dass es möglich war, so zu empfinden.

Im Geist sah ich einen kleinen Jungen auf dem Fußboden in der Küche sitzen. Ich spürte, wie schwer das Messer in meiner Hand war, und hörte meinen eigenen keuchenden Atem. Ich erinnerte mich an die Angst und den Schmerz, an die nackte Verzweiflung und das unbändige Verlangen, diese Dinger, die mich von anderen Mädchen unterschieden, loszuwerden.

Ich lächelte triumphierend. Du hast es geschafft, sagte ich zu mir. Du hast es endlich geschafft.

Die weißen Gardinen bauschten sich leicht. Ein Hüsteln. Dann betrat die schlanke Gestalt das Zimmer und schloss die Tür hinter sich. Sie trug eine Leinenbluse und Shorts und fächelte sich mit ihrem Buch Luft zu. Zwei Jahre waren vergangen seit jenem Tag, als eine Fremde im Zug mich überredet hatte weiterzuleben, aber die Zeit schien spurlos an Eilish vorübergegangen zu sein. Sie wirkte so jung und energiegeladen wie eh und je. Sie hatte sich die Haare zu einem Pferdeschwanz zusammengebunden, kastanienrote Löckchen kringelten sich in ihrem Nacken. Meine wunderschöne Exfrau. Sie trat auf Zehenspitzen an mein Bett.

»Hallo«, nuschelte ich. Ich hatte Halsweh, wahrscheinlich von der Intubation. Es machte mir nichts aus. Wen kümmerte ein wunder Hals? Warum sollte ich mich überhaupt noch um irgendetwas scheren?

Sie setzte sich an mein Bett und legte mir ihre Hand auf den Arm. »Acht Stunden warst du weggetreten«, sagte sie lächelnd. »Ganz schön lange. Der Arzt ist sehr zufrieden mit dem

Operationsverlauf. Er wird wahrscheinlich gleich nach dir sehen.«

»Danke, dass du gekommen bist«, krächzte ich.

Sie kramte eine Haarbürste aus meiner Kulturtasche und erklärte, sie wolle mich ein bisschen zurechtmachen, bevor der Arzt käme. Die Berührung beruhigte mich und verschaffte mir ein wohliges Vergnügen. Meine Haare waren mittlerweile gut schulterlang, und ich trug einen fransigen Pony.

»Wie fühlst du dich? Abgesehen von den irren Schmerzen, meine ich.«

»Wie ein Glückspilz«, erwiderte ich. »Wie ein ausgesprochener Glückspilz. Und die irren Schmerzen lassen noch auf sich warten.«

Der thailändische Chirurg, der diese Klinik leitete, war ein Künstler. Ich hatte postoperative Fotos seiner Patienten gesehen, bevor ich mich für ihn entschieden hatte. Er schenkte Transfrauen das Einzige, was sie sich wirklich wünschten. Er machte auch mir dieses Geschenk. Ich wünschte, Chloe hätte es auch bekommen. Sie hätte es mehr verdient gehabt als ich, weil sie von Anfang an dazu gestanden hatte, wer sie war. Sie hatte Mut gehabt. Ich hingegen war ein Feigling, der durch sein Verleugnen fünfzig Jahre lang Porzellan zertrampelt und kostbare Dinge zerschlagen hatte.

»Die Blumen?«, röchelte ich.

»Die sind von Kate und Peter. Sie haben eine Nachricht beigefügt. Moment.« Eilish griff nach der Karte und las vor: *»Herzlichen Glückwunsch! Du hast den langen, steinigen Weg bewältigt und bist am Ziel angekommen.«*

Ich erinnerte mich an unsere Unterhaltung in der Bar in Paddington. »Sie wird eine ganz fürchterliche Vikarsfrau abgeben«, sagte ich lächelnd.

Im Korridor waren Schritte zu hören. Die Tür ging auf, eine Krankenpflegerin trug ein Tablett herein. Übers ganze Gesicht strahlend, grüßte sie mit einem Kopfnicken und rief: »Frühstück!« Wir bedankten uns auf Thailändisch. Ich kannte sie bereits und wusste, dass sie nur ein paar Brocken Englisch sprach. Ich wollte nichts essen. Ich wollte auch nicht schlafen. Ich wollte diese wunderbaren Augenblicke genießen und sonst gar nichts. Die Wirkung der Schmerzmittel würde bald nachlassen, und dann würde mein Glück von den unschönen Folgen eines solch schwerwiegenden Eingriffs getrübt werden.

Die Krankenpflegerin stellte das Tablett auf einem Tisch ab, ging dann zum Fenster und zog die Vorhänge auf. Ich war vormittags in den OP-Saal geschoben und abends in mein Zimmer zurückgebracht worden. Ein neuer Tag war angebrochen, seine strahlende Herrlichkeit erfüllte das Zimmer. Die Sonne schien auf Eilishs Gesicht, vertiefte die Fältchen rings um ihre Augen, die das Leben dort hinterlassen hatte. Sonnenstrahlen fielen auf die Bettdecke, unter der ich lag. Das neue Ich.

Die Krankenpflegerin trat lächelnd an mein Bett. Sie sah so aufgeregt aus, als hielte sie hinter dem Rücken ein Geschenk für mich versteckt. Ich habe ihre nächsten drei Worte nie vergessen.

»Guten Morgen, Madam«, sagte sie.

EINUNDFÜNFZIG

Etwa fünfzig Kilometer von Florenz entfernt liegt eine alte Villa mitten in den Weinbergen. Sie ist aus Stein erbaut, hat hölzerne Fensterläden und eine von Weinlaub umrankte Pergola, die zum gemütlichen Essen einschließlich Rotwein und Pfirsichen als Nachtisch einlädt. Außerdem gibt es einen kräftig himmelblau gestrichenen Swimmingpool. An glühend heißen Augusttagen fühlt man sich hier wie im Paradies auf Erden.

Im Garten spielten zwei kleine Kinder. Der Junge, sechs Jahre alt, rannte in einem fort im Kreis herum, wobei er ein Holzflugzeug hoch über seinem Kopf hielt und fröhlich jauchzte. Seine kleine Schwester, Schwimmflügel an den Armen, planschte im Pool. Sie war ein vergnügtes Kind und mit ihrem hübsch geschwungenen Mund und den dunklen Locken eine kleinere Ausgabe ihrer Mutter, die neben ihr schwamm. Das Mädchen patschte immer wieder mit den Händen ins Wasser, dass es nur so spritzte und die Tröpfchen im Sonnenschein funkelten. Manchmal nahm die Kleine einen Schluck Wasser in den Mund, spuckte es dann wieder aus und brüllte vor Lachen. Ihre Mutter kniff sie zärtlich in die Nase und meinte, sie sei ein kleines Äffchen.

Zwei ältere Frauen – ältere, nicht alte – lagen im Schatten einer überdachten Terrasse in Liegestühlen. Sie trugen breitkrempige Sonnenhüte und farbenfrohe Sommerkleider. Beide hielten ein Buch in Händen, aber sie lasen nicht, sondern schauten ihren Enkeln zu, riefen ihnen von Zeit zu Zeit etwas zu und lachten mit ihnen.

Der kleine Junge lief zu der größeren der beiden Frauen und

fasste sie an der Hand. Sie war eine sehr gut aussehende Frau mit dunklen Augen und markanten Zügen. Sie trug eine Perlmuttspange in den Haaren und eine grüne Glasperlenkette um den Hals.

»Schaust du zu, wie ich reinspringe, *abuelita*?«

»Und wie ich zuschauen werde! Ich werde dich keine Sekunde aus den Augen lassen.«

»Halt so lange mein Flugzeug, ja?«

Schon rannte er zum Pool – er tat nichts langsam – und landete mit einem Bauchklatscher im Wasser. Wild mit Armen und Beinen paddelnd, tauchte er eine Sekunde später wieder auf. Sein Publikum klatschte und forderte eine Zugabe. Er kletterte aus dem Pool und sprang noch einmal hinein und dann noch einmal. Den beiden Frauen taten schon die Hände vom Klatschen weh. Ein Mann in Badehose, ein Handtuch um den Hals, trat aus dem Haus und stellte einen Krug und Gläser auf den Tisch, auf dem das Holzflugzeug lag.

»So, bitte sehr. Mein Spezialrezept.«

»Du bist ein Schatz, Simon«, sagte die dunkelhaarige Frau, als er ihr ein Glas reichte. »Hast du gesehen, wie Nico ins Wasser springt? Wenn er so weitermacht, wird ihm noch der Bauch wehtun.«

»Ja, das kann er besser als Kricket«, erwiderte Simon. »Aber das ist ja kein Wunder, bei dem Lehrer. Achtung, Leute, aufgepasst!«

Er warf sein Handtuch auf einen Gartenstuhl, nahm Anlauf und klatschte mit einer Arschbombe ins Wasser. Seine Frau und seine Kinder jubelten, aber die beiden Frauen auf der Terrasse kreischten, als eine Wasserfontäne auf sie niederging. Die Sommersprossige mit den kastanienroten Haaren wedelte ihr Buch trocken.

»Du Flegel!«, rief sie. »Wirst du denn nie erwachsen?«

Simon lachte nur. Er schnappte sich einen Wasserball und

spielte mit seiner Familie. Die beiden Großmütter versuchten zu lesen, legten sich die Bücher aber nach ein paar Minuten auf die Brust. Der Tag war zu schön, um ihn mit der Nase in einem Thriller zu vergeuden.

Ich griff nach meinem Glas. Es war eiskalt. Lucia ließ ihr Buch auf den Boden fallen und seufzte behaglich.

»Tja«, sagte ich. »Wir haben es geschafft.«

Sie wusste, was ich meinte. Natürlich wusste sie das. Wir standen uns so nahe, wie das bei zwei Menschen nur möglich ist.

»Wir haben es geschafft«, pflichtete sie mir bei.

Der sonnige Garten hallte wider vom Geschrei der planschenden Kinder und dem gegen den gefliesten Beckenrand klatschenden Wasser. Lucia und ich schlürften unseren Drink und plauderten über dies und jenes. Ich war kurz davor einzudösen, als der Besitzer der Weinberge vorbeikam. Er warf einen Blick über die Gartenmauer, nickte uns Großmüttern freundlich zu und rief: »*Ciao*, meine Damen.«

*

Vielleicht ist das das Ende der Geschichte, aber ich bezweifle es. Lucia und mir stehen noch viele Abenteuer bevor. Vielleicht wird unsere Geschichte mit dem Tod enden, aber auch das bezweifle ich.

Mädchen trifft Junge. Sie verlieben sich, sie heiraten. Dreißig Jahre lang gehen sie miteinander durchs Leben. Dreißig Jahre.

Und dann brechen sie auf zu einer neuen Reise.